Michelle Gable

Ein Appartement in Paris

Michelle Gable

Ein Appartement in Paris

Aus dem amerikanischen Englisch
von Wibke Kuhn

Langen*Müller*

Die Originalausgabe erschien 2014 unter dem Titel
»A Paris Apartment« bei Thomas Dunne Books, St. Martin's Press.

FSC
www.fsc.org
MIX
Papier aus verantwortungsvollen Quellen
FSC® C014496

Umschlaggestaltung: Wolfgang Heinzel
Satz: EDV-Fotosatz Huber/Verlagsservice G. Pfeifer, Germering
Gesetzt aus: 11,4/14 pt Adobe Garamond Pro
Druck und Binden: GGP Media GmbH, Pößneck
Printed in Germany
ISBN 978-3-7844-3365-3

Auch als ebook

www.langen-mueller-verlag.de

Für Dennis.
Für alles.

Part Un

Chapitre 1

Sie wollte aus der Stadt verschwinden.

Als ihr Chef sich anschlich und ihr die Worte »Wohnung im neunten Arrondissement« und »tonnenweise Schrott aus dem 19. Jahrhundert« zuraunte, hatte April nur einen Gedanken: Urlaub. Es würde auch Arbeit bedeuten, aber egal, sie würde nach Paris fliegen. Wie jeder Schriftsteller, Dichter, Maler und, ja, auch jeder Möbelexperte, wusste, war Paris der perfekte Ort, um dem Alltag zu entfliehen.

Das Pariser Team war bereits vor Ort. Olivier war mit der Leitung betraut. April konnte sich richtig vorstellen, wie er durch das Appartement schlich und mit seinen krummen, knochigen Fingern Notizen auf sein Tablet kritzelte. Er hatte Verstärkung aus New York angefordert, weil sie noch einen Experten zur Taxierung des Inventars brauchten, insbesondere einen Möbelexperten, da es seinem Team auf diesem Gebiet an Kompetenz mangelte. Nach Angaben von Aprils Chef enthielt das Siebenzimmerappartement »genug Mobiliar, um zwölf Edelpuffs auszustatten«. Peters Erwartungen waren niedrig. Aprils Erwartungen waren hoch, wenn auch aus anderen Gründen. Am Ende sollten sich beide geirrt haben.

Chapitre 2

Während ihr Mann seine Fliege zurechtrückte und an seinen Hemdmanschetten zog, um sein Erscheinungsbild bis zur absoluten Makellosigkeit zu zupfen, packte April den Koffer für ihren Nachtflug nach Paris-Charles-de-Gaulle. Normalerweise war sie eine effektive, erfahrene Reisende, aber angesichts einer dreißigtägigen Reise nahm ihr Gepäck ungute Dimensionen an. Sonst war April nie länger als eine Woche unterwegs, doch in den zwei Stunden, die von »tonnenweise Schrott« bis zur Buchung des Flugtickets vergangen waren, musste jemand Peter zugeflüstert haben, dass der Fund doch kein ganz alltäglicher war. Bleib so lange, wie du musst. Wir können das Ticket auch noch verlängern.

April sollte ihn später noch an seine Worte erinnern.

»Wo liegt das Problem?«, erkundigte sich Troy, als er die gerunzelte Stirn seiner Frau bemerkte. Er strich sein Hemd noch einmal glatt.

»Beim Gepäck. Ich bin nicht sicher, ob ich genug mithabe. Dreißig Tage. In Paris. Im Juni. Was bedeutet, dass die Temperatur jederzeit innerhalb von vierundzwanzig Stunden um fünfzehn Grad fallen kann. Wie heißt es immer so schön? Wegen des Wetters braucht man nicht nach Paris zu fahren.«

April sah auf, und ihr Blick fiel auf Troys linken Manschettenknopf, der das Licht des Kronleuchters reflektierte. April konnte die Angewohnheit, Dinge »zu taxieren«, einfach nicht unterdrücken, und sie musste ihr Gehirn mit Gewalt davon abhalten zu überschlagen, wie viel dieses bisschen Onyx und Platin auf einer Versteigerung bringen würde. Dabei spekulierte sie gar nicht auf das baldige Ableben ihres Ehemannes, normalerweise jedenfalls nicht, und ganz bestimmt nicht, weil sie auf diese Art reich zu werden hoffte. Ihre Gedanken waren eher eine Nebenwirkung ihrer Tätigkeit für das größte Auktionshaus der Welt.

»Was starrst du da so hin?«, fragte Troy mit einem leisen Lachen. »Falsche Manschettenknöpfe für dieses Outfit?«

»Nein. Die sind prima. Perfekt.«

April schaute weg und war erleichtert, dass sie nicht auf Schmuckstücke aus Nachlässen von faltigen alten Schabracken spezialisiert war und dass ihr daher die Kompetenz fehlte, die Accessoires ihres Mannes zu schätzen. Sie hatte sich jedoch im Schweiße ihres Angesichts einen Master im Einschätzen von Troy Vogt erarbeitet. Allein das verriet April, dass diese Manschettenknöpfe, die ihr Mann für bestimmte berufliche Anlässe reserviert hatte, unschätzbaren Wert besaßen, zumindest für ihn. Was es weiterhin darüber verriet, wer sonst noch unter den Gästen der Veranstaltung sein mochte, darüber wollte April gerade gar nicht nachdenken.

»Ich bin total überwältigt.« April schüttelte den Kopf und starrte auf ihren Koffer. Aber sie meinte nicht ausschließlich ihre Pullover und Schals.

»Bleib lieber beim leichten Gepäck«, sagte Troy. »Du kannst ja immer noch was kaufen. Immerhin bist du in Paris.«

April lächelte. »Das ist immer deine Antwort auf alles, oder? Du kannst ja noch was kaufen.«

»Und, ist das schlimm?« Troy zwinkerte ihr zu und trat vor den großen Spiegel. Im Vorübergehen tätschelte er April leicht den Hintern. »Du bist wirklich eine Seltenheit unter den Ehefrauen.«

Eine Seltenheit unter den »Ehefrauen«. April stieß sich an dem Wort, obwohl das eigentlich nicht der Fall sein sollte. Es hatte jetzt eine ganz neue Bedeutung. Ehefrau. *Ehefrau.*

»Es hat zwar keiner so genau verfolgt«, fuhr Troy fort, »außer der Wall Street, versteht sich, aber meine ›Kauf noch was‹-Philosophie ist der Grund, warum die Rezession das Beste war, was meiner Firma und unseren Investoren passieren konnte.«

»Das ist ja eine charmante Einstellung«, versuchte April zu scherzen. In letzter Zeit hatte es in ihrem Hause schmerzlich wenig Scherze gegeben. Alles fühlte sich eingerostet und unbeweglich an. »Wem würde es nicht gefallen, wenn so ein eingebildeter Wall-Street-Typ am Ende recht behält?«

Troy lachte und schlüpfte in seinen Smoking.

»Wo wir gerade von selbstzufriedenen Wall-Street-Typen reden«, sagte Troy mit gespielter Fröhlichkeit, »sieht ja ganz so aus, als hättest du mal wieder Glück gehabt.«

»Glück gehabt?« April lehnte sich an eine Kommode (*George III., geschwungene Mahagonifront, circa 1790*) und musterte ihren Koffer, um sein Gewicht abzuschätzen. »Inwiefern?«

So schwer sah er gar nicht aus.

April atmete ein. Sie stellte sich vor, die breiten, starken Schultern einer olympischen Schwimmerin zu haben statt ihrer feinen, schlanken Version, dann zerrte sie den vollgestopften Koffer vom Bett. Prompt plumpste er auf den Boden, und es hätte nur ein halber Zentimeter gefehlt, und der Koffer hätte die Knochen ihres linken Fußes gebrochen.

»Glück gehabt erstens, weil du gerade mal wieder um eine Kofferpackverletzung herumgekommen bist«, sagte Troy. »Sag mal, dir ist schon klar, dass das Ding größer ist als du, oder? Schatz, du hast doch schon das Flugticket. Du musst dir nicht noch den Fuß brechen, um dich um den nächsten meiner ätzenden beruflichen Events zu drücken.«

»Ach, so schlimm sind die nun auch wieder nicht.« April wischte sich die Stirn ab, dann legte sie den Koffer auf die Seite.

»Nicht so schlimm? Die sind durch die Bank grässlich, und das weißt du auch. Die anderen Frauen werden dich absolut beneiden.«

Die anderen Frauen. April überlegte, was die sich wohl dachten, wenn sie sich Troy vorstellten? Wenn sie sich April vorstellten?

»Du hast echt Glück«, fuhr Troy fort. »Paris wird dich retten. Es wird dich vor einem weiteren langweiligen Abend in einem Zimmer voller kapitalistischer Drohnen retten.«

»Jaja, die bösen Kapitalisten immer.« April verdrehte die Augen und fuhr mit der schlechten Imitation eines englischen Akzents fort: »Hab ich ein Glück, dass ich mit ihresgleichen nicht in Berührung kommen muss. Ihr besessenes Profitstreben ist einfach so vulgär! Die haben überhaupt keine Klasse.«

April hoffte, ihre Traurigkeit ausreichend mit lahmem Humor kaschiert zu haben. Sie fühlte sich wie ein Glückspilz. Aber das lag nicht daran, dass sie einem großkotzigen beruflichen Termin und Unterhaltungen mit den klügsten (und unerträglichsten) Köpfen der Wall Street aus dem Weg gehen konnte.

Nein, April hielt es auch noch mit den Besten von ihnen aus, selbst wenn sie nicht wusste, wie der asiatische Markt an diesem Morgen aussah. Sie konnte sogar das neueste Trophäenweibchen der Szene ertragen, das unweigerlich dem Champagner übermäßig zusprechen und über Aprils diverse akademische Errungenschaften staunen würde, um am Ende jedem zuzuquietschen, der in Schaumweinspritzentfernung von ihr stand: »Troys Frau hat einen Uniabschluss in Möbeln!«

Aber inzwischen hatte April fast schon vergessen, wann man ihren Doktor der Kunstgeschichte zum letzten Mal mit Verkaufstalent im Möbelhaus verwechselt hatte. Troy hatte sie in letzter Zeit fast gar nicht mehr gefragt, ob sie ihn begleiten wollte. Jedes Mal »schaute er nur vorbei«, bei Veranstaltungen, die entweder von vornherein »ohne Ehefrauen« stattfanden oder einfach »zu langweilig« waren, als dass April hätte mitkommen wollen. Das war das Problem. Troy nannte sie einen Glückspilz, aber April tat sich schwer, dankbar dafür zu sein, dass sie Veranstaltungen aus dem Weg gehen durfte, zu denen sie gar nicht eingeladen worden war. Oder, noch schlimmer, bei denen ihre Anwesenheit überhaupt nicht erwünscht war.

Troy hörte auf, sie mitzunehmen, als die Dinge zwischen ihnen noch relativ gut liefen. Und jetzt – wer weiß? Wurde überhaupt von ihr erwartet, ihn zu begleiten? Am Ende fühlte sich April dann doch wie ein »Glückspilz«, denn jetzt, wo sie ein Flugticket nach Paris in der Hand hatte, musste sie sich keine weiteren Gedanken über die Nicht-Einladung an diesem Abend machen. Sie musste sich nicht die Frage stellen, ob das alles so beabsichtigt war.

»An deinem Akzent musst du aber noch arbeiten«, meinte Troy, als er sich neben sie stellte.

»Nur um das noch mal festzuhalten …« April wehrte Troys Arm ab, als er Anstalten machte, ihr mit dem Koffer zu helfen. »Ich begleite dich gerne zu deinen beruflichen Anlässen. Die Leute sind interessant. Und die Gespräche sehr anregend.«

»Lügnerin.«

Er drehte sich wieder um und warf seinem Spiegelbild einen lodernden Blick zu. April wusste nie, ob Troy das tat, weil er annahm, dass sie hinguckte, oder ob er dachte, dass sie eben nicht hinguckte.

»Was ist eigentlich so wichtig, dass du unbedingt heute Nacht noch losmusst?«, fragte er. Der erzwungen beiläufige Ton seiner Stimme verriet, dass er durchaus ein wenig Misstrauen hegte.

»Du weißt doch, wie das immer ist.« April überlegte, ob er seinen Argwohn wohl zugeben würde. »Möbel-Notfall. Ich muss da sein, bevor die Konkurrenz Wind von der Sache bekommt.«

»Aber normalerweise bist du nie länger als eine Woche weg, maximal zehn Tage, und so kurzfristig war es auch noch nie. Irgendwie ist es ein bisschen befremdlich, eine SMS mit der Mitteilung ›Ich muss auf Dienstreise‹ zu kriegen, und wenn man nach Hause kommt, packt die Frau ihre Koffer für einen ganzen Monat.«

Wirklich?, lag es April schon auf der Zunge. Stört dich das wirklich so?

Normalerweise hätte sie gewitzelt, dass er mal der Glückspilz sei, Ehefrau verreist und so weiter. Aber die Verletzungen waren noch so frisch, und die Langzeitprognose für ihre Beziehung noch nicht ganz klar.

»Mich hat es auch überrascht, wie dringend das war«, sagte April. Und sie war überrascht, aber auch dankbar. »Nach allem, was unsere Leute in Paris sagen, muss das ein Wahnsinnsfund sein. Da ist eine Frau in Südfrankreich gestorben, die immer noch ein Appartement in Pigalle hatte, das über ein Jahrhundert in Familienbesitz war. Beziehungsweise, es hat ihnen nie gehört, aber sie hatten einen Mietvertrag für hundert Jahre.«

Während sie sprach, begannen sich ihre verspannten Schultern und Kiefer zu lockern. In diesen Gewässern konnte April immer noch am besten navigieren.

»Die Frau«, fuhr sie fort, »also die Verstorbene, hatte die Wohnung seit 1940 nicht mehr betreten. Niemand hat die Wohnung überhaupt betreten. Irgendwie glaub ich ja immer noch, dass das nicht stimmen kann. Vielleicht sind die Informationen bei der Übersetzung irgendwie unter den Tisch gefallen, und die Wohnung ist einfach seit einer hässlichen Scheidung in den späten Neunzigern verrammelt und verriegelt geblieben.«

April merkte, wie sie beim Wort »Scheidung« innerlich zusammenzuckte, aber es war zu spät, es war bereits ausgesprochen. Dabei hatte sie so darauf geachtet, es zu vermeiden.

»Siebzig Jahre!«, zwitscherte sie, und ihre Stimme erfüllte den Raum bis unter die viereinhalb Meter hohe Decke. »Unvorstellbar!«

»Ich weiß nicht«, sagte Troy und zuckte mit den Schultern. Sein festes, wie versteinertes Gesicht verriet keine Regung. »So was passiert in Manhattan bestimmt auch dauernd. Da bleiben leere Wohnungen verschlossen, und irgendwelche Anwälte oder Treuhänder kriegen jeden Monat automatisch ihren Scheck, da macht sich keiner die Mühe, mal genauer nachzufragen.«

»Nicht bei einem Appartement wie diesem. Das ist nämlich offenbar bis unter die Decke vollgestopft mit Möbeln und Gemälden und im Grunde jedem Gegenstand, der vor dem Zweiten Weltkrieg in den Besitz der Familie kam.«

»Und, ist was richtig Tolles dabei?«

»Olivier scheint es zu glauben, sonst würde ich nicht hinfahren. Und wenn nicht, ist es immerhin Zeug, das seit Jahrzehnten nicht auf dem Kunstmarkt war. Nicht mal die Deutschen haben die

Wohnung betreten.« April schüttelte staunend den Kopf. »Man müsste doch meinen, dass es zumindest irgendeinem fehlgeleiteten spielsüchtigen oder drogensüchtigen Familienmitglied in diesen ganzen Jahren einmal in den Sinn gekommen sein müsste, sich das alles unter den Nagel zu reißen.«

»Es sei denn, es ist alles bloß Schrott.« Troy griff sich sein Handy und tippte eine SMS. Seine vorher glatte Stirn runzelte sich. »Ein zwanghafter Sammler in Paris«, fuhr er fort, obwohl er sichtlich schon aus ihrem Gespräch ausgestiegen war.

April seufzte.

»Ach, Schatz, ich mach doch bloß Witze«, sagte er. Wie immer ruderte er in so einem Moment schnell wieder zurück, es war fast schon ein Reflex. »Es klingt total cool. Wirklich.«

War das seine Antwort auf ihren Seufzer? So hatte sie ihn gar nicht gemeint.

»Ja. Cool.« April wedelte mit der Hand, als bräuchte sie frische Luft. Eine willkürliche, unbedachte Geste, aber genug, um Troy noch einmal kurz von seinem Handy aufblicken zu lassen.

»Deine Ringe«, sagte er und starrte mit gerunzelter Stirn auf ihre Hand. »Sind die im Safe?«

April nickte und schaute auf ihren nackten Ringfinger. In Europa trug niemand seinen teuren Schmuck im Alltag, oder? Das hier hatte nichts mit ihrer Ehe zu tun, sondern mit ihrem Job. April biss sich auf die Lippe und musste ein plötzliches Stechen in den Augen wegblinzeln.

»Weißt du, Troy …«, begann April, aber er hatte sich schon wieder seinem Handy zugewandt und tippte auf den Tasten herum.

Auf einmal klingelte Aprils Handy. Das Auto war da. Sie ließ den Blick über ihren hübschen Mann und ihre hübsche Wohnung schweifen und dachte daran, wie glücklich sie einmal gewesen waren. Eine Weile war ihr Leben hell und strahlend gewesen. *Ihr* Zuhause hatte alles, was sie sich immer gewünscht hatte. Siebzig Jahre? Sie hatte gehofft, länger hier zu sein. Für immer.

»Du wirst mir fehlen«, sagte Troy und erschien neben April, als sie ihr Handy in die lederne Umhängetasche schob, die sie als Handgepäck mit in den Flieger nehmen wollte.

Als er sie umarmte und sein perfekt maskuliner Troy-Geruch die Luft rundum zur Gänze füllte, versuchte April noch einmal, ihn ganz in sich aufzunehmen. Sie versuchte den Gedanken gar nicht erst aufkommen zu lassen, ob oder wann sie ihn wieder so mit allen fünf Sinnen spüren würde.

Zärtlich küsste er sie auf den Kopf.

»Ich möchte nicht, dass du fährst«, sagte er mit einem lauten Seufzer. »Vielleicht könntest du es doch noch ein paar Tage aufschieben?«

Er klang so aufrichtig.

»Ach, keine Sorge«, sagte April und entzog sich seiner Umarmung. »Ich bin ja bald wieder da.«

Chapitre 3

Niemals würde April den Geruch dieser Wohnung vergessen.

Siebzig Jahre schienen wie nichts, nachdem sie die Pariser Wohnung erst einmal betreten hatte. Der stechende Geruch legte eher tausend Jahre nahe, wenn man Gerüchen denn überhaupt ein Alter zuordnen konnte. April atmete achtlos ein, und sofort erfüllten Staub und Parfüm ihre Augen, ihre Nase, ihren Mund. Diese süße Kratzigkeit sollte sich ab jetzt monatelang in ihrer Kehle festsetzen. Der Anblick sollte ihr noch viel länger eingebrannt bleiben.

Die Wohnung lag im neunten Arrondissement, am rechten Seineufer, in der Nähe der Opéra Garnier, des Folies Bergère, und des Rotlichtbezirks Pigalle. Das war genau das bunte Paris, wie man es sich vorstellte, das Paris der Schriftsteller und Künstler und Filmemacher. April vermutete, dass die Wohnung auch einmal bunt gewesen war, bevor die Zeit alles unter Staub und Vernachlässigung verschwinden ließ.

Auf ihrem Flug über den Atlantik ging April unermüdlich das Material durch, das Sotheby's für sie zusammengestellt hatte. Die Wohnung hatte sieben Zimmer, ein Vorzimmer, einen Salon, ein Esszimmer, zwei Schlafzimmer, ein Badezimmer und eine Küche. Auf den Fotos sah die Wohnung nicht groß aus, aber die Opulenz war nicht zu übersehen: hohe Holzwände, rosa Damasttapeten, vergoldete Ornamente.

Doch die Hochglanzbilder konnten die Realität nicht angemessen vermitteln. Als sie erst einmal in der erstickenden Luft stand, war es einfach überwältigend. Diese ganzen Sachen, ein Zimmer nach dem anderen, vollgestopft mit Sachen. Troy hatte recht, dachte April lächelnd. Diese Frau war eine zwanghafte Sammlerin gewesen. Eine reiche, offenbar etwas protzige Sammlerin, aber trotzdem eine zwanghafte. Zum ersten Mal in ihrer beruflichen Laufbahn zweifelte April, ob sie genug Erfahrung hatte, um das hier zu bewältigen.

Während sie vorsichtig durch das Labyrinth aus Möbeln lief, hörte April Stimmen aus dem hinteren Bereich der Wohnung. Sie brannte darauf, von Olivier auf den aktuellen Stand gebracht zu werden, und obwohl sie am liebsten losgeprescht wäre, manövrierte sie sich weiter auf Zehenspitzen durch die schmalen Pfade, die sich durch die scheinbar unendliche Sammlung aus Spiegeln und Lehnsesseln und gestapelten Kunstwerken zogen, ganz zu schweigen von den ganzen ausgestopften Säugetieren und Vögeln. Im Geiste begann sie sofort, alles zu inventarisieren.

Zehn vorsichtige Schritte und zwei Meter später erspähte April schon wieder einen vergoldeten Louis-XVI-Schreibtisch, zwei Mahagoni-Sessel aus der Zeit George III., einen Savonnerie-Teppich aus der Zeit Charles X. und einen unglaublichen goldenen Kerzenständer aus der Mitte des 17. Jahrhunderts. So verschnörkelt und zugerankt hatte diese Wohnung regelrecht ein Eigenleben.

Man hatte fast den Eindruck, als wollte sie sich entfalten und irgendjemanden erstechen.

An jeder Ecke erlebte man die nächste Überraschung. Direkt neben Objekten, die schon vor hundert Jahren problemlos als Antiquitäten durchgegangen wären, stieß April auf einen zwei Meter großen ausgestopften Vogel Strauß und eine Mickey-Mouse-Puppe, die dahinter in der Ecke lag. Während sie ihre Kollegen schon durch den Türspalt beobachtete, wich April einem umwerfenden schwarz-goldenen Schreibtisch mit Japanlack aus und wäre dabei fast gegen ein ebenso zweckmäßiges wie schnödes Bücherregal gerannt, auf dem sich Papiere stapelten.

»Ah, Madame Vogt«, sagte eine Stimme. »Willkommen in Paris. Sie haben die Regenzeit verpasst.«

April schlüpfte rasch durch die Tür, wo Olivier mit zwei anderen Männern zusammenstand. Einen der beiden hatte sie schon einmal bei einer Auktion in New York gesehen. Er war in irgendeiner Funktion für Sotheby's tätig, und sie konnte sich noch gut an ihn als schmuddeligen Betrunkenen erinnern, der mehrmals versucht hatte, ihre Assistentin zu begrapschen. Aber vielleicht verwechselte April die ganzen Franzosen auch bloß wieder.

»Bonjour«, sagte sie. »Freut mich sehr, Sie wiederzusehen, Olivier.«

»Bonjour, Madame Vogt!«, sagte der andere Franzose mit der verschlagenen Ausstrahlung. »Wie läuft's in New York? Ich versuche schon seit Monaten, mal wieder rüberzufliegen.«

Ach, richtig, jetzt konnte sie sich wieder an ihn erinnern. Er hieß Marc, und er war tatsächlich der Mann, der ihre Assistentin Birdie beinahe angefallen hätte. April versuchte, ein höhnisches Grinsen zu unterdrücken, küsste ihn höflich auf beide Wangen und murmelte die üblichen französischen Höflichkeitsfloskeln, in der Hoffnung, dass ihre Verachtung nach der guten altmodischen Pariser Reserviertheit aussah.

Neben Olivier und Marc stand ein schlaksiger Mann mit schlaffem schwarzem Haar und einem lavendelfarbenen Hemd. Aprils

Augen mussten einfach den eleganten Säumen folgen, die am Hosenbund säuberlich und präzise unter den Nadelstreifen verschwanden. Ihr Blick blieb auch kurz an seinen beneidenswerten Hüften und dem Oberkörper hängen, dessen Form irgendwie nach Durchsetzungsvermögen aussah, oder nach Dreistigkeit oder irgendetwas anderem, was sie nicht recht benennen konnte. April begann schon zu erröten, als sie auch noch die Zigarette bemerkte, die ihm aus dem Mundwinkel hing.

»Sie können hier drin nicht rauchen!«, schrie April. Der kleinste Funken konnte die ganze Wohnung in Flammen aufgehen lassen, das war doch offensichtlich. »Machen Sie sie aus! Machen Sie die Zigarette aus!«

Der Mann lachte glucksend, ließ seine Zigarette fallen und trat sie mit einem blank geputzten Loafer auf dem Parkett aus. Ohne groß nachzudenken, bückte sich April und hob die Kippe auf. Sie wedelte damit durch die Luft, um sicherzugehen, dass sie auch wirklich aus war.

»Sie sind ja ein engagierter Anti-Raucher«, stellte der Mann grinsend fest, während April die Kippe in ihrer Tasche verschwinden ließ.

»Sie gehört zu unserem Team«, sagte Olivier, als wollte er ihr Verhalten erklären oder entschuldigen. »Das ist April Vogt. Sie ist unsere Spezialistin für europäische Möbel.«

»Ah«, sagte der jetzt nicht mehr rauchende Eindringling mit starkem französischem Akzent. »L'Américaine.«

»April Vogt.« Sie hielt ihm die Hand hin. Er grinste wieder, nickte und zog sie dann zu sich heran, um sie mit den üblichen zwei Wangenküsschen zu begrüßen. Er roch nach teuren Zigaretten und einem noch teureren Rasierwasser. April fühlte sich unwohl bei dieser traditionellen, aber unvermeidlich persönlichen Geste.

»Das ist Luc Thébault«, sagte Olivier. »Er ist der Anwalt von Madame Quatremer.«

»Madame Quatremer?«

»Die Verstorbene. Das hier war ihr Appartement.«

»Das ist so nicht ganz richtig«, sagte Luc und stützte einen Arm auf einen Stuhl. April schauderte, als sie unter dieser gedankenlosen, laienhaften Berührung den Preis geradezu sinken sah. »Technisch gesehen vertrete ich nicht Madame Quatremer, sondern die Immobilie. Tote können normalerweise nämlich keine Anwälte beschäftigen. Diese Wohnung gehörte jedenfalls ihrer Großmutter. Madame Quatremer wohnte in Sarlat und hat es nie hierher geschafft, wie Sie aus dem Zustand der Einrichtung wahrscheinlich schon schließen konnten.«

»Und Monsieur Thébault hat uns wegen all dieser Objekte angerufen«, erklärte Olivier. »Wofür wir ihm sehr dankbar sind.«

»Das sollten Sie auch sein.« Luc wandte sich zu April. »Sie ...«, sagte er und musterte sie von oben bis unten, »... könnten fast als Französin durchgehen. Ich hatte nicht erwartet ... so etwas hier anzutreffen.«

April lächelte schwach. Als sie vor Jahren den Kuratorenposten an einem Pariser Museum für Möbel aus dem 18. Jahrhundert ergattert hatte (das Museum gab es heute nicht mehr), las sie sich an, was man tun musste, um wie eine Pariserin auszusehen. Beziehungsweise, um nicht ganz so amerikanisch auszusehen. Dazu musste man schicke dunkle, maßgeschneiderte Kleidung tragen, wie ihr die Literatur erklärte; Stücke, die sich leicht untereinander kombinieren ließen und immer zueinanderpassten, die man überstreifen konnte, um dann auszusehen, als hätte man sich kaum gestylt. Das entsprach mehr oder weniger ihrem derzeitigen Erscheinungsbild, dachte April: geradlinig, dunkel und maßgeschneidert, mit glasklaren Linien. Haare, Augen, Nase: alles lässig zusammengestellt, Basics, an denen es wenig auszusetzen gab. Alles, was sie brauchte, um herauszustechen, war ein auffälliger Schal und ein Breton-Top. Das war die Goldene Regel Nummer zwei beim Französin-Spielen.

»Gar keine Antwort, Madame Vogt?«, fragte Luc. »Gar nicht so redselig, wie Sie sein müssten. Ich dachte immer, dass Amerikaner pausenlos schwatzen.«

Er bewegte seine Hand, um eine schnatternde Ente zu imitieren.

»Sieht so aus, als würden wir unsere Worte mit etwas mehr Bedacht wählen als andere Leute.« April hob das Kinn, dann drehte sie sich zu Olivier um. »Also, Olivier. Ich glaube, wir haben einiges an Arbeit vor uns.«

Sie spähte ihm über die Schulter und entdeckte einen Louis-Philippe-Malachit-Tisch, der an einem prunkvollen Louis-XVI-Sofa aus Walnussholz lehnte. Sie bekam ganz große Augen. Die Schätze schienen sich zu vermehren, wo sie auch hinblickte.

»Einige von diesen Stücken – sind ganz unglaublich.« Ihre Stimme klang ehrfürchtig und gleichzeitig ein wenig traurig.

April dachte an das Möbelmuseum, das damals hatte schließen müssen, und runzelte die Stirn. Was, wenn es damals nicht untergegangen wäre? Was, wenn sie nur noch einen Monat länger in Paris geblieben wäre? Oder zwei Monate? Sie hatte Troy am Flughafen kennengelernt, als sie die Stadt gerade verließ. Er nahm in der Air-France-Lounge schräg gegenüber von ihr Platz, eine ganz zufällige Begegnung. Sie war noch nie zuvor in einer Businessclass-Lounge gewesen, und ganz bestimmt hätte sie sich nicht von irgendeinem x-beliebigen Typen anquatschen lassen. Damals dachte April, wenn man eine Stadt in Schande verlassen musste, konnte man es zumindest würdevoll tun. Unerklärlicherweise fand Troy sie anziehend und ließ sich nicht abschrecken von dieser dunkelhaarigen Frau, die ihre Tränen hinunterschluckte, während sie den ersten Traum ihres Erwachsenenlebens aufgeben musste.

»Das ist doch kein Grund zum Weinen, Madame Vogt«, sagte Luc. »Das sind doch bloß Möbel.«

»Ich weine nicht«, schnauzte sie zurück. »Und überhaupt – ›bloß Möbel‹? Ich bitte Sie! Allein mit den Stücken in diesem Zimmer könnten Sie ein ganzes Museum füllen!«

»Vergessen Sie mal kurz die Stühle und Schreibtische, Madame Vogt«, sagte Olivier und schnipste mit den Fingern, um Aprils

Aufmerksamkeit auf sich zu lenken. Er deutete auf die Stelle vor sich. »Sehen Sie das? Das Gemälde da?«

April beschrieb einen weiten Bogen um Luc und ging auf Olivier zu. Vor ihm an der Wand lehnte das Portrait einer Dame. Es war fast so groß wie April, und obwohl die Frau nur im Profil gezeigt wurde, konnte man erkennen, dass sie zweifellos umwerfend ausgesehen hatte.

Das Modell posierte auf einer mauvefarbenen Liege und blickte vom Maler weg. Ihr Haar war braun und zerzaust und so locker zurückgenommen, dass die Frisur eigentlich mehr aufgelöst als hochgesteckt wirkte. Sie trug ein wundervolles, luftiges rosa Kleid, das ihre untere Körperhälfte umschlang wie ein Meerjungfrauenschwanz. Trotz ihres majestätischen Kleides war der Schmuck der Frau eher spartanisch und spärlich, und ihr Gesicht zeigte eine unglaublich reine Art von Schönheit.

»Die sieht ja toll aus«, sagte April, die in Gedanken immer noch bei ihren Möbeln war, aber die Augen doch nicht von dem Bild losreißen konnte. »Einfach toll.«

»Toll, ja. Aber sehen Sie das? Sehen Sie, was das ist?«

April trat einen Schritt näher an das Bild und ins Sonnenlicht.

»Machen Sie bitte mal die Fensterläden zu«, bat sie und hielt ihre Tasche hoch, in einem vergeblichen Versuch, das grelle Licht abzuschirmen, das durch die Fensterscheibe fiel. »Wir müssen vorsichtig mit diesen Objekten umgehen.«

»Die Dame«, drängte Olivier noch einmal. »Madame Vogt. Das Bild.«

April hielt inne. Sie sah noch einmal genauer hin, stellte erneut fest, wie spartanisch der Schmuck der Frau war (eine schmale Perlenkette, ein Ring an jeder Hand) und dass ihr Ausschnitt geradezu aggressiv ausgefallen war. Wäre das Gemälde ein Foto von heute gewesen, hätte es jemand vergrößert, um vielleicht einen Blick auf eine Brustwarze erhaschen zu können.

Dann sah sie es. Die Farben. Die Pinselstriche. Dieser unverwechselbare kühne Pinselstrich.

»Oh mein Gott«, sagte April und schob sich die Hände unter die Achselhöhlen. Sie hätte das Gemälde am liebsten berührt. Sie wollte es ganz dringend berühren. Das machte die eine Hälfte der Gründe aus, die sie in diese Branche gelockt hatten. Sie durfte Dinge berühren, die die Allgemeinheit nicht anfassen durfte.

»Was meinen Sie?«, fragte Olivier. Das war eine Herausforderung, keine Frage. Er wollte Details. Er wollte seine Notizen mit ihr abgleichen.

»Boldini«, flüsterte sie. »Ich glaube, das ist ein Boldini. Aber das kann doch nicht sein. Oder?«

»Ja!« Olivier klatschte in die Hände und sang fast vor lauter Genugtuung. Er hatte sowohl das Portrait gefunden als auch die richtige Person für diesen Job. Er wandte sich zu Marc. »Sehen Sie? Ich hab's Ihnen doch gesagt. Sie meinten: ›Non, c'est impossible!‹ Aber Madame Vogt sieht es auch.«

»Ich dachte, sie ist Möbelexpertin«, bemerkte Marc.

Luc schnaubte. April musste ihm unwillkürlich einen finsteren Blick zuwerfen.

»Ja, aber ich kenn mich eben auch mit anderen Dingen ein bisschen aus«, gab sie zurück.

In der Tat war es unmöglich, jahrelang intensiv Kunstgeschichte zu studieren und obendrein auch noch in Paris zu leben, und dann nicht in der Lage zu sein, einen kleinen Giovanni Boldini zu identifizieren. Der »Meister des kühnen Pinselstrichs« war damals der berühmteste Portraitmaler der Welt. Im späten neunzehnten und frühen zwanzigsten Jahrhundert war man ein Niemand, bevor Boldini einen nicht gemalt hatte. Diese Frau war jemand.

»An dieses Gemälde kann ich mich gar nicht erinnern«, sagte April. »Das Portrait von Madame Juilliard, ja, Lady Colin Campbell, die Herzogin von Marlborough, und auch mehrere von Donna Franca Florio. Aber diese Dame hier nicht.«

Aprils Herz klopfte jetzt wie wild. Sie mochte Boldini. Sie mochte ihn sehr. Seine Meisterhaftigkeit in der Portraitmalerei war unbestritten. Doch obwohl sie schon ein Dutzend oder mehr seiner Portraits gesehen hatte, war es April beim Betrachten noch nie so ergangen wie hier. Diese Frau war schön, ja. Aber sie war noch mehr als das. Sie hatte Präsenz.

»Ich kann das gar nicht glauben«, flüsterte April.

»Soweit ich weiß, ist das gar nicht in seinem Werkverzeichnis aufgeführt«, sagte Olivier. »Ob das wohl eine Fälschung sein könnte?«

Nein. Das war keine Fälschung. Das wusste April schon jetzt.

»Wenn, dann wäre es eine verdammt gute«, sagte sie. »Andererseits …« Sie hielt einen Moment inne und tat so, als würde sie die Möglichkeit tatsächlich in Erwägung ziehen. »Wer würde einen Boldini jahrelang wegsperren? Der musste nicht erst sterben, um berühmt zu werden, der war damals schon bekannt. Wer würde so was tun? Und warum?«

»Wer ist denn Boldini?«, erkundigte sich Luc, während er sich eine neue Zigarette ansteckte.

»Können Sie die bitte wieder ausmachen?«, giftete April. »Ich möchte nicht, dass nachher in allen Sachen dieser Geruch hängt.«

Luc gackerte und sagte irgendetwas zu Olivier. April machte gerade den Mund auf, um sie daran zu erinnern, dass ihr die französische Vokabel für »verkrampft« durchaus bekannt war. Da bemerkte sie neben der Wand die mauvefarbene Liege, die auf dem Portrait abgebildet war. April verschlug es den Atem. Auf einmal konnte sie diese Frau auf diesem Möbelstück sitzen sehen. Sie sah sie vor sich, wie sie an ihrer Frisierkommode saß, um einen Brief zu schreiben, und in irgendeinem der hundert Spiegel ihr Bild anstarrte. Und dieses Zimmer, das vor zehn Minuten noch tot gewesen war, fühlte sich auf einen Schlag ganz lebendig an.

Chapitre 4

April hatte in ihrer Laufbahn Hunderte von Auktionen geleitet. Die Beutestücke kamen meistens von verschiedenen Varianten desselben Ortes: Großmutters Pfarrhaus oder Vaters Landsitz oder irgendein Penthouse, das gerade auf den Markt gekommen war. Im Gegensatz zur Welt der Gegenwartskunst, wo die Objekte mittlerweile wie Aktien gehandelt wurden – aus Sportsgeist oder Profitstreben –, kamen die kostbaren Stücke, mit denen April arbeitete, immer durch die drei großen Dramen in ihre Hände: Schulden, Scheidungen und Todesfälle. Die Objekte, die sie hier vor sich sah, stammten aus der Wohnung einer verstorbenen Frau, ja, aber überdies stammten sie auch aus der Vergangenheit. Zahllose Objekte mit Museumswert, unberührt, nur kuratiert von Spinnen und Geistern.

April streifte ihre Handschuhe über und näherte sich der Liege.

»Madame Vogt?«, sagte Olivier. »Madame Vogt, hören Sie zu?«

»Oh, wie bitte? Entschuldigen Sie, ich war gerade …«

Sie hatte fast vergessen, dass ihre Kollegen immer noch da waren.

»Wir gehen kurz nach draußen, um uns zu unterhalten und eine zu rauchen. Dann können Sie viel besser arbeiten, bien sûr.«

»Merci.«

»Ich würde Sie ja einladen, uns Gesellschaft zu leisten, aber ich nehme an, Sie sind ohnehin nicht interessiert.«

»Bitte, gehen Sie nur. Ich bleibe hier und werde mir einen Plan ausdenken, wie sich die Objekte am besten sichten und inventarisieren lassen. Hier ist so viel zu tun!«

April versuchte, ihre Freude nicht allzu deutlich zu zeigen. Ja, *bons messieurs*, bitte gehen Sie hinaus. Sie wollte allein sein mit dieser Frau und ihren Sachen.

»Ah, das berühmte amerikanische Arbeitsethos«, sagte Luc. »Très bien!«

»Na ja, ich bin schließlich hierhergekommen, um diese Arbeit zu machen.«

Unerklärlicherweise lachten die drei Männer darüber.

»Fangen Sie nicht ohne uns an, die Prämien zu kalkulieren!«, rief Olivier ihr noch zu, bevor die drei die Wohnung verließen.

Sie nickte und rang sich ein Lächeln ab. Die Tür wurde mit einem gedämpften Klicken ins Schloss gezogen. April schoss quer durchs Zimmer zu dem Bücherregal, das in der Nähe des Flurs stand.

Es war das Bücherregal, das sie beim Eintreten fast umgerannt hätte. Das Möbelstück selbst war ihr egal. Es war zwar alt, hatte aber eher das Flair eines College-Schlafsaals als eines Edelpuffs und würde bei einer Auktion nicht viel bringen. Aber die Fächer waren mit Papieren vollgestopft, wie sie gesehen hatte, als sie sich vorhin ihren Weg durch das Labyrinth bahnte. Auf jeder Oberfläche lag ein Stapel, auf jedem Stapel noch fünf weitere kleine Stapel. Die Bewohnerin dieses Appartements war entweder eine äußerst produktive Schriftstellerin gewesen oder der Albtraum eines jeden Gerichtsvollziehers in Paris.

Was sie hier tat, war keine Schnüffelei, sagte sich April. Nicht wirklich. Es ging ihr darum, die Herkunft all dieser Objekte zu klären. Und diese Dokumente würden ihr dabei helfen. Vielleicht war darin ja irgendwo das Gemälde erwähnt. Das war zwar nicht besonders wahrscheinlich, aber es reichte ihr als Vorwand.

April nahm einen Stapel in die Hand, dann noch einen, und noch einen dritten, und riss das Papier aus seinem siebzigjährigen Schlaf. Die Dokumente wurden von verblichenen Bändern zusammengehalten: grün und rosa und hellblau. Das Papier an sich war vergilbt und so alt, dass es kaum mehr wog als die Spinnweben, die hier überall hingen. Die Schrift war nur noch schwach zu sehen, zum Teil unlesbar, aber als April die Seiten durchblätterte, schienen die Worte deutlicher zu werden und die Sätze sprangen dem Betrachter ins Auge.

Mit den Papieren in der Hand bewegte April sich langsam zum Fenster. Sie blickte auf die Straße hinunter, wo Olivier, Marc und Luc auf den Bordstein spuckten. Das Bleiglas dämpfte ihre Stimmen nicht im Geringsten. Sie hatte ein wenig Zeit. April wusste aus Erfahrung, dass Olivier nur schwer den Mund halten konnte, wenn er erst mal in Fahrt war.

Sie setzte sich auf den Stuhl, von dem sie vorher Luc verscheucht hatte. April legte sich den ersten Stapel auf den Schoß und entknotete das hellgrüne Band. Sie löste die Blätter vorsichtig voneinander und betrachtete die Dokumente. Rechnungen. Briefe. Tagebucheinträge. Ihr Herz begann zu rasen.

Die Zahlen schienen nicht zu stimmen. Madame Quatremer ließ die Wohnung 1940 versiegeln. Boldini – wenn das Gemälde denn ein Boldini *war* – war 1931 gestorben. Aber diese Daten? Die konnten einfach nicht stimmen.

Sollten sie jedoch stimmen – für den unwahrscheinlichen Fall, dass diese Daten wirklich korrekt waren und nicht von Madame Quatremer und ihrem gerissenen Anwalt Luc verfälscht worden waren –, dann war diese Geschichte nicht siebzig Jahre alt, sondern noch älter.

Auf dem Blatt, das April in der Hand hielt, stand in säuberlicher, enger Schrift: »2. Juli 1898«. Das stammte nicht aus dem letzten Jahrhundert, sondern aus dem Jahrhundert davor. Sie warf einen Blick auf das Bücherregal. Wie weit gingen diese Aufzeichnungen zurück?

April überflog die Briefe und musste sich ein Lächeln verbeißen. Die Frau, die dies geschrieben hatte, war mutig, frei und verdammt witzig. Ihre Formulierungskünste waren tadellos, auch wenn sie Wörter wie »Flatulist«, »Männlichkeit« und »Brustwarzen« einstreute. Wenn diese Briefe und Tagebucheinträge echt waren – und April wusste natürlich, dass sie das waren –, dann hatte die Verfasserin wirklich Courage. Sie war unerschrocken. Andererseits hatte sie natürlich auch nicht wissen können, dass hundert Jahre später eine Amerikanerin in ihren Besitztümern wühlen würde.

Schuldgefühle befielen April, und sie knotete die Bänder um die Stapel wieder zusammen. Diese Dokumente gehörten nicht zur Quatremer-Erbmasse, zumindest nicht im Hinblick auf die Interessen des Auktionshauses. Entblößte Haut und gastro-intestinale Problemchen würden niemandem dabei helfen, die Herkunft der Kunstobjekte zu klären, sosehr April es sich auch gewünscht hätte.

Als sie gerade ein Band wieder zu einer Schleife schlang, fiel ihr ein einzelner Satz ins Auge. Ihr erster Gedanke war: Gott sei Dank, ich trample nicht komplett in der Privatsphäre eines anderen Menschen herum.

Ihr zweiter Gedanke war: Oh mein Gott, wir hatten recht. Dieses Gemälde ist ein Boldini.

Chapitre 5

Paris, 20. Juli 1898

Ich habe heute für Boldini Modell gesessen. Mal wieder.

Nur noch ein paar Skizzen, dann kann er loslegen, hat er versprochen. Ein paar Skizzen? Dieser Mann und sein ständiges Gekritzel treiben mich noch ins Irrenhaus! Um ehrlich zu sein, es wäre mir eine willkommene Abwechslung. Dann hätte ich zumindest nichts mehr mit diesem gottverdammten Portrait zu schaffen. Das Ganze ist wirklich vergebliche Liebesmüh – er hat ja noch nicht mal den Pinsel in die Hand genommen! Dies allen Frauen zur Warnung: Ein berühmter, gut aussehender Künstler, der einen zeichnen soll, ist kein allzu romantisches Szenario.

Drehen Sie sich hierhin, drehen Sie sich dorthin, sagt er. Er runzelt die Stirn, finstere Brauen, grimmige Bemerkungen und viel zerknülltes Papier. Und dann fangen wir wieder von vorne an.

Habe ich schon erwähnt, dass es heiß ist? Mörderisch heiß? In dieser Hitze und diesen Dämpfen dachte ich, ich falle jeden Moment vom Sofa. Wenn dieses ganze Theater nicht so typisch Giovanni wäre, wäre ich beleidigt. Es ist nicht das erste Mal, dass er so was macht.

»Sie sind doch eigentlich ein Maler«, sagte ich zu ihm. »Kein Zeichner!«

Er würdigte die Bemerkung keiner Antwort, aber ganz ehrlich: Es gibt Perfektionismus und es gibt Wahnsinn, und er bewegt sich gefährlich nah an Letzterem. Der »Meister des kühnen Pinselstrichs« – allerdings! Es würde ihm ganz gut zu Gesichte stehen, ein paar kühne Pinselstriche weniger zu tun.

Das letzte Mal hat mich Marguérite begleitet. Sie meinte, ich mache es ihm nicht einfach, worüber ich lachen musste. Hätte sie schon mal erlebt, dass ich es irgendeinem Mann einfach mache? Nein, tatsächlich lege ich es meistens auf das genaue Gegenteil an. Wie auch immer – Monsieur Boldini hat diese Behandlung auf jeden Fall verdient. Ich reize ihn. Ich warne ihn davor, den succès de scandale seines letzten Werkes zu wiederholen. Gott stehe mir bei, wenn mir ein Träger von der Schulter rutscht und ich die nächste Madame Gautreau werde.

Aber das ist alles durchaus lustig gemeint, und das weiß er auch. Außerdem würde er niemals Sargents künstlerische Fehleinschätzung wiederholen, ganz egal, wie oft ich ihm sage, dass er Gefahr läuft, genau das zu tun (und ich sage es ihm wahrlich oft). Im Gegensatz zu Sargent wird Giovanni vorsichtig zu Werke gehen. Er hält das Geschäft ebenso in Ehren wie die Kunst und hat überhaupt kein Verlangen nach *la vie de bohème*. In gewisser Hinsicht sind wir uns ziemlich ähnlich.

Wahrscheinlich könnte ich die Zügel sogar ein bisschen lockern, aber was ich Marguérite nicht verraten habe – ja, was ich nicht mal Giovanni selbst verraten habe –, ist der Umstand, dass ich nicht nur aus Ungeduld an ihm herumnörgle. Wir stehen nämlich durchaus unter einem gewissen Zeitdruck. Wenn Madame Gautreaus Träger schon den Ruf gleich mehrerer Persönlichkeiten bedrohte, mag ich mir gar nicht ausmalen, was los wäre, wenn Boldini nächstes Jahr im Salon ein Bild von einer Frau ausstellen würde, deren Schwangerschaft bereits fortgeschritten ist. Noch dazu eine unverheiratete Frau! Mon Dieu!

Es lässt sich leidlich gut verbergen, aber der Moment wird kommen, in dem ich Giovanni, Marguérite und ganz Paris beichten muss! Vorerst werde ich das Unvermeidliche so lange wie möglich hinausschieben. Ich habe noch nicht entschieden, was ich Boldini sagen werde. Werde ich sagen, dass das Kind von ihm ist? Werde ich sagen, dass es das Kind eines anderen ist? Mir gefällt der Gedanke nicht, diesen Mann anzulügen, ganz besonders in Anbetracht der Lügen und Geheimnisse, die sich um meine eigene Abstammung ranken. Andererseits kann eine Frau auch nicht ausschließlich von noblen Gedanken leben. Manchmal muss man lügen, um die Wahrheit leben zu können.

Chapitre 6

Paris, 1. August 1898

Boldini, dieser Hund! Seine neueste Skizze ist einfach völlig inakzeptabel. Und er gedenkt sie trotzdem zu benutzen! Eine grässliche Situation. Er ist so ein *Stück Dreck*!

Die Skizze war eine reine Fingerübung, sagte er. Ich hätte es besser wissen müssen, und tatsächlich legte ich Protest ein, sowie er zum Stift griff. Ich war mitnichten in der Verfassung, in der man sich unsterblich machen lassen möchte – nachdem ich auf meiner violetten Ruheliege gerade *très horizontale* mit ihm gewesen war.

»Du siehst grandios aus«, sagte er, obwohl das selbstverständlich überhaupt nicht der Fall war. Ich hatte mich gerade erst wieder aufgesetzt. Meine Augen waren klein, mein Haar war zerzaust und ohne jede Fasson. Ich hatte im Bettzeug ein Armband verloren, und mein weißer Puder war fast völlig von der Haut gerieben worden.

Und mein Kleid! Vom Zustand meines Kleides mag ich kaum sprechen. Du liebe Güte: zerknitterte Ärmel, faltiges Oberteil, und nicht mal komplett zugeschnürt. Obendrein hasse ich dieses Kleid. Das wollte ich eigentlich nie kaufen! Ich muss wohl ein paar Worte zu diesem Kleid verlieren. Ich hätte wissen müssen, dass dieses verdammte rosa Ding noch meinen Untergang besiegeln würde. Und wenn Boldini nun seinen Kopf durchsetzt, dann wird mich dieses verdammte Kleidungsstück auch noch überleben!

»Mach nur weiter, wenn du willst, dass ich dir die Hand breche, mit der du deine Skizzen machst«, warnte ich ihn, als er nicht aufhören wollte zu zeichnen. »Bitte leg deine Zeichenutensilien weg.«

»Ich sag dir doch die ganze Zeit, das sind nur Fingerübungen«, versprach er. »Du siehst so wunderschön aus, ich muss das einfach festhalten.«

»Du bist weiß Gott ein begabter Schlangenbeschwörer. Aber ich bin keine Schlange, also lasse ich mich auch nicht beschwören.«

»Keine Sorge«, sagte er, und die Andeutung eines Lächelns spielte auf seinen Lippen. »Das ist bloß für mich, für meinen Privatgebrauch. Vertrau mir, meine Liebe, du hast noch nie so großartig ausgesehen. Daran möchte ich eine Erinnerung haben.«

Wie konnte ich dagegen Einwände erheben? Ich entspannte die Schultern und hörte auf, nach einer Pistole Ausschau zu halten.

Was für eine dumme, dumme Frau ich doch bin.

Einen Moment lang war das Ganze gar nicht mal so unmöglich. Es hatte sogar etwas Vergnügliches, ein Wunder, Giovanni tatsächlich einmal bei der Arbeit *lächeln* zu sehen, wo er sonst nur Grimassen zieht und schreit und sich aufführt wie das launische Kind, das er eben ist. Er nannte mich schön und perfekt, und jeder, der mit Giovanni vertraut ist, weiß, dass das aus dem Munde dieses Mannes gewaltige Worte sind.

Irgendwann war er fertig. Als ich aufstand, blieb er an seinem Zeichentisch sitzen, grinste wie ein Wahnsinniger und umklammerte den Bleistift mit der Faust. Ich sagte das Einzige, was ich in diesem Moment sagen konnte: »Merde.«

Giovanni warf unter irrem Gelächter den Stift auf den Boden, klatschte in die Hände und beschloss, dass er genau diesen Entwurf malerisch umsetzen würde! Nicht den, an dem wir wer weiß wie viele Wochen gearbeitet hatten. Nicht den mit dem sorgfältig ausgewählten Kleid, dem richtigen Schmuck und dem in perfektem Winkel geneigten Kopf. Donna Franca Florio selbst (anspucken möchte ich sie!) könnte niemals so gut aussehen. Aber nein, er wollte dieses hier, in aller Hast hingeworfen, in aller Grausamkeit gemalt!

»Auf nach Monte Carlo!«, sagte er dann.

Nach Monte Carlo! Einen ganzen Monat! Ich hätte ihn am liebsten gewürgt. Und selbst diese Behandlung schien mir in diesem Moment noch zu gnädig.

»Mon Dieu!«, sagte ich.

Er lachte.

»Sprich nie wieder mit mir!«, sagte ich.

Er lachte.

Dummer, grässlicher, erbärmlicher Mann. Erst kann man unter seinem Schnurrbart monatelang kein verdammtes Lächeln hervorlocken, und dann auf einmal ist er aufgekratzt wie ein Irrer.

»Ich hoffe, deine Genitalien verfaulen und fallen dir ab!«

Und dann erzählte ich es ihm.

Natürlich musste ich es ihm erzählen. Ich hatte es die ganze Zeit vorgehabt, aber sein unschickliches Benehmen beschleunigte mein Vorhaben. Wie sich herausstellte, hatte er die Veränderungen an mir schon bemerkt. Er hatte die neue Rundung meines Bauches und meiner Brüste gesehen. Auf der Straße und auf Gesellschaften ließ es sich noch leicht verstecken, aber man kann schließlich nicht ständig Korsett tragen. Nun, *manche* Leute mögen so etwas vielleicht, nicht jedoch Monsieur Boldini.

»Ich hab mir so meine Gedanken gemacht«, sagte er, als es passiert war, als ich mein Geständnis gemacht hatte und wir beide Dinge sagten, die wir schon wieder bereuten. »Als du nicht wieder in dein Kleid reingekommen bist.«

Was für eine Unverschämtheit!

Ich hätte ihn am liebsten angeschrien und daran erinnert, dass es bestimmte Gentlemen in dieser Stadt gab, die rücksichtsvoll genug waren, eigens Friseure und Zofen zu beschäftigen, für den Fall, dass sich eine Dame nach einem Besuch ein wenig zerzaust fühlte. Hier ein bisschen anziehen, dort ein bisschen zupfen, sodass man wieder perfekt in Form war! Monsieur Boldini begriff nicht, dass nicht jede Frau die Schande leiden muss, sich ohne Korsett nach Hause zu schleichen!

»Du bist auch nicht davon befreit, mir bei diesen Dingen auszuhelfen«, sagte ich zu ihm. »Dieses Kleid schnürt sich bestimmt nicht von alleine wieder zu.«

»Nein«, stimmte er mir zu, »es sei denn, es hätte sehr große Hände.«

Dieses Kleid! Dieses vermaledeite Kleid! Ich verabscheute es in der ersten Sekunde, in der ich es erblickte! Und jetzt würde es auf einem Gemälde unsterblich gemacht werden, durch die Hand des »Meisters des kühnen Pinselstrichs« höchstpersönlich.

Ach. Ich muss wohl ein paar Worte zu diesem Kleid verlieren.

Anfang der Woche hatte Doucet, mein bevorzugtes Schneideratelier, eine Frau mit drei Kleidern vorbeigeschickt. Das Modell kam mir sofort bekannt vor. Sie zog das erste Kleid an. Ich sagte Nein. Sie zog das zweite an. Wieder sagte ich Nein. Und die ganze Zeit bemühte sich mein Gehirn, diese Frau in den richtigen Zusammenhang zu setzen. Als sie schließlich das dritte Kleid anzog, ein leicht durchsichtiges Stück mit tiefem Ausschnitt und zeltartig weiten Ärmeln, fiel es mir endlich wieder ein. Ich musste ein Kichern unterdrücken, denn bei unserem letzten Zusammentreffen war die junge Dame in der Tat in einer äußerst unfeinen Lage gewesen!

Wie so oft ist alles zurückzuführen auf Marguérite. Sie ist meine engste Freundin, und das Wort »Freundin« ist tatsächlich nicht stark genug, um unsere Beziehung zu beschreiben. Doch so wunderbar sie sein mag, man muss schon aufpassen mit dem, was man der lieben Marguérite so erzählt. Vor ein paar Monaten beschloss ich, ihr eines meiner größten Schönheitsgeheimnisse anzuvertrauen. Sie jammert ständig über ihre unreine Haut und ihren schlechten Atem. Ich empfahl ihr einen täglichen Einlauf, um diese Probleme zu lösen, vergaß aber hinzuzufügen, dass man diese Maßnahme am besten in ganz privatem Rahmen vornimmt. Wenn man es mit Marguérite zu tun hat, muss man solche Dinge unbedingt dazusagen!

Als ich sie am nächsten Tag besuchte, traf ich sie an, wie sie am Kamin lehnte, ihre robe d'intérieur bis zur Taille hochgerafft. Eine Zofe ließ ihr ebenjene Behandlung angedeihen, die ich ihr empfohlen hatte. Nicht weniger als vier arabische Diener beobachteten die Prozedur, und die Augen drohten ihnen dabei schier aus dem Schädel zu fallen. Oh, Marguérite!

An diesem Tag also, als das Modell in einem rosa Kleid vor mir stand, das fast genau dieselbe Farbe hatte wie Marguérites Untergestell, meldete sich die Erinnerung zurück. Vor mir stand die ehemalige Zofe, die ihr den Einlauf verabreicht hatte! Eine kluge Frau. Sie hatte nicht lange gebraucht, um eine andere Arbeit zu finden. Und sie war tatsächlich zu hübsch, um sich mit Marguérites Hinterteil zu befassen.

»Na, Sie haben ja wirklich einen Schritt nach oben gemacht«, sagte ich lachend.

»Wie meinen?« Die Frau drehte sich, um das Kleid besser zu präsentieren.

»Sie brauchen sich nicht zu schämen«, sagte ich. »Ich mache Ihnen keinen Vorwurf daraus, die Stellung bei Marguérite aufgegeben zu haben. Ich möchte mich für meine Freundin entschuldigen. Ihr Enthusiasmus für die neuesten Schönheitskuren vernebelt ihr so manches Mal den Blick fürs Schickliche. Ich wäre auch zu Doucet gelaufen, um mich dringend um Arbeit zu bewerben!«

»Ich habe keine Ahnung, wovon Sie sprechen«, erwiderte die Frau mit zitternden Lippen.

»Sie waren Zofe bei meiner Freundin Marguérite. Ich habe Sie bei ihr gesehen, während Sie ihr bei gewissen Manipulationen zur Hand gingen.«

»Ich werde mich jetzt wieder umziehen«, sagte sie. »Bitte schauen Sie sich die Kleider an, und geben Sie Monsieur Doucet Bescheid, wenn Sie eines davon erwerben wollen.«

Sie huschte aus dem Zimmer und ließ mir keine Gelegenheit mehr, ihr zu versichern, dass in diesem Fall Marguérite Grund hatte sich zu schämen, und nicht sie.

Am Ende fühlte ich mich verpflichtet, das rosa Kleid zu kaufen, und des Weiteren, es zumindest einmal zu tragen. Wäre mir das Kleid nicht so egal gewesen, wäre ich in Giovannis Studio auch ein bisschen achtsamer damit umgegangen! Verstehen Sie? Wie ich schon sagte, es lässt sich immer alles auf Marguérite zurückführen.

Lieber Gott, Giovanni wird dieses Kleid malen.

Lieber Gott, was habe ich Giovanni erzählt?

Giovanni. Das Kind. Ich muss mich um dieses Fiasko kümmern. Jetzt ist nicht der richtige Zeitpunkt dafür. Wie es so schön heißt: *J'ai d'autres chats à fouetter*. Außerdem habe ich keine Lust mehr zu schreiben. Nachdem ich so viel von Marguérite erzählt habe, sehe ich sie ständig vor meinem inneren Auge, wie sie sich an den Kamin lehnt, ihre nackte Haut offen präsentiert wie einen Schinken auf dem Markt, und die Schläuche, die aus ihrem Hinterteil herauskamen. Und, das muss ich dazusagen, ein Hinterteil, das auch nicht mehr so straff und frisch war, wie es mal gewesen ist!

Chapitre 7

»Na, Madame Vogt, lesen Sie private Korrespondenz?«

April fuhr hoch. Die Blätter fielen ihr aus der Hand, und sie konnte sie gerade noch mit den Knien auffangen. Mit heißen Wangen sah April in die Gesichter der drei Männer, deren Blicke irgendwo zwischen Amüsement und Tadel lagen.

»Oh, hallo, ich habe gerade …«

Luc tätschelte ihr den Oberschenkel.

»Allons-y!« Er tätschelte noch einmal. »Entspannen Sie sich!«

April öffnete ihre Beine einen Zentimeter weit und ließ die Blätter in seine Hände fallen. Es war ein kühler Tag, aber sie schwitzte am Haaransatz und im Nacken. Sie brauchte keinen Spiegel, um zu wissen, dass ihr Kopf aussah wie eine große, runde Tomate.

»Ich dachte, Sie sind Möbelexpertin«, sagte Luc, während er die Seiten durchblätterte. »Olivier hat mir gar nicht erzählt, dass Sie auch Expertin für Manuskripte sind. Ich werde Auskunft einholen, ob die Erben von Madame Quatremer wünschen, dass diese Dokumente ebenfalls untersucht werden. Bis dahin sind sie jedenfalls nicht für die Augen der Öffentlichkeit gedacht.«

»Na ja, ich bin ja nun auch nicht unbedingt die Öffentlichkeit«, sagte April, die die Übelkeit in sich aufsteigen spürte. Sie war gerade mal sechzig Minuten in Paris und hatte bereits ihren Kunden verärgert. Er konnte jederzeit ein anderes Haus mit der Auktion beauftragen. Die Prämien würden jenseits von Gut und Böse liegen, und dreißig Sekunden, nachdem sie diesen Auftrag vergeigt hatte, würde sie auch ihren Job los sein.

»Madame Vogt …«, begann Olivier.

»Diese Dokumente werden bei der Ermittlung der Herkunft dieser Objekte von Nutzen sein«, sagte sie rasch. April räusperte sich und warf einen Blick auf das Gemälde. »Sie hatten tatsächlich recht, Olivier. Sie haben einen untrüglichen Blick! Dieses Portrait ist *tatsächlich* ein Boldini! Ich glaube, wir haben hier das Tagebuch der Frau, die auf diesem Gemälde zu sehen ist!«

»Wirklich?« Olivier zog eine Augenbraue hoch. »Keine fünf Minuten allein, und Sie haben das Stück schon authentifiziert? Monsieur Thébault, bitte geben Sie April das Tagebuch zurück, damit sie der Gruppe den relevanten Eintrag zeigen kann.«

Luc grinste süffisant, offenbar der Gesichtsausdruck, den er am häufigsten einsetzte, und schob April die Papiere wieder zu. Keine Sekunde lang nahm er die Augen von ihr, keinen Augenblick wurde sein Gesichtsausdruck weicher.

»Merci beaucoup. So, Moment … hier ist es! 20. Juli 1898. ›Ich habe heute für Boldini Modell gesessen‹«, las sie vor

»Hmm …«, meinte Marc. »Ich glaube, das ist schon mal ein Anfang.«

»Unsere Verfasserin nennt ihn auch ›den Meister des kühnen Pinselstrichs‹. Sie erwähnt sogar das rosa Kleid.«

April deutete auf das Gemälde, das Kleid, das die Frau so gehasst hatte. Sie unterdrückte ein Grinsen, als sie an Marguérite und ihr *Hinterteil* dachte.

»Ist irgendetwas besonders lustig, Madame Vogt?«

»Ja. Diese Frau kann gut mit Worten umgehen. Sie ist wirklich faszinierend, dabei hab ich nur ein paar Seiten gelesen. Nach den Angaben in diesem Eintrag war sie schwanger, als das Portrait gemacht wurde, ein Kind, das vielleicht sogar Boldini gezeugt hatte.«

Das war keine Kleinigkeit: eine werdende Mutter, geschwängert vom berühmtesten Portraitmaler der Belle Époque. Warum hatte Madame Quatremer das Gemälde nicht gewollt? April hatte ihren Vater um ein einziges jämmerliches Foto von ihrer Mutter in der Schwangerschaft angebettelt, egal, welches Baby sie dabei im Bauch gehabt hatte. Ihren Bruder oder sie – egal, April hätte jedes genommen. Sie wollte ihre Mutter nur einfach einmal so sehen: als Mutter eben. Mütterlich. Am Beginn ihres Lebens statt in dem hoffnungslosen Halb-Zustand, in dem sie ihre letzten Tage durchkämpfte.

Tut mir leid, mein Mädchen, deine Mutter und ich sind keine Sammler gewesen. Mit Fotos hatten wir es nie so. Wir brauchten bloß unsere Erinnerungen.

Na, das war ja toll für alle Beteiligten.

»Ein Bastard«, gluckste Marc. »Ist ja interessant.«

»Ich bin keiner Ihrer sogenannten Möbelexperten«, sagte Luc, während Marc die Seiten durchblätterte. »Aber die sexuellen … Vorlieben einer toten Frau scheinen mir nicht wirklich relevant für die Einschätzung der Möbel.«

»Unfassbar«, sagte Marc, der den Eintrag ein zweites und drittes Mal überflog. »Es ist ein Boldini.«

»Na ja, ein wenig mehr wird es schon brauchen, um die Echtheit des Stückes zu bestätigen«, wandte Olivier ein. »Aber das ist schon mal ein guter Anfang. Danke, April, dass Sie sich gleich mal darum gekümmert haben, während wir draußen waren.«

April nickte und versuchte, Lucs schlangenhaften, bohrenden Blick zu meiden. Unter ihrem Kostüm rann ihr der Schweiß über den Rücken. Wenn der nur aufhören würde, sie so anzustarren, würde die Schwitzerei auch gleich aufhören.

»Sehen Sie sich diesen Eintrag an«, sagte Marc. »Hier ist jemand ein *sniffeur*.«

»Unsere liebe Dame hat also Kokain genossen?« Olivier lachte. »Das könnte das Chaos in diesem Haus erklären.«

»So, Moment mal!« Luc schoss vor und kassierte das Tagebuch wieder ein. »Das sind private Dokumente, und Sie haben keine Erlaubnis, darin herumzuwühlen.«

Luc griff sich einen Karton aus einer Ecke, einen so alten und abgegriffenen Karton, dass es durchaus möglich war, dass die Tagebücher darin schon in diese Wohnung gelangt waren. Vielleicht hatte die Frau angeordnet, dass alle auf einmal geliefert wurden, eine ganze Palette voll, genug, um jedes Wort festzuhalten, das ihr durch den Kopf ging, jedes Gefühl, das durch ihren Körper pulsierte.

»Möchten Sie sich vielleicht kurz ein Paar Handschuhe ausleihen, wenn Sie die anfassen?«, musste April einfach sagen.

»Nicht nötig.«

»Wo wollen Sie sie denn hinbringen?« April warf einen Blick zu ihren Kollegen. »An einen Ort, wo wir bei Gelegenheit zu Recherchezwecken darauf zurückgreifen könnten? Es ist gut möglich, dass ich sie brauche, um die Herkunft der Stücke zu recherchieren.«

»Ja, Madame Vogt hat recht«, pflichtete Olivier ihr bei. »Vielleicht könnten Sie sie gleich bei uns lassen, damit wir sie für unsere Schätzungen benutzen können.«

»Nein. Ich werde sie an den Erben von Madame Quatremer übergeben«, sagte Luc, als er die mit Bändern verschnürten Stapel aus dem Bücherregal in die Kiste räumte. »Der kann dann ja entscheiden, wie weiter damit verfahren werden soll.«

»Damit verfahren?« April musste schlucken.

»Sie brauchen sie hier nicht.«

April zuckte schmerzlich zusammen, als sie sah, wie grob er die Tagebücher anfasste, sie spürte ein unerwartetes Stechen irgendwo in ihrer Brust. Sie wollte mehr. Sie wollte mehr über die Schwangerschaft erfahren, über Boldinis Reaktion, und – Gott helfe ihr, aber sie wollte auch noch mehr über Marguérites wenig damenhaftes Benehmen erfahren.

»Wer ist denn der Erbe, wenn ich fragen darf?«, erkundigte sich April.

»Das dürfte kaum von Bedeutung sein.«

»Sie haben gesagt, dass Madame Quatremers Großmutter diese Wohnung gemietet hatte. Ist die Frau auf dem Gemälde die Großmutter? War sie schwanger mit …« Sie versuchte, es im Kopf auszurechnen. »War sie schwanger mit Madame Quatremers Mutter? Würde das aufgehen?«

»Nichts davon ist für Ihre Einschätzung wichtig«, sagte Luc, während er den letzten Papierstapel in den Karton warf. »Das ist einfach bloß Tratsch.«

»Na ja«, gab Olivier zu bedenken, »wenn wir dem Hintergrund ein bisschen mehr Farbe geben könnten, erzielen wir einen besseren Preis bei der Auktion. Den Leuten gefällt es, wenn die Stücke ein bisschen Vergangenheit haben, wenn sie eine Geschichte erzählen.«

»Damit wären wir fertig«, gab Luc kurz angebunden zurück. »Meinem Mandanten ist nicht daran gelegen, hier ein Maximum an Dollars rauszuholen.«

»Ist nicht jedem daran gelegen, ein Maximum an Dollars rauszuholen?« April versuchte zu scherzen. »So lernen wir das jedenfalls in Amerika.«

Luc verdrehte die Augen und warf noch ein paar Bücher und Dokumente auf die Tagebücher. April wandte sich von ihm ab und starrte die Dame in Rosa an, als wäre sie körperlich in der Wohnung anwesend. Mit einem plötzlichen Gefühl der Verantwortung für ihre Stimme und ihre Ehre murmelte April eine rasche Entschuldigung.

»Meine Herren, wenn Sie mich kurz entschuldigen wollen.« April hatte das Gefühl, dass sich ihr Atem irgendwo unter ihren Rippen verhakte.

Es sollte ihr nicht so zusetzen, dass Luc so grob mit den Papieren umging, aber es setzte April mehr zu, als der Situation angemessen war. Manchmal passierte es ihr in ihrem Job, dass sie nur die Objekte im Blick behielt, nicht die Menschen, denen sie einmal gehört hatten. Diesen Fehler würde April hier nicht begehen.

»Ich fange dann mal mit den Möbeln an. Ich werd schnell ein paar Fotos schießen und mich gleich an die Arbeit machen.« Ihre Stimme brach gleich zweimal, während sie das sagte. April hustete gezwungen, um ihre Gefühlsbewegung zu verbergen. Staubig hier drinnen. Als Ausrede war das gut genug. »Monsieur Thébault, es hat mich gefreut, Sie kennenzulernen.«

Sie schüttelte ihm die Hand und hastete hinaus, während die Männer sich noch über Verträge und Fristen unterhielten.

Als sie den Flur entlangging, stellte sich April die dunkelhaarige, üppige Frau vor, wie sie sich durch die Wohnung bewegte, tanzte, schwebte. Sie versuchte sich auch ihre eigene Mutter vorzustellen, die einmal selbst dunkelhaarig und üppig gewesen war, aber irgendwie weniger wirklich als die Frau auf diesem Gemälde. Es gab keine Portraits, keine Möbelstücke, nichts, was ihre Mutter in der realen Welt verankert hätte. April machte die Augen fest zu, aber es war, als wollte sie einen Sonnenuntergang festhalten. Sie sah nur aufblitzende Lichtstreifen, die sich dem Blick gleich wieder entzogen.

Chapitre 8

Im Vorzimmer beschäftigte sich April mit einem blau-goldenen Sessel aus lackiertem Holz und einem Tabriz-Gebetsteppich aus Persien, der zwar nicht aus Europa stammte, aber hier gekauft worden war. Mit anderen Worten, genau das, was man in der Wohnung einer wohlhabenden Person im Europa des 19. Jahrhunderts erwarten durfte.

Während sie die Objekte durchging, bemühte sich April, nicht an Boldini oder an die Frau auf dem Portrait zu denken. Es war Herausforderung genug, das alles akkurat zu inventarisieren. Für Gefühle war hier kein Platz.

April trat hinter den Sessel, um einen Mahagoni-Schreibtisch zu inspizieren. Das Möbelstück war perfekt und schlicht, aber keinesfalls unbedeutend. Sie fuhr mit den Fingern über die Oberfläche und wischte den Staub ab, woraufhin an zwei Stellen die Kennzeichnung »JH RIESENER« sichtbar wurde.

»Jean-Henri Riesener«, flüsterte sie ehrfürchtig.

Riesener war der Lieblingstischler von Marie Antoinette gewesen. Allein dieser schlichte Schreibtisch hatte einen geradezu unschätzbaren Wert.

»Wer *waren* Sie, Madame?«, sagte sie. »Wer *waren* Sie?«

Auf dem Riesener standen zwei geschnitzte Jeanne-d'Arc-Figuren. Und hinter ihnen stand eine dicke Jadevase, in die eine

Schlachtenszene eingraviert war. Da April sie nicht greifen konnte, stieg sie auf eine Truhe in der Nähe, wobei sie vorsichtig auf die stählernen Scharniere trat, um das Stück nicht zu beschädigen. April streckte die Hand nach der Vase aus, um nach einer Signatur des Künstlers zu suchen, aber wie sich herausstellte, war das Objekt zu schwer für ihre aufgeregt zitternden Hände. Als sie es auf das Regal zurückschob, bekam sie eine Gänsehaut im Nacken.

»Madame Vogt.«

»Mon Dieu!«

Sie sprang von der Truhe, verschätzte sich aber mit der Bodenhaftung ihrer Sohlen. Sie rutschte auf ihren flachen Schuhen weg, taumelte rückwärts, hätte beinahe ihren Oberschenkel mit einem Schürhaken aufgespießt, um zu guter Letzt in einer noch brenzligeren Position zu landen: mit der Wange auf Lucs Brustkorb.

»Tout va bien?«

»Merde.«

»Oh là là! So eine Ausdrucksweise habe ich aber nicht erwartet von so einer netten Amerikanerin!«, sagte Luc mit seinem typischen herablassenden Grinsen.

»So nett bin ich gar nicht.« April stieß sich von ihm ab, obwohl sie ihr Gleichgewicht noch gar nicht wiedergefunden hatte, sodass sie sich erneut an Luc abstützen musste. Lieber opferte sie ihren Stolz als den zweieinhalb Meter hohen Glasschmetterling hinter ihr. »Es tut mir leid, wenn ich Sie beleidigt habe, aber Sie haben sich von hinten angeschlichen.«

»Je suis désolé.« Luc zeigte grinsend seine spitzen Zähne, aber eine Entschuldigung kam nicht. Er legte den Arm noch fester um ihre Schultern. »Ihre gepfefferte Ausdrucksweise kommt etwas unerwartet, aber, doch, ja, diese Umarmung ist definitiv amerikanisch.«

»Das ist keine Umarmung.«

April versuchte sich loszureißen, konnte sich aber keinen Zentimeter von ihm entfernen.

»Vorsicht.« Luc ließ April los, aber sie konnte immer noch seinen gesamten Körper spüren. Das hier war seine Hüfte, non? Es war bloß sein Hüftknochen.

»Ich bin die Vorsicht in Person«, murmelte April.

»Sagen Sie mal, Madame Vogt, haben Sie hier in der Nähe Quartier bezogen?«

»Man hat in der Rue Fontaine eine Wohnung für mich gemietet«, sagte April geistesabwesend. »Im neunten Arrondissement.«

Normalerweise hätte sie einem fremden Mann keine derartigen Details anvertraut, aber April versuchte immer noch, einen Weg zu finden, weitere Berührungen zu vermeiden, obwohl die Stelle, an der sie standen, so eng und zugestellt war.

»Kennen Sie Le Café Zéphyr? Das ist auch im neunten Arrondissement.« Luc hielt Aprils Blick fest und zeigte sich völlig unbeeindruckt von ihren panischen Versuchen, ihm auszuweichen. Ob er wohl merkte, dass sie schwitzte?, überlegte sie.

»Noch nie gehört.«

April wich nach links aus, aber es wirkte eher wie ein Versuch, sich noch mehr an ihn zu schmiegen, als wie ein Ausweichmanöver. Sie hörte die Frau auf dem Gemälde förmlich in sich hineinkichern. Das hier war vielleicht kein öffentlicher Einlauf, aber trotzdem ganz schön demütigend.

»Schauen Sie nicht so besorgt drein, Madame Vogt«, sagte Luc glucksend. »Ich will Sie keinesfalls … wie nennt man das noch in Amerika? Ach ja, genau: Ich will Sie keinesfalls *sexuell belagern.*«

April sah vor ihrem inneren Auge das Bild eines Mannes, der eine Frau sexuell belagert. Ein haariger Schuft mit großen Zähnen, Goldkettchen und einem seidenen Smoking. Sie musste trotz allem lachen, trotz Luc Thébault und dieser lächerlichen Situation.

»Es heißt ›sexuell belästigen‹«, sagte April. »Nicht ›belagern‹. Und nein, Sie belästigen mich nicht.«

»Es freut mich, dass Sie das auch so sehen«, sagte Luc zufrieden, als er (endlich!) beiseitetrat. Durch seine Bewegung entstand ein kühler Luftzug.

»Ich … ich sehe das keineswegs nicht so.« April schüttelte verwirrt den Kopf. »Tut mir leid, das muss der Jetlag sein. Ich kann kaum klar denken. Sie wollen sich also mit mir treffen. Wann? Und warum?«

»Es sieht so aus, als hätten Sie Fragen, furchtbar viele Fragen sogar«, meinte er. »Vor allem zu dieser Frau auf dem Gemälde, non?«

April nickte. Sie war neugierig, aber immer noch auf der Hut.

»Ich kann Ihre Fragen beantworten, Madame Vogt. Zumindest ein paar. Das heißt, wenn Sie bereit sind, mit einem sexuellen Belagerer un café zu trinken.«

April zögerte. Es kam ihr nicht ganz angemessen vor, bei einem Kaffee und in Abwesenheit von Olivier und Marc über Geschäfte zu reden, gerade auch in Anbetracht des ärgerlich koketten Benehmens und der französischen Großmäuligkeit dieses Mannes. April musste an Troy denken, mit seinen ständigen Restaurantbesuchen mit Kunden. Nur weil es einmal zu einem Fauxpas gekommen war, musste es ja nicht jedes Mal passieren. Immerhin war zumindest einer von ihnen zu ein wenig Selbstbeherrschung fähig.

»Ich denke, das lässt sich einrichten«, sagte sie schließlich. »Um wie viel Uhr?«

»Drei Uhr«, sagte er. »Im Café Zéphyr. Ich bin auf der Terrasse. Und warte auf Sie.«

Chapitre 9

Benommen und leer von Schlaf- und Nahrungsmangel ging April schweren Schrittes die kalten Marmorstufen des Mietshauses hinunter. Noch eine halbe Stunde bis zu ihrer Verabredung mit Luc. Nicht genug Zeit, um zu arbeiten, aber genug, um zu tun, was sie zu tun hatte. Eine Pflicht, der April gleichermaßen mit Freude und Angst entgegensah.

Noch sechsundzwanzig Minuten. Dreiundzwanzig. April zögerte. Vor drei Monaten hatte sie schon einmal Troys Nummer gewählt. Jetzt stand sie mit dem Telefon in der Hand da und ging gedanklich noch einmal das erwartete Drehbuch durch.

Als Erstes würde Troy nach Paris fragen. Prima. Hübsch. Viel zu tun. April könnte ihn nach der Soirée vom Vorabend fragen, obwohl sie schon zum Teil informiert war, weil eine Exkommilitonin, die für die Sicherung überteuerter Kunstwerke zuständig war, ihr eine SMS geschickt hatte. »Irgend so eine Tusse war die ganze Zeit an deinem Mann dran«, schrieb Melanie. Diese SMS war das Erste, was April sah, als sie in Paris aus dem Flieger stieg.

Trotzdem. Troy war immerhin noch ihr Mann. Tratsch-SMS hin oder her, April musste ihn anrufen. Sie würde das eine oder andere sagen. Er würde das eine oder andere sagen. Und das ganze Gespräch würde überschattet sein von den Dingen, die sie nicht sagten.

In New York war es jetzt halb neun Uhr morgens, die beste Zeit, um Troy zu erreichen, wenn man ihn überhaupt erreichen wollte. Wenn es erst mal nach neun Uhr war, hatten ihn schon andere beim Wickel. Während April seine Nummer wählte, hatte sie ganz feuchte Hände, und ihr Herz hämmerte laut. Vielleicht sollte sie später anrufen, wenn er schon zu beschäftigt war, um mit ihr zu telefonieren. Im Grunde hatte sie ja nicht viel zu gewinnen, es ging nur noch darum, die Verluste zu begrenzen.

»Hier ist das Büro von Troy Vogt«, meldete sich eine fröhliche Stimme.

Troys Assistentin. Süß. Quirlig. Vielleicht Trägerin geheimer Informationen.

»Hallo, Kimberley, ich bin's.«

Pause. April stellte sich alles Mögliche vor, was er zu ihr gesagt haben könnte. Troy war ein verschwiegener Mann, der immer nur seine beste Seite zeigte. Trotzdem, manchmal brauchte es ja die eine oder andere Erklärung, musste er Anweisungen geben: Sie können die Anrufe durchstellen. Keine Sorge, April ist schon abgereist.

»Oh! April! Hallo!«, zirpte Kimberley. April versuchte nicht näher darüber nachzugrübeln, wie gekünstelt die enthusiastische Begrüßung klang. »Wie ist es in Paris? Wahnsinn, Sie sind wirklich die beneidenswerteste Frau der Welt! Paris. Oh Mann. Ich hab mir die falsche Branche ausgesucht.«

»Na ja, ich bin gerade mal seit acht Stunden weg, so viel Paris hatte ich bis jetzt noch nicht. Nur eine staubige, verlassene Wohnung und ein paar übellaunige Franzosen.«

»Das mit der Wohnung klingt trostlos, aber die Franzosen würde ich schon nehmen.«

»Glauben Sie mir, in diesem Fall hätten Sie mit der Wohnung das bessere Los gezogen«, erwiderte April. »Sagen Sie, ist Troy da? Oder ist er schon nicht mehr zu sprechen?«

April machte sich ein klein wenig Hoffnung.

»Für Sie ist er doch immer zu sprechen.«

Sarkasmus? Eine Spur von Hohn? April schüttelte den Kopf. Mann, April, jetzt reiß dich aber mal zusammen.

»Wenn er nicht da ist, kann ich noch mal anrufen …«

»Nein. Er ist da. Warten Sie kurz, ich glaube, da steht gerade jemand an seiner Bürotür.«

»Das wäre wirklich kein Problem. Ich versuch's einfach später noch mal.«

»Nein! Geben Sie mir einen Augenblick! Ich leg Sie mal kurz in die Warteschleife.«

Klick.

April atmete aus. Statt der gewohnten schlechten Musik, die für gewöhnlich in Warteschleifen dudelt, hörte sie hier einem netten, hellen Stimmchen zu, wie es den Anrufer über die neuesten Bewegungen auf dem Anlegermarkt informierte. Schon lustig, wenn man ihre beiden Karrieren so gegenüberstellte. Der Wert von Aprils Arbeit speiste sich komplett aus Geschichte, aus der Herkunft der Objekte. Bei Troys Tätigkeit scherte man sich nur um Dinge, die nicht länger als eine Viertelstunde zurücklagen, oder die vielleicht in den nächsten drei bis fünf Jahren passieren konnten, mit einer Rendite von zwanzig Prozent.

»April!«

Sie fuhr zusammen.

»Ich hatte gar nicht erwartet, dass du dich meldest«, sagte er.

»Du hattest nicht erwartet, dass ich mich melde?« April versuchte zu kichern. Aber da sie noch nie der Kichertyp gewesen war, klang es eher so, als wäre jemand einem Eichhörnchen auf den Schwanz getreten.

»Ich meine … äh … ich meinte nur, ich hatte nicht erwartet, dass du dich so bald meldest.«

»Ich bin gerade zwischen zwei Besprechungen«, sagte sie. »Deswegen … äh …«

Falsch. Es fühlte sich alles schrecklich falsch an. Sie redete hier mit ihrem Mann, aber es lief alles völlig verquer.

»Deswegen … dachte ich, ich ruf dich einfach kurz an«, fuhr sie fort.

Während sie sprach, blickte April auf ihre Hände. Sie versuchte sich den antiken Platinring in seinem Safe vorzustellen, zusammen mit dem Verlobungsring mit dem dreikarätigen gelben Diamanten, den Troy ihr schenkte, als er ihr in einem supervornehmen Privatclub in Pittsburgh einen Heiratsantrag machte. Sie war dienstlich in der Stadt und übernachtete in einem 08/15-Hotel, als wie aus dem Nichts auf einmal Troy auftauchte, der mit dem Privatjet gekommen war. Er riss April aus der Gewöhnlichkeit ihres Hotels und zeigte ihr die geheimen Fleckchen einer Stadt, die sie noch nie gesehen hatte.

»Na, ich fühl mich auf jeden Fall geehrt«, sagte Troy. »Es gäbe keine schönere Art, den Morgen zu beginnen. Und, was macht der Frühling in Paris? War die alte Tante eine zwanghafte Sammlerin, wie ich dachte?«

»Tatsächlich … ja, schon irgendwie.« April schüttelte den Kopf und lächelte. »Aber auf eine gute Art, kein Messie. Nicht wie die

Leute im Fernsehen, bei denen dann die jahrzehntealten Pizzakartons und zweiundsiebzig Haufen Hundescheiße im Wohnzimmer rumliegen. Das hier war Sammelwut der obersten Güteklasse. Wenn jeder so sammeln würde, wäre meine Arbeit um einiges einfacher.«

»Details, Mrs Vogt, mehr Details. Was hast du gefunden?«

»Was ich gefunden habe?«

April hätte ihm von dem Kerzenleuchter oder dem Rhinozeroshorn oder der bronzenen Badewanne erzählen können, aber sie wollte nur von Boldini sprechen. Von Boldini und der Dame in Rosa.

»Ich habe die Belle Époque gefunden«, sagte sie. »Diese Wohnung ist nicht einfach eine Wohnung – das ist eine ganze Epoche. Oh Mann, ich fühlte mich so an mein altes Museum erinnert. Wenn wir ein paar von diesen Objekten hätten haben können, hätten wir niemals schließen müssen.«

Aber dann hätte April auch niemals Troy kennengelernt. Sie merkte es erst, als ihr die Worte schon über die Lippen gegangen waren.

»Ja, das wäre toll gewesen«, sagte Troy, während er irgendetwas in seine Tastatur hackte. »Und, was ist dein Lieblingsstück?«

»Mein Lieblingsstück?« April markierte entsetztes Aufkeuchen. »Troy Edward Vogt, ich kann nicht glauben, dass du mir so eine Frage stellst! Ich liebe alle meine Möbelstücke gleich.«

Das stimmte natürlich nicht. Sie hatte schon ein Lieblingsstück, den Boldini, ein Stück, das nicht mal in ihren Zuständigkeitsbereich fiel.

»Ach komm« sagte Troy. »Ist doch wie mit Kindern. Man hat vielleicht grundsätzlich keinen Liebling, aber an manchen Tagen hat man dann doch einen.«

»Na gut …«

April musste wieder an den Boldini denken. Besser gesagt, sie hatte nie aufgehört, an ihn zu denken. Sie machte den Mund auf, um Troy davon zu erzählen, aber dann hielt sie sich in letzter Sekunde doch zurück. Auf einmal hatte sie das Gefühl, sie müsste sich vor die Frau in Rosa stellen. Besitzergreifend. Fast egoistisch. Denn jetzt gab es nur sie zwei. Und April war nicht bereit, sie mit einem Mann zu teilen.

»Also.« Sie räusperte sich. »Das Letzte, was ich gesehen habe, war eine Louis-XV-Kaminuhr aus vergoldetem Porzellan, ungefähr 1750. Sie ist perfekt erhalten und wird locker über hunderttausend erzielen. Aber die solltest du mal sehen! Wenn ich sie meinem Vater beschreiben sollte, würde ich sagen, es ist eine Hundeuhr. Porzellanmöpse und Rosen. Kitschig bis zum Dorthinaus, aber ein absolut rares Stück.«

»Eine Hundeuhr für hunderttausend. Manchmal frag ich mich wirklich, was bei manchen Leuten so im Kopf los ist.«

»Ich hab auch ein umwerfendes Paar bemalte Straußeneier aux chiottes gefunden.«

»Was?« Troy prustete laut los. »Mein Französisch ist vielleicht ein bisschen eingerostet, aber hat die wohlerzogene, liebe April Vogt mir gerade erzählt, dass sie Straußeneier *im Scheißhaus* gefunden hat?«

»Non! So vulgär würde ich mich nie ausdrücken.« April grinste. Es fühlte sich gut an, mit Troy zu lachen, auch wenn sie sein Gesicht gerade nicht sehen konnte. »Du musst dich verhört haben. Na ja, die Eier lagen tatsächlich im Porzellanbecken. Ein Paar umwerfend hübsch bemalte Eier mit der feinsten Chinoiserie, die sich ein Mensch nur vorstellen kann.«

»Chinoiserie. Das hört sich an wie etwas, was man in anständiger Gesellschaft nicht sagen sollte.«

»Ich bitte dich. Das ist nichts Anstößiges. Das ist eine Art von Malerei, asiatisch inspirierte Vignetten. Auf den Eiern ist eine Frau mit einer Lampe abgebildet, ein Mann mit einem Regenschirm, Fahnen schwenkende Affen, du weißt schon, was man typischerweise so in diesem Stil malt.«

»Affen«, sagte Troy. »Okay, jetzt wird's endlich interessant.«

»Sie sind auf ganz unglaublichen Bronzefüßen befestigt«, sagte

April, die taub für die Neckereien ihres Mannes war. Sie schloss die Augen und stellte sich die vergoldeten Beine mit den Ananas und Zweigen und Schlangen vor. Sie sah den Katalogeintrag geradezu vor sich: »Schon die Ständer sind Kunstwerke für sich. Und die Eier sind in perfektem Zustand. Die allein wären schon ein Wahnsinnsfund, aber das ist nur ein Tropfen auf den heißen Stein, ein winziges Fleckchen im Universum in der Wohnung dieser Frau. Übrigens gibt es da auch einen echten Malaysia-Tiger, der jetzt ausgestopft auf der Seite im Flur liegt.«

»Das hört sich ja richtig heftig an.«

»Ganz genau. Heftig. Es ist mir ein Rätsel, wie jemand von dieser Wohnung wissen konnte und nie etwas angerührt hat.«

April dachte an die Leute damals: die Tochter, die Enkelin, die anderen Menschen, die in ihr Leben traten und es wieder verließen. Das Wort, das ihr dabei im Kopf herumspukte, war »Erbe«. Warum hortete jemand sein Erbe? Die Rhinozeroshörner, die Schmetterlinge auf Sockeln und die süßen Klaviere waren da ja gerade mal der Anfang.

»Was meinst du, wie lang du weg sein wirst?«, fragte Troy.

»Ich bin für einen Monat eingeteilt«, erinnerte ihn April. Innerlich litt sie, während sie versuchte, nicht näher über den wahren Grund nachzudenken, warum er ein genaues Rückkehrdatum hören wollte. Ihr Flug zum JFK-Flughafen war nicht die einzige Rückkehr, die infrage stand.

»Einen Monat?«

»Könnte auch kürzer ausfallen«, fügte April rasch hinzu. »Die Pariser Niederlassung kann bei den Möbeln mithelfen. Andererseits kann es natürlich auch sein, dass es länger dauert. Viel länger. Ich kann nicht mal eine Schätzung abgeben, wie viele Objekte wir da haben.«

»Und was denkst du? Zwei Wochen? Sechs Monate? Irgendwo dazwischen?«

April rang sich ein Lächeln ab. »Versuchen Sie gerade, mir ein konkretes Datum aus dem Kreuz zu leiern, Monsieur Vogt?«

Andere Frauen mochten in so einem Moment vielleicht Scherze über eine fiktive Freundin machen. Nicht so April. Ganz bestimmt nicht April.

»Ich wünsch mir bloß so sehr, dass du bald wieder in die USA zurückkommst«, sagte Troy. »Das ist alles.«

Sein Gesichtsausdruck teilte sich ihr über die Telefonleitung mit. Er runzelte die Stirn. Oder zog eine Grimasse. Troy machte irgendetwas mit seinem Gesicht, was bewirkte, dass seine raue, stoppelige Haut wie Sandpapier über die Sprechmuschel rieb. Was auch immer es sein mochte, er hörte sich ehrlich an. So viel konnte April spüren.

»Ich lass es dich wissen, sobald ich es erfahre«, sagte sie.

Dass Troy sich ihre Rückkehr so sehr wünschte, bereitete April nur noch mehr Magenschmerzen. War das Sehnsucht? Oder etwa Begehren? Oder gar der Wunsch, ihre Ehe endlich aus diesem Zwischenzustand herauszuholen? War es möglich, jemandem die Scheidungspapiere bis nach Frankreich nachzuschicken?

»Hör mal, wir sollten ein paar Worte über …«

»Wie war deine Dinnerparty gestern Abend?«, fragte April. Sie fühlte sich in diesem Moment nicht in der Lage, das Thema ihrer fraglichen Rückkehr anzupacken. »Nach allem, was ich gehört habe, war das ja ein toller Event.«

»Du hast davon gehört? Von wem?«

»Von niemand. Das heißt, nein. Melanie – die von der Uni, weißt du noch?«

April war genervt, wie jede ihrer Äußerungen nach einer Frage klang.

»Ach ja? Und was hat diese Melissa so erzählt?«

»Sie heißt Melanie, nicht Melissa. Und sie hat gesagt, dass es schillernd zuging. Jede Menge Diamanten. Tolles Essen. Tout à fait délicieux! Du weißt schon, das Übliche. Du, ich muss jetzt leider auflegen.«

»April …«

»Nein, ganz im Ernst.« April sprang auf und stopfte Papiere in ihre Tasche. »Ich hab ein Meeting, ich müsste eigentlich schon losgegangen sein. Au revoir.«

»Jetzt warte mal kurz – geht's dir gut?«

»Gut? Natürlich geht's mir gut. Ich bin in Paris, wem würde es hier nicht gut gehen?«

»Na ja, du klingst, als hättest du ein paar Tassen Kaffee zu viel intus. Ich kenn dich doch, du bist immer so, wenn du nervös bist. Oder aufgelöst. Hat Melissa irgendwas gesagt?«

»*Melanie*. Nein, sie hat nichts gesagt. Vergiss, dass ich das überhaupt erwähnt habe. Hörst du mich? Ich spreche ganz normal.«

»Ich glaube, ich weiß, worum es hier geht«, seufzte Troy. »Legen wir die Fakten doch auf den Tisch und reden gleich drüber.«

»Es gibt keinen Tisch. Auf den wir irgendwas legen könnten.«

Eine Lüge. Eine offenkundige, schreiende, eklatante Lüge.

»Susannah war gestern Nacht auch auf der Gala.«

April hätte beinahe losgelacht. Das sollte jetzt also Troys große Enthüllung sein? Susannah war da gewesen? Mit Troy? April machte sich tausend Sorgen, was ihren Mann anging, aber seine Exfrau kam in diesen Szenarien ganz sicher nicht vor.

»Toll«, sagte April, und sie meinte es auch so. »Super. Ich hoffe, ihr zwei konntet euch austauschen, was in der letzten Zeit so los war. Ich bin sicher, Armand und sie haben wundervolle Urlaubspläne mit den Mädchen. Und nur um das mal festzuhalten: Melanie hat Susannah überhaupt nicht erwähnt.«

»Kann schon sein. Aber Susannah hat mal wieder ihre ganzen alten Tricks ausgepackt. Man könnte meinen, dass ein Dutzend Jahre nach der Trennung und einer neuen Ehe mit einem Waffenhändler reichen müssten, um ihre Lust zu dämpfen, mich immer wieder schlechtzumachen.«

»Armand ist kein Waffenhändler.«

»Stimmt.« Troy schnaubte. »Das wollen die ja immer nicht so ausgesprochen hören. Wie auch immer, Susannah war letzte Nacht mal wieder so richtig unterwegs, schlimmer als sonst. Ihr

Aussehen hat vielleicht nachgelassen, aber ihre Zickigkeit kein bisschen.«

»Also das ist jetzt gemein. Ganz zu schweigen davon, dass es nicht mal stimmt. Zumindest nicht, was ihr Aussehen angeht.«

»Und das war alles schon beim Cocktailempfang«, fuhr Troy fort. »Sie war bereits angetrunken. Und führte sich ekelhaft auf, sogar an Susannahs Maßstäben gemessen. Ich bin nicht sicher, ob diese Melanie ihr oder einer von ihrer Entourage über den Weg gelaufen ist …«

»Jetzt lassen wir's bitte mal gut sein mit Melanie, okay? Sie hat keinen Pieps über deine Exfrau gesagt. Und außerdem würde es dir ganz gut zu Gesichte stehen, nicht ganz so überheblich daherzureden. Du hast ja wohl auch das eine oder andere auf dem Kerbholz, wenn es darum geht, über Exgattinnen herzuziehen.«

Das war ein alter Hut. Susannah lästerte über Troy und der biss zurück. Sie fing jedes Mal an, das war wohl wahr. Aber Susannah war diejenige, die noch am nächsten an der Wahrheit blieb.

Gut, April hatte vielleicht ein winziges Problem mit seiner Exfrau. Es ging auch gar nicht um das Gelästere. Auch nicht um Susannahs Aussehen (hübscher, wenn auch älter) oder dass sie Troy zwei Töchter geschenkt hatte. Niemand konnte gegen das warme Bad von Liebe ankommen, in dem jedes Paar nach der Geburt eines Babys versank, egal, wie kurz diese Phase sein mochte, und egal, wie mies die Ehe ansonsten war. April hegte keinerlei Ehrgeiz, die Mutterglucke zu verdrängen, und sie konnte einen ganzen Tag lang stahlharte nordische Blicke und gertenschlanke, schöne Teenager ertragen. Aber wenn April eines nicht ertrug, dann war es das Gefühl, für dumm verkauft zu werden.

Susannah hatte keinen besseren Abschluss von einem besseren College oder einen besseren Job – oder überhaupt einen Job –, aber Susannah verfügte über »Wissen«. Sie war gegangen. Sie hatte Troy durchschaut. April war die blinde, törichte zweite Frau. Es hatte schon ganze Comedyserien über Frauen ihrer Sorte gegeben.

»Ich lästere nicht über Susannah«, beharrte Troy. »Ich hab ihren Namen nur aufs Tapet gebracht, weil du diese Freundin erwähnt hast.«

»Ich hab bloß gesagt, dass Melanie da war. Du hast das Ganze dann auf so ein Thema gelenkt.«

Arme Melanie. Eine angeschickerte SMS, und schon war sie mittendrin im ehelichen Hickhack. April stellte sich gerichtliche Schriftstücke vor, auf denen der Name ihrer Freundin stand. Vorladungen an Exkommilitonen.

»Schon gut«, sagte Troy. »Du willst das Thema um jeden Preis vermeiden. Dann vermeid es eben. Für immer. Ich geb's auf.«

»Du gibst auf. Großartig. Da bin ich ja froh, dass ich mal wieder in dieser Endlosschleife gelandet bin.«

»So hab ich das doch nicht gemeint. Und das weißt du auch.« Er machte ein ersticktes Geräusch. »Ich muss aufhören, ich kann dieses Gespräch jetzt nicht weiterführen.«

»Prima.« April wusste, dass sie gereizt klang, aber sie wusste keinen anderen Weg, um so etwas wie Würde zu bewahren. Sobald sie etwas nachgab, würde sie im nächsten Moment schluchzend zusammenbrechen. Sie hatte gesehen, wie er mit seinen Töchtern umging. Für Tränen hatte Troy nicht die Geduld.

»Nur um das noch festzuhalten, April, für den Fall, dass du dir in der Richtung Gedanken gemacht hast. Willow war auch da. Okay? Sie war bei der Dinnergala dabei …«

Da war es auch schon. Das Wort, auf das April gewartet hatte. *Willow*. Ein Fausthieb in den Magen.

»Troy, ich muss jetzt wirklich los.«

»April. Hör zu. Wir müssen darüber reden. Willow war da.«

Noch ein Fausthieb, diesmal noch heftiger. Als würde er sie mit Absicht schlagen.

»Es reicht.«

»Und da Susannah auch da war«, fuhr er fort, »hat es ihr sicher großen Spaß bereitet, ein paar aufgeschnappte Details zusammenzutragen und sich irgendeine schäbige Geschichte daraus zusammenzuschustern.«

»Das ist eine alte Geschichte«, knurrte April. »Die ist bereits erzählt worden.«

»Ich bin Willow so gut als möglich aus dem Weg gegangen, das schwör ich dir. Wären wir da nicht in der Öffentlichkeit gewesen, hätte ich sie auf direktem Weg in die Garderobe geschubst. Aber ich musste aus beruflichen Gründen zumindest höflich sein, und sie hat jede Gelegenheit genutzt, um es mir so schwierig wie möglich zu machen. Wahrscheinlich hat das nach außen hin fürchterlich ausgesehen. Willow kann derartig ...«

»Könntest du bitte aufhören, ihren Namen zu sagen?«

April hasste diesen verdammten Namen. So ein lächerlicher Name, wahrscheinlich nicht mal echt. In Gedanken nannte April sie immer nur die Referentin oder Verpiss-dich-aus-meinem-Kopf-du-miese-Schlampe.

Die Referentin war eine angesehene »Umweltschützerin« (ach, bitte!) mit langen Zottelhaaren und Augen wie Untertassen und der Neigung, die Beine übereinanderzuschlagen, wenn sie im Fernsehen auftrat. Willow Weintraub, das blöde Weibsstück. Höchstwahrscheinlich hieß sie eher Jennifer oder Debbie Weintraub. Eine Debbie Weintraub hätte niemals eine bekannte Umweltschützerin mit Bambiaugen und flatternden Lidern abgeben können. Der Name Willow Weintraub hingegen war wie geschaffen für Talkshows im Frühstücksfernsehen und Hochglanzzeitschriften.

In den letzten sechs Monaten (eines Zwölf-Monats-Vertrages) hatte sie Troy bei seiner Version des allgegenwärtigen »grünen Fonds« beraten, wofür sie 375 Dollar pro Stunde berechnete. Ms Weintraub war vertraglich an Stanhope Capital gebunden. Und bei einer unseligen Gelegenheit war sie auch mit Aprils Mann ins Bett gegangen.

»Okay«, sagte Troy. »Ich sag ihren Namen nicht mehr, wenn du mir verrätst, was ich jetzt sagen soll.«

»Nichts, okay? Ich bin fertig mit diesem Thema. Es nervt mich schrecklich, aber es gibt da nichts mehr zu reden. Es ist vorbei. Ich bin drüber weg.«

»Bist du sicher?«, fragte Troy. »Du behauptest die ganze Zeit, dass es dir gut geht, aber manchmal frag ich mich schon.«

Sie war wütend, aber Troy hatte recht. April sagte die ganze Zeit, dass es ihr gut ging, aber im Grunde ging es ihr wie Troy, sie fragte sich auch, ob es stimmte. Es war zumindest teilweise der Grund, warum sie sich auf die Chance gestürzt hatte, die Dienstreise nach Paris anzutreten. Sie war aus heiterem Himmel abgereist, aber im Prinzip hatten sie sich schon in den Monaten davor nur noch auf Zehenspitzen umschlichen. April musste einfach weg und sich einen anderen Ort suchen, an dem sie die Dinge in aller Ruhe überdenken konnte. Sie war ziemlich sicher, dass Troy das auch fand. Er wäre niemals so unhöflich, zu ihr zu sagen, sie sollte gehen, denn immerhin war er ja *der* Schuldige in dieser Sache. Aber sie hatten sich einmal geliebt, liebten sich vielleicht immer noch, und so konnte April durchaus seine Gedanken lesen.

Die wenigen Freunde, die über seinen Fehltritt Bescheid wussten, waren einhellig der Meinung, dass Troy seine Sachen packen und sich verziehen sollte. Doch April spürte genau, dass die Unsicherheit in ihrer Ehe nichts damit zu tun hatte, ob *Troy* in ihrer Wohnung oder in ihrer Ehe bleiben wollte. *April* musste gehen. *April* musste sich den Raum verschaffen, um die Entscheidung zu treffen, ob sie zurückkommen wollte oder nicht. Natürlich war das Problem dabei, dass Troy jetzt auch Raum hatte. Vielleicht kam er ja zu dem Schluss, dass seine Verfehlung kein einmaliger Ausrutscher gewesen war, sondern Symptom eines größeren Problems.

Aufrichtigkeit war die beste Taktik. Aber wenn April ganz ehrlich sein sollte, wünschte sich zumindest ein Teil von ihr, dass Troy ihr die Geschichte nie gebeichtet hätte. Wenn er es gelassen hätte, hätte April weiter an das Leben glauben können, das sie vor sich sah: ein lustiger, charmanter Mann, jedes zweite Wochenende und mittwochs zwei schöne Stieftöchter, eine tolle Wohnung und ein Beruf, der nicht so sehr Arbeit war als vielmehr ziemlich nah an einem Hobby.

Es war ein einmaliger Ausrutscher gewesen, der bei einem Auslandsaufenthalt passierte. Ein Fehltritt. Troy wurde nicht entlarvt, sondern gestand es ihr selbst. Er hätte es ihr gar nicht sagen müssen. Wow, das war ja fast schon wieder galant! Danke, Mann, dachte April manches Mal. Jetzt konnte immerhin einer von ihnen beiden nachts ruhig schlafen.

»April? Bist du noch dran?«

Sie hielt mit geschlossenen Augen ein paar Takte den Atem an. Der enge Schnitt ihrer Jacke hatte auf einmal etwas Tröstliches, beinahe wie eine Umarmung.

»Ich hab's dir doch gesagt«, sagte sie. »Aber du hast schon recht. Ich weiß es selbst nicht so richtig.«

Zwei lange Augenblicke.

»Okay«, sagte er schließlich. »Im Grunde kann ich es dir ja nicht mal verübeln.«

April sah es förmlich vor sich, wie er die Lippen zusammenkniff.

»Ich muss jetzt wirklich auflegen«, sagte sie. Diesmal war es keine Ausrede mehr. »Ich bin wirklich schon spät dran für meine Besprechung.«

»Ja, ich auch. Eines noch: Dein Vater hat gestern Abend angerufen.«

»Oh Gott, du hast ihm doch nichts erzählt, oder?«

»*Gibt* es in diesem Moment denn irgendwas zu erzählen? Nein, ich hab nichts gesagt. Wir haben nicht mal miteinander gesprochen, er hat bloß eine Nachricht auf dem AB hinterlassen.«

»Ich hab ihm auch eine Nachricht auf Band gesprochen, hab ihm gesagt, dass ich ins Ausland fahre. Wahrscheinlich hat er immer noch nicht kapiert, wie das mit der Voicemail funktioniert.«

April warf einen Blick auf ihre Uhr. Sieben nach drei. Offiziell war sie schon mehr als ein paar Minuten zu spät. Sie stürzte aus der Tür und auf die Straße. Die Tasche hatte sie sich über die Schulter geworfen, die Papiere unter den Arm geklemmt.

»Ich liebe dich, April«, sagte Troy. »Egal, was passiert, ich hoffe, du weißt das.«

Was konnte sie darauf schon erwidern? Nichts. Im buchstäblichen wie im übertragenen Sinne nichts. Sie hatte das Handy zwischen Kinn und Schulter eingeklemmt, während sie versuchte, gleichzeitig die Unebenheiten des Pariser Kopfsteinpflasters und die ihrer ehelichen Zukunft zu umschiffen. Wenn sie jetzt den Mund aufmachte, würde das Handy auf den Boden fallen, aber wenn sie sagte, was sie wirklich sagen wollte, würde sie ihrer Ehe vielleicht dasselbe Schicksal bescheren.

Aber Aprils Lippen, ihr Gehirn – alles eigentlich – fühlten sich an wie verklebt. Statt eines »tschüs, bis dann« sagte sie einfach nur ein höfliches »m-hm« und schaltete das Telefon mit dem Ohr aus, während ihr klar wurde, dass Troy sowieso schon aufgelegt hatte.

Chapitre 10

Luc war da, wie er versprochen hatte. Er saß entspannt zurückgelehnt auf der Terrasse des Café Zéphyr und rauchte.

Als April auf ihn zukam, nickte er ihr zu und stand auf, um ihr einen Stuhl zurechtzurücken, wobei ihm die Zigarette von den Lippen baumelte. April murmelte ein Dankeschön und setzte sich.

»Ich freue mich, dass Sie es einrichten konnten«, sagte er. »Ich war so frei und hab ein bisschen Brot bestellt. Ich weiß, dass die Amerikaner immer gerne einen Snack haben.«

April verdrehte die Augen.

»Da bin ich ja froh, dass meine Landsleute so berechenbar sind. Das ist ja fast so, als wären wir alle dieselbe Person! Da müssen Sie überhaupt nicht groß nachdenken, wie Sie mit Einzelpersonen umgehen müssen.«

Bei ihrem flotten Marsch zum Café war April so warm geworden, dass sie jetzt mit einer Schulterbewegung ihre Jacke abstreifte und sich auch zurücklehnte. Rundherum summendes Stimmengewirr und klirrende Porzellanteller. Autos und Roller bogen rasant um die Ecke, mit quietschenden Reifen und clownartigen Hupen.

»Und, haben Sie Ihren Aufenthalt in Paris bis jetzt genossen, Madame Vogt?« Luc zog an seiner Zigarette.

»Ja, es ist ganz wunderbar. Aber bitte nennen Sie mich doch April.«

»Ah, Avril, wie der Monat. Dann ist das ja die perfekte Jahreszeit für Sie. Ihre Eltern müssen den Frühling geliebt haben, non?«

»Ich glaube, sie mochten einfach bloß den Namen.« Sie holte Notizblock und Stift aus der Tasche. »Gut, ich wäre dann bereit, dass wir uns über die Wohnung unterhalten.«

»Ich bin neugierig – Sie tragen keinen Ring, aber Olivier hat gesagt, dass es da einen Ehemann gibt. Sind Sie verheiratet, Avril?«

Sie musste ein verächtliches Schnauben unterdrücken. Ob sie verheiratet war? Das war die Frage, oder?

»Oui.« Das war die juristisch korrekte Antwort, auch wenn der Ring fehlte. »Also, zu Ihrem Mandanten …«

»Was macht Ihr Ehemann denn beruflich?«

»Er ist im Finanzsektor tätig«, antwortete April, die zunehmend entnervt war. »Je suis désolée, Monsieur Thébault, aber ich habe nicht so viel Zeit. Ich will ja ungern Druck in diese Besprechung bringen, aber ich schätze, Sie rechnen nach Stunden ab. Es wäre also gut, wenn wir uns gleich dem eigentlichen Thema zuwenden könnten.«

Luc kicherte. »Sie haben wirklich Angst, Sie könnten meinem Charme erliegen, oder?«

»Im Moment eigentlich nicht. Also, nun lassen Sie uns über die Wohnung sprechen.« April kritzelte sinnlose Notizen auf ihren

Block, um ihre Hände irgendwie zu beschäftigen. »Ich würde mir jetzt gerne anhören, was Sie mir über die Frau auf dem Gemälde erzählen können.«

»Sie hassen Fragen, oder?«

»Fragen sind großartig. Ich liebe Fragen. Ich habe ungefähr eine Million Fragen an *Sie*.«

»Très bien. Dann verraten Sie mir doch mal, Madame Vogt – Avril – *warum* Sie die Frau auf dem Gemälde so interessiert.«

»Wenn das ein Boldini ist, dann haben wir da wirklich einen bedeutenden Fund gemacht. Allein das Portrait könnte für eine Million Euro oder mehr verkauft werden. Das hätte internationalen Nachrichtenwert. Normalerweise schlagen ›europäische Möbel‹ nicht so hohe Wellen. Das ist weiß Gott nicht die Abteilung mit den großen Preisen, nicht mal ansatzweise.«

»Ich habe nicht gefragt, warum Sie sich für das *Gemälde* interessieren. Ich habe gefragt, warum Sie sich für die *Frau* interessieren.«

»Ich bin nur insofern interessiert, als sie mit dem Gemälde und den Möbeln in der Wohnung zu tun hat.«

»Oh. Das erklärt natürlich, warum Sie in ihren privaten Tagebüchern gelesen haben.«

»Wie Marc und Olivier Ihnen schon gesagt haben …«, sagte April und hielt nach einem Kellner Ausschau. Luc nippte an einem Espresso, aber sie würde auf jeden Fall etwas Stärkeres brauchen. »Die Tagebücher werden bei der Ermittlung der Herkunft der Stücke helfen, was wiederum den Wert steigern wird. Die Käufer lieben schöne Geschichten. Sie haben die Wohnung und die Stücke darin gesehen. Das ist alles absolut außergewöhnlich. Ich will bloß die Geschichte der Objekte verstehen, und auch, warum jemand sie einfach so zurückgelassen hat.«

»Was hat das denn mit dem Wert zu tun, dass die Wohnung so zurückgelassen wurde?«

»Gegenstände, die so kostbar sind – egal, ob ihr Wert ein wirtschaftlicher oder emotionaler ist –, bleiben für gewöhnlich in der Familie. Und sie werden normalerweise weitergegeben.«

Normalerweise, aber nicht immer, wie April nur zu gut wusste.

»Sie wollen die Geschichte von einem rein akademischen Standpunkt aus kennenlernen?« Luc klang skeptisch. »Vraiment?«

»Ja. Wirklich.« Wo blieb dieser verdammte Kellner?

»Na ja, Sie hatten durchaus recht mit ihrer Annahme über die Verwandtschaftsverhältnisse. Die Frau auf dem Gemälde war Lisette Quatremers Großmutter.«

»Wirklich?« April bekam ganz große Augen. In diesem Moment tauchte der Kellner hinter ihr auf, aber nun wünschte sie sich eher, er würde weggehen.

»Madame?«

»Ja, hallo. Bonjour, je voudrais du vin.« Sie deutete auf die Karte.

»Entre-Deux-Mers?«

»Oui. S'il vous plaît.«

»Ich dachte immer, Amerikaner trinken während des Tages keinen Alkohol«, sagte Luc. »Ihre Leute sind eher von der abstinenten Sorte, oder?«

»Nein. Definitiv nicht.«

Auf einmal befiel April ein Riesenhunger, und sie nahm sich ein Stück Brot, das sie sorgfältigst mit Butter bestrich. Sie hatte gerade Lucs Theorie bewiesen, dass Amerikaner immer gerne einen Snack essen, aber das war ihr jetzt egal. Das war es ihr jetzt wert. Zu ihren Erinnerungen an jedes Café, jedes mitternächtliche Dinner und viele, viele Gläser Wein gehörte für April die Butter. In Paris war sie cremiger und salziger.

»Erzählen Sie mir mehr von der Großmutter«, bat April und setzte sich auf ihre Hände, um sich davon abzuhalten, noch mehr zu essen. Ganz kurz spürte sie den Impuls, sich vorzubeugen und wie eine Katze die Butter vom Baguette zu lecken. Wusste doch jeder, dass die Amerikaner Tiere waren. »Sind Sie sicher, dass sie die Frau auf dem Gemälde ist?«

»Ja, ziemlich. Sie ist sehr schön, non?«

»Umwerfend. Sie erinnert mich außerdem an … jemanden, den ich kenne. Ist Ihnen eigentlich ihr Name bekannt?«

Der Kellner tauchte wieder über Lucs linker Schulter auf. April atmete aus. Gott sei Dank, endlich war der Wein da.

»Nach Angaben von Lisette Quatremers Familie hieß sie Marthe de Florian«, erklärte Luc.

»Ihre Familie? Madame Quatremer hatte eine Familie?«

»Na ja, gewissermaßen. Aber nicht so, wie Sie denken.« Luc nahm noch einen kleinen Schluck von seinem Espresso, wobei die winzige Tasse sich lächerlich in seinen großen Händen ausnahm.

»Marthe de Florian.« April ließ sich den Namen auf der Zunge zergehen. *Marthe.* »Wer war sie? Offenbar ja jemand Wichtiges, da Boldini sie gemalt hat. Ganz abgesehen von der Opulenz und den vielen kostbaren Gegenständen, die ich bis jetzt in ihrer Wohnung gesehen habe. Wer war ihre Familie? Ihr Mann?«

»Sie war nicht verheiratet.« Luc zwinkerte. »Vielmehr das genaue Gegenteil. Madame de Florian war eine bekannte Demimondaine.«

»Eine Demimondaine?« April zog die Augenbrauen bis zum Haaransatz hoch. »Eine Halbweltdame? Eine Kurtisane?«

Das schrie weiß Gott nach einem Drink. April zog die Hände unter ihren Oberschenkeln hervor, um ihr Glas zu ergreifen.

»Oui«, sagte Luc. »Eine beeindruckende Wohnung für eine Prostituierte, non?«

»Demimondaines waren nicht nur Prostituierte«, sagte April und nahm noch einen großen Schluck Wein. »In Madame de Florians Zeit gab es natürlich auch ganz normale Straßendirnen, die filles soumises, die ›unterwürfigen‹ Huren. Über ihnen standen die grisettes, normalerweise Frauen, die ansonsten einer Arbeit nachgingen, Schneiderinnen zum Beispiel, die mit Sex ihr Einkommen aufbesserten. Noch eine Stufe höher standen les lorettes. Und dann kamen erst die Demimondaines, und das waren ganz besondere Frauen.«

»Trotzdem eine Prostituierte.«

»Technisch gesehen schon. Aber die Demimondaines waren angesagte Persönlichkeiten. Die Damen der höchsten Gesellschaftsschichten ahmten ihre Kleidung und ihre Frisuren nach, konnten aber trotzdem nie mit ihnen mithalten. Denn selbst die wohlhabendste Frau hatte immer nur den einen Ehemann, der ihr das nötige Kleingeld lieferte, während die Demimondaine viele hatte. Warum sollte man sich mit der Großzügigkeit eines einzelnen Mannes arrangieren, wenn man sich die Gunst von fünf oder mehr Männern sichern kann? Wenn man sich die Stücke in ihrer Wohnung so anschaut, glaubt man gerne, dass sie sich ihren Lebensunterhalt auf diese Art verdient hat.«

»Faszinierend«, grinste Luc. »Ich bewundere Ihr umfassendes Wissen über Nutten.«

»Demimondaines«, korrigierte ihn April, ebenfalls mit einem Grinsen. »Das war ein faszinierender Frauenschlag. Die haben ja auch nicht einfach nur in der Gegend herumgeschlafen. Sie hatten gesellschaftliche Verpflichtungen und sogar berufliche. Im Übrigen war man sich einig, dass eine Kokotte nicht wirklich etabliert war, bevor nicht vier Duelle und ein Selbstmord auf ihr Konto gingen und sie mindestens einen déniaisé gehabt hatte.«

»Ah, déniaiser«, sagte Luc. »Den ältesten Sohn seines Liebhabers ficken, genau.«

April hustete und verschluckte sich an ihrem letzten Schluck Wein, während Luc dem Kellner bedeutete, dass er noch einmal zwei Gläser bringen sollte. Wie es aussah, machte diese Unterhaltung eine Stärkung erforderlich.

»Entschuldigung«, sagte er. »Habe ich Ihr Zartgefühl verletzt?«

»Ja. Ganz schrecklich sogar. Sie wissen doch, wie empfindlich wir Amerikaner sind.«

Luc schwieg kurz, um April ganz unverhohlen vom Scheitel bis zur Sohle zu mustern, als wollte er überprüfen, wie amerikanisch sie war. Sie versuchte, ein klein wenig Wut aufzubringen. Das Ganze hatte etwas Schmieriges, non? Er hatte gerade die Details einer inzestuösen ménage à trois dargelegt und im selben Atemzug Wein bestellt, um schließlich ganz offen ihre körperlichen Attribute abzuschätzen. (*Gesicht ein wenig müde, Lack schon größtenteils ab, Brüste höchstwahrscheinlich im Originalzustand, da weder besonders groß noch besonders auffällig*). Doch trotz ihrer besten Absichten konnte April keinen Ekel verspüren. Bei jedem anderen Mann hätte sie sich geekelt, und sie war überrascht, dass sie Luc dieses Benehmen durchgehen ließ.

»Sie können jetzt aufhören zu starren«, murmelte sie. »Sie werden nichts feststellen können, was dagegenspricht, dass ich Amerikanerin bin.«

»Ist schon komisch«, meinte er, als der Kellner sich ihrem Tisch näherte. »Obwohl Sie sehr braun gebrannt sind, sehen Sie überhaupt nicht amerikanisch aus.«

Luc nahm die Gläser vom Tablett und stellte eines vor April und das andere auf seine Seite. Im Grunde hätte es ungeduldig oder arrogant wirken müssen, wie er ohne zu fragen die Aufgabe des Kellners an sich riss. Doch sehr zu Aprils eigenem Ärger fühlte sie sich geschmeichelt. Es war so, als wollte er keinem anderen diese Pflicht anvertrauen und April das Glas deswegen persönlich servieren.

Nachdem sie ihre Fassung zurückgewonnen hatte, antwortete sie:

»Meine Haut hat von Natur aus einen Oliventon. Ich bin nicht gebräunt.«

»Trotzdem. Sie wirken nicht sehr amerikanisch.«

»Ja, Sie hatten schon etwas in dieser Richtung erwähnt, als Sie meine Kleidung inspiziert haben.«

»Das war als Kompliment gemeint«, sagte er.

»Wissen Sie, ich habe meine Jogginghosen und Sneakers zu Hause gelassen, daher verstehe ich Ihre Verwirrung. Es ist wirklich eine Schande. Ich möchte nicht, dass die Leute denken, ich sei gar nicht aus den guten alten Vereinigten Staaten.«

Lachend drückte Luc seine Zigarette im Aschenbecher aus.

»Ich glaube, Sie werden eine sehr unterhaltsame Ablenkung sein.«

»Ich bin hier, um zu arbeiten, nicht um Sie zu unterhalten«, erwiderte April rasch und verbot sich die Überlegung, was genau er mit seiner Bemerkung gemeint hatte. »Aber erzählen Sie doch bitte, was wissen Sie noch über Marthe de Florian? Und über das Gemälde?«

»Okay«, sagte Luc und schüttelte lächelnd den Kopf, während er den Wein durch die Zähne sog. »Zurück zum Geschäftlichen also. Nach kurzem Durchblättern einiger Tagebücher wissen wir ein paar Dinge über Marthe de Florian. Das setzt natürlich voraus, dass die Dinge zutreffen, die ich bis jetzt gelesen habe.«

»Warum sollten sie nicht zutreffen? Sie hat sie geschrieben!«

»Die Frau war für ihre Übertreibungen bekannt. Das heißt, so hat man es mir jedenfalls erzählt. Aber wenn Boldini sie tatsächlich 1898 gemalt hat, war sie zu dem Zeitpunkt vierundzwanzig.«

»Vierundzwanzig und schwanger.«

»So sieht es aus. Lisette Quatremers Mutter wurde 1899 geboren, das käme also hin.«

»Was ist mit Lisettes Mutter passiert?«

Er zuckte mit den Schultern. »Keine Ahnung. Aber ich nehme an, dass ihre Mutter in jungen Jahren gestorben ist.«

»Und warum hat Lisette Paris überhaupt verlassen?«

»Je ne sais pas. Da sie 1940 abreiste, hatte es höchstwahrscheinlich mit dem Krieg zu tun.«

»Aber sie ist nie zurückgekehrt. Wie konnte sie diesen ganzen Familienbesitz einfach so zurücklassen? Wie konnte sie *Paris* verlassen und nie zurückkehren?«

»Sie mögen Fragen *wirklich*.«

»Und wie kommt es, dass Lisettes Erben *alles* verkaufen, bevor sie ein einziges von diesen ganzen Stücken gesehen haben?«

Wieder zuckte Luc mit den Schultern. »Es gibt nur einen Erben. Und ich kann Ihnen Ihre Frage nicht beantworten.«

April versuchte ihre Gereiztheit zu verbergen. Luc hatte ihr Antworten versprochen, aber alles, was er ihr verraten hatte, war ein Name, ein Beruf und ein Geburtsjahr – alles Dinge, die April selbst hätte herausbekommen können. Sie wusste nicht, ob er es bewusst darauf anlegte, die Nervensäge zu spielen, oder ob das nur eine Nebenerscheinung seines Charakters war. Immerhin war er ein Rechtsanwalt, und noch dazu ein Pariser – und er war Luc.

»Haben Sie noch andere Informationen über das Gemälde?«, fragte April. Ihre Stimme bekam fast schon etwas Verzweifeltes. »Oder über Marthe de Florian? Vielleicht könnte uns Ihr Mandant doch erlauben, die Tagebücher zu lesen?«

»Sie sind ganz schön scharf auf die Tagebücher, oder?«

»›Scharf‹ ist vielleicht nicht ganz das richtige Wort. Aber ich glaube …«

»Auktionäre«, sagte er und griff nach der ledernen Aktentasche, die er vorher auf den Tisch gelegt hatte. »Die haben's immer so eilig.«

»Genau genommen bin ich eine Expertin für ein Auktionshaus«, sagte April, um im nächsten Moment zusammenzuzucken. Wenn sie diesen Titel nannte, lag für sie normalerweise kein bisschen Glanz darin. Wurde diese Bezeichnung im Büro ausgesprochen, klang es genauso wie »Personalchef« oder »Lohnbuchhalter«, und das Wort »Experte« machte es sogar noch mehr zum Allerweltsbegriff. Aber sowie man sich außerhalb der Auktion so nannte, klang es geradezu hochnäsig.

»Oder von mir aus auch ›Auktionatorin‹«, sagte April. »Was Ihnen lieber ist. Wie auch immer, ich versuche nur, meine Arbeit zu machen. Das wird dem Erben zugutekommen.«

»Ja. Ich weiß. Die Herkunft.«

Luc war so gelangweilt von ihrer Ausrede, dass April weder antwortete noch Augenkontakt aufnahm. Sie hatte es auch schon satt, ständig Opfer seiner Witzeleien zu sein. Doch hätte sie sich einmal die Mühe gemacht aufzublicken, statt verdrossen in ihren Wein zu starren, hätte sie dieses schelmische Funkeln in seinen Augen gesehen, das sie mittlerweile auch als Zeichen dafür zu deuten wusste, dass Luc ihr … irgendetwas zeigen wollte. Und sie wäre auch nicht so erschrocken, als mit einem satten Plumps etwas auf ihrem Tisch landete.

»Was zum …« April griff nach ihrem Glas, als wollte sie verhindern, dass Wein verschüttet wurde.

Sie erblickte vier mit blauem Band zusammengehaltene Papierstapel auf dem Tisch.

»Sind das …«

»Ihre Tagebücher? Ja, ein paar«, antwortete Luc. »Ich hab sie seit unserer letzten Begegnung ein bisschen durchgepflügt.«

»Durchgepflügt?« April schluckte.

»Überflogen. Ich hab nur ein paar gelesen, aber ich glaube, dass das erste von 1891 ist. Damit sollten Sie anfangen. Wenn Sie gut sind, zeige ich Ihnen vielleicht auch noch den Rest.«

Wenn sie gut war.

Aprils Herz begann zu jubeln. Sie griff nach den Tagebüchern und bedankte sich bei Luc, und diesmal sah sie ihm direkt in die Augen. Möglicherweise hatte sie sich in diesem Mann getäuscht, hatte ihn schon als Hindernis abgeschrieben, wo er sogar zum Verbündeten werden könnte. Natürlich war er trotz allem ein bärbeißiger, ungehobelter Klotz, aber das hier war ja schon mal ein Anfang.

Vielleicht würde er April geben, was sie wollte. Sie nahm sich vor, Luc zumindest eine Chance zu geben, ganz egal, als wie nervig er sich herausstellen würde – und sie ahnte jetzt schon, dass sie sich in dieser Hinsicht auf einiges gefasst machen musste.

Chapitre 11

Paris, 24. April 1891

Heute war also der große Tag. Die wunderbare Jeanne Hugo heiratete Léon Daudet, wodurch zwei gefeierte republikanische Dynastien vereint wurden. Was für ein Riesenspektakel. Die Menschenmengen! Die Fanfaren! Die nicht enden wollenden Spekulationen über die Mitgift! Alles für die französische *Jeanne au pain sec*: Jeanne mit Toast. Dass dies Victor Hugos Spitzname für seine geliebte Enkelin war, verrät einem ein wenig über das Mädchen. Dieser Mann war berühmt für seine Könnerschaft mit der Feder, und ausgerechnet *so* lautete seine Beschreibung? Jeanne mit Toast? Ich hätte lieber Jeanne *oder* Toast, und dann würde ich immer noch für den Toast votieren.

Wer in diesem Lande wüsste nicht von Jeanne-Hugo-jetzt-Daudet? Aber was wissen die Leute eigentlich? Sie ist schön. Das ist ihre raison d'être, aber letztlich alles andere als ein Kompliment. Stattdessen ist es das einzig Positive, was sich über sie sagen lässt, und sogar über ihre Schönheit ließe sich noch streiten. Ich habe einmal eine Zirkusnudistin gesehen, die mehr als nur flüchtige Ähnlichkeit mit unserer hübschen *Jeanne au pain sec* aufwies. Tatsächlich erinnerte der Körperbau des Pferdes, auf dem sie ritt, an den von Madame Daudet. Um dem Pferd kein Unrecht zu tun: Es trug nicht denselben unkleidsamen dünnen schwarzen Schnurrbart. Um der Reiterin ohne Sattel kein Unrecht zu tun: Sie hatte wesentlich mehr persönliche Ausstrahlung!

Da ich in einer Klosterschule erzogen worden bin, sollte ich mich um etwas mehr Liebenswürdigkeit bemühen. Die Nonnen haben mir weiß Gott ein besseres Benehmen beigebracht. Doch Jeannes Unansehnlichkeit ist eine Tatsache. Gestatten Sie Ihrem Herzen nicht, für sie zu weinen. Unsere neue Madame Daudet ist kein bemitleidenswertes, langgesichtiges Ding, das nichts dafür kann, dass ihre Nase krumm ist und ihre Zähne vorstehen. Sie ist vielmehr hässlich von innen, wegen der Dinge, die sie getan hat. Jeanne selbst hat zugelassen, dass sie langsam von innen heraus schwarz wurde. Den meisten Leuten ist das nicht klar. Für die Öffentlichkeit ist sie ein dummes kleines, Pernod schlürfendes Mädchen, das sich die teuersten Kleider kauft, weil es eben kann. Ich weiß das natürlich besser. Meine Verbindung zu ihr gründet wesentlich tiefer.

Nichtsdestoweniger fühle ich eine gewisse Reue wegen meiner ungnädigen Gedanken. Ich muss an Sœur Marie denken und stelle mir ihre säuerlich missbilligende Miene vor. Natürlich wäre das nicht das Einzige, was die Nonne an mir kritisieren würde. Dass ich sie bestohlen habe, ist ja der Grund, warum ich überhaupt in Paris bin. Nun ja, *nous sommes qui nous sommes*.

Wir sind, wer wir sind. Darin liegt eine gewisse Ironie, wenn man von Jeanne Hugo spricht. Und auch, wenn man von mir spricht.

Letztendlich hielt mich meine Abneigung gegen die Braut nicht davon ab, die größte Hochzeit mitzuverfolgen, die ich in meinem Leben je gesehen habe. Zusammen mit den riesigen Menschenmengen (jemand hat behauptet, dass die Zahl gegen eine Million ging!) drängelte ich mich auf der Rue de la Pompe, um die Hochzeitsprozession zu beobachten. Ich musste dieses Schauspiel aus der Nähe sehen. Ich wollte Jeanne und diesen Ehemann sehen, einen Mann, der so einen untadeligen Ruf genoss, dass nicht mal seine Neigung zu übermäßigen Blähungen ihn aus den obersten Kreisen ausschließen konnte. Doch die Menschenmenge war zu groß, und das einzige Mitglied dieser Dynastie, auf das ich einen Blick erhaschen konnte, war Jeannes blasser, korpulenter Bruder. Wie immer konnte Georges kaum aufrecht stehen. Angesichts seiner Spielschulden überraschte es mich, dass er sich überhaupt in der Öffentlichkeit zeigte. Er kann von Glück sagen, dass ihn niemand erstochen hat.

Die Atmosphäre war sehr festlich, das muss ich Jeanne immerhin zugestehen. Die Leute unterhielten sich mit Fremden, umarmten einander und strahlten sich an, als die Daudet'sche Kutsche vorbeirollte. Einen Moment lang waren wir Pariser alle eine große, allumfassende Familie.

Ich selbst stand neben einem älteren Ehepaar, ihren erwachsenen Kindern und einem dünnen, zittrigen heimatlosen Mädchen. Sie sagte, sie heiße Marguérite, und obwohl sie behauptete, fünfzehn zu sein, hätte ich sie eher um die zwölf geschätzt. Ich weiß nicht, wo sie wohnt, und sie war ganz offensichtlich nicht da, um die Braut zu sehen, sondern um ein paar Brieftaschen zu klauen. Trotzdem war sie mir sofort sympathisch – zweifellos deswegen, weil sie als Allererstes zu mir sagte: »Gibt es irgendjemanden, der noch widerlicher ist als Jeanne Hugo?«

Ich lachte und gestand, dass ich ganz ähnlich empfand.

Während diese junge Taschendiebin Jeanne wahrscheinlich deswegen hasste, weil sie so reich war, hatte ich einen anderen Grund. Mich stößt nicht ab, was Jeanne *hat*, sondern das, was sie *ist*. Nicht erst jetzt, auch schon vorher. Für alle Zeiten. Ich kann mir nicht helfen, ich empfinde es so, als hätte sie einen Teil von mir gestohlen, auch wenn sie das niemals zugeben würde.

Chapitre 12

»Ça va, Avril?«

April schüttelte den Kopf.

»Hm? Ja? Was?«

»Sie haben meine Frage nicht beantwortet.«

Sie legte die Tagebücher zurück auf den Tisch und ihre Hände darauf, wie um sie zu beschützen.

»Ihre Frage?«, wiederholte sie. »Tut mir leid, die ist mir entgangen. Ich war ganz in das Tagebuch vertieft.«

»Ja, ich weiß. Sehr fesselnd, nicht wahr?«

»Unwahrscheinlich fesselnd. Meinen Sie, ich könnte mich vielleicht mir Ihrem Mandanten treffen? Mit den Tagebüchern und einem kurzen Gespräch könnte ich sehr rasch den gesamten Hintergrund rekonstruieren, den ich für meine Arbeit brauche.«

»Ah, so hungrig, la jolie fille, dabei haben Sie doch gerade erst gegessen.« Er deutete mit einem Nicken auf die Tagebücher, dann wanderten seine Augen zu dem angebrochenen Stück Brot.

»Na ja, wenn ich die Herkunft der Stücke klären will, wäre es sehr hilfreich …«

»Sie immer mit Ihrer Herkunft. Mir hängt das Wort jetzt schon zum Hals heraus.«

»Sollte ich stattdessen den Ausdruck ›mehr Geld‹ benutzen?«, erkundigte sie sich. »Das ist nämlich der Punkt, der hier zur Debatte steht.«

»Mo' money, mo' problems.«

»Wie bitte?« April lachte kurz auf. Diese Antwort hatte sie nicht erwartet. Sie hätte nicht sagen können, ob Luc versuchte, sie zum Lachen zu bringen, oder ob er unabsichtlich komisch war.

»Sagt man das nicht so in den Vereinigten Staaten?«

»Na ja, vielleicht, wenn man Rapper ist«, meinte April. Sie musste immer noch lachen. »Wobei der französische Akzent der Sache eine ganz besondere Note verleiht.«

»Das tut er immer, Madame Vogt«, erwiderte Luc mit solchem Selbstvertrauen, dass April schon wieder rot wurde. »Aber so charmant Sie auch Ihre Tagebücher und Ihre Gespräche mit meinem Mandanten verlangen, meine Antwort muss leider trotzdem Nein lauten.«

»Auf welchen Teil der Bitte antworten Sie mit Nein? Denn wenn ich nur ganz kurz mit …«

»Der Erbe möchte sich nicht mit irgendwelchen neugierigen Auktionären unterhalten. Ach, Entschuldigung, das ist ja nicht die korrekte Bezeichnung. Wie heißt das noch? ›Auktionsexpertin‹?« Er wackelte mit den Augenbrauen.

»›Auktionator‹ ist schon okay«, sagte April rasch. »Und ich kann das ja auch gut verstehen, ich will gar keine Details aus ihr herauskitzeln. Sie trauert bestimmt noch. Aber wenn sie es sich doch noch anders überlegen möchte …«

»Ich habe nie gesagt, dass der Erbe eine Frau ist. Und es ist überhaupt nicht die Rede davon, dass er es sich anders überlegt.«

»Na gut«, sagte April. »Die Tagebücher sollten reichen.«

Sie blickte auf die Dokumente und ließ den Blick über die Zeilen gleiten, versuchte noch ein Wort, noch einen Satz, irgendeine Anspielung auf die Familie Hugo oder sonst wen zu erhaschen.

»Sie können ja kaum aufhören zu lesen«, sagte Luc zwinkernd. »Ich musste noch nie mit einem schimmligen Papierstapel konkurrieren, um mir die Aufmerksamkeit einer Frau zu sichern.«

April spürte eine Welle der Gereiztheit in sich. Mo' problems. Allerdings. Was versuchte Luc hier eigentlich zu beweisen? Dass er das schöne Geschlecht mit seinem angeborenen Charisma und seinem lässig guten Aussehen jederzeit völlig durcheinanderbringen konnte? Na, das war ihm gelungen. Dieser Luc Thébault übertraf noch, was man allgemein von französischen Männern behauptete. Vielleicht war sie noch zu nett gewesen. Seine Neigung, sie zu triezen, würde sich nicht so leicht ignorieren lassen.

»Seltsam, dass Ihnen überhaupt daran gelegen ist, sich meine Aufmerksamkeit zu sichern«, gab sie zurück.

»Ach, Avril, Sie sind witzig. Ich wollte Sie doch nur – wie sagt man da in Amerika? Ich wollte Sie doch nur verulken.«

»Mich ›verulken‹? So sagt man das tatsächlich nicht in Amerika. So sagt man das definitiv nicht.«

Er lachte. Wieder. Es konnte einem vorkommen, als würde er fast immer lachen (mit und über jemanden). Und ständig dieses verdammte Grinsen auf den Lippen, als würde sie ihn immer gerade dann anschauen, wenn er mit einem Lächeln begann oder aufhörte. Das machte April ganz nervös und ungeduldig. Sie wollte auch wissen, was so amüsant war, beziehungsweise, sie hoffte, ihn einmal zu erwischen, wenn er nicht grinste.

»Sie sind eine interessante Frau, Madame Vogt.«

»Bei allem Respekt, ich teile diese Meinung nicht«, sagte April. »Aber egal, ich bedanke mich trotzdem für die Tagebücher.«

April erhob sich halb von ihrem Stuhl und streckte die Hand nach den Papieren aus.

»Wo ist der Rest?«, fragte sie, während sie die Hand nach den Tagebüchern ausstreckte. »In der Wohnung waren doch noch einige mehr.«

»Nicht so schnell, April.« Luc stand selbst auf und drückte April sanft wieder auf ihren Stuhl zurück. Ärgerlich legte sie die Hände in den Schoß. »Mein Mandant möchte die Aufzeichnungen als Erster sehen – diese Entdeckung ist für ihn ja ebenfalls etwas Neues. Sie bekommen die Dokumente häppchenweise, nachdem mein Mandant mit ihnen fertig ist. Ist das akzeptabel? Oder wird das Ihre Arbeit mit den Möbeln behindern?«

»Nein, ich glaube nicht«, sagte April leise und dankbar. »Richten Sie dem Erben ein Dankeschön aus. Wir freuen uns sehr über seine Kooperationsbereitschaft.«

Auf einmal blieben ein Mann und sein Hund neben ihrem Tisch auf dem Gehweg stehen. Während der Mann in sein Handy krächzte, ging der Hund in Position, schaute April trotzig an und leerte seinen Darm. Der Besitzer rief irgendetwas in sein Telefon, riss an der Leine und ging einfach weiter.

»Merde«, sagte April leise.

»Mögen Sie keine Hundescheiße, Madame Vogt? Vielleicht ist Paris nicht die richtige Stadt für Sie.«

»Manche Straßen hier bestehen aus mehr Scheiße als aus Gehweg«, murmelte April. »Wenn dieser Typ das in New York gemacht hätte, wäre ihm ein mittelgroßer Mob hinterhergerannt. Paris ist eine tolle Stadt, aber man kann den Anblick ja kaum genießen. Ständig muss man auf den Boden schauen, ständig nach dieser merde Ausschau halten, damit sie einem nicht an den großen amerikanischen Schuhen kleben bleibt.«

»Hmm. Tja, ich finde es gar nicht so überraschend, dass ein Mensch nicht gerne einen dampfenden Haufen Scheiße in der Hand halten mag, nur mit einer dünnen Plastikschicht dazwischen.«

»Wenn man einen Hund haben will, muss man diesen Preis eben bezahlen«, meinte April.

»Wo wir gerade vom Preis sprechen, den man bezahlen muss – erzählen Sie mir doch mal von le mari.«

»Von meinem Ehemann?« April war die Ironie nicht entgangen. So schnell war das Gespräch von Scheiße zu ihrer Ehe übergegangen. »Was hat das mit einem Preis zu tun, den man bezahlen muss?«

Das war eine rhetorische Frage, aber April kannte die Antwort bereits.

»Ich verulke Sie bloß«, sagte Luc und bemühte sich, eine ernste Miene zu bewahren. »Erzählen Sie mir von Ihrem Mann.«

»Ich weiß nicht, was ich da erzählen sollte.«

»Das wissen Sie nicht? Das ist doch eine ganz normale Frage, non? Ganz normales Geplauder unter Kollegen.«

»Gut, also, er heißt Troy.« April holte Luft. Nur die Fakten. »Wir sind seit sieben Jahren verheiratet. Er ist ein kluger Mann und ein toller Vater.«

»Vater? Sie haben Kinder?« Luc zog die Brauen so weit hoch, dass sie fast aus seinem Gesicht verschwanden.

»Nein, also, technisch gesehen sind sie s-s-seine Kinder«, stotterte sie. »Aber meine auch. Stieftöchter. Sie sind im Teenageralter.«

»Ah, die böse Stiefmutter«, sagte Luc. »Das gefällt mir. Das gefällt mir sehr. Sie haben gesagt, dass Ihr Mann im Finanzsektor arbeitet – was genau macht er denn?«

»Er managt einen LBO-Fonds.« April warf einen Blick in den Brotkorb und nahm sich noch ein letztes Stückchen. »Eher die größeren Geschäfte.«

»Wall Street?«

»Oui.« April wurde rot. Die Wall Street war auch nicht mehr, was sie einmal gewesen war. Früher hätte man Geld und Macht mit ihr assoziiert, jetzt dachte man eher an Rechtsverdreher und Versager. Nicht, dass Troy technisch tatsächlich an der Wall Street arbeiten würde, aber April war daran gelegen zu erklären, dass ihr Mann keine Insidergeschäfte oder Geschäfte per Schneeballsystem machte oder anderweitig ein Pariah der Finanzwelt war. Er kaufte und verkaufte Firmen, indem er seine mächtige Position und Geld einsetzte.

»Mein Bruder ist auch Anwalt«, sagte Luc. »Er arbeitet mit Firmen, die eher größere Geschäfte machen, wie Sie es formuliert haben. Vielleicht kenne ich die Firma Ihres Mannes.«

»Kann sein. Es gab ein paar Transaktionen in Frankreich und auch anderswo in Europa«, sagte April. Sie musste sich selbst davon abhalten, eine komplette Darstellung der Stanhope Group zu liefern. Es hätte sie nicht überrascht, wenn sich ein Zusammenhang zwischen Luc und Troy gefunden hätte, vielleicht auch zwei, aber auf so eine Verbindung legte April überhaupt keinen Wert. »Ihr Bruder würde den Namen wahrscheinlich kennen, sie sind sehr bekannt.«

»Berüchtigt?«

»Nein. Sehr bekannt. Respektiert.«

»Es ist toll, wenn man sehr bekannt ist.« Luc warf eine Handvoll Euros auf den Tisch. »Wollen wir gehen? Ich übernehme die Rechnung. Sie können ja nächstes Mal zahlen.«

»Ähm. Okay.« April blinzelte.

»Werden Sie …« Er deutete mit einem Nicken auf die Papiere unter Aprils Serviette. »Die Tagebücher?«

»Ach so, ja. Ich nehme an, die Familie hat die bis jetzt noch nicht lesen können«, sagte April, der erst jetzt klar wurde, dass sie sie zurückgeben musste.

»Ach, wissen Sie …« Luc machte eine Pause. »Warum nehmen Sie sie nicht mit? Ich muss erst in ein paar Tagen nach Sarlat. Es ist schon okay, wenn sie die in der Zwischenzeit behalten. Ich werde es meinem Mandanten sagen. Sie scheinen ja sehr gewissenhaft zu sein. Zweifellos sind die Tagebücher bei Ihnen in den besten Händen.«

»Oui! Ich werde sehr gut darauf aufpassen. Meine ganze Karriere baut darauf auf, dass ich sehr gut auf Dinge aufpasse. Vielen Dank.« April streckte den Arm aus, um sich mit einem Händeschütteln zu verabschieden. »Nochmals.«

Luc fasste sie am Arm und zog sie an sich, wie schon bei ihrer ersten Begegnung.

»Danke für dieses reizende Treffen, Avril«, sagte er und küsste sie höflich auf beide Wangen, obwohl er seine Lippen dieses Mal etwas länger auf ihrer Haut ruhen ließ als beim ersten Mal. Er roch immer noch nach Rauch und Aftershave, aber jetzt mischte sich auch der Geruch des Weins darunter, den sie zusammen getrunken hatten. »Ich melde mich dann.«

April sah ihm nach, als er davonging. Jeder unbeteiligte Beobachter hätte gesagt, dass sie ihm unverhohlen nachgaffte. Das war ihr zwar bewusst, aber sie konnte einfach nicht aufhören zu starren. Und sie konnte auch das Gefühl nicht unterdrücken, das sie in diesem Moment im Bauch hatte, zweifellos eine Wirkung des Weines und auch der Tagebücher. Ja, das musste es sein. Es gab keine andere akzeptable Erklärung, zumindest keine, die April sich hätte eingestehen dürfen.

Chapitre 13

Aprils Wohnung konnte der von Marthe de Florian nicht das Wasser reichen.

Die Gebäude hatten dieselbe Haussmann-Fassade, diesen typischen Pariser Anblick, hoch, mit horizontalen Linien und den schmiedeeisernen Balkongittern. Damit hatten sich die Ähnlichkeiten aber auch schon erschöpft. Während Marthe sieben Zimmer hatte, verfügte April nur über drei. Marthes Wohnung war so vollgestopft mit Möbeln von musealem Wert, dass man kaum hindurchgehen konnte, ohne anzustoßen. Aprils Wohnung war so karg möbliert, dass sie sich fragte, ob es überhaupt einen Platz gab, an dem sie gleichzeitig ihren Hintern und ihren Computer deponieren konnte. Eigentlich schade drum, dachte sie, solche zusammengewürfelten, aus dritter Hand erworbenen Möbel in ein waschechtes Haussmann-Haus zu werfen, auch wenn es nur ein Mietshaus war.

Obwohl der dekorative Charme gleich null war, verliebte sich April auf den ersten Blick in die Wohnung. Sie mochte alles an ihr, wie die originalen Dielenböden aus dicken Holzplanken oder dass eine Seite des Wohnzimmers aus mehr Fenstern als Wand bestand. Sie stellte sich vor, wie sie sich nachts an die Scheiben lehnte, ein Glas Wein in der Hand, die erleuchtete Stadt vor sich. Die Wohnung zeigte nicht alles, was die Stadt zu bieten hatte, aber immerhin zeigte sie doch Paris.

Nachdem sie ihre Mails gecheckt hatte (bis jetzt zeichneten sich keine Krisen ab), warf April ihre Tasche und den BlackBerry auf den weiß lackierten Esstisch, wenngleich »Esstisch« eine ziemlich hochtrabende Bezeichnung für ein Möbelstück war, auf dem höchstens zwei Teller Platz hatten – oder, wie in Aprils Fall, sich als eine Kombination aus Computertisch und Schminktischchen nutzen ließ. Einen Anlass, für den mehrere Teller nötig waren, konnte sie sich nicht vorstellen.

Das ganze Nachdenken über Teller verursachte Magenknurren, obwohl sie nicht in erster Linie essen wollte. Sie hatte schon wieder Hunger, obwohl sie bei ihrem Treffen mit Luc so viel Brot gegessen hatte. Doch statt etwas Essbares aufzutreiben, griff sie nach den weißen Schutzhandschuhen in ihrer Ledertasche.

»Ach, sei schon still«, sagte April zu ihrem immer noch rumorenden Magen, während sie vorsichtig Marthes Tagebuch aus ihrer Tasche zog. Ihr Hunger war heftig, aber die Anziehungskraft der Tagebücher war noch stärker.

April hatte vor, die Seiten auf der Küchenarbeitsplatte auszubreiten und schnell zu lesen, à la Fast Food, im Stehen, ohne die Schuhe auszuziehen. Aber auf einmal kam ihr die Sprache verschwommen und unverständlich vor. Als hätte April ihre gesamten Französischkenntnisse eingebüßt, seit sie sie vor einer Stunde zum letzten Mal benutzt hatte. Vielleicht lag es am Jetlag oder vielleicht daran, dass sie in den letzten Tagen nur von Wein, Brot und viel Butter gelebt hatte.

»Essen«, sagte April laut, obwohl niemand zuhörte. Ein gemeines Kopfweh breitete sich in ihrem Schädel aus. »Ich brauche Essen.«

Da ihr leicht schwindlig war und sie die Energie nicht mehr aufbrachte, die Wohnung noch einmal zu verlassen, wühlte April in ihrer Tasche nach dem Päckchen Cashewkerne, das sie im Flugzeug eingesteckt hatte. Ihr BlackBerry, der unter der Handtasche lag, begann zu summen.

»Verdammt«, knurrte sie. »Wollen die Leute, dass ich arbeite oder nicht? Hallo, hier ist April Vogt.«

April schleuderte beide Schuhe von den Füßen und tastete weiter in ihrer Tasche herum.

»Ich bin's. Warum guckst du eigentlich nie aufs Display, bevor du ein Gespräch annimmst? Nie, nie, nie? Nicht ein einziges Mal in deinem Leben?«

»Oh, Birdie, hallo. Tut mir leid, ich bin gerade in einen schwierigen Fall vertieft.«

April fand zwei kleine Stückchen Schokolade mit Werbung der Fluggesellschaft, aber sie klebten geschmolzen auf der Rückseite ihrer Haarbürste. »Wie geht's?«

»Ich hab gerade ein paar Akten für dich rübergeschickt, die du so bald wie möglich anschauen sollst«, sagte Birdie. »Aus diesem Büro sollen täglich fünfundzwanzig Lose rausgehen, wir sind ganz schrecklich im Rückstand.«

»Ja. Klar. Ich les sie gleich. Ich muss nur erst ein paar andere Dinge regeln. Dann mach ich mich aber sofort dran.«

April pulte ein Stück Schokolade aus der Bürste und warf es sich in den Mund. Sie war zu ausgehungert, um sich für ihre bisherige kulinarische Bilanz in Paris zu schämen.

»Ich hab die Beschreibungen zusammengeschrieben«, sagte Birdie. »Ich glaube, die sind soweit ganz okay, wenn ich das so sagen darf. Aber Peter möchte, dass du da noch deinen Segen gibst. Außerdem guck bitte noch mal genau auf Nummer drei, sechsundvierzig und zweihundertzwölf. Deine Originalnotizen waren ein bisschen schwierig zu entziffern, und ein paar Beschreibungen scheinen mit der Epoche nicht übereinzustimmen. Nebenbei bemerkt, du hast eine absolute Klaue.«

»Hab ich schon öfter gehört. Ich werd's mir anschauen. Danke, dass du das schon mal zusammengestellt hast. Ich bin sicher, du hast das ganz großartig hingekriegt.«

Birdie kriegte immer alles ganz großartig hin. Manchmal fragte sich April, ob sie lieber für Birdie arbeiten sollte. Andererseits würde jemand, dessen Schrift so gut wie unlesbar war und der obendrein das Essen vergaß, kaum einen guten Assistenten abgeben.

»Ich kann sie aber auch an Peter schicken«, schlug Birdie vor. »Wenn du da mit der Wohnung zu viel zu tun hast.«

»Nein, ist schon okay. Ich schau sie mir gerne an.«

Gerne anschauen entsprach der Wahrheit, denn Birdie lieferte immer glänzende Arbeit ab. Normalerweise hätten Jetlag, Nahrungsmangel und zwei Gläser Wein dafür gesorgt, dass April sich nicht noch über Kommoden auslassen konnte. Doch wenn Birdie schon das Gröbste gemacht hatte, musste April nur noch sprachlich Korrektur lesen und die fachlichen Details prüfen. Und konnte die Nummer acht in eine neun ausbessern.

»Glaubst du, du kannst mir das heute bis Büroschluss zurückschicken?«, bat Birdie. »New Yorker Zeit?«

»Das sollte machbar sein.«

»Super. Danke.«

April hörte einiges Rascheln und Rumsen, gefolgt von der unvermeidlichen Flut von Schimpfwörtern.

»Verdammtes Drecksteil!«

»Alles klar bei dir, Birdie?«

»Scheiße, Mann! Ich hab mir voll den Zeh angehauen!«

»Du musst wirklich besser aufpassen«, sagte April gähnend. »Du machst mich nervös.«

Birdie war ein Risiko für jede Angestelltenunfallversicherung.

Ständig schlug sie sich die Knie an, klemmte sich die Zehen ein und tackerte Schals an Fotopräsentationen fest. Andererseits, wenn man gerade mal eins fünfzig groß war und pausenlos wie eine Hummel durchs Büro schoss (ihren Spitznamen hatte sie nicht grundlos), war das vielleicht nicht so erstaunlich, dachte April. Da konnte man schon mal gegen eine Windschutzscheibe fliegen oder sich in den Zweigen verheddern.

»Das ist diese Einrichtung hier«, behauptete Birdie. »Das ist alles so designt, da sind Unfälle geradezu vorprogrammiert.«

»Ja. Ganz genau.«

April ging in die Küche. Die Schokolade aus ihrer Handtasche hatte nicht viel genützt, und sie hoffte, dass die Vorbewohner irgendetwas hinterlassen hatten. Ein Stück altes Brot, ein Glas alte Oliven – in diesem Moment hätte sie alles genommen.

»Wenn du dich vielleicht ein bisschen langsamer bewegen würdest«, April machte den Küchenschrank auf, »dann müsstest du dich nicht ständig über deine Kosten für die Reinigung oder deinen übermäßigen Konsum von Verbandsmaterial beschweren oder die Tatsache, dass du im Trägertop aussiehst wie eine misshandelte Ehefrau.«

»Das ist eben der Preis, den ich für meine Effizienz zahle, Madame.«

»Ich bin nicht sicher, ob das ein Ausgleich ist, über den unsere Krankenversicherung glücklich ist«, sagte April. »Gibt's sonst noch was?«

»Nein.«

»Gut. Dann sprechen wir uns …«

»Moment. April. Noch ganz kurz.« Birdie holte Luft. »Also. Äh … du weißt doch … die Mutter von Daniel? Die ist im Vorstand des Columbia Cancer Center.«

»Das ist wirklich toll für deine Schwiegermutter. Birds …«

»Sie ist nicht meine Schwiegermutter. Zumindest noch nicht! Also. Daniel und ich haben sie gestern Abend zu einer Gala begleitet.«

April machte die Augen zu. Es war gar nicht so abwegig, dass sie gleich umkippte. Wer würde sie finden? Sie konnte tagelang in dieser Wohnung liegen, bevor irgendjemand sie vermisste.

»Und du hast Troy gesehen«, beendete April den Satz, damit Birdie es nicht tun musste. »Er hat nicht erwähnt, dass er dich da getroffen hat, aber er hat mir schon alles erzählt. Und damit meine ich *alles*. Ich weiß, dass Susannah mal wieder gegen ihn gehetzt hat und dass die Leute geredet haben. Ich weiß, dass *sie* da war. Also, reicht schon.«

»Okay. Ich meinte ja bloß.« Birdie klang ein wenig gekränkt. »Ich hab das nicht gesagt, um dich wütend zu machen.«

»Ich weiß. Und ich bin auch gar nicht wütend. Ganz ehrlich, ich hab bloß keine Lust mehr, darüber zu reden. Ich hab keine Lust mehr, darüber nachzudenken. Du wolltest mir helfen, und ich weiß es wirklich zu schätzen.« April hatte die Augen immer noch geschlossen. »Ich glaube, vielleicht wenigstens für die Zeit, die ich in Paris bin … also, wenn es nicht etwas ist, wovon du glaubst, dass es meine Ehe tatsächlich beenden könnte – dann wäre es mir lieber, wenn ich weiter nichts hören müsste. Es wird sowieso nichts an dem ändern, was passiert ist. Ich muss mir langsam überlegen, wie ich die Sache hinter mir lassen kann.«

April hätte es ihr nie sagen dürfen. Bei Birdie fiel es einem leicht, sein Herz auszuschütten. Sie war der Typ für diese Art von emotionaler Vertrautheit. April hatte nie vorgehabt, auf derart vertrautem Fuß mit ihrer Assistentin zu verkehren, aber sie hatte auch nie vorgehabt, im Konferenzraum im vierten Stock zu sitzen und ebendieser Assistentin die Details vom Verrat ihres Ehemanns zu berichten, während sie Rotz und Wasser heulte.

»Okay«, sagte Birdie. »Ist angekommen. Tut mir leid.«

»Es muss dir nichts leidtun, ganz bestimmt nicht.«

»Okay. Gut.«

April machte die Augen wieder auf. Sie drehte sich wieder zur Küche. In dem Moment sah sie es, auf den kleinen blauen Fliesen neben der Kaffeemaschine – da stand eine Flasche Wein, an der ein Umschlag lehnte.

»Oh Gott!« April griff nach der Flasche und drückte sie an die Brust. »Die Besitzer haben mir einen Wein hingestellt. Und einen Brief dazu. Einen Brief auf handgeschöpftem Briefpapier!«

»Oh. Handgeschöpft. Warum hast du das nicht gleich gesagt? Das klingt ja richtig aufregend.« Birdies Sarkasmus stand ihrer Neigung zur Ungeschicktheit kaum nach.

April riss den Umschlag auf. Sie überflog die Seite mit der lustig verschnörkelten Handschrift und nahm nur die Schlüsselbegriffe auf. *Bonjour. Opéra. Métro. Fermez la porte.* Und dann den wichtigsten Satz von allen: *Fromage dans le frigo.*

Käse im Kühlschrank.

»Ich muss aufhören«, sagte April. »Absoluter Notfall.«

»Ich bekomm die Katalogseiten dann bis heute Abend, ja?«

»Oui. Tschüss, Birdie. Ich ruf dich später noch mal an.«

Sie schaltete ihren BlackBerry aus.

Vorsichtig überquerte sie den Küchenboden, wobei sie den Wein immer noch an die Brust drückte. Dann öffnete sie die Tür des Kühlschranks aus rostfreiem Stahl. Obwohl er nur ungefähr halb so breit war wie ein amerikanisches Standardmodell, enthielt er alles, was April brauchte, insbesondere eine wundervolle Auswahl an *fromages*, ganz abgesehen von der getrüffelten Gänseleberpastete und diversen anderen Delikatessen, die sie nicht mehr zu sehen bekommen hatte, seit sie die Stadt damals verlassen hatte. April schluchzte beinahe über die Großzügigkeit dieser fremden Leute, aber vielleicht lag es auch nur an ihrem Blutzuckerspiegel.

Mit den Umgangsformen eines Grizzlybären riss April ein Stück vom Ossau-Iraty ab, klemmte sich die Flasche unter den Arm und marschierte zurück ins Wohnzimmer. Dort zog sie die Handschuhe wieder an und griff nach den Tagebüchern. Dann suchte sie noch schnell einen Korkenzieher und ein Glas, auch wenn Letzteres nicht unbedingt nötig gewesen wäre.

Als sie sich zum Schlafzimmer schleppte, wäre sie um ein Haar über ihren Koffer gefallen. Normalerweise war sie jemand, der sein Zeug immer gleich aufräumte. Aber die Alternativen hießen entweder Auspacken oder eben Wein, Käse und Marthe. Organisatorisches musste also erst mal warten.

Sie trug immer noch ihre dunkelgraue Hose und ein Top, das wahrscheinlich mehr Polyester als Seide enthielt – auch wenn das Etikett ihr etwas anderes weismachen wollte –, als sie ins Bett schlüpfte, den Wein entkorkte und zu lesen begann.

Chapitre 14

Paris, 5. Mai 1891

Seit der prunkvollen Hochzeit von *Jeanne au pain sec* sind fast zwei Wochen ins Land gegangen, und die Leute müssen immer noch von dem großen Ereignis reden.

Jeden Morgen liegen die Zeitungen an der Straßenecke, und ich kann einfach nicht daran vorbeigehen. Stattdessen bleibe ich stehen und ziehe ein Messer aus der Tasche, die in meinen Kleidersaum eingearbeitet ist. Wenn niemand hinsieht oder niemand aufpasst, schneide ich den Bindfaden durch und nehme mir eine Zeitung heraus. Dann verstecke ich sie unter meinem Mantel und husche zurück zum *hôtel*, um die neuesten Neuigkeiten über Jeannes Schätze zu lesen.

Eigentlich müsste es langsam verebben, immerhin sind schon vierzehn Tage vergangen. Trotzdem findet sich jeden Morgen wieder eine Aufzählung von Hochzeitsgeschenken, die der Jeanne Daudet, geborene Hugo, zuteilgeworden sind. Als ob jeder Franzose seine Lebensersparnisse geplündert hätte, um dem Paar ein überteuertes, unpraktisches Hochzeitsgeschenk machen zu dürfen. Es heißt, dass sie vier Leute angestellt hat, die nur dafür zuständig sind, die Geschenke auszupacken. Tatsächlich reicht eine ganze Lebenszeit nicht aus, sie alle durchzugehen.

Wenn die Leute mir doch so viele Geschenke gemacht hätten! Das hätte all meine Probleme gelöst. Die erbärmliche Summe, die ich Sœur Marie gestohlen habe, ist fast aufgebraucht. Ich war überaus sparsam, obwohl das bedeutet, dass ich in diesem miesen *hôtel des femmes* bleiben muss, aus dem ich schreibe. Montmartre ist nicht der richtige Ort für ein junges Mädchen, das in der Klosterschule erzogen worden ist. Die Cabarets! Die Lasterhaftigkeit! Die Gesetzlosigkeit! Ich habe nur ein- oder zweimal selbst mitgemacht.

Während mein Geld langsam aber sicher dahinschwindet, hat sich das *hôtel* von einem nötigen Opfer in eine reine Luxusausgabe verwandelt. Zumindest wird es allmählich wärmer, und dieser grässliche Ort ist nicht mehr ganz so grässlich. Das Wasser friert jetzt nicht mehr in der Waschschüssel ein. Ich muss nicht mehr in sämtlichen Kleidern schlafen. Als ich vor drei Monaten heimlich in die Stadt kam, konnte ich mir keine andere Unterkunft als diese leisten. Jetzt kann ich mir nicht mal mehr diese leisten.

Ein paar von meinen Kameradinnen aus dem *hôtel* arbeiten in der nahe gelegenen Textilfabrik. Sie versuchen schon die ganze Zeit, mir dort auch eine Stelle zu besorgen. Aber ach, die Bezahlung ist schlecht und die Nachteile groß. Die Mädchen haben blutige Hände und einen groben Teint. Die Zwanzigjährigen sehen aus wie vierzig. Die Dreißigjährigen sehen aus, als wären sie schon so gut wie tot.

Ein Mädchen verdient sein Geld damit, Material von den Windmühlen zu den Fabriken zu transportieren. Das ist zwar noch besser, als in den Fabriken selbst zu arbeiten, aber sie sieht langsam so aus wie das Maultier, das sie täglich spielen muss. Wann immer ich in Versuchung gerate, mir eine ähnliche Beschäftigung zu suchen, stelle ich mir die Frage, was wir Frauen abgesehen von unserem Aussehen schon haben. Unseren Charme, natürlich, aber es ist schwierig, nach einer Zwölfstundenschicht noch charmant zu sein.

Im *hôtel* gibt es auch viele *filles soumises*, die in der Rue Le Peletier arbeiten. Sie sagen, dass sie leichtes Geld verdienen mit dem Tausch von nackter Haut gegen Münzen. Nun ja, natürlich ist es leicht verdientes Geld! Man zahlt ihnen ja auch nur ein Almosen. Für ein Getränk bezahlen die Männer mehr!

Obwohl ich all diese Optionen samt und sonders unattraktiv finde, wäre es gelogen, wenn ich behaupten würde, dass ich nicht jede schon einmal in Erwägung gezogen hätte. Aber letztlich ist das alles zu wenig Geld für zu viel Leiden. Obwohl ich natürlich auch sehr bald leiden werde. Wenn ich mich nur überwinden könnte, in einer Fabrik oder einer *maison de tolerance* anzufangen, wäre ich nicht in meiner momentanen finanziellen Zwangslage.

Ich habe noch eine Woche, um eine Lösung zu finden, eine Woche, wenn ich sparsam esse und mit dem Leiter des *hôtels* flirte. Er ist weniger ein Mann als ein Gnom, aber das weiß ich natürlich zu übersehen. Vielleicht kann ich meine Miete mit ein paar Tagen Verspätung zahlen, wenn ich die richtigen Worte finde. Der Hotelleiter wird nachsichtig, wenn ihm jemand das Gefühl von Wichtigkeit gibt. Wie die meisten Menschen wahrscheinlich.

Ich werde jetzt dieses Buch schließen und nach weiteren Möglichkeiten suchen, meine Francs zu verdienen, bis irgendetwas passiert, was mich aus dieser üblen Lage befreit. Ich bin nach Paris gekommen, um ein besseres Leben zu haben, und bei Gott, ich werde ein besseres Leben haben!

Chapitre 15

Paris, 12. Mai 1891

Oh, *Jeanne au pain sec! Ma chérie*, nun hast du mir doch geholfen!

Die letzten paar Tage waren mörderisch, einfach mörderisch. Die Wolken, der Himmel, die Luft – das alles schien mit einer solchen Macht auf mich niederzudrücken, dass ich kaum atmen konnte. Ich hatte die Abrechnung bekommen, und meine Tage als Pariserin schienen gezählt.

Um die Dinge noch schlimmer zu machen, hatte der Leiter des *hôtels* die Stadt für irgendeinen angeblich zwielichtigen Ausflug verlassen und hatte die Geschäfte seiner Matrone von Mutter überlassen. Vielleicht ist sie auch seine Frau. So oder so – sie weigert sich, Anzahlungen in Form von treuem Augenaufschlag und koketten Plaudereien zu akzeptieren.

»Wenn Sie mir in den nächsten acht Stunden nicht ihre Wochenmiete zahlen«, erklärte sie mir, »sitzen Sie auf der Straße. Es gibt genügend andere, die Ihr Zimmer haben wollen.«

Das war keine leere Drohung. Das Haus war zwar schrecklich schmutzig, aber die Leute waren ganz erpicht darauf, überhaupt ein Zimmer zu bekommen. Als Blanche an der Tuberkulose starb, stritten sich zwei Mädchen um ihr möbliertes Zimmer, bevor der Bestatter ihre Leiche abgeholt hatte.

»Acht Stunden?« Meine Stimme klang wie ein Quaken. »Aber bis dahin kann ich doch niemals …«

»Acht Stunden!«, kreischte sie und entblößte dabei ihre graubraunen Zähne.

Ich nickte, drehte mich um und stolperte die Treppen hinunter.

Als ich über den Boulevard ging, musste ich an meinen Tränen schlucken. Sœur Marie hatte mir eingeschärft, niemals zu weinen, weil es von Schwäche zeugt.

Also ging ich. Und ging. Die Sonne brannte auf mich nieder. Ich besitze keine passende Kleidung für das Wetter in dieser Stadt. Meine gesamte Garderobe ist für dunkle Klöster gedacht, sicher nicht die Straßen von Paris im Frühling.

Während die Sonne weiter brannte und sich die Terrassen der Cafés mit Rauch und glücklichen Menschen füllten, lief mir der Schweiß über Stirn und Hals. Wenn ich in ein Schaufenster geblickt hätte – was ich aber nicht wagte –, hätte ich zweifellos ein glänzendes, puterrotes Gesicht gesehen. Die Menschen sahen mich schief an. Sie wichen mir aus. Ein Fahrradfahrer hätte mich beinahe niedergemäht, vielleicht absichtlich. An der Ecke blieb ich stehen, um meine Fassung wiederzugewinnen.

Manchmal ist es die beste Idee, erst mal wieder zu Atem zu kommen.

Ich lehnte mich an das Geländer vor einem Café und ließ das Kinn auf die Brust sinken. Der Hof war voll mit Männern, die rauchten und tranken und sich gegenseitig Geschichten von den Cabarets, den Cancan-Tänzerinnen und den Pantomimen erzählten. Cabaret, dachte ich. Ich könnte den Cancan lernen. Das war immer noch besser, als in der Fabrik zu arbeiten oder einen Hungerlohn dafür zu bekommen, dass ich die Beine breitmachte.

Von einem Moment auf den anderen begannen meine Panik und mein Selbstmitleid wieder zu verebben. Und da sah ich es, ein Schild am Fenster, in den Farben des Sonnenuntergangs. Die Frau auf dem Plakat lächelte mich an. Sie hob ihre gelben Röcke, um ihre runden, weichen Oberschenkel zu zeigen. Hinter ihrem Kopf ragte eine Feder in die Höhe. Sie war schön, wenn nicht gar grandios.

»Folies Bergère«, stand auf dem Schild. Das berühmteste Cabaret der Stadt. Sogar ich als Klosterschülerin hatte schon davon gehört. Es gab schlimmere Arten, sein Geld zu verdienen, dachte ich. Viel schlimmere.

Sowie ich das Plakat von der Scheibe gerissen hatte, machte ich mich sofort auf den Weg zu dem Tanzpalast direkt unterhalb des

Montmartre, im neunten Arrondissement. Meine Füße schmerzten, als ich endlich 32 Rue Richier erreicht hatte, aber ich vergeudete keine Zeit damit, mich wieder zu fassen. Wenn ich zu lange wartete, würde ich es mir höchstwahrscheinlich doch wieder anders überlegen.

Als ich die Eingangshalle betrat, schwirrten Dutzende von Frauen um mich herum, die mit den Vorbereitungen für die abendlichen Festlichkeiten beschäftigt waren. Eine kleine Frau hing an der Decke, während sie eine Kerze im Kronleuchter austauschte. Ein kleiner Mann mit langer Nase redete einem Elefanten gut zu, den er durch die Tür führen wollte. Ich sah drei als Männer verkleidete Damen, zwei Akrobaten und sieben Papageien, die auf die Männer einhackten, die herumliefen und die Tische eindeckten. Es war ein Zirkus, obwohl die Vorstellung noch nicht einmal begonnen hatte.

»Entschuldigen Sie«, sprach ich die erste Person an, die mich überhaupt zur Kenntnis nahm. »Könnte ich wohl den Verantwortlichen sprechen?«

Er deutete mit einem Nicken zur Bar, um sich gleich darauf wieder anderen Dingen zuzuwenden.

Neben der Bar stand ein Herr von fast einem Meter neunzig, mit schwarzem, gelockten Haar und einem schwarzen, gelockten Bart. Er trug Ringe an jedem Finger und einen bodenlangen roten Samtmantel mit Pelzverbrämung. Nicht gerade dezent, dachte ich mir. Wie dieser ganze Ort war er für sich allein schon eine Schau.

»Bonjour«, sagte ich, als ich neben ihn trat. Ich schwitzte immer noch. Es machte die Sache nicht besser, dass ich seinen Mantel anstarrte – ich fühlte mich, als würde ich selbst Pelz tragen. »Ich würde gerne als Cancan-Tänzerin in Ihrem Etablissement arbeiten.«

Ich erwartete, dass er mein Äußeres abschätzte, mich vielleicht bitten würde, meinen Rock anzuheben, und ich war vollauf darauf vorbereitet. Stattdessen nahm er meine Anfrage mit Gelächter auf. Mit wieherndem Gelächter. Meine Wangen wurden ganz heiß. Ich wusste nicht, dass es möglich war, für ein Cabaret unangemessen zu sein.

»Tut mir leid, Mademoiselle«, sagte er. »In diesem Etablissement arbeiten professionelle Tänzerinnen. Im Folies Bergère gibt es keine filles soumises.«

»Filles soumises?«

Die Stimme von Sœur Marie klang mir in meinen Ohren. Marthe, denk nach, bevor du den Mund aufmachst. Überleg immer, ob es nicht noch eine höflichere Art gibt, deine Gefühle zu äußern. Aber leider war ich nicht mehr im Reich von Sœur Marie, und das Folies Bergère war kein Kloster.

»Félicitations, Monsieur!« Ich sang geradezu, während sich ein Lächeln auf meinem Gesicht ausbreitete. »Sie sind der erste Mensch, der mich eine Hure nennt. Oder es mir zumindest ins Gesicht sagt.«

»Sie sind diejenige, die Arbeit sucht«, erwiderte er grinsend.

»Wenn Sie die Wahrheit interessiert: Ich bin von Nonnen erzogen worden, also bin ich sozusagen das genaue Gegenteil. Aber ich kann Ihre Verwirrung nachvollziehen. Da Sie den Anblick von Huren so gewöhnt sind, muss es schwierig sein, eine respektable Frau von einer fille soumise zu unterscheiden. Traurig für Sie!«

»Mademoiselle, so ein frecher Ton ist nicht unbedingt ratsam, wenn man sich um eine Stelle bewirbt«, sagte er und runzelte die Stirn, während ihm ein kleines Lächeln vom Mundwinkel fiel. »Wie sagten Sie noch war Ihr Name?«

»Ich habe ihn noch nicht gesagt. Ich heiße Marthe.«

»Marthe? Nur Marthe? Haben Sie auch einen Nachnamen?«

Wie jede anständige Waise hatte ich keinen. Ich wusste, dass ich mir etwas Besonderes einfallen lassen musste, einen Namen, der wirklich etwas hermachte. Ich dachte an die *hôtel grisettes* und ihre Pseudonyme. Sie fügten immer ein »de« vor die teils wunderlichen Nachnamen, die sie sich ausgedacht hatten. Dieses kleine Wörtchen verlieh einer Frau Haltung, es gab ihr eine Geschichte.

»De« bedeutete, dass man von irgendwo kam, nicht – wie es die meisten von uns in Wirklichkeit waren – von nirgendwo.

»De Florian«, sagte ich. »Marthe de Florian.«

»Sehr erfreut, Sie kennenzulernen, Mademoiselle de Florian. Ich bedanke mich für Ihre Anfrage, aber dieses Etablissement hat sein Prestige und ist nicht der richtige Ort für Dorfbewohnerinnen, die aus der Provinz zu uns kommen und hier große Augen machen.«

»Ich bin klüger, als Sie vielleicht denken«, sagte ich.

»Das bezweifle ich gar nicht. Die Sache ist nur die, Mademoiselle de Florian, meine Mädchen sind ausgebildete Tänzerinnen und Künstlerinnen.« Er deutete auf ein Plakat an der Wand, dasselbe, das ich vorhin abgerissen und eingesteckt hatte. »Diese Mädchen haben eine richtige Karriere. Sie bringen einen Namen mit, den wir in unseren Anzeigen verwenden können, Namen, die die Menge anziehen. Sie, meine Liebe, besitzen zwar Schönheit, aber dafür fehlt es an Ihrem Namen.«

»Wenn Sie mich tanzen lassen«, behauptete ich, »werden die Mengen kommen.«

Er schüttelte den Kopf. »Tut mir leid, aber das kann ich nicht machen. Das wäre einfach nicht fair.«

»Fair?«, gab ich zurück. »Ich werde Ihnen gleich mal erzählen, was fair ist.«

Auf einmal erblickte ich eine große Bronzeuhr an der gegenüberliegenden Wand. Die Minuten tickten dahin. Bei Anbruch des Abends würde man mich aus dem *hôtel* werfen.

»Sie müssen mir helfen«, sagte ich mit zitternden Lippen. »Ich weiß nicht, wo ich sonst noch hingehen könnte.«

In diesem Moment näherte sich uns eine Frau. Eine große Frau mit dunkelrotem Haar und dem hübschesten Kleid, das ich jemals aus der Nähe gesehen hatte. Das Oberteil war aus dem dicksten, schönsten schwarzen Satin, ein gutes Dutzend Knöpfe zierte die Vorderseite. Dazu hatte sie sich Pfingstrosen ins Dekolleté gesteckt. Unten schwang ein weiter grauer Rock um ihre Beine.

»Bonjour, Gérard«, sagte sie und stellte ihre Tasche auf den Tresen. Sie nahm eine Zigarette heraus und steckte sie an einer der flackernden Kerzen an. »War's gut gestern Nacht?«

»Großartig, ja.«

»Wie ich sehe, ist Monsieur l'Éléphant so unkooperativ wie immer.« Sie atmete eine lange Rauchwolke in meine Richtung aus. Ich versuchte, nicht zu blinzeln. »Und wer ist das?«

»Émilie, das ist Marthe de Florian. Mademoiselle de Florian, das ist Émilie.«

»Ist das das neue Barmädchen?«, wollte Émilie wissen. »Endlich hörst du mal auf mich! Man kann ein Cabaret nicht allein mit Tänzerinnen betreiben.«

»Oh nein«, sagte er. »Sie ist nur …«

»Doch!«, rief ich, bevor ich es mir anders überlegen konnte. »Ich bin das neue Barmädchen!«

»Wie bitte?« Gérard traten fast die Augen aus den Höhlen.

»Freut mich, Sie kennenzulernen.« Ich reichte dieser Émilie schnell die Hand, und Gérard schaute mit finsterer Miene auf einen Punkt irgendwo über meiner rechten Schulter.

»Gott sei Dank«, sagte Émilie und drückte ihre Zigarette auf einem Hocker aus. »Wir können hier weiß Gott Hilfe brauchen. Und obendrein bist du auch noch hübsch. Wann kannst du anfangen?«

»Natürlich sofort!« Ich warf meine Handtasche auf den Tresen neben Émilies. »Ich hätte aber gerne einen kleinen Vorschuss.«

»Einen Vorschuss? Mademoiselle, wenn Sie ein Barmädchen werden wollen, müssen Sie unser Kleid anziehen.« Gérard zeigte auf Émilie. »Und wenn Sie das Kleid haben wollen, müssen Sie eine Kaution von fünfzig Franc hinterlegen.«

»Fünfzig Franc?« Plötzlich war mir die Kehle wie zugeschnürt. Ich hatte ja nicht mal die fünf Francs für meine giftige alte Vermieterin. »Lässt sich da nichts verhandeln?«

Émilie gluckste.

»Absolut nicht«, knurrte Gérard.

»Das ist für mich nicht machbar«, sagte ich. Ich war erledigt. Mir blieben nur noch die Bordelle in den Steinbrüchen.

Auf einmal brach ein paar Tische entfernt ein hitziger Wortwechsel los. Ein Mann versuchte zu putzen, während ihn ein Kunde mit einem Stock davonscheuchen wollte. Ich erkannte den Angreifer sofort. Diesen aufgedunsenen, verschwitzten Mann kannte die ganze Stadt.

»Ist das …?«, begann ich.

»Ja, das ist Georges Hugo«, bestätigte Émilie. »Wir lassen ihn den ganzen Tag über bleiben. Er hat sonst keinen Ort, wo er hingehen könnte. Hier ist es sicherer für ihn.«

»Für Paris ist es auch sicherer«, knurrte Gérard. »Sein Tag ist erst komplett, wenn er mindestens drei Leute zum Duell herausgefordert hat.«

Zu Monsieur Hugos Füßen standen mehrere Pakete, bestimmt sieben oder acht. Ich konnte die Augen nicht von ihnen losreißen. Ich starrte sie an. Ich wage zu sagen, dass ich sie geradezu begaffte.

Émilie entging mein Blick nicht.

»Zweifellos Geschenke für seine Schwester. Die Prinzessin.« Sie verdrehte die Augen. »Er kann kaum einen Schritt tun, ohne dass ihm wieder jemand eines zusteckt.«

»Hochzeitsgeschenke«, keuchte ich. »Für Jeanne.«

Ich erinnerte mich an die Hochzeitsprozession von Madame Daudet, wie ich auf der Straße stand, das obdachlose Mädchen an meiner Seite, die drängelnde Menge im Rücken. Ich dachte, wenn ich nur eines oder zwei dieser Geschenke hätte, wären all meine Probleme gelöst.

»Gérard, so heißen Sie doch, oder?«, sagte ich zu dem Mann im roten Mantel. »Ich werde Ihre unziemlich hohe Kaution für das Kleid bezahlen, aber bitte lassen Sie mich zuerst arbeiten. Ich habe einen sehr weiten Heimweg, und ich würde gern sofort anfangen.«

Zuerst gab er sich widerwillig, was nicht überraschend war, weil ich ihn ja schon in meine Karten hatte schauen lassen, sodass er wusste, ich hatte nichts.

»Nun komm, sei nicht so streng, Gérard«, sagte Émilie. »Ich führ das neue Mädchen herum. Von der letzten Barfrau ist noch ein Kleid da. Sie dürften ungefähr dieselbe Größe haben. Marthe, komm mit mir nach hinten, dann legen wir gleich los. Ich freue mich so sehr, dass du hier bist.«

Émilie ließ ihrem Chef gar keine Chance, Nein zu sagen. Das werde ich mir merken. Lass ihnen keine Chance, Nein zu sagen.

Und so, liebes Tagebuch, begann ich meinen ersten Arbeitstag im *Les Folies Bergère*. Nicht als Cancan-Tänzerin, sondern als Barmädchen. Ach, dieser Tag endete nicht, als ich 32 Rue Richer verließ. Tatsächlich geht er immer noch weiter! Ich sitze hier in meinem Bett, in dem *hôtel*, das ich mir jetzt leisten kann, und neben mir schnarcht Jeanne Hugos Bruder.

Es ist anders, als du denkst!

Er beginnt sich zu rühren. Wie es so schön heißt: Fortsetzung folgt.

Chapitre 16

Wäre die Sonne nicht so früh aufgegangen und wären die Fensterscheiben nicht so blitzblank geputzt gewesen, hätte April am Ende noch völlig verschlafen.

Als die Sonne ihr ins Gesicht explodierte, setzte sie sich ruckartig im Bett auf. Sie war völlig desorientiert, ihr Kopf schwirrte von Cancan-Tänzerinnen und Elefanten. Sie erwartete beinahe, neben sich einen fleischigen, verschwitzten, schnarchenden Mann zu entdecken. April brauchte eine geraume Weile, um sich zu erinnern, wie sie hieß und in welchem Land sie gerade war. Sie hätte die Schuld gern auf den Jetlag geschoben, aber eigentlich war eher der gute französische Burgunder schuld, zusammen mit einer gehörigen Dosis Marthe.

Stöhnend schwang April die Beine aus dem Bett und zuckte zurück, als ihre Füße den kühlen Holzboden berührten. Ihr Magen knurrte. Vielleicht hatte er in der Zwischenzeit gar nicht aufgehört. Ein Blick in den Spiegel zeigte ihr wild zerzaustes Haar, Zähne mit dunkelroten Schatten und zerknitterte Kleidung, die sie vor zwei Tagen auf einem anderen Kontinent angezogen hatte.

»Arbeite von zu Hause aus noch an ein paar Sachen«, simste sie an Olivier, während sie sich aus ihrem Hosenanzug schälte. »Zuhause«. Eine seltsame Bezeichnung für einen Ort, den sie erst vor wenigen Stunden betreten hatte. Andererseits war dies hier mehr Zuhause für sie als das Appartement in Manhattan, auf dessen Mietvertrag ihr Name stand. »Komme heute etwas später in die Wohnung, zwischen neun und zehn.«

April warf ihr Handy auf die Kommode und stellte sich unter die Dusche, falls man es denn so nennen wollte. In der Sportumkleide der Junior Highschool hatte sie mehr Platz für sich gehabt, und dazu noch stabileren Wasserdruck. Die Duschkabine war schmal, und die Griffe am Wasserhahn ließen sich nur schwer drehen. Über ihr baumelte ein Hahn, der gerade mal ein paar Tropfen lauwarmes Wasser ausspuckte. April drehte sich hin und her, in dem vergeblichen Bemühen, jeden Zentimeter ihres Körpers nass zu machen. Altbauten hatten ja öfters dubiose Badezimmer, aber das hier war einfach nur noch lächerlich. Wahrscheinlich hatte Jeanne Hugo vor hundert Jahren schon Besseres gehabt. Andererseits war sie eben auch Jeanne Hugo gewesen. *Jeanne au pain sec* hätte verlangen können, von Elefanten geduscht zu werden, und die Stadt hätte ihr augenblicklich fünfundzwanzig Tiere ins Haus geliefert.

Jeanne Hugo, dachte April. Wie lautete ihre wahre Geschichte? Beziehungsweise: Was hatten Jeanne und Marthe miteinander zu schaffen gehabt?

Irgendwie lustig, dass sich an dieser jahrhundertelangen Besessenheit, alles über Celebrities und ihren Nachwuchs zu wissen – Hugo, Kennedy, Windsor –, kaum etwas geändert hatte. Aprils

Vater nannte solche Promis den »Glückssperma-Club«, und tatsächlich sah es so aus, als hätte Jeanne herzlich wenig geleistet, abgesehen davon, dass sie in die richtige Familie geboren wurde. Obwohl Marthe deswegen maulte, war das kaum weiter bemerkenswert. Schließlich hatte sich sogar Jesus Christus seine Glaubwürdigkeit durch diese ganze Sohn-Gottes-Nummer erworben.

April war nicht allzu bewandert in der Popkultur. Anspielungen auf Celebrities verstand sie nicht. Aber Victor Hugo? Sie hätte sich sofort neben Marthe und alle möglichen Gassenjungen gestellt, um einen Blick auf die Hochzeitsprozession des Hugo-Daudet-Paares zu erhaschen. Was Theater anging, war sie ein hoffnungsloser Fall, jedenfalls behauptete Troy das immer, aber der Name Victor Hugo sagte sogar April etwas. Auch ohne Wissen über Victor Hugo oder seine Familie oder sämtliche Bekannte gehörte der Mann zur Geschichte von Aprils (zugegebenermaßen niederer) Herkunft.

Die Musical-Bearbeitung von Hugos großartigem Roman *Les Misérables* war die erste Broadway-Show, die April je sah (wenn auch in Los Angeles). Sie besuchte sie mit ihrem Vater, an einem Sonntag, zwei Wochen nach ihrem fünfzehnten Geburtstag. Ein paar Frauen neben ihnen gackerten und grinsten, als sie Vater und Tochter auf ihrem Ausflug sahen: So ein lieber Papa! Was für eine wunderbare junge Dame! Ihr Vater war tatsächlich lieb. April war vielleicht nicht wunderbar, aber dafür, dass sie ein Teenager war, auch nicht wirklich grässlich.

Aber was »Dick und Doof« (O-Ton Papa) nicht wussten, war, dass Aprils Vater, der nette, dickbäuchige Mann neben ihnen, aufgegeben hatte. Urplötzlich – so wollte es April zumindest vorkommen – hatte die Krankheit ihrer Mutter die Fähigkeit ihres Vaters, sich um sie zu kümmern, überstiegen. Und so wurde Sandra Potter in den frühen Morgenstunden in eine nahe gelegene Pflegeeinrichtung gebracht. Als April aufwachte, war ihre Mutter fort, stattdessen lagen da zwei Theaterkarten. *Les Miz* war das Lieblingsstück ihrer Mutter gewesen.

»Deine Mama ist sehr krank«, hatte Aprils Vater ihr erklärt.

Das war das erste und letzte Mal, dass er die Krankheit erwähnte. Später benutzte er Worte wie »bequem« und »einfacher« und »zu ihrem Besten«, aber nie wieder nahm er das Wort »krank« in den Mund. April musste sich die wahre Geschichte von ihrem Bruder erzählen lassen. Ihr Bruder hatte die Informationen wiederum den Ärzten aus der Nase gezogen.

An diesem Tag stellte April jedoch keine Fragen. Sie wollte keine Informationen. Stattdessen zuckte sie mit den Schultern, angelte sich ein Paar weiße Pumps mit halbhohen Absätzen aus dem Kleiderschrank ihrer Mutter und konzentrierte sich darauf, welches *Les-Miz*-T-Shirt sie kaufen wollte. Weit oder figurbetont? Würde Cosettes wallendes Haar unerwünschte Aufmerksamkeit auf Aprils flache Brust lenken? Am Ende entschied sie sich für das graue, in XL, obwohl sie XS war. Am Ende ließ sie das T-Shirt in seiner Tüte unter ihrem Sitz liegen.

Sie erwartete nicht, dass ihr die Vorstellung gefallen würde, und betrachtete den Ausflug als einen Gefallen, den sie ihrem Vater tat, nicht umgekehrt. Aber als die Spots auf der Bühne angingen, die Revolutionäre kämpften und Valjean und Fantine sangen, war April wie in Trance. Sie fand sich sonst gar nicht sentimental, aber während der Vorstellung hatte sie fast die ganze Zeit feuchte Augen. Erst als sie erwachsen war, wurde ihr klar, dass die Tränen vielleicht weniger dem Stück geschuldet waren als vielmehr den Ereignissen des Morgens.

Ihr Vater fuhr am nächsten Tag nach Los Angeles zurück, um das vergessene Shirt zu holen. Das war der letzte Dienst, den er seinen Kindern erwies, abgesehen davon, dass er sie zum Krankenhaus oder zur Kirche fuhr. Sowie Aprils Mutter aus dem Haus verschwunden war, war seine Aufmerksamkeit mit ihr zur Tür hinausgezogen. Er konnte sich nur auf den langsamen, traurigen Verfall seiner Frau konzentrieren.

Im Rückblick war es rührend. Damals kam es ihnen absolut unfair vor. Während ihr Vater im Krankenhaus war oder in der

Kirche oder in der Arbeit, mit der er die Rechnungen zahlte, stellte April ihren *Les-Miz*-Soundtrack auf Repeat und ließ ihn auf voller Lautstärke fast den ganzen Tag laufen. Ihr Bruder war genervt, aber April war ganz verzückt, und – was noch wichtiger war – die Musik füllte die dröhnende Stille, die ihre Mutter hinterlassen hatte. Innerhalb einer Woche hätte sogar der Nachbarshund »Das Lied des Volkes« mitbellen können.

Während sie versuchte, doch noch ein paar Shampooreste aus ihrem Haar zu wringen, sang April ein paar Zeilen von »Herr im Haus«. Erst als sie die Zeilen »Leber von der Katz, Niere aus dem Pferd« erreicht hatte, merkte April, dass ihr Tränen in den Augen standen. Wie war es möglich, dass sie sich so weit von zu Hause entfernt hatte, sich aber auf einmal näher denn je fühlte? Wie Marthe gab auch sie Jeanne Hugo die Schuld.

Nachdem sie den Geruch nach Flugzeug und verschlossener Wohnung von sich abgespült hatte, nahm April ein waschlappengroßes Handtuch vom Halter. Sie schaute auf ihren BlackBerry und runzelte die Stirn. Keine Nachrichten. Nicht, dass Troy sie hätte anrufen müssen, aber irgendwie hätte April es ganz gut gefunden.

Während sie sich abtrocknete und sich ihr nicht-amerikanisches Outfit für den Tag überlegte, schaute sie noch siebenunddreißig oder achtunddreißig Mal auf ihr Handy. Es blieb so still, dass es ihr in den Ohren wehtat.

Sie warf sich Jeans, einen leichten Pullover und einen Hermès-Schal über, den sie sich damals gekauft hatte, als sie sich mit ihrem Museum gerade so über Wasser hielt. Das ist eine Investition, dachte April damals. So wie Marthes Barmädchen-Kleid. Natürlich lief April nie Gefahr, obdachlos zu werden, zumindest nicht, als sie den Schal kaufte.

Draußen war es frisch. Der Nebel hing tief über der Straße, der Himmel war dunkelblau. Da es noch relativ früh war, waren die Straßen still, abgesehen vom Scheppern der Lieferfahrzeuge, Putzmannschaften und ein paar Nachtschwärmern, die erst jetzt heimwärts stolperten. Das war nicht unbedingt das Viertel, in dem ehrgeizige Büroangestellte arbeiteten, und das machte es April noch sympathischer.

Nachdem sie ein paar Müllmänner begrüßt hatte – Luc Thébault hätte ihr Verhalten zweifellos als typisch amerikanischen Überschwang bezeichnet –, betrat sie die *boulangerie* auf der anderen Straßenseite. Über ihr klingelte ein Glöckchen. Obwohl der Geruch betörend genug war, um noch den wählerischsten Pariser in Entscheidungsnöte zu bringen, wusste April genau, was sie wollte. Auf Zehenspitzen trat sie an die Auslage.

Bonjour, les chouquettes, ich hab euch vermisst.

Chouquettes. Das perfekte Gebäck. Luftig, leicht. Es gab zwei Versionen, eine mit Hagelzucker, eine mit Schokoladensplittern. April entschied sich für *sucre perlé*. Wenn man schon in Paris war, durfte das Essen ruhig glitzern.

Nachdem sie genau ein Dutzend gekauft hatte und dabei mehrmals fröhlich ihre große Familie erwähnt hatte, die zu Hause auf sie wartete, bestellte April noch eine Tasse Kaffee zum Mitnehmen. Als sie ihre Handtasche aufmachte, um das Geld herauszuholen, konnte sie nicht widerstehen, noch einen Blick auf ihren BlackBerry zu werfen. Keine neuen Nachrichten.

Mit Zucker und Koffein als Trost huschte April zurück zu ihrer Wohnung, wo sie genug Zeit haben würde, schätzungsweise sechs, sieben *chouquettes* zu verschlingen, während sie ein wenig »Recherche« betrieb.

Sie teilte Olivier mit, dass sie von zu Hause aus arbeiten wollte, denn Marthes Tagebücher konnten ganz offiziell als »Arbeit« durchgehen. Außerdem hatte April keine Eile, sie zu früh vor den neugierigen Augen ihrer Pariser Kollegen auszubreiten. Die Dokumente waren ein echter Fund und April wollte keine Fragen beantworten, wie sie sie bekommen hatte, wann sie sie bekommen hatte oder warum sie auf einmal die erste Anlaufstelle für den Anwalt des Erben war. Es fühlte sich alles zu wacklig und zu heikel an, als könnte ein falscher Schritt reichen, um alles zu zerstören.

Chapitre 17

Paris, 13. Mai 1891

Ich nahm Georges Hugo und seine Pakete mit in meine möblierte Wohnung, oh ja, genau das tat ich! Er war gerade erst gegangen. Keine Sorge, die einzigen *Päckchen*, die ich angefasst habe, waren die in Geschenkpapier. *Mon Dieu!*

Ich habe oft gehört, wie meine liebe Nachbarin im *hôtel*, Aimée, sich über die Auswirkungen beklagte, die der Alkohol auf die Männer hat. Ich kann zwar nicht aus Erfahrung sprechen, aber nach ihrer Auskunft wirken diese Getränke als Weichmacher. Offenbar sind manche Männer so volltrunken, dass man den Akt nur vollziehen könnte, indem man ihr Ding an einen Schuhlöffel bindet! Aimée verglich das Ganze mit einem feuchten Strumpf. Das klingt alles ganz schrecklich. Anziehen wird nie wieder dasselbe sein.

Was die junge Aimée mir nicht erzählte, ich aber trotzdem schon wusste, war, dass Alkohol die Menschen auch vergessen lässt. Ich hatte zwar nie mit betrunkenen, erschlafften Männern zu kämpfen, aber mein Kloster war berühmt für seine Weinproduktion, und Sœur Marie zögerte nicht, ab und zu auch etwas davon zu genießen. Danach hatten wir oft mehrstündige Unterhaltungen, die sie hinterher komplett vergessen hatte.

»Was hast du gestern eigentlich getrieben, Marthe?«, konnte sie dann fragen. »Ich habe dich gestern den ganzen Abend über nicht gesehen!«

Dabei hatte sie mir drei Stunden lang Geschichten aus ihrer Jugend anvertraut (sie war nicht immer eine Braut des Herrn gewesen!), und es kam nicht selten vor, dass ich ihr beim Umziehen half und sie ins Bett brachte. Ein- oder zweimal habe ich ihr sogar auf der Toilette geholfen!

Als Georges Hugo mit mir in mein möbliertes Zimmer kam, wo er sich allerlei Vergnügungen erwartete, wurde mir klar, dass ich ihm nur *erzählen* musste, was passiert war. Es musste gar nicht in Wirklichkeit passieren. Als wir am *hôtel* ankamen, war er heillos betrunken und fast schon bewusstlos. Um ihn noch schneller in den Schlummer zu befördern, zahlte ich Aimée meine letzten drei Francs, damit sie ihn mit einem Eisen auf den Hinterkopf schlug. Keine Sorge, sie achtete darauf, den Mann nicht ernsthaft zu verletzen! Sie hat so etwas schon früher gemacht.

George erwachte am Morgen völlig groggy und mit beginnenden Kopfschmerzen. Aimée sprang für mich ein und erklärte ihm ganz detailliert, was »wir« alles gemacht hatten. Ich dachte mir, es wäre das Beste, wenn sie mich darstellt. Von den Dingen, die sie ihm da erzählte, hatte ich noch nie gehört! Offenbar gefällt es den Männern, die Frauen auf verschiedenste Arten zu besteigen. Und Aimée kann einen ganzen Penis in ihrer Kehle verschwinden lassen!

Aimée dachte sich eine gute (und ausreichend vulgäre) Geschichte aus, und Georges war so klug wie vorher. Auch wenn er sich nicht erinnern konnte, *diese* Dinge mit *dieser* Frau getan zu haben, konnte ein Mann von seinem Format so etwas nicht zugeben! Zufrieden hörte er sich die Berichte von seinen sexuellen Fähigkeiten an, nickte und klatschte Aimée zum Schluss auf die Hinterbacken, bevor er nach seinem Portemonnaie griff. Er ließ ein nettes Sümmchen da und schlurfte pfeifend aus dem *hôtel*.

Ich teilte mir das Geld mit Aimée, die begeistert war, mit ihrer List Geld verdient zu haben. Sie war dankbar für eine Beteiligung von fünfzig Prozent, da sie den dabei implizierten sexuellen Vertrag gar nicht erfüllen musste. Ich für meinen Teil fand es nicht schlimm, das Geld zu teilen, weil es nicht der vorrangige Grund war, warum ich Georges mit auf mein Zimmer genommen hatte.

Es ging selbstverständlich um die Geschenke! Die Hochzeitsgeschenke von Madame Daudet, geborene Hugo. Wenn der arme Kerl das Haus betrat, war seine Last wesentlich schwerer, als wenn er es wieder verließ. Leider wird es ein paar *cadeaux de Jeanne* geben, die niemals Erwähnung in der Zeitung finden werden. Es wird jedoch eine ganze Reihe exquisiter Hochzeitsgeschenke geben, die ihren Weg in die Schaufenster aller möglichen Pfandleihergeschäfte am Montmartre gefunden haben! Unter anderem wird es auch ein neues Barmädchen-Kleid für mich geben.

Merci, ma chérie! Merci.

Vielleicht würde nun ja doch alles gut werden.

Chapitre 18

Paris, 18. Juni 1891

Das Folies Bergère ist ein toller Anblick! Mittlerweile arbeite ich schon einen Monat dort, aber ich kann dieses Schauspiel immer noch kaum fassen. Es ist ein Angriff auf alle Sinne. Überall Lichter und Spiegel und luxuriöse Stoffe, ganz zu schweigen von den luxuriösen Frauen! »Überquellend« ist das richtige Wort. Alles quillt über. Sogar die Springbrunnen im Garten! Man kann nicht an ihnen vorbeigehen, ohne sich die untere Hälfte des Rockes ganz nass zu machen.

Jeden Abend strömt zuverlässig eine Flut von Menschen herein, Männer ebenso wie Frauen. Die Gäste kommen durch den Vordereingang und setzen sich hin, wo es ihnen gefällt. Manche spazieren über die Galerien, während unten Menschen und Tiere auf der Bühne ihre Künste darbieten. Von dem Elefanten habe ich ja schon geschrieben. Gérard hat ihn immer noch nicht so weit, dass er seinen Wünschen folgt, und – was noch schlimmer ist – das Tier hat sich schon mehrmals auf einen *habitué* gesetzt.

Wir haben aber auch noch andere Tiere. Tiere, die ein bisschen folgsamer sind! Wir haben Affen und Pferde und sogar einen

Tiger. Das ist nicht so gefährlich, wie es klingt. Obwohl Gérard natürlich das Gegenteil behauptet, bin ich sicher, dass er der Raubkatze ein Betäubungsmittel verabreicht. Denn statt Furcht einflößend zu brüllen, stolpert das arme Vieh nur im Käfig herum und fällt neun von zehn Malen in den Orchestergraben.

Abgesehen von den Vorstellungen mit den Tieren können die Kunden jederzeit Ballett, Operetten oder Akrobaten mit Spezialeffekten bewundern. Mehr als einmal hat einer von diesen Künstlern Feuer gefangen. Und letzte Nacht – letzte Nacht! Die Szene spottet fast jeder Beschreibung.

Stellen Sie sich Folgendes vor: Ein Glaslüster baumelt über dem Publikum. Er ist massiv, dreireihig und größer als die meisten Kutschen. Und jetzt stellen Sie sich vor, wie Sie selbst unter diesem großartigen Kronleuchter sitzen, sodass Ihnen die Lichter auf den Handschuhen und dem Rock tanzen. Es ist ein Wahrzeichen des Folies, jeder hat schon von diesem berühmten Kronleuchter gehört. Die Kunden erwarten diesen Anblick, wenn sie kommen: die glitzernden Lichter, die tanzenden Lichtreflexe, die polierten Kristalle. Es ist so magisch, so transzendent. Je nachdem, wer tanzt, kann es der beste Teil der ganzen Vorstellung sein.

Stellen Sie sich vor, Sie wären gestern Nacht einer der Gäste gewesen. Sie nehmen Platz und stellen fest, dass an Ihrem Rock irgendetwas anders ist. Er glänzt irgendwie gar nicht so recht wie sonst. Die Fäden tanzen nicht. Dann merken Sie: der Kronleuchter! *Mon Dieu!* Man hat vergessen, ihn anzumachen! Sie blicken nach oben. Und schnappen nach Luft! Denn über sich sehen Sie keine Reihen aus Glas und Kerzen, sondern reihenweise Frauen – nackte Frauen. Ein Kronleuchter aus Brustwarzen und nacktem Fleisch!

Die Künstler bleiben drei Stunden lang in dieser Position, das Lächeln wie aufgemalt, dunkle Brustwarzen, die zuverlässig steif bleiben und nach vorne zeigen. Ein paar von unseren berühmtesten Cancan-Tänzerinnen waren ebenfalls dort oben. In dem Moment war ich ganz froh, nur Barmädchen zu sein. Ich genoss den

Anblick, aber für so was habe ich wirklich nicht genug Mut! Und Schamlosigkeit auch nicht!

Abgesehen von den nackten Damen, die an der Decke hängen, habe ich auf meiner Stelle viele interessante Menschen kennengelernt – interessantere Leute, als wenn ich selbst nackt am Kronleuchter gehangen hätte, das steht fest. Zum einen sind da natürlich meine diversen Hugo-Beziehungen. Glücklicherweise zeigt Georges kein Zeichen des Wiedererkennens, wenn wir einander begegnen. Ich lerne auch Maler und Dichter und Schriftsteller kennen, darunter Pseudo-Schriftsteller wie dieses Klatschmaul Marcel Proust. Der glaubt ja, ein Meister des Wortes zu sein, dabei schreibt er bloß Gesellschaftskolumnen. Gott, ist der langweilig!

Ein Kerl namens Robert de Montesquiou schenkt mir ziemlich viel Aufmerksamkeit. Er ist wohl auch irgendein Dichter, obwohl ich noch nie von ihm gehört habe. Natürlich zieht er sich an, wie es einem Dichter wohl anstünde, am liebsten einen pistaziengrünen Anzug mit einer Weste aus weißem Samt. Oft trägt er Blumen anstelle einer Krawatte, und er hat immer einen Ring am Finger, so groß wie ein Ei, in dem er Menschentränen aufbewahrt, wie er behauptet. Er hat ein Faible für die Jungs, aber einmal hat er versucht, Émilie mit einem Nachttopf zu umwerben. Der gehörte Napoleon in den Tagen von Waterloo, aber deswegen war es natürlich immer noch ein Nachttopf. Der Mann sieht gefährlich gut aus, aber ich weiß nicht, was ich mir für einen Reim auf ihn machen soll.

Trotz der zahlreichen Vergnügungen kann meine Arbeit manchmal ziemlich langweilig sein. Außerdem ist sie sehr plebejisch, und am Ende meiner Schicht sind meine Hände wund und meine Füße geschwollen. Missverstehen Sie mich nicht! Ich will mich nicht beklagen. Die meiste Zeit genieße ich es wirklich. Ich schaue zu gern die Kleider an, die zur Tür hereinkommen, die Kleider, die zur Tür hinausgehen, die Kleider, die abgelegt werden. Und sie werden tatsächlich abgelegt!

Obwohl ich damals den Mund weit aufgerissen habe, lag ich mit meinen Einschätzungen an meinem ersten Tag nicht allzu weit daneben. Zwar haben die Mädchen im Folies Bergère wenig mit den kränklichen Geschöpfen gemeinsam, die nachts aus den Bordellen der Rue Le Peletier gekrochen kommen (Gott segne dich, Aimée, *je t'adore*!), doch sind sie auch nicht wirklich vom jungfräulichen Schlag. Es gibt spezielle Zimmer. Es gibt spezielle Frauen. Und es gibt nicht-so-spezielle Männer, die mit diesen Frauen in diese Zimmer gehen und dann sehr zufrieden dreinschauen, wenn sie wieder herauskommen.

Ich habe Émilie einmal danach gefragt. Sie zierte sich und tat, als wüsste sie nicht, wovon ich spreche. Nachdem ich sie lange genug belagert hatte (diese Kleider, Sie können sich doch von ihrer Bezahlung nicht diese Kleider leisten, und was ist mit den Juwelen? Die ganzen Rubine, Perlen, Diamanten!), verriet sie mir schließlich, dass sie keine Prostituierten waren, sondern Demimondaines. *Les demimondaines*. Ich bin nicht ganz sicher, was das bedeutet, aber ich gedenke es herauszufinden. Es ist ein ganz hübsches Wort, nicht wahr? *Demimondaine*. Das klingt fast schon königlich.

Part Deux

Chapitre 19

Obwohl April wusste, dass sie spät dran war, war sie überrascht, Olivier schon im Appartement anzutreffen. In Paris, New York City und vielen weniger glamourösen Orten war April immer die Erste im Büro. Nicht, dass Marthes Wohnung reines *business* gewesen wäre, aber April war einfach die Art von Mensch, der als Erster kam und als Letzter ging. Andererseits kam es bei ihr auch eher selten vor, dass sie unter Jetlag litt, einem leichten Kater noch dazu, und sich ein hundert Jahre altes Tagebuch ausgeliehen hatte. Das konnte man vielleicht als mildernde Umstände gelten lassen.

»Bonjour«, sagte April, als sie auf zu hohen Absätzen in die Wohnung stöckelte. Angesichts ihrer fragwürdigen körperlichen Verfassung und dem Zuckerschock hätte April lieber bei ihren zuverlässigen flachen Schuhen bleiben sollen. »Wie geht's euch heute Morgen?«

Sie zog eine Serviette aus ihrer Tasche und legte sie auf den Tisch im Raum, der am unspektakulärsten aussah, bevor sie ihre dritte Tasse Kaffee daraufstellte.

»Bonjour, Madame Vogt«, sagte Olivier. »Comment allez-vous?«

»Bien, et vous?«

»Bien.«

Sie blickte sich um und irgendwie, im Licht eines neuen Tages und mit einer ganz durchgeschlafenen Nacht im Rücken, wirkte die Wohnung noch schwerer zu bewältigen. April sah zwar immer noch die Schätze, aber sie steckten in einem riesigen Sumpf aus Arbeit. Marthe muss sehr schnell gelernt haben, was eine Demimondaine ist, und ihr Wissen gewinnbringend eingesetzt haben. April stand hier nicht in der Wohnung eines Barmädchens.

»Sie sehen besorgt aus, Madame Vogt.«

»April, bitte. Nein, nicht besorgt. Aber der Anblick hier kann einen schon ein bisschen überwältigen.«

»Ja«, sagte Olivier. »Wir haben eine Menge Arbeit vor uns.«

»Das ist noch vorsichtig ausgedrückt. Wann wollen Sie die Objekte in Ihr Büro bringen?« April schlug ihr Notizbuch auf. »Was für einen Lieferanten benutzen Sie? Ich wüsste da einen, den ich vor Jahren genutzt habe, die waren wirklich erstklassig in der Abwicklung. Ich müsste mal nachfragen, ob die immer noch tätig sind.«

Olivier schüttelte den Kopf.

»Wir werden gar nichts abtransportieren bis kurz vor der öffentlichen Ausstellung der Stücke. Wir haben gar nicht den Platz dafür. In den letzten paar Minuten ist eine astronomische Zahl von Objekten reingekommen, und wir haben nicht genug Platz, um auch noch Madame Quatremers Sachen unterzubringen.«

Marthes Sachen, hätte April am liebsten gesagt. Das hier waren Marthes Sachen. Madame Quatremer hatte sie nie haben wollen, nicht einen Moment in den ganzen siebzig Jahren.

»Okay«, sagte April. Sie wusste nicht recht, ob das jetzt eine gute oder eine schlechte Nachricht war. »Dann würde ich sagen, wir legen hier mal los.«

Die Wohnung war schön, aber auch sehr rührend, inspirierend, aber auch verwirrend. Wahrscheinlich wäre April im Keller des Auktionshauses besser dran gewesen, an einem Ort ohne Kronleuchter, auf die ihr Gehirn Strahlenkränze projizieren konnte. Doch so uneffizient sie sich hier auch vorkommen mochte, April merkte, dass sie in dieser Wohnung bleiben wollte, solange sie nur konnte.

»Falls wir das noch nicht ausdrücklich gesagt haben«, fügte Olivier hinzu. »Wir sind sehr dankbar, dass Sie die Reise hierher auf sich genommen haben. Wir wissen Ihre Hilfe sehr zu schätzen. Sie haben auf jeden Fall mehr Ahnung von europäische Möbeln als jeder andere in unserem Büro.«

»Merci beaucoup«, erwiderte April. »Ich freue mich auch, hier zu sein.«

Trotz des Kompliments runzelte April die Stirn. Sie war einfach so abgelenkt, dass ihr der Kopf schwirrte. Irgendwie war sie etwas aus der Bahn. Aprils Gehirn fühlte sich verwirrt und wie in Watte gepackt an.

»Liegt es an mir«, begann sie, »oder ist an der Wohnung irgendetwas anders?«

Sie warf einen Blick über ihre Schulter, und auf einen Schlag wusste sie, was das Problem war. Der Boldini. Er war weg.

»Wo ist das Gemälde?« Sie schnappte nach Luft. »Was ist mit dem Bild passiert?«

Olivier zuckte mit den Achseln. »*Das* haben wir zur weiteren Beurteilung ins Büro gebracht.«

April schwankte und spürte, wie sich ihr Magen verknotete. Bei dem Gedanken, dass sie das Portrait nicht wiedersehen würde, wurde ihr geradezu schlecht. Das sind nur die *chouquettes*, sagte sie sich selbst. Zehn Gebäckteilchen in einer Stunde waren eben nicht empfehlenswert, ganz egal, was für eine Konstitution man hatte.

»Aber seine Echtheit ist doch noch gar nicht bestätigt worden«, sagte April. Sie atmete mühsam, als hätte sie den gesamten Staub dieser Wohnung in ihren Lungen. »Wir brauchen einen Plan, um die Herkunft zu bestimmen, bevor wir die Stücke präsentieren können. Ich habe vom Erben Dokumente geliehen bekommen, die uns in der Hinsicht helfen könnten.«

Holt sie zurück. Holt das verdammte Gemälde zurück.

»Ne vous inquiétez pas«, sagte Olivier. »Das ist alles schon geregelt. Wie sich herausgestellt hat, hat Boldinis Frau eine Biografie geschrieben, die nie veröffentlicht wurde. Und darin erwähnt sie dieses Portrait. Das hört sich so an, als wäre die Herkunft damit so ziemlich geklärt.«

»Wow«, sagte April. »Okay. Das sind ja tolle Neuigkeiten. Also, wegen des Nachweises. Großartig. Da haben Sie ja wirklich Glück.«

Das stimmte alles so: Toll. Großartig. Glück gehabt. Aber April hatte trotzdem das Gefühl zu lügen. Sollte es das also gewesen sein? Kein Folies Bergère mehr, keine Demimondaines und Kronleuchter voller Brustwarzen? Das waren sicher tolle Neuigkeiten für die Auktion, aber nicht so gut für Lucs neugierige Auktionärin, wie er sie genannt hatte.

»Madame Vogt«, sagte Olivier. »Ist alles in Ordnung? Vous êtes stressée?«

»Nein. Ich bin nicht gestresst.«

Sondern *extrem* gestresst. Sie wollte das Portrait. April wollte, dass das Zimmer genau so blieb, wie es am Vortag gewesen war.

»Madame Vogt?«

»Ich … äh … ich denke gerade an die Auktion selbst. Haben Sie schon einen vorläufigen Zeitplan? Wir müssen den Terminkalender möglichst bald festlegen.«

Zeitpläne. Kalender. Das waren die Dinge, über die April sich offiziell den Kopf zerbrechen musste – nicht über Kurtisanen, duftige Kleider oder die Schwindeleien prominenter republikanischer Familienmitglieder. Doch Marthe verdiente ebenfalls einen Platz in diesem Terminkalender. Sie *war* der Zeitplan. Die Tatsache, dass es sich bei dem Gemälde um einen Boldini handelte, bedeutete, dass Tausende Marthes Gesicht sehen würden. April wollte, dass sie auch den Rest von ihr zu sehen bekamen.

»Das hätte das Potenzial, eine ganz besondere Auktion zu werden«, fuhr April fort, während sich ihre Gedanken verhedderten.

Vielleicht konnte sie um die Person Marthe de Florian etwas aufbauen, der Frau zu einem gewissen posthumen Ruhm verhelfen, einem Ruf, der dem von Jeanne Hugo vergleichbar war – wenn nicht gar größer, dachte April mit einem kleinen Schmunzeln.

»Ich stelle mir eine Ausstellung von mehreren Tagen vor«, sagte sie. »Die Geschichte hat einiges Potenzial: Die Frau ist zwar unbekannt, sogar für uns Mitarbeiter des Auktionshauses, aber sie verkehrte immerhin mit Proust und Montesquiou und sogar der Familie Hugo. Und natürlich Boldini selbst! Stellen Sie sich die Geschichten vor, die diese ganzen Objekte hier erzählen könnten.«

»Ah. Sie sind ja ganz schön gewieft«, sagte Olivier.

April strahlte.

»Aber leider«, sagte er, »ist das alles schon beschlossene Sache.«

»Beschlossene Sache ...«

»Die meisten Objekte werden im September bei ›Bedeutende französische Möbel, Skulpturen und Kunstwerke‹ unter den Hammer kommen. Der Rest wird dann untergebracht in ›Bedeutendes europäisches Silber, Goldschatullen und Kunstgegenstände‹. Die ist ...« Er warf einen Blick auf sein Handy. »... im Oktober.«

»Was? Das kann doch nicht sein!« April war verdattert. »Solche Stücke als Lückenfüller? Das ist doch absurd.«

»Ehrlich gesagt hatten wir noch einige Lücken bei den nächsten Versteigerungen, da kamen uns diese Objekte ganz gelegen, um die Sache abzurunden.«

Auf einmal waren Aprils Hoffnungen für die Auktion zerstört. Marthe war über siebzig Jahre verräumt und weggesperrt worden. Da hatten sie nun diese großartige Entdeckung gemacht, doch wenn die Objekte prompt auseinandergerissen und auf andere, nicht ganz ausgefüllte Auktionen verteilt wurden, war es so, als hätten sie diesen Schatz nie gefunden.

»Sie sehen ein wenig erschöpft aus«, bemerkte Olivier. »Wollen Sie sich hinsetzen? Es kann schon ganz schön stickig sein hier drin.«

»Olivier.« April holte tief Luft. »Ich bitte Sie inständigst, sich das noch einmal zu überlegen. Sie haben mich nach Paris einfliegen lassen, damit ich als Möbelexpertin mithelfe und ...«

»Ja, das haben wir«, sagte er. »Aber leider ist das jetzt so beschlossen worden. Ich glaube, es ist am besten so. Also, wollen wir dann mal anfangen mit unserer Arbeit?«

Ohne eine Antwort abzuwarten, drehte Olivier sich um und ging Richtung Küche. April stand völlig überfahren auf dem Flur und schwankte leicht. Das konnten sie Marthe doch nicht antun. Vielleicht würde Olivier es sich anders überlegen, wenn sie ihm die Tagebücher zeigte. Aber vielleicht würde er seine Meinung dann trotzdem nicht ändern, und das wäre noch schlimmer.

»Das ist alles nicht wahr«, sagte April, während sie ihre Handtasche an die Brust drückte und das Gewicht von Marthes Tagebüchern durch das Leder spürte. »Du wirst deine eigene Auktion bekommen. ›Bedeutende französische Möbel? *C'est merdique.*«

Starke Worte, aber hier waren sie angebracht. *C'est merdique.* Allerdings war das Scheiße.

Chapitre 20

April stellte Olivier eine Stunde später noch einmal zur Rede. Sie hatte das Gefühl, dass das der Mindestzeitraum war, nach dem sie ihn noch einmal auf die Sache ansprechen konnte. In den siebenundfünfzig Minuten (achtundfünfzig, neunundfünfzig), seitdem Olivier ihre Auktionsidee abgelehnt hatte, hatte April nicht viel zustande gebracht. Der Gedanke an verdammte Möbel und Liebhaberstücke hatte sie so frustriert, dass ihr Gehirn nicht recht arbeiten wollte.

»Bedeutendes europäisches Silber.« So nannte man ein x-beliebiges Stück aus einem x-beliebigen Haushalt, von dem man nicht wusste, was man sonst damit anfangen sollte, ein Stück mit einem öden Katalogbild, ohne größeren Zusammenhang. Oder, wie

Birdie einmal gewitzelt hatte, als sie versuchte, eine übel mitgenommene Gabel aus einem verfallenden britischen Schloss zu beschreiben: »Das ist doch Silber, Mann, und aus einem Schloss, reicht das denn nicht?«

»Olivier«, sagte April. »Könnten wir kurz ein paar Takte reden?«

Sie ging zur Küche. Er stand mit dem Rücken zur Tür und ging eine Kiste mit versiegelten Weinflaschen durch.

»Bonjour, April«, sagte er, ohne sich umzudrehen. »Wie kommst du mit den Möbeln voran? Ich bin nicht sicher, ob einer von diesen Weinen was für eine Auktion wäre …«

»Wir müssen noch mal über diese Wohnung reden.«

»L'appartement?« Jetzt drehte er sich um und schaute sie an. »Was gibt es da zu reden? Es war doch eine Mietwohnung, non? Die gehört nicht zur eigentlich Erbmasse.«

»Ich meine ja auch gar nicht die Wohnung selbst.« April bemühte sich, ihre Stimme nicht schrill klingen zu lassen. »Diese ganzen Objekte hier sind doch keine Lückenbüßer, Olivier. Sie können Sie nicht in irgendwelche andere Auktionen stopfen.«

Er zuckte mit den Schultern. »Ich sehe das anders.«

»Was ist mit dem Boldini? Sie können doch nicht …«

»Die Auktion für impressionistische und moderne Kunst. Passt doch perfekt.«

»Impressionistische und moderne Kunst«, wiederholte April belämmert. »Das können Sie nicht machen.«

Marc streckte den Kopf um die Ecke.

»Ça va?«, sagte er. »Gibt's irgendein Problem?«

»Ja, es gibt ein Problem«, sagte April bekümmert.

Auf einmal stellte sie sich vor, wie die beiden Männer im Pariser Auktionshaus herumliefen und Stücke von Marthes Leben in die Lücken pfropften, die sich in der Erbmasse anderer Leute auftaten. Madame de Florians Sachen erzählten eine Geschichte, mit ihren ganzen Vergoldungen und Straußen.

»Das sind keine Lückenbüßer«, wiederholte sie und deutete mit einer hilflosen Geste in den Raum, als würde sie diese Gegenstände nicht erst seit Stunden, sondern schon jahrzehntelang kennen. »Das können Sie nicht machen.«

Vielleicht würden sie sich ihrer Meinung anschließen, wenn sie sie nur oft genug sagte.

»Wir sehen keinen Grund, hierfür eine komplett eigene Auktion zu organisieren«, sagte Olivier. »Da geht es auch darum, zusätzliche Kosten zu vermeiden. Denken Sie nur an die Kataloge und die Dinnerveranstaltungen. Wir würden niemals Geld machen, wenn wir jedem interessanten Fund eine eigene Auktion geben würden. Das wissen Sie doch, April. Sie sind seit Jahren in diesem Geschäft tätig. Das hier ist keine zeitgenössische Kunst.« Er zog eine Grimasse. »Es ist viel wirtschaftlicher, diese Objekte zusammen mit anderen Stücken anzubieten.«

Stücke, Objekte – mehr bedeuteten ihnen die Gegenstände nicht: Für sie waren es Güter, die gesammelt und zu Geld gemacht wurden. Das war natürlich die grundsätzliche Überlegung von Sotheby's, allerdings nicht unbedingt die von April. Zumindest nicht in diesem Fall.

»Olivier. Marc. Ich verstehe durchaus, dass es nötig ist, konservativ vorzugehen«, sagte sie. »Aber hören Sie mir bitte zu. Ich bin ein wenig überrascht, dass Sie mich nicht konsultiert haben, aber es ist ja Ihr Büro, und ich verstehe, wie die Dinge hier laufen. Wie Sie schon gesagt haben, ich bin lang genug in diesem Geschäft tätig, und hier habe ich absolut das Gefühl, dass wir kurzsichtig handeln. Hier gilt es auch immaterielle Gesichtspunkte zu berücksichtigen. Zusammen haben diese Stücke das gewisse Extra, die Herkunft, die den Rothko von Rockefeller für 73 Millionen Dollar statt für 30 Millionen über den Tisch gehen ließ. Dieses je ne sais quoi, das mehrere Hunderttausend Dollar für Jackie O.s Plastikperlen erzielte.«

»Elisabetta Quatremer war keine Jacqueline Onassis.« Olivier kicherte. »Es sei denn, Sie haben ein Foto von Sean-Sean, wie er sich ihre Besitztümer ums Kinn wickelt.«

»John-John.« April schüttelte müde den Kopf. »Nicht Sean-Sean.«

»Sag ich doch. Ganz egal, wenn Madame Quatremer nicht gerade von den sogenannten amerikanischen Königshäusern abstammt oder eine lang vermisste Rockefeller ist, würde ihr Name niemals Leute zu einer separaten Auktion locken. Das wäre eine Veranstaltung mehr, mit der wir Zehntausende von Euros verschwendet hätten. Es ist viel einfacher, sie bei den ganz regulär angesetzten Auktionen mit unterzubringen.«

»Marthe de Florian hat diesen Zauber«, sagte April und stellte sich vor, wie die Beschreibung im Katalog garantiert lauten würde – »Private Sammlung, Paris« – statt des Textes, der berechtigterweise dort stehen sollte. Nämlich Marthes voller Name. »Die Leute werden sich für die Frau auf dem Boldini-Portrait interessieren, nicht für Madame Quatremer.«

Oh Gott, sie musste ihnen wohl doch die Tagebücher zeigen, und das so bald wie möglich. Doch dieser Gedanke widerstrebte ihr ganz schrecklich.

»Meine Recherchen stecken noch in einem sehr frühen Stadium«, fuhr sie fort. »Aber nach allem, was ich bisher gelesen habe, glaube ich wirklich, dass wir die zusätzlichen Kosten mehr als wettmachen könnten, wenn wir ihr eine Auktion geben. Wenn die Leute die Frau auf dem Gemälde kennenlernen würden, würde das Objekt gleich in zweierlei Hinsicht davon profitieren: Zum einen ist es ein Boldini, und obendrein zeigt das Bild seine Geliebte, eine Frau, die ebenfalls einen faszinierenden Hintergrund hat. Diese positive Einstellung würde sich auch auf die anderen Objekte niederschlagen und den Wert insgesamt steigern.«

»April …«

Doch sie war schon zu weit, als dass er sie noch hätte bremsen können.

»Unser ganzer Job besteht doch darin, dass wir dem Bieter den Wert der Stücke vermitteln, der hinter ihrer äußerlichen Beschreibung liegt. Die Geschichte, die wir von Marthe erzählen könnten, würde unsere Einnahmen mindestens verdoppeln. Ich bin absolut sicher.«

»Ach … ›Marthe‹?« Olivier grinste. »Sind Sie schon auf Duzfuß miteinander?«

»Ja, in der Tat. Und wenn wir diese Karte klug spielen, wird die ganze Kunstwelt auch noch auf Duzfuß mit ihr kommen.«

»Sie bringen da wirklich ein überzeugendes Argument vor, aber es ist zu riskant. Ich weiß nicht, ob ich für diese Art von Auktion genügend Käufer finden könnte.«

»Aber allein diese Stücke! Vergessen Sie mal Marthes Geschichte. Jedes Stück hier kommt absolut frisch auf den Markt! Das allein ist schon ein Verkaufsargument.«

»Wie auch immer – geben Sie den wirtschaftlichen Überlegungen die Schuld oder auch der Abteilung. Das Team hat nun mal diese Entscheidung gefällt. Je suis désolé. Tut mir leid, dass wir Sie nicht in unsere Diskussion miteinbezogen haben.«

»Ach …«, murmelte April. »Nicht nötig.«

Sie war ja letztendlich doch bloß die Amerikanerin, die man angeheuert hatte, um einen Blick unter die Tischplatten und die Teppiche zu werfen.

April fragte sich, ob sie über die Köpfe des Teams hinweg versuchen sollte, Fäden zu ziehen. Marthe verdiente ihren eigenen Platz im Rampenlicht, auch wenn es am Ende – so wie alles in der Welt – doch auf schnöde finanzielle Überlegungen hinauslief. In dieser Hinsicht hatte sich nicht viel verändert. Vor hundert Jahren hatte Marthe nicht den Namen, um ihre eigene Schau im Folies Bergère zu bekommen. Stattdessen schickte Gérard sie an die Bar, wo sie Émilie aushelfen sollte. April hatte es schon einmal gesagt und würde es wieder sagen: Marthe war kein Lückenbüßer.

»Ich will Sie nicht enttäuschen«, sagte Olivier. Er runzelte ganz leicht die Stirn, und April hätte ihm für einen Augenblick fast glauben können. »Aber ich bin froh, dass Sie das verstehen. Ich muss jetzt sowieso gehen, ich hab ein Meeting. Brauchen Sie noch etwas, bevor ich gehe?«

»Nein, ich komme schon zurecht. Ich nehme mir heute das Schlafzimmer vor, ich rufe Sie dann mit einem Update an.«

»Sehr gut. Dann sprechen wir uns also am Nachmittag noch einmal. Au 'voir, April.«

»Au 'voir.«

Sie machte auf ihren hohen Absätzen kehrt und schlich in die hinteren Räumlichkeiten der Wohnung. Sie hatte beinahe Tränen in den Augen. Marthe de Florian. Sie war fast schon verschwunden.

Möbel, erinnerte sie sich selbst. Du bist wegen der Möbel hier.

Olivier hatte recht. Das hier war ein Geschäft, und sie würde gut daran tun, es als die Serie finanzieller Transaktionen zu betrachten, die es bald werden würde. Es war sinnlos, sein Herz an eine Frau auf einem Gemälde zu hängen. Was sollte April sich schon um eine Belle-Époque-Prostituierte scheren? Das hatte nichts mit Nussbaum-Regalen oder rosa Sofas zu tun.

Leider war es unmöglich, Marthes Boudoir durchzugehen, ohne die Frau zu sehen, die dahinter stand. Obwohl der Raum ebenso zugestellt war wie die restliche Wohnung, stand in der Mitte ein imposantes *Aux-Nénuphars*-Bett aus Mahagoni und Goldbronze. Es hatte ein hoch aufragendes Kopfende, verziert mit goldenen Kobras. Dazu passend Nachttische mit Beinen in Kobraform, ebenfalls mit dem Wasserlilienmotiv. Die Stücke als extravagant zu bezeichnen wurde der Sache nicht gerecht. Im Musée d'Orsay stand eine ganz ähnliche Schlafzimmereinrichtung.

Obwohl April wegen der Möbel da war (wie sie sich sechs, sieben Mal in Erinnerung rief), wollte sie in Wirklichkeit die Tagebücher. Die anständige, belesene Expertin für europäische Möbel, April Vogt, interessierte sich viel mehr dafür, was in diesem Bett passiert war, als für die Frage, wer es in welchem Jahr gemacht hatte. Das war ein Novum.

April zog die Handschuhe über und nahm die Tagebücher aus ihrer Mappe. Sie spähte um die Ecke, wo Olivier und Marc immer noch auf Französisch diskutierten, wo sie die Sandwiches für ihre nachmittägliche Besprechung bestellen sollten. Ein paar Seiten konnte sie schon einschieben. Das war das Mindeste, was

April für die Frau tun konnte, die einmal hier gelebt hatte, eine Frau, deren Leben demnächst verpackt und höchstbietend verkauft werden sollte.

Chapitre 21

Paris, 22. September 1891

Ich habe herausgefunden, dass man von der Spezies Mann Dinge bekommen kann, wertvolle Dinge. Ein kleiner Flirt, und schon sind sie ganz flatterig, überschlagen sich fast, um einem Komplimente zu machen und die Schätze herauszuholen. *Vous-êtes plus belle que les étoiles!* Schöner als die Sterne? Wohl kaum, aber Ihre Kerzenständer und Lackkästchen nehme ich trotzdem gerne an. *Merci, Georges Hugo.*

Bis jetzt habe ich: vier Kleider, zwei Halsketten, ein Gemälde und unzählige Franc, die man mir in Taschen und Ärmel geschoben hat. In meinem möblierten Zimmer ist schon kein Platz mehr für all die Sachen, daher habe ich drei Paar Kerzenleuchter bei Aimée untergestellt. Wahrscheinlich wird sie sie verkaufen und hinterher behaupten, sie seien ihr gestohlen worden. Es ist mir egal. Für mich nur eine gute Ausrede, mir wieder etwas Neues zu holen!

Habe ich im Gegenzug auch ein paar Dinge geben müssen, um mir diese Beute zu sichern? Nun ja, das schon, aber nicht *das*. Wenngleich diese sogenannten Gentlemen es sicher nicht an Bemühungen haben fehlen lassen! Aimée und Louise und die anderen Mädchen im *hôtel* haben eines nicht verstanden: Das ist gar nicht nötig. Warum sollte man seine Unterhosen für jeden Mann mit ein paar Francs herunterlassen, wenn man ihm stattdessen eine hübsche, keusche Romanze bieten kann? Ich streife ihn vielleicht einmal auf eine gewisse Art oder protestiere nur schwach, wenn eine Hand sich in meinen Ausschnitt schlängelt. Es sind nur Brustwarzen, aber sie können solche Erregung und solche Großzügigkeit hervorrufen!

Manchmal lasse ich meine Finger auch in *seine* Unterhosen gleiten. Sœur Marie würde auf dem Boden des Klosters zusammensacken, wenn sie so etwas hören würde! *C'est pas si mal.* Es ist gar nicht so schlecht. Solches Gefummel ist wirklich eher ein wissenschaftliches Experiment. Tatsächlich war ich, nachdem ich zum ersten Mal einen Mann dort angefasst hatte, verblüffter als bei meinem ersten Besuch im Folies. Und das Objekt war nicht weniger auffällig!

Überflüssig zu erwähnen, dass Sœur Marie mich nie auf die Aggressivität vorbereitet hat, mit der es nach ein paar Berührungen erwacht. Du liebe Güte, ich musste mir wirklich das Lachen verbeißen. Dieses Etwas reizt eher zum Lachen, es erinnert einen irgendwie an ein Geschöpf vom Meeresgrund. Ich kann kaum den Stift halten, so sehr muss ich lachen. Und natürlich ruft mir der Stift selbst schon wieder den Umfang einiger Männer in Erinnerung, die vom Glück nicht allzu begünstigt sind. *Mon Dieu!*

Gott sei Dank bin ich eine Frau.

Nun, nachdem ich mich wieder gefasst habe, muss ich Folgendes sagen: Liebes Tagebuch, damit du nicht auf die Idee verfällst, ich sei jedermanns Mädchen, wie unsere geschätzte Aimée, muss ich dich sofort eines Besseren belehren. Abgesehen vom Augenscheinlichsten, *le grand acte*, besteht der Unterschied zwischen ihr und mir darin, dass mein Geschäft die Romantik ist. Meine Tändeleien währen länger als eine Nacht! Was ist verkehrt daran, verliebt zu sein? Oder zumindest so zu tun? Ganz egal, wie groß das Vermögen (oder das Glied) eines Mannes ist!, er ist genauso ein Mann wie jeder andere, genauso ein Mensch. Denn wir alle wünschen uns ausnahmslos, geliebt zu werden.

Gestern Abend kam ein neuer Gentleman an meine Bar. Es kam mir vor, als wüsste er, dass ich seit Kurzem wieder frei bin, nachdem mein letzter Galan aufgrund einer politischen Verpflichtung im Ausland das Land verlassen hat (seine Frau war die Politik, ihre Schwangerschaft die Verpflichtung). Dieser Neue sah seltsam aus, war klein und hatte jede Menge grau-brauner Locken, die ihm über den Ohren tanzten. Er hatte etwas Stattliches, aber so, dass man eher an gutes Essen dachte, nicht an Alkohol oder Trägheit. Mit anderen Worten: Er war ein glücklicher Dicker. Und im Gegensatz zu den meisten Parisern hatte er keinen Bart. Die Glätte seiner Haut war geradezu befremdlich.

»Was kann ich Ihnen heute Abend bringen?«, fragte ich.

Er bestellte einen Scotch, und dann überlegte er laut, warum ich hinter der Bar stand und nicht auf der Bühne. Ich deutete mit einem leeren Glas in seine Richtung und machte mich (lächelnd und zwinkernd) über seine wenig originelle Bemerkung lustig. Diesen Kommentar hatte ich allein heute schon dreimal zu hören bekommen. Obwohl ich heute eher wenig Gäste gehabt hatte.

Der Mann wurde rot, was mir wiederum ein Lächeln entlockte. Bei ihm war es kein Standardspruch, sondern wirklich das Einzige, was ihm eingefallen war. Wie es aussah, war er zum ersten Mal im Folies. Ich mochte ihn auf Anhieb.

»Um Ihnen die Wahrheit zu sagen …« Ich lehnte mich über die Bar und senkte meinen Brustkorb mit dramatischem Effekt. »Hinter der Bar ist der beste Platz.«

Das ist eine Lüge. Die ich mir selbst einrede, die ich den Männern einrede. Jedes Mädchen hätte gerne seine eigene Bühnennummer.

»Es ist wesentlich sicherer«, fuhr ich fort. »Außerdem bekomme ich Gelegenheit, mich mit all den hübschen Gästen zu unterhalten, so wie jetzt. Eine gute Unterhaltung ziehe ich stundenlangem Angegafftwerden jederzeit vor.«

»Oh«, sagte er, immer noch rot. »Verstehe.«

»Wie heißen Sie?«, fragte ich, während ich das Glas polierte.

»Burée. Pierre Burée.«

»Was führt Sie ins Folies Bergère, Monsieur Burée?« Ich begann ihm einzuschenken. »Sind Sie aus Paris? Oder nur auf der Durchreise?«

»Ich bin hier geboren, war aber jahrelang nicht hier. Ich lebe in Südamerika.«

Ich zog eine Augenbraue hoch. Das behauptet heutzutage fast jeder, aber es stimmt fast nie.

»Ach, Südamerika? Wo genau?«

»In Argentinien«, erwiderte er ohne jedes Zögern.

»Wo in Argentinien?«

»Ganz im Süden. In der Nähe von Santa Cruz. Sind Sie mit der Gegend vertraut, Mademoiselle …?«

»De Florian. Marthe de Florian.«

»Und, waren Sie schon mal in Südamerika, Mademoiselle de Florian? Sie sehen tatsächlich eher südlich aus: das dunkle Haar, die dunklen Augen, die olivfarbene Haut.«

Obwohl Monsieur Burée später sagte, dass er das als Kompliment gemeint hatte, stutzte ich bei diesen Worten. Ich bin nämlich empfindlich, was meine sogenannte olivfarbene Haut angeht. Pierre fand, dass ich einer Frau aus dem Süden ähnelte, aber Émilie und Gérard finden, dass meine Farbe eher an Zigeuner denken lässt. Émilie versucht die ganze Zeit, mir ihr Bleichmittel aufzuschwatzen. Dieser ganz gewisse Alabasterton ist de rigueur, und Émilies spezielle Art von Blässe wird von so mancher Tänzerin beneidet. Ich könnte auch ihren Porzellanteint bekommen, wenn ich die dicke Paste nur dreimal täglich in die Haut reibe. Gut, ich habe die Behandlung also begonnen. Das Mittel brennt, aber nur ein bisschen.

»Nein. Ich bin aus Paris«, antwortete ich und versuchte, nicht beleidigt zu klingen. »Ich habe noch nie einen Fuß auf südamerikanischen Boden gesetzt, aber es ist ja sehr populär. Ich habe viele Männer kennengelernt, die erzählt haben, dass sie auch dort arbeiten.«

Mit etwas größerem Nachdruck als sonst stellte ich das Glas auf den Tresen.

»Tja, dort lässt sich eben gutes Geld verdienen«, sagte Burée ganz ohne Falsch.

»Und, womit machen Sie Ihres?«, wollte ich wissen. »Mit Kaffee?«

Es ist immer Kaffee.

Pierre schüttelte den Kopf und nahm langsam einen großen Schluck Whisky.

»Fledermausguano«, sagte er.

Fledermausscheiße? Ich glaubte mich verhört zu haben.

»Wie bitte?«, brachte ich mit Mühe und Not heraus.

»Ganz genau.« Er nahm noch einen Schluck. »Eine ziemlich lukrative Branche.«

In diesem Moment wusste ich, dass Monsieur Burée nicht log. Vor mir saß kein angeblicher Kaffeekönig. Stattdessen nahm dieser Mann die volle Pracht der Fledermausscheiße für sich in Anspruch.

Und damit ließ ich Pierre für den Rest des Abends auf meinem besten Hocker sitzen, meinem Lieblingshocker. Eigentlich sollen wir die Männer dazu ermuntern, zur nächsten Attraktion weiterzugehen, sodass sie sich rasch weiterbewegen. Je mehr Personen wir pro Platz haben, umso größer wird unser Verdienst. Aber ich hatte ihn gern bei mir, obwohl er ein eher zurückhaltender Trinker war und ein noch zurückhaltenderer Gesprächspartner.

Gegen Ende der Nacht zog ich ihn bereits ernsthaft für meine nächste Romanze in Erwägung. Pierre hat etwas Sanftes, Charmantes. Haben Sie's gemerkt? Ich nenne ihn bereits beim Vornamen! Ich habe sogar überlegt, ob ich ihm gestatte, mich nach Hause zu begleiten, aber dann habe ich beschlossen, vorläufig noch vorsichtig zu sein. Aber ich verspreche dir, das ist nicht das letzte Mal, dass Monsieur Burée und ich uns begegnet sind!

Auf meinem bedauerlich einsamen Spaziergang nach Hause bemerkte ich, dass eine deutliche Kühle in der Luft lag. Es ist kaum zu glauben, aber jetzt bin ich schon so lange in Paris, dass das Wetter von kalt zu warm und wieder zurück zu kalt gehen konnte.

Ich bin immer noch im selben *hôtel* wie vor einem Jahr, aber ich bin weit gekommen. Ich gebe immer noch Geld aus, doch jetzt kommt auch ein Vielfaches wieder herein. Geld, das ich verdient habe, Geld, das ich nicht in einem heruntergekommenen Kloster stehlen musste.

Und da beschloss ich, dass es Zeit ist, mir eine bessere Bleibe zu suchen. Die Mädchen werden mir fehlen, vor allem mein Liebling, Aimée, aber noch einen Winter hier ertrage ich nicht. Ich habe jetzt zwar mehr Kleider, mit denen ich mich nachts zudecken könnte, aber ich will mehr als nur »durchkommen«. Ich bin zu Größerem berufen.

Mag sein, dass ganz Paris Jeanne Hugo beneidet, aber nicht mehr lang. Eines Tages wird sie mich und meine Stellung anerkennen müssen. Veränderungen kündigen sich an, und sie werden stürmischer Art sein. Und wenn der Wind so richtig heult, wird Jeanne um meine Aufmerksamkeit betteln, um eine Einladung in *mein* Zuhause. Und dann wird sie endlich begreifen, wie es sich anfühlt, wenn man sich verschmäht, allein, verzweifelt fühlt. Madame Daudet wird nicht mehr der Liebling der Stadt sein, denn dann wird ganz Paris mich beneiden.

Chapitre 22

Sie hatte nicht gemerkt, dass links hinter ihr ein Mann stand.

»›Von den Männern kann man Dinge bekommen‹. Stimmt das, ma chérie?«

April fuhr zusammen, dann duckte sie sich, als würde ein Baseball auf ihren Kopf zukommen, nicht der neugierige, amüsierte Blick von Luc Thébault.

»Madame Vogt? Allo? Avril? Sie sind sichtbar, müssen Sie wissen. Obwohl Sie da ganz entzückend kauern. Wie ein kleiner Käfer.«

»Oh, hallo auch.« April brachte sich mühsam in eine aufrechte Position. »Ich wundere mich, dass Sie mich gefunden haben.«

April hatte sich in die hinterste Ecke des hintersten Zimmers verzogen und die letzten paar Stunden auf einer Chaiselongue aus grünem Samt mit Polsterknöpfen verbracht, die von der Sonne stark ausgebleicht war. Sie hatte der Tür den Rücken zugewandt und die Füße aufs Fensterbrett gestützt, während sie sich in Marthes Tagebucheinträge vertiefte. Sie versteckte sich vor der modernen Welt, ein bisschen zumindest, und hatte keinen Besuch erwartet, am allerwenigsten von Luc.

»Sie sind schwer zu übersehen«, meinte Luc.

April drehte sich um und legte beide Hände mit den Tagebüchern auf die Lehne.

»Ich bin die Einzige hier«, sagte sie.

»Ja, das sehe ich. Ist das eine Einladung oder eine Warnung?«

April verdrehte die Augen, weil sie Luc keine Reaktion liefern wollte, die er hätte fehlinterpretieren oder missbrauchen können. Seufzend legte sie die Papiere auf eine mit Jaguarpelz bezogene Polsterbank. Luc, der die Arme über der Brust verschränkt hatte, ragte immer noch über ihr auf. Sein gewelltes Haar war noch nass vom Duschen, seine Bartstoppeln dichter als am Vortag.

»Kann ich Ihnen irgendwie behilflich sein?«, fragte sie.

»Ich glaube nicht, dass ich jemals einen Menschen gesehen habe, der so von etwas gefesselt war.«

Er lächelte übers ganze Gesicht, vielleicht sogar herzlich, und bot April einen ungehinderten Blick auf die ganze Reihe seiner Schneidezähne. Zahnkorrektur war ganz offensichtlich kein Hobby von Luc Thébault, aber irgendwie hatte dieser wüste Lattenzaun aus Zähnen, so schief und krumm er auch sein mochte, sogar etwas Charmantes.

»Na ja, ist ja auch eine fesselnde Geschichte«, erwiderte sie.

April versuchte, mit einer schwungvollen Kopfbewegung nach links die Haarsträhnen nach hinten zu werfen, die ihr an Stirn und Wangen hafteten. Ihr Haar war schon immer lang, spaghettigerade und fein gewesen, ganz zu schweigen von seiner Unart, sich übermäßig statisch aufzuladen. Nach fünf Minuten in diesem staubigen Gelass sah Aprils Haar aus, als hätte sie fünf Jahre lang ununterbrochen eine Strickmütze getragen.

»Ich könnte das den ganzen Tag lesen.«

Sie wiederholte die ruckartige Kopfbewegung, aber der einzige Erfolg war der, dass sie sich im Genick einen Nerv einklemmte.

»Verdammt! Aua.«

»Alles in Ordnung, Madame Vogt? Sie scheinen da ein gesundheitliches Problem zu haben. Mmh, wie heißt das noch gleich in Ihrer Sprache? Saisie?«

»Ich habe keinen Anfall.«

April wickelte die Haare um ihren Stift, den sie vor ein paar Jahren aus dem Dallas Hilton hatte mitgehen lassen. Das war damals eine Riesenauktion gewesen. Jede Menge Objekte, alle mit dem Flair texanischer Grandeur. Der Verkäufer war gerade zu neunzig Prozent mit seinem Projekt fertig, seinen zweitausend Quadratmeter großen Versailles-Nachbau einzurichten, als seine Finanzen kippten und ihm das Geld ausging.

Und da trat das Auktionshaus auf den Plan. April war dabei, weil die Frau des Hausbesitzers jede Menge Stücke aus Frankreich importiert hatte. Nicht weil sie eine Affinität zu europäischen Möbeln gehabt hätte, sondern weil die Sachen eben das waren: europäisch, und dann auch noch aus Frankreich. Und: teuer. Außerdem konnte sie wunderbar damit angeben, Hunderttausende von Dollars allein für den Transport bezahlt zu haben. Diese Frau hatte nie kapiert, was sie da für Stücke hatte. Nichtsdestoweniger bekam sie eine eigene Auktion.

»Luc, ich habe sehr schlechte Neuigkeiten«, sagte April.

»Oh mein Gott, nein! Das klingt ja grässlich.«

»Na ja, ich finde es tatsächlich grässlich. Es wird jetzt doch keine separate Auktion geben. Die Objekte der Erbmasse von Marthe de Florian werden zusammen mit anderen Wertsachen versteigert. Ich werde zwar trotzdem noch die Daten und Epochen und

Künstler ermitteln, aber die Hintergrundgeschichte hat damit ihre große Wichtigkeit verloren. Ich bin nicht mal ganz sicher, ob ich die restlichen Tagebücher noch brauche. Aus *persönlichem* Interesse fände ich es schön, sie zu lesen, aber erforderlich ist es jetzt nicht mehr.«

»Interessant. Was Sie da gerade gesagt haben.«

»Wegen der Auktion? Ich weiß. Das ist wirklich eine Riesenenttäuschung. Marc und Olivier haben mich bei ihrer Entscheidung nicht mal konsultiert. Gut, dazu waren sie natürlich auch nicht verpflichtet.«

»Nein. Nicht wegen der Auktion. ›Erbmasse von Marthe de Florian‹. Sie meinten Madame Quatremer, oder?«

»Natürlich. Selbstverständlich«, sagte April, obwohl sie genau das gemeint hatte, was sie beim ersten Mal gesagt hatte.

»Sie sind ja ganz bestürzt«, stellte Luc fest, als er sich auf den Jaguarhocker niederließ und seine Beine auf eine Art übereinanderschlug, wie sie ausschließlich schlanken Franzosen vorbehalten ist.

»Na ja, letztendlich ist es ihr Büro. Ihre Kommissionen und Prämien«, meinte April. »Sie haben beschlossen, dass es am rentabelsten ist, daher ist meine Meinung irrelevant. Aber Sie haben recht, ich bin bestürzt. Ich finde nämlich, dass Marthe de Florian durchaus ihre eigene Show verdient hätte.«

»Was ist mit dem Gemälde?«, erkundigte sich Luc. »Das, wegen dem Sie alle so aus dem Häuschen waren? Bolini?«

»Boldini. Das kommt in eine Auktion mit impressionistischer Kunst, die wir im Herbst erstmalig abhalten.«

April seufzte. Laut.

»Sagen Sie mal«, sagte Luc, »fanden Sie vor der Lektüre ihrer Tagebücher auch schon, dass sie ihre eigene Show verdient hätte?«

»Ist das denn wichtig?« April zuckte mit den Achseln. »Ich hab in die Tagebücher ja sowieso schon sehr früh reingelesen. Es ist schwierig, diese Lektüre von den Stücken zu trennen. Ein Gesamtbild zu kreieren ist der Aufhänger meiner ganzen beruflichen Existenz.«

April biss sich auf die Lippen, um ihre Frustration zu verbergen, und begann ein Dominospiel zu untersuchen, das auf einem Tisch neben ihnen stand. Sie kritzelte »aus Elfenbein geschnitztes Kästchen mit Spielsteinen« auf ihren Notizblock und versuchte, Luc durch schiere Willenskraft zum Weggehen zu veranlassen, auch wenn sich ein kleiner Teil von ihr wünschte, er würde bleiben.

»Olivier und Marc können sich glücklich schätzen, dass sie Sie in ihrem Team haben.« Luc beugte sich zu ihr.

»Ihr Franzosen seid doch alle solche Schmeichler. Im Übrigen fühlen Sie sich nicht verpflichtet noch zu bleiben. Sie waren mir eine Riesenhilfe, aber es sieht jetzt ja ganz so aus, als würde ich die restlichen Tagebücher nicht mehr brauchen. Die Stücke werden sich auch ohne weitere Recherche ziemlich leicht beschreiben lassen.«

April stand auf, schlüpfte wieder in ihre Schuhe und heuchelte im nächsten Moment Interesse für einen Pflanzenhocker. Keine Tagträume mehr, befahl sie sich selbst. Keine Visionen mehr von Cancan-Tänzerinnen oder Elefanten oder Kerzenleuchtern mit nackten Brustwarzen. April war hier wegen Mahagoni und Veilchenholz und all den großartigen Stücken, die sie auch verkaufen konnte, ohne alle Beteiligten mit dem Leben dieser Frau aufzuhalten.

»Avril«, begann Luc.

Sie ignorierte ihn.

»Ich könnte jetzt ein großes Trara machen und begründen, warum ich die Tagebücher immer noch lesen muss«, fuhr sie fort. »Und ein Teil von mir möchte das sogar. Aber Sie würden es sofort durchschauen, nicht wahr? Sie würden ganz schnell ahnen, was ich im Schilde führe.«

»Avril«, wiederholte Luc.

»Aber Sie sind aus dem Schneider! Keine neugierigen Möbelexpertinnen mehr, die Ihnen wegen der Tagebücher in den Ohren liegen. Quel soulagement! Ihre Mandantin dürfte am Ende sowieso ziemlich zufrieden sein, was die Einnahmen angeht. Ich habe im Laufe der Jahre Hunderte von Möbelsammlungen gesehen, aber keine wie diese. Ich hoffe, Sie bekommen auch ein Stück von diesem Kuchen ab. Oder Croissant oder Mousse, oder wie auch immer Sie das auf Französisch formulieren. In der ganzen Wohnung findet sich kein einziges billiges Stück.«

»Avril«, sagte Luc zum dritten Mal, diesmal lauter. Fester. Bestimmt. »Seien Sie mal einen Moment still und hören Sie mir zu.«

Er griff nach dem Saum ihres Kleides. Obwohl sein Griff ganz leicht war, hatte April das Gefühl, sich auf keinen Fall bewegen zu dürfen.

»Habe ich gesagt, dass ich es von der Art abhängig mache, wie Sie die Auktion ausrichten wollen, ob ich Ihnen die Tagebücher leihe oder nicht?«

»Ich bin sicher, dass Sie so etwas nicht im Sinn hatten.«

»Hat Ihnen schon mal jemand gesagt, dass Sie frustrierend schnell sprechen?«

»Nein. Noch nie.« Sie brachte es nicht über sich, ihm in die Augen zu sehen.

»Sie können die Tagebücher haben, wenn Sie möchten«, sagte Luc. »Sie dürfen den Rest auch noch lesen.«

»Wirklich?« April machte große Augen und machte einen Schritt auf ihn zu. »Aber … ich *brauche* sie jetzt nicht mehr.«

»Ah, aber sagten Sie nicht vorhin, Sie könnten schon eine Ausrede erfinden? Wenn Sie wirklich wollten? Ich bin sicher, Sie können noch ein, zwei Kleinigkeiten ausgraben, die Ihnen bei der Bestimmung der Herkunft des einen oder anderen Stückes helfen.«

»Das stimmt«, sagte April. »Es … es kann nur nützen, oder?«

»Oui.«

April legte Luc eine Hand auf die Schulter. Das war das Maximum an Überschwang, das sie zustande brachte, auch wenn sie sich an diesem Morgen zum zweiten Mal ganz wacklig auf ihren hohen Absätzen fühlte.

»Ich bin Ihnen wirklich dankbar«, sagte sie. »Ich verspreche Ihnen, dass ich die Gelegenheit auf jeden Fall nutzen werde.«

Vielleicht hatte sie ja doch noch eine Chance. Hier galt es, Geschichten zu schmieden, und wenn es um Möbel ging, war April außergewöhnlich gut im Geschichtenschmieden.

»Sie setzen sich sehr für die Möbel ein«, sagte Luc, als könnte er ihre Gedanken lesen.

Er lehnte sich auf den Ellenbogen zurück und ließ sich noch weiter in das kleine Sofa sinken. April zuckte zusammen. Bitte … vorsichtig mit dem Jaguar.

»Sie bekommen wirklich – wie sagt man das noch? – Augen so groß wie Untertassen, wenn Sie das alles anschauen, oder?«, sagte er. »Außer jetzt. Im Moment sehen Sie eher nervös aus.«

»Ja … also … das Sofa … würde es Ihnen etwas ausmachen …?« Sie wand sich. Es sah so aus, als würde Luc nur tun, wozu er Lust hatte.

»Wissen Sie, dieses Zimmer, diese Wohnung …« Luc verzog das Gesicht. »Das macht auf mich alles einen etwas protzigen Eindruck. Ein bisschen gauche.«

»Protzig? Gauche? Machen Sie Witze?«

»Ich mache niemals Witze, April.«

»Tja, wie heißt es so schön: Über Geschmack lässt sich nicht streiten. Also wirklich, Thébault, in der ganzen Wohnung gibt es nicht ein einziges protziges Stück. Schauen Sie. Hier. Und da. Und da drüben. Allein in diesem Zimmer stehen vier François-Linke-Stücke. Und das sind nur die, auf die ich zeigen kann.«

»Linke? Nie gehört. Natürlich ist es auch nicht mein Geschäft, bei Möbeltrends auf dem Laufenden zu bleiben.«

»François Linke ist kein Trend. Seine Stücke sind Belle Époque pur! Sie sind vergoldet und ausgefallen und skurril und absolut aggressiv in ihrem Optimismus.«

»Optimistische Möbel?«

»Schauen Sie sich diesen Kleiderschrank an.« April hob den Arm und klatschte seitlich gegen das Möbelstück. »Die Intarsien, die Details bei den Rosen. Sagt das nicht, dass das Geld immer weiter fließen wird? Dass es keine Kriege geben wird? Die guten

Zeiten für immer andauern werden? Das hier reflektiert alles, wofür diese Epoche steht.«

»Leider sagt es mir diese Dinge nicht.«

»Ich will es Ihnen so erklären, dass Sie es verstehen: Vor ein paar Jahren ist ein vergleichbares Stück bei einer Auktion für knapp zwei Millionen Dollar verkauft worden. Dieser Schrank hier ist in ähnlich gutem, wenn nicht gar besserem Zustand.«

»Zwei Millionen? Wer gibt denn bitte zwei Millionen für einen Kleiderschrank aus?«

»Ich schätze, wenn man genügend Häuser und Jets hat, braucht man irgendetwas anderes, wo man sein Geld reinpumpen kann.«

»Das sieht so aus, als hätte jemand etwas draufgemalt.«

»Ja, das ist die Marketerie.« April atmete geräuschvoll aus, ein Geräusch, das man nur zu leicht als Spott hätte deuten können.

»Hier oben ist eine nackte Frau in Gold auf der Kommode abgebildet. Ist das nicht merkwürdig, Avril?«

»Auf dem *Schrank*. Das ist ein Schrank. Und das ist auch keine ›nackte Frau in Gold‹. Das ist Minerva, die Göttin der Weisheit.«

»Die Göttin der Weisheit im Schlafzimmer? Wie langweilig.«

»Kommen Sie, ich wette, ich kann ein Stück finden, das auch jemanden ansprechen kann, der keinen gesunden Optimismus besitzt, was bei Ihnen ja offensichtlich der Fall ist.« April stieg über mehrere Stapel alte Zeitungen hinweg. »Ja. Hier. Sogar ein mürrischer Rechtsanwalt muss so eine alte Standuhr doch schätzen, oder? Die ist exquisit, non? Warum ziehen Sie so ein Gesicht? Wem würde allen Ernstes eine Standuhr nicht gefallen?«

April sprang zurück über die Zeitungen auf die andere Seite des Zimmers. Sie schwenkte vier Messer und eine Pistole, die Luc jedoch nicht beeindruckten – eine Überraschung für April, die davon ausgegangen war, dass jeder Mann so eine hübsche kleine Waffensammlung mögen muss.

Sie fühlte sich herausgefordert, grinste kurz und schoss in eine andere Zimmerecke. Dann zeigte sie ihm ein Paar Spiegel mit vergoldeten Rahmen (»Spiegel funktionieren nicht so gut«) und ein *bureau de dame*, das sie Troy zum Kauf vorgeschlagen hätte, wenn sie sicher gewesen wäre, dass sie auch weiterhin zusammenwohnen würden. Immerhin entlockte das *bureau de dame* Luc dann doch eine Reaktion, da er sich bei diesem Ausdruck sofort eine Frau auf allen vieren vorstellte, auf deren Rücken ein Mann Briefe schrieb – eine Vorstellung, die er umwerfend komisch fand.

Luc blieb den Rest des Tages und hörte April zu, wie sie ihm die Feinheiten von Madame de Florians Möbeln erläuterte. Es war geradezu belebend, jemanden zu haben, mit dem man die Details dieses Schatzes teilen konnte. Zwar schaute Luc in regelmäßigen Abständen auf sein Handy und verdrehte die Augen, als April zum siebenundachtzigsten Mal das Wort »exquisit« verwendete, aber das war ihr egal. Jemand hörte ihr zu. Manchmal ist das alles, was ein Mensch braucht.

Chapitre 23

Es kam ihr vor, als wären es Minuten gewesen, doch die Stunden verflogen nur so, nachdem Luc sich auf das Jaguarsofa gesetzt hatte und ab und zu (wenn April nicht gar zu erschrocken zusammenzuckte) sogar auf Marthes Bett herumlungerte. In der Zwischenzeit tanzte April durch das große Schlafzimmer und in die angrenzenden Zimmer, wo sie die Stücke stolz herzeigte, während sie Details in ihrem Notizbuch festhielt.

April versuchte, den Objekten Leben einzuhauchen, kam mit einer Geschichte zu jeder Gravur, jedem Pinselstrich, jeder Vergoldung oder Edelsteinverzierung. Luc konnte ihren Blick ab und zu kurz auffangen, aber heute waren es ihre Augen, die vor Energie nur so funkelten. Es schien ihn glücklich zu machen, das alles zu beobachten.

Als um zehn vor fünf Aprils Telefon klingelte, hatte sie fast vergessen, dass sie überhaupt eins besaß. Mit unerwartetem Feuer (April war kaum jemals der feurige Typ gewesen) spurtete sie quer durchs Zimmer, um ihren BlackBerry aus den Tiefen ihrer Handtasche zu befreien.

»TV3«, stand auf dem Display. Es war ihr Mann, Troy Vogt III.

»Ich … äh …« Sie starrte auf das Telefon. »Ach, ich finde, der kann jetzt ruhig auf die Mailbox sprechen.«

»Bitte ignorieren Sie wegen mir nicht ihr Handy.« Luc stand von dem Sofa auf. Das Jaguarfell war platt gedrückt und feucht an der Stelle, wo er die meiste Zeit des Tages gesessen hatte. »Sie haben Ihr Handy nicht angerührt, seit ich hier bin. Es gibt doch bestimmt Leute, die Sie erreichen wollen.«

»Zu spät.« April tat so, als hätte sie auf die grüne Taste gedrückt. »Ich hab's verpasst. Aber er kann ja noch mal anrufen.«

»Ah.« Luc lächelte. »Er. Ihr Ehemann, nehme ich an?«

April räusperte sich.

»Ja«, sagte sie. »Das ist er.«

»Der berühmte Ehemann, Troy Vogt.«

»Moment – haben Sie etwas von ihm gehört?«

»In der Tat. Le grand m'sieu.«

»Ein hohes Tier? Davon weiß ich nichts.«

»Laut Google ist er einer.«

»Ich bin sicher, ihm selbst gefällt dieser Gedanke auch«, murmelte April.

»Ich bin neugierig«, sagte Luc mit seinem süffisanten Grinsen – er grinste ständig so. »Wie hat eine so hübsche Möbelexpertin le grand m'sieu erobert? Haben Sie sich in denselben Kreisen bewegt?«

»Kaum. Wir haben uns tatsächlich in Paris kennengelernt.«

»In Paris? Quel choc!? Wie groß ist denn die Wahrscheinlichkeit, dass sich zwei Amerikaner in dieser großen Stadt finden?«

»Gar nicht so schlecht, wenn man denselben Flieger zurück in die Staaten nimmt. Gut, also, ich nehme an, ich sehe Sie dann morgen? Oder irgendwann im Laufe der Woche?«

»Nicht so schnell«, sagte er. »Jetzt ist meine Neugier geweckt. Wer hat sich das Herz einer charmanten Expertin für europäische Möbel gesichert? Wie kam das zustande? Hat er Sie angesprochen? Oder umgekehrt? Ach, was frage ich überhaupt – natürlich hat er Sie angesprochen. Was hat er gesagt?«

»›Wie schmeckt der Wein?‹ Sind Sie dann fertig mit Ihren Fragen, Monsieur Thébault? Ich kann auch ein Telefonat mit meinem Mann arrangieren, wenn Sie ihn gerne näher kennenlernen würden.«

»Ah, verstehe. Die gnädige Frau hat die maximale Anzahl von Fragen erreicht. Okey-dokey.«

»›Okey-dokey?‹ Klingt lächerlich, wenn Sie das mit diesem Akzent sagen.«

»Nein. Völlig falsch. Alles klingt besser mit einem französischen Akzent.« Luc streckte ihr die Hand hin. »Keine Sorge, für heute quäl ich Sie nicht weiter. Wir können das Gespräch über le grand m'sieu auf die Zukunft vertagen. Vorerst bedanke ich mich bei Ihnen für Ihre Belehrungen. Es war wirklich ein Vergnügen.«

»Jederzeit wieder, Monsieur Thébault«, sagte April. Sie ergriff seine ausgestreckte Hand und war enttäuscht, dass er diesmal auf die zwei Küsschen verzichten wollte. Vielleicht war sie durch diese ganze Möbelrückerei schon nicht mehr attraktiv genug. Während sie Luc die Hand schüttelte, schnüffelte sie unauffällig an ihrer linken Achselhöhle.

»Und jetzt …«, begann er, während ihre Handfläche immer noch in seiner lag. »Wollen wir essen gehen?«

»Wie bitte?« April zog den Arm zurück und wurde rot.

»Haben Sie schon andere Pläne fürs Abendessen?«

»Abendessen?«

Fragte er sie tatsächlich … konnte es sein, dass er … sie um ein Rendezvous bat? Nein, das war unmöglich. Dieser Mann wollte einfach nur freundlich zu ihr sein, entschied sie. Wenngleich Freundlichkeit nach ihren bisherigen Beobachtungen zu urteilen bei Luc nicht unbedingt ein hervorstechender Charakterzug war.

»Abendessen«, bestätigte er.

»Abendessen?«, wiederholte April. »Also … ein echtes *Abendessen*?«

»Ich glaube, langsam haben wir eindeutig festgestellt, dass ich vom Abendessen rede. Sie müssen doch etwas essen, non?«

April stieß ein nervöses Lachen aus.

»Merci beaucoup. Das ist ein nettes Angebot, aber ich habe noch eine Menge Arbeit vor mir. Aber aufgeschoben heißt ja nicht aufgehoben.«

»Aufgeschoben heißt nicht aufgehoben?«

»Das heißt: nicht heute Abend. Ein andermal.«

»Ich weiß schon, was das heißt«, sagte er mit einem komischen kleinen Lächeln. »Dann gehen wir also ein andermal essen?«

»Ja, ganz bestimmt.«

»Wahrscheinlich sollten Sie sowieso Ihren Ehemann zurückrufen.« Auf einmal war sein Ton richtig kühl. »Sie wollen doch nicht, dass er sich Sorgen macht.«

»Ha!« April lachte. »Ja, Sie haben recht. Sorgen würde er sich zwar nie machen, aber er kann es wahrscheinlich kaum erwarten, mehr über dieses Schlafzimmer zu erfahren. Nächstes Mal dann, Luc. Wir gehen nächstes Mal abendessen.«

Sie wandte sich um, um ins Innere der Wohnung zu gehen, wo tatsächlich Berge von Arbeit auf sie warteten. Bevor sie auch nur das Wort »bureau« zu Ende denken konnte, fühlte April, wie zwei Hände sie fest an den Schultern fassten und wieder umdrehten. Sie starrte genau auf Lucs Leinenhemd.

»Das ist doch keine Art, sich zu verabschieden.« Er ließ ihre Schultern los. »Wenn die gnädige Frau nichts einzuwenden hat …« Luc machte eine tiefe, gewollt komische Verbeugung, »… schlage ich eine etwas weniger formlose Entlassung des verlotterten Anwalts vor, der Ihnen so viel Zeit gestohlen hat.«

»Aber nicht doch«, sprudelte April los und lief in derselben Sekunde rot an. »Sie sind wahrscheinlich die unverlottertste Person, die ich kenne.«

»Sie schmeicheln mir.«

Luc stand auf und beugte sich vor, um ihr einen Kuss auf jede Wange zu geben.

»Bis zum nächsten Mal, Avril«, sagte er und zwinkerte ihr zu.

Während Luc davonschlenderte, stellte April zu ihrer Überraschung fest, dass sie lächelte und ihre Ablehnung seiner Einladung vielleicht sogar ein wenig bereute. Warum hatte sie nicht angenommen? Ihr Vertrauen in Troy mochte auf tönernen Füßen stehen, aber April traute sich selbst. Ein Abendessen mit einem Kollegen war schließlich nicht mehr als eine ganz normale Gelegenheit, um sich professionell auszutauschen. Aber warum hatte sie dann auf einmal diese Schmetterlinge im Bauch? Wovor genau hatte sie eigentlich Angst?

Chapitre 24

Dass sie Luc zurückgewiesen hatte, gab April ein unerwartet leeres und seltsam beraubtes Gefühl. Warum hatte sie Nein gesagt? Und wie sah die Alternative aus? Noch so ein peinlicher Abend, an dem sie sich im Bett mit Burgunder und Vacherin Mont d'Or betrank?

Nicht, dass April die Ereignisse des Vorabends nicht genossen hätte. Ihr Kater und der Blähbauch ließen keinen Zweifel daran, dass noch nicht alles verloren war. Paris war immerhin Paris. Wenn man in Paris ist, isst man nicht im Bett. Man geht raus, man erforscht die Stadt, man kommt zu einer Zeit nach Hause, zu der man normalerweise schon schläft. Normalerweise machte man das in Begleitung, und April hätte die Möglichkeit gehabt, wenn sie nicht so schnell Nein gesagt hätte, wenn sie nicht so hastig den Impuls unterdrückt hätte, den sie in sich spürte.

Fünf Cafés waren in Sichtweite von ihrer Haustür. April suchte sich eines mit einer orangen Markise aus, ohne sichtbaren Namen und mit einer ausgehängten Speisekarte – genauere Angaben hätte sie jemandem, der dieses Café hätte suchen wollen, nicht machen können. April trat kurz nach halb acht durch die Tür, schockierend früh für ein Pariser Abendessen, aber Hunger und Erschöpfung waren eine gute Ausrede für jeden kulinarischen Fauxpas.

Das Café war klein, ein typisches gemütliches Lokal mit zehn Tischen, wie man es in jedem Arrondissement der Stadt finden konnte. April ging zur Begrüßungsdame und bat um einen Tisch für eine Person. Die blickte über ihre linke Schulter und seufzte schwer, obwohl neun der zehn Tische frei waren. April murmelte, dass sie schnell essen würde, und die Dame seufzte noch einmal, griff sich eine Speisekarte und schlurfte zu einem Tisch. April folgte ihr, aber es fühlte sich nicht unbedingt richtig an.

Die Frau setzte April direkt neben die einzigen anderen Gäste, ein älteres Paar, das zwar nicht übermäßig touristenmäßig daherkam, das April aber trotzdem nach einem kurzen Blick auf die Kleidung als Amerikaner identifizierte. Ohne bewusst zu lauschen, erfuhr April, dass sie von der Opéra hierhergedackelt waren und sich dieses Lokal aufgrund der Empfehlung eines mittlerweile verstorbenen Freundes ausgesucht hatten, der vor zwölf Jahren einmal hier gewesen war. Das Paar überlegte gar nicht groß, ob es noch dasselbe Restaurant war oder ein anderes Restaurant am gleichen Ort. So oder so – Patty Perkins fand das Lokal großartig!

Der Kellner brauchte geschlagene zehn Minuten, bis er Aprils Anwesenheit zur Kenntnis nahm. Während sie wartete, zappelte und rutschte April auf ihrem Stuhl herum und versuchte, den Impuls niederzuringen, ihren Nachbarn ein Stück von ihrem Kalbfleisch abzubetteln. Wollten die das denn nicht aufessen?

April warf einen Blick auf ihr Handy, scrollte die Notizen des Tages durch und checkte dann die verpassten Anrufe. Troy war einer davon, doch April war noch nicht bereit, ihn zurückzurufen. Stattdessen zog sie einen Stapel Mappen aus ihrer Tasche und machte sich an die Arbeit.

»Bonjour, Mademoiselle«, sagte der Kellner und gähnte. »Que voulez-vous?«

»Bonjour«, antwortete April mit einem strahlenden Lächeln.

»Que voudriez-vous?«, fragte er erneut.

»Le filet de bœuf.« Rindfleisch. Jawohl. Genau das Richtige. April hatte den Geschmack regelrecht schon auf der Zunge. »A point, s'il vous plaît.«

»Pour commencer?«

»Äh … ja. Oui. Le cassolette d'escargots.«

»Cassolette d'escargots?« Er lachte laut los. Wieso bestellte diese doofe Amerikanerin sich Schnecken? April war kein kulinarisches Weichei. Ja, sie würde Schnecken essen. Sie würde auch Leber und Innereien essen und alles andere, was die Franzosen ihr gerne vorsetzen wollten.

»Oui«, bestätigte April und strahlte noch breiter. »Cassolette d'escargots, s'il vous plaît. Außerdem … und … ähm … Vittel où Évian. Et …« Sie überlegte kurz und fügte dann rasch hinzu: »Et du vin. Den … äh, 2007 Georges Duboeuf Côtes du Rhône. Merci beaucoup.«

»Très bien.« Der Kellner verdrehte ganz leicht die Augen. »Merci.«

Er schnappte ihr die Speisekarte aus der Hand und trollte sich Richtung Küche. April seufzte und musterte den Stapel, der vor ihr lag. Irgendwie waren diese Objekte viel uninteressanter als noch vor ein paar Tagen, als sie Marthe noch nicht kannte. Aber leider war Marthe nicht die einzige Auktion, um die sie sich zu kümmern hatte, und Birdie drängte darauf, dass sie auch die Arbeit für das Büro in den Staaten zu Ende brachte. Paris hin oder her – April musste diese Papiere durcharbeiten, bevor der Arbeitstag in New York vorbei war. Troy würde sie später anrufen.

Während der Kellner am Tisch eine Flasche Georges Duboeuf entkorkte, blätterte April ihre Notizen durch. Sie kritzelte ergänzende Kommentare an den Rand und pingte Birdie Fragen zu weiteren Recherchen. Birdie pingte ihre Suchergebnisse zurück und dazu noch ein paar weitere Details, nach denen April von selbst nie gefragt hätte. Wenn Peter verlangte, dass ihr Büro ein Dutzend Auktionslose ausspucken sollte, dann lief ihr Büro auf Hochtouren. Birdie machte wesentlich mehr Arbeit, als ihr Gehaltszettel und ihr Titel vermuten ließen.

»Tolle Arbeit«, schrieb April. »Wie immer. Du brauchst eine Beförderung.«

»Will keine Beförderung«, antwortete Birdie. »Lieber zweite Reihe. Und wenn wir Mist bauen, fliegst DU raus.«

April lächelte. Sie versuchte, sich eine witzige Antwort auszudenken, als die nächste SMS eintraf. Und zwar nicht von Birdie. April hätte um ein Haar ihr Telefon in die Schnecken fallen lassen.

»Hey«, stand da. »Hast du kurz Zeit?«

»Hey?«, rief April laut aus. »*Hey?*«

Ihre Nachbarn waren gerade dabei, sich aus ihrem engen Platz herauszuwinden. Sie hielten inne und überlegten, ob diese einsame, verlassene Frau gerade versuchte, sie in ein Gespräch zu verwickeln, überlegten, ob sie sich langsam davonstehlen sollten oder besser im Zickzack laufen, wie wenn man sich vor einem Alligatorangriff in Sicherheit bringen will. Sie waren aus Florida, wie April mitbekommen hatte, und daher wahrscheinlich vertraut mit Situationen, in denen man großen, potenziell gefährlichen Lebewesen aus dem Weg gehen musste.

»Nicht Sie«, sagte April zu dem Paar und deutete auf ihren BlackBerry: »Ich hab mit meinem Telefon geredet.«

Die Touristen aus Florida lächelten dünn und verließen im Eiltempo das Restaurant.

Hey.

Blöder Troy.

Wen redete man eigentlich mit *Hey* an? Ganz bestimmt nicht die Ehefrau, egal ob man sich schon halb entfremdet hatte oder nicht. »Hey« war nicht der angemessene Gruß für die Person, der man geschworen hatte, sie zu lieben, bis dass der Tod (oder irgendwelche Umweltschützerinnen) einen scheidet. Hey. Der konnte sich sein *Hey* mal so richtig wohin schieben.

»Selber hey«, tippte sie und glühte dabei vor Wut.

»Gut, du bist also da«, schrieb er schnell zurück. Er schrieb jedes Wort aus und benutzte keine Abkürzungen, aber es klang trotzdem schnippisch. »Hast du kurz Zeit?«

April hatte keine Zeit, nicht mal kurz.

»Ich bin im Restaurant«, schrieb sie zurück. Dann hielt sie inne. Sie blickte auf und sah, wie der Kellner mit einem Teller in der Hand auf sie zukam. Obwohl das *bœuf* klein war, nicht größer als ein Schächtelchen Büroklammern, konnte April das Fleisch schon aus mehreren Metern Abstand riechen. Ihr Telefon vibrierte ein paarmal, aber sie schaute nicht mehr darauf. Der Kellner stellte den Teller vor sie hin und sagte feixend: »Bon appétit!«

»Kann jetzt nicht«, tippte sie. »Ruf dich später an.«

April warf das Telefon in ihre Tasche und machte sich ohne Punkt und Komma über das Filet her. Der Käse, den sie am Vorabend im Bett gegessen hatte, war gar nicht mal schlecht gewesen, aber das hier – so etwas war die Reise nach Paris wert. Außen angebraten, innen perfekt dunkelrosa: Sie brauchte kaum ein Messer, um es zu schneiden. Sie musste einfach bloß kauen. Dieses Fleisch war so gut, dass April es jederzeit als Dessert hätte durchgehen lassen. Wieso gehörten Fleisch und Schokolade eigentlich nicht zur gleichen Gruppe von Lebensmitteln? Sie waren mindestens Cousins ersten Grades.

April war so in ihre kleine fleischige Welt versunken, dass sie es kaum bemerkte, als es neun Uhr wurde und dann auf halb zehn zuging. Jetzt kamen langsam aber sicher die Gästescharen, Leute, die die Begrüßungsdame kannten, die den Besitzer kannten. Um 21 Uhr 37 warf ihr der Kellner die Rechnung auf den Tisch, ohne zu fragen, ob sie gerne noch ein Dessert hätte. April hatte die Gastfreundschaft hiermit offiziell überstrapaziert.

Nachdem sie auf der Rechnung unterschrieben hatte und wie immer nicht wusste, wie viel Trinkgeld man in Europa nun eigentlich geben sollte, sammelte sie ihre Siebensachen zusammen und trat in den frischen Frühlingsabend hinaus. Dies war die magische Stunde in dieser Stadt. Die Straßenlaternen flackerten. Der Himmel über ihr war violett. Pärchen bummelten Arm in Arm dahin.

April hatte zwar niemanden zum Unterhaken, aber sie merkte, wie sie lächeln musste. Obwohl ihre Ehe in schwierigem Fahrwasser war. Obwohl sie immer ein bisschen das Gefühl hatte, als wäre ihr Job nicht ganz sicher, ganz egal, ob es stimmte oder nicht. Und natürlich war da auch noch ihre Familie in Kalifornien, die so dauerhaft in einer heiklen Situation schwebte, dass es fast schon wieder sinnlos war, sich Sorgen zu machen. Ungeachtet all dessen hätte April am liebsten losgeheult, weil sie sich so glücklich fühlte. Sie war hier. Wieder in Paris. Für eine Sekunde konnte sie sich einreden, sie wäre nie weg gewesen.

Chapitre 25

Als sie die Stufen zu ihrer Wohnung im dritten Stock hinaufstieg, immer noch betrunken von der Stadt und wahrscheinlich auch ein wenig von Essen und Wein, klingelte Aprils Telefon erneut. Troy, ganz sicher. Sie hatte ihm versprochen, ihn nach dem Essen zurückzurufen, hatte sich aber nicht genauer überlegt, wann oder wie oder was sie auf seine Nachricht antworten sollte.

Hey. Das war wohl kaum das Schlimmste, was ein Mann seiner Frau schreiben konnte, aber es kratzte sie trotzdem. War zwischen ihnen wirklich nur noch so wenig übrig? Oder war da zu viel – zu viele Dinge, mit denen der eine den anderen auf die Palme bringen konnte? War »hey« ihr neuer Mittelweg? April nahm das Gespräch an, gleichermaßen befeuert vom Wein und von ihrer Wut.

»Allo?«, sagte sie und knirschte im Stillen mit den Zähnen. »Troy, hör zu, es tut mir leid, dass ich nicht …«

»Hier ist nicht Troy!«, flötete eine Stimme. »Viel besser als dein langweiliger Ehemann! Ich bin's!«

»Oh. Hallo.«

April lächelte, während sie ihre Wohnungstür aufschloss. Es war Chelsea, ihre ältere Stieftochter, mit dem blonden Haar und den blauen Augen und der sommersprossigen Nase. Obwohl Chelsea inzwischen sechzehn war und ihre Sommersprossen mit großzügig bemessenen Mengen von Make-up zukleisterte, sah April in ihr immer noch das siebenjährige Mädchen, als das sie sie damals kennengelernt hatte. Abgesehen von ein paar sehr gewichtigen Gründen, die sie immer davon abgehalten hatten, selbst Kinder zu bekommen, hatte April sich auch immer die Frage stellen müssen, ob eine zweite Serie von Troy'schem Nachwuchs jemals mit der ersten konkurrieren könnte. Denn dann hätten sie mit der Hälfte des Genpools auskommen müssen, und es kam ihr undenkbar vor, dass von April geschaffene Kinder mehr sein könnten als ein lächerlich dünner Aufguss von Chloe und Chelsea.

»Ich hab nicht aufs Display geguckt«, erklärte April und zog die Tür hinter sich ins Schloss. »Wie geht's dir? Was läuft in New York?«

»Du guckst nie aufs Display. Und überhaupt – New York? Bitte! Warum reden wir eigentlich von irgendwelchen abgelegenen Außenposten in der Provinz, wenn du in Frankreich bist? Willst du's mir so richtig reinreiben?«

»Du bist wirklich dazu geboren, in Paris zu leben, oder? Provinziell.« April schnaubte. »Ich stimme dir da zwar nicht zu, aber, wie ich deinem Vater schon gesagt habe: Wenn die Schule vorbei ist, kannst du jederzeit deinen abgelegenen Außenposten in der Provinz verlassen und mich besuchen. Ich würde mich wahnsinnig freuen, wenn du kämst.«

»Glaub mir, seit Papa es zum ersten Mal erwähnt hat, hab ich es auf tausend verschiedene Arten probiert. Aber da müsste man erst noch *Su-saaaa-nah* überzeugen.« Chelsea zog den Vornamen ihrer

Mutter in die Länge. »Und sie will nichts davon wissen. ›Nicht ohne Aufsicht, mein Fräulein!‹, so sieht's aus.«

April schüttelte den Kopf, schleuderte ihre High Heels von den Füßen und warf ihre Tasche aufs Sofa.

»Ich bin ziemlich sicher, ich könnte die Anforderungen an eine Aufsichtsperson erfüllen«, sagte sie, während sie durch die Wohnung ging. Erst streckte sie die Hand zum Lichtschalter aus, aber dann zog sie sie zurück. Die Lichter der Stadt, die durch die Fensterwand hereinblitzten, beleuchteten die Wohnung ausreichend. »Aber wenn sich deine Mutter mit dem Arrangement nicht wohlfühlt – tja, dann kann ich auch nicht viel ausrichten.«

April wusste, worum es hier ging: Die Frau hat doch nie Kinder gehabt! Wie oft hatte Susannah das gesagt, April ins Gesicht oder hinter ihrem Rücken? Weniger anmutiger Genpool hin oder her – manchmal hätte April allein deswegen Lust gehabt, sich fortzupflanzen, um zu beweisen, dass Susannah auch nicht so besonders war. Jeden Tag bekamen Leute Kinder, und darunter waren Heiligenscheinmütter ebenso wie Meth-Junkies. Der Exfrau das Maul zu stopfen war vielleicht nicht das beste Motiv, ein menschliches Wesen zu schaffen, aber manchmal hätte sie schon in Versuchung kommen können.

»Kannst du nicht mal mit ihr reden?«, bettelte Chelsea. »Oder mit Papa?«

»Ich werd's versuchen, aber ...«

»Du verstehst das nicht! Nicht nur, dass sie mich nicht nach Paris lässt – es ist noch viel schlimmer: Sie nimmt uns mit in Armands Scheißwüstenland, fast den ganzen Sommer. Das alte Mädchen wird uns am Ende noch zu einer arrangierten Ehe verdonnern oder so. Und Armand wird verlangen, dass wir Burkas tragen.«

»Im Ernst? Das hat er vor?«

»Ich nehme es an.« Ein tiefer Seufzer. »Ach, egal. Vergiss es. Susannah wird auf keinen Fall nachgeben.«

»Na ja, ich werd noch mal mit deinem Vater reden«, versprach April. »Letzter verzweifelter Versuch.«

»Na, viel Glück auch. Er ist wahrscheinlich der letzte Mensch auf Erden, der Susannah zu irgendetwas überreden könnte.«

»Vielleicht können wir es ja irgendwie anders verpacken. Nicht als Urlaub. Sondern eher als was Sinnvolles. Mit deinem Einser in Kunstgeschichte … du hast doch noch immer einen Einser, oder?«

»Klar! Dass du das überhaupt fragst!«

»Kunstgeschichte würde doch gut zu einem Praktikum in meinem Büro während deiner Frühjahrsferien passen. Vielleicht können wir deine Mutter davon überzeugen, dass das zu deiner Ausbildung gehört. Sie scheint dein Interesse da ja sehr zu unterstützen.« Was mich weiß Gott überrascht, fügte April in Gedanken hinzu, sprach es aber nicht laut aus. »Ich kann es vielleicht sogar so einrichten, dass du an der Sorbonne ein, zwei Kurse besuchen kannst.«

»Oh Gott!«, heulte Chelsea auf. »Das ist einfach gemein! Ich fang gleich an zu flennen! Ach, bitte, sprich mit ihr. Aber du kennst sie ja auch: Susannah lässt sich von einem einmal gefassten Entschluss nicht mehr abbringen. Egal, worum es geht.«

»Nein«, pflichtete April ihr bei. »Da hast du leider recht.«

April hätte es auch schön gefunden, wenn Chelsea gekommen wäre, aber nicht so sehr, dass sie mit Susannah deswegen einen Streit angefangen hätte, nicht so sehr, dass sie sich die nächsten zehn Jahre die Klagen von Troys Ex anhören wollte, wie ein gemeines kinderloses Partygirl die Urlaubsreise ihrer Familie in den Mittleren Osten kaputt gemacht hatte.

»Und, was gibt's sonst noch so?«, fragte April, die das Gespräch unbedingt vom Thema Susannah weglenken wollte. Als Chelsea und Chloe von Kindern zu Teenagern wurden, hatte April sich vorgenommen, eine enge Verbindung zu den Mädchen aufrechtzuerhalten, ohne Susannahs entnervende Eigenschaften als verbindende Gemeinsamkeit zu benutzen. Wie bei jedem Ziel, das diesen Namen verdient, fühlte sich dieser Vorsatz manchmal unerreichbar an.

»Was es sonst noch so gibt?«, wiederholte Chelsea. Noch ein Seufzer, diesmal gelangweilt, nicht verzweifelt. »Ach, nichts Besonderes.«

Du hast mich angerufen, Mädchen, hätte April am liebsten gesagt.

»Ähm, okay. Hast du aus einem bestimmten Grund angerufen oder bloß zum Plaudern?«

April blieb auf der Schwelle zu ihrem Schlafzimmer stehen und zog ihre Kleider aus. Dieses Zimmer hatte zwar keine große Fensterfront, aber es gab trotzdem ein Fenster, und sie war immer noch nackt und stand im Gegenlicht. April überlegte, was die Leute von draußen sehen würden, doch während sie so dastand, stellte sie fest, dass ihr das herzlich egal war. Im neunten Arrondissement war es okay, ein bisschen nackt zu sein.

»Na ja, beides«, meinte Chelsea. »Aber in erster Linie hab ich aus einem bestimmten Grund angerufen. Aus drei Gründen, für den Fall, dass du sie gern hören würdest.«

»Bien sûr!«, rief April erleichtert. Sie war fast schon seekrank von Chelseas Stimmungsschwankungen. »Verrat sie mir.«

»Okay, erstens hab ich die Bilder bekommen, die du mir geschickt hast. Mann, also, dieses Portrait …« Chelseas Stimme gewann ihre gewohnte Schnattergeschwindigkeit wieder. Puh, die dramatischen Umschwünge bei diesen Jugendlichen … April versuchte sich zu erinnern, ob sie als Sechzehnjährige auch so chaotisch gewesen war. »Marthe de Florian war wirklich eine schöne Frau.«

»Ich weiß.« Aprils Lächeln kam aus ihrem tiefsten Inneren. »Auch wenn sie ›Mart‹ ausgesprochen wird.«

»Mart. Interessant. Wie auch immer – das Gemälde ist einfach der Hammer.«

»Der Maler war ein Meister seines Fachs«, stimmte April zu.

»Ich hab von Boldini gehört, aber nur so am Rande. Ich wollte in meiner vorlesungsfreien Zeit ins Metropolitan Museum gehen, aber die haben nichts von ihm. Voll blöd.«

»Die meisten seiner Bilder befinden sich in Privatsammlungen.«

»Das hab ich mir schon gedacht. Mist. Du, ich muss gleich aufhören, man ruft nach mir. Okay, zweite Frage: Ich muss es wissen: In welches Museum bist du als Erstes gelaufen, als du in Paris warst? Erzähl mir alle pikanten Einzelheiten. Aber im Schnelldurchlauf, weil ich wirklich gleich aufhören muss …«

»Tja, das ist einfach«, sagte April. »Weil ich bis jetzt nur in Marthe de Florians Wohnung gewesen bin, die ehrlich gesagt so ziemlich das tollste Museum ist, in das ich jemals meinen Fuß gesetzt habe.«

»Oh Mann, ich fass es nicht. Du bist da in Paris und schaust dir jeden Tag von morgens bis abends diese tollen Stücke an, und ich muss in meinen Sommerferien in den Scheiß-Gazastreifen fahren.«

April kicherte unterdrückt.

»Oh Mann«, wiederholte Chelsea. »Okay, dritter und letzter Grund, warum ich dich angerufen habe: Du musst für mich unbedingt nach einer Handtasche gucken.«

»Aha.« Jetzt musste April doch grinsen. »Jetzt ist es also raus. Irgendwie bezweifle ich ja, ob dir wirklich so viel an Museen liegt.«

»Doch! Wirklich!«, zwitscherte Chelsea. »Ich schwör's!«

»Aha. Na, dann mal raus mit der Sprache: Was für eine Handtasche?«

»Na ja, ehrlich gesagt wären es gleich mehrere Handtaschen. Erstens Goyard.«

»Wie buchstabiert man das?«, fragte April.

»Wie? Du hast noch nie von Goyard gehört? Maaaann, du kommst echt zu wenig raus! Aber keine Sorge, ich hab die Adresse schon rausgesucht. Das ist 233 Rue Saint-Honoré. Kennst du die?«

»Ja.«

April trat an den Schreibtisch und nahm einen Stift. Goy-yar. Oder hieß es tatsächlich Goyard und Chelsea hatte es zufällig richtig ausgesprochen? April hatte mit beiden Mädchen Französisch geübt, aber es war wie mit allem, was man Teenagern erzählte: Man konnte nie wissen, was davon wirklich hängen blieb.

»Das schreibt sich G-O-Y …?«, begann sie.

»Also: Als Erstes hätte ich gern den Croisière-Weekender. Und irgendwie 'ne coole Farbe, aber auch nicht zu ausgeflippt. Nichts, was man in New York sehen würde. Und ganz bestimmt nichts, was du schon mal als Billigkopie gesehen hättest.«

»Ich weiß ja nicht, ob ich unbedingt die Person bin, die beurteilen kann, was man in New York so sieht. Ich würde dich ungern blamieren, indem ich dir eine Tausend-Dollar-Handtasche kaufe, die vielleicht schon jemand anderes hat, oder eine, die – Gott bewahre – schon kopiert worden ist.«

»Tausend Dollar!«, lachte Chelsea. »Oh Mann, du bist echt herrlich! Die kostet doch keine tausend Dollar!«

Wahrscheinlich lachte sie nicht, weil der Preis zu niedrig angesetzt war, befürchtete April.

»Dann möchte ich noch das Beautycase von Sardaigne aus goldenem Leder. Das aus diesem Goyardine-Material, du weißt schon.«

»Nein. Weiß ich nicht.«

»Ach, das siehst du dann schon. Und ich hätte gern auf beiden meine Initialen. In der Farbe, die am besten aussieht. Entscheid du. Und wenn du Zeit hast, auch noch bei Moreau reinzuschauen, hätte ich furchtbar, furchtbar, *furchtbar* gerne noch die Diligence Pochette. In einer knalligen Farbe, türkis vielleicht. Ich meine, es ist schließlich eine Pochette, mit der soll man sich ja auch amüsieren, oder?«

Es klang zwar ganz harmlos, aber April wusste aus Erfahrung, dass eine »Pochette«, die Chelsea sich wünschte, jederzeit bis zu dreitausend Dollar kosten konnte.

»Ich glaube, ich kann mir das nicht alles auf einmal merken«, sagte April, die mit ihren Notizen irgendwo bei »Weekender« aus dem Konzept gekommen war.

»Ich sims es dir noch mal ganz genau.«

»Kannst du nicht einfach eine Louis Vuitton oder so was nehmen?«

»Louis Vuitton?« Chelsea machte ein Würgegeräusch. »Das ist doch total fantasielos, April.«

»Siehst du? Du schickst wirklich die Falsche zum Handtaschenkaufen.«

»Hmm«, machte Chelsea. »Stimmt schon. Du hast zwar einen klassischen Geschmack, aber manchmal tendierst du eher zum Zweckmäßigen.«

»Danke für das Kompliment. Deswegen musst du ja auch mitkommen. Wir könnten das ganze Wochenende in den Galeries Lafayette verbringen – die würden dir gefallen.«

»Die Galeries? Das ist doch voll die Touristenfalle. Ich würde auf jeden Fall ins L'Éclaireur gehen.«

April lachte.

»Du weißt viel zu viel über Shopping in Paris für jemanden, der noch nie hier gewesen ist.«

»Ja, oder? Meine Fähigkeiten sind hier total verschwendet. Scheiß-Susannah. Apropos – erzähl ihr das bloß nicht, die rastet sonst total aus – aber Chloe hatte ihr erstes Date.«

»Im Ernst?« In Aprils Kopf: ein Mädchen von sechs Jahren, nicht fünfzehn. Aufgeschürfte Knie. Strähnige Haare. Wie krank musste ein Typ sein, der sich für ein kleines Mädchen interessierte? Die Antwort lautete: Natürlich würde sich jeder Teenager für Chloe interessieren, denn auch wenn Chelseas Schönheit augenfälliger war, waren beide Mädchen so hübsch wie ihre Eltern. »Ich weiß nicht, warum mich das so überrascht.«

»Wahrscheinlich, weil du genau wie ich gedacht hast, dass sie lesbisch ist.«

»Chelsea! So was hab ich nie gedacht!«

»Auf jeden Fall hab ich sie voll gedeckt, weil ich die supertolle große Schwester bin, denn Susannah sagt immer: *Keine Dates vor sechzehn!* Dazu bitte noch den erhobenen Zeigefinger vorstellen.

Aber keine Sorge, das war alles total unschuldig. Ich mein, ich würde Chelsea nie irgendwelche Dinger machen lassen. Ich pass schon auf sie auf.«

»Ganz bestimmt.« April musste an die Male denken, bei denen Chelsea ihre Schwester als Alibi für ihre eigenen (mutmaßlichen) Kapriolen missbraucht hatte.

»Ich hab ihn kennengelernt«, fuhr Chelsea fort. »Er ist okay … auf eine trottelige Art irgendwie süß. Er geht auf die Poly Prep School. In Brooklyn. Und er macht so Performance-Kunst. Oder was weiß ich. Irgendwie süß, aber auch ätzend. Und – oh Scheiße, bleib mal kurz dran.«

April wartete, während sie schlurfende Schritte hörte und dann, wie eine Hand auf die Sprechmuschel gelegt wurde, was allerdings nicht viel verbarg.

»Hal-loooo?«, sagte Chelsea gedehnt. »Warum platzt du einfach so in mein Zimmer? Das darfst du nicht. Du musst mir meine Privatsphäre lassen, ich bin nämlich ein verunsicherter Teenager, der sich in der Welt zurechtfinden muss. Oder ich könnte gerade eine Schachtel Tampons in der Hand haben oder so was. Hörst du denn überhaupt nicht zu, wenn Susannah dir was erklärt? No bueno, Padre, no bueno.«

»Padre?« April wurde ganz flau im Magen. Sie hatte nicht erwartet, dass Chelsea bei Troy war, obwohl ihr nicht wirklich klar war, welcher Tag heute war und was in ihrer Abwesenheit in New York passierte.

Während sie dem Hickhack zwischen Vater und Tochter lauschte, schwebte ihr Finger schon über der Aus-Taste. Vielleicht sollte sie einfach auflegen. Vielleicht wäre es für alle leichter, wenn sie an dieser Stelle Schluss machte, bevor jemand verletzt wurde oder Ärger bekam oder von Troy angeschrien wurde.

Sie kniff die Augen zu und schob ihren Finger noch näher an die rote Taste. Es wäre eine Erleichterung, dachte sie, wenn sie jetzt auflegte. Und ihn einfach so in der Luft hängen ließ, während er sich fragte, warum sie nie zurückrief.

Chapitre 26

»Mit wem sprichst du denn da?«, wollte Troy wissen.

Sie hatte nicht aufgelegt. Trotz all ihrer Qualen und Ängste blieb April dran. Vielleicht weil sie an Susannah dachte und dabei entdeckte, dass sie irgendwo in ihrem Herzen einen Platz für diese schöne, hochglanzpolierte, scharfzüngige Frau hatte. Denn sie war auch einmal an Aprils Stelle gewesen, nicht in genau derselben Konstellation, aber wahrscheinlich saß sie auch irgendwo und überlegte, wie lange sie noch auf Troy warten wollte.

»Das geht dich überhaupt nichts an«, wehrte Chelsea ab.

»Du kannst jetzt langsam mal wieder auflegen. Die ganze Zeit hör ich dich schon kichern und fluchen hier drin. Du solltest deine Hausaufgaben machen. Mannometer, Chelsea, wie willst du es eigentlich ins College schaffen? Mit deinem Charme und deinem guten Aussehen? So funktioniert das nicht. Und ich werde keine Fäden ziehen. Ganz bestimmt nicht!«

»Mann, Papa, reg dich ab. Ich hab bloß mit April geredet.«

»Mit April?«

Sie bekam eine Gänsehaut am Arm.

»Und danke für das Vertrauen, das du in mich setzt, wirklich.«

Ein raschelndes Geräusch, dann hörte man, wie jemand das Telefon in die Hand nahm.

»April.« Er klang wirklich verstimmt. April erwartete einen Moment fast, dass er das Telefon einfach ausschaltete, und sie verfluchte sich, dass sie es nicht schon selbst gemacht hatte. »Okay, und du gehst jetzt deine Physik-Hausaufgaben machen.«

»Ja, ja, schon gut. Tschüss, April!«, rief sie. »Ich sims dir dann wegen den Taschen.«

»Tschüss, Chels«, flüsterte April, und sie spürte einen leisen Stich. Wenn es zur Scheidung kommen würde, was hatte April dann für Ansprüche auf die Mädchen? Hatte sie überhaupt eine

Chance, wenn sie ein Besuchsrecht forderte? April fragte sich, wann sie sie wiedersehen würde. Ob sie sie überhaupt sehen würde.

»Du warst beim Abendessen, oder?« Jetzt war Troy am Telefon. Kein Gruß, nicht mal ein »hey«. »Bist du deswegen nicht rangegangen?«

»Äh … ja.« April rülpste leise. In der Kehle hatte sie immer noch einen Nachgeschmack von Steak und Côtes du Rhône.

»Das war aber ein langes Abendessen. Könntest du nächstes Mal vielleicht ein bisschen prompter zurückrufen?«

»Tut mir leid. Ich wusste nicht, dass es was Wichtiges ist.«

»Ich wusste nicht, dass ich bei dir nicht unter ›wichtig‹ laufe.«

»So hatte ich das nicht gemeint.«

»Und, wie war dein Abendessen?« Seine Stimme klang komisch, viel zu hoch, brüchig und ungleichmäßig. »Ich dachte, die großen Dinner sind immer erst kurz vor der Auktion.«

»Das war kein *Dinner* in dem Sinn. Ich hab nur zu Abend gegessen. In einem Bistro hier um die Ecke.«

»Aha. Mit wem?«

Sie hörte, wie er einen Reißverschluss zuzog. Wollte er noch irgendwohin?

Moment mal. Wieso war er überhaupt zu Hause? In New York war jetzt später Nachmittag. Normalerweise kam er nicht vor neun Uhr nach Hause, es sei denn, er musste noch irgendwo anders hin.

»Bleib mal kurz dran«, sagte April. »Wieso bist du eigentlich zu Hause? Und hör ich da Gepäck? Willst du verreisen?«

»Ja, deswegen hab ich ja versucht, dich zu erreichen. Ich muss nach London, einen Deal abschließen. Gestern war das Ding noch gestorben, aber heute ist alles wieder anders. Ich dachte, der Arsch kneift in letzter Minute, aber wie es aussieht, zieht er es jetzt doch durch. Legt euch nicht mit Troy Vogt an, ihr Arschlöcher. Ich hab Zeit, ich kann warten.«

»Einen Deal abschließen? In London?«

Das kam unerwartet, andererseits auch wieder nicht. Wenn am anderen Ende der Welt irgendwo ein Deal abgeschlossen wurde, reiste Troy an, um die letzten Papiere zu unterzeichnen und am obligatorischen Dinner teilzunehmen. Stanhope hatte schon eine ganze Weile keinen Abschluss mehr gemacht, drei Monate, um genau zu sein, also waren das im Grunde gute Neuigkeiten. Im Grunde.

April wusste nicht mehr, wie viele Abschlüsse es in den sieben Jahren ihrer Ehe gegeben hatte, oder während der neun Jahre, die sie insgesamt schon zusammen waren. Sie wusste nur, dass Troy beim letzten Abschluss nach Singapur gereist war. Und in Singapur war er mit einer anderen ins Bett gegangen.

»Ja«, sagte Troy. »Wir schließen einen Deal ab. Wir erwerben neunzig Prozent eines Herstellers von Kugellagern. Ich glaub, ich hab dir sogar davon erzählt.«

»Okay.« April schwieg ein paar Sekunden. »Und das erzählst du mir, weil …?«

»Na ja, ich dachte mir, man muss seiner Frau Bescheid geben, bevor man das Land verlässt. Die meisten Frauen stehen auf so was.«

Wollte er jetzt eigentlich unhöflich oder lustig sein? Manchmal war es schwierig, den Unterschied zu erkennen.

»Nur nach London, oder musst du dann noch weiter?«, erkundigte sie sich.

April hatte dem Schreibtisch und ihren hastig hingeworfenen Notizen zu Goy-was-auch-immer den Rücken zugekehrt und war ans Fenster getreten. Sie stand in ihrer lila Boxershorts mit Spitze und einem Unterhemd da und beobachtete die Leute auf der Straße. Die Freunde, die Paare, die Liebespärchen – immer waren sie zu zweit. April musste an ihren Mann denken, der morgen in London sein würde – nur eine Zugfahrt entfernt. Warum treffen wir uns nicht zum Abendessen?, könnte er fragen. Ein romantisches Rendezvous in Europa. Aber er würde es nicht sagen. Und sie würde ihn nicht darum bitten.

»London ist nicht weit weg von Paris«, sagte April ausdruckslos. Sie versuchte, jedes bisschen Hoffnung aus ihrer Stimme zu nehmen.

Er musste den ersten Schritt machen. Das war kein Test oder Spiel, aber April konnte nicht in dieser Ehe ausharren, wenn nicht ein klein wenig Begehren, Lust und/oder altmodisches Werben von seiner Seite da war. Und wenn sie ein Treffen vorschlug, würde sie nie erfahren, ob er aus Mitleid oder Schuldgefühlen heraus Ja gesagt hatte. Troy musste ihr schon zeigen, was sie ihm bedeutete.

Um ehrlich zu sein – April konnte sich gar nicht recht erinnern, ob der alte Troy nach Frankreich gekommen wäre, um sie zu treffen, oder ob er einfach abgewartet hätte, bis sie beide wieder in New York waren. In den letzten paar Monaten war es nicht ganz leicht gewesen, die Person, in die April sich verliebt hatte, von der Person zu trennen, als die sie sich ihren Mann wünschte – und beides waren unmögliche Maßstäbe. So ungerecht es war, aber es war leider immer noch furchtbar leicht, Troy als den bösen, herzlosen Betrüger zu sehen und nicht als normalen Menschen, der seine Schwächen hatte und auch mal einen Fehler machen konnte.

»Hm«, sagte er. »Da hast du wohl recht. Dann müssen wir uns immerhin keine Gedanken mehr machen, in welcher Zeitzone der andere gerade ist.««

»Ja. Schon praktisch mit den Zeitzonen.« April atmete aus. »Na ja. Also dann, viel Spaß.«

»Möchtest du nicht, dass ich da hinfahre? Ist das das Problem?«

»Warum sollte ich? Ist echt kein Problem.«

»Na ja, ich bin nicht mehr über Nacht von zu Hause weg gewesen, seit ich …«

»Ja, ich weiß«, fiel April ihm gereizt ins Wort. »Und ich hab kein Problem damit.«

Hatte sie wirklich kein Problem damit? Ja, nein, nicht so wirklich. Hatte sie denn überhaupt eine Wahl? April konnte ihm schlecht sagen, dass er die Reise absagen sollte. Es gab eine Abmachung, eine unausgesprochene zwar, aber eben doch eine Abmachung. Man konnte jemanden nicht immer weiter für dasselbe Verbrechen bestrafen, auch wenn man es furchtbar gerne tun würde. Sie musste irgendwann einmal entscheiden, ob sie damit leben konnte oder nicht.

»Um die ganze Wahrheit zu sagen«, fuhr er fort, und er klang dabei wie der allerbeste oder allerschlechteste Mann für Vertragsabschlüsse, je nachdem, auf welcher Seite des Verhandlungstisches man saß. »Du solltest wissen, dass Willow Weintraub mitkommt. Sie hat an diesem Deal ebenfalls mitgearbeitet.«

April antwortete nicht. Troy seufzte.

»Keine Reaktion?«, fragte er. »Möchtest du mir nichts sagen?«

»Nein. Nicht wirklich. Außer, dass es nett wäre, wenn du es dieses Mal vermeiden könntest, mit ihr ins Bett zu gehen.«

»April, das ist nicht fair.«

»Stimmt. Aber, hey, ich freu mich echt, dass sie dich begleitet. Ich bin sicher, dass ihre Anwesenheit beim Dinner unumgänglich ist.«

»Das gehört alles noch zu ihrem laufenden Auftrag, und sie gehört zum Team, ob es dir nun gefällt oder nicht. Ich hätte ihr sonst vorgeschlagen, dass sie nicht kommt und sich eine andere Arbeit sucht, aber dann hätte ich ihren Vertrag kündigen müssen, und da hätte ich meinen Partnern und den Portfolio-Firmen, die mit ihr zusammenarbeiten, einiges an Erklärungen geschuldet. Außerdem hätte man mich deswegen auch noch verklagen können. So viel dazu.«

»Vergiss es«, sagte April. »Ist schon okay.«

»Ich werde dich nie wieder betrügen. Ich weiß nicht, wie oft ich das noch sagen muss.«

»In der Tat möchte ich die Worte ›nie wieder‹ überhaupt nicht mehr von dir hören.« April trat vom Fenster zurück und ging ins Badezimmer. Ihr war bewusst, dass man sie von der Straße aus komplett sehen konnte. Der Gedanke gefiel ihr, es war fast so, als würde sie Troy bestrafen. Andere Leute dürfen mich auch ohne Kleider sehen! Doch das wäre Troy natürlich völlig egal.

»Nach dem Motto: Taten zählen mehr als Worte«, sagte er.

»Ganz genau.« April hielt ihre Zahnbürste unter den Hahn. »Leute haben Geschäftsessen. Mit Vertretern des anderen Geschlechts. Auch mit attraktiven. Ich hab schon verstanden.«

Wenn April erwähnen wollte, dass sie mit Luc einen Wein trinken war, wäre jetzt der rechte Augenblick. Einen Moment war sie kurz davor, aber was gab es da schon zu sagen? Sie wollte nicht gehässig sein, und wenn sie ehrlich mit sich war, musste sie sich eingestehen, dass es ihr eine gewisse Genugtuung bereitete, die Sache für sich zu behalten. Andererseits war es gut möglich, dass Troy einmal genau dasselbe über Willow gedacht hatte.

»Okay«, sagte Troy zögerlich. »Ja, dann … Gut.«

»Gut.«

»Gut.«

April war nicht sicher, was sie gern von ihm gehört hätte, aber »gut« (Ende des Satzes, Punkt) war es sicher nicht.

»Ich hab nachgedacht.« Troys Stimme klang weit weg und blechern. April hielt das Telefon vom Mund weg und begann ihre Zähne zu bürsten. »Vielleicht sollten wir in eine Therapie gehen, wenn du wieder da bist.«

April spuckte ins Waschbecken.

»Du weiß, was ich von Therapien halte«, sagte sie.

»Aber es kann doch auch nicht schaden, oder?«

»Wirklich nicht?«

»Ich weiß nicht, warum du so sicher bist, dass dein Vater nicht von seinem Therapeuten profitiert. Es hat lange gedauert …«

»Das ist die Untertreibung des Jahres!«

»Aber er hat eine ganz neue Perspektive auf diese ganze Sache mit deiner Mutter gewonnen.«

»Erstens möchte ich gar nicht erst nachfragen, wie es kommt, dass du über die Perspektiven meines Vaters Bescheid weißt, seien es nun neue oder alte«, erwiderte April. »Zweitens, bring nicht meine Mutter aufs Tapet, wenn wir gerade mitten in einem Streit sind, okay? Das kann nur schlecht für dich ausgehen.«

»Wovor hast du eigentlich solche Angst?«, fragte Troy. Immer musste er bohren, immer in dieser schmerzenden Wunde herumstochern. »Du hast in deinem Leben so viel durchgemacht. Diese ganze Sache mit deiner Mutter – das ist wirklich heftig. Es gibt Leute, die gehen wegen wesentlich harmloserer Dinge in Therapie. Warum ist dir der Gedanke so zuwider?«

»Weil Therapie nicht funktioniert, und ich brauche keine. Wir werden das überstehen. So oder so – wir werden es überstehen.«

Mit anderen Worten: Aprils Leben mochte in Scherben liegen, aber sie würde nicht an gebrochenem Herzen sterben. Das war körperlich unmöglich. Ihr Vater war der lebende Beweis.

April ging ins Schlafzimmer. Sie schlug den Bettüberwurf zurück und schlüpfte unter die Decke. Zitternd warf sie einen Blick auf die Uhr, einen Blick auf die Lampe, einen Blick auf die kleinen Pilling-Kügelchen auf der Decke. Troy sagte nichts. Sie konnte ihn nicht mal atmen hören.

»Es hört sich so an, als würdest du gleich aus dem Haus gehen«, sagte April. Im Hintergrund hörte sie einen Drucker ächzen. Sie hörte das Klacken seines Computers und das dumpfe Geräusch seiner ledernen Aktentasche, die auf dem Schreibtisch landete.

»Ja. Das Taxi kann jeden Moment hier sein. Ich liebe dich, April.«

»Ich liebe dich auch.«

»Und du fehlst mir. Jetzt schon.«

»Dann komm her«, platzte sie heraus. Sie war über sich selbst überrascht. Verdammter Wein. »Komm nach Paris. Es ist so nah. Wir werden so nah beieinander sein! Und wenn es nur ein Abendessen ist. Ein romantisches Rendezvous. Ich finde, das klingt sogar richtig sexy.«

»Es klingt wunderbar«, sagte er ohne zu zögern. »Aber ich werde keine Zeit haben. Rein und raus, so wird das laufen.«

Rein und raus. Genau diese Art von Geschäften fürchtete April, und zwar in jeder Hinsicht. Troy wusste, dass sie immer noch wütend war, immer noch unsicher, wo sie in ihrer Beziehung standen. Trotzdem machte er nicht mal den *Versuch*, sich diesen London-Paris-Kurztrip zu überlegen. April versuchte, nach vorn zu blicken, sich vorzustellen, wie sie sich rückblickend fühlen würde. Würde das hier der Moment sein, in dem sie plötzlich wusste, dass es vorbei war?

»Oh! Das Taxi ist da. Okay, ich muss los. Ich ruf dich von unterwegs noch mal an. Ich liebe dich.«

»Vielleicht könnte ich ja auch nach London kommen …«, begann April, aber er hatte bereits aufgelegt.

Seufzend streckte April die Hand zur Nachttischlampe und knipste sie aus. Es war zu still. Fast schon traurig. Sie warf die Decke zurück und tapste barfuß zu den Fenstern, wo sie – zum dritten Mal an diesem Abend – halbnackt im Mondlicht stand. Sie beugte sich vor und machte ein Sprossenfenster auf, um die Nachtluft hereinzulassen.

Als sie wieder im Bett lag, stellte sie sich Marthe und Jeanne und Fledermausguano-Magnaten vor, während sie sich von den Geräuschen von Paris in den Schlaf wiegen ließ, die durchs Fenster hereindrangen. Sie versuchte, Troys Worte zu verdrängen: »Ich werde keine Zeit haben.« Es war das erste Mal, dass er ihr einen Wunsch rundheraus abschlug. Andererseits war es aber auch das erste Mal, dass April ihm Gelegenheit gegeben hatte, es zu tun.

Chapitre 27

Es war Freitag.

Aprils fünfter Tag in Paris und Troys zweiter in London. Er sollte am Montag wieder zu Hause sein. Wie er schon gesagt hatte – er hatte nicht besonders viel Zeit. Doch wenn April an Willow

Weintraub dachte und all die Dinge, die zwischen jetzt und dann passieren konnten, fühlte es sich an wie eine Ewigkeit.

Sie verbrachte den Morgen damit, die Stücke zu katalogisieren, die jetzt in den Keller des Auktionshauses transportiert werden sollten. Trotz Oliviers anfänglichem Pessimismus war es ihnen gelungen, genug Platz zu schaffen. April ging die Objekte durch, fuhr mit den Fingern über polierte Lackoberflächen und überlegte, welche Teile wohl schon nachlackiert worden waren. Und die ganze Zeit über spürte sie Troy, als würde er irgendwo im Hintergrund lauern.

Nach ihrem Telefonat hatte April zwei Nächte lang kaum ein Auge zugetan. Die Ablehnung ihrer Einladung hatte ein Begehren in ihr geweckt, wie sie es in den letzten neunzig Tagen kein einziges Mal empfunden hatte. Sie wollte ihn, verdammt. Jedes Mal, wenn sie sich im Bett herumwälzte, erwartete sie fast, ihn neben sich zu sehen. Sie hätte schwören können, dass sie ihn roch, dass sie ihn hören konnte, dass er irgendwo ganz in der Nähe war und lachte.

Geh weg, Troy, dachte April. Oder besser gesagt: Komm her.

Die Arbeit im Keller hätte eigentlich reibungsloser laufen müssen als die oben in der Wohnung. Hier war Marthe nicht so gegenwärtig, und damit fiel ein Ablenkungsfaktor von den Ausmaßen Südamerikas weg (noch jemand Fledermausguano?). Es war unmöglich, sich Marthe in diesem Betonkeller mit dem Industrieteppich und dem feuchten Gestank vorzustellen. Ach ja, es war eben doch Arbeit in einem Keller – und April dachte sich, dass Marthes Gegenwart vielleicht einfach durch die von Troy ersetzt worden war. Nachdem sie bis zum späten Nachmittag kaum vorangekommen war, beschloss April, Schluss zu machen, weil sie vor lauter Mangel an Schlaf und Sonnenlicht schon ganz desorientiert und verkrümmt war.

Während sie die Treppe ins Foyer hochlief, beschloss April, dass sie einfach nach dem realen Troy greifen musste, wenn sie seinen Geist schon nicht loswerden konnte. Mit einem »au revoir« zum

Wachmann zog April ihr Handy hervor und atmete einmal tief durch. »Komm zu mir nach Paris«, schrieb sie ihrem Mann. »Bitte. Du fehlst mir.« Senden. Bevor sie es sich anders überlegen konnte.

Draußen war das Wetter außergewöhnlich stürmisch für einen Junitag. Während ihr der Wind ins Gesicht schlug, vergrub April die Fäuste tief in den Taschen ihres Trenchcoats. Auf halbem Weg zu ihrer Wohnung summte ihr Telefon. Es summte noch einmal, es überschlug sich vor lauter Summen. Sie hatte nicht erwartet, dass er so schnell antworten würde, vor allem nicht mit einem Anruf. Vielleicht würde am Ende doch alles gut werden. April trat schnell in eine Konditorei und zerrte ihren Schal vom Mund weg.

»Kommst du?« Sie drückte sich schnell in eine Ecke, damit man sie nicht für eine Kundin hielt. »Du kommst nach Paris! Das wird toll! Wir können das wirklich gut gebrauchen.«

»Ganz bestimmt! Aber ich wusste gar nicht, dass ich eingeladen bin. Wann soll ich losfahren?«

Birdie. April hätte es wissen müssen. Beziehungsweise aufs Display schauen wie jeder andere normale Mensch. Was dachte sie sich eigentlich? Es war völlig absurd, sich von Troy eine Antwort zu erwarten, wenn er irgendwo in Europa mitten in einem geschäftigen Arbeitstag steckte. April fragte sich, wie es nur möglich war, dass sie ständig so danebenlag.

»Oh. Hallo, Birds«, sagte sie. »Ich dachte, es ist Troy.«

»Troy?« Eifriges Rascheln, gefolgt von einer Flut von Schimpfwörtern. »Verdammt! Ich hab mir griechischen Joghurt in den BH gekleckert.«

»Das riecht später bestimmt super.«

»Das brauchst du mir nicht sagen«, erwiderte Birdie. »Hier hat es gefühlte 65 Grad. Und zehntausend Prozent Luftfeuchtigkeit.«

»Ich bin so froh, dass du nicht zu Übertreibungen neigst.«

»Was sollte das eben mit Troy, der nach Paris kommt?«, erkundigte sich Birdie. »Trifft er sich etwa mit dir in Paris?«

»Wir haben so was angesprochen«, antwortete April, was ja nicht ganz gelogen war. »Er ist nämlich gerade auf der anderen Seite des Kanals. In London. Ein Geschäftsabschluss.« Sie hatte ihm gerade eine SMS geschickt. Pläne für ein Rendezvous konnten innerhalb einer Stunde geschmiedet werden. Ein zweites Mal würde Troy bestimmt nicht Nein sagen. Das konnte er nicht tun.

»Wow!«, sagte Birdie. »Überrascht mich ja, dass er für so was Zeit findet zwischen den ganzen Partys.«

»Bitte?«

April drückte sich noch tiefer in ihre Ecke. Es machte ihr nichts aus, dass sie die einzige Kundin im Laden war und hier unhöflicherweise laut telefonierte.

»Meine beste Freundin ist auch gerade in London«, erklärte Birdie. »Hailey – kennst du doch, oder? Ich glaube, du hast sie schon mal getroffen.«

»Klar.« April nickte, auch wenn ihr im Moment gar nicht so klar war, wen Birdie meinte.

»Hailey ist Wirtschaftsanalytikerin für ein hohes Tier bei Carlyle. Sie haben diese Woche auch einen Deal in London abgeschlossen, und da sie sich alle untereinander kennen – die Hälfte von ihnen hat ja schließlich für beide Seiten gearbeitet –, wie auch immer, sie haben alle schwer gefeiert. Und dabei hat sie Troy auch gesehen! Obwohl ich es wahrscheinlich nicht erwähnen sollte …?«

»Sie hat Troy gesehen – wobei?«

Auf einmal war es schrecklich heiß in der Bäckerei. April riss sich den Schal vom Hals und fächelte sich mit einer Serviette Luft zu.

»Wie er gefeiert hat«, sagte Birdie. »Im Beauchamp Club. Die ganze Truppe, Stanhope, Carlyle, und alle anderen Beteiligten auch.«

»›Alle anderen Beteiligten‹«, wiederholte April. »Beteiligte« bedeutete auch Anwälte. Und Beraterinnen für Umweltfragen.

»Ja. Offenbar ist das ganz schön hardcore. Die ganze Nacht Party machen und morgens dann gleich ins nächste Meeting. Hailey hat es schon geschafft, in die Arbeit zu gehen, obwohl sie noch betrunken war. Sogar für jemanden wie sie ist das echt zu viel.«

Und für April war es auch zu viel. Trinken, schön und gut, so was machten diese Finanztypen eben, wenn sie was zu feiern hatten. Fünftausend-Dollar-Flaschen Wein, Barrechnungen von so schwindelerregender Höhe, dass sie international für Schlagzeilen sorgten und die Wut bei anständigen, hart arbeitenden Amerikanern anfachten. Doch April hängte sich nicht an diesen Exzessen auf. Für sie war es schlimmer, wohin diese Exzesse führten.

April wusste, wie Troy war, wenn er sich einmal eine Pause von seiner polierten, glatten Fassade gönnte. Willow wusste es ebenfalls, wie der Vorfall in Singapur bewiesen hatte. Doch Aprils Erfahrungen reichten noch weiter zurück.

Der Mann, der später ihr Ehemann werden sollte, war am Anfang fast schon einschüchternd. Sie waren vier Mal miteinander ausgegangen, fünf Mal, wenn man ihre erste Begegnung in der Businessclass-Lounge und den anschließenden Flug mitrechnete. Aber als sie vier Komma fünf Dates hinter sich hatten, war April nicht sicher, ob die Sache Zukunft hatte.

Sie verstanden sich gut. Sie verstanden sich sogar wahnsinnig gut. Das war nie die Frage. Troy war nett und aufmerksam und sagte in hundert Prozent der Fälle die richtigen Worte im richtigen Augenblick. Es nervte schon fast, dieser perfekte Charakter und dazu dieses Aussehen: die makellos gebügelte Kleidung, seine absurd schönen Wangenknochen, das immer sorgfältig gekämmte sandfarbene Haar mit den grauen Einsprengseln an den Schläfen. In diesen frühen Tagen beobachtete sie ihn und wartete auf seinen ersten Ausrutscher.

Es war ein Dinner nach einem Geschäftsabschluss, in New York. April war natürlich nicht dabei, sie hatte ja nichts mit dem Deal zu schaffen und auch noch nicht so wirklich mit Troy. Aber er ging hin und tauchte danach unangemeldet bei April auf. Als sie die Tür aufmachte, sah sie Troy gegenüber an der Wand lehnen, die Haare zerzaust, die Lippen zu einem langsamen, lässigen Lächeln gekräuselt. Verdammt, dachte April damals. Wenn er ein bisschen zerzaust war, sah er noch viel besser aus.

Troy blieb über Nacht, und es geschahen Dinge in einem Ausmaß, wie April es noch nie erlebt hatte, obwohl sie eigentlich eine ganze Reihe von Vergleichsmöglichkeiten hatte. Es war nicht nur der Akt an sich. Natürlich gab es auch davon genug, aber sie lachten auch und unterhielten sich und genossen die Gegenwart des anderen, bis die Sonne über der Stadt aufging. Den Sonnenaufgang konnten sie nicht sehen, denn Aprils alte Wohnung war nicht unbedingt für ihre tolle Aussicht bekannt. Trotzdem fühlten sie gemeinsam, wie das erste Licht über sie floss. Und in dem Moment wusste April, dass es um sie geschehen war: Es gab kein Zurück in ein Leben ohne ihn, zumindest vorläufig nicht.

Das Problem mit Singapur war, dass April Willow keinen großen Vorwurf machen konnte. Sie wusste genau, wie das lief. Und sie hatte Angst, dass es in London wieder so laufen würde.

»April?« Das war wieder Birdie. »Bist du noch dran?«

»Ja. Tut mir leid. Ich bin gerade in einem Laden – es ist ein bisschen voll hier …«

April stopfte den Schal in ihre Handtasche, doch sie fühlte sich immer noch so beengt, als wäre er noch fest um ihren Hals geschlungen. Der Geruch und die Farben (diese Macarons: rosa, orange, gelb, weiß) begannen um sie herumzuwirbeln, als wäre sie auf einem schlechten Trip. Ein Zuckertrip. Stimmen ertönten wie Nebelhörner, Leute, die aussahen, als wären sie vom Zirkus, huschten an ihr vorbei.

»Birdie, ich muss aufhören«, sagte sie. »Ich darf hier drin eigentlich nicht mal mein Handy benutzen. Ich ruf dich später zurück.«

April drehte sich um. Sie war so desorientiert, dass sie einen Moment brauchte, bis sie die Tür gefunden hatte.

»Pardon«, sagte April, während sie sich durch den Laden kämpfte. »*Pardonnez-moi.*«

Jemand rief sie beim Namen. April rannte durch die Tür hinaus. Die Türglocke bimmelte immer noch wie wild, als sie schon den

Gehweg entlangstürzte. Sie versuchte, wieder zu Atem zu kommen, und stolperte um die Ecke, von wo man die Glasfront der Konditorei nicht mehr sehen konnte. Dann ließ sie sich mit dem Rücken an der Mauer des alten Gebäudes hinuntergleiten. Sie schnaufte und keuchte und bekam kaum mehr Luft. Jedes Mal, wenn sie einatmete, schien die Luft gleich wieder durch ihre Rippen zu entweichen, wie Wasser durch ein Sieb.

Chapitre 28

»April«, sagte eine Stimme.

Sie schüttelte den Kopf.

»April!«

Jemand legte ihr die Hand auf die Schulter. April öffnete den Mund zu einem Schrei und erhob die Handtasche, in der Hoffnung, den Angreifer damit in die Flucht zu schlagen.

»Avril!«

Sie blieb jäh stehen, aber die Tasche hatte so viel Schwung, dass sie ihren Weg zu Ende beschrieb und sie am Ende selbst am Kopf traf.

April fuhr zurück, als sie getroffen wurde. Dann blickte sie zu dem Mann empor, der über ihr aufragte. Sie konnte sein Grinsen kaum erkennen, denn ihr Haar hing ihr vor dem Gesicht, und sie war immer noch erschrocken von dem Schlag, den sie sich selbst gegeben hatte.

»Oh«, sagte sie. »Luc. Hallo.«

»Sie sind ganz rot. Außerdem sitzen Sie auf dem Boden. Es ist zwar offensichtlich, aber ich frage Sie trotzdem: Geht es Ihnen gut?«

Ging es ihr gut? Die Frage konnte sie selbst kaum beantworten.

»Bonjour«, sagte sie und wischte sich mit dem Handrücken die Nase ab. »Entschuldigung, ich hatte Sie nicht gesehen. Sie haben mich erschreckt.«

»Sieht so aus, als würde mir das ständig passieren. Ist alles in Ordnung? Sie sehen ganz verstört aus.«

»Nein!«, rief sie, und ihre Stimme kippte. »Ich bin nicht verstört! Mir geht es gut! Wirklich ganz prima!«

April versuchte, so anmutig aufzustehen, wie es eben möglich war, wenn man gerade vor einer Konditorei kollabiert war und dabei eine Chanel-Handtasche als Waffe geschwungen hatte.

»Sind Sie sicher, dass ...«

»Absolut! Wie geht es Ihnen?«

»Es geht gut«, sagte er und grinste. Natürlich grinste er. »Also, ich muss sagen, ich freue mich wirklich, Sie zufällig hier zu treffen. Ich habe einen ganzen Packen tolle Neuigkeiten hier in meiner Tasche. Ich war gerade auf dem Weg zu Ihnen, um es Ihnen mitzuteilen, da habe ich beobachtet, wie eine seltsame, aber wirklich hübsche Frau aus einem Geschäft gesprintet kam.«

»Ich bin nicht gesprintet. Ich wollte einfach nur schnell hinaus.«

»Sie haben eine sehr seltsame Art, die Dinge zu betrachten. So oder so, mit unserer hübschen Marthe geht es bergauf.« Luc zog einen Stapel aus seiner Schultertasche. »Sie hat eine neue Wohnung! Keine gefrorenen Waschschüsseln mehr! Diese Tagebücher sind mit einem gelben Band zusammengebunden, was meiner Meinung nach die positiven Entwicklungen für unsere Madame de Florian widerspiegelt. Aber vielleicht interpretiere ich da auch einfach zu viel hinein.«

»Die Tagebücher?« April lachte, wenn auch vor allem deswegen, weil es leichter war, als in Tränen auszubrechen. »Haben Sie mir die Tagebücher mitgebracht?«

»Natürlich. Ich habe Ihnen doch gesagt, Sie können sie lesen. Hatte ich mich da nicht klar genug ausgedrückt?«

Luc reichte ihr den Stapel. Wortlos griff sie danach.

»Und hier lernen wir dann auch Boldini kennen.« Sein Grinsen wurde noch breiter.

April drückte das Tagebuch an ihren Körper. Sie war immer noch ganz durcheinander von dem, was in den letzten sieben Minuten geschehen war, oder von dem, was jenseits des Ärmelkanals gerade geschehen mochte. Sie schüttelte den Kopf, als könnte sie die Bilder dadurch loswerden.

»Ist alles in Ordnung?«, erkundigte sich Luc ein drittes Mal. »Sie sehen wirklich ganz aufgelöst aus.«

»Ich weiß nicht«, seufzte April. »Ganz ehrlich, ich weiß es nicht.« Ihre Ehe, dieser Mann, der aus dem Nichts auftauchte, der Druck, Marthe Gerechtigkeit zu verschaffen – kein Wunder, dass April eine Mauer brauchte, um sich ein wenig abzustützen. Ein Teil von ihr hätte sich am liebsten gleich wieder an die Mauer sinken lassen. »Also dann, danke für die Tagebücher. Schön, dass wir uns zufällig über den Weg gelaufen sind. Das hat Ihnen einen Weg erspart. Bis bald.«

Sie drehte sich um und ging mit schnellen Schritten in die entgegengesetzte Richtung davon. Da sie seine Anwesenheit noch im Rücken spürte, trat April ein bisschen vorsichtiger auf. Sie wich auf die Straße aus, wenn ihr jemand den Weg versperrte, auch wenn sie damit auf die Fahrspur der wahnsinnigen Pariser Mopedfahrer trat.

»Man wird sie noch platt fahren wie einen Pfannkuchen«, rief Luc. Es kostete ihn kaum Anstrengung, mit ihr Schritt zu halten. »Salut! Warten Sie mal. Reden Sie mit mir.«

Er fasste sie am Bizeps und zog April von der Straße, um sie zwischen zwei schmiedeeiserne, grüne Gittertore zu ziehen. Sie blinzelte. Auf einmal war der Wind weg, ebenso die Geräusche der Mopeds und der eiligen Passanten.

»Wo sind wir?« April ließ ihren Arm in Lucs Hand erschlaffen.

Sie blickte zu den Fenstern über ihren Köpfen empor. Die Blumenkästen explodierten rosa und rot und orange. Efeubedeckte Mauern umgaben sie. Unter ihren Füßen Kopfsteinpflaster. Am Ende des Weges eine Bank. April ging durch die wuchernden Pflanzen darauf zu.

»Ein Innenhof«, sagte Luc. »Hier kann man ein bisschen ausruhen.«

»Schön hier«, sagte April, als sie sich auf die Bank setzte. Das war auch so etwas, was sie an Paris liebte: Die Stadt hielt zahllose Orte bereit, an denen man ganz allein sein konnte, unzählige Nebenzimmer, in die man sich kurzfristig zurückziehen konnte. Paris an sich war schon ein Reiseziel, wohl wahr, aber in sich versteckte es noch einmal tausend kleine Reisen.

»Stimmt«, sagte Luc. »Wirklich ganz schön.« Er blieb stehen, fast so, als wollte er sie herausfordern, wieder aufzustehen und die von ihm empfohlene Ruhepause abzulehnen. Das wäre typisch April gewesen, non? Aber sein Ton war so sanft, dass sie froh war, sich zu entspannen, und glücklich den Trost annahm, den er ihr anbot.

Dieser Augenblick. Das wurde alles zu zärtlich.

»Na«, begann April und versuchte, doch noch einen etwas griesgrämigen Tonfall hinzubekommen. »Ich hoffe mal, dass wir hier nicht auf einem Privatgrundstück sind. Ich habe keine Lust, mich verhaften zu lassen.«

»Gar kein Problem. Wenn jemand fragt, wollen wir zu dem Zahnarzt, der in diesem Haus seine Praxis hat.«

April dachte an ihren eigenen Zahnarzt, mit den hässlichen Möbeln und dem Aquarium und dem Empfang aus Holzimitat. Sie dachte an den engen Flur und den kleinen Fahrstuhl, der nur dienstags funktionierte.

»In dieser Stadt ist es sogar aufregend, zum Zahnarzt zu gehen«, sagte April mit laszivem Unterton.

»Hatten Sie einen langen Tag, Madame Vogt? Sie machen einen angeschlagenen Eindruck.«

»Danke. ›Angeschlagen‹. Sie sind zu freundlich. Und ja, ich hatte einen langen Tag. Eine lange Woche. Einen langen Monat. Sogar noch länger.«

Luc sagte nichts. April kratzte sich am linken Arm.

»Sie müssen nicht zum Babysitten bei mir bleiben«, sagte sie.

April erwartete, dass er sich neben sie setzen würde, und tatsächlich wünschte sich ein Teil von ihr, er würde es tun. Doch Luc stand auf dem ausgetretenen Pflaster und stützte die Hände auf die Hüften. Das Licht fiel von hinten durch sein schwarzes Haar.

»Was war so schlimm an diesem Tag?«, fragte Luc.

»Bloß meine Assistentin.« April schüttelte den Kopf. »Sie hat angerufen. Und … Sie ist toll. Ich liebe sie. Aber manchmal kann sie einem ein klitzekleines bisschen den Nerv rauben.«

»Sie muss Französin sein.«

April schnaubte. »Nein. Sie ist keine Französin. Ich bin auch nicht ganz fair. Sie ist eine großartige Assistentin. Und im Grunde geht es auch überhaupt nicht um sie. Ach egal, es ist alles ganz dumm. Die ganze Geschichte.«

Luc nickte. Er würde nicht weiter in sie dringen.

»Wären Sie gern einen Moment allein?«, schlug er vor.

»Ich glaube nicht. Aber Sie können ruhig gehen, wenn Sie wollen.«

Er deutete auf die Tagebücher. »Wenn ich durcheinander bin, finde ich Lesen immer eine ganz gute Ablenkung.«

»Ah, Sie sind wirklich klug. Für einen Franzosen.« April versuchte, nicht zu lächeln. »Jetzt, wo Sie es sagen – das ist ein ganz ausgezeichneter Vorschlag.«

Auf einmal frischte der Wind wieder auf. Lucs Haar wehte ihm gegen die Stirn und Aprils Ohren wurden eiskalt. Sie wickelte sich den Schal um den Hals.

»Also, dann sehe ich Sie demnächst«, sagte Luc. »Viel Spaß mit den Tagebüchern.«

»Danke, Luc. Nochmals. Für alles.«

»Es war mir ein absolutes Vergnügen. Ich würde doch alles tun, um einem hübschen Mädchen ein Lächeln zu entlocken.«

Luc hob die Hand leicht zum Gruß, zwinkerte ihr zu und ging aus dem Hof, unbeschwert und lässig, ohne sich ein einziges Mal nach ihr umzudrehen.

April beobachtete, wie er kurz stehen blieb, um sich eine Zigarette anzustecken. Der Wind trug den Rauch und einen Hauch von seinem Rasierwasser zu ihr. Obwohl der Geruch nur ganz schwach war und sich unter den Duft der letzten Blüten am Baum mischte, kam es ihr vor, als wäre Luc immer noch da. Sie rutschte auf ihrer Bank ein wenig hin und her und wartete, bis der Wind wieder nachließ. Während die Tauben die Samen neben ihren Füßen aufpickten, löste sie das Band vom ersten Papierstapel. Sie hatte zwar noch kein Wort gelesen, aber April musste bereits lächeln.

Chapitre 29

Paris, 15. Oktober 1891

Es ist vollbracht. Ich bin weitergekommen. Ich bin ein Stück weiter nach oben gekommen! Eine neue Wohnung! *Je l'adore.*

Wenn ich es nun beschreiben soll: Sie ist klein und gar nicht so weit von meiner alten Unterkunft entfernt, in jeder Hinsicht. Ja, sie gehört mir, und sie ist warm und fast alle meine Kleider finden darin Platz. Und das Beste: Sie kostet nichts. Pierre will nichts davon wissen, dass ich diese Wohnung aus meiner eigenen Tasche zahle.

Pierre, ah, Pierre. Wir hatten ein paar wunderbare Wochen, in denen wir durch Paris gelaufen sind, Geschenke und Schmuck gekauft und in den feinsten Restaurants gegessen haben. Aber jetzt ist er nach Argentinien gereist, um sich um Fledermausguano und andere Angelegenheiten zu kümmern. Wir wollen heiraten, wenn er zurückkommt, zumindest hat er es so beschlossen. Nichts könnte ihn von mir fernhalten, behauptet er, nur der Tod. Ich würde dem armen Mann niemals den Tod wünschen, aber ich hoffe, dass er den Rest seiner Tage damit verbringt, sich um Guano zu kümmern.

Missverstehen Sie mich nicht. Pierre ist ein unheimlich liebenswürdiger Mensch, aber niemand, neben dem ich jeden Morgen aufwachen möchte. Ich möchte nicht jede Nacht vorm Schlafengehen diese große, knollige Nase küssen oder diese kleinen pelzigen Ohren anfassen. Er ist ein sehr angenehmer Kerl, aber ich bin noch nicht mal achtzehn, und daher auch noch nicht bereit, freiwillig auf den Rest meines Lebens zu verzichten, vor allem wenn es Pierre ist, der mich für diesen Verlust entschädigen soll.

Ach, ich habe allzu viel versprochen, bei seiner Rückkehr wird es also ein rechtes Debakel geben. Ich kann nur hoffen, dass er nicht wiederkommt. Nach allem, was die Mädchen in meiner vorherigen Behausung erzählt haben, kommen Männer aus Südamerika grundsätzlich nicht zurück. Freilich, im Gegensatz zu ihren Männern war meiner ja wirklich in Südamerika.

Die Mädchen aus dem *hôtel des femmes* … Louise und Gabrielle und Aimée. Ich dachte, es würde mich traurig machen, sie zu verlassen. Ich hatte erwartet, dass ich mich mit einer Mischung aus Lächeln und Tränen von ihnen trenne. Doch während ich meine letzte Truhe packte und meinen Hut aufsetzte, war ich tatsächlich erleichtert, diesen gottverdammten Ort zu verlassen. Als die Mädchen zusammenkamen, um mir auf Wiedersehen zu sagen, bemerkte ich, wie verbraucht sie aussahen, wie schrecklich ruiniert von ihren Berufen und dieser Stadt. Dabei hatte ich gerade Aimée immer so schön gefunden. Doch als sie zum letzten Adieu auf den schlecht beleuchteten Flur trat, ging mir der Anblick ihres Gesichts durch Mark und Bein. Sie sah alt und verschrumpelt aus. Die Schminke hatte sich in ihren Runzeln abgesetzt wie Schlamm in einem ausgetrockneten Flussbett.

Die alte Frau hatte recht gehabt, als sie mir gesagt hatte, wie groß die Nachfrage nach meinem Schlafplatz sein würde. In den Tagen vor meinem Auszug verhandelte sie ständig mit potenziellen Bewohnerinnen, plapperte und gackerte wie ein betrunkenes Huhn. Ich war die Erste, die aus freien Stücken fortging und nicht hinausgeworfen wurde oder einen schrecklichen Syphilis-Tod starb. Das machte die Alte ganz besonders mürrisch. Und mir verschaffte es ein großes Vergnügen, mit einem »Au 'voir« und einem Zwinkern à la Émilie an ihr vorbeizuschweben.

Ich war am Fuße der Treppe angekommen, fast schon für immer verschwunden, da hörte ich ein piepsig-raues Stimmchen neben einer Gaslaterne.

»Jeanne Hugo?«, fragte die Mausefrau.

Ich drehte mich kaum um, weil ich sicher war, dass mir mein Gehör einen Streich spielte.

»Jeanne Hugo«, wiederholte die Stimme. »Daudet?«

Ich drehte mich um und wollte gerade die Kraftausdrücke herausschleudern, die mir schon auf der Zunge lagen. Da erkannte ich sie wieder. Marguérite, das obdachlose Mädchen, das vor Monaten bei der Hochzeitsprozession neben mir gestanden hatte. Ihr abgeschabter Koffer verriet mir, dass sie der warme Körper war, der ab jetzt mein kaltes Zimmer füllen sollte.

»Bonjour!«, rief ich und stellte mich noch einmal richtig vor. »Wie schön, dich wiederzusehen.«

Marguérite machte einen Knicks – man stelle sich das vor! Dann strahlte sie mich mit ihrem Gesichtchen an – diese perfekten rosa Wangen, ihre winzigen weißen Zähne, die großen, feuchten, braunen Augen. Sie war ein schmales Figürchen von einer Frau: winzige Gestalt, winzige Arme, winzige Taille, winzig in jeder Hinsicht, bis auf ihre Brust, die allen Naturgesetzen Hohn sprach. Die anderen Mädchen sahen aus, als wären sie der kalten braunen Erde entsprungen oder unter allerkärgsten Umständen in der Fabrik hergestellt worden. Marguérite sah aus wie das Kind eines lebenden Menschen. Sie war anders. In diesem Moment verspürte ich das Bedürfnis, ihr zu helfen. Ich hatte gar nicht gewusst, dass ich zu solchen Regungen fähig war.

»Bist du gekommen, um in mein altes Zimmer einzuziehen?«, fragte ich.

»Ja. Ich war so froh, ein Zimmer zu finden«, sagte sie und klang dabei wie eine kleine Königin und nicht wie ein schmuddeliges Gassengör. »Jetzt muss ich nur noch Arbeit finden.«

Sie blickte am Haus empor. Mein Blick folgte ihrem, und ich konnte ganz kurz Louise erspähen, die aus dem Fenster schaute. Das Herz wollte mir fast aussetzen.

»Mein liebes Mädchen«, sagte ich. Ich klang dabei wie eine Mutter, obwohl ich nur ein oder zwei Jahre älter bin als sie. »Bist du sicher, dass du das hier wirklich willst? Dieses *hôtel*? Diese Menschen? Ich gehe von hier fort, wie du siehst. Und ich habe meine Gründe.«

»Ob ich sicher bin?« Sie legte das Gesicht in Falten. »Nun, ich kann es mir nicht unbedingt aussuchen.«

»Wir können es uns immer aussuchen«, sagte ich und griff in meine Handtasche. »Ich möchte, dass du das hier nimmst.«

Ich schob ihr das Geld in die Hand.

»Aber ich kann doch nicht …«

»Du kannst. Ich bitte dich nur um eines: Bevor du eine Arbeit annimmst oder dich mit den Tätigkeiten besudelst, die diese Mädchen verrichten, überleg dir gut, was für eine Art von Leben du dir wünschst. Ich hoffe, dass dir dieses Geld die nötige Zeit verschafft, um dir darüber klar zu werden.«

»Und was machst du, dass du es dir erlauben kannst, einer Fremden Geld zu schenken?«, fragte sie. »Ach, lass gut sein. Ich weiß es sowieso schon!«

»Nein!«, schnauzte ich sie an. »Eben nicht. Hast du schon einmal vom Folies Bergère gehört?«

»Dem Tanzpalast?« Ihr Gesicht belebte sich wieder. »Ich habe die Plakate gesehen. Gibt es den denn wirklich? Und arbeiten da wirklich diese ganzen schönen Mädchen?«

»Oh ja«, sagte ich. »Diese Mädchen und noch mehr. Und das weiß ich, weil ich auch dort arbeite.«

»Du bist eine Cancan-Tänzerin?« Ihr wollten fast die Augen aus den Höhlen fallen. »Das ist ja schrecklich aufregend!«

»Nein, ich mache etwas ganz anderes: Ich bin ein Barmädchen!« Meine Stimme stieg zum Himmel. »Das ist eine ganz wundervolle Arbeit!«

»Oh.« Jetzt war sie sichtlich enttäuscht. Sogar ihre Brust schien ein wenig in sich zusammenzufallen. »Also dann, war nett, mit dir zu plaudern.«

»Bevor du das so vom Tisch wischst, will ich dir noch eines sagen: Erstens ist das Kleid, das man bei der Arbeit trägt, ganz großartig. Die Stelle ist gut bezahlt, und ich lerne interessante Leute kennen. Und vor allem ermöglicht sie mir eine Wohnung, die tausendmal besser ist als diese hier.«

Zwar reichte die Bezahlung an sich nicht für die neue Wohnung, aber ohne das Folies Bergère gäbe es auch keinen Pierre und damit keine neue Wohnung, also läuft es am Ende doch auf dasselbe hinaus.

»Warum erzählst du mir das alles?«, fragte Marguérite.

»Vielleicht gibt es ja auch eine Stelle für dich.«

Die Worte rutschten mir so heraus, wie ich oftmals den Rotz aus Pierres Nase hatte spritzen sehen, wenn er loslachte. Dabei hatte ich überhaupt keine Befugnis, jemandem eine Arbeitsstelle anzubieten – ich hatte die Stelle ja selbst nur mit Mühe und Not ergattert! Wenn Marguérite hereinspazierte, würde Émilie entweder in wildes Gelächter ausbrechen oder mich selbst in hohem Bogen hinauswerfen.

»Wirklich?«, sagte Marguérite. »Glaubst du, die könnten auch Arbeit für mich haben?«

»Natürlich.«

Eine Lüge. Völliger Unfug. Ich hätte sogar einen Monatslohn darauf gesetzt, dass das niemals wahr werden konnte. Oder es würde auf meine Kosten wahr werden. Bien sûr, Mademoiselle! Wir haben eine Stelle für Sie. Gerade eben haben wir ein anderes Barmädchen entlassen!

»Ich bin die meisten Abende dort« Ich ritt mich immer tiefer hinein, aber irgendwie konnte ich nicht aufhören. »Bitte komm vorbei, dann werde ich sehen, was ich für dich tun kann.«

Wenn nicht auf Émilie, so konnte ich auf Gérard zählen, dachte ich bei mir. Er mochte zwar eine harte Schale haben, aber man konnte ihn leichter umstimmen als die kränkliche Katze, die jeden Abend miauend auf meinem Fensterbrett saß.

»Danke«, sagte Marguérite. Ihre Augen waren noch größer und feuchter als vorher, sie hätten den Rest ihrer kleinen Gestalt fast verschlingen können. »Ich bin dir wirklich dankbar für diese Geste.«

»Bitte komm mich besuchen«, wiederholte ich. »Ich werde auf dich warten.«

Das ist jetzt drei Tage her. Jede Nacht bewege ich mich zwischen Tresen und Flaschen. Ich lächle und flirte. Ich sage die richtigen Dinge und achte jeden Moment darauf, dass das Licht vorteilhaft auf mich fällt. Während ich flirte und so tue, als wäre alles in Ordnung, habe ich die ganze Zeit im Hinterkopf, dass Marguérite auftauchen könnte.

Ich hätte sie nicht auffordern dürfen, mich zu besuchen. Das war zwar eine nette Idee, konnte aber schnell in Ärger münden. Ich habe bereits Émilie von ihrem Platz als hübschestes Barmädchen im Folies verdrängt. Ich bin keine Cancan-Tänzerin, aber ich habe einen Namen, ganz zu schweigen von der Fähigkeit zu entscheiden, wer mir unter den Rock schauen darf und wer nicht.

Marguérite ist ungehobelt und plump, aber unter all dem Dreck glänzt etwas. Ein Besuch bei einem anständigen Friseur sowie eine ordentliche Dosis Bleichmittel, und die kleine Marguérite könnte sogar mich übertrumpfen. Ich bin weit gekommen, stehe aber immer noch auf wackligen Beinen. Ich klettere immer weiter nach oben, aber den Gipfel kann ich noch nicht erkennen. Émilie mault, dass ich alle Aufmerksamkeit auf mich ziehe und ihre Einnahmen seit meiner Ankunft rapide gesunken sind. In ein paar Monaten sage ich vielleicht dasselbe über Marguérite.

Aber ich musste sie fragen. Ich musste einen Versuch machen, sie mit mir an diesen unbekannten Ort zu nehmen, den ich erreichen will. Der Gedanke, dass dieses Mäuschen sich in die Reihen der *filles soumises* begeben sollte, macht mich ganz krank. Oh, dieser Beruf frisst die Frauen auf, jeden Tag ein Stückchen mehr!

Marguérite ist so zart, so schrecklich ausgemergelt und dünn. Die Männer würden sie nur völlig abnutzen und aufbrauchen.

Die Wahrheit ist die, dass ich vom ersten Augenblick an eine Verwandtschaft mit Marguérite fühlte, eine Neigung, sie zu bemuttern, was weiß Gott unerwartet ist. Wir sind nur wenige Jahre auseinander, aber es kommt mir vor, als hätte jemand sie mir geschickt, damit ich auf sie aufpasse. Und obwohl sich Marguérite bestimmt auch als Konkurrentin herausstellen wird, möchte ich, dass sie in meiner Nähe bleibt, denn ein Mädchen kann nicht allein von Männern leben.

Ich glaube, sie empfindet genauso – nicht, was die Männer angeht, sondern dieses unsichtbare Band zwischen uns. Es hat seinen Grund, dass sie zufällig mein Zimmer bekam. Es hat seinen Grund, dass sie zuhörte, als ich ihr sagte, was sie tun sollte und was nicht. Sie wird kommen, ich bin ganz sicher. Gérard habe ich noch nicht vorgewarnt. Ich kann nur hoffen, dass unter seinen Fittichen Platz für uns beide ist.

Chapitre 30

Paris, 2. Februar 1892

Ich kann mich nicht erinnern, wann ich zum letzten Mal die Sonne gesehen habe. Es ist bitterkalt und eisig, selbst der Schnee ist kälter als sonst. Morgens auch nur aus dem Bett zu steigen ist eine Übung in Entschlossenheit. Mehr als einmal habe ich überlegt, ob ich mir für den Weg in die Arbeit heiße Kohlen in die Manteltaschen stecken soll. Sogar Marguérite lässt ihr Oberteil die ganze Strecke über zugeschnürt!

Ein Elend, dieses verfrorene Huschen von der Wohnung in die Arbeit und zurück. Der Schnee bleibt an meinen Stiefeln hängen, und am Ende sind meine Zehen komplett nass. Irgendwie habe ich am Ende jedes Mal mehr Schnee in als an meinen Stiefeln. Meine Wohnung ist warm, zumindest im Vergleich zu meiner vorherigen Unterkunft, aber obwohl ich fast pausenlos Kohle in den Ofen nachlege, bleibt es die ganze Zeit so feucht, dass ich mich nie richtig wohlfühle.

Marguérite und ich kuscheln uns jede Nacht aneinander, das ist die einzige Art, sich überhaupt warmzuhalten. Doch ich muss auch oft alleine schlafen, denn Marguérite arbeitet eine andere Schicht als ich, weil sie bei den Vorstellungen auftritt und ich nur ein einfaches Barmädchen bin. Ich lächle, während ich dies schreibe, ganz ohne die Eifersucht, die ich schon befürchtete, als mir Marguérite verkündete, dass sie in die Reihen der Bühnenkünstlerinnen des Folies Bergère aufgestiegen war.

Doch ich bin Tag für Tag wieder froh über meine Stelle, eine Stufe unter den Cancan-Tänzerinnen und den Schlangenfrauen. Marguérite ist unter die Schlangenfrauen gegangen. Sie wurde angeheuert, weil ihr Busen so fantastisch aussieht, wenn sie ihn verdreht und unter der Achsel wieder hervorzieht. Ich schwöre, eines Tages wird sie noch mal stecken bleiben in dieser Position! Leider habe ich keine besondere Begabung und auch keinen besonderen Busen, daher bleibe ich schön hinter meiner Bar. *Eh bien! Je suis heureuse!*

Pierre droht immer wieder mit seiner baldigen Rückkehr aus Südamerika, während ich es ihm immer wieder auszureden versuche. Wer will schon im Winter in Paris sein? Eine einzige Plage! Und um das zu sagen, muss ich mich nicht mal verstellen. Ich lasse ihn auch wissen, wie fest ich daran glaube, dass ein Mann es sich ruhig bequem machen soll, wenn er nicht bei seiner Geliebten sein kann. Es heißt ja, dass die entsprechenden Damen in Südamerika die Pariser Frauen noch beschämen würden. Ich warte darauf, dass mich eine von ihnen beschämt! Ich warte nur darauf!

Wo wir gerade von schämen sprechen (oder eben nicht schämen): Ich bin mittlerweile ziemlich gut befreundet mit Joseph

Pujol. Die Besitzer des Folies Bergère kennen ihn als den Pétomane, den größten Flatulisten der Welt. Wie sein Plakat verkündet, ist er der einzige Interpret der Welt, der den Komponisten keine Tantiemen zahlt! Als er sich an meine Bar stellte und mir zum ersten Mal erzählte, womit er sein Geld verdiente, glaubte ich ihm nicht. Wer würde das schon? Doch dann sah ich ihn auf der Bühne und, nun ja, da hat er meine Zweifel beseitigt. Ebenso wie meinen Geruchssinn!

Joseph ist eine unserer erfolgreichsten Nummern. Die Leute kommen zwei Stunden vorher, um nur ja seinen Auftritt nicht zu verpassen oder am Ende keinen Platz mehr zu bekommen (oder sie müssen in der ersten Reihe Platz nehmen – ein äußerst gefährliches Unterfangen!) So ein Gelächter und solchen Applaus wie bei seinen Auftritten haben Sie noch nicht gehört! Nicht mal bei Marguérite, wenn sie sich so verbiegt und ihre gepfefferten, respektlosen Sprüche abfeuert! Wahrscheinlich sind wir im Herzen letztlich doch alle Kinder.

Was ich an unserem geliebten französischen Flatulisten am meisten mag, ist seine Gesellschaft. Ich habe noch nie eine größere Ansammlung von Künstlern und Berühmtheiten gesehen als in den Momenten, wo sich der Pétomane bückt und die Backen spreizt: Émile Zola und Edgar Degas und Edgars kleiner italienischer Freund, der Maler Giovanni Boldini. Sie lieben ihn alle. Und das macht ihn zu einer hervorragenden Anlaufstelle für Klatsch.

Joseph sagt, dass Boldini ein ganz besonderes Faible für mich entwickelt hat, dass er mich sogar gerne portraitieren würde! Obwohl Marguérite das anzweifelt und vielmehr glaubt, dass »Pétomane aus beiden Enden furzt, wie immer«, kann ich nicht sagen, dass ich gegen seine Zuneigung oder seine künstlerische Darstellung meiner Person etwas einzuwenden hätte. Er ist ein attraktiver Mann und ein recht angesehener Portraitmaler, zumindest hat man mir das so vermittelt.

Nach Angaben von Proust (dem größten Klatschmaul der Welt) wurde Boldini während der Weltausstellung 1889 berühmt, wo er für die italienische Abteilung zuständig war. Ich war damals erst fünfzehn, und obwohl Sœur Marie mich auf die Ausstellung mitnahm, hatte ich nur Augen für den neuen, viel geschmähten Eiffelturm. Welches in einer Klosterschule aufgewachsene Kind würde nicht den »Turmbau zu Babel« aus nächster Nähe sehen wollen? Das verdammte Bauwerk entfachte derartige Kontroversen, dass es mich überrascht, wie der Italiener Boldini überhaupt noch Aufmerksamkeit erregen konnte!

Man erzählt sich, dass Boldini zur Zeit der Weltausstellung schon eine Weile in Paris lebte, weil er ein paar Jahre zuvor das Studio von Monsieur Sargent übernommen hatte. Offensichtlich war Boldini in London ziemlich berühmt, bevor er in unsere schöne Stadt kam. Den Wahrheitsgehalt dieser Gerüchte habe ich nicht überprüfen können, aber wenn ich ehrlich sein soll – allein seine Verbindung zu unserem geliebten Pupser ist schon das größte Gütesiegel!

Monsieur Boldini ist ein lustiger kleiner Mann, nervös und zänkisch. Trotzdem hat er etwas Liebenswertes, mit seinen hohen Wangenknochen und der hohen Stirn, der schlanken Gestalt und seinen faszinierenden blauen Augen. Er ist ein ganzes Stück älter als ich, sogar älter als Pierre, aber trotzdem ist er irgendwie jugendlich. Vielleicht liegt es an den Wutausbrüchen, die er so gerne inszeniert! Dieser Mann ist so reizbar. Ich schwöre, der fängt sogar an zu schreien, wenn es ihm nicht gefällt, wie der Wind gerade weht!

Boldini kommt mindestens dreimal die Woche zu mir an die Bar. Nach Émilies Auskunft taucht er auch oft auf, wenn ich nicht da bin, und dann macht er nicht einen Franc Trinkgeld für das gute Mädchen locker. *C'est la vie!* Statt Émilies Gast zu sein, hängt er fünf oder zehn Minuten an der Bar herum, ohne einen Schluck Alkohol oder einen Bissen zu sich zu nehmen. »An beiden Enden furzen«, Marguérite? Ich glaube nicht.

Aber ich muss mich in Acht nehmen, denn *Monsieur Merde* ist einer der Lieblingsgäste im Folies. Ich kann nicht sicher sein, ob er sich mit Gérard oder den anderen Männern abstimmt, die sich so oft nach seinem Wohlbefinden erkundigen. Meine Anweisung lautet, dass ich mit allen Gästen flirten soll, aber Gérard würde nicht wollen, dass ich Pierre betrüge. Ich kann es mir nicht leisten, meine Wohnung zu verlieren oder auch meinen Monatslohn. Nicht zuletzt deswegen, weil Boldinis finanzielle Lage völlig unklar ist. Ich bin nicht sicher, ob er im Geld schwimmt oder hoffnungslos abgebrannt ist. Er ist ein schwieriger Mensch, den man nicht so leicht verstehen kann, was in mir natürlich umso mehr den Wunsch weckt, ihn zu verstehen.

Chapitre 31

April hatte nicht vorgehabt, wieder an ihre Arbeit zurückzugehen. Aber Boldini? Der Flatulist? Monsieur Scheiße? April konnte sie nicht einfach so in ihre Tasche schieben und bis morgen nicht wieder hervorholen.

Marthes Wohnung war nur zwei Straßen von Aprils entfernt. Sie konnte kurz vorbeigehen. Vielleicht würde sie etwas finden, was ihr vorher entgangen war. Vielleicht würde sie ein altes Stück in neuem Licht sehen. Vielleicht würde April einfach etwas anderes tun, als darauf zu warten, dass Troy nicht anrief. Mit knapp fünfunddreißig Jahren sollte man eigentlich in dem Alter sein, in dem man nicht mehr darauf wartet, dass endlich das Telefon klingelt.

Mit den Tagebüchern in der Tasche kehrte sie zur Wohnung zurück. Während sie die Treppen hochging, bereitete April sich innerlich auf das chaotische Durcheinander vor, das sie irgendwie jedes Mal wieder überraschte. Sie beschloss, im Esszimmer anzufangen. Dort stand noch eine Reihe von nicht zueinanderpassenden Stühlen, für die sie sich eine gute Erklärung ausdenken musste.

Die Wohnungstür war unverschlossen. Als April über die Schwelle trat, meinte sie im ersten Moment, in die falsche Wohnung gegangen zu sein. Die zusammengewürfelten Stühle waren verschwunden, ebenso fünfundneunzig Prozent des Esszimmer-Mobiliars und alles aus dem Vorzimmer und dem Flur. Ihr erster Impuls war, die *gendarmes* zu rufen: Die Wohnung war geplündert worden!

»Olivier?« Ihre Stimme hallte von den leeren Wänden wider. »Marc? Wo seid ihr?«

»Hier hinten!«, rief Olivier. »Im Schlafzimmer!«

Aprils Stiefelabsätze hämmerten auf dem Boden. Ganz richtig fand sie Olivier in Marthes Schlafzimmer, wo er gerade versuchte, vorsichtig die Tapete von der Wand zu ziehen.

»Bonjour, April«, sagte er. »Wie geht's dir heute Nachmittag? Tut mir leid, ich bin allein hier, Marc ist in einer Besprechung. Du schaust ja ganz komisch. Hast du eigentlich schon diese Tapeten gesehen? Die sind von Dufour. Wenn wir die ganz vorsichtig ablösen, könnten wir tausend Euro pro Bahn erzielen.«

»Die Wohnung ist ja ganz leer!«, japste sie.

»So kommt man ein bisschen leichter durch, non? Im Moment ist gerade die nächste Ladung auf dem Weg ins Lager. Wir haben ordentlich entrümpelt, um Platz für diese Stücke zu schaffen. Dann können wir bald mit den Fotos anfangen. Bevor man sich umschaut, ist auch schon September!«

April versuchte, nicht in Panik zu geraten. Sie hatte ihre Meinung bereits kundgetan. Und da sie nur angestellt war, hatte sie auch kein Mitspracherecht daran, wie die Auktion organisiert werden sollte. Aber das ging ihr einfach zu schnell. Es ging alles viel zu schnell.

»Ich glaube, das Team sollte die Tagebücher von Madame de Florian lesen, bevor der Katalog gedruckt wird«, sagte April und legte eine Hand auf ihre Tasche. Sie war eigentlich noch nicht bereit, die Manuskripte aus der intimen Wärme zu lassen, die dadurch entstand, dass nur Luc und sie Bescheid wussten. Doch leider war die Zeit nicht auf Aprils Seite. Und wie Marthe selbst gesagt haben würde und auch gesagt hatte: *J'ai d'autres chats à fouetter*. Ich muss auch noch andere Katzen schlagen. Privatlektüre stand hier nicht auf dem Plan.

»Ah, die Tagebücher. Hatten wir die nicht schon angeschaut?«, fragte Olivier.

»Nur ein paar Seiten. Da steckt noch viel mehr Hintergrundinfo drin, und der Erbe hat uns erlaubt, sie in unseren Katalogen zu benutzen. Luc hat die Familie überzeugt, dass es uns helfen würde, die Herkunft der Stücke adäquat zu beschreiben.«

»Luc?« Olivier blickte von seiner Arbeit auf. »Wer ist Luc?«

»Monsieur Thébault. Der Anwalt.«

»Ach ja. Der. Tja, steht denn irgendetwas von kultureller Bedeutung in den Tagebüchern? Oder ist das bloß das Geschnatter einer alten Dame?«

»Geschnatter?!«, rief April. »Wissen Sie, sie war nicht immer alt. Und ja, es liegt durchaus kulturelle Bedeutung darin. Sie erzählt von Boldini! Sie redet von Zola und Proust!«

April hielt inne, während Olivier nach seiner Laptoptasche griff.

»Also – wollen Sie sie haben?«, fragte sie.

»Die Tagebücher?« Olivier zog sein Tablet hervor. Er zuckte halbherzig mit den Achseln. »Sie interessieren mich nicht besonders. Ich hab nicht wirklich die Zeit, in einem Sumpf aus kleinsten Einzelheiten zu versinken.«

»Einzelheiten? Olivier. Ich glaube, hier geht uns wirklich wichtige Information durch die Lappen.« April klopfte wieder auf ihre Tasche. »Ich erkenne die Notwendigkeit wirtschaftlichen Denkens ja an, aber trotzdem meine ich, dass wir auf diese Art zu viel Geld liegen lassen. Davon bin ich ganz fest überzeugt. Wenn wir beim Verkauf auf diese ganzen Hintergrundgeschichten verzichten, könnte das wirtschaftlich gesehen eine schlechte Entscheidung sein.«

Sogar Troy, sogar ihr Ehemann mit seinen ganzen Tabellen und Finanzierungsmodellen und der Konzentration auf Kapitalrendite – sogar *er* hätte sich die Mühe gemacht, einen Blick auf die Tagebücher zu werfen. Wenn er eine Firma kaufte, bedeutete das, dass er an den finanziellen Transaktionen mit einem nicht unwesentlichen Teil seines eigenen Kapitals beteiligt war, und deswegen wollte Troy immer möglichst viel über den Hintergrund wissen. Er nannte es gebotene Sorgfalt, aber im Grunde war es nichts anderes als das, was April machte, wenn sie Informationen über die Herkunft von Antiquitäten sammelte.

»Hmm«, machte Olivier und zuckte noch einmal müde mit den Schultern. »Von mir aus lies die Tagebücher weiter. Ich denke, wenn du sie ganz durch hast, können wir noch mal darauf zurückkommen. Aber weißt du, für mich sieht es eher so aus, als wäre das ein Haufen Arbeit für nichts.«

Er wollte sie beschwichtigen, und sein Versprechen, »noch einmal darauf zurückzukommen«, hatte nur den Zweck, April abzuwimmeln. Sie beschloss, das Thema fallen zu lassen, aber nur vorerst.

»Merci beaucoup«, murmelte sie. »Entschuldige mich, ich gehe dann mal zu den Überresten des Esszimmers.«

Mit brennenden Augen (oje, das war wirklich nicht ihr Tag!) ging April zurück ins Esszimmer. Dort erwartete sie nur ein kleines Häufchen nicht sonderlich wertvoller Objekte, hauptsächlich eine Sammlung billiger Spiegel, ein paar Hüte mit Federn und dazwischen ein Schirmständer.

April zog einen Spiegel aus dem Stapel. Er sah ganz gut aus, vielleicht ein paar Hunderter wert, eventuell sogar tausend, wenn man eine gute Hintergrundgeschichte dazu liefern konnte. Sie drehte den Spiegel um und fuhr mit der Hand über die Bespannung auf der Rückseite. April konnte nichts entdecken, was geschichtliche Bedeutung gehabt hätte. Nur ein paar Hunderter, wenn Marthe ihre eigene Auktion bekam. Ansonsten null. Das hier war alles nicht gut genug, um auf anderen Auktionen als Lückenfüller zu dienen. Diese Stücke konnte man einfach nicht aus ihrem Zusammenhang reißen.

Als April den Spiegel gegen eine freie Wand lehnen wollte, rutschte ein weißes Eckchen hinter der Rückenbespannung des Spiegels hervor. Es war klein, von der Größe einer Visitenkarte. April stockte fast der Atem, als sie den Namen las.

Georges Clemenceau.

Das war keine Karte, wie man sie mit Geschäftspartnern austauschte, sondern eine private Visitenkarte, und das vom damaligen französischen Premierminister.

Auf einen Schlag war April ganz nervös und suchte hinter den anderen Spiegeln, wo sie tatsächlich noch mehr Karten fand. Die Namen waren ihr bekannt: Marcel Proust, Robert de Montesquiou (der Dandy mit dem pistaziengrünen Anzug) und mindestens ein halbes Dutzend von Georges Clemenceau. Sie hastete durch die anderen Räume, um die Unterseiten von Tischen und die losen Polster der alten Stühle zu inspizieren. Wenig später hatte sie beide Hände voll und bekam fast einen Krampf in den Fingern bei dem Versuch, alle Karten festzuhalten.

»Olivier!«, schrie sie. Sie lief zu ihm in die Küche. »Hast du die hier gesehen? Die hab ich in einem Versteck in einem der Stücke gefunden.«

Sie warf den Kartenstapel auf sein Tablet.

»Ah, ja, die reinste Flut an Visitenkarten!«, sagte er und schob sie beiseite. »Wir haben Hunderte von den Dingern gefunden.«

»Ihr habt Hunderte gefunden?«

»Oui. Als wir die Stücke zusammengeräumt haben, sind die Karten nur so aus den Möbeln geregnet, auch aus den Bilderrahmen.«

»Ich kann nicht glauben, dass ich bis jetzt keine einzige gesehen habe.«

»Hat niemand. Erst als unser Herr vom Transportunternehmen einen Tisch auf den Kopf gestellt hat …«

»Er hat einen Tisch *auf den Kopf gestellt*?«

»Oui. Auf den Kopf. Als die erste rausfiel, hat Marc sofort bei den anderen Stücken nachgesehen. Er hat Seitenteile und falsche Böden rausgezogen und noch Hunderte von Karten gefunden.«

»Marc hat Seitenteile aus den Möbeln gezogen?« April wurde ganz schwummrig.

Olivier lächelte und schüttelte den Kopf. »Sieht so aus, als wäre die alte Schachtel ganz schön beliebt gewesen.«

»Was heißt hier ›alte Schachtel‹? Sie war auch mal jung.« April war ein wenig konfus, als hätte man sie auf den Kopf gestellt und nicht Marthes Tische und Stühle. »Was habt ihr mit den Karten vor?«

»Ablegen, würde ich sagen, oder?«, sagte er. »Sie sind zwar ganz amüsant zu lesen, aber ich glaube nicht, dass sie wirklich relevant sind.«

»Aber hast du denn die Namen nicht gesehen? Georges Clemenceau zum Beispiel.«

»Ja, ich hab die Namen gesehen.« Er blickte von seinem Tablet auf und kicherte. »Ich hätte nicht erwartet, dass du dich so für Visitenkarten interessierst. Monsieur Thébault scheint recht zu haben.«

»Monsieur Thébault?«

»Entschuldigung. *Luc*, wie du ihn nennst. Ich habe ihm gegenüber erwähnt, dass ich sie ablegen will, aber er meinte, du würdest bestimmt Einwände erheben und sie zuerst anschauen wollen. Wir dachten uns, nein, natürlich nicht, was sollte April mit diesen Visitenkarten anfangen? Sie ist schließlich Möbelexpertin. Aber er hatte recht. ›Sie wird Einwände erheben. Sie wird massive, lautstarke Einwände erheben.‹«

»Das hat er also gesagt.«

»Oui. Die Visitenkarten sind gleich hier.« Er machte einen Karton auf. »Das ist der Rest. War eine ganz schöne Mühe, die alle einzusammeln.« Energisch klappte Olivier den Deckel seines Tablets zu. »So, ich muss jetzt zurück ins Büro. Würde es dir was ausmachen zuzusperren?«

»Nein, natürlich nicht.«

»Merci beaucoup, Madame Vogt.« Er schüttelte ihr mit formeller Geste die Hand. Diesmal kein europäischer Kuss auf beide Wangen unter Kollegen. »Bis morgen.«

Olivier drehte sich so schwungvoll um, dass sein Mantel flatterte. April lauschte, bis seine Schritte immer leiser wurden und schließlich völlig verklangen. Sie hatte Gänsehaut an den Armen.

Die Wohnung schien immer noch zu dröhnen, obwohl sich nichts mehr rührte. Aus der Ecke winkten die Schwanzfedern eines ausgestopften Vogel Strauß. In einem anderen Zimmer, in einer anderen Wohnung, spielte jemand Klavier. April schauderte, während sie von einem Zimmer ins nächste wanderte. Der Wind heulte durch die Wände.

»Tut mir leid, Marthe«, sagte sie, obwohl sie nicht recht wusste, was ihr leidtat.

Schließlich platzte sie in das bisher unberührte zweite Schlafzimmer. Sie würde ungefähr ein Dutzend Stücke schaffen. Wenn sie die Ablenkung auf ein Minimum reduzierte, konnte April die Entwürfe für die Katalogbeschreibungen fertighaben, wenn sie ging. Arbeite schneller, nicht länger. Das war Aprils Motto, ihre eigene Visitenkarte. Andererseits – wenn man in Paris war, war länger nicht unbedingt das Verkehrteste.

Chapitre 32

»Allo?« April klemmte ihr Handy zwischen Schulter und Kinn, während sie die Treppen von Marthes Wohnung hinunterging.

Es war nicht Troy, das wusste sie. Auch nicht Birdie, die jederzeit anrufen konnte, um eine ganz spezielle Anfrage von April zu beantworten (»Kannst du zwei ähnliche Stücke finden, die aufgrund ihrer Hintergrundgeschichte für extrem unterschiedliche

Preise verkauft wurden?«) Nein, dieser Anrufer war nicht aus New York. Sondern von hier.

»April Vogt à l'appareil.«

War es jemand vom Pariser Büro? Die Hausverwaltung, über die sie die Wohnung gemietet hatte? Hatte sie ihre Sonnenbrille im Bistro liegen lassen?

»Avril«, sagte die Stimme. Sie klang rauchig und satt und ließ keinen Zweifel an ihrer Identität.

Avril hielt auf dem zweiten Treppenabsatz kurz inne. Ihr Herz raste, obwohl sie die Treppen hinunter- und nicht hinaufging.

»Ich freue mich, dass ich Sie erreiche.«

Luc. Woher hatte Luc ihre Nummer? Es war nicht ganz abwegig, dass sie ihm irgendwann einmal ihre Visitenkarte gegeben hatte, aber sie konnte sich auch nicht erinnern. Es kam ihr wahrscheinlicher vor, dass Olivier eine Rolle dabei gespielt hatte oder dass ihre Assistentin Lucs aalglattem Charme erlegen war. Es hatte einen Hauch von Aufdringlichkeit, aber nicht unbedingt auf die schlechteste Art.

»Bonjour, Monsieur Thébault. Es überrascht mich, von Ihnen zu hören. Danke nochmals für die Tagebücher. Tatsächlich haben sich heute in der Wohnung interessante Entwicklungen ergeben.« Sie hielt inne und dachte an die Visitenkarten, dann aber auch an Oliviers gleichgültiges Schulterzucken. »Dachte ich jedenfalls.«

»Wunderbar. Darüber würde ich gerne mehr erfahren. Wann sind Sie mit der Arbeit fertig?«

»In diesem Moment«, sagte sie. »Für heute bin ich fertig – mehr oder weniger.«

»Jetzt schon? Das ist ja eine Überraschung. Mir kommt es vor, als hätte ich mich gerade erst in diesem Innenhof von Ihnen verabschiedet.«

»Stellen Sie meine Arbeitsmoral infrage, Herr Anwalt? Normalerweise behaupten Sie doch immer, ich arbeite zu viel.«

»Ich stelle gar nichts infrage, ich mache mir nur Sorgen, dass Sie ihren amerikanischen Fleiß verlieren und gegen Pariser Schlendrian eintauschen. Von der Frau, die ich kenne, erwartet man, dass sie eher zwölf Stunden am Tag arbeitet als …« April konnte sich vorstellen, wie Luc auf seine Uhr blickte, eine große Cartier mit Titangehäuse. »… ungefähr zwei? Vielleicht sind Sie ja wirklich amüsanter als Ihre Landsleute?«

»Nein, bin ich nicht«, sagte April. »Das heißt, ich bin nicht weniger amüsant. Oder mehr. Ich bin … Ich habe heute Morgen im Büro gearbeitet und hab mir noch mehr Arbeit für heute Abend mitgenommen. Wollen Sie mich der Bummelei bezichtigen, Monsieur Thébault?«

Aprils Stimme hallte von den alten Steinwänden wider. Ihre Leichtigkeit überraschte sie selbst, angesichts der Schwere, die April fast den ganzen Tag über in sich gespürt hatte.

»Nein!«, rief Luc. »Ich würde Sie niemals der Bummelei bezichtigen! Aber jetzt – nehmen Sie sich sogar Arbeit mit nach Hause. Das klingt wieder nach der echten, blaublütigen Amerikanerin.«

»Ich bin nicht blaublütig.«

»Ich bitte um Entschuldigung. Die Reichen sind ja die blaublütigen. Im Süden ist man eher heißblütig.«

»Ich bin weder das eine noch das andere.« Sie schüttelte den Kopf. »Ich meine, ich bin Amerikanerin, aber das hat nichts mit Blut zu tun, und … überhaupt … Sie sagten, Sie hätten schon versucht, mich zu erreichen?«

»Ja. Sind Sie jetzt in der Nähe der Wohnung?«

»Ja.« April spähte aus dem Fenster im Treppenhaus, als wollte sie sich vergewissern. »Ich verlasse gerade das Haus.«

»Wunderbar«, sagte er. »Ich bin unten. Haben Sie gerade Zeit?«

»Ob ich Zeit habe? Wie meinen Sie das?«

»Ah, ma chérie. Nicht aufregen. Tu viens boire une coupe avec moi?«

»Einen Drink …«

»Oui. Im La Terrasse vielleicht. Das ist ganz oben in den Galeries Lafayette. Tolle Aussicht hat man von da.«

»Ich weiß nicht«, begann April. »Ich hab heute Abend noch einen ganzen Berg Arbeit.«

»Einen ganzen Berg? Ihr Amerikaner steht einfach auf Übertreibungen. Kommen Sie. Es ist ganz in der Nähe, und die machen sowieso früh zu. So sind Sie nicht gezwungen, meine Gegenwart allzu lange zu ertragen.«

»Na gut«, sagte April, während sie die letzten Stufen hinunterging. »Ich glaube, für einen Drink hab ich schon Zeit.«

»Oder für drei. Ah, ich sehe schon Ihren Kopf.«

April trat auf die Straße und da stand er: gebügeltes, lässig aufgeknöpftes Hemd, beige, tief sitzende Hose, die Schuhe auf Hochglanz poliert. Sie konnte sich ein Lächeln nicht verkneifen, hauptsächlich deswegen, weil Luc sie auch schon anlächelte.

»Bonjour«, sagte sie und stellte erstaunt fest, dass sie leicht zitterte.

»Zweimal am gleichen Tag. Was für ein Luxus.«

Luc führte April den Gehweg entlang, wo sie sich einen Weg zwischen den Leuten hindurch bahnten, die von der Arbeit kamen oder schon zu Hause waren und jetzt ihre Tiere Gassi führten. Der Rummel aus Bürohengsten, Gassigehern und Shoppingwütigen ließ eher an Kalkutta als an Paris denken, doch April störte das Gewimmel nicht im Geringsten. Es bedeutete nämlich auch, dass eine Unterhaltung mit Luc von vornherein unmöglich war. Smalltalk bei einem Drink war eine Aussicht, die April schon genug stresste, und sie hatte keine Lust, ihren mittelprächtigen Vorrat an Gesprächsthemen schon aufzubrauchen, während sie über die dampfenden Kackehaufen sprangen.

Sie war schon oft in den Galeries Lafayette gewesen. Die Galeries, die nur ein paar Schritte von der berühmten Opéra de Paris entfernt waren, waren im Grunde genommen ein Kaufhaus, weswegen Chelsea wahrscheinlich auch darüber gespöttelt hatte. Aber dieses Kaufhaus war nach dem Prinzip aufgebaut, dass unter seinem Dach eine ganze Reihe von verschiedenen Geschäften untergebracht war. Das war kein Vorstadt-Einkaufszentrum wie

Westfield Shopping Town. Die Galeries konnten problemlos mit dem Glanz der Opéra mithalten.

Im Zentrum des zehnstöckigen Kolosses, der 1893 mit viel Glitter und ästhetischen Spezialeffekten eröffnet wurde, befand sich eine Kuppel aus farbigen Glasfenstern und Stahl, von der sich ein Wasserfall aus tanzenden Farben auf die Einkaufenden ergoss, wahrscheinlich so ähnlich wie der Kronleuchter im Folies, dachte April. Die Galeries Lafayette waren eine Touristenfalle, damit hatte Chelsea durchaus recht, aber deswegen waren sie kein bisschen weniger umwerfend. Für April waren und blieben sie eine Verkörperung ihrer Ära, der Zeit von Marthe, der Belle Époque. Und da sie in der sogenannten »schönen Epoche« erbaut worden waren, waren sie mehr als ein Ort, an dem man Louis Vuitton kaufen oder sich von herablassenden Verkäuferinnen verächtlich behandeln lassen konnte.

Neben dem Prunk des Gebäudes wirkte das Dach überraschend gewöhnlich. La Terrasse war ein schlichtes Restaurant, mit ein paar hohen Metalltischen und viereckigen weißen Sonnenschirmen. Aber die Aussicht schlug jederzeit, was die Stockwerke darunter an Gold und Pomp zu bieten hatten. Von dem Tisch aus, an dem Luc und sie sich hinsetzten, konnte April fast ganz Paris überblicken, einschließlich eines unverstellten Blicks auf den Eiffelturm und einer großartigen Aussicht auf Sacré-Cœur mit seinen imposanten weißen Kuppeln und Türmen. In der Kirche befand sich die größte Kirchenglocke Frankreichs, und das Deckenmosaik war das prachtvollste des ganzen Landes.

»Waren Sie schon mal hier?«, fragte Luc, als er sich auf seinem Hocker zurechtsetzte. »Natürlich waren sie schon mal in den Galeries, aber sind Sie auch schon mal auf dieser Dachterrasse gewesen?«

»Ja.« April warf einen kurzen Blick auf die Speisekarte. »Als ich hier gewohnt habe, bin ich ein paarmal auf die Aussichtsplattform gegangen. Ich weiß nicht, ob man irgendwo auf der Welt eine noch schönere Aussicht hat.«

April überflog die Speisekarte noch einmal und versuchte, ganz unbefangen zu wirken, als *könnte* sie essen, *müsste* aber nicht unbedingt, obwohl sie in Wirklichkeit etwas essen musste. Um diese Zeit war es zu spät fürs Mittagessen, aber zu früh fürs Abendessen. Es war ihr wieder mal gelungen, sämtliche Mahlzeiten eines Tages zu verpassen, und sie hatte das Gefühl, es bis zur normalen Abendbrotzeit der Pariser nicht mehr aushalten zu können.

Luc machte dem Kellner ein Zeichen. Er bestellte zwei Gläser Champagner, und bevor der Mann gehen konnte, bestellte April schnell noch einen Teller macaroni au fromage. Also im Grunde nichts anderes als Käsenudeln, aber April dachte sich, wenn sie es auf einer Dachterrasse in Paris bestellte, konnte man es kaum spießig nennen.

»Müssen Sie …?«, fragte Luc.

»Die Nudeln?« April wurde rot, wie immer, wenn sie mit diesem Mann zusammen war. »Ähm, na ja, ich hab schon ein bisschen Hunger. Tut mir leid, wenn ich Ihre kulinarischen Traditionen so schmählich missachte, aber Sie wissen doch, wie wir Amerikaner sind: Wir müssen uns von morgens bis abends vollstopfen.«

»Nein.« Luc schnaubte. »Sie sollten etwas essen. Sie sind ziemlich dünn. Ich rede von Ihrer Handtasche.« Er deutete auf den Stuhl zwischen ihnen. »Ich glaube, da klingelt was.«

»Oh. Oh!« April griff hastig nach der Tasche und fischte ihr Telefon heraus.

»Lustig, dass Sie einen BlackBerry haben. Sonst hat doch jeder ein Smartphone, oder?«

»Tja, ich befürchte, ich bin ein Dinosaurier.«

TV3.

April stellte ihr Telefon stumm.

»Da kann ich später zurückrufen«, sagte sie. Sie war selbst ein bisschen verwirrt von ihrer Reaktion.

»Okay.« Luc zuckte mit den Schultern.

April griff nach ihrem Glas, aber es war noch nicht da. Als sie die Hand zurückzog, merkte sie, dass sie zitterte.

»Sie meinten, dass Sie etwas mit mir zu besprechen hätten«, sagte sie, und ihre Stimme zitterte ebenso wie ihr Arm.

»Ja. Ich habe heute mit dem Erben von Madame Quatremer gesprochen«, erklärte Luc. »Über die Tagebucheinträge, die Stücke in der Wohnung und Ihre ganzen Fragen. Und ich habe Neuigkeiten.«

»Neuigkeiten?« April versuchte, ihre Besorgnis zu verbergen. »Und zwar? Will sie die Tagebücher zurückhaben?«

»Es geht nicht um die Tagebücher«, beruhigte Luc. »Nur Geduld, Madame Vogt. Immer schön der Reihe nach. Während wir auf unseren Champagner warten, sollten Sie das hier mal kurz lesen.«

Chapitre 33

Paris, 12. April 1892

Ich bin heute in Boldinis Atelier gegangen, und das – Gipfel des Skandals! – nicht während der Besuchszeit von vier bis fünf!

Jede anständige Dame der Gesellschaft, ob alt oder jung, weiß, dass sie das Haus eines Mannes niemals zu einer anderen Zeit aufsuchen darf. Um halb vier zu kommen wäre ungehobelt, anstößig und einfach unmöglich. Bevor es Viertel vor vier wäre, wäre man schon gesellschaftlich geächtet. Aber um vier Uhr – immer hereinspaziert! Wenn Sie dann um halb fünf gehen, mit zerzausten Haaren und zerknitterter Kleidung, wird keiner etwas auszusetzen haben.

Ehrlich gesagt ist mir dieser Zeitraum von sechzig Minuten nicht ganz begreiflich, aber vielleicht verdeckt ein Hauch von Abenddämmerung die Unschicklichkeit. Höchstwahrscheinlich funktioniert es deswegen, weil man sich darauf geeinigt hat, dass alle in dieser einen Stunde ihre Amouren pflegen, und so kann keiner ertappt werden.

Ich kam nachmittags zu Boldini, und zwar nicht annähernd zur vorgeschriebenen Zeit. Émilie warnte mich, dass jedes bisschen guter Ruf dahin wäre, den ich mir erworben hatte, sollte mich jemand sehen. Ich würde tatsächlich sagen, dass es sich nur um ein bisschen guten Ruf handelt. Ich bin weit gekommen, aber gar nichts plus ein bisschen ist und bleibt ein bisschen. Es war schon richtig, was sie sagte: Der Mittag ist keine schickliche Zeit, um einen Mann zu besuchen. Selbst wenn er nicht verheiratet war, selbst wenn ich nicht vorhatte, mir bei meinem Besuch das Korsett aufzuschnüren. Aber leider konnte ich aufgrund meiner Schicht im Folies nirgendwo anders hingehen.

Soziale Rücksichten und Schicklichkeit sind mir zwar nicht egal, aber nicht jeder ist derselben Meinung. Insbesondere ein kleines Vögelchen von Schlangenfrau namens Marguérite, die etwas mit einer Cancan-Tänzerin angefangen hat. Als die Tänzerin das erste Mal in unsere Wohnung kam, hatte ich sie noch nicht einmal begrüßen können, da begannen die beiden Damen auch schon ihr sapphisches Tête-à-tête. Von meiner Anwesenheit ließen sie sich gar nicht stören, ich jedoch fühlte mich durchaus gestört. Ich habe zu viel gesehen. Es ist grässlich, dass man einmal Gesehenes nicht wieder aus dem Kopf streichen kann, nicht wahr?

Heute kam ich später als üblich von meiner Schicht an der Bar zurück, wegen eines Duells am frühen Vormittag, das Glasscherben und geköpfte Sittiche auf dem Boden hinterlassen hatte. Émilie und ich verbrachten den Vormittag mit dem Zusammenfegen von Federn und dem Aufwischen der Blutspuren. Ich freute mich schon auf ein Bad und ein Mittagsschläfchen, doch Marguérite hatte andere Pläne. Ich war kaum durch die Wohnungstür getreten, als ich Mademoiselle Cancan auch schon verführerisch den Popo schwenken sah. Hinauswerfen konnte ich sie schlecht, ich könnte Marguérite einfach niemals eine Enttäuschung bereiten. Die beiden luden mich ein, mich ihnen anzuschließen, aber ich lehnte höflich ab und behauptete, ich hätte noch etwas anderes zu erledigen, obwohl ich keine Ahnung hatte, wo ich hingehen könnte.

Während ich durch Pigalle streifte und den »Damen« auswich, die von ihrer Arbeitsstätte heimkehrten, kam mir Boldinis komisches mürrisches Gesicht in den Sinn. Nach einem Duell gibt er immer alle möglichen Kommentare zum Besten, und nach einem mit so vielen gefiederten Todesopfern würde er bestimmt zu Bestform auflaufen.

Ich schaute im Folies vorbei, um nach ihm Ausschau zu halten. Émilie hatte ihn seit zwei Wochen nicht mehr gesehen, denn wir hatten nie dieselbe Schicht, aber selbstverständlich dürfte ich »gerne bleiben und warten«. Da Warten noch nie meine starke Seite war, traf ich die kühne Entscheidung, direkt zu Boldinis Atelier zu gehen. Ich wusste, wo er wohnte, doch er prahlte oft lautstark damit, die Räumlichkeiten übernommen zu haben, die John Singer Sargent zwangsweise hatte aufgeben müssen. Émilie warnte mich, aber ich tat, als würde ich sie nicht hören.

Es war ein langer Fußweg, und als ich erst einmal die Seine überschritten hatte, gab es kein Zurück mehr. Ich hoffte wirklich, dass er mir für den Heimweg seine Kutsche zur Verfügung stellen würde.

Nachdem ich durch die Luxembourg Gardens gebummelt war – wobei das Pariser Wetter ausnahmsweise kooperierte –, erschien ich mit einem Lächeln (ganz ohne Poposchwenken!) auf seiner Schwelle. Boldini begrüßte mich mit einer Mischung aus Freude und Nervosität. Damit meine ich, dass seine Stimme froh klang, aber seine Augen ängstlich aussahen. Vielleicht ist es gut, dass ich nicht zur klassischen Besuchsstunde zwischen vier und fünf aufgetaucht bin. Wer weiß, in was für einem Techtelmechtel ich ihn da vorgefunden hätte?!

»Marguérite brauchte etwas Privatsphäre in unserer gemeinsamen Wohnung«, erklärte ich. »Da habe ich beschlossen, spazieren zu gehen, und, sieh an, unversehens bin ich vor Ihrer Tür gelandet!«

»Sie wollen wirklich hereinkommen?«, fragte Boldini ungläubig. Er sah aus, als hätte ich ihm eine Pistole auf die Brust gesetzt und seine Taschenuhr verlangt.

»Nun ja«, sagte ich. »Das ist normalerweise das Ziel, das man im Sinn hat, wenn man einen Freund besucht. Ich habe einen langen Fußmarsch hinter mir, und nebenbei bemerkt, ich werde für den Heimweg wohl eine Kutsche benötigen.«

Boldini seufzte und führte mich widerstrebend durch den Flur in sein Atelier.

Was kann ich von seinem Atelier erzählen? Es ist genauso chaotisch wie Boldini selbst. Wie ich bereits erwähnte, hat es vorher Sargent gehört, der es im Kielwasser des Skandals um Madame Gautreau aufgeben musste. Mittlerweile nennt man sie nur noch Madame X – als ob irgendjemand vergessen könnte, dass anstelle des X früher Gautreau stand!

Während Boldini in seiner Küche nach einer Teetasse suchte (anschließend fand er dann nicht mal den Tee, um die Tasse zu füllen), musterte ich eine Weile das Zimmer, als könnte ich der Energie der skandalösen Geschehnisse nachspüren. Ich war erst elf, als das Debakel losbrach, aber schon damals nahm ich regen Anteil an Klatschgeschichten, sehr zum Entsetzen der Nonnen.

Jetzt stand ich genau an dem Ort, an dem die schöne Madame Gautreau ihren Träger hatte herunterrutschen lassen, eine kleine Tat, die wenig später ganz Europa in Wallung brachte. Fast erwartete ich, mich umzudrehen und das berüchtigte Portrait zu erblicken.

Das Atelier an sich ist gar nicht hässlich. Es hat Potenzial, wenn man sich nur durch diese ganzen Bilder und Leinwände und das Künstlergerümpel hindurcharbeiten könnte. Das Zimmer hat Zierleisten unter der Decke, dekoratives Balkenwerk und Böden aus feinstem Eichenholz. Der Raum ist so hoch, dass jeder Atemzug von den Wänden widerhallt. Aus dem Hauptraum kann man drei Nebenzimmer betreten, die alle hinter schweren Vorhängen verborgen sind. Als ich vor einem stehen blieb und die Hand auf dem burgunderroten Samt ruhen ließ, schnauzte Boldini mich an: »Kein Zutritt für Gäste!«

Ich musste mich schon fragen, was für unschickliche Vorgänge sich hinter diesem Schleier abspielten!

Ein breiter Kaminsims erstreckt sich an der Nordwand. Auf dem Sims steht eine Sammlung von schlaffen, schmutzigen Puppen, die unheimlicher aussehen als die Folies-Tänzerin mit ihrem Glasauge und den gelben Zähnen. Boldini erklärt, dass sie Sargent gehören, der nach seinem Weggang nicht mehr gekommen ist, um sie abzuholen. Boldini bringt es nicht über sich, sie einfach wegzuwerfen, und Sargent könnte ja doch noch einmal kommen. Der Narr. Das alles liegt mittlerweile sieben Jahre zurück, und selbst wenn man die Zeiträume großzügig bemisst, ist das einfach ausgeschlossen. So oder so werden diese spukhaften Puppen innerhalb des nächsten Monats verschwinden. Das kann ich Ihnen versprechen!

Um jegliche Zweifel an seiner Produktivität im Keim zu ersticken, ist Boldinis Wohnung heillos vollgestopft mit Gemälden, und mein liebstes ist ein halbvollendetes Selbstportrait. Darauf trägt er eine breite schwarze Krawatte, einen braunen Rock und zeigt seine übliche mürrische Reserviertheit. Die Enden seines Schnurrbarts sind nach oben gezwirbelt und lächeln an seiner statt. Beim bloßen Anblick wird mir ganz flau. Wie es aussieht, habe ich eher eine Neigung zum Bitteren als zum Süßen.

Neben diesem Bild sah ich noch zwei weitere Leinwände, beides fast fertiggestellte Portraits. Mutter und Tochter, erläuterte Boldini, als er sah, wie mein Blick daran hängen blieb. Irgendetwas an dem Wort »Tochter« presste mir das Herz zusammen. Oder vielleicht war es das Wort »Mutter«.

»Das ist Josefina de Alvear de Errázuriz«, sagte er, als ich mich nicht vom Fleck bewegen wollte. »Das andere Portrait ist ihre Tochter, Giovinetta, ein über die Maßen lebhaftes Kind.«

»Noch nie gehört«, sagte ich.

»Sie haben noch nie von Josefina gehört? Der wohlhabenden chilenischen Exilantin?«

Ich kicherte unterdrückt. Chilenische Exilantin? Vielleicht kannte sie ja den Guano-Magnaten der südlichen Hemisphäre.

»Tut mir leid«, erwiderte ich. »Der einzige Südamerikaner, den ich kenne, ist Pierre.«

»Ja, wir alle wissen, wie gut Sie zwei miteinander bekannt sind. Wenn es einen Südamerikaner gibt, den man kennen muss, dann Sir Pierre!«

War es nur meine Einbildung oder klang er tatsächlich gereizt, als er über Pierres und mein Verhältnis sprach? Doch, dachte ich, er war gereizt. Und das war erfreulich.

»Nun«, sagte ich, »wer auch immer diese Frau ist, sie ist wirklich schön. Das Gemälde ist großartig.«

»Danke«, murmelte er und lief dunkelrot an.

Ich verkniff mir die Bemerkung, dass Madame de Errázuriz so schön war, dass ich bei der bloßen Betrachtung ihres Portraits das Gefühl hatte, von ihren Augen herausgefordert zu werden. Diese Frau, Josefina, starrte mich von der Leinwand an, mit hochgezogenen Augenbrauen und einem arrogant lächelnden Schmollmund. Noch jetzt, wo ich schon längst wieder in meiner eigenen Wohnung bin, kann ich ihr Kleid vor meinem inneren Auge sehen: dicker, goldener Satin mit dunkelgrünen Streifen, mit einer passenden Schärpe um die Taille. Damit nicht genug, sitzt die goldene Frau auch noch auf einer goldenen Chaiselongue. Madame de Errázurriz war der Inbegriff von Leuchtkraft. Ich fasste auf Anhieb eine Abneigung gegen sie.

»Was für ein Glück, dass sie einen so geschätzten Portraitmaler gefunden haben«, sagte ich, denn ein geschmeichelter Boldini ist auf jeden Fall angenehmer als der alltägliche. »Aber was ist denn mit dem jungen Mädchen hier los?«

Die quirlige Giovinetta war so schön wie ihre Mutter und sah ausgesprochen unverschämt aus, wie sie so auf einem violetten Samtsofa lümmelte. Und ihre Aufmachung? Ihre Aufmachung war mir unerklärlich. Sie ziemte sich nicht für eine Zehnjährige, andererseits gab es aber auch kein anderes bestimmtes Alter, für das dieser Aufzug schicklich gewesen wäre! Giovinetta trug eine Haube, wie man sie normalerweise Vierjährigen aufsetzt, einen Umhang, der geradewegs aus dem Kleiderschrank einer *grand-mère* kommen könnte, und an ihrem Schenkel lehnt ein dandyhafter Regenschirm.

Ihr Schenkel! Gütiger Gott! Ich kann kaum davon sprechen, ohne rot zu werden! Auf dem Portrait stecken ihre Beine in langen schwarzen Strümpfen – Strümpfen, die eher für eine Frau von achtzehn Jahren angemessen wären und nicht für ein Mädchen von zehn. Aber das ist ja noch das geringere Übel! Über dem Strumpf schaut ein Streifen Haut hervor. *Mon Dieu!* Boldini wird ein schlimmeres Schicksal erleiden als Sargent!

»Was meinen Sie?«, fragte Boldini. »Gefällt Ihnen das Portrait nicht?«

»Technisch gesehen ist es gut. Aber ist Ihnen nicht die …« Ich deutete auf das Bein des Mädchens. »… die Haut aufgefallen?«

»Doch.« Er lächelte. »Das habe schließlich ich gemalt, also ist es mir natürlich aufgefallen. Haben Sie Einwände?«

»Ich habe keine Einwände, aber ich befürchte, dass Sie damit einen Skandal heraufbeschwören … Ihre Madame Gautreau, *Madame X*, oder wie auch immer! Und welcher neue Maler wird das Atelier von Sargent/Boldini übernehmen, wenn Sie von der Gesellschaft ausgestoßen werden und die Miete nicht mehr zahlen können?«

»Oh Marthe«, sagte er. »Ich hätte Sie gar nicht für so zartbesaitet gehalten. Hinter Ihrem Bartresen bekommen Sie doch in einer Viertelstunde mehr Haut zu sehen als hier.«

»Niemand will den Schenkel eines Kindes sehen, Giovanni. Das ist etwas völlig anderes!«

Mein Zorn war echt, ebenso wie die Angst, dass diese Art von Skandal meinen lieben Boldini aus der Stadt verbannen würde. Von mir verbannen würde!

Boldini lachte nur.

Da ich es keinen Moment länger aushielt, dieses halb entblößte Mädchen zu betrachten, wanderte ich weiter durchs Atelier, um die anderen Bilder zu begutachten, die er gerade in Arbeit hatte. Während ich seine Behausung inspizierte, war es schwer einzuschätzen, ob ich mich in der Wohnung eines erfolgreichen Mannes befand oder ob er am Hungertuch nagte. Das ist wahrscheinlich das Problem mit Künstlern: Man kann nie wissen, ob sie Geld haben!

Je länger ich die Wohnung inspizierte, umso größer wurde Boldinis Unbehagen. Er schien meine Ansichten zu fürchten, brachte mehrfach Entschuldigungen für gewisse Arbeiten vor und bestand zwischendrin darauf, dass er mich malen und damit sein bis dato größtes Werk vollbringen wollte. Obwohl ich das aufregend fand, wusste ich, dass Boldini es nicht ernst meinte. Er wusste nur nicht, was er sonst sagen sollte.

»Sie müssen mich nicht portraitieren, um mich glücklich zu machen«, sagte ich und ergriff seine Hand. Ich verschränkte meine Finger in seine.

Boldini zuckte zusammen.

»Ich bin ein Gentleman …«, stieß er mit erstickter Stimme hervor. »Ich weiß nicht, was …«

Ich versuchte, ihm mit meinen Augen etwas ganz Bestimmtes mitzuteilen. Dass ich ihn nämlich als Gentleman einschätzte, er sich aber nicht wie einer benehmen musste. Ich hatte eigentlich nicht vorgehabt, den Mann zu verführen, aber an diesem Tag gerieten meine Absichten ganz eigenmächtig auf andere Bahnen.

Bevor einer von uns zur Besinnung kommen konnte, führte ich einen bebenden Boldini in eines der angrenzenden Zimmer und hoffte, dass sich dort ein Plätzchen finden würde, an dem wir unsere müden *Füße* ausruhen konnten. Wir hatten Glück. An der Wand stand Madame de Errázuriz' gelbe Chaiselongue.

Während Boldini mir verlegene kleine Küsse gab, zog ich uns beide auf die Chaise hinunter. Da entzündete sich plötzlich ein Funke in ihm, und innerhalb von Sekunden hatte er mein Kleid und mein Korsett geöffnet. Ich schloss die Augen, und seine Finger glitten über meine Brustwarzen. Wieder schloss ich die Augen, und wo eben noch seine Finger gewesen waren, war nun sein

Mund, während seine Hände auf einmal eine teuflische Tätigkeit unter meinem Rock aufnahmen.

Gestatten Sie mir, hier aufzuhören und einfach zu sagen, dass Giovanni Boldini nicht nur ein begabter Künstler, sondern auf mindestens ein paar anderen Gebieten ebenfalls Experte ist. Der Mann ist weithin berühmt für seine genialen Hände, aber ich habe das Gefühl, dass diesen Anhängseln ein größerer Anteil am Ruhm zugesprochen wird, als ihnen zusteht. So oder so – er ist ein wahrhafter Künstler!

Chapitre 34

»Belle-Époque-Porno.« April legte die Tagebücher auf den Tisch. »So was hatte ich auch noch nicht.«

»Du liebe Güte«, meinte Luc, als sie miteinander anstießen und auf Paris tranken. »Wenn Sie das für Porno halten, dann sind die Tagebücher vielleicht nicht die einzigen Schriften, die ich mit Ihnen teilen sollte.«

»Und an dieser Stelle beginnt die ›sexuelle Belagerung‹.« April nahm einen Schluck, um nicht allzu breit zu grinsen. Der Champagner prickelte in ihrer Kehle, trocken und perlend. »Ich wusste gar nicht, dass Boldini in Sargents Atelier gewohnt hat. Hätte ich wissen müssen, wusste ich aber nicht. Die Tagbücher, das Atelier von Sargent – das fühlt sich alles so an, als wäre ich diejenige, für die diese Zeilen geschrieben worden sind.«

Jetzt war es wichtiger denn je, dass sie diese Auktion durchsetzte. Eine richtige. Ausschließlich für Marthe. Sie respektierte Oliviers Ansichten in dieser Frage, aber deswegen hatte er noch lange nicht recht.

»Mir ist klar, wie wichtigtuerisch und wahnhaft sich das anhört«, fuhr April fort, während Luc nur mit einer halb spöttisch hochgezogenen Augenbraue antwortete. »Aber Sargent ist quasi … absolut mein Maler.«

»Absolut Ihr Maler.«

»Mein Ma… meine Freunde und meine Familie behaupten, dass ich ein klitzekleines bisschen besessen von diesem Maler bin. Na ja, ganz besonders von *Madame X.* Sie hängt im Metropolitan Museum in New York.«

»›Madame X‹? Ist das eine Art Pornostar?«

»Im Metropolitan Museum? Sagen Sie mal, was ist eigentlich *los* mit Ihnen?« April musste fast lachen, obwohl sie einen tadelnden Ton hatte anschlagen wollen. »*Madame X* hieß vorher Madame Gautreau.« April tippte mit dem Finger auf das Tagebuch. »Bevor sie ihren Namen änderten, um die Unschuldige zu schützen. Habe ich Ihnen das noch nicht erzählt? Das hab ich Ihnen doch schon erzählt. Manchmal habe ich das Gefühl, dass Sie mir überhaupt nicht zuhören.«

April gab ihm einen scherzhaften Klaps auf die Hand. Sie wollte nicht, dass Luc glaubte, sie meine es ernst, dass er sie für eine Kratzbürste fast schon mittleren Alters hielt, die akribisch über jede Kränkung und Beleidigung Buch führte.

»Avril.« Seine Stimme klang ernst und fest. »Ich kann mich an jedes Wort erinnern, dass Sie gesagt haben. Jedes Wort.«

Lucs Gesicht blieb ernst, von seinem Grinsen keine Spur. Aprils Gesicht wurde heiß, als er ihr so intensiv in die Augen sah.

»Nein, jetzt mal ganz im Ernst«, sagte sie und begann mit allen Besteckteilen und Schreibutensilien zu spielen, die in ihrer Reichweite lagen. »Ich habe Madame X hundertmal gesehen, wenn nicht tausendmal. Das ist mein Lieblingsbild im ganzen Museum. Mein Mann …« April merkte, wie sie bei diesem Wort unerklärlicherweise errötete. »… Troy versteht nicht, warum ich mir Woche für Woche, Monat für Monat immer wieder dasselbe verdammte Gemälde anschauen kann. Wir gehen oft ins Metropolitan Museum. Seine Großmutter ist da irgendwo ein hohes Tier. Außerdem – ist es eben das Metropolitan Museum. Er will immer die neuesten Ausstellungen ansehen: Klee, britisches Silber, *Teppiche und Rituale des tibetischen Buddhismus*, alles Mögliche. Aber ich fange immer mit *Madame X* an.«

»Ah«, sagte Luc. »Gibt es also doch etwas, was Ihnen noch besser gefällt als Ihre Tische und Kommoden.«

»Europäische Möbel sind absolut mein Ding, aber gegen Ende meines Studiums hätte mich *Madame X* beinahe noch umgestimmt. Aber John Singer Sargent wäre leider ein viel zu schmales Fachgebiet gewesen. Und der Himmel weiß, ich hätte es wirklich nicht ertragen, in meinem Beruf große Teile meiner Zeit mit der Betrachtung von François Boucher zu verbringen.« April verzog das Gesicht. »Oder Jean-Honoré Fragonard. *Igitt.*«

»Ja, das wäre wirklich furchtbar gewesen. Diese Typen sind echt die schlimmsten.«

»Engel und Cupidos und Cheruben. Überhaupt nicht mein Geschmack.«

»Sie sind eine entzückende Romantikerin. Angesichts Ihrer verblüffenden Vorliebe und auch der von Madame de Florian werde ich mir das Gemälde direkt mal im Internet ansehen müssen, damit ich kapiere, was die ganze Aufregung soll.«

»Ich kann nicht glauben, dass Sie sie nicht kennen.« April stellte ihr Glas geräuschvoll ab. »Wie ist so was bloß möglich?«

»Ah, wir können nicht alle für Gemälde und Möbel leben.« Luc trank seinen Champagner aus und bedeutete dem Kellner mit einer Handbewegung, dass er noch einen wollte. »So. Wollen Sie jetzt die Neuigkeiten erfahren? Oder würden Sie sich lieber noch stundenlang über eine andere Dame auf einem anderen Gemälde auslassen statt über unsere liebe Madame de Florian?«

»Nein! Natürlich nicht! Wir sind ja wegen Marthe hier. Erzählen Sie!« April schauderte. »Aber sagen Sie bitte nicht, dass es eine schlechte Nachricht ist.«

»Entspannen Sie sich, Avril. Es ist was Gutes. Mein Gott, sind Sie nervös. Das reinste Eichhörnchen! Zweifellos wie das junge Eichhörnchen Giovinetta Errázuriz von Boldinis Gemälde.«

»Ich kenne die zwei Bilder übrigens, von denen Marthe hier schreibt. Boldini hat sie direkt an den Baron de Rothschild verkauft, der sie wiederum vor ungefähr zwanzig Jahren an einen privaten Sammler verkauft hat, lange bevor ich anfing, in dieser Branche zu arbeiten. Aber die großen Verkäufe haben wir an der Uni alle angeschaut. Der Verkauf lief über ein … sagen wir mal, über ein Auktionshaus der Konkurrenz. Baron de Rothschild hatte offensichtlich einen etwas fragwürdigen Geschmack.«

»Faszinierend«, sagte Luc und verdrehte die Augen. »Geschichten über die Tücken von Auktionen könnte man sich wirklich stundenlang anhören. Übrigens würde sie Sie gerne kennenlernen.«

»Wer? Giovinetta de Alvear de Errázurriz? Ich bin ziemlich sicher, dass sie tot ist.«

»Nein. Nicht das Nagetier-Kind. Agnès Vannier. Madame Quatremers Erbin.«

April schwieg. Die Erbin. Nun hatte er also zu guter Letzt den Namen der Erbin von Lisette Quatremer enthüllt.

»Luc.« Es verschlug ihr fast den Atem.

Der Name Agnès Vanier sagte April überhaupt nichts, zumindest nicht im Hinblick auf den Hintergrund der Möbelstücke. Doch so wie April reagierte, hätte man meinen können, Luc hätte ihr ein Stück aus der Wohnung geschenkt. Sie gaffte ihn an, wie man es tun würde, wenn man ein extravagantes Geschenk bekommen hat. So ähnlich wie beim ersten Mal, als Troy ihr ein hübsch verpacktes Schächtelchen in die Hand gedrückt hatte.

Schmuck fand sie damals richtig rührend, obwohl es ihr nach gerade mal zwei Monaten Bekanntschaft etwas übertrieben vorkam, aber April dachte sich, dass es für jemanden aus Troys Klasse gar nicht so abwegig war. Bis sie das Schächtelchen aufmachte und ein Paar Ohrringe mit Perlen und Diamanten aus Paris entdeckte, von einer der letzten »Aus dem Besitz einer Lady«-Auktionen. Sotheby's führte die Auktion durch, daher hatte April den Katalog vorher gesehen. Die Lady hatte eine ganze Reihe von protzigen, mit Diamanten und Rubinen übersäten Stücken besessen, aber

Troy wählte genau das aus, was sich auch April ausgesucht hätte. Die Ohrringe waren schlicht, aber nicht zu einfach – zumindest nicht im Vergleich zu den anderen Stücken. Trotzdem waren sie von unschätzbarem Wert. April vermied es, den bei der Versteigerung erzielten Preis in Erfahrung zu bringen, aber sie wusste, dass sie mehr erzielt hatten, als sie in einem Jahr, in zwei Jahren, vielleicht sogar in drei verdiente.

Damals fühlte April sich linkisch und des Geschenkes nicht würdig und hätte sogar rundheraus verlangt, dass er sie zurückgab, wenn es die Möglichkeit gegeben hätte. Doch so war sie gezwungen, die Ohrringe verlegen anzunehmen, obwohl April mehrmals betonte, dass sie sie ihm jederzeit zurückgeben konnte. Vielleicht konnte er sie für die Hochzeit einer seiner Töchter aufbewahren.

Das war jedoch schon lange her, und inzwischen war April durchaus versiert im Beschenktwerden. Man sollte nicht versuchen, den eigenen Wert mit dem Preisschild abzugleichen, sondern einfach bloß Danke sagen. Aber während sich das auf Diamanten und Perlen anwenden ließ, bedeutete April das Geschenk von Luc so viel mehr, dass sie völlig sprachlos war. Sie brachte bloß ein »danke schön« heraus und zog die kleine Serviette unter ihrem Pastateller hervor.

»Weinen Sie?«, erkundigte er sich nach ihrem herausgequiekten Danke schön.

»Bien sûr que non.« Aprils Stimme war hoch, rau und dünn. »Das wäre doch blöd, ich bin nur ein bisschen überwältigt. Ich dachte, Madame Vannier …« Der Name, endlich wusste April den Namen. »Ich dachte, Madame Vannier interessiert sich nicht für neugierige Auktionsexperten.«

»Wahrscheinlich hat sie es sich anders überlegt. Außerdem sind Sie keine gewöhnliche Auktionsexpertin. Das habe ich ihr versichert.«

»Wer ist diese Agnès Vannier?« April tupfte sich die Augenwinkel ab. »Ist sie Lisettes Tochter?«

»Nein, Madame Quatremer hatte keine Kinder.«

»Ist Agnès ihre Schwester?«, fragte April. Ihre Handtasche vibrierte erneut. Sie machte sich nicht mal die Mühe, aufs Display zu schauen. Troy musste sich mit seinen Bedürfnissen in diesem Moment leider an jemand anderes wenden, dachte sie. Natürlich nur im übertragenen Sinn. Sie hatte Willow nicht vergessen. »Oder eine Cousine?«

»Das zu erklären ist nicht meine Aufgabe. Sie würde es Ihnen gerne selbst erzählen. Wäre es nicht besser, die Hintergrundgeschichte der ganzen Stücke aus erster Hand zu hören?« Luc zwinkerte ihr zu.

»Ja, natürlich. Ich kann sie nach allen relevanten Einzelheiten fragen, wenn wir uns treffen.«

»Nur um das klarzustellen: Wenn Sie sie treffen«, sagte Luc. »*Wenn*. Keine Garantien.«

»Was meinen Sie mit ›keine Garantien‹? Sie haben doch eben gesagt, sie möchte sich mit mir treffen!«

»Avril …«

»C'est merdique, Luc.« April trank ihren letzten Rest Champagner aus. »Ganz schön scheiße, um genau zu sein. Ich hab keine Lust mehr auf Ihre Spielchen. Entweder will sie mich treffen oder eben nicht. Ich verstehe nicht, warum Sie das Angebot erst aussprechen und es mir dann wieder unter der Nase wegziehen. Ja oder Nein, Thébault. Mehr gibt es nicht. Ziemlich schwarzweiß.«

»Nichts ist jemals schwarz-weiß«, entgegnete er. »Und sie möchte Sie treffen, ja, aber letztlich ist das vielleicht nicht ihre eigene Entscheidung. Obwohl ich Ihre leidenschaftlichen Beschreibungen wunderbar finde – ›ganz schön scheiße‹, oh ja –, ist Madame Vannier zwar jünger als Lisette Quatremer bei ihrem Tod war, aber das ist trotzdem noch ganz schön alt. Achtzig, um exakt zu sein. Ihr Gesundheitszustand ist nicht der beste, und ihre Konstitution ist sehr labil.«

»Das tut mir leid.«

Luc zuckte mit den Schultern. »So ist das Leben. Wir sind jung, wir sind alt, wir sind schwach, wir sterben.«

»Wenn wir Glück haben«, murmelte April.

»Madame Vannier wurde gestern Abend ins Krankenhaus eingeliefert.« Luc goss die Hälfte von seinem Champagner in Aprils Glas. »Wenn sie nach Hause kommt … *falls* sie wieder nach Hause kommt …«

»Okay, das klingt jetzt aber ein bisschen grob.«

»Es ist die Wahrheit. Weder grob noch sanft, einfach nur die Wahrheit. Weiter nichts. Sollte sie wieder nach Hause kommen, würde sich Madame Vannier sehr freuen, Sie zu treffen. Natürlich erst, nachdem sie wieder zu Kräften gekommen ist. Aber erst dann.«

»Warum haben Sie das nicht gleich gesagt? Natürlich können wir abwarten, bis es ihr besser geht. Etwas anderes würde mir im Traum nicht einfallen. Ich habe ganz bestimmt nicht vor, den Fuß in ein Krankenhaus zu setzen. Das musste ich schon öfter, als mir lieb war, ich bin bedient.« April nahm sich ein Stück Brot. »In der Zwischenzeit werde ich meine Recherche mit den Tagebüchern zu Ende bringen. Meine Assistentin und ich haben einen Plan, und – wenn ich das so sagen darf – ich glaube, der ist genial. Auf dem Finanzmarkt macht man das genauso, da werden im Vorfeld auch umfassende Erkundigungen eingezogen – ich wüsste nicht, warum wir das mit Marthes Stücken nicht auch machen sollten, nachdem wir mit den Tagebüchern ja quasi auch Insider-Informationen in der Hand haben.«

»Ja … die Tagebücher …«

Luc rutschte auf seinem Stuhl hin und her. Er zog eine Grimasse, als hätte er körperliche Schmerzen. Zum ersten Mal sah April ihn richtig verlegen. Zum ersten Mal sah er aus, als hätte er nicht jeden Aspekt der Situation voll unter Kontrolle.

»Oh Gott«, sagte sie. »Was ist damit?«

»Äh. Also. Die Tagebücher. Darüber müssen wir noch reden. Ich befürchte, nach so viel Gutem habe ich noch eine Prise schlechte Neuigkeiten für sie. Ich werde versuchen, Ihnen zu beschaffen, was Sie wollen, aber vorläufig muss ich Sie bitten …«

»Nein!«, rief April. Das konnte er nicht machen. Er konnte nicht ein Geschenk machen und ein anderes zurückfordern. »Ich weiß, was Sie jetzt sagen wollen, und die Antwort lautet Nein.«

Die Frau wollte ihre Tagebücher zurückhaben. April war sicher, dass Agnès Vannier ein netter Mensch war und obendrein eine angenehme Gesprächspartnerin, aber auf diesen Handel wollte sie sich einfach nicht einlassen.

»Je suis sincèrement désolé, Avril.«

»Nein«, wiederholte April. »Ganz bestimmt nicht.«

»Liebe April, ma chérie. Es tut mir selbst weh, Sie darum zu bitten. Wie Sie anscheinend erraten haben, will Madame de Vannier die Tagebücher zurückhaben. Und ich muss sie von Ihnen zurückfordern. Ich kann nur hoffen, dass Sie mir das eines Tages verzeihen können.«

Chapitre 35

Die Forderung traf April wie ein Schlag ins Gesicht, auch wenn sie es hatte kommen sehen. Luc verzeihen? Keine Chance.

»Avril?«, sagte er. »Ça va? Sie werden doch nicht wieder anfangen zu weinen, oder?«

Es gab eine Lösung. Es musste eine geben. Kleine Ideenfragmente begannen sich in ihrem Kopf zusammenzufügen.

»Okay.« Sie räusperte sich. »Sie kann die Tagebücher wiederhaben.«

»Wirklich? So einfach?« Lucs Stirn rutschte himmelwärts. »Das ist aber gar nicht meine Avril.«

»Ich hatte immer vor, sie zurückzugeben, bien sûr. Sie kriegt sie in ein paar Tagen. Keine Sorge, ich lese sehr schnell.«

Luc schüttelte traurig den Kopf.

»Ich bin sicher, Sie lesen wie der Wind. Aber leider nähert sich Madame Vannier dem Ende ihres Lebens. Sie will sie lesen, bevor sie stirbt.«

»Das verstehe ich. Aber ein bisschen Zeit haben wir doch noch, oder?«

»Wir alle haben Zeit«, sagte Luc. »Aber Madame Vannier, Sie, ich – keiner von uns weiß, wie viel er noch hat.«

»Ja, ja, wir könnten morgen von einem Motorrad überfahren werden. Aber seien Sie ehrlich: Wie nah ist Madame Vannier dem Tod? Sie selbst hat doch sicher ein bisschen Einblick in ihren Zustand. Die Ärzte müssen das doch ungefähr abschätzen können.«

»Abschätzen? Wie nah sie dem Tod ist? Mon Dieu, Madame Vogt!«

»So war das nicht gemeint.«

»Und ob Sie das so gemeint haben.«

»Kommen Sie, Luc, Sie können mir doch ein bisschen mehr Zeit geben mit den Tagebüchern, oder? S'il vous plaît?«

»Madame Vannier ist meine Mandantin. Und das war ihr Auftrag an mich, hübsche Auktionsexpertinnen hin oder her. Sie bezahlt mich, damit ich ihre Interessen vertrete.«

Noch ein Schlag. Er wurde dafür bezahlt, dass er hier war, wie Marthe mit Pierre, obwohl in diesem Moment April diejenige war, die knietief in der Scheiße stand. Irgendjemand entschädigte Luc dafür, dass er es mit April aushielt. Er sagte es nicht, aber April konnte es trotzdem heraushören.

»Luc …«

»Avril.«

»Also gut. Können wir zumindest Kopien machen? Das müssen Sie mir doch erlauben!«

»Tja, wie ich sehe, machen Sie sich wirklich große Sorgen um Madame Vanniers Wohlbefinden. Der Wunsch einer Sterbenden.« Er schnalzte mit der Zunge. »Du liebe Güte.«

»Tut mir leid.« April fühlte sich getadelt, wollte aber nicht lockerlassen.

Sie atmete aus und richtete ihren Blick in die Ferne, wo sich der violette Horizont um den Eiffelturm wickelte. Wie musste sie es anstellen, dass sie sich wie ein vernünftiger Mensch anhörte? Jemand, der ein Menschenleben höher bewertete als Möbel, höher als die Tagebücher eines Geists?

»Ich muss mich schrecklich taktlos anhören«, gab sie zu. »Ich entschuldige mich aufrichtig. Es tut mir wirklich leid, dass Ihre Mandantin so krank ist.«

»Lügnerin«, grinste Luc. »Es tut Ihnen überhaupt nicht leid. Zumindest nicht ihre Krankheit.«

April würde die Tagebücher kopieren. Das war die Lösung, wie sie den Forderungen einer Frau auf dem Sterbebett nachkommen konnte. Das Büro in Paris hatte die nötige Ausstattung, um alte Dokumente zu scannen. April musste nur einen Weg finden, um das zu begründen.

»Wenn Sie mir noch einen Nachmittag einräumen könnten …«

»Genug jetzt.« Luc seufzte tief. »Sie sind ja wirklich penetrant, ich halt das nicht mehr aus. Von mir aus können Sie die Tagebücher noch drei Tage behalten. Es gibt noch ein paar mehr, die schicke ich Ihnen bis zum Abend. Und in zweiundsiebzig Stunden, gerechnet ab jetzt, werde ich sie wieder abholen.« Er warf einen Blick auf seine Armbanduhr. »Unter der Bedingung, dass ich sie früher zurückverlangen kann, wenn sich der Gesundheitszustand von Madame Vannier verschlechtert.«

April hielt den Atem an und nickte.

»In der Zeit können Sie sie kopieren oder lesen oder damit tun, was Sie wollen.«

»Danke«, sagte sie und nickte noch einmal. »Tut mir leid, dass ich mich so aufgeführt habe.«

»Ach, das ist doch nichts Neues.« Luc legte ihr eine Hand aufs Knie und drückte es leicht. »Mittlerweile hab ich mich schon dran gewöhnt. Obwohl ich sagen muss, Sie haben Ihren Beruf verfehlt. Trauerberaterin wäre Ihre wahre Berufung gewesen. Ich habe keine Ahnung, warum Sie Ihre Zeit im Möbelbusiness verplempern.«

»Sehr witzig.« April versuchte zu lächeln, denn das Wort »Möbel« versetzte ihr einen Stich in der Brust. Sie stellte sich die Wohnung vor, die Leere darin, nachdem man die Knochen von Marthes Leben fast komplett entfernt hatte.

»Ça va?« Luc berührte ihr Knie ein zweites Mal.

»Ja, alles bestens«, log April. »Ich musste gerade an die Wohnung denken. Sie würden sie nicht wiedererkennen, die ist jetzt so gut wie leer. Sie haben sogar angefangen, die Tapeten von den Wänden zu lösen. Das geht alles so schnell. Zu schnell. Bald bin ich wieder in New York, die Auktion wird über die Bühne gegangen sein, und dann muss ich zum nächsten Auftrag.«

Als ob der nächste Auftrag auch nur andeutungsweise an das hier heranreichen könnte. Egal was für eine Auktion danach auf sie wartete, egal wie groß das Erbe war, es konnte nur ein Abstieg sein.

»Ich verstehe nicht ganz. Ist das Verschwinden von Möbeln im Austausch für Geld nicht das, worum sich Ihre Arbeit dreht?«, fragte Luc. »Sie erstaunen mich von Minute zu Minute mehr.«

»Ja, natürlich geht es um Geld für den Verkäufer, für das Haus, aber im Grunde geht es doch um Kunst. Kunst ist das Wichtigste. Sie ist schließlich älter als Geld. Es gab sie schon auf Höhlenwänden. Kunst *bleibt*. Aber Marthes Sachen … Wir arbeiten uns mit einem Tempo durch, als wären ihre Sachen bloß wertloser Kleinkram.« Ihre Stimme schwankte. »Tut mir leid. Ich wollte nicht emotional werden, aber diese Stücke sind wirklich wichtig.«

Luc nickte. »Sieht ganz so aus. Erzählen Sie doch mal«, begann er, als der Kellner zwei weitere Gläser Champagner brachte, diesmal ohne Aufforderung. »Warum sind Sie so erpicht darauf, die Auktion auf *Ihre* Art zu gestalten? Warum bedeuten Ihnen Marthes Sachen so viel?«

Bevor sie antwortete, nahm April drei große Schlucke. Ihr Gehirn summte jetzt schon. Sie hatte noch nie allzu viel vertragen, aber es überraschte sie, dass ihr fast schon grenzwertiger Pariser Weinkonsum so wenig dazu beigetragen hatte, ihre Alkoholtoleranz ein wenig zu erhöhen. Wozu war übermäßiges Trinken gut, wenn es einem nicht gestattete, später noch mehr zu trinken?

»Na ja«, sagte April, die sich zusammenreißen musste, um nicht undeutlich zu sprechen. »Wir haben hier die Chance, ganz schön was rauszuholen. Normalerweise erzielt man mit Gemälden und Schmuck die richtig hohen Preise. Und mit zeitgenössischer Kunst – aus Gründen, die mir unverständlich sind, werden dafür die höchsten Summen überhaupt hingelegt. Aber mein Aufgabengebiet ist ja auch nicht der ›umsatzstärkste Sektor‹, wie man es so schön nennt. Die Verkaufsprovision und Käuferprämien für alte Möbel und irgendwelchen Krimskrams ergeben gerade mal Assistentengehälter. Sie decken gerade so meine Reisespesen oder die hübschen Kataloge ab. Das könnte aber auch anders laufen. Bei dem Hintergrund von Madame de Florian könnten diese Stücke Rekorde brechen.«

»Obwohl Sie eine Auktionsexpertin sind ...«

»Expertin für europäische Möbel.«

»Obwohl Sie eine Auktionsexpertin sind, verstehe ich nicht, warum Ihnen die Prämien wirklich wichtig sind.«

»Warum? Wegen Troy? Diese Illusion kann ich Ihnen gleich nehmen. Ich habe mein eigenes Bankkonto, und unser Ehevertrag ist von meiner Seite aus sehr ehrenhaft. Sogar noch ehrenhafter, als ich ihn in Erinnerung hatte ...«

Damals war ihr die Idee gut vorgekommen, eine Erklärung ihrer Verbindlichkeit. Eine Erklärung, die sie nur gegenüber Anwälten und mehreren Familienmitgliedern abgegeben hatte, die sie seit der Hochzeit nicht mehr gesehen hatte, aber dennoch eine Erklärung. Beim Essen am Vorabend ihrer Hochzeit, nachdem mit allen Beteiligten die Abläufe der Trauungszeremonie geprobt worden waren, präsentierte April eine Vermögensaufstellung und unterschrieb eine Erklärung, in der stand, dass sie bei Auflösung der Ehe nur nehmen würde, was auf dieser Liste stand sowie alles, was sie bis dahin auf dem Konto mit der Nummer 99844201 oder dem

Maklerkonto 5601-4324 angehäuft hatte. Rückblickend ein dummer Schachzug, aber auf die Art konnte Troys zukünftige dritte Ehefrau zumindest nicht meckern, dass April sein ganzes Geld mitgenommen hatte.

»Wer hat denn was von le grand m'sieu gesagt?«, fragte Luc spöttisch. »Der interessiert mich nicht. Und ich habe mir auch keine Gedanken über Ihre finanzielle Situation gemacht oder die Prämien für Ihre Möbel oder die Produktionskosten für einen Katalog. Non. Danach habe ich überhaupt nicht gefragt. Es ist mir egal, warum die Möbel für das Auktionshaus oder für das Bankkonto irgendeines Menschen wichtig sind. Ich habe gefragt, warum die Stücke für *Sie* so wichtig sind.«

Er sah sie eindringlich an, auf eine so intime Art, dass April sich auf ihrem Stuhl wand. Ein Teil von ihr wäre am liebsten davongelaufen. Der andere wünschte, er würde die Hand ausstrecken und sie noch einmal berühren.

»Für mich?« April räusperte sich.

»Für Sie.« Er sah sie unverwandt an.

April überlegte kurz. Es gab hundert verschiedene Antworten, aber der ganze Schlamassel ließ sich in ein paar Worten zusammenfassen. Wie viel konnte sie ihm anvertrauen, ohne sich selbst zu verraten, überlegte sie?

»Ich glaube, die wahre Frage ...« April unterdrückte ein Aufstoßen. »... ist nicht die, warum die Stücke *mir* so viel bedeuten, sondern warum sie Lisette Quatremer so wenig bedeutet haben. Warum sind sie Madame Vannier nicht wichtig? Das sind Erbstücke, Zeugnisse eines Lebens. Es ist mir unverständlich, dass Lisette das alles wegsperrte und Madame Vannier jetzt einfach alles verkaufen will, ohne sich auch nur etwas davon angeschaut zu haben. Ich will Ihrer Mandantin nicht zu nahe treten, ich bin sicher, sie hat ihre Gründe. Allerdings fällt es mir schwer, mir einen guten Grund vorzustellen.«

»Vielleicht war diesen Leuten die Vergangenheit nie so wichtig«, sagte Luc. »Vielleicht brauchen sie keine Zeugnisse für irgendetwas. Haben Sie noch nie von dem Ausdruck ›in der Gegenwart leben‹ gehört?«

»Blödsinn. Jedem ist die Vergangenheit wichtig«, sagte April. »Jedem. Nehmen Sie noch ein Glas? Meines ist fast alle. Wie spät ist es? Machen die hier gleich zu? Wollen wir vorsichtshalber noch eines bestellen?«

»Vielleicht sollten Sie lieber verzichten. Sie sind zwar schlank, aber Sie sind eine große Frau, und ich weiß nicht, ob ich Sie nach Hause tragen könnte.«

Luc bedachte sie mit seinem verschlagenen Zwinkern, und April spürte, wie sie rot wurde.

Dieser Mann war verstörend attraktiv, auf eine dünne, europäische Art zwar, aber nichtsdestoweniger attraktiv. Natürlich war er ein bisschen schmierig, und das Brusthaar, das man oben an seinem Hemd herausschauen sah, schrie nach Epilation. Außerdem rauchte er unangenehmerweise, und dieses Laster ging mit leicht nikotinverfärbten Fingernägeln und wahrscheinlich einem Paar schwarzer Lungen einher.

Ich verstehe nicht, was daran so anziehend ist, dachte April. Sein Gesicht … gehörte auf eine überschattete, in Schwarz-Weiß gehaltene Werbetafel, vielleicht Werbung für Parfum oder Kondome oder teure Spirituosen. Aber Luc war nicht ihr Typ, wenn sie denn Single genug gewesen wäre, um einen Typ zu haben. April mochte Männer am liebsten groß und stark, blond und amerikanisch. Saubere Fingernägel. Gerade Zähne, glattes Haar.

Doch wenn halb angeschmuddelte Franzosen nicht ihr Ding waren, warum schnellte Aprils Puls dann jedes Mal in die Höhe, wenn sie ihn sah? Warum trank sie (zu viel) Champagner mit einem beinahe Fremden, auf einer Dachterrasse in Paris, und schrammte knapp an Geständnissen vorbei, die sie bisher nur Troy gemacht hatte?

»Sie meinen, ich vertrage keinen Alkohol?« April versuchte, sich abzulenken, während sich das nächste Aufstoßen in ihrer Kehle ankündigte. »Sie wären überrascht.«

»Das bin ich bereits.« Luc streckte den Arm aus und goss ihr noch ein wenig von seinem Champagner ins Glas. »Und, was haben Sie so von Ihrer Vergangenheit aufbewahrt, Madame Vogt? Zimmer voll mit Familienerbstücken, die von Generation zu Generation weitergereicht wurden?«

»Kaum.« Sie schnaubte. »Nachdem meine Mutter krank geworden war, hat mein Vater alles weggegeben.«

»Was hatte Ihre Mutter für eine Krankheit?«

»Netter Versuch. Aber …« April malte Anführungszeichen in die Luft. »… darüber sprechen wir nicht. Und es ist auch gar nicht von Belang.« Mein Gott, was für eine Lüge! Natürlich war es von Belang. Es war für tausend kleine Dinge von Belang, und für mindestens ein paar große. »Es lief so: Eines Tages war es so weit mit ihr. Man brachte sie ins Krankenhaus. Dann war sie weg. Es war einfach nichts mehr da. Wenn ich jünger gewesen wäre, als es passierte, hätte ich höchstwahrscheinlich gefolgert, dass der Besitz eines Menschen so mit ihm verbunden ist, dass bei seinem Fortgehen seine ganzen Sachen mit ihm verschwinden.«

»Was ist mit ihren Sachen passiert?«

»Mein Vater hat sie verkauft. Um die Behandlungskosten zu decken oder um die Erinnerungen loszuwerden, wahrscheinlich beides.« April zuckte mit den Achseln. »Ich hätte gern das eine oder andere davon gehabt. Aber bevor ich fragen konnte, war alles weg.«

»Keine Erbstücke also.«

»Keine Erbstücke, keine persönlichen Kleinigkeiten, nicht mal Modeschmuck. Und im Grunde war mein Vater auch weg. Auf die Gefahr hin, dass sich das melodramatisch anhört, aber ich fühlte mich über Nacht wie eine Waise. Wie Marthe de Florian stand ich als Teenager auf dem Gehweg und sah zu, wie die Familien der anderen vorübergingen, und fragte mich, wie ich so was auch haben könnte.«

»Das tut mir leid, April«, sagte Luc mit seinem honigdicken französischen Akzent. Er runzelte die Stirn und hatte ausnahmsweise kein dummes Grinsen oder einen irgendwie verächtlichen Kommentar auf Lager. »Das muss sehr schwer gewesen sein.«

»Es ist absolut beschissen«, sagte April und schlug im nächsten Moment die Hand vor den Mund. »Entschuldigen Sie meine Ausdrucksweise.«

»Ça fait rien. Sie haben heute Abend schon sehr viele Kraftausdrücke benutzt.«

»Da haben Sie wahrscheinlich recht.« April bohrte ihre Gabel in die letzten Nudeln. Sie waren lauwarm und klebrig, aber sie brauchte das Essen. »Es ist nur so … als er das machte, als er das alles abholen ließ oder auf dem Flohmarkt verkaufte oder wie auch immer er die ganzen Sachen losgeworden ist, hinterher war eben überhaupt nichts Greifbares mehr übrig. Nur die Hülle eines Lebens, das einmal gewesen war. Ich wünschte, ich hätte irgendetwas. Etwas Substanzielles, das ich in mein Zuhause stellen könnte, ein Stück, das ich anschauen kann und sagen, ja, das war meine Mutter. Möbel sind Möbel. Das verstehe ich schon. Aber es hängt eben doch eine Erinnerung daran. Verstehen Sie mich nicht falsch. Ich habe eine Wohnung, eine schöne Wohnung, voll mit teuren Stücken. Troy war sehr großzügig.«

»War?«

»Ist. Wenn ich hin und wieder bei einer Auktion ein Auge auf ein Stück werfe, sagt er meistens nicht Nein. Der Großteil unserer Sachen? Superschön. Unglaublich teuer. Trotzdem, sie sind in den letzten fünf Jahren angefertigt worden und wurden von meinem Mann gekauft. Ausgesucht von jemandem, den ich nicht mal kenne.«

»So denken Sie von Ihrem Mann? Dass Sie ihn nicht kennen?«

»So hab ich das nicht gemeint!«, blaffte April, aber dann erklärte sie: »Es war einfacher für uns, einen Innenarchitekten zu beauftragen und dann Stücke aus seiner Vorauswahl abzunicken. Mein Fachgebiet ist nicht unbedingt passend für unsere Wohnung oder unseren gemeinsamen Geschmack. Für Troy war es eine neue Ehe, für mich war es ein neues Leben, nachdem ich Paris verlassen hatte. Wir fingen beide bei null an.«

»Und die Sachen aus Ihrem Elternhaus?«, fragte Luc. »Die Erbstücke von Ihrer Mutter? Ich muss doch noch mal nachhaken – hätten die denn jemals reichen können? Die sind ja doch nicht Ihre Mutter.«

»Gut, natürlich sind diese Möbel nicht meine Mutter. Aber es wäre immer noch eine absolute Steigerung dessen, was ich im Moment habe, nämlich null Komma null. Deswegen würde ich sie nehmen. Ohne eine Sekunde zu überlegen.«

»Was ist mit Ihrem Vater?«, erkundigte sich Luc. »Weilt er immer noch unter uns?«

»Sie meinen, ob er noch lebt? Ja. Jaja. Wenngleich sich über das ›unter uns‹ sicherlich streiten lässt.«

»Sie sind sich also nicht nähergekommen, nachdem Sie diese Tragödie hinter sich hatten?«

»Ich glaube nicht, dass wir die Tragödie hinter uns haben«, erwiderte April. »Aber wir sprechen oft. Er ist ein E-Mail-Champion, obwohl er mich auf Distanz hält, wie die letzten zwanzig Jahre. Außerdem sind sie in Kalifornien und ich bin in New York. Ich versuche, mich alle paar Monate für einen Besuch freizumachen, aber mein Bruder ist da wesentlich stärker involviert als ich. Einerseits fühle ich mich deswegen mies, andererseits – wer weiß? Brian kann damit viel besser umgehen als ich. Ich bin froh, dass er derjenige ist, der in Kalifornien geblieben ist, nicht ich.«

»Sie haben einen Bruder?«

April nickte.

»Brian ist toll. Er ist vier Jahre jünger als ich. Wohnt in San Francisco und ist mit einer Krankenschwester verheiratet.«

»Hat Brian auch mit Möbeln zu tun?«

»Ha! Nein. Er ist Programmierer bei Google.« April tippte auf einer imaginären Tastatur. »Das ist sogar ganz praktisch, für so Computerzeug. Kennen Sie das, wenn Sie was ganz Harmloses suchen und auf einmal bietet Ihnen Google einen völlig hirnverbrannten Vorschlag an? Zum Beispiel, wenn Sie was über Dinosaurier nachlesen wollen und gerade mal bis ›Dino‹ gekommen sind, und dann schlägt Google einem auf einmal vor: ›Dinosaurier sind Ponys von Jesus‹?«

»›Dinosaurier sind Ponys von Jesus‹?« Luc rümpfte die Nase. »Das verstehe ich nicht. Wieso sollten sie die Ponys von Jesus sein?«

»Sind sie ja auch nicht. Okay, vielleicht hab ich das Beispiel schlecht gewählt. Auf jeden Fall ist das sein Job, mit so was befasst er sich. Das ist oft sehr lustig. Zumindest ein kleiner Teil davon.«

»Er ist also komisch. Ein Humorist.«

»Ja. Sehr komisch. Und auch ein bisschen seltsam. Aber extrem komisch.«

»Wie Sie.« Luc grinste.

»Ich bin kein bisschen komisch.«

»Vielleicht hatte ich ja auch das ›seltsam‹ gemeint.«

»Das ist so eine absurd abwegige Behauptung, dass ich nicht mal beleidigt bin. Es gibt nur wenige Leute, die weniger seltsam sind als ich. Ich bin wahrscheinlich der durchschnittlichste Mensch, dem Sie überhaupt begegnen könnten.«

»Ah, Sie sind also *doch* komisch.« Luc gab ihr einen Klaps auf den Handrücken. »Hab ich's doch die ganze Zeit geahnt.«

April schüttelte lächelnd den Kopf. Der schwierige Moment war überstanden. Dank des Champagners hatte sie ihm von ihrer Mutter erzählt, mehr als sie hätte tun sollen, aber ohne dabei emotionale Verletzungen zu erleiden. Jetzt redeten sie über Jesus-Ponys und wie wenig komisch sie war. April fühlte sich wieder sicher. Luc hatte die summarische Version zu hören bekommen und würde nie nachhaken, um zu erfahren, wie tief die Risse wirklich waren.

»So, wollen wir dann mal zahlen?« April griff nach ihrer Handtasche.

»Lassen Sie mich noch mal sagen, das mit Ihrer Mutter tut mir leid. Das muss schwer gewesen sein.«

»Das ist es immer noch«, gab sie zu.

Luc lehnte sich zurück, winkte dem Kellner und bat um einen Espresso und die Rechnung. Als April sich umblickte, bemerkte sie, dass sie die letzten Gäste auf dem Dach waren.

»Danke, dass Sie mir von Ihrer Mutter erzählt haben«, sagte Luc. »Sie sind eine interessante Gesprächspartnerin, wenn Sie aufhören, um meine Fragen herumzutänzeln.«

»Herumtänzeln? Das trifft es wohl kaum. Und die interessante Gesprächspartnerin genauso wenig. Wahrscheinlich bin ich ganz okay, aber ich bin keine Marthe de Florian.«

April hatte Luc nur das absolute Minimum über ihre Mutter erzählt, und damit waren die Tatsachen nicht ansatzweise enthüllt. Marthe hätte wahrscheinlich alle schmutzigen Details und Wendungen erzählt, mit interessanten Einschüben über Schlangenfrauen und Einläufe.

»Nur wenige Leute könnten so furchtlos sein«, fügte April hinzu.

»Man muss es nur versuchen.« Luc bekam seine Kreditkarte vom Kellner zurück.

»Im Übrigen hatten Sie gesagt, ich dürfte diesmal zahlen.«

»Nächstes Mal. Wollen wir gehen? Eigentlich haben sie schon zu.«

»Ja, gehen wir. Danke fürs Essen. Und den Champagner. Beides war köstlich.«

April erhob sich rasch von ihrem Stuhl und schwang sich die Handtasche über die Schulter, wobei sie an ihren Haaren zerrte, die sich irgendwie unter dem Trageriemen verfangen hatte. Ihre Haare wurden zu lang, waren nicht mehr kontrollierbar. Mittlerweile reichten sie ihr fast bis zum BH. In Frankreich wuchsen sie grundsätzlich schneller.

»Soll ich Sie noch bis zu Ihrer Wohnung begleiten?«, bot Luc an. »Die Gegend ist zwar sicher, aber was wäre ich für ein Gentleman, wenn ich es Ihnen nicht anbieten würde.«

»Tatsächlich gehe ich noch in die Galeries«, sagte April rasch. »Ich möchte ein bisschen nach Geschenken für meine Stieftöchter gucken.«

Obwohl Chelseas Geschenkwunsch die Galeries explizit ausgeschlossen hatte, merkte April, dass sie plötzlich gar nicht mehr in Lucs Gesellschaft sein mochte. Sie wollte seinen forschenden Blicken nicht mehr ausgesetzt sein. Sie hatte ein bisschen getrunken und wurde allzu redselig, weil sich die Worte in ihrer Brust lösten (und nicht nur die Worte). Wie formulierte es Troy immer, wenn er einen Deal aushandelte? Genau. Sie hatte ihren Mantel zu weit aufgemacht und Luc zu lange gaffen lassen.

Außerdem merkte April, wie ihr Gehirn und ihr gesunder Menschenverstand sich von ihr verabschiedeten. Eine kleine Stimme zwitscherte in ihrem Kopf und warf die Frage auf, ob Lucs Angebot, sie heimzubegleiten, vielleicht noch ein verstecktes Motiv hatte. Und etwas anderes in ihr – keine Stimme, sondern etwas Tieferes, Instinktiveres – hoffte, dass seine Motive nicht ganz unschuldig waren. Die Intensität dieses Wunsches erschreckte sie.

»Ich kann ja warten.« Luc zuckte mit den Achseln. »Bis Sie mit dem Shoppen fertig sind.«

»Nein! Nein! Schon gut. Das könnte ein Weilchen dauern«, sagte April, um dann hastig hinzuzufügen: »Aber danke schön. Sehr nett von Ihnen.«

»Na gut.«

Luc beugte sich zu ihr vor und küsste sie auf beide Wangen, ganz Pariser Art. Und diesmal musste er gar keine Tricks anwenden.

»Au 'voir, Luc«, sagte April. Sie biss sich auf die Innenseite ihrer Oberlippe, damit ihr nicht noch etwas herausrutschte, was sie bereuen könnte. »Also dann, auf Wiedersehen.«

Sie stolperte in die entgegengesetzte Richtung davon. Ihre Wangen brannten immer noch von seinen kratzigen Bartstoppeln. Bevor er auf Wiedersehen sagen konnte, war sie verschwunden.

Chapitre 36

Paris, 20. Juli 1892

Diese Hitze, die der Pariser Sommer bringt! Manchmal vermisse ich die Feuchtigkeit des Klosters, auch wenn sie sich in den meisten Monaten des Jahres als leichter Husten ganz unten in meinen Lungen festsetzte.

Obwohl sich die Straßen von Paris geleert haben, weil die privilegierte Schicht sich in die Anwesen ihrer Vorfahren geflüchtet hat, ist im Folies so viel los wie eh und je, was für mich ja durchaus von Vorteil ist. Ich brauche das Geld. Pierre ist immer noch in Südamerika, schickt mir immer weniger Geld und droht weiterhin, für immer zurückzukehren. Und das fühlt sich für mich wahrhaftig wie eine Drohung an. Aus ungenannten Quellen (Hallo, Émilie!) hat er erfahren, dass Robert de Montesquiou die meisten Abende der Woche auf meinem Barhocker sitzt. Das gefällt Pierre gar nicht. Seine Quellen haben nicht ganz unrecht.

Ah, *Le Comte de Montesquiou*, der dandyhafteste aller Dandys, mit seinem mädchenhaften Gekicher und seinen blumigen Ausschmückungen. Der hübsche kleine Mann bezeichnet sich als Dichter, aber sein wahrer Beruf ist es, Kind reicher Eltern zu sein. Es ist wahr, dass er viel Zeit bei mir an der Bar verbringt, doch *Monsieur Le Comte* betrachtet mich nicht mit romantischem Interesse. Ich bin der Resonanzkörper, an dem er seine haarsträubendsten Geschichten erprobt. Das heißt aber nicht, dass er sich zurückhalten würde, wenn mir die Kinnlade herunterfällt. Ganz im Gegenteil. Je stärker meine Reaktion, umso wahrscheinlicher ist es, dass er seine Erzählung vor einem breiteren Publikum zum Besten geben wird.

Um der Wahrheit die Ehre zu geben – ab und zu ziehe ich Montesquiou tatsächlich als romantischen Partner in Erwägung. Er ist steinreich. Wenn er daherkommt, fallen ihm die Goldmünzen buchstäblich aus den Taschen. Aber während Robert eine Dame mit dem besten Schmuck und der schönsten Wohnung ausstatten könnte, hat dieser Mann etwas deprimierend *Wahlloses* an sich. Er würde mit allem und jedem Sex haben, und er *hat* auch mit allem und jedem Sex.

Es ist komisch, dass Pierre wegen Robert de Montesquiou so argwöhnisch ist, aber nie ein Wort über Boldini verliert, dem einzigen Menschen, wegen dem er sich Sorgen machen müsste. Wenn ich Giovannis Verdienstmöglichkeiten genau einzuschätzen wüsste, könnte es mit *Monsieur Merde* sehr schnell ganz aus sein! Aber ich schätze, so einfach ist das nicht. Boldinis Charakter ist genauso unkalkulierbar wie sein Vermögen.

Er ist ein Hitzkopf von einem Mann. Manchmal ist er der Sturm. Dann wieder ist er die Ruhe davor. Er macht mich nervös. Er überrascht mich immer wieder. Er ist unmöglich! Mehr als einmal habe ich ihm komplett abgeschworen, so ärgerlich kann dieser Mensch sein! Doch wenn wir getrennt sind, habe ich nur den einen Gedanken: wann ich ihn wiedersehe, wann wir wieder zusammen zu Abend essen werden.

Unser Lieblingslokal ist das Tortoni's, ein Ort, wo sich die klugen Köpfe und die Literaten treffen. Wir sitzen oft mit Émile Zola zusammen. Manchmal gesellt sich auch Dumas fils zu uns. Die guten *boulevardiers* sind auch alle da, immer mit einem schlauen Kommentar auf den Lippen, dem perfekten *mot juste*.

Wir nippen an Bier oder Johannisbeersirup mit Sprudel oder Absinth. Wir unterhalten uns über Politik und Literatur. Wir machen uns über alle möglichen republikanischen Beamten lustig, außer wenn sie dabei sind, dann loben wir sie für ihre Bemühungen. Nach so einem Essen gehe ich jedes Mal mit dem Gefühl nach Hause, eine kultivierte Person zu sein, gar nicht mehr die Klosterschülerin, die vor achtzehn Monaten erst nach Paris gekommen ist. Wenn ich meine düsteren Momente habe und mir denke, dass zu wenig passiert ist, halte ich inne und denke an die

Kindfrau zurück, die Jeanne Hugos Hochzeitszug beobachtet hat. Wie weit ich seitdem doch gekommen bin! Aber leider kommen auf jedes großartige und erbauende Mahl mit Boldini drei andere, nach denen ich mir hoch und heilig schwöre, unsere Verbindung für immer abzubrechen!

Vor zwei Tagen kam ich unangemeldet in sein Atelier. Ich weiß nie, in welchem Zustand ich ihn antreffen werde. An diesem Nachmittag machte mir Boldini die Tür im Nachthemd auf, mit sieben verschiedenen Farben im dünnen, drahtartigen Haar.

»Hallo, Giovanni«, sagte ich und wollte an ihm vorbei ins Atelier gehen.

Er verstellte mir den Weg und sah mich mit starrem Blick an, als hätte er mein Gesicht noch nie genau angeschaut.

»Na, willst du mich nicht reinlassen?«, fragte ich. »Ich bin den ganzen Weg zu Fuß gekommen.«

»Du kannst nicht reinkommen«, antwortete er schroff.

Mir kam in den Sinn, dass ich vielleicht zu nah an der Stunde von vier bis fünf gekommen war.

Er hatte eine andere Frau im Atelier. Ich hatte nicht gewusst, dass er noch andere hatte, und hatte mir irgendwie eingeredet, dass ich die einzige war, die seine Launen aushielt. Aber er ist nun mal leider ein Mann, und Männer haben ihre Bedürfnisse, und Abwechslung ist nicht das geringste davon.

»Oh.« Ich biss mir auf die Zunge, um nicht aufzuschluchzen. »Du bist wahrscheinlich beschäftigt. Na gut, dann richte schöne Grüße aus, wer auch immer es ist.«

Ich wandte mich leise schniefend zum Gehen.

»Die Welt geht unter!«, rief er. »Ich bin ein Betrüger!«

Ich blieb stehen, drehte mich aber nicht zu ihm um.

»Wie meinst du das – ein Betrüger?«

Gab es eine Frau? Eine Familie? Einen ganzen Stall voll junger Männer? Oh Gott, was für Gedanken mir in diesem Moment durch den Kopf schossen! Doch ich hätte es besser wissen müssen. Ich hätte wissen müssen, dass es nur um Boldini ging.

»Ich kann nicht glauben, dass jemand Geld bezahlt, um ein Portrait von mir zu bekommen«, weinte er. »Ich bin ein Mitläufer, ein Betrüger, ein Modemaler. Ich verdiene es nicht, in Sargents heiligem Atelier zu arbeiten! Es ist alles zu viel! Gibt es keine Stelle für einen Barmann im Folies? Du musst mir eine Stelle verschaffen!«

Seufzend drehte ich mich zu ihm um.

»Was ist es denn diesmal?«, fragte ich.

»Der Graf. Er verlangt, dass ich noch einmal ein Portrait versuche. Ich kann es nicht! Ich krieg es einfach nicht hin! Er findet jeden Versuch schrecklich!«

»*Le Comte?* Montesquiou? Du lieber Gott, Boldini, dieser Mann wird niemals mit einem Portrait glücklich sein, weil es einfach nie so schön sein könnte wie die Vorstellung, die er von sich selbst hat.«

»Nein, das Problem liegt nicht beim Grafen. Es liegt an mir«, stöhnte er und weigerte sich wie immer, auch nur einen Hauch von Vernunft zuzulassen. »Der ganze Wahnwitz mit der Malerei – vorbei! Ich möchte stattdessen ein schlechter Dichter werden! Ein Trunkenbold! Vielleicht beides!«

»Na dann«, sagte ich. Ich lehnte es grundsätzlich ab, mich in seine stürmischen Selbstzweifel hineinziehen zu lassen. »Gib mir Bescheid, wenn du deine Farben und schwarzen Leinwände entsorgen willst. Ich werde selber anfangen, Portraits zu malen. Es scheint ja ein recht einfaches *Hobby* zu sein.«

Boldini stieß ein lang gezogenes Knurren aus, griff sich Mantel und Hut und erklärte, er gehe jetzt ins Leichenschauhaus, um wieder zu Sinnen zu kommen. Tatsächlich war das der einzige Ort, der ihn aufmuntern konnte. Ich wollte ihn noch darauf aufmerksam machen, dass er immer noch im Nachthemd war, sagte mir dann aber, dass es die Leichen wohl nicht stören würde. Andererseits hat es in letzter Zeit eine Reihe von grausigen Todesfällen gegeben. Die Schlangen vor dem Leichenschauhaus erstreckten sich oft drei Blocks weit. Manchmal frage ich mich, ob diese Schau am Ende noch mehr Besucher hat als das Folies.

Giovanni Boldini. Dieser komische, verrückte Mann. Ich muss nur seinen Namen schreiben, schon bekomme ich Sehnsucht ihn zu sehen, um unser letztes Treffen wiedergutzumachen. Vielleicht wird er heute Abend im Folies vorbeikommen. Vielleicht wird er vergnügt zu mir an die Bar schlendern, wieder ganz aufgeräumt nach dem Anblick all der Leichen, und mir ein Treffen im Tortoni's vorschlagen. Leichen und ein Gläschen Absinth sind wirklich die beste Kur für diesen wahnsinnigen kleinen Mann.

Chapitre 37

April stolperte die Rue de Clichy entlang. Ihr halb beschwipster Gang wurde nicht sicherer davon, dass sie im Gehen ihre Nase in Marthes Tagebüchern vergrub. Normalerweise würde sie alle Recherche zu Hintergrundinformationen (wie es aussah, würde sie an dieser Geschichte festhalten) ausschließlich im Büro oder einem anderen professionellen Ort vornehmen. Aber sie war hier in Paris. Hier stolperte man an jeder Ecke über Geschichte und ging an Hintergrundinformationen vorbei. Außerdem hatte sie einen kleinen Schwips.

Es war ein Wunder, dass sie das Telefon hörte, denn der Teil ihres Gehirns, der nicht weggenickt war, war gedanklich ganz mit Marthe beschäftigt, und ein noch größeres Wunder war, dass sie den Anrufer nicht auf der Rechnung gehabt hatte.

»Troy?« April starrte dumpf aufs Display.

Sie hatte ganz vergessen, dass es ihn auch noch gab, dass Troy sie anrufen sollte und es nicht getan hatte. Komm zu mir nach Paris. Einen Vorschlag, auf den er überhaupt nicht geantwortet hatte. April spürte, wie Wut und Schmerz neu in ihr aufstiegen.

»Troy Edward Vogt der Dritte!«, rief sie ins Telefon. »Na, sieh mal einer an, ich glaub es nicht. Wirklich ganz entzückend, von dir zu hören.«

»Hallo, spreche ich da mit April Vogt?«

April war nicht klar, ob er das ernst meinte oder komisch sein wollte, obwohl Troy nicht wirklich für seinen Humor und seine Scherze bekannt war. Birdie hatte ihn einmal als notorisches Nicht-Partytier bezeichnet, und Aprils Schwiegermutter hatte erzählt, dass er sich mit Einsetzen der Pubertät in einen Dreiundvierzigjährigen verwandelt hatte.

»Sehr komisch!«, zwitscherte April. »Mein Mann ist einfach urkomisch. Du bist doch mein Mann, oder? Ganz sicher bin ich nämlich nicht.«

April bog um die Ecke und wich drei Paaren aus, die alle so aussahen, als hätten sie in ihrem ganzen Leben noch keinen Streit gehabt. Vielleicht mussten sie das nicht. Vielleicht hatten sie sich alle auf die Stunde zwischen vier und fünf Uhr geeinigt und sich gegenseitig die Freiheit eingeräumt, ihre Liebeleien zu pflegen, aber nur zu bestimmten Zeiten. Wenn man sich in Sachen Fehltritt einig war, war zumindest für Gleichbehandlung gesorgt.

»April? Bist du's?« Die Stimme ihres Mannes klang aufrichtig besorgt, gar nicht neckend, was April einen Moment verwirrte, bis ihr wieder einfiel, dass sie es gerade mit Troy zu tun hatte, nicht mit Luc.

»Wieso? Hattest du eine von deinen anderen Frauen erwartet?« Sie zog die Vokale in die Länge, um einen britischen Akzent nachzumachen, doch von einer bühnenreifen Imitation trennten sie dann doch mehrere Gläser Champagner.

»Was ist los mit dir?«, fragte Troy. »In den letzten fünf Stunden hab ich dich sieben Mal angerufen. Du klingst total gereizt, aber ich bin derjenige, der hier vergeblich auf einen Rückruf wartet.«

»Tja, ich war eben beschäftigt, okay?« April lief gegen eine Laterne, machte einen Bogen und rannte gegen die nächste. Hinter ihr lachte eine Gruppe Männer.

»Beschäftigt womit?«

»Oh, entschuldige, ist meine Arbeit nicht wichtig genug für le grand m'sieu?«

»Bitte sprich Englisch mit mir«, sagte Troy.

»Tja, du hast mich ertappt. Ich war im Leichenschauhaus und hab mir ein paar Tote angeschaut. Manche Leute finden das entspannend.«

»*Tote*? Drohst du mir gerade?«

»In Paris ist das ein ganz beliebtes Hobby. Weißt du, ›in letzter Zeit hat es mehrere grausige Todesfälle gegeben‹.« April zitierte Marthes Worte. »Leichen anschauen ist beliebter denn je!«

»Bist du betrunken?«

»Nein!«, sagte April, als ihr auf einmal auffiel, dass sie gerade an ihrer Wohnung vorbeigelaufen war. Sie machte auf dem Absatz kehrt.

»Soll ich später noch mal anrufen? Nachdem du dich ausgeschlafen hast? Du redest nämlich völlig unverständliches Zeug.«

»Mais que tu es bête!« April schlüpfte durch die Eingangstür ihres Wohnhauses, als gerade eine Gruppe Zwanzigjähriger hinausging. »Schlafen ist für mich nicht drin. Erzähl doch mal, was hast du heute den ganzen Tag so getrieben? Hart gearbeitet? Du hast keinen Unsinn gemacht, hoffe ich?«

»Nein. Weder das eine noch das andere, würde ich sagen. Ich war den ganzen Tag auf einer Mülldeponie.« Er lachte. »Technisch gesehen war das wohl Arbeit, obwohl auf einer Mülldeponie …«

»Ich verstehe, warum du das alles so lustig findest.« April wollte es nicht gelingen, ihren Schlüssel ins Schloss zu stecken. War das überhaupt ihre Wohnung? Sie warf einen Blick auf die Nummer, dann versuchte sie es ein fünftes und sechstes Mal. »Geht doch nichts über einen Lokaltermin an einem Ort, der so gut zu seinen Besuchern passt. Ha! Banker, Anwälte – und Willow. Alle zusammen auf der Mülldeponie. Perfekt. Einfach großartig. Das musst du dir ausgedacht haben.«

»Ich weiß nicht, warum ich mir die Mühe machen sollte, mir Geschichten mit Mülldeponien auszudenken, aber da dich das

Thema ja offenbar interessiert: Unsere neu erworbene Firma sorgt durch den Umbau einer Mülldeponie für ihren Emissionsausgleich, deswegen mussten wir die besichtigen.«

»Ich glaub's dir aufs Wort.« April rammte den Schlüssel ins Schloss und drehte ihn so heftig, dass sie fast befürchtete, ihn abzubrechen. »Übrigens, ich hab von der großen Party im Beauchamp Club gehört. War das vor oder nach dem Plausch auf der Mülldeponie? Ist mir ein Rätsel, wie du das alles unterkriegst. Du bist ein Wunder, Troy Vogt.«

»Ähm … das war davor. Wer hat dir von der Party erzählt?«

»Eine meiner Quellen.«

»Lass mich raten: Birdie. Stimmt's?«

»Du hattest schon immer was gegen sie.« April warf sich mit vollem Gewicht gegen die Tür und im nächsten Moment lag sie auf dem Boden im Flur.

»Bist du gerade hingefallen?«

»Nee. Hab ein europäisches Möbelstück fallen lassen. Zwanzigstes Jahrhundert.« Sie stand wieder auf und klopfte sich den Rock ab. »Aber ich versteh das schon. Du magst Birdie nicht, weil sie dir auf den Hacken ist. Sie hat deine Nummer.«

»Sie hat nichts. Und es stimmt nicht, dass ich Birdie nicht mag. Nicht, dass ich sie mögen würde. Tatsächlich habe ich, was Birdie betrifft, null Gefühle oder Ansichten. Obwohl es ein bisschen entmutigend ist, zu erfahren, dass meine Partnerin den Aussagen ihrer Assistentin mehr Gewicht beimisst als meinen.«

»Tja, wohl wahr.«

»Und, was hat sie dir erzählt? Ganz genau?«

»Dass es eine Party gab, die die ganze Nacht gedauert hat. Und dass du auch da warst.«

»Ein Punkt für deinen Wachhund«, sagte Troy. »Ja, es gab eine Party und ich war da. Das entspricht den Tatsachen. Und dank dem Gestank ist mein Brioni-Anzug nicht mehr zu retten.«

»Das muss ja schrecklich für dich sein! Aber – reine Neugier: War Willow auch auf dieser Party?«

»Komisch. Du sagst, ich soll ihren Namen nicht mehr erwähnen, aber du machst das ständig …«

»Beantworte meine Frage, Vogt.«

»Ja. Sie war da. Ebenso beim Dinner am Vorabend unserer Hochzeit. Wir waren auch im selben Flieger. Hättest du gern den kompletten Reiseplan?«

»Warum?«, fragte April. »Warum war sie dabei? Du hast immer gesagt, dass die Wahrung der gebührenden Sorgfalt in Umweltfragen ihr Aufgabengebiet ist, aber das ist doch längst erledigt, wenn die Dokumente unterzeichnet werden.«

»Ein Geschäftsabschluss besteht aus einem Prozent Arbeit und 99 Prozent Feier«, sagte Troy. »Das weißt du doch. Alle wichtigen Mitarbeiter und Projektbeteiligten waren dabei. Das Ganze soll explizit ein Heidenspaß für alle Beteiligten sein. Anwälte. Banker. Alle. Warum muss ich mich hier fühlen wie bei einem Verhör, wenn ich überhaupt nichts getan habe?«

»Bei deiner Dienstreise nach London ging es also im Grunde genommen um ein Abendessen?«

»Zum Großteil, ja.«

»Und eine Party.«

»Ja, das auch.«

»Und dann warst du den ganzen Tag auf einer Mülldeponie?«, fragte April. »Ich meine – den ganzen Tag?«

»Ja. Da waren mehrere von uns dabei. Willow war nur eine von vielen …«

»Bitte hör auf, diesen gottverdammten Namen zu sagen.«

»Meine Kollegin«, sagte er und seufzte laut.

»Ich weiß nicht, ob ich das so viel besser finde.«

»Wirklich? Du hast ein Problem mit Kollegen? Du hast doch auch welche. Marc, Olivier …«

»Luc. Vergiss Luc nicht. Mon Dieu!«

»Wer zum Teufel ist Luc?«

»Ich habe folgendes Problem«, lenkte April schnell ab. »Anscheinend muss ich es dir ja genauer erklären. Du bist die ganze

Nacht auf einer Party gewesen. Du bist den ganzen Tag auf einer Mülldeponie gewesen. Aber du konntest keine sechs Stunden erübrigen, um mich in Paris besuchen zu kommen. Und auch keine sechs Minuten, um mir zu erklären, warum es nicht geht. Oder schlappe sechs Sekunden, um auf meine SMS zu antworten und mir mitzuteilen, dass du es nicht schaffst.«

»Entschuldige, aber musst du dein Gehör mal überprüfen lassen? Ich hab dir doch gesagt, dass das alles zum Geschäftsabschluss gehörte. Teilnahme verpflichtend.«

»Entschuldige, aber bin ich vielleicht noch deine Frau?«

»Die gleiche Frage könnte ich dir stellen, April«, sagte er. »Warum konntest du nicht sechs Stunden von deinem – wie lange bleibst du noch mal dort? – von deinem *Monat* in Paris abzweigen, um mich in London zu besuchen?«

»Ich muss arbeiten«, antwortete sie.

»Ganz genau.«

April stolperte auf ihr Bett zu. Sie war gegen eine Wand geprallt, in eine Sackgasse geraten, das konnte sie nicht wegreden. In diesem Punkt hatte er durchaus recht. Aber davor hatte sie in unzähligen anderen Punkten recht gehabt. So viele Punkte für sie beide. Wenn man nicht gerade in Wimbledon spielte, waren Punkte ein schmerzhaftes Mittel, um eine Ehe zu zerstören oder zu retten.

»Du rennst davon«, sagte er. »Das tust du immer, wenn du mit etwas fertig bist und dich nicht damit auseinandersetzen willst. Du bist nach New York davongerannt, um deiner familiären Situation zu entgehen. Du bist nach Paris davongerannt, als New York zu schwierig wurde. Dann bist du wieder nach New York zurückgerannt, als es in Paris nicht geklappt hatte.«

»Ich hatte meine *Arbeit* verloren. Das Museum hat zugemacht.« Kurz vor dem Bett blieb sie stehen. »Ich wäre geblieben, wenn ich gekonnt hätte. Glaub mir. Aber die Herrschaften von der Einwanderungsbehörde sind gar nicht begeistert, wenn man ihre Gastfreundschaft überstrapaziert. Da sind sie irgendwie ganz komisch.«

»Ich kann so nicht weitermachen, April. Du musst dir selbst darüber klar werden, was du willst. Ob du mir verzeihen kannst. Oder eben nicht. Ich nehme an, du kannst es nicht. Du bist kein Mensch, der leicht verzeihen kann.«

»Was soll das denn jetzt heißen?«

»Was ist mit deinem Vater?«

»Ich habe meinem Vater verziehen. Er hat mir schließlich nicht mit Absicht wehgetan.«

»Stimmt.« Troy lachte bitter. »Im Gegensatz zu mir. Das ist es, was mich an deinem Verhältnis zu deinem Vater so wahnsinnig macht.«

»Das wollen wir jetzt auch noch durchhecheln? Das Papa-Thema?«

»Du kannst nicht drüber wegkommen, wie mies er mit der Krankheit deiner Mutter umgegangen ist, zumindest in deinen Augen, aber gleichzeitig misst du mich an dem unmöglichen Standard, den er gesetzt hat. Dieser Mann ist so aufopferungsvoll. Niemand kann mit einer solchen Treue konkurrieren.«

»Das würde ich auch gar nicht wollen! Chelsea und Chloe sollten immer an erster Stelle stehen«, sagte April und meinte es auch so. »Sie. Nicht ich. Das war nie die Frage, deswegen weiß ich nicht, warum du denkst …«

»Diese ganze Geschichte«, fiel Troy ihr unbeirrt ins Wort, wie er es so oft machte, »… sehe ich jedes Mal, wenn du mich anschaust, in deinen Augen. Ich werde nicht immer perfekt sein oder immer genau das Richtige tun, denn ich bin kein perfekter Mann. Es tut mir leid, dass ich es nicht bin, aber zumindest habe ich es nie behauptet. Das musst du verstehen.«

»Ich habe nie von dir erwartet, dass du perfekt bist«, gab April zurück. »Ich habe nur erwartet, dass du anständig bist.«

In gewisser Hinsicht hatte er recht. April hatte ihm nicht verziehen. Dabei wollte sie es, sogar sehr. Sie liebte Troy und die Mädchen und ihr schönes Leben in New York City. In dieser ganzen Sache hatte er aufrichtig, ehrlich und geradeheraus gehandelt, wie es sich für einen echten Troy Edward Vogt III gehörte. Ich habe dich betrogen, ich bin kein perfekter Mann, lass uns das vergessen. Dafür brauchte man Mut, das stimmte schon, aber April wollte mehr als dieses »akzeptier es oder lass es bleiben«. Sie wollte große Gesten und Versprechungen, auch wenn er nicht hundert Prozent sicher war, ob er sie halten konnte.

»Darf ich dich mal was fragen?«, sagte sie.

Diese Frage hatte April ein ganzes Jahrzehnt lang beiseitegeschoben, und in den letzten neunzig Tagen hatte sie sie völlig aufgerieben. Aber jetzt, wo sie diese Nacht hinter sich hatte, mit Marthe und dem Champagner und, ja, auch Luc, fand April endlich den Mut, die Worte ins Universum zu feuern.

»Hast du Susannah jemals betrogen?«

Lange Pause. Zwei Pausen. Und noch ein paar Augenblicke.

»Ich höre«, sagte sie.

»Ich bin überrascht, dass du diese Frage stellst«, sagte Troy langsam und ruhig. »Das hättest du eigentlich schon in der frühen Phase unserer Beziehung klären können.«

»Mit der gebotenen Sorgfalt. Jaja, schon verstanden. Bin ich wahrscheinlich selbst schuld. Beantworte meine Frage.«

»Der Grund, warum unsere Ehe zerbrochen ist, ist immer noch derselbe wie damals, als wir darüber gesprochen haben. Susannah hatte eine Affäre mit meinem besten Freund, und keiner von beiden schien gewillt, sie zu beenden. Außerdem ist sie im alltäglichen Umgang durchaus schwierig, wie du sehr wohl weißt.«

»Ich habe nicht gefragt, warum eure Ehe zerbrochen ist. Ich habe dich gefragt, ob du sie jemals betrogen hast.«

»Ja«, sagte er schließlich. »Ja, hab ich.«

April schluchzte auf und ließ sich langsam zu Boden sacken. Dort blieb sie ein paar Sekunden sitzen und brachte keinen Ton hervor. Ihre stummen Schluchzer ließen den jahrhundertealten Pariser Dielenboden vibrieren. Eine heftige Reaktion auf das Problem eines anderen Menschen, aber es fühlte sich fast so an, als wäre es ein weiterer Verrat an *ihrer* Ehe gewesen, nicht an Susannahs.

»Willst du mich verarschen?«, rief Troy. »Du regst dich wegen Susannah auf? Darf ich dich daran erinnern, dass sie *mich* betrogen hat?«

»Wusstest du das in dem Moment schon?«, fragte April. Nicht, dass es eine Entschuldigung gewesen wäre. Sex aus Rache war in jedem Fall eine schlechte Idee. Aber es war besser, wenn sich jeder schlecht benahm und nicht nur der Mann, dem sie gerade glauben wollte.

»Ich hatte den Verdacht, war aber nicht sicher. Unsere Beziehung war damals schon fast am Ende. Ich hätte es nicht tun dürfen, aber du hast mich gefragt, und ich wollte dich nicht anlügen. Das hat nichts mit uns zu tun. Die Umstände waren anders. Die ganze Ehe war von Anfang an anders. In dem Moment, als sie auf den Altar zuschritt, wusste ich bereits, dass es nicht funktionieren würde. Ich war unreif und dumm und hab die Beziehung pausenlos sabotiert.«

»Vielleicht *war* es anders, aber du flößt mir nicht unbedingt Vertrauen ein, nachdem sich das Ganze wiederholt hat, als du angeblich in einer guten Ehe warst. Aber das ist alles reine Semantik. Ich meine, es ist egal, ob du eine Bank überfällst oder eine Bausparkasse, du bist auf jeden Fall ein Verbrecher und gehörst ins Gefängnis.«

»Wow. Das ist ja was ganz Neues. Ich wusste gar nicht, dass eheliche Fehltritte strafbar sind.« Troy lachte und stieß dann einen langen, erschöpften Seufzer aus. »Was ich getan habe, war furchtbar, aber du bist auch nicht fair. Du hast die Wahl. Du kannst entweder einen Neuanfang machen oder nicht. Wofür entscheidest du dich? Es liegt ganz bei dir.«

April schloss die Augen, stützte sich aufs Bett und stemmte sich hoch. Auf einmal war ihr klar, dass Troy ihr nicht geben würde, was sie sich wünschte. Er konnte ihr die Worte oder Gesten oder großen Erklärungen nicht bieten, die alles wiedergutgemacht hätten, die ihn von den Vergehen der Vergangenheit freigesprochen hätten. Wenn überhaupt, schienen die Erklärungen alles nur noch schlimmer zu machen.

Nein, April musste die Absolution selbst erteilen, egal in welcher Form. Und Troy hatte recht. Wahrscheinlich konnte sie das einfach nicht.

»April?« Troys Stimme klang heiser. »Bist du noch dran?«

»Ich weiß nicht, Troy. Ich weiß es wirklich nicht. Ich muss auflegen.«

April musste auflegen.

Ihr Telefon fiel auf die Matratze, und einen Moment später plumpste sie selbst darauf. April vergrub ihr Gesicht in der Decke und ließ ihre Füße über dem blau-weißen Teppich baumeln. Sie ließ ihren rechten Schuh auf den Boden fallen. Ihr linker Schuh rutschte ihr auch halb vom Fuß, blieb dann aber gerade noch hängen, bis er nach ein paar Minuten schließlich doch noch auf dem Boden landete.

Während der Schlaf über sie kam, hörte April immer noch das Geräusch, mit dem das Leder auf den Holzboden fiel, als würde dieser letzte Moment des Loslassens durch die Wohnung und ganz Paris hallen. Jedes Mädchen wusste, sobald der zweite Schuh ausgezogen war, war der Tag erledigt, abgehakt, wirklich vorbei. Irgendwann musste es passieren. Alles musste einmal zu Ende gehen. Wer darauf nicht gefasst war, hatte bloß nicht genau genug hingesehen.

Chapitre 38

Paris, 1. Juli 1893

Es ist vorbei! Tortoni's ist am Ende, wie es alle vorausgesagt haben. Das Fest ist vorbei, wie man so schön sagt.

Ich kann es kaum glauben, obwohl die Zeitungen das Aus monatelang prophezeit haben. Als ich mich heute Morgen im Bett herumdrehte, sah ich, wie Giovanni neben mir lag und an einer Skizze von *Le Comte de Montesquiou* arbeitete (dem beliebtesten Dandy der Stadt, diesmal mit Papagei). Ich wünschte ihm einen guten Morgen. Er sagte: »Tortoni's gibt es nicht mehr.«

»Du bist ein schrecklicher Lügner.« Ich setzte mich auf und strich mein Nachthemd glatt, das sich an meinen Hüften nach oben geschoben hatte.

»Schau in die Zeitung.« Er deutete mit einem Nicken zum Fußende des Bettes. »Da steht es schwarz auf weiß.«

Ausnahmsweise einmal hatte Giovanni recht. Um aus der gestrigen Ausgabe des *Paris Herald* zu zitieren: »Tortoni verschwindet heute aus Paris. Das Café an der Ecke Boulevard des Italiens und Rue Taitbout, das seit einem Jahrhundert als bevorzugte Anlaufstelle für Männer aus Literatur, Kunst und Aristokratie galt, folgt heute dem Restaurant Brébant und geht den Weg alles Irdischen. Am Samstag beginnen die Abrissarbeiten, und dann wird wieder ein Wahrzeichen des alten Paris verschwunden sein.«

»Geht den Weg alles Irdischen« – allein bei dem Gedanken kommen mir die Tränen!

Irgendwie fühlt es sich an wie ein Omen. Es wirft einen Schatten über meine Stimmung. »Es ist doch nur ein Café«, sagt Giovanni immer wieder. »Du hast doch schon das Maxim's. Aber für das kannst du dich ja gar nicht so recht begeistern, soweit ich das beurteilen kann.«

Doch Tortoni's ist mehr als nur ein Café! Für mich, ein Mädchen, das in Paris nie debütiert hat, fühlt es sich so an, als hätte ich mein Debüt in ebendiesem Café gehabt. Auch wenn es nicht an einem bestimmten Abend geschah, auch wenn es geschah, während La Belle Otero tanzte und sich um unseren Tisch schlängelte, während ihr der Schweiß über die Beine lief und ihr eine Brust aus dem Oberteil rutschte. Manchmal wurden Leute durch einen Degen oder das Personal verkrüppelt, aber das Lokal war trotzdem großartig … und es war meines! Oh, Tortoni's, wie ich dich vermissen werde!

Jetzt werden sich alle möglichen Wirte überschlagen, das nächste Tortoni's zu werden. Seit bekannt wurde, dass das Lokal in Schwierigkeiten steckt, sind in der ganzen Stadt Cafés aus dem Boden gewachsen, die verzweifelt darum wetteifern, die besten *boulevardiers* anzuziehen. Nicht zuletzt das Lokal von Maxime Gaillard, das Maxim's, wobei er bis jetzt der Einzige ist, der Erfolg hat. Das liegt an seiner ausgebufften Werbung. Er hat vier Schaufenster zur Straße, in jedem Fenster ein Podest und auf jedem Podest posiert eine Schönheit! Eine geniale Idee, wirklich. Die Idee habe ja auch ich ihm eingeflüstert, als er stundenlang bei mir an der Bar saß.

Ach, habe ich es schon erwähnt? Eine dieser Schönheiten bin ich!

Innerhalb kürzester Zeit ist das eine prestigeträchtige Stellung geworden. Einige unserer berühmtesten Cancan-Tänzerinnen haben den Wunsch geäußert, sich im Fenster des Maxim's präsentieren zu dürfen, aber von allen Mädchen aus dem Folies hat er mich dafür engagiert, wie ein Vogel (komplett mit Federn!) in einem Schaufenster zu hocken. Mein Gesicht lockt die Gäste durch die Tür, meine gebeugte Gestalt wirft lange Schatten auf das Trottoir vor dem Café. Natürlich ist es schwierig, in dieser Position zu bleiben. Von den hereinstömenden Gockeln werde ich nämlich ganz schön umlagert!

»Ihr Haar!«, sagen sie. »Die Farbe Ihres Haars ist ohnegleichen!«

»Ihre Haut! Weicher und weißer als der Hintern eines Säuglings!«

Genau. Und das verdanke ich der wundervollen Wirkung von Henna und Bleichcreme. Nicht, dass ich das nötig hätte. *Mon Dieu!* Ich benutze es nur, um zu unterstreichen, was Gott mir geschenkt hat. Offenbar haben mir meine Eltern doch etwas vererbt. Meine Mutter hat nicht lange gelebt, aber ihre Schönheit war legendär.

Allerdings muss ich aufpassen, mich nicht zu lange den bewundernden Blicken der *boulevardiers* auszusetzen. Manchmal verfärbt die übertriebene Benutzung meiner kostbaren Creme meine Haut fast ins Gelbliche. Natürlich bin ich überzeugt, dass es noch mehr Cremes gibt, die wiederum diesen Makel verdecken können! Was Schönheiten nicht alles tun müssen, um schön zu bleiben. Spielchen und Betrügereien, sagt Boldini, obwohl er selbst auch mal ein bisschen Creme und Henna vertragen könnte.

Das Maxim's ist nicht meine einzige Einnahmequelle, obwohl mir der liebe Maxime das Doppelte meines Lohns im Folies zahlt. Vielmehr gibt er mir den Betrag, den er für das Doppelte meines Lohns hält, aber in Wirklichkeit ist es fast schon das Dreifache! Und während Gérard strenge Regeln in Bezug auf die Arbeitskleidung hat, habe ich im Maxim's die freie Auswahl. Dort wird nur verlangt, dass ich mich atemberaubend genug kleide, um mindestens drei Männer pro Woche in den finanziellen Ruin zu locken. Es ist erstaunlich, wie schnell diese sogenannten Gentlemen bereit sind, ihre Taschen zu leeren, um mir Essen und Geschenke zu kaufen! Heutzutage sind alle Männer *paniers percés*. Körbe mit Löchern im Boden, einer wie der andere.

Normalerweise trage ich im Fenster des Maxim's einen Chinchilla-Mantel und esse Kaviar und Champagner und all die anderen Dinge, die mir die Männer bringen lassen. Oft trage ich eine *aigrette* dazu. Ein prächtiger, wenn auch sehr unpraktischer Kopfputz. Die vermaledeite weiße Feder läuft ständig Gefahr, durch die Lampe über meinem Kopf angezündet zu werden. Aber egal – wichtig ist, dass es spektakulär aussieht!

Bis jetzt ist das Maxim's ein echter Renner (gern geschehen, Monsieur Gaillard!). Vielleicht wird es das Tortoni's in seiner Bedeutung sogar noch übertreffen. Tatsächlich besucht auch die grande dame aller grandes dames das Etablissement. Ja, ich spreche von Jeanne Hugo Daudet. Und es würde ihr wahrlich nicht schaden, wenn sie ein bisschen weniger Zeit dort verbringen würde. An den meisten Abenden betrinkt sie sich bis zur Besinnungslosigkeit. Einmal ist sie auf das Podium gesprungen und hat angefangen, das Orchester mit einer Spargelstange zu dirigieren.

Proust hat mir anvertraut, das liege daran, dass ihr Mann und sie der Scheidung entgegengehen. So köstlich diese Klatschgeschichte auch ist, ich kann es kaum glauben. Jeder weiß, dass Proust die meiste Zeit *merde* erzählt. Außerdem … eine *Scheidung*? In *dieser* Familie? Nach dieser Hochzeit und diesen Geschenken? Wie könnte das alles nichts wert sein? Es wäre dumm, wegen ein, zwei Meinungsverschiedenheiten so viel wegzuwerfen. Boldini und ich kabbeln uns fast pausenlos. *C'est la vie!*

Ich habe schon mehrmals versucht, mich Jeanne zu nähern. Nachdem sie alles tut, um meinem Fenster fernzubleiben, muss ich davon ausgehen, dass sie sich an mich erinnert. Andererseits hatte ich schon immer gemutmaßt, dass dem so ist. Manchmal ertappe ich sie, wie sie zu mir schaut, als wollte sie mich dazu einladen, zu ihr zu kommen. In so einem Moment vergewissere ich mich erst, dass Maxime nicht in der Nähe ist (er hat es nicht gern, wenn ich meinen Platz verlasse), und dann gehe ich zu ihr. Aber unweigerlich kommt jedes Mal etwas dazwischen.

Einmal hatte ich es fast schon bis zum *Bonjour* geschafft, als die Russen hereingetanzt kamen, wie sie es ja nur zu gerne tun. Jeanne gebärdete sich wie wild, sprang auf den Tresen und schrie: »Die Kosaken kommen!« Typisch Jeanne Hugo Daudet. Obszön. Ohne jede Klasse. Sie verlässt sich auf ihren Namen und tut nicht das Geringste, um ihn sich zu verdienen.

An diesem gewissen Abend, als Jeanne über den Tresen stolzierte, schlich ich zurück in meine Ecke, um zu beobachten, wie die Russen das Maxim's stürmten und dabei mit Goldmünzen um sich warfen. Ich hätte auf Männer und das Maxim's verzichten können, wenn es mir nur gelungen wäre, eine ordentliche Handvoll von den *louis d'or* aufzusammeln, mit denen diese Heiden um sich werfen, wenn sie einen Raum betreten. Wenn niemand hinschaut, greife ich mir ein paar. Ich befürchte, ich werde sie noch brauchen.

Sie müssen wissen, dass zeitgleich mit der Schließung des Tortoni, das Platz für Größeres machen musste, auch mein Verhältnis mit Pierre sein Ende erreichte. Vor einer Woche erreichte mich ein Telegramm. Pierre teilte mir mit, dass er mir diesen Monat kein Geld schicken würde. Ich weiß nicht, ob es daran liegt, dass er kein Geld mehr hat, oder ob er es einfach nicht mehr mir schicken will. Ich hatte mich inzwischen an diese monatlichen Zuwendungen aus Südamerika gewöhnt. Obwohl ich wusste, dass er langsam die Geduld mit mir verlor, hatte ich nicht geahnt, dass seine Großzügigkeit ebenfalls dahinschwand.

Verstehen Sie mich nicht falsch. Maxime und auch Gérard bezahlen mich beide gut, und ich habe keinen Grund, mich über meinen Lohn zu beklagen. Aber es gibt eben die notwendigen Bedürfnisse, wie ein warmer Mantel und ein geheiztes Zimmer, und es gibt Dinge, die auch notwendig sind, aber auf eine andere Art, zum Beispiel Chinchilla-Mäntel und Federn.

Also unternahm ich eine letzte Anstrengung, um mir meinen monatlichen Scheck zu sichern. Diesen Morgen kam ich nach einer langen Nacht im Maxim's und anschließend mit Giovanni nach Hause und warf eine rasche Mitteilung auf mein feinstes rosa Briefpapier. Darin pries ich Pierres Männlichkeit und seinen Geschäftssinn. Dann tauchte ich meine linke Brust in weißes Puder und machte damit einen Abdruck am Fuß des Briefes. Ich kann nur hoffen, dass diese Erinnerung an meine Haut den Weg über die Ozeane überstehen wird und mir etwas Zeit erkauft.

Chapitre 39

Die Wohnung sah leerer aus als noch vor zehn Stunden.

April ging davon aus, dass sie als Letzte gegangen war, aber irgendwann zwischen La Terrasse und diesem Moment war jemand hier gewesen und hatte mindestens ein Dutzend Objekte bewegt, einschließlich der armen Mickey Mouse. Mickey stand jetzt auf einem Karton mit alten Büchern, mit einem schlampig auf sein Gesicht geklebten »Zurück an Absender«-Post-it.

April stieg über die Stapel, stakste zu dem Tier und griff danach.

»Ach, Mickey«, sagte sie und drückte das staubige Viech mit den runden Ohren an ihre Brust. »Sie schicken dich weg.«

Mit dem Schal, den sie an ihre Tasche gebunden hatte, rieb April ihm sanft über den Kopf. Kleine schwarze Fusseln blieben an der dunkelblau-goldenen Seide hängen.

»Ach Gottchen. Tut mir leid, Kleiner. Dabei bist du sowieso schon in so schlechter Verfassung.«

Sie führte den Schal an die Nase. Er roch, ja, staubig und alt, aber da war auch noch etwas anderes. Süß. Blumig. Vielleicht Marthes Parfum? Oder das von Lisette Quatremer? April fand den Gedanken tröstlich, dass Menschen immer noch einen kleinen Hauch von einem wahrnehmen können, wenn man schon tot ist. Immer vorausgesetzt natürlich, dass es einen Ort gab, an dem dieser Hauch bleiben konnte.

April legte die Puppe auf das Napoleon-III-Konsolentischchen, das sie sich am Vorabend vorgenommen hatte.

»Du solltest sehen, was mit deinem Zuhause passiert, Mickey«, sagte April und zückte einen Notizblock. »Die reinste Travestie.«

Sie begann zu schreiben.

»Napoleon-III-Spiegel und -Konsolentischchen aus vergoldetem Holz und Ebenholz. Auf der Rückseite der Vermerk ›No. 2‹.

Drittes Viertel neunzehntes Jahrhundert?

Spiegel mit c-förmigen Ornamenten, Blumen und Rocaille-Ornamenten.

Halbmond, drei Sterne, flankiert von einem Taubenpärchen.

Rouge-Royale-Marmorplatte, Kabriolbeine.«

April warf einen Blick auf die Rückseite, auf der ein Zettel klebte: »*De la grande antichambre/de Kiosque de Gezira/Console or et ébène.*« Sie lächelte verblüfft. Nur Marthe de Florian konnte ein Stück besitzen, das einmal in einem Palast in Kairo gestanden hatte.

»Großes Vestibül des Gezira-Palasts«, schrieb sie und unterstrich es zweimal. Wohl kaum das Richtige für Los Nr. 379 einer Auktion mit »diversem europäischem Müll«.

Plötzlich hörte April das Geräusch eines Schlüssels, der im Schloss stocherte. Sie trat hinter den Tisch und griff nach einem dekorativen Schwert. Es war nicht scharf, aber wenn sie es einem Eindringling über den Schädel zog, würde es sicher auch ein wenig Schaden anrichten.

»Hallo?«, krächzte sie, bevor die Tür aufging. »Bonjour?«

Luc betrat den Flur.

»Avril?«

»Oh Mann.« April atmete aus. Sie spähte aus ihrem Versteck hervor. »Sie haben mich erschreckt. Mal wieder.«

»Und ich versichere Sie mal wieder meines aufrichtigen Bedauerns«, sagte Luc, als er seine Tasche auf den Boden stellte. »Ich hatte nicht erwartet, an einem Sonntag jemanden hier anzutreffen. Was machen Sie hier?«

»Ich hol ein bisschen Arbeit nach.«

Sie beschäftigte ihr Gehirn. Versuchte nicht an den Mann auf der anderen Seite des Kanals zu denken oder an die Frau, die bei ihm war.

»An einem Wochenende in Paris und Sie arbeiten. Langweiliger geht es wohl kaum.«

»Sie sind doch auch hier«, gab April zurück und umrundete eine schwarze Kommode. »Damit wären Sie genauso langweilig.«

»Ah, ja, aber ich bin gekommen, um auf Anweisung von Madame Vannier nach einem bestimmten Gemälde zu suchen. Danach werde ich sofort wieder meine Wochenendaktivitäten aufnehmen und bis Montag keinen Gedanken an die Arbeit verschwenden.«

»Wenn Sie wegen eines Gemäldes gekommen sind, haben Sie Pech. Die Kunstwerke sind bereits alle abtransportiert worden. Olivier und Marc können Ihnen am Montag Zutritt zum Lager verschaffen. Ich bezweifle, dass sie heute da sind. Tut mir leid, dass Sie den Weg umsonst gemacht haben.«

»Er war nicht umsonst«, sagte er mit einem Schulterzucken und lehnte sich gegen eine lackierte Kommode, ein Riesener, eine Kopie eines der berühmtesten Stücke königlicher französischer Möbel. Das Wort »Kopie« klang nach Billigpreis, aber bei einer Auktion würde dieses Stück mindestens dreihunderttausend Dollar erzielen.

»Wären Sie bitte so freundlich, sich nicht gegen die Möbel zu lehnen?«, bat April. »Hier. Ich hab was für Sie. Da Sie eine unüberwindliche Neigung haben, es sich immer und überall bequem machen zu müssen, habe ich extra für Sie ein paar Klappstühle bringen lassen.« Sie deutete in eine Ecke. »Würde es Ihnen was ausmachen ...?«

»Ah, unsere Avril. Immer am Intrigieren, wenn es um ihre Schreibtische und Krimskrams geht.«

Luc versuchte, beleidigt zu spielen, griff sich einen Stuhl und schleifte ihn über den Boden. Innerhalb von Sekunden war April auf allen vieren, um die Kratzer aus dem Holz zu polieren.

»Wie viele Vorsichtsmaßnahmen Sie auch ergreifen, ich scheine Schaden anzurichten, egal, was ich tue.« Luc grinste. »Das ist also ein Linke? Diese Kommode? Sehen Sie, ich hab schon zugehört, wenn Sie mir Ihre Vorträge über Möbel gehalten haben.«

»Leider nicht gut genug.« April grinste zurück. »Sie liegen ungefähr anderthalb Jahrhunderte daneben. Nein, das ist ein Jean-Henri Riesener. Er war der offizielle ébéniste du roi – der Schreiner des Königs. Das hier ist eine Kopie eines Stücks, wie es die Königsfamilie besaß. Sehen Sie das hier? Hier vorne befindet sich das Monogramm von Marie Antoinette.«

Luc setzte sich langsam auf den Stuhl, blinzelte und sah irgendwie nachdenklich, wenn nicht sogar leicht gelangweilt drein.

»Egal, ich erspare Ihnen weitere Vorträge. Aber haben Sie das gesehen?« April griff hinter sich und nahm das Schwert hoch, das sie zuvor dort abgestellt hatte. Sie hob es hoch und schwang es einmal durch die Luft, verschätzte sich dabei aber erheblich mit dem Gewicht und drosch Luc versehentlich aufs Knie. Es hätte nicht viel gefehlt und er hätte eine Verletzung im Schritt erlitten.

»Mon Dieu!«, keuchte er.

»Hoppla, Entschuldigung. Ist Ihr Knie in Ordnung?«

»Mein Knie ist nicht der Körperteil, um das ich mir Sorgen mache. Das war knapp, April. Meine zukünftigen Kinder danken Ihnen.«

»Gut, dass ich nur ein bisschen ungeschickt bin.« April wurde feuerrot. »Aber mal im Ernst: Ist das nicht ein schönes Schwert? Sie sind doch ein Kerl, Ihnen sollten Waffen doch gefallen, oder?«

»Ich bin in der Tat ein *Kerl*, wenn auch nicht ganz im Sinne der amerikanischen Definition, vermute ich.«

»Da haben Sie recht«, erwiderte April und fuhr mit dem Finger über die Klinge. »Ich weiß nicht, wie wir dieses Schwert hier schätzen werden oder ob es überhaupt einen Wert hat. Ob Marthe damit wohl ihre allzu aufdringlichen Verehrer vertrieben hat? Oder eine Rivalin?«

April machte einen Satz nach vorn und tat so, als wollte sie den Bauch von Jeanne Hugo durchbohren. Aber ihre Gewaltfantasie machte nicht bei dieser Person halt. Sie überlegte, ob schon mal eine Umweltberaterin erstochen worden war, ein Wagniskapital-Impresario.

»Egal.« April schob das Schwert wieder in die Scheide. »Genug geblödelt.«

»Avril, warum machen Sie so ein finsteres Gesicht?«

»Wie meinen Sie das?«

»Seit ich hereingekommen bin, zeigen Sie mir ein böses Gesicht.« Luc deutete mit dem Finger auf die Stelle zwischen den Augen. »Was ist los? Steht uns die nächste Möbelkrise ins Haus?«

»Nein, nichts dergleichen.«

April holte noch einen Klappstuhl hervor und stellte ihn gegenüber von Luc auf. Auf einmal fühlten sich ihre Beine ganz schwach an. Sie war auch keine fünfundzwanzig mehr. Sie konnte nicht konstant unter mittlerem bis starkem Stress arbeiten und dann erwarten, dass es keine körperlichen Auswirkungen hatte, wenn sie ein Schwert durch die Luft schwang.

»Ich habe heute Morgen viel über Marthe nachgedacht«, begann sie. Die Aussage war korrekt, aber mitnichten vollständig.

»Heute Morgen? Ich hatte den Eindruck, dass Sie jede Stunde des Tages an Marthe de Florian denken.« Luc lachte leise. Als April nicht antwortete, berührte er sie sanft am Knie. »Ich ziehe sie doch bloß auf, ma chérie. Erzählen Sie, worüber haben Sie nachgedacht?«

»Die Besuchsstunde von vier bis fünf Uhr«, gab April zu. »Bei Marthe und ihren Freundinnen auch als gesellschaftlich akzeptierte Stunde für kleine Amouren bekannt.«

»Ah, verstehe. Die Untreue verletzt Ihre puritanischen Empfindungen.«

»Nein! Überhaupt nicht«, sagte April und versuchte, ihre Gedanken in Worte zu fassen, die nicht zu viel verrieten. »Tatsächlich spricht das eine oder andere für dieses Arrangement. Jeder ist einverstanden, auf die Art muss niemand herumdiskutieren. Niemand kann wütend werden. Es ist kein Skandal. Es ist einfach, wie es ist. Das ist so, als würde man seinen halbwüchsigen Kindern zum Abendessen am Sonntag erlauben, ein Glas Wein zu trinken. Das raubt den Dingen ihr Mysterium.«

»Schlagen Sie eine Wiederbelebung dieser Tradition vor?«, fragte Luc. »Ich wage zu sagen, dass Sie breite Unterstützung für diese Idee finden würden, allerdings wahrscheinlich nur bei den Männern.«

»Tja, wahrscheinlich würde sich das Konzept nicht durchsetzen«, meinte April. »Eine Frage: Würden Sie es eigentlich wissen wollen, ob Ihre Frau eine Affäre hat?«

»Ich hatte noch nie eine Frau.«

»Angenommen, Sie hätten eine. Würde es Ihnen etwas ausmachen?«

»Wie bei allem anderen, käme es auch da auf die Situation an«, erwiderte Luc. »Generell nein. Es würde mir nichts ausmachen. Das ist nun wirklich nicht das Schlimmste, was einem auf der Welt passieren kann. Warum habe ich bloß das Gefühl, dass das keine harmlose Standardfrage ist?«

April atmete ein und musterte Luc aus dem Augenwinkel.

»Mein Mann …«, begann sie. »Na ja, er …«

April schüttelte den Kopf.

»Wir hatten eine Meinungsverschiedenheit«, fügte sie hastig hinzu. »Der Mann einer Freundin von uns hatte einen One-Night-Stand.«

»Ihre *Freundin.*« Luc nickte verständnisvoll. Natürlich war dies prompt die einzige amerikanische Subtilität, die er zu interpretieren wusste.

»Oui.« April schaute weg, weil sie keine Lust hatte, sein plötzliches Verständnis des amerikanischen Subtextes zu bestätigen. »Ihr Mann hat ihr von dieser Liebelei erzählt. Um es ganz klar zu sagen: Es war keine Affäre, es war nur ein einmaliger Ausrutscher.«

April hätte noch mehr Details zum Dilemma ihrer Freundin beibringen können. Sie hätte sagen können, dass der Ehemann dienstlich in Singapur war. Um einen Deal abzuschließen. Es gab ein Abendessen und zu viel von einem alkoholischen Getränk, das er nicht kannte. Und da war eine Beraterin. Die zwei landeten in seinem Hotelzimmer. Zehn Minuten danach rief er seine Frau an und gestand ihr alles. Noch hundert Tage später spulte ihr Gehirn immer wieder dieses Gespräch ab.

»Wie groß war denn der Ausrutscher?«, erkundigte sich Luc. »Nach Ansicht des Paares, dessen Meinungen hier ausschlaggebend sind, nicht nach Ansicht Unbeteiligter.«

»Es kam zum Sex. Aber es ist immer mehr als das, nicht wahr?«

April stellte sich vor, wie die Hände ihres Mannes über die Brüste einer anderen fuhren, über ihre Schenkel, unter ihre Unterwäsche glitten. Troy hatte seine Lippen auf ihren Brustwarzen gehabt. Noch so etwas, was April sich nicht ins Gedächtnis rufen oder vorstellen wollte.

»Wie meinen Sie das – es ist immer mehr als das?«

»Na ja, auf dem Weg zum Vollzug gibt es noch jede Menge Haltestellen.«

»Ah«, sagte Luc. »Und, worum drehte sich die Diskussion zwischen Ihrem Mann und Ihnen nun eigentlich? Obwohl ich schon sagen muss, ich finde es ein bisschen fragwürdig, die Eheprobleme anderer Leute zu diskutieren.«

Er zog herausfordernd die Augenbrauen hoch.

»Oh, das macht ihr nichts aus«, murmelte April. »Die Diskussion ist folgende: Ich finde, er hätte es seiner Frau nie sagen sollen. Troy findet, dass es bewundernswert war, wie der Mann alles gestanden hat.«

»Und was findet Ihre *Freundin*?«

»Sie wünscht, sie hätte es nie erfahren.«

April hatte schon öfters mit diesem Gedanken gespielt, aber in diesem Moment stand sie zum ersten Mal ganz dahinter. Sie war zwar nicht stolz darauf, aber es fühlte sich gut an, es laut auszusprechen, statt immer nur abstrakt darüber nachzudenken. Luc war nicht der Erste, der von dieser fiktiven Freundin hörte. April erzählte sich die Lüge auch selbst.

»Warum?«, fragte Luc. »Warum sollte sie das nicht wissen wollen?«

»Weil es sie in eine dumme Lage gebracht hat. Wenn es sowieso nicht wieder passieren würde, warum hat er es ihr dann überhaupt erzählt? Um seine Schuldgefühle loszuwerden? Um es sich von der Seele zu reden und es stattdessen auf ihre zu laden? Wem außer ihm hat dieses Geständnis geholfen?«

»Ja, in erster Linie hat es sicher ihm geholfen, obwohl der eine oder andere wohl sagen würde, dass die Wahrheit über alles geht. Ist Aufrichtigkeit nicht teilweise ein Grund, warum sie ihren Mann geheiratet hat?«

»Absolut. Aber jetzt macht sie sich Sorgen, jetzt macht sie sich konstant Sorgen. Und ihr Mann hat fast schon etwas Selbstgerechtes, mit seinem ach-so-rechtschaffenen Bekenntnis der Wahrheit. Die Vergebung scheint für ihn schon eine abgemachte Sache zu sein, er erwartet sie automatisch. Als ob er sagen würde: Tut mir leid, dass ich das getan habe, aber ich bin eben nicht perfekt, also … Na, Sie können selbst zwischen den Zeilen lesen.«

»Sie denkt, dass es wieder passieren könnte.«

»Ja«, sagte April. »Und diese Erwartung ist fast das Schlimmste. Vielleicht sollte sie Marthes Besuchsstunde einführen. Um es irgendwie zu all den anderen stillschweigenden sozialen Übereinkünften hinzuzufügen. Man hält alten Damen die Tür auf. Man bringt den Müll raus. Man darf ab und zu eine unbedeutende Geschichte haben, solange man damit nicht das reguläre Programm gefährdet. Niemand ist überrascht. Niemand steht dumm da.«

»Das glauben Sie doch selbst nicht.«

»Nein?«

»Ich persönlich finde die Idee toll«, sagte Luc. »Wenn Sie die Wahrheit wissen wollen …«

Da klingelte plötzlich sein Handy. Luc warf einen Blick aufs Display und verzog das Gesicht.

»Merde«, sagte er leise. »Ich muss gehen. Können wir das Gespräch ein andermal fortsetzen?«

»Nein. Ich meine – natürlich, ja. Aber es ist nicht nötig.«

»Da bin ich von ganzem Herzen anderer Meinung.« Er stand auf. Seine Knie machten dabei ein leise quietschendes Geräusch. »Tut mir leid, dass ich einfach so davonstürme. Ich würde es nicht tun, wenn ich nicht unbedingt müsste. Macht es Ihnen was aus, wenn ich Sie hier alleine lasse?«

»Natürlich nicht. Bevor Sie kamen, war ich ja auch alleine hier.«

Luc stellte seinen Klappstuhl wieder in die Ecke, wobei er sorgfältig darauf bedacht war, die Metallbeine nicht wieder über den Holzboden zu schleifen. Als er noch einmal zu ihr kam, bedachte er sie mit seinem üblichen Lächeln, gefolgt von dem »au 'voir, Avril«, das sie fast schon im Schlaf hörte.

»Passen Sie gut auf sich auf«, sagte er.

April lächelte schwach, stand aber nicht auf. Sie konnte nicht. Ihre Beine (ihr Körper, ihr Geist) hatten die Kraft zum Aufstehen nicht mehr. Obwohl sie sich inzwischen auf den körperlichen Teil der Verabschiedung freute, konnte April die Kraft einfach nicht mehr aufbringen.

»Auf Wiedersehen, Luc«, sagte sie und klang wie Chelsea oder Chloe oder sonst ein amerikanischer Teenager. »Bis dann.«

»So geht das aber nicht. Hier.« Er reichte ihr eine Hand. »Lève-toi.«

»Luc, gehen Sie einfach, okay? Ich bin erschöpft. Sie wollen Ihre Zeit doch nicht mit einer mürrischen …«

Ohne jede Vorwarnung beugte Luc sich vor und zog April auf die Füße und direkt an sich. Als sie stand, leicht schwindlig und blinzelnd, beugte Luc seinen Kopf zu ihr herab und drückte ihr einen zarten, aber bestimmten Kuss auf eine Wange. »Passen Sie auf sich auf …« Andere Wange. »… liebe Avril.«

Er drehte sich um und verschwand aus der Wohnung. April blieb eine geraume Weile wie angewurzelt stehen. Es überraschte sie, dass sie nun doch stehen konnte.

Part Trois

Chapitre 40

April versuchte zu ignorieren, wie rasch die Tage verflogen, während die Möbel nach und nach aus Marthes Wohnung verschwanden. Und jedes verbliebene Stück machte mehr Mühe als das letzte. April entdeckte Abweichungen. Sie hatte Fragen, die weitere Nachforschungen erforderlich machten. Zeit. Sie brauchte einfach mehr Zeit.

Das Stück weist Intarsien aus Buchsbaum sowie Ebenholz-Fadenintarsien auf, eine herausragende Mittelpartie und eine halbmondförmige Tischplatte aus rotem Griotte-Marmor über einem getäfelten Fries. Drei Schubladen und zwei aufklappbare Seitenfächer mit Lorbeerblatt-Dekor, in der Mitte eine Tafel mit Schwertlilien-Intarsien. Zwei lange getäfelte Schubladen mit Intarsien sans traverse, mittig eine [übermalte?] Tafel mit Marketerie (Motiv: ein Körbchen mit Pfirsichen und Blumen), flankiert von zwei Türen in Schubladen-Optik mit Scharnieren. Die Kommode steht auf Löwenfüßen mit Pelz, die Beine sind mit Akanthus-Ornamenten [überlackiert?] verziert. Jedes Bein steht auf einem kleinen Sockel.

Fragen über Fragen, immer mehr Ausreden, um weiterzuarbeiten und in Paris zu bleiben. Vielleicht konnte sie ihre Dienstreise noch ein paar Tage verlängern. Das Gute an Recherchearbeit war, dass man sie nie ganz zu Ende bringen konnte. Und wie sie Peter und Olivier erzählte und jedem anderen, der zuhören wollte, wartete April auf ein Gespräch mit Agnès Madame Vannier, einer Frau, die sich jederzeit als die interessanteste Quelle von allen herausstellen konnte. Gott sei Dank war sie noch nicht tot.

Es war ein Mittwochnachmittag und April saß auf einem ihrer Klappstühle und untersuchte eine kleine Bronzeskulptur von Aimé-Jules Dalou. Sie hatte schon Skulpturen von ihm gesehen, in Museen und im Jardin du Luxembourg, aber sie hatte noch nie eine in der Hand gehalten. Normalerweise waren seine Stücke großformatiger, sie waren als Denkmäler gedacht, nicht als häusliche Dekoration. Wo hatte Marthe dieses Stück aufgetrieben?, überlegte April. War es von Boldini oder Montesquiou oder dem Scheiße-Tycoon? Oder von Dalou persönlich? Marthe war sicher die einzige Frau in der Geschichte, bei der all diese Möglichkeiten gleich wahrscheinlich waren.

Die Statuette stellte einen Akt dar, wie so viele von Dalous Arbeiten, eine Frau mit rundem Rücken und Hintern, die die Knie an die Brust gezogen hatte. Sie saß nackt auf einem Felsen, hatte das Kinn auf eine Schulter gelegt und betrachtete das Wasser, das unter ihr dahinfloss. April fühlte sich in diesem Moment ein wenig wie Dalous Nackte: in sich selbst zurückgezogen, exponiert, doch ohne etwas von sich preiszugeben, und das alles in dem Wissen, dass sich der Sprung ins kalte, reißende Wasser nicht mehr lange aufschieben ließ.

April machte mit ihrem Handy ein Bild von der Statuette. Sie hatte eine Kamera, die sie für die Arbeit benutzte, aber dieses Foto würde sie an Troy mailen, mit einem fröhlichen Kommentar, wie toll sich das in ihrer Wohnung ausnehmen würde. Wenn du das ersteigern willst, tu dir keinen Zwang an! Nein, war nur ein Scherz. (War kein Scherz.)

Doch dann fiel April wieder ein, dass sie diese Dinge nicht mit Troy teilen konnte. Natürlich konnte sie es, aber er würde sich wundern, warum April sich mit Inneneinrichtung abgab, wenn sie sich in erster Linie überlegen sollte, ob sie überhaupt in der gemeinsamen Wohnung bleiben wollte.

Sie hatten seit vier Tagen nicht mehr telefoniert, nur gemailt oder SMS geschrieben, und redeten sich auf die Arbeit und die verschiedenen Zeitzonen hinaus, um zu erklären, warum nicht mehr telefonisch kommuniziert wurde. *Je vais tomber dans les vapes!* Ich bin so müde, ich könnte umfallen! Beide durchschauten die Ausflüchte, sodass sich April manchmal fragte, warum sie sich eigentlich noch die Mühe machten.

»Gut!«, sagte April zum Display ihres BlackBerry. »Kein Dalou für mich!«

Auf einmal fing das Gerät in ihrer Hand an, wie eine Klapperschlange zu rattern. April ließ es auf den Boden fallen, als könnte es wirklich beißen. Der BlackBerry klingelte weiter, und April bückte sich, um ihn aufzuheben.

»Oh, Birdie. Hallo.«

War sie erleichtert? Enttäuscht? Sie konnte von morgens bis abends Möbel beschreiben, versagte jedoch, wenn es um die Gefühle ging, die sie beim Anblick einer Telefonnummer hatte.

»Hast du die Kopie bekommen, die ich dir gestern Abend geschickt habe?«, fragte April.

»Ja«, sagte Birdie. »Danke. Ist jetzt auf Peters Schreibtisch. Der Gute ist übrigens sehr darauf erpicht, dass du jetzt bald mal zurückkommst. Er fragt ständig, wann du endlich wieder da bist.«

»Ist ja süß. Er vermisst mich. Leider geht mein Flug erst am 11. Juli.«

»Ich weiß. Das hab ich ihm inzwischen 51.000 Mal gesagt, aber er behält es nie länger als zehn Minuten. Irgendwie kann er ohne dich nicht. Übel. Er hat sogar gefragt, ob du nicht früher wiederkommen könntest.«

»Früher?« In April sperrte sich alles. Sie dachte an Madame Vannier. Sie dachte an Troy. »Nein, früher kann ich nicht.«

»Ja, ich weiß, und ich halte ihn ja auch schon hin wie blöd, aber einfach ist es nicht. Die Frau lebt noch, oder? Diese Erbin?«

»Ja, die lebt noch. Noch.«

»Gut. Ich hab da ein paar interessante Vergleichsobjekte aufgetan – Stücke, die in einer eigenen Auktion verkauft wurden versus Stücke, die in einer größeren Gruppe unter den Hammer kamen. Es gibt jetzt nicht massenweise vergleichbare Objekte, aber vielleicht ist es ein Anfang. Ich schick dir, was ich habe.«

»Danke«, seufzte April.

»Kopf hoch! Peter ist absolut auf deiner Seite.«

»Das ist zwar toll, aber ich befürchte, der hat hier drüben nicht viel Mitspracherecht.«

»Wann ist die, ich zitiere, nicht erreichbare Frau, Zitat Ende, wieder erreichbar?«, fragte Birdie. »Vielleicht kann sie das Pariser Büro doch noch beeinflussen?«

»Darauf setze ich meine ganzen Hoffnungen, aber sie ist ein Schuss ins Blaue. Sie ist krank und liegt im Krankenhaus, deswegen kann man schlecht einen Termin anvisieren.«

»Und was passiert, wenn du vor deinem Abreisedatum nicht mehr mit ihr sprechen kannst? Kannst du sie auch anrufen oder so?«

»Oh, ich werde auf jeden Fall mit ihr sprechen«, sagte April. »Dafür würde ich auch eine Woche länger bleiben. Zwei Wochen. Einen Monat. Wenn's sein muss, erscheine ich an ihrem Sterbebett.«

Sie war selbst überrascht, als sie sich das sagen hörte. Während ihr Abreisetag (11. Juli, zwei Wochen) immer näher rückte, erwachte April jeden Morgen ein bisschen nervöser, ängstlicher. Sie hatte ihren Rückflug so gebucht, dass sie zu ihrem Geburtstag wieder zu Hause war. Wenn sie in Paris blieb, würde April ihn alleine verbringen, wenngleich in New York durchaus auch eine einsame »Geburtstagsfeier« auf sie wartete. Und es war weiß Gott schöner, in Paris solo zu sein als in der eigenen Wohnung. Ja. Sie würde ihre Dienstreise verlängern. Peter hatte ihr gesagt, sie sollte so lange bleiben, wie sie musste. Und Notwendigkeiten gab es hier in Hülle und Fülle.

»Die Dienstreise verlängern?« Birdie lachte. »Du verarschst mich. Peter würde explodieren.«

»Wäre ja nicht das erste Mal.«

»Warum beschleicht mich das Gefühl, dass du für immer da drüben bleiben willst? Als ob du am Ende in der Pariser Niederlassung anheuern würdest?«

»Klingt wunderbar, aber ich habe einen Job und ein Leben in New York.« Nicht, dass »in New York« nicht trotzdem beängstigend war. Nicht, dass »in New York« genauso aussehen würde wie bei ihrer Abreise. »Irgendwann muss ich zurückkommen.«

»Solange du das nicht ganz vergisst, gut. Denn du wirst nach Hause kommen müssen.« Birdies Stimme klang, als hätte sie schlechte Neuigkeiten. Dann fügte sie ernst hinzu: »Du bist hier zu Hause.«

»Ich weiß«, sagte April. »Na ja, jetzt schauen wir erst mal, wie viel ich nächste Woche erledigen kann. Erinnere Peter an das Interview. Sag ihm, dass ich immer noch warte.«

Ein paar Sekunden blieb es still am anderen Ende der Leitung, als zögerte Birdie damit, mit ihrem obligatorischen »Klar, kein Problem« zu antworten. Vielleicht wusste sie, was als Nächstes kommen würde. Vielleicht merkte sie, dass eine Pause genau das war, was April jetzt brauchte. Vielleicht hatte sie sich aber einfach nur an einem Muffin verschluckt wie schon so oft zuvor.

Woran auch immer es nun lag – Birdie schwieg einen Augenblick zu lange. Lange genug, dass April, bevor eine von ihnen es sich anders überlegen konnte, hastig nachschob:

»Weißt du was? Sag Peter schöne Grüße: Pech gehabt. Und dann verschieb mein Rückflugdatum. Um zwei Wochen. Jetzt gleich.«

Chapitre 41

Paris, 30. November 1893

Seite Monaten habe ich nichts mehr in mein Tagebuch geschrieben. So viel zu erzählen, und doch so wenig, was ich sagen könnte!

Nun, jetzt ist es passiert. Gestern kam der letzte Brief von Pierre. Mein Guano-Kavalier wusste, was ich in der Zwischenzeit alles getrieben hatte, und erklärte, dass er meine Kaprizen nicht länger zu finanzieren gedachte. *Welche* Kaprizen er dabei insbesondere im Sinn hatte, entzieht sich meiner Kenntnis. Er bat mich, nicht zu antworten, nicht zu betteln oder zu bitten oder ihm weitere Abdrücke meiner Körperteile zu schicken. Wir sind fertig miteinander. Er hat meine Wohnung bis zum Ende des Jahres bezahlt, dann muss ich eine neue Unterkunft finden. Ich muss umziehen! Nächsten Monat! Aber das kann ich mir nicht leisten. Wohin ist nur das ganze Geld verschwunden? In Kleider und Schuhe und Champagner, nehme ich an. Ich dachte, ich hätte mehr verdient!

Also ging ich zu Boldini. Er würde mich retten, das wusste ich. Unsere Beziehung hat sich in etwas verwandelt, was über das hinausgeht, was ich zu Anfang im Sinn hatte. Unser Verhältnis baut auf unserem Gefühl von Verwandtschaft auf, bei uns geht es nicht um Gegenstände oder Bedürfnisse. In der Tat hat er mir noch nicht ein verdammtes Geschenk gekauft, und in den meisten Fällen bezahle ich *sein* Essen im Maxim's!

In all den Monaten habe ich Punkte gesammelt. Ich habe wesentlich weniger gekostet als jede andere Maitresse, die er in seinem Leben ausgehalten haben mag. Daher sollte er kein Problem damit haben, mir durch diese schwierige Zeit zu helfen. Ja, ich war geradezu fröhlich, als ich zu seiner Wohnung spazierte und die Zahlen in meinem Kopf tanzten. Giovanni würde mir helfen, da war ich ganz sicher!

Er war gerade vom Leichenschauhaus zurückgekommen, als ich in sein Atelier rauschte. Ich war froh, dass die Toten ihm immer wieder so gute Laune machten. Der Moment war einfach perfekt. Einen Augenblick war ich froh, dass Pierre mit mir Schluss gemacht hatte. Keine Schlinge aus der Ferne legte sich mir mehr um den Hals! Endlich konnte ich ohne Schuldgefühle Zeit mit Boldini verbringen! Nicht, dass ich zu Schuldgefühlen neige, aber manchmal befallen einen doch überraschend solche Gefühle.

»Ich habe tolle Neuigkeiten!«, erklärte ich Giovanni, als ich durch die Tür schritt und eine Pirouette für ihn drehte, sodass mein Rock sich mitdrehte. »Ich bin verliebt in dich. Ich habe meine Beziehung zu Pierre beendet, damit wir zusammenleben können, ohne uns Vorwürfe machen lassen zu müssen. Ohne dass sich die Mädchen und Jungen im Tanzpalast die Mäuler über uns zerreißen!«

»Du liebst mich?«

Er verzog das Gesicht, als hätte er eines von Marguérites gemeingefährlichen Gerichten gekostet. Die Arme meint tatsächlich, dass sie Küchenchefin in den feinsten Restaurants der Stadt wird, wenn sie einmal mit dem Folies fertig ist. (Eine weibliche Küchenchefin!) Ihr Essen ist furchtbar, und der einzige Ort, an dem sie mit ihren Kochkünsten landen wird, ist das Gefängnis, nachdem sie ihre Gäste vergiftet hat. Außerdem wird sie zu dick sein, um als Schlangenfrau aufzutreten, weil sie beim Kochen ständig kostet!

»Du liebst mich«, wiederholte er.

Wieder mit dem verdrießlichen Gesicht.

»Allerdings!« Ich tanzte auf ihn zu und schlang ihm die Arme um den Hals. »Jetzt können wir zusammen sein! Für immer! Kein Pierre wird mehr zwischen uns stehen!«

Giovanni schaute mir direkt ins Gesicht, zuckte mit der Nase und sagte: »Marthe, ich vergöttere dich. Aber ich bin nicht reich genug, um dich zu lieben.«

»Wie kannst du so etwas sagen?«, rief ich. Ach, das Herz wollte mir brechen! Kaum hatte er es gesagt, ging der Riss quer durch meine Brust! »Du kannst meine Liebe nicht zurückweisen. Ich will dich heiraten!«

»Nein, das willst du nicht«, widersprach er. »Du bist bloß gelangweilt.«

»Aber ich liebe dich, Boldini! Du Dummkopf! Von ganzem Herzen liebe ich dich!«

Ich legte mir eine Hand auf die Stirn und tat, als würde ich gleich ohnmächtig werden. Er fing mich auf, bevor ich zu Boden sinken konnte.

»Ich habe viel zu tun«, sagte er. »Bitte führ dein Theater anderswo auf. Ich komme später zu dir.«

»Du hast keine Zeit für die Liebe?«

»Ich habe Zeit für die Liebe. Ich habe gesagt, ich kann sie mir nicht leisten. Wofür ich allerdings keine Zeit habe, sind deine emotionalen Zustände, und das ist ein ganz anderes Kapitel. Bitte. Fort mit dir. Bis später.«

Was konnte ich da schon sagen? Gedemütigt bis in die Haarspitzen schlich ich aus seinem Atelier. Trotz Sœur Maries Ermahnungen gestattete ich mir, meinen Tränen auf der Straße freien Lauf zu lassen, und entblößte meine Gefühle vor der ganzen Welt.

Und dann machte ich das Einzige, was mir blieb: Ich ging sofort zu Marguérites neuer Wohnung. Dass sie eine neue Wohnung hat, während ich ständig in finanziellen Schwierigkeiten bin, stellt mich vor Rätsel. Denn Marguérite hatte Liebschaften, mehr als genug, aber das waren alles Frauen!

Im ersten Moment hielt ich ihre Neigung zum schönen Geschlecht für einen Trick, eine Taktik, um eine bestimmte Art von Männern anzuziehen. Doch ihre Leidenschaften haben sich nicht geändert. Sie hat kein sexuelles Interesse an Männern, behauptet sie. Kannst du dir so etwas vorstellen? Sich auf die Unterstützung von Frauen verlassen? Ich bitte dich! Genauso gut könnte sie auf Feenstaub und sprechende Giraffen warten! Ich schätze, dieses wirklichkeitsferne Denken ist auch der Grund, warum Marguérite meint, sie könnte Essen für die großen Männer der Literatur und Kunst kochen und dafür bezahlt werden.

Als ich bei Marguérites auf so geheimnisvolle Art erworbener Wohnung ankam, hatte sie sich gerade zu einer Acht verrenkt. So kam sie auch an die Tür, den Hintern über dem Kopf, wie ein balzender Truthahn sah sie aus. Vorübergehend vergaß ich meine Sorgen und fragte sie, warum sie ihre Besucher nicht normal empfangen konnte. Dann schwebte ich an ihr vorbei und marschierte in ihren überraschend großen Salon. Marguérite folgte mir, wenn auch watschelnd, weil ihr Körper immer noch zu einer aufreizenden Zahl verbogen war.

»Was ist los?«, fragte sie. Ihre Stimme, die aus der Richtung ihres Hinterteils kam, klang gepresst und kehlig.

»Mein Leben ist vorbei!«, heulte ich und ließ mich auf ein Sofa fallen. Im Gegensatz zu Boldini fing sie mich nicht auf.

Während ich meine ergreifendsten Schluchzer zum Besten gab, rieb ich mit den Fingern über die Sitzfläche des Sofas. Es war aus weichem Samtstoff und viel schöner als alles, was ich in meiner Wohnung hatte.

»Wo hast du das her?« Ich konnte mir die Frage nicht verkneifen. Ich setzte mich auf und fuhr mit der Hand über die Ziernieten an der Rückenlehne. »Das ist ja ein außergewöhnliches Stück.«

»Ich hab's gekauft. Wo sollte ich es sonst herhaben? Marthe, sag, brauchst du Geld? Bist du deswegen gekommen?«

»Wie kommst du darauf?«

»Weil du solche Gefühlsausbrüche nur hast, wenn es um Francs und Louis geht!«

»Also gut«, sagte ich. »Du hast recht. Ich bin in finanziellen Schwierigkeiten. Pierre hat mit mir Schluss gemacht.«

»Erstaunlich ist daran eigentlich nur, dass er so lange damit gewartet hat. Was ist mit deinen Gehältern?«

»Weg! Die Notwendigkeiten des Lebens. Wie es aussieht, verdiene ich nicht ganz so gut wie die Bühnenkünstlerinnen.«

»Du verdienst nicht so viel? Ha!« Marguérite schnaubte und entfaltete ihren Körper, bis sie gerade vor mir stand. Ihre Brüste rutschten wieder an ihren angestammten Platz. Die Brustwarzen waren braun, dick und hart. »Ich hab ja schon immer gesagt, das Folies sollte deinen Lohn direkt an Maxime auszahlen, das hätte viel Zeit gespart.«

»Bitte, Marguérite! Ich bitte dich, so bist du zu deiner ältesten Freundin?«

»Na gut«, seufzte sie. »Viel kann ich dir nicht geben. Aber ich geb dir, so viel ich kann.«

»Ach, danke«, sagte ich und versuchte ein Lächeln. »Ich bin dir wirklich sehr verpflichtet.«

»Aber bitte, gib es für Essen und andere lebensnotwendige Dinge aus, nicht für Chinchilla-Mäntel oder fragwürdige Schönheitsmittelchen.«

»Fragwürdig?!«

»Marthe …«

»Très bien«, schniefte ich. »Wie du willst.«

Nachdem ich das Geld an mich genommen und zugesehen hatte, wie Marguérite mir noch ihre neueste Verrenkungsnummer vorführte, nahm ich Abschied von meiner Freundin und trat wieder hinaus auf die Straße. Der Himmel war ganz dunkel. Schwarze Wolken hingen tief über der Stadt und die Luft war feucht. Während ich das Geld zählte, befiel mich die Panik. Marguérites Geld würde höchstens ein, zwei Monate reichen. Und die würden nur zu schnell vergehen.

Da ich Angst hatte, in meine Wohnung zurückzugehen und am Ende einem Vermieter über den Weg zu laufen, der bereits Bescheid wusste, stolperte ich auf einen schnellen Drink zu Maxim's. Aber wie es allzu oft passiert, wurden aus einem Cocktail schnell drei, dann vier und noch mehr. Bevor ich wusste, was los war, tanzte ich mit La Belle Otero zwischen den Tischen, während ihre rosa Häschen unter den Stühlen herumhoppelten. Auf mindestens eines bin ich beim Tanzen getreten.

Wir hatten einen rauschenden Abend. Eine Weile. Als ich gerade nach La Belles Anweisungen einen Schal um meinen Kopf und zwischen meinen Beinen drapierte, blickte ich auf und sah sie. Jeanne Hugo. Sie beobachtete mich ganz offensichtlich. Der Moment schien perfekt zu sein, um die Frau anzusprechen.

Ich schubste La Belle Otero beiseite und marschierte geradewegs durchs Lokal zum Klavier, auf dem Jeanne mit übereinandergeschlagenen Beinen saß, wobei sie ihren Rock strategisch sehr geschickt arrangiert hatte. Man muss schon sagen: Von schnödem Toastbrot hat sie nichts mehr. Im Hinblick auf ihren Ruf hätte es freilich nicht geschadet, wenn sie sich ein bisschen schnöder gegeben hätte.

Maxime behauptete später, ich hätte auf meinem Weg zum Klavier nicht nur einen, sondern zwei Kellner umgerannt. Als ich bei Jeanne angekommen war, nahm ich ihr Gesicht in beide Hände und berührte ihre Nasenspitze mit meiner. Sie hatte Champagner getrunken, das roch ich an ihrem Atem.

»Wie fühlt sich das an?«, fragte ich, während mir die Tränen übers Gesicht liefen. »Wenn man auf dem Klavier eines armen Kerls sitzen kann, ohne sich Sorgen um den nächsten Tag machen zu müssen? Wenn man weiß, was Sie wissen, wenn man weiß, was man anderen genommen hat?«

»Wie kommen Sie darauf, dass ich mir keine Sorgen um den nächsten Tag machen muss?« Sie nahm einen tiefen Schluck direkt aus der Champagnerflasche. »Vielleicht habe ich sogar eine Menge Sorgen. Vielleicht sogar mehr als Sie.«

»Sie müssen sich keine Sorgen machen, ob Sie sich Ihr Essen leisten können, nicht wahr? Oder wo Sie wohnen sollen? Oder von welchem Geld Sie sich den nächsten modischen Mantel oder Hut kaufen sollen? Sie haben alles!«

»Alles ist nicht alles«, erwiderte sie.

Alles war nicht alles? Alles *war* alles, und es bedeutete so viel. Es bedeutete mein Leben.

Jeanne musste nie mit einem Mann zusammen sein, der sie abstieß, einem, der nach *merde* aus einer Fledermaushöhle roch. Sie brauchte nicht mit schmerzendem Rücken im Fenster einer verdammten Bar den kauernden Vogel zu spielen, um einen oder zwei Schneider bezahlen zu können, und dabei die ganze Zeit Männer anzulächeln, neben denen sich der Fledermausguano-Tölpel ausnimmt wie ein Prinz.

Sie hatte nie hinter einer Bar gearbeitet und dabei sehnsüchtig auf die Bühne gestarrt, während sie überlegte, wie sie ins Rampenlicht gelangen könnte. Und sie brauchte sich auch kein Geld von der Freundin zu leihen, die sie selbst eigentlich bemuttern sollte, oder einen Mann zu überzeugen, sie zu lieben, damit sie ihre Miete zahlen konnte, obwohl sie selbst diesen Mann in erster Linie liebte. Trotzdem! An diesem Ort konnte ich mich tatsächlich hinstellen und sagen, dass ich weit gekommen war. *Mon Dieu!* So eine Demütigung!

»›Nicht alles‹?«, echote ich. Ich war so wütend, dass ich das letzte bisschen Anstand vergaß. Die Hochzeit, die Geschenke, die vier Häuser: Das war ihr »nicht alles«. Und das alles durch schieres Glück und eine kleine Prise Abgefeimtheit dazu. »Ich weiß nicht, wie Sie diese Worte sagen können, wo Sie doch sind, wer Sie sind. Und wenn Sie wissen, wer ich bin!«

»Sie? Sie sind einfach nur eine verrückte Frau! Das waren Sie schon immer.«

Wie benebelt vor Wut riss ich ihr die Champagnerflasche aus der Hand und schmetterte sie gegen die Wand, wobei ich Maximes Trüppchen von Zwergenfreunden nur um ein Haar verfehlte. Im Lokal wurde es totenstill. Der Klavierspieler hielt in seinem Spiel inne. Und auch mir stockte der Atem.

Da rief jemand: »Die Kosaken kommen!« Jeder blickte von Jeanne und mir zur Tür, und da waren sie auch schon: Die Russen, die wie aus dem Stall befreite Hühner in den Raum quollen.

»Die Kosaken!«, riefen alle im Chor.

»Rette sich, wer kann, die Kosaken kommen!«

Eine Reminiszenz an Waterloo, aber auch ein Zeichen, dass diese Schlachten endgültig vorüber waren, zumindest vorläufig. Jetzt ging es in die nächste Runde, und alle sammelten die Goldmünzen vom Boden auf.

Wie auf ein Stichwort griff der Klavierspieler wieder in die Tasten, und die Leute jubelten. Irgendwie geriet ich in eine Menschentraube, die zur Tür drängte, und landete vor dem Lokal. Mit ruiniertem Kleid und ruinierter Stimmung saß ich auf dem Trottoir. Alle hatten mich vergessen, was ich entweder als Erleichterung empfinden konnte oder als das schlimmste Gefühl überhaupt.

Als ich schluchzend die Rue Royale hinuntertrippelte und hinter mir noch das Jubelgeschrei aus dem Maxim's hörte, traf ich einen alten Freund. Es war Pujol, der geliebte Flatulist unserer Stadt. Ich hätte nie gedacht, dass ein professioneller Pupser so romantisch aussehen könnte, aber da kam er dahergeschlendert, ganz der todschicke Dandy, und pfiff dabei vor sich hin.

»Joseph!«, rief ich und warf mich auf ihn. »Meine Welt geht unter! Ich kann nicht mehr!«

»Ma chérie.« Er strich mir übers Haar. »Was ist denn nur passiert, um Gottes willen?«

Nur unterbrochen von meinem Schluckauf schüttete ich ihm mein Herz aus. Er nickte mit gesenktem Blick, während ich sprach, der einzige Mensch, der in meiner misslichen Lage Mitleid mit mir hatte.

»Ach, liebe Marthe, es tut mir leid, dass du in einem solchen Zustand bist«, sagte er. »Zahlen sie dir denn nicht genug im Folies?«

»Sie sind durchaus großzügig«, sagte ich und blickte zu ihm auf, in der Hoffnung, dass er mich trotz meiner Tränen noch schön fand, dass die Bleichmittel und Haarfärbemittel die gewünschte Wirkung hatten. »Aber im Moment stecke ich so schrecklich in der Klemme!«

»Na, dann erlaube mir, dass ich dir helfe.«

»Wirklich?« Ich blinzelte und versuchte, meine Augen groß und feucht aussehen zu lassen wie die von Marguérite. »Ach, könntest du das wirklich? Ich wäre dir ja so dankbar! Ich verspreche dir auch, was immer du …«

Er machte einen Schritt zurück.

»Aber bitte. Du musst mir gar nichts versprechen. Ich bin glücklich, dir helfen zu können. Obwohl ich selbst gerade ein bisschen klamm bin, werde ich mir was einfallen lassen. Vielleicht muss ich meine Fantasie ein wenig anstrengen, aber ich tue mein Bestes.«

Ich umarmte ihn erneut und weinte dabei dicke, große Tränen der Erleichterung. Er nannte mir keine Zahlen und gab mir keine Garantien, nur ein Versprechen, das mir so kostbar schien wie das Kosakengold. Das war alles, was ich brauchte – ein Versprechen, mir zu helfen, ohne nähere Definition, mit der Möglichkeit, die Hilfe auf unbeschränkte Zeit auszudehnen.

Chapitre 42

»April?«, knurrte eine schroffe, gereizte Stimme ins Telefon.

Es war über eine Woche vergangen. April hatte schon gedacht, alles sei geregelt, nachdem sie ihr Ticket hatte umbuchen lassen und keinen Ton mehr aus New York gehört hatte. Normalerweise hielt Peter lieber spontane Standpauken, aber das hier war schlimmer. Er hatte Zeit gehabt, seine Wut aufzustauen.

»Peter?«, antwortete April zaghaft. »Wie geht's?«

»Das kann ich nicht akzeptieren!«

Das Telefon fühlte sich heiß an ihrem Ohr an, als April zum Fenster ging. Seit das Wetter endlich warm geworden war, war es mittags erstickend in Marthes Wohnung. Die Luft war gesättigt mit Allergenen und schwelenden Staubwolken.

»Was auch immer dich so aufbringt«, begann sie, obwohl sie genau wusste, was dieses »was auch immer« war, »ich bin sicher, dass es nicht so schlimm ist.«

»Stell dich nicht dumm, Vogt. Es geht um deine Mail und den revidierten Reiseplan, den Birdie mir ausgedruckt und auf den Tisch geknallt hat.«

»Aber den Reiseplan haben wir vor über einer Woche geändert.«

»*Wir* haben ihn geändert? Ha! Das wird ja immer besser. Ich kann mich nicht erinnern, in diese Entscheidung miteinbezogen worden zu sein. Wer soll denn bitte dieses ›wir‹ sein?«

»Okay, gut. Ich habe den Plan geändert. Birdie hat meine Anweisungen befolgt. Aber davon mal abgesehen – das ist doch schon acht, neun Tage her, warum regst du dich *jetzt* so auf?«

»Weil ich so lange gebraucht habe, um mich wieder zu beruhigen! Ich sollte dich auf der Stelle feuern. Ich glaube wirklich, das mach ich.«

So war Peter. Theatralisch und immer völlig übertrieben. Er drohte April mindestens einmal im Monat mit der Kündigung, obwohl die Berichte ihrer Leistungsüberprüfungen nur Lobeshymnen und seitenlange Ausführungen zum Ausmaß von Aprils Talent und Sachkenntnis enthielten.

»Du solltest am Montag wieder hier sein«, fuhr er fort, und seine Stimme wurde von Wort zu Wort lauter. »Wir sitzen hier auch nicht auf dem Daumen und überlegen, was unsere liebe April wohl grade so treibt. Hier stapelt sich die Arbeit. Andere Auktionen. Ich musste nach Long Island fahren und *selbst* ein Haus angucken.«

»Ist ja schrecklich«, antwortete April. »Es tut mir auch wirklich leid, dass ich nicht da bin und euch helfen kann. Aber ich hätte diese Dienstreise nicht verlängert, wenn es nicht absolut notwendig wäre. Und du hast selbst gesagt, dass ich das darf, weißt du noch? Als du mir den Auftrag gegeben hast, hast du gesagt, bleib so lange, wie du musst. Ich muss länger bleiben.«

Peter seufzte. Sein Ärger verebbte schon wieder.

»Birdie hat gesagt, dass du durchaus hinter dem stehst, was wir hier machen«, erinnerte sie ihn. »Dass du absolut unserer Meinung bist. Komm schon, Pete. Du weißt, dass ich recht habe.«

Er seufzte noch einmal, schön laut, damit April es auch ja hörte.

»Nenn mich nicht Pete.«

»Komm schon, Boss. Du weißt, dass ich noch bleiben muss.«

»Dir ist klar, dass uns das Geld kostet, oder?«, sagte er. »Und die ganzen Auktionen gehen demnächst los. Ich brauch dich hier in New York. Sogar Karen wünscht sich, dass du wiederkommst. Anscheinend bin ich unerträglich, wenn du weg bist. Sieht so aus, als wollte meine Frau nicht, dass ich sie tagsüber anrufe, zumindest nicht, um mit ihr über die Arbeit zu sprechen. Wegen dir geht es uns schlecht! Du ruinierst unsere Ehe!«

»Richte ihr meine aufrichtige Entschuldigung aus«, sagte April. Sie musste ein Lachen unterdrücken, weil er gar so verloren klang. »Ich wünschte, ich wäre bei euch, um deinen konstanten beruflichen Stress abzufedern. Aber die Verlängerung meines Parisaufenthalts wird sich am Ende auszahlen. Je besser die Hintergrundgeschichte, umso höher die Preise und umso höher auch die Prämien. Das hast du mir selbst beigebracht, Peter. Und du würdest genau dasselbe tun. Der alte Peter. Der junge, hungrige Peter.«

Peter machte ein prustendes Geräusch mit den Lippen, und April machte sich auf eine Antwort gefasst.

»Es würde dir gut zu Gesichte stehen, wenn du mich nicht wegen meines fortgeschrittenen Alters beleidigen würdest«, sagte er. »Okay. Du hast noch mal zwei Wochen.«

»Jaa!«, jubelte April. »Nur, damit wir das ganz klar ausmachen: du meinst zwei Wochen ab heute? Denn …«

»*Zwei*. Ab *heute*.«

April quietschte noch einmal vor Freude.

»Also, abgemacht«, sagte er. »Keine klammheimlichen Verlängerungen mehr.«

»Super. Klasse.«

»Ich weiß nicht, warum ich dir solche Spielchen immer wieder durchgehen lasse«, knurrte Peter.

»Es wird sich am Ende für dich auszahlen!«, versicherte April noch einmal fröhlich. »Versprochen! Okay, dann mach ich mich jetzt am besten gleich wieder an die Arbeit.«

»Ja, mach das.«

Das Display wurde dunkel.

Atemlos von ihrem süßen, glorreichen Sieg lief April durch die Wohnung und sammelte Dokumente und Notizen zusammen. Es war ein Freitag und Olivier und Marc waren schon am Vorabend in ihre Landhäuser gefahren. April sah keinen Grund, noch länger hierzubleiben und Staubpartikel zu schlucken. Sie würde den Rest des Nachmittags damit verbringen, in der Sonne auf dem Place des Vosges zu arbeiten.

Um ein Uhr war die Hitze der Stadt fast schon unerträglich. Nach wochenlangem Dahinschmachten bei zehn, fünfzehn Grad hatte das Wetter einen jähen Sprung gemacht. Nun lagen die Temperaturen plötzlich um die fünfunddreißig Grad und hüllten Paris in eine dicke, feuchte Hitzedecke. April genoss den dramatischen Effekt, die Temperatur nicht in Fahrenheit, sondern in Celsius anzugeben, denn so konnte man behaupten, dass sich die Temperatur innerhalb weniger Tage fast verdreifacht hatte.

Der Place des Vosges, der sich zwischen dem dritten und vierten Arrondissement befand, war ein gutes Stück vom neunten Arrondissement entfernt. Fast schon eine kleine Wanderung, vor allem, wenn man einen Laptop mitschleppen musste und unbändig schwitzte, aber es war einer von Aprils erklärten Lieblingsplätzen in ganz Paris. Ihr Möbelmuseum war nur ein paar Querstraßen entfernt gewesen, und es hatte kaum einen Tag gegeben, an dem sie nicht unter den Bogengängen entlangspaziert oder auf dem Rasen umhergeschlendert wäre.

Inzwischen war sie mehrere Jahre nicht mehr hier gewesen, aber April sah die roten Klinkerbauten und die weißen Häuser immer noch vor sich, mit ihren steilen blauen Schieferdächern und dem zweistöckigen Springbrunnen mit den wasserspeienden Löwen. Henry IV. hatte den Place des Vosges als königlichen Pavillon anlegen lassen, vor über vierhundert Jahren. Mittlerweile waren in den Gebäuden Geschäfte, Restaurants und Renaissance-Stadtwohnungen der oberen Preisklasse untergebracht. Doch vor allem war dies einer der bevorzugten Schauplätze für Duelle gewesen. April fragte sich, ob wohl auch einer von Marthes Verehrern auf dieser Wiese gekämpft hatte. Es fiel schwer, sich Degen und Pistolen vorzustellen, wo die Wiese jetzt voller Liebespärchen, Sonnenanbeter und Kleinkinder war.

April fand einen Tisch unter einer Arkade, holte ihren Laptop hervor und begann zu arbeiten. Der Park war bei ihrer Ankunft schon gut besucht gewesen, aber jetzt wurde es mit jeder Minute voller. Stylische Mütter kamen mit ihren Kleinkindern mit dem weichen Haar und suchten die Sandkästen im Schatten auf. Smart gekleidete Pärchen spazierten Hand in Hand vorbei, manche in eine angeregte Unterhaltung vertieft, manche schweigend. Touristen und Rucksack-Traveller streckten sich im Gras aus.

April hätte sich am liebsten auch im Gras ausgestreckt. Peter war schon ganz ungeduldig, aber wie viel von dieser Arbeit musste sie wirklich jetzt sofort fertig machen? Es war fast schon Wochenende. Alle Pariser, die etwas auf sich hielten, waren schon weggefahren, um ihre Erholungspause zu genießen. Während ihr diese Gedanken durch den Kopf gingen, konnte April Peters Wut geradezu über den großen Teich spüren.

Die Antwort lautete natürlich: *Alles*. Sie musste alles bearbeiten, und zwar so schnell wie möglich.

Mit einer gewissen Sehnsucht schaute April zu den Rucksacktouristen (*mon Dieu*, was für ein Leben, ohne jede Verantwortung!) und zückte ihr Telefon. Birdie hatte versprochen, ihr ein paar Bilder zu schicken, die die Basis für ihren großen Plan abgeben sollten. Ihre Assistentin hatte zwar noch nicht geschrieben, aber April entdeckte eine andere Nachricht. Ihr Herz zuckte zusammen.

»Ich habe Neuigkeiten zu Marthe«, hatte Luc vor sieben oder acht Minuten geschrieben. »Wo kann ich Sie heute finden? Sind Sie in der Stadt?«

»Ja!«, schrieb April mit fliegenden Fingern zurück. »Ich bin im Carette, am Place des Vosges. Auf der Terrasse. Bin noch ein, zwei Stunden hier.«

Sie hätte gedacht, dass Luc so kurz vorm Wochenende längst in einem alten Steinhaus auf dem Land saß, so wie Olivier und Marc. Dass er in Paris war und an Marthe dachte (und, okay, vielleicht sogar an sie) entlockte April ein Lächeln, das für jemanden, der allein in einem Café saß, nicht mehr ganz akzeptabel war. Außenstehende – wie die beiden Frauen in Rosa, die am Nebentisch saßen – hätten glatt meinen können, sie sei nicht ganz bei Trost. Nicht, dass sie April auch nur im Geringsten beachtet hätten, aber wenn sie sie gekannt hätten, hätten sie bestimmt gedacht: Du liebe Güte, was ist bloß aus unserer Freundin April geworden? Ich glaube, sie ist verrückt geworden.

Aber bald würde sie nicht mehr alleine sein. Das manische Grinsen konnte ruhig bleiben, denn irgendwann würden sie dann Luc sehen. Und dann würden sie es verstehen.

Chapitre 43

Luc nahm gegenüber von ihr Platz und zeigte sein Lächeln mit den schiefen Zähnen.

»Bonjour, Avril«, sagte er. »Ich bin so schnell gekommen, wie ich konnte.«

April bemerkte gleich, dass er sich heute noch nicht rasiert hatte, vielleicht auch schon gestern und vorgestern nicht, sodass Luc jetzt einen Beinahe-Bart hatte, der seine enervierende lässige Zerzaustheit noch attraktiver machte. Sogar die rosa gekleideten Frauen am Nebentisch, die sie vorher keines Blickes gewürdigt hatten, mussten verstohlen zu April und Luc herüberlinsen.

»Sie hätten sich nicht so beeilen müssen«, sagte sie, obwohl sie froh war, dass er sich beeilt hatte.

Luc zuckte mit den Schultern. Er schob die Hand in die Hosentasche und zog eine Schachtel Zigaretten heraus. Nachdem er eines dieser seltsamen Schüttel-und-Klopf-Rituale vollzogen hatte, die Rauchern so gefallen, steckte Luc sich eine Zigarette an.

»Es hat mir nichts ausgemacht«, beteuerte er. »Und danke, dass Sie es mir immer so leicht machen, Sie zu finden.«

Während April es bewusst vermied, diese Bemerkung zu interpretieren, legte Luc den Kopf schräg und sah auf ihre Füße hinunter. Dann musterte er mit verschlagenem Blick langsam ihre Beine. Auf einmal fiel April wieder ein, dass sie wenig mehr anhatte als bessere Strandkleidung. Nicht gerade der professionellste Aufzug, aber es war heiß und sie hatte keinen »Bürotag«. April hatte nicht erwartet, jemanden zu treffen, der ihre nackten Beine bemerken würde, und ganz bestimmt niemanden, der einen Kommentar dazu abgeben würde.

»Süßes Kleid«, sagte Luc mit süffisantem Grinsen. »Gefällt mir.«

»Das glaube ich Ihnen sofort«, murmelte sie. »Tut mir leid. Es ist so heiß. Marthes Wohnung hat keine Klimaanlage, und meine auch nicht. Ich hatte nicht gedacht, dass ich jemanden treffen würde, den ich kenne.«

»Warum denn so defensiv, ma chérie?« Luc blies den Rauch über ihre rechte Schulter. »›Süß‹ ist doch ein Kompliment in der englischen Sprache, oder?«

»Ja. Manchmal. Sind Sie gekommen, um zu sehen, was ich anhabe? Oder gibt es noch einen anderen Grund?«

»Ihr Kleid wäre schon mal eine gute Ausrede.« Er grinste spöttisch, und seine Augen glitzerten wie der goldene Dreizack eines Teufelchens. »Aber leider ist das nicht der Grund. Ich habe Neuigkeiten. Madame Vannier ist aus dem Krankenhaus entlassen worden. Sie ist auf dem Weg der Genesung.«

»Wirklich?« April sprang von ihrem Stuhl auf. »Das sind ja wunderbare Neuigkeiten! So eine riesige Verbesserung in so kurzer Zeit!«

»Das haben wir zweifellos Ihren heißen Gebeten in den letzten Wochen zu verdanken. Ich weiß, dass Sie sich große Sorgen gemacht haben. Ich werde ihr Ihre Besserungswünsche ausrichten.«

»Bitte tun Sie das. Und im Gegensatz zu Ihren sind die Gefühle bei mir nicht geheuchelt. Was meinen Sie denn nun, wann wir sie treffen können?«

»Kein bisschen geheuchelt, hm?«

»Wie wäre es mit morgen? Können wir Madame Vannier nicht morgen besuchen? Das wäre vom Timing perfekt, Olivier ist nämlich übers Wochenende weggefahren und …«

»Morgen? Ich weiß ja nicht, Avril, wollen wir wirklich so lang warten? Vielleicht sollten wir gleich hingehen! Vielleicht sind wir sogar noch vor ihr da!« Luc drückte seine Zigarette aus und zwinkerte ihr zu. »Ein Anwalt und eine Auktionsexpertin, das ist doch mal ein richtig toller Willkommensempfang. Wahrscheinlich könnte man sie gleich wieder ins Krankenhaus einliefern.«

»Okay, okay, ich hab schon verstanden.« April verdrehte die Augen. »Ich finde zwar nach wie vor nicht, dass es so eine unmögliche Frage war, ob wir sie dieses Wochenende schon besuchen können, aber ich werde mich natürlich Ihrem Urteil beugen.«

»Ah, meine liebe Américaine. In Ihrem Übereifer merken Sie gar nicht, wie Sie andere Leute belagern.«

»Sie und Ihre Belagerungsobsession.« April schüttelte den Kopf. »Belästigen heißt das.«

»Belästigen. Gut. Très bien. Ich mag Belästigungen.«

»Oh Mann.«

April versuchte, ein tadelndes Gesicht zu ziehen. Sie starrte auf den Tisch, während ein Kichern in ihr aufstieg.

»Fühlen Sie sich nicht gut, Madame Vogt?«

»Doch, sehr gut. Monsieur Thébault, wenn es dieses Wochenende nichts wird, was meinen Sie, wann wir Ihre Mandantin dann treffen könnten? Und das hat nichts mit Belagerung zu tun«, sagte April rasch, bevor er etwas sagen konnte. »Ich muss nur meine Termine entsprechend planen.«

»Vielleicht in ein paar Wochen?«

»In ein paar Wochen?« April blickte auf.

»Zwei, vielleicht auch drei. Ich verlasse die Stadt für eine Weile …«

»Luc, drei Wochen sind zu lang. Ich muss in zwei Wochen wieder zurück nach New York. Und damit hab ich die Sache schon mehr als ausgereizt. Wenn ich versuche, diese Dienstreise noch einmal zu verlängern, wird man mich auf jeden Fall feuern.«

»Sie fliegen nach Hause?« Lucs Augen wurden ganz groß, und er zwinkerte ein paarmal nervös. »In zwei Wochen?« Seine Hand mit der neuen Zigarette, die er sich gerade anstecken wollte, erstarrte. Eine potenzielle Kündigung beunruhigte ihn nicht weiter, aber das – das schien den unerschütterlich coolen Monsieur Thébault nun doch zu erschüttern.

»Oui«, sagte April. »Zwei Wochen lautet der Befehl. Ich bin sicher, Sie sehen diesem Tag schon mit Freuden entgegen. Keine ärgerliche Américaine mehr, die Ihnen wegen Tagebüchern und Briefen und alten Damen im Krankenhaus auf die Nerven geht.«

»Ja.« Luc räusperte sich einmal, und gleich noch einmal. Dann drückte er die Zigarette aus, die er gar nicht geraucht hatte. »Hab ich ein Glück. Gut, dann müssen wir wohl schnell handeln.«

»Ich wäre Ihnen sehr dankbar«, sagte sie sanft. War das möglich? Sah er ihrer Abreise auch mit deutlichem Bedauern entgegen?

Abrupt stand Luc auf. Er sah auf eine Art verwirrt und zerknittert aus, die ganz untypisch für ihn war. April tat es ihm nach und strich sich beim Aufstehen das Kleid glatt. Es kam ihr vor, als wäre es dreißig Zentimeter kürzer als beim Anziehen.

»Gut, ich werd dann mal gehen.« Sie bemühte sich um einen fröhlich-optimistischen Ton und zerrte noch ein wenig an ihrem Kleidersaum herum.

»Wohin?« Luc kam ein paar Schritte näher. Sein Hosenbein streifte sie am Knie.

»Ich werd mich ein bisschen hinlegen.« Sie deutete mit einem Nicken auf die Wiese. »Ich such mir ein freies Plätzchen, les ein paar Zeitungen und relaxe. Relaxen ist zwar nicht grade meine starke Seite, aber dieser Tag ist wahrscheinlich genau der richtige für so was. Und so viele Sonnenstunden, die ich verfaulenzen kann, werde ich in Paris nicht mehr haben.«

»Nein, die haben Sie wirklich nicht mehr.« Luc fuhr sich mit beiden Händen durchs Haar und zog dann seine Hose hoch. »Na, dann gestatten Sie mir doch, Sie noch bis zur Wiese zu begleiten.«

»Merci.«

»Kommen Sie, meine Liebe. Genießen wir die Sonne.«

Luc legte freundlich den Arm um sie. Als sie in den Bogengang spazierten, hätte April sich im ersten Moment am liebsten seiner Umarmung entzogen. Zwei Schritte nach rechts und sie wäre vor seinen Berührungen sicher gewesen. Aber irgendetwas hielt sie, wo sie war.

»Kommen Sie oft hierher?«, fragte April. Im nächsten Moment krümmte sie sich innerlich und hoffte, dass er in dieser Frage nicht eine billige Anmache hörte.

»Gelegentlich.« Sie fühlte, wie sein Körper an ihrem lächelte und er sich beherrschte, um ihren verbalen Ausrutscher nicht auszunutzen.

»Als ich noch im Museum gearbeitet hab, bin ich ständig hergekommen«, sagte sie. »Das war hier mein Zufluchtsort.«

»Es ist wunderschön hier«, sagte er, als sie nach links abbogen und ins Sonnenlicht traten. »Victor Hugo war auf dieser Wiese quasi zu Hause. Aber das wissen Sie sicher schon.«

»Wirklich?« April wandte sich zu ihm und lächelte breit. »Nein, das wusste ich *nicht*. *Der* Victor Hugo? Der Großvater von Jeanne, Marthes Erzfeindin?«

Luc lachte und tätschelte ihr die Hand.

»Na ja, die meisten Leute kennen ihn wohl eher als einen der größten Schriftsteller aller Zeiten und engagierten Verfechter humanitärer Ideen. Aber ›Großvater einer Erzfeindin‹ wäre sicher eine Alternative.« Er deutete quer über den Rasen. »In dem Gebäude da drüben hat er gewohnt. Früher war das ein privates

Wohnhaus, aber heute ist dort ein Victor-Hugo-Museum untergebracht.«

»Es gibt ein Victor-Hugo-Museum?«

»In Amerika haben Sie doch Ihr Monticello, das Landgut von Thomas Jefferson, oder? Das ist im Grunde dasselbe.«

»Wow! Ich bin hier wahrscheinlich fünfhundert Mal gewesen, aber ich hatte keine Ahnung.«

April blieb auf einem Rasenstück stehen, das im Sonnenlicht lag, aber auch einen schattigen Bereich bot, für den Fall, dass ihr zu warm wurde. Da Luc gar so nah neben ihr stand, war ihr ohnehin schon ganz warm.

»Schön«, sagte sie. »Das sieht doch ganz gut aus hier. Was meinen Sie?«

»Besser könnte man Paris bei Sonne nicht genießen, das steht fest.«

April zog einen Schal aus ihrer Tasche und breitete ihn auf dem Gras aus. Sie bemühte sich um eine ladylike und nicht zu freizügige Sitzposition.

»Sie können mir gern Gesellschaft leisten«, sagte April, doch dann ruderte sie schnell wieder zurück. So hatte sie das nun auch nicht sagen wollen. »Ich meine – wenn Sie einen freien Nachmittag brauchen können.«

»Brauchen? Das schon. Aber leider habe ich noch einen Termin.«

»Oh. Okay.« April runzelte die Stirn. »Der eine oder andere muss wohl arbeiten. Sogar am Samstag. Danke, dass Sie mir geholfen haben, so einen perfekten Platz zu finden.«

»Es war mir ein Vergnügen. Madame Vogt.« Er machte eine schnelle kleine Geste zum Gruß. »Au 'voir. Bis zum nächsten Mal.«

Schweigend und mit gerunzelten Brauen sah sie Luc nach. Er war zerstreut, irgendetwas stimmte nicht. Luc ging nie, ohne sich richtig zu verabschieden. April berührte ihr Gesicht und überlegte, ob sie irgendetwas getan hatte, was ihn abgeschreckt hatte.

»Avril?«

Sie fuhr zusammen. Er hatte sie erwischt, wie sie ihm nachstarrte, und war umgekehrt. Wie sah ihr Gesicht aus? Stand ihr Mund offen? Waren ihre Augen glasig? Sah sie aus wie ein unglücklich verliebter Teenie? Oder eine Serienmörderin?

»Ça va?«

»Ja, oui! J'ai la banane!«

Hatte April denn gar nichts gelernt? *J'ai la banane*. Eine dämliche, umgangssprachliche Redensart, mit der man auf Französisch ausdrückte, dass es einem prima ging. Peinlicherweise hieß sie wortwörtlich übersetzt: »Ich hab die Banane.«

»Prima«, sagte er und lachte. »Die Banane muss immer jemand haben. Ich wollte fragen – haben Sie schon was vor für die Fête Nationale?«

»Für den Bastille-Tag? Meinen Sie den Tag selbst? Oder den Abend davor?«

Obwohl April wusste, dass der eigentliche Nationalfeiertag am 14. Juli war und die meisten Feiern am Vorabend stattfanden, wusste sie nicht, warum sie ihn gefragt hatte, denn sie hatte weder am einen noch am anderen Tag allzu viel vor. In der Tat hatte April für die Woche noch überhaupt keine Pläne. Oder für die Woche davor. Oder die Woche danach. Ihre einzigen Pläne für den Juli waren die Hintergrundrecherchen zu ihren Möbeln und zum Schluss ein Flieger, der sie in eine unbekannte Zukunft brachte.

»Egal.« Luc zuckte mit den Schultern.

»Am 13. hab ich Geburtstag«, platzte April heraus. »Nein, Moment, ich meine … hab ich nicht.«

Ihr Gesicht lief dunkelrot an. Sie wünschte sich sehnlichst, sie hätte sich die vorher erwähnte Banane in den Mund schieben können, damit sie nicht so viel redete!

»Jetzt haben Sie mich verwirrt. Haben Sie nun am 13. Geburtstag oder nicht?«

»Okay. Ja.« Sie atmete aus. »Es ist mein Geburtstag. Ich werde fünfunddreißig. Und damit bin ich endgültig offiziell eine Frau mittleren Alters, deswegen hab ich so gezögert es zuzugeben.«

»Wieso, leben Sie bloß bis siebzig?«

»Wenn ich Glück habe.«

»Also, ich finde das perfekt. Ich glaube, Sie müssen eine echte Fête Nationale mitmachen, um Ihren Eintritt ins ›Mittelalter‹ gebührend zu feiern. Le bal des pompiers? Was meinen Sie?« Jetzt war plötzlich das Funkeln in seinen Augen wieder da.

»Le bal des pompiers? Ich weiß ja nicht, Luc.«

April hatte mehrere Jahre in Paris gewohnt und mehrere Bastille-Tage miterlebt, aber sie war noch nie auf einem Feuerwehrball gewesen. In ihrem letzten Sommer in der Stadt hatte sie vorgehabt, einen zu besuchen, aber als ihr Museum seine Pforten schloss, wollte April rasch vor allem davonlaufen, was sie an ihr Scheitern erinnerte. Sie hatte ein paar Wochen später wiederkommen wollen, sobald sie einen neuen Job gefunden hatte und ihr Gesicht wieder zeigen konnte. Doch dann lernte sie Troy kennen, und ihre Pläne änderten sich. Allerdings änderten sich nicht nur ihre Pläne, als sie Troy kennenlernte. Alles änderte sich.

»Was wissen Sie nicht?«, fragte Luc. »Das wäre doch ideal, um Ihren Geburtstag zu feiern.«

April wollte sein Angebot schon ablehnen, doch dann überlegte sie es sich doch anders. Wenn sie im Moment eines gebrauchen konnte, dann ein bisschen Tanz und Spaß … und Champagner natürlich, wie immer.

»Wissen Sie was?«, sagte sie. »Ich würde furchtbar gern. Ja. Bal des pompiers. Klingt nach einem echten Knaller.«

»Ein Knaller?«

»Ja. Aber passen Sie besser auf, dass ich nicht zu viel Champagner erwische, sonst gehen meine revolutionären Gefühle mit mir durch und ich zwinge Sie, sich irgendwelche Musical-Nummern anzuhören. ›Lovely Ladys‹ kann ich richtig gut.«

»›Lovely Ladys‹?«

»Ja, Sie wissen schon, aus *Les Misérables*? Victor Hugo?« Sie deutete auf das Gebäude, in dem Jeannes Großvater einmal gelebt hatte. »Muss ich erst ein paar Takte zu Ihrer Erbauung singen?«

»Ich wusste ja gar nicht, dass Sie auch noch Schauspielerin sind. Ich kann Sie mir nur sehr schwer auf der Bühne vorstellen.«

»Man muss keine Schauspielerin sein, um ein Lied vorzutragen.«

»Okey-dokey.« Er schüttelte den Kopf. Dann kniete er sich auf ihren Schal und nahm eine von ihren Händen in seine. »Dann ist es also abgemacht, lovely lady. Le bal des pompiers mit Ihrem Anwalt.« Er küsste ihr die Hand, dann ließ er sie los. »Dann wäre das also … wie sagen Sie da? Gebongt?«

»Ja. Ist ›gebongt‹.« April war nicht sicher, ob die Worte ihr tatsächlich über die Lippen kamen.

Luc nickte und setzte wieder sein ewiges süffisantes Grinsen auf. Dickes schwarzes Haar rutschte ihm in die Stirn.

»Großartig«, sagte er und fuhr ihr mit den Fingern über den Arm, bevor er sich endgültig zurückzog. »Ich freu mich schon sehr. Au 'voir noch mal, ma chérie. Wir sehen uns bald.«

Chapitre 44

Paris, 10. Mai 1894

Noch so viele Monate später kann ich kaum das Maxim's betreten, ohne zu befürchten, Joseph Pujol irgendwo zu entdecken. Oh, wie rasch unser Verhältnis gekippt ist. Wie rasch er in der Stadt in Ungnade gefallen ist! Der berühmteste Kunstfurzer der Welt, einst die Hauptattraktion im Moulin Rouge und jetzt aus der Gesellschaft ausgestoßen. Er gibt mir die Schuld, aber im Grunde war es von Anfang an seine Idee!

Ich hatte ihn nur um Hilfe gebeten. Ich hatte ihm nicht gesagt, wie er das genau anstellen sollte. Ich hatte nicht darum gebeten, dass er ein Stegreif-Pupskonzert geben sollte, mit den höchsten

Eintrittspreisen aller Zeiten. Als Pujol mir seinen Plan unterbreitete, erwähnte er nicht, dass er damit seinen Exklusiv-Vertrag mit dem Moulin Rouge verletzte. Er erwähnte mit keiner Silbe, dass sie ihn verklagen könnten!

Jetzt ist Monsieur Pujol in einer grässlichen Lage. Das Moulin Rouge hat alles genommen, was es kriegen konnte, und seine Anwälte haben sich den Rest unter den Nagel gerissen. Ich habe ihm zurückgegeben, was von den Eintrittsgeldern übrig geblieben war, aber ich konnte meinen damaligen Vermieter schlecht bitten, mir meine Miete zurückzuerstatten. Dem ist es egal, ob das Geld von meinem Gehalt als Barmädchen stammt oder aus dem Puff oder von einer illegalen Pups-Vorstellung. Er hat das Geld bekommen, und er wird es auch behalten. Ich bin ja nicht mal mehr seine Mieterin!

Ich habe versucht, die Situation richtigzustellen. Jeden Tag flehe ich Gérard an, Pujol im Folies auftreten zu lassen. Schließlich hatte er vorher auch hier gearbeitet. Aber wer will einen Mann einstellen, der dafür bekannt ist, seinen Arbeitgeber hintergangen zu haben? Einen Mann, der das Etablissement verlassen hat, weil man ihm anderswo mehr bezahlt hat? Dabei hatte er sowieso schon die höchsten Bezüge gehabt. Es ist eine absolute Katastrophe. Ich befürchte, Pujol wird seine Pupskünste demnächst auf der Straße zur Schau stellen. Wie würdelos! Was für ein Absturz!

Und es kommt noch schlimmer. Boldini hat keinen Sinn mehr für meine Reize. Er nimmt mich überhaupt nicht mehr zur Kenntnis! Ich habe an seine Tür geklopft, aber niemand machte mir auf. Ich ließ Briefchen da, in denen ich ihn bat, mich zu besuchen, zu Hause oder im Folies. Keine Antwort. Ich habe in der Gasse hinter seinem Atelier auf ihn gewartet, was damit endete, dass er einen *gendarme* herbeiwinkte und mich beschuldigte, ich hätte ihn überfallen wollen.

»Diese Dame hat versucht, mich auszurauben!«, schrie er. »Sie ist eine Opiumsüchtige und eine Diebin, Sie müssen sie umgehend verhaften!«

Wollen Sie raten, welches beliebte Barmädchen ihre Schicht im Folies verpasste, weil es in einem Pariser Gefängnis schmorte? Ich hätte Boldini eine Rechnung über den verpassten Lohn schicken sollen. Zumindest hat irgendjemand (Boldini, hoffe ich) Montesquiou auf meine missliche Lage aufmerksam gemacht. *Le Comte* liebt es, wenn ein Mädchen in Schwierigkeiten ist – oder ein Junge oder auch eine Ziege –, und war nur zu gern bereit, mir zu Hilfe zu eilen. Ich hätte nicht attraktiver wirken können, wenn ich meinen Körper mit Gold gefärbt und Diamanten an meinen Wimpern befestigt hätte. Der beliebteste Dandy von Paris bezahlte mit Vergnügen die Summe für meine Freilassung, wobei er seinen Lieblingsrock trug, den aus pistaziengrünem Samt, *bien sûr*.

Ich schätze, es wird Zeit, dass ich der Wahrheit ins Gesicht sehe. Mit dem Maler und mir ist es aus. Kein Boldini mehr. Keine faulen Vormittage mehr in seinem Atelier. Keine Abendspaziergänge mehr in seinem Garten und im Jardin du Luxembourg. Immerhin entgehe ich jetzt auch von Parfum verursachten Kopfschmerzen und künstlerischen Tobsuchtsanfällen, wenngleich das nur ein bittersüßer Trost ist. Die Liebe, die wir über Monate hinweg aufgebaut hatten, ist verschwunden, als hätte es sie nie gegeben. Marguérite findet, dass ich zu theatralisch bin und dass sicher am Ende alles gut werden wird. Doch ganz ehrlich: Wie sollte man sich noch Hoffnungen machen, nachdem einen der ehemalige Liebhaber sogar hat verhaften und hinter Gitter bringen lassen?

Ich vermisse Giovannis Gesellschaft jetzt schon. Ich vermisse seine lustige Griesgrämigkeit. Ich fühle mich um eine Beziehung betrogen, die mir viel bedeutet hat. Außerdem fühle ich mich um eine Erklärung betrogen. So viel Betrügerei … vielleicht sollte ich ihm die *gendarmes* auf den Hals hetzen! Boldini hatte nie angedeutet, dass er genug von mir hatte, böse auf mich war, sich von mir trennen wollte. Sogar Pierre hatte mir so viel Würde gelassen. Ich fragte Giovanni, ob er wegen des Pups-Debakels mit Pujol so wütend war oder ob es mit Montesquiou zu tun hatte. Er verweigerte mir eine Antwort und meinte nur, ich solle nicht weiter fragen. Dass er mich aus beiden Situationen hätte retten können, scheint ihm völlig zu entgehen.

Da er mir den Luxus einer Erklärung nicht gönnen will, kann ich nur annehmen, dass es um Montesquiou geht, da die Sache mit Pujol weniger persönlich ist und weniger illegale Handlungen bedeutete (abgesehen von der bewussten Pups-Darbietung). Boldini ist eifersüchtig auf unser Verhältnis, aber ich kann mir nicht vorstellen warum. Ich hatte dem dummen kleinen Portraitmaler schließlich einen Antrag gemacht, und er hatte mich nicht haben wollen! Nachdem er mich so hatte abblitzen lassen und nach dem ganzen Theater mit Pujol hatte ich keine Wahl mehr. Es ist in erster Linie ein geschäftliches Arrangement, und eine Dame könnte schlimmer dran sein, als sich an *Le Comte* zu hängen! Es ist nicht meine Schuld, dass Boldini so oft an seinem Portrait gescheitert ist.

»Ich dachte immer, du hast gewisse Standards«, knurrte Giovanni, als er von meinem Verhältnis mit Monsieur de Montesquiou hörte. »Hast du vergessen, wie oft wir über den Mann gelästert haben?«

Gelästert? So grausam waren wir nicht! Zugegeben, wir haben Witze auf Kosten des *Comte* gemacht, aber das war alles humorvolles Geplänkel über einen Mann, der unbedingt möchte, dass die Leute über ihn reden. Es stimmt schon, Robert kann ein bisschen langweilig sein, und er könnte niemanden auf der Welt so sehr lieben wie sich selbst. Aber das ist ihm alles bewusst! Über diese Witze würde er selbst auch lachen. Was ist also so verwerflich daran, erst diese Scherze zu machen und dann in sein Bett zu schlüpfen? Wir reden hier von meinem Überleben. Ich wünschte, Giovanni könnte das verstehen.

Chapitre 45

Paris, 2. Juni 1894

Le Comte ist gar nicht so übel.

Boldini: »Wenn du ständig betonen musst, dass er gar nicht so übel ist, dann muss er ja ganz schön übel sein.« Immerhin spricht Giovanni jetzt wieder mit mir, und sei es auch nur, um meine Entscheidungen zu kritisieren, obwohl er mir gar keine andere Wahl gelassen hatte.

Wir können uns problemlos darauf einigen, dass Montesquiou kein besonders toller Gesprächspartner ist. Er strebt nach literarischen und künstlerischen Triumphen, aber bis jetzt ist sein großartigster Beitrag zur Literatur das, was die Kritiker »einen schwerfälligen Band äußerst unverständlicher Gedichte« nennen. Aber Gott sei Dank hat er noch andere angenehme Eigenschaften. Er weiß, wie er eine Dame faszinieren kann – kaum überraschend in Anbetracht seiner Erfahrung –, ganz abgesehen davon, dass der Mann sich wirklich großartig bei Dinners oder in Salons voll gelehrter, adeliger Männer ausnimmt. Er ist tausendmal vorzeigbarer als Giovanni, was freilich nicht wirklich schwer ist.

Montesquiou ist ein wunderschönes Exemplar, sein Aussehen ist über jeden Tadel erhaben. Er ist drahtig und anmutig, hat schwarzes, gelocktes Haar und einen perfekten Schnurrbart (der auch nicht so kratzt wie der von Boldini!). Und die Nase des *Comte* … Giovanni beneidet ihn zweifellos um diese Nase. Robert ist ein Fink, wo Boldini ein Papagei ist. Andererseits lassen einen Roberts Zähne auch an Vögel denken, beziehungsweise an Vogelfutter, klein und schwarz wie sie sind. Deswegen lächelt er auch nur mit geschlossenen Lippen.

Dieses von *Le Comte* perfektionierte Lächeln strahlte nur so, als er die Papiere für meine neue Wohnung im neunten Arrondissement unterschrieb. Diese Wohnung ist einfach prächtig, alle sieben Zimmer. Ich habe jetzt sowohl ein Vorzimmer als auch einen Salon. Manchmal befürchte ich fast, dass es zu viel Platz ist. Natürlich ist auch zu viel niemals genug. Und ich werde mir ein Vergnügen daraus machen, diese Wohnung zu füllen!

In der Tat haben wir schon damit angefangen. Jeden Tag treffen neue Kleider und Schmuckstücke ein. Montesquiou schickt mir Kunstwerke und Vasen und das feinste Porzellan, geliefert von den exklusivsten Händlern und sogar ein, zwei mutmaßlichen Schmugglern. Ich habe versucht, Pujol zur Entschädigung einige dieser Objekte zukommen zu lassen, aber er will meine mitleidigen Gaben nicht annehmen.

Die Klatschmäuler erzählen sich, dass Boldini, als er von der Wohnung und meinem Wohltäter hörte, seine Sammlung aus unvollendeten *Le-Comte*-Portraits packte und auf die Statuen vor der Opéra spießte. Ich wage zu behaupten, dass die Zerstörung dieser Werke Giovanni die größte Befriedigung überhaupt verschafft hat, seit er versucht hat, diesen Mann zu malen. Oh, was für gemeine Gedanken! Verzeih, Robert! Aber du kannst wirklich schwierig sein, wenn du das Gefühl hast, dass deine Schönheit nicht bis ins Letzte gewürdigt wird!

Es amüsiert mich, dass der schöne Montesquiou mir all diese schönen Stücke nach Hause schickt, während es in seinem Haus so aussieht, wie es dort aussieht! Der Mann ist neununddreißig Jahre alt und lebt immer noch bei seinen Eltern, in einer Wohnung über dem Anwesen seines Vaters am Quai d'Orsay. Obwohl das Haus an sich beeindruckend aussieht, sind die Räumlichkeiten dort oben absolut grässlich. Es geht schon damit los, dass man über eine wacklige Treppe gehen und durch einen mit ägyptischen Teppichen ausgelegten Tunnel kriechen muss, wenn man seine Wohnung erreichen will. Und das ist erst der Anfang! An jeder Ecke lauert der nächste Angriff auf die fünf Sinne. Beziehungsweise sechs, wenn man den gesunden Menschenverstand mitzählen möchte.

Le Comte hat ein rotes Zimmer und ein oranges Zimmer, und er erwägt die Einrichtung eines violetten Zimmers. Wenn er *de mauvais humeur* ist (das ist er Gott sei Dank nicht so oft wie Boldini!), geht Robert ins graue Zimmer, wo er auf seinen grauen Möbeln sitzt und an seinen grauen Rosen schnuppert, die ein Bauer auf dem Land extra für ihn gezüchtet hat.

Es gibt auch Eisbärfelle und einen russischen Schlitten (die Kosaken kommen!). Nicht zu vergessen Montesquious Hausschildkröte – eine echte Schildkröte! –, die mit ihrem edelsteinbesetzten Panzer über die Perserteppiche kriecht und dabei nach Belieben ihren Kot absetzt.

Wenn eine einigermaßen attraktive Frau die Behausung betritt, führt *Le Comte* ihr seine *nuances les plus tendres* vor, seine verdammte Krawattensammlung, und »unterhält« seine Gäste mit einer Anekdote zu jeder einzelnen davon. Wussten Sie, dass Krawatten Anekdoten erzählen können? Wenn sie Montesquiou gehören, haben sie sogar viel zu erzählen. Seine Krawatten können jedoch seiner Fotografiensammlung nicht das Wasser reichen. Er hat 199 Bilder, alle mit ein und demselben Motiv: *Le Comte*.

Manchmal machte ich mir Gedanken, ob meine Wohnung nicht zu viel guten Geschmack zur Schau stellt und Robert irgendwann merkt, in was für einer hässlichen Umgebung er selbst lebt. Ich bin zum jetzigen Zeitpunkt nicht auf der Suche nach einem Mitbewohner und wünsche auch nicht, *Le Comte* jede Nacht bei mir zu haben! Leider spiegelt Montesquious Wohnung nur zu gut seinen Charakter wider, deswegen sollte ich weiterhin schuldenfrei bleiben.

Außerdem benutzt Robert seine Wohnung, um auch die Gesellschaft anderer Frauen zu genießen. Ich habe keine Beweise, aber ich weiß, dass es sie gibt: amerikanische Erbinnen, Schauspielerinnen aus dem Folies, die definitiv schon antike Sarah Bernhardt und vielleicht ab und zu auch mal einen Jungen. Wir sprechen nicht darüber. Genauso wie ein Ehepaar! Manchmal ist es schön zu wissen, dass sich noch andere mit der mühsamen Aufgabe herumschlagen dürfen, den Grafen zu unterhalten.

Obwohl Robert schrecklich trivial sein kann, ist die Zeit, die wir miteinander verbringen, wirklich keine große Qual, denn wir haben auch viele gemeinsame Interessen. So lieben wir es zum Beispiel beide, in meiner neuen Kutsche durch die Stadt zu paradieren! Das Gefährt ist unglaublich schön: ein achtfach gefederter Landauer mit blauen Satinpolstern, gezogen von vier schwarzen Pferden. Genau die richtige Kutsche, möchte man meinen, denn viele Leute nennen meine Spezies, die Demimondaines, auch »achtfach gefederte Luxusmodelle«. Fürwahr, »Luxusmodelle«! Ich würde es nicht anders wollen.

Am Freitag nehmen wir ein, zwei Freunde mit und steigen in die Kutsche, ich in einem mit Jaguarpelz gefütterten Mantel, mein Hut geschmückt mit Rosen und Vogelfedern. Montesquiou trägt einen seiner Seidenanzüge, der gerade zu seiner Stimmung passt, und dann fahren wir los, um durch die Cafés zu ziehen.

Das Maxim's mag ich zwar immer noch (auch nach Pujol, obwohl, beziehungsweise weil ich Boldini vielleicht einmal dort sehen könnte), doch Robert zieht Paillard's vor, das Lieblingsrestaurant des Prince of Wales. Der sogenannte Prinz ist eine Memme erster Güte mit seinem ständigen Gejammere. Wenn er mich noch einmal zwingt, mir seine larmoyante Leier anzuhören, kann es gut sein, dass ich mir lieber heiße Schürhaken in die Ohren stecke.

»Jeder erkennt mich, aber keiner kennt mich«, klagt der Prinz pausenlos.

Ja, das ist wohl wahr. Niemand interessiert sich dafür, dich kennenzulernen, weil du nämlich langweilig bist! Neben dir sieht Montesquiou aus wie ein Intellekt erster Güte!

Ich bleibe lieber oberhalb der Seine als unterhalb. Das Folies, Maxim's, das Moulin Rouge … wer braucht das fünfte, sechste oder siebte Arrondissement, wenn wir hier im neunten doch alles haben! Sage ich jedenfalls immer zu Montesquiou.

Doch manchmal muss ich meine Ansprüche etwas herunterschrauben, weil *Le Comte* so ein Fan des Café Pocope ist. Das ist zwar nicht mein Lieblingslokal (die Gäste dort sind so trocken wie Marguérites *petit poulet en cocotte fermière*), aber es hat zumindest ein wenig Geschichte, ein paar illustre ehemalige Gäste. Vor hundertfünfzig Jahren war Voltaire hier Stammgast und trank bis zu vierzig Tassen Kaffee am Tag, während er die Katholische Kirche ganz offen lächerlich machte. Victor Hugo selbst verbrachte nicht wenig Zeit in diesem Etablissement. Wenn ich hier bin, stelle ich mir gern vor, er würde am Nebentisch sitzen.

Nachdem wir im Café Procope und seinen weniger gloriosen Nachbarn unseren sozialen Tribut gezollt haben, fahren Montesquiou und ich in unserer Kutsche über die Rue Notre-Dame-des-Champs. Das ist zwar nicht der kürzeste Weg und ehrlich gesagt gibt es auch keinen Grund für diesen Umweg. Robert tut das alles für mich, doch natürlich könnte es auch sein, dass er es für sich tut.

Aber egal, wie verkommen ich bin oder wie weit ich meiner Meinung nach aufgestiegen bin, sobald die Kutsche in Boldinis Straße einbiegt, sobald ich das weiße Haus und den schwarz glänzenden, schmiedeeisernen Zaun unter den Gaslaternen sehe, sobald wir am Atelier vorbeifahren – sehe ich immer hin, ob Licht brennt. Ich blicke immer noch zu Notre-Dame-des-Champs, wenn wir auf den Boulevard Raspail biegen und dann über den Pont Royal ins neunte Arrondissement zurückkehren. Montesquiou sagt nie etwas dazu, macht nie eine Bemerkung zu meiner Zerstreutheit.

Manchmal wache ich am nächsten Morgen völlig erschöpft auf, den Kopf ganz schwer vom Vorabend, und kann an niemand anderen denken als an meinen mürrischen Portraitmaler. Ich will ihn sehen. Ich will mit ihm über ein Missgeschick lachen, das vor neun Stunden im Maxim's passiert ist. Manchmal möchte ich mit Robert über diese Dinge reden, und dann stellt sich heraus, dass er das Ganze verpasst hat, weil er gar zu beschäftigt damit war, in den Spiegel zu schauen oder seinen Bart zu kämmen.

Doch ich muss es ihm lassen, wenn ich ein bisschen gereizt reagiere, weil er immer so viel verpasst und so unaufmerksam ist, weiß Montesquiou sehr gut, wie er meine Laune wieder heben kann. Er muss nur den *Figaro* aufschlagen, um meinen Namen auf den Modeseiten zu finden, und wundersamerweise findet er sich fast immer dort. Vor drei Jahren bin ich mit den schäbigsten Kleidern der Welt an meinem dünnen Körper in diese Stadt gekommen. Jetzt reißen sich die Pariserinnen darum, etwas über meine Garderobe zu lesen. Sie versuchen, meine Kleider zu kopieren! Meine Frisuren! Und wenn man jetzt überall Federn sieht, ist das auf den Umstand zurückzuführen, dass ich sie als Erste getragen habe.

Nach Montesquious Aussage bin ich mittlerweile beliebter als Jeanne Hugo. Mag das nun stimmen oder nicht, er versteht sich bestens darauf, meine Verachtung für diese Frau zu bedienen. Wenngleich ich den Verdacht habe, dass er das nur aus Respekt für meinen Grimm tut. Die Zeitungen schreiben jedoch wirklich mehr über meinen Aufzug, meine Frisuren und meinen Schmuck als über ihren. Warum sollte man Jeanne Hugos Kleider besprechen, wenn man doch über ihre Scheidung reden kann?

Ja, es ist wahr. Jeanne hat zu guter Letzt doch ihren Schuft von Ehemann verlassen, Léon Daudet. Zu viel Spielen, zu viel Trinken, zu viele Affären, ganz zu schweigen von der Zeit, die er damit zubrachte, an ihrer Ehe herumzumäkeln. So verachtenswert jemand wie Léon ist, hätte ich doch nie gedacht, dass ihre Ehe so enden könnte. Nach so viel Exzess und Schönheit kann man kaum glauben, dass all das in dunklen Gassen und in den Betten schäbiger Hotels untergegangen ist, und das auch noch auf unvorstellbar niederträchtige und gehässige Art. Ein kleiner Teil in mir hat Mitleid mit Jeanne. Aber sobald mich diese Regung befällt, unterdrücke ich sie schnell wieder.

Wo wir gerade von dunklen Gassen sprechen: Robert ist heute Abend in einem seiner *clubs*. Ich werde den Abend mit Marguérite verbringen. Die liebe Marguérite. Dank Montesquious Großzügigkeit bin ich kurz davor, meine Stelle als Barmädchen im Folies aufzugeben, und sie würde gut daran tun, meinem Beispiel zu folgen. Doch das dumme Ding behauptet steif und fest, sie liebe ihre Bühnenkolleginnen und nicht irgendwelche Grafen, und so sehr ich ihr auch schmeichle und zusetze, ich kann sie nicht umstimmen! Es geht doch nicht ums Geschlecht, erkläre ich ihr. Es geht doch nicht ums Geschlecht!

Nichtsdestoweniger geht es Marguérite leidlich gut. Ihre Schlangenfrau-Nummer wird immer berühmter. Sie hat sogar ein Angebot von der Konkurrenz bekommen, vom Moulin Rouge! Ich glaube, sie hat sich da eine Nische geschaffen. Und passt das nicht perfekt zu Marguérite? Sie macht immer alles auf ihre eigene Art. Natürlich stößt sie damit sehr oft ihre Freunde oder die feine Gesellschaft vor den Kopf. Wenn sie kein Korsett tragen will, dann trägt sie eben keines. Wenn sie pochierte Tauben machen will, wird sie versuchen, sie den Leuten als Fasan zu verkaufen!

Mein Fahrer wartet an der Tür, die Pferde vor meinem Fenster stampfen mit den Hufen aufs Kopfsteinpflaster. Es wird wohl Zeit, dass ich die Feder aus der Hand lege und zu einem grässlichen Abendessen zu Marguérite fahre. Heute Abend ist mir ganz düster zumute, ich bin nicht in der Stimmung, Konversation mit den Cancan-Tänzerinnen und Akrobaten zu betreiben. Wahrscheinlich sollte ich mir Roberts Sichtweise zu eigen machen. Er erklärt bei jedem Dinner: »Der Ehrenplatz ist da, wo ich sitze.« Da er sich selbst die liebste Gesellschaft ist, ist Montesquiou auch immer der glücklichste Mann im Raum. So lächerlich es klingen mag – ich glaube, in dieser Hinsicht könnten wir alle von ihm lernen.

Chapitre 46

Auf dem Küchentisch stapelten sich die Dokumente und warteten darauf, für den Auktionskatalog transkribiert zu werden. April stand auf und warf einen raschen Blick auf ihr Telefon. Es war fast sechs Uhr, erst eine Viertelstunde, seit sie zum letzten Mal nach einem Geburtstagsgruß von Troy geschaut hatte, und das war wiederum eine Viertelstunde nach der vorherigen Kontrolle gewesen.

Eigentlich hätte April schon geduscht sein sollen, um sich für ihre Geburtstags-Fête mit Luc fertig zu machen. Stattdessen starrte sie auf die Arbeit, die vor ihr lag, und auf das schweigende Telefon und fand keinen Grund zu feiern, auch wenn ein attraktiver, behaarter französischer Begleiter wartete. Sie war in Paris, um zu arbeiten, nicht um mit einem Anwalt auf den Feuerwehrball zu gehen. Es waren erst ein paar Stunden vergangen, aber April ahnte bereits, dass fünfunddreißig ganz eklig werden würde.

Sie wählte Lucs Nummer.

»Bonjour!«

»Hallo. Hier ist April am Apparat.«

»Allo, Avril-am-Apparat. Freuen Sie sich schon auf die Fête Nationale heute Abend?«

»Deswegen rufe ich an. Hören Sie, Luc, ich weiß Ihr großzügiges Angebot, mich auszuführen, sehr zu schätzen. Leider muss ich absagen.«

»Absagen? Blödsinn!«

»Je suis désolée. Ich weiß, dass es unhöflich ist, in letzter Minute abzusagen, aber ich bringe das heute Abend einfach nicht.«

Eine lange Pause in der Leitung. Im Hintergrund hörte man Autohupen, gefolgt von heulenden Motorrädern. Luc sagte nichts.

»Luc? Sind Sie noch dran?«

»Sie bringen es nicht?«, sagte er. »Was ist das denn für ein Ausdruck?«

»Das heißt, dass ich heute einfach nicht die Energie dafür habe.« Sie schnaubte. »Ich merke gerade, dass sich das *sehr* fünfunddreißig plus anhört. Geradezu geriatrisch.«

»Sie haben die Energie *jetzt* nicht? Das ist aber Unsinn. Wenn Sie den ganzen Abend auf ihrem Allerwertesten hocken, werden Sie *später* mit Sicherheit erst recht keine Energie haben.«

»Da haben Sie natürlich recht«, gab sie zu. »Okay, wahrscheinlich geht es eher um meine Stimmung als um meinen sinkenden Energielevel. Um ehrlich zu sein, ich bin ein bisschen düster gestimmt, ein bisschen down.«

»Und diese Düsterkeit wollen Sie selbst kurieren? Zu Hause? An Ihrem fünfunddreißigsten Geburtstag?« Wie kam es eigentlich, dass sich seine Argumentation immer viel logischer anhörte als ihre?

»Ich habe einen Haufen Arbeit durchzuackern«, sagte April, obwohl sie wusste, dass er ein bisschen recht hatte. »Danach gönn ich mir vielleicht ein, zwei Gläser Wein, ein bisschen Käse, und dann leg ich mich früh ins Bett. Am Morgen sieht immer alles frischer aus, das gilt auch für fünfunddreißigjährige Auktionsexpertinnen.«

»Sie wollen am Abend Ihres Geburtstags arbeiten?«, fragte Luc entgeistert. »Avril, Sie können arbeiten, wann Sie wollen, aber heute ist Ihr Geburtstag und die Fête Nationale. Wollen Sie nicht einfach den heutigen Tag genießen und ausnahmsweise nicht an gestern oder morgen denken?«

»Ganz im Ernst, Luc, ich hab keine Lust.« Sie bemühte sich, ihrer Stimme einen entschiedenen Ton zu geben.

»›Ganz im Ernst?‹ Sie sind immer zu ernst. Viel zu ernst.« Seine Lippen machten ein schmatzendes Geräusch auf seiner Zigarette. »Die Antwort heißt leider nein. Sie werden nicht ablehnen, weil ich wie jeder gute Anwalt genau weiß, was für jeden das Beste ist. Kein Zweifel, wir müssen sofort mit dem Feiern anfangen. Das ist ein Notfall, da können wir nicht warten, bis der Feuerwehrball anfängt. Wir müssen uns jetzt schon mit ein paar Joyeux-anniversaire-Cocktails vorbereiten.«

»Cocktails zur Vorbereitung aufs Feiern? So was nennt man bei uns ›Vorglühen‹. Und es ist nicht die schlauste Idee, wenn ich leicht deprimiert bin und eine Menge Arbeit habe.«

»Sie haben in dieser Angelegenheit kein Mitspracherecht. Sobald wir aufgelegt haben, schicke ich Ihnen eine SMS mit meiner Adresse. Kommen Sie vorbei, dann genießen wir ein paar Aperitifs, bevor wir zum bal des pompiers gehen.«

»Luc …«

»Nicht aufregen, Madame. Ich werde Sie nicht zwingen, meine Wohnung zu betreten.« Er lachte leise. »Wir können in das Café hier im Haus gehen. Gelage in aller Öffentlichkeit. Keine Belagerungen. Versprochen.«

April seufzte. Sie wollte nicht ausgehen. Sie hatte das Gefühl, dass es viel zu viel Aufwand war für einen Abend, an dem es zweifellos Momente großer Verlegenheit geben würde, gefolgt von ausgiebiger Reue am Tag danach.

Doch auf Troys verspätete Geburtstagsglückwünsche zu warten kam ihr noch jämmerlicher vor. Kein Mädel sollte so lang auf ihr Telefon starren. Der Gedanke, sich einem guten Côtes-du-Rhône hinzugeben, war in der Theorie viel romantischer, als dann tatsächlich den ganzen Abend allein in der Wohnung zu hocken und sich das Gejohle der Feiernden auf der Straße anzuhören.

»Na gut«, sagte April schließlich. »Sie haben mich überzeugt. Ich wünsche Ihnen viel Glück. Ich habe nämlich hohe Erwartungen.«

»Großartig. Ich habe vor, sie allesamt zu übertreffen.«

April musste wider Willen lachen.

»Wann soll ich kommen?«, fragte sie. »Neun Uhr? Halb zehn?«

Er lachte. »Jetzt gleich natürlich. Sie kommen jetzt gleich.«

April warf einen Blick auf ihre Yogahose und ihre BH-lose fünfunddreißigjährige Brust. So konnte man in Paris definitiv nicht ausgehen.

»Sagen wir zwischen halb sieben und sieben«, schlug sie vor und ging ins Schlafzimmer. »Im Moment bin ich nicht besonders vorzeigbar.«

»Ich richte mich nach Ihnen. Bis nachher, ma petite.«

»›Ma petite‹? Na, jung bin ich wohl kaum. Au 'voir, Luc.«

April machte ihr Telefon aus und warf es aufs Bett. Dann fing sie sofort an, im Schrank zu wühlen und überlegte, ob sie noch genug Zeit hatte, um schnell in den Galeries Lafayette vorbeizufahren und etwas zu kaufen, was feiertauglicher war als ihre langweiligen amerikanischen Klamotten aus der Shoppingmall. Ein Feuerwehrball war im Grunde nicht mehr als ein Möchtegern-Straßenfest, aber eben doch ein Straßenfest in Paris.

Nachdem sie einen Rock mit etwas Glitzer übergeworfen hatte (*Le Comte* wäre stolz auf sie gewesen) und mit einem schwarzen T-Shirt einen Gegenakzent gesetzt hatte, griff April sich ihre Handtasche und ging hinaus. Sie beschloss, zu Fuß zu Luc zu gehen, obwohl es mit der Métro oder einem Taxi schneller gegangen wäre. Irgendetwas wollte April heute sehen, und das waren nicht einfach bloß ein paar mehr Pariser Straßen und Häuser.

Chapitre 47

April verließ das Haus und ging ins achte Arrondissement, Richtung Seine.

Sie hatte die Route bewusst gewählt, Richtung Rue Royale, ein kurzes Sträßchen zwischen dem Place de la Madeleine und dem Place de la Concorde, nicht weit von dem Laden mit Chelseas neuesten überteuerten Handtaschen. Während April sich der Straße näherte, beschleunigten sich ihre Schritte. Ein Lächeln stahl sich auf ihre Lippen.

Sie bog um die Ecke, und da war es: das Maxim's. April blieb stehen und betrachtete die rote Markise, die hölzerne Fassade und die geschwungenen goldenen Buchstaben. Sie stellte sich Marthe vor, wie sie kauernd im Fenster saß. Die Kosaken kamen herein.

Sie strömten wieder hinaus. Dann sah April Marthe vor ihrem geistigen Auge die Straße hinuntertrippeln und Pujol in die Arme laufen.

»Ich hätte dir das Geld gegeben«, sagte sie.

Ein Pariser Hipster Mitte zwanzig blieb kurz stehen und sah sie fragend an. April wurde rot und winkte ab.

Dann riss sie sich widerwillig vom Schauplatz so vieler von Marthes Tagebucheinträgen los, bog um eine weitere Ecke und überquerte den Place de la Concorde, den größten Platz in Paris. In der Mitte war die Hauptbühne aufgebaut, extra für die Feierlichkeiten des Bastille-Tages, mit blauen, weißen und roten Markisen geschmückt. Rundherum war es ruhig, fast verlassen, und April konnte sich kaum vorstellen, wie lebhaft es dort am nächsten Tag zugehen würde. Mit Panzern, Feuerwehrautos, Hubschraubern, Flugzeugen und marschierenden Truppen. Jubelrufe und Feuerwerk würden durch die ganze Stadt hallen.

Langsam ging April am Seineufer entlang, beobachtete, wie die Frachtkähne vorbeizogen und die Nationalfeiertagsfahnen sich in der schwachen Brise leicht bewegten. Sie schaute die Stände der *bouquinistes* an, betrachtete viele Romane und Bilder, auch wenn sie sie eigentlich gar nicht kaufen wollte. Zeit und Sorgen verblassten.

Während sie so dahinschlenderte, schickte ihr Luc eine Reihe von SMS, in denen er fragte, wann sie kommen würde. Wenigstens einer, der sich an ihrem Geburtstag um Kommunikation bemühte. April grinste schief (das hatte sie von ihm gelernt) und ignorierte die Nachrichten. Der konnte ruhig warten.

Während sie an einem der Bücherstände ein paar Bilder des Arc de Triomphe durchblätterte, überlegte April, wie sie Luc später für seine Ungeduld tadeln konnte. Er beschwerte sich immer, dass sie das Leben zu ernst nahm, trotzdem ärgerte er sich jetzt über ihre Trödelei. Sie machte sich gedanklich eine Liste von schnippischen Antworten, als ihre Finger auf ein Aquarell stießen, das auffiel, weil es ein kleineres Format hatte als die anderen Bilder in der

Kiste. Sie zog es heraus und erwartete eine weitere Sehenswürdigkeit von Paris. Stattdessen war es die Skyline von New York. April zuckte zusammen, und das Bild fiel zu Boden.

»Qu'est-ce que vous faites?«, schnauzte sie der Verkäufer an, und man sah die Adern an seinem Hals anschwellen.

»Da wohne ich«, sagte April in ungeschicktem, hässlichem Englisch, als sie sich bückte, um das Blatt aufzuheben.

Er ließ ein, zwei Schimpfwörter vom Stapel.

»Da wohne ich«, wiederholte sie, diesmal zu sich selbst. Es kam ihr so unwirklich vor. Die Stadt, die sie liebte, ihr Zuhause, fühlte sich so weit weg an.

Nachdem sie zwanzig Euro gezahlt hatte – ein übertriebener Preis, aber April war nicht in der Laune zu feilschen – rollte sie das Bild auf und schob es in ihre Handtasche. Dann ging sie weiter zu Lucs Straße, während New York als unangenehme Beule gegen ihre Rippen drückte.

Seine Wohnung war leicht zu finden. Angesichts seines Berufs und der Lage im schicken sechsten Arrondissement stellte April sich ein vornehmes, traditionelles Haussmann-Gebäude vor, mit einem geschmackvollen, minimalistischen, aber teuren Touch. Als Luc ihr kurz die Wohnung zeigte, erlebte April keine Überraschungen, außer ein paar Midcentury-Möbelstücken, die sie sofort mit ihrem Expertenauge betrachtete.

»Êtes-vous prête?«, fragte Luc, nachdem er sie dabei erwischt hatte, wie sie mehrere Aufnahmen von seinem Beistelltischchen machte. »Oder wollen Sie sich heimlich mit ein paar von meinen Möbelstücken davonmachen?«

»Sollten Sie jemals beschließen, ihre Wohnung für siebzig Jahre zu verlassen, hoffe ich, dass Sie mich als potenzielle Erbin vormerken. Oder zumindest ihren tatsächlichen Erben strenge Anweisung geben, Kontakt mit Sotheby's aufzunehmen.«

»Ihr Auktionsexperten seid Geier.« Luc kicherte und griff nach seinem Telefon. April unterdrückte den Impuls, einen Blick auf ihres zu werfen. »Allons-y. Gehen wir!«

Nachdem sie Abschied von dem prachtvollen Beistelltischchen genommen hatte, folgte April ihm die Treppen hinunter in das Café, das sich im Erdgeschoss des Mietshauses befand. Nachdem sie sich auf der Terrasse an einen Tisch neben dem niedrigen Zaun gesetzt hatten, von dem aus sie die Straße überblicken konnten, bestellten sie eine Flasche Champagner und einen Teller *fromage*.

Du bist nicht allein, dachte April, als der Käse im schwindenden Sonnenlicht glänzte. Du teilst das hier mit jemandem.

Ein Dutzend Käsestückchen und zwei Gläser Champagner später verließen die Millionen von kleinen Sorgenwürmchen Aprils Kopf. Sie hörte zu, wie Luc ihr von seiner Kindheit in Dijon erzählte und vom Internat in Lausanne und der Zeit in Amerika, in Georgetown, wo er den zweiten von drei Juraabschlüssen machte. Wenig später stritten sie sich auch schon, wer von ihnen mehr rühmliche Uniabschlüsse vorzuweisen hatte, und April stellte irgendwann fest, dass sie schon seit neunzig Minuten nicht mehr auf ihren BlackBerry geschaut hatte.

Als Luc die Rechnung beglich, griff sie in ihre Tasche und erwartete ein oder zwei verpasste Anrufe. Troy würde doch sicher noch anrufen, bevor es in New York Mittag war. Doch leider hatte Aprils Telefon immer noch keine Mail oder SMS oder Nachricht auf der Mailbox vorzuweisen.

»Entschuldigen Sie, aber haben Sie gerade ›Scheißkerl‹ gesagt?«, fragte Luc mit hochgezogenen Augenbrauen.

»Nein, nein. Natürlich nicht. Ich hab überhaupt nichts gesagt.« April versenkte ihre Hand noch tiefer in der Tasche. Ihre Finger stießen gegen die Skyline von Manhattan. Sie zuckte zurück, als hätte sie einen Elektrozaun angefasst.

»Haben Sie eine Schlange in Ihrer Tasche?«, kicherte Luc.

»Fragen Sie nicht.« April verdrehte die Augen. Dann zog sie doch das Bild aus ihrer Handtasche. »New York City. Das hab ich bei den *bouquinistes* gefunden. Dabei ist das Bild ganz furchtbar, ich weiß gar nicht, warum ich das überhaupt gekauft habe.«

»Sie haben ein Gemälde gekauft, das Ihnen nicht gefällt?«

»Ich weiß, das klingt komisch.«

»Ja, allerdings.«

»Irgendwie hatte ich das Gefühl, ich *müsste* es kaufen. Als hätte es der Verkäufer extra für mich auf Lager gehabt. Seine Kisten waren voll mit den typischen Paris-Ansichten, aber ich war keine zwei Sekunden an seinem Stand, da fiel mir das da in die Hände.«

»Klingt nach Zufall.« Luc zuckte mit den Achseln.

»Ich weiß nicht. Da bin ich ausgerechnet an seinem Stand stehen geblieben. Seine Bilder waren auch nicht schöner als die der anderen. Außerdem arbeite ich für ein Auktionshaus. Leider liegt meine Geschmacksgrenze bei Kunst sehr hoch. Es kommt mir vor, als würde New York mir *folgen*.«

Luc gluckste. »Das tut es auch. Aber nicht in Form schlecht gemalter Aquarelle.«

Er langte nach der Rechnung und wickelte sie um seine Kreditkarte.

»Sie hätten mich zahlen lassen sollen«, sagte April. »Jedes Mal sagen Sie ›nächstes Mal‹.«

»Sie haben heute Geburtstag. Sie zahlen gar nichts. Und für mich sind das sowieso Spesen.«

»Spesen?« Sie versuchte, ihre Enttäuschung zu verbergen. »Äh, na ja, gut.«

April schob ihren Rattanstuhl zurück und stand mit wackligen Knien auf. Sie musste sich am Heizpilz abstützen, um nicht ins Taumeln zu kommen. Luc, dem die kleine Panne nicht entgangen war, zwinkerte ihr zu, woraufhin sie ihm den Mittelfinger zeigte.

»Das muss man mir nicht übersetzen«, sagte er und tätschelte ihr den Rücken. »Êtes-vous prête, Mademoiselle?«

»Oui. Widerstrebend. Oui.«

»Ah, Avril, Sie bringen mich zum Lachen.«

Luc stieg problemlos über den niedrigen schmiedeeisernen Zaun und auf den Gehweg. Bevor April die Risiken abschätzen konnte (was Luc bestimmt furchtbar amüsiert hätte), beugte er sich einfach vor und legte seinen Unterarm mit so einer Festigkeit um Aprils Taille, dass es sich anfühlte wie eine Wand. Den anderen Arm schob er in ihre Kniekehlen und hob sie mit einer fließenden Bewegung hoch und über den Zaun. Sie kam gar nicht zum Protestieren.

»Sie sind kräftiger, als sie aussehen«, sagte April, als er sich bückte, um sie auf dem Gehweg abzusetzen.

»Und Sie, meine Liebe, sind leichter, als Sie aussehen«, sagte er, ohne seine feste Hand von ihrem Kreuz zu nehmen. »Viel leichter.«

»Kein Wunder, dass Sie nicht verheiratet sind.« April vermied es, ihm zu direkt in die Augen zu sehen, die nur ein paar Zentimeter von ihren entfernt waren. »Sie wissen wirklich, wie man einem Mädchen schmeichelt.«

»Merci beaucoup! Ich gebe mein Bestes.« Er zwickte sie in die vom Champagner gerötete Wange.

April konnte ihr Lächeln nicht unterdrücken. Luc zog seinen Arm zurück und deutete mit einem kurzen Nicken auf den nahe gelegenen Zebrastreifen.

»*Allons-y*«, sagte er.

Und sie gingen los.

Chapitre 48

Die Straßen wimmelten bereits von Feiernden, die drängelten und schubsten und schrien. Es war chaotisch, so chaotisch wie ein Junggesellinnenabschied in Las Vegas. Die Leute rannten vor Autos. Mopeds fuhren auf Gehsteige, spärlich bekleidete dünne Mädchen hingen hinten herunter wie Fahnen. Ohne nachzudenken oder etwas zu planen oder es auch nur zu wollen, fasste April nach Lucs Arm. Er ging zwei Schritte vor ihr, warf aber einen Blick zurück und lächelte, wobei sich die Haut um seine Augen in kleine Fältchen legte.

Sie kamen kurz nach zehn Uhr bei der *caserne* an. Davor standen die Feuerwehrleute, um die Gäste zu begrüßen, hinter ihnen leuchtete rot die Laterne der *pompiers*, und die Feuerwehrautos, die vor dem Gebäude auf der Straße standen, waren ebenfalls beleuchtet.

Im ersten Hof spielte eine brasilianische Bläserband mit Perücken, so laut, dass der Boden bebte. Über ihnen baumelten blinkende Lichterketten und Flaggen. Am Rand des Hofes standen Imbissstände an den Mauern. Obwohl es noch so früh war, war es bereits brechend voll. Paare tanzten. Singlefrauen schlichen um die Essensstände herum und versuchten, die Feuerwehrmänner in ein Gespräch zu verwickeln, wenn sie nicht gerade zu beschäftigt damit waren, Marihuana zu verkaufen.

»Wow!« Aprils Blut wallte im Rhythmus der Musik. »Ich fühle mich, als wäre ich auf der stilvollsten Studentenparty der Welt. Wo ist der Biergarten?«

»An der Bar da drinnen gibt es Champagner«, sagte Luc.

Wegen des Lärms musste er sich zu ihr lehnen, und sein heißer Atem verursachte April Gänsehaut.

»Champagner«, sagte April und trat einen Schritt zurück. »Viel besser als ein Biergarten. Zeigen Sie mir den Weg.«

Wieder fasste sie seinen Arm und ließ sich von Luc nach drinnen führen, zur Champagnerbar/Disco. Die Kulisse erinnerte an kein städtisches Gebäude, das April je zu Gesicht bekommen hatte. Natürlich war dieses öffentliche Gebäude vor vierhundert Jahren erbaut worden, in einer der grandiosesten Städte der Welt, also war es natürlich etwas anderes als die Kfz-Meldestelle oder das Rathaus einer kleinen Ortschaft. April spürte die Würde des Gebäudes, auch wenn überall rundherum die Feuerwehrmänner in ihren hautengen Hemden herumliefen.

Mit dem Champagner in der Hand deutete Luc auf einen langen, niedrigen Grill, auf dem reihenweise lecker duftende Würstchen lagen. So ein Essen hätte man sicher auch in jedem NFL-Stadion in den Staaten bekommen können, aber das Gebäude, das Fleisch, der in Strömen fließende Champagner – von all dem konnte einem schwindlig werden.

»Würstchen!«, keuchte sie. »Ich glaube, ich hab noch nie auf irgendetwas solchen Appetit gehabt.«

Luc drehte sich um und sah sie mit hochgezogener Braue an. »Was haben Sie gesagt?«

»Ach, nichts.« Sie schüttelte den Kopf. »Das Essen sieht toll aus.«

Er nahm sie bei der Hand. »Allons manger.«

Sie gingen zum Grill, wo der nächste Jüngling mit wohldefinierten Muskeln das Schweinefleisch über den Kohlen umdrehte.

»Un comme ça, s'il vous plaît.« April versuchte höflich zu klingen, nicht wie die gefräßige Hyäne mittleren Alters, die sie in Wirklichkeit war.

»Comme vous voulez«, sagte der Feuerwehrmann und nahm ein Würstchen vom Grill. Er schmiss es auf einen dicken, weißen Styroporteller und reichte ihn April. Das einzelne kleine Würstchen sah schrecklich einsam aus.

»So eines bitte auch noch«, fügte sie schnell hinzu.

»Wie sagt man so schön bei Ihnen?« Luc grinste, und seine Zähne sahen noch spitzer aus als sonst. »Ihre Augen sind größer als Ihr Magen?«

April wollte schon protestieren, als sie entdeckte, dass er ebenfalls zwei genommen hatte.

»J'ai faim«, sagte sie und fühlte sich ein wenig in der Defensive. »Muss von dem ganzen Champagnertrinken und Spazierengehen kommen.«

»Ah, ja, der Champagner. Natürlich. Kommen Sie, gehen wir hier entlang«, sagte er. »Ich glaube, in dem anderen Hof gibt es eine Sitzgelegenheit.«

April nickte. Sie klemmte sich ihr Glas in die Ellbogenbeuge und balancierte den Würstchenteller mit der Rechten, während sie Luc in den Hof nebenan folgte. Dabei dachte sie sich die ganze Zeit, dass es keine bessere kulinarische Kombination geben konnte als die, die sie gerade in der Hand hatte.

Der zweite Hof war mindestens viermal so groß wie der erste und umgeben von prachtvollen Gemäuern. Blaue, weiße und rote Fähnchen umgaben die Bühne. Das Gewimmel auf der Tanzfläche sah aus wie eine Kiste voller Schlangen. Eine Frau in einem weißen, mit Federn besetzten Kleid stand am Mikrofon und schmetterte eine verstümmelte Version eines amerikanischen Popsongs.

Nachdem sie sich durch die Moshpit gekämpft hatten, setzten sie sich auf eine Metallbank irgendwo im hinteren Bereich. In dem Moment, in dem April ihre Handtasche auf den Tisch stellte, machte diese einen Hüpfer, und April hätte nicht sagen können, ob es von der lauten Musik kam oder von einem Anruf auf ihrem BlackBerry.

Nur für den Fall der Fälle (würde sie jemals schlauer werden?) nahm April ihr Telefon heraus und setzte dabei fast die Zukunft ihrer kleinen Mahlzeit aufs Spiel. Die Musik wäre zwar laut genug gewesen, um eine Tasche zum Hüpfen zu bringen, aber der BlackBerry klingelte tatsächlich. April starrte auf ihre Handfläche, während die federnbesetzte Dame eine kurze Pause für die Band verkündete.

»Ça va?« Luc runzelte die Stirn.

»Oui«, sagte April, ohne die Augen vom Telefon zu nehmen. »Ist bloß mein Vater. Endlich ruft er mich an, um mir zu gratulieren! Ich hab mich langsam schon gewundert.«

Sie wartete, bis das Telefon zu Ende geklingelt hatte. Als es auf Voicemail sprang, sah April nach und stellte fest, dass sie wieder einen Anruf verpasst hatte, diesmal von Troy.

»Wurde aber auch Zeit, Mann«, murmelte sie.

»Müssen Sie mit ihm sprechen?« fragte Luc.

»Nee. Ist mir ein bisschen zu laut hier«, sagte sie mit gerunzelter Stirn.

Es war nicht laut, zumindest nicht in diesem Moment. Es hatte zwar jemand einen iPod an die Lautsprecher angeschlossen, aber die meisten Tänzer verliefen sich, um sich einen anderen Hof zu suchen, auf dem sie herumhüpfen konnten.

»Na, überlass ich Ihnen«, sagte Luc. »Aber lassen Sie es nicht wegen mir.«

»Ich meld mich später bei allen«, sagte April schließlich und stellte ihr Telefon ab. »Ich möchte hier nichts verpassen!« Sie hob ihr Glas. »Santé!«

»Und ich trinke auf Ihre!«

April trennte mit der Seite ihrer Gabel ein üppiges Stück von ihrer Wurst ab und biss hinein. Es knackte, als ihre Zähne durch die dicke, angekohlte Haut und in den öligen leckeren Inhalt drangen.

»Oh Gott«, sagte sie. Sie biss gleich noch mal ab und redete ungeniert mit vollem Mund. »Die sind echt lecker. Die sind superlecker!«

»Ja, ziemlich lecker, ich muss Ihnen recht geben.«

Luc verzehrte seine Wurst weiterhin auf kultivierte Pariser Art, während April beide Würste in sich hineinschlang und überlegte, ob sie sich nicht noch eine dritte holen sollte.

»Na, Avril, jetzt erzählen Sie doch mal.« Luc nahm gerade den ersten Bissen von seinem zweiten Würstchen. April wünschte sich in diesem Moment, sie wären verheiratet, aber nur, weil sie am liebsten auf seinen Teller gegriffen und seine Würste aufgegessen hätte. »Wie fühlt man sich so, mit fünfunddreißig?«

»Bis jetzt toll!«, zwitscherte sie. Im Grunde hätte sie es gar nicht so recht sagen können, doch das Leben war immerhin schon zehnmal besser als noch vor ein paar Stunden. »Aber es fühlt sich schon auch irgendwie nach einem Meilenstein an. Viel stärker als bei meinem Dreißigsten.«

»Das kommt daher, dass die Amerikaner fünfunddreißig immer als so etwas Schreckliches hinstellen.« Luc wischte sich den Mund ab. April warf einen Blick auf ihre eigene Serviette, die sie noch nicht benutzt hatte. Sie hatte keine Zeit für Manieren gehabt.

»Inwiefern wird das als etwas Schreckliches hingestellt? Und welche Amerikaner denn überhaupt?«

»Die Ärzte, die Fernsehprogramme und die Zeitungen.«

»Ich kann Ihnen nicht ganz folgen.«

»Verlangt man nicht, dass Frauen im Alter von fünfunddreißig die Fortpflanzung einstellen?«

April lachte. »Man verlangt? Ich weiß nicht, von welcher Seite dieser Erlass kommen sollte. Es gibt genug Frauen, die auch noch mit vierzig Kinder bekommen! Sogar mit fünfzig!«

»Aber zeigt man denen nicht massenweise Furcht einflößende Bilder über Missbildungen und all so was? So hat man mir das erzählt. Schwangerschaft über fünfunddreißig kann nur durch massive Hormongaben bewerkstelligt werden, die einen fett und verrückt machen.«

»Ich glaube, dass einen eher die Schwangerschaft fett und verrückt macht«, schnaubte April. »Ich weiß gar nicht so richtig, wie ich auf Ihre … Vermutungen reagieren soll. Wahrscheinlich sollte ich wütend sein, weil ich das Gefühl habe, dass Sie mich alt nennen, obwohl Sie – wie viel? Fünf Jahre älter sind? Sieben?«

Nicht, dass sein Alter wichtig gewesen wäre. Nicht, dass Alter für einen Mann jemals wichtig gewesen wäre. Luc hatte durchaus recht. Für eine Frau in Amerika war fünfunddreißig medizinisch gesehen durchaus ein Wendepunkt. Für Männer war es einfach nur eins mehr als vierunddreißig, eines weniger als sechsunddreißig.

»Das war keine Beleidigung«, sagte Luc und nahm wieder einen kleinen Bissen von seiner Wurst. »Ich finde es grauenhaft, dass man den Frauen solche Angst macht. Keine Babys mehr! Ihr seid zu alt! Meine Schwester hat über vierzig noch Babys bekommen, und kein Mensch hat daran Anstoß genommen.«

»Es ist ja nicht so, dass das wissenschaftlich völlig aus der Luft gegriffen wäre«, sagte April. »Die Fruchtbarkeit stürzt Mitte dreißig rapide ab und das Risiko für Missbildungen steigt. Das ist eine Tatsache.«

»Ja, es gibt wohl Leute, die das behaupten.« Luc verdrehte die Augen.

»Ich glaube da eher den Fachleuten«, sagte April. »Da bin ich vielleicht ein bisschen eigen. Außerdem betrifft mich das Thema nicht. Ja, ich bin fünfunddreißig, aber ich werde sowieso keine Kinder haben.«

»Warum das?«

»Entschuldigung, das ist jetzt aber eine ganz schön persönliche Frage, oder?«

»Es war eine Frage, und Sie sind eine Person, also …« Er zuckte mit den Schultern. »Ich war bloß neugierig. Warum wollen Sie keine Kinder?«

»Es ist nicht so, dass ich generell was gegen Kinder hätte …«

»Ist es wegen Ihrer Mutter?«, fragte Luc, und seine Worte trafen April wie ein Messer in die Brust.

»Wow, Sie wissen wirklich, wie man einem Mädchen an Ihrem Geburtstag unvergessliche Augenblicke beschert.« April holte tief Luft, während Luc die Augen niederschlug, fast so, als wäre er wirklich beschämt. »Liegt es daran, dass wir sie verloren haben? Nein. So ist es nicht gelaufen.«

Es hatte keinen bestimmten Zeitpunkt gegeben, an dem sie sie verloren hatten. Es steckte viel mehr dahinter.

»Es lag nicht daran, dass sie gestorben ist. Es geht eher um einen Gesichtspunkt, der mit ihrer Krankheit zu tun hat. Aber es ist einfacher, wenn ich sage, dass ich mich sowieso nie so wirklich für den Gedanken erwärmen konnte, Kinder zu haben.« April zerknüllte ihre unbenutzte Serviette in der Faust. »Hey, die Band kommt gerade wieder auf die Bühne. Wollen wir tanzen? Ich hab richtig Lust zu tanzen.«

April hatte nie Lust zu tanzen, aber es kam ihr gerade besser vor, als ihre momentane Unterhaltung fortzusetzen.

»Sind Sie sicher?« Luc hatte sich schon vorgebeugt, hielt aber noch einmal inne, als wäre er nicht ganz sicher, ob er wirklich aufstehen sollte.

»Tanzen? Soll das ein Witz sein? Ich bin quasi professionelle Tänzerin. Das steht mir doch auf die Stirn geschrieben!«

April lachte gezwungen. Die Tränen standen ihr schon fast in den Augen, aber sie bemühte sich, sie wegzulächeln. Oh Gott, ihre Mutter. Sie vermisste sie so sehr. Sandra Potter war eine wunderbare Frau, auch wenn sie im Grunde eine absolut gewöhnliche, traditionelle Mutter gewesen war. In ihrem Strandort in Kalifornien galten die zugedröhnten Hippies als die coolen Eltern. Die, denen es leicht mal passierte, dass sie ihre Hasch-Brownies unbeaufsichtigt auf dem Küchentisch liegen ließen. Doch trotz Sandy Petters geradezu anämischer Kühle fand April ihre Mutter immer am besten.

»Tut mir leid«, sagte April und betupfte sich die Augen mit der zusammengeknüllten Serviette. »An meinen Geburtstagen gehen die Gefühle immer ein bisschen mit mir durch, was meine Mutter angeht. Dann denke ich, dass ich versagt habe und eine bessere Tochter hätte sein können. Oh Gott, ich könnte es *immer noch* besser hinkriegen, auch wenn sie keinen Deut anders wäre.«

»Wir können auch gehen«, sagte Luc. »Wir können irgendwo anders hingehen. Wo es nicht so voll ist. Wir können drüber reden. Ich … äh …« Er fuhr sich mit beiden Händen durchs Haar und kratzte dabei mit den Nägeln über die Kopfhaut. »Ich bin vielleicht nicht der beste Gesprächspartner, aber wir können woanders hingehen. Wir müssen nicht hierbleiben.«

»Nein«, erwiderte April prompt und stampfte zusätzlich mit dem Fuß auf. »Ich möchte tanzen und meinen Geburtstag genießen. Sie haben mir versprochen, dass Sie das hinkriegen, Monsieur Thébault.« Sie zog eine Augenbraue hoch, und ihre Tränen begannen schon wieder zu trocknen. »Sie haben es versprochen.«

»Allerdings hab ich das versprochen.«

Luc nahm ihre Hand und hielt sie fest. Als er sie zur Tanzfläche führte, strengte April sich an, alle Gedanken an ihre Mutter beiseitezuschieben, an ihren Geburtstag, an Elternschaft und Troy. Sie fuhr besser, wenn sie sich von Luc einfach mitziehen ließ.

Chapitre 49

Die Nacht rauschte wie in verschwommenen Bildern an ihr vorbei.

Sie tanzten, sie tranken, sie konsumierten immer mehr Champagner und Würstchen, und April aß die ganze Zeit mehr als Luc, aber sie waren beide zu höflich, um diesen Umstand zu thematisieren.

Frauen machten Luc schöne Augen, während er heroisch so tat, als würde er durch sie hindurchschauen. Sobald er April einen Moment allein ließ, wurde sie von schmierigen Typen angemacht – wirklich schmierigen, nicht die Art von Schmierigkeit, die sie (ohne großen Erfolg) auch Luc zuschreiben wollte. Letztlich kam der vermeintlich schmierige Franzose jedes Mal von der Toilette oder vom Champagnerholen zurück und schimpfte mit den aufdringlichen Typen, sie sollten *ma femme* nicht belästigen. *Femme* bedeutete Frau, *ma femme* hingegen war die Ehefrau. April wusste die Geste zu schätzen, und sicher nicht in erster Linie deswegen, weil er damit die aufdringlichen Männer verscheuchte.

Sie redeten von Marthe. Luc hatte mehr von den Tagebüchern gelesen, als April gedacht hätte. Und obwohl er sie gerne damit aufzog, dass sie kaum noch an etwas anderes denken konnte, verbrachte er auch überraschend viel Zeit damit, über *la demimondaine* nachzudenken.

April erklärte ihm, was sie aus Marthes Worten herauslas, ohne so zu tun, als würde sie das alles unter dem Gesichtspunkt einer verkaufsfördernden Hintergrundgeschichte betrachten. Sie stellten Spekulationen zu Jeanne Hugo an und auch zu Marguérite. Sie witzelten über Montesquiou und seine großspurige Art und versuchten, in der feiernden Menge auf der Tanzfläche Männer zu entdecken, auf die Marthes Beschreibung des Grafen am besten passte. Tatsächlich watschelten im Feuerwehrhaus viele

Comtes herum, aber keiner, der auch nur halbwegs Boldini geähnelt hätte.

Am Ende des Abends fragte sich April, wie es möglich war, dass sie so viel Champagner getrunken hatte, sich aber nicht betrunkener fühlte als bei ihrer Ankunft, als sie die Szenerie in der *caserne des pompiers* erblickte. Von den verlegenen Momenten, die sie vorausgeahnt hatte, war kein einziger eingetroffen, es hatte nicht den kleinsten Hauch von Befangenheit gegeben. Auf die Gefahr hin, wie eine Siebenjährige zu klingen: Das war der schönste Geburtstag ihres Lebens gewesen. Und genauso jung und unbekümmert fühlte sich April auch.

Als das Fest vorbei war, nachdem die Feuerwehrmänner die Leute freundlich (aber bestimmt) von der Tanzfläche und aus den Innenhöfen geschoben hatten, trat April in den kobaltblauen Morgen hinaus. Sie blieben kurz auf dem Gehweg stehen, und Luc warf einen Blick auf seine Armbanduhr. Es war fast fünf Uhr. April war nicht der Typ, der bis fünf Uhr morgens auf einer Feier blieb. Sie war nicht der Typ, der bis zum Morgen durchmachte.

»Das war …«, fing April an, fand aber keine Worte, um dieser Nacht gerecht zu werden. Sie gingen ein paar Schritte, dann sagte sie: »Wunderbar. Das war der beste Geburtstag meines Lebens. Danke, dass Sie mich zum Ausgehen gezwungen haben.«

»Schön, dass Sie am Ende doch beschlossen haben, es amüsant zu finden«, sagte Luc und passte sein Tempo dem ihren an. Nach einer durchtanzten Nacht schien es, als wären sie körperlich in kompletter Übereinstimmung. »Und was Nationalfeiertage angeht, war das heute durchaus auch mein bester.«

April nickte, mit einem Herzflattern, das ihr gar nicht gefiel. Ihr ganzer Körper war schwach, halb aus Erschöpfung, halb aus übermütiger Hochstimmung. Sie war wacklig auf den Beinen, ihre Stirn immer noch schweißfeucht. Als die kühle Pariser Luft über sie strich, schauderte April. In kameradschaftlichem Schweigen gingen sie ein paar Straßen entlang, bis sie an den Punkt der Entscheidung kamen. Luc musste in die eine Richtung, April in die andere.

Sie räusperte sich.

»Gut«, sagte sie. »Ich geh dann mal hier lang. Gute Nacht. Und nochmals danke. Das war wirklich ein ganz besonderer Abend.«

»Non. Ich begleite Sie.«

»Ach, das ist doch albern, Ihre Wohnung liegt genau in der anderen Richtung.«

»Non.« Diesmal duldete er keinen Widerspruch. »Kein Gentleman lässt seine Verabredung im Dunkeln allein nach Hause gehen.«

»Es ist schon fast Morgen«, bemerkte April. *Verabredung.* Er hatte sie als seine Verabredung bezeichnet. »Es wird also nicht mehr lange dunkel sein. Ganz im Ernst, Luc, ich möchte Ihnen keine weiteren Umstände machen. Ich komme ganz prima alleine zurecht. Paris ist eine große Stadt, aber ich kenne sie sehr gut. Wahrscheinlich ist es sicherer, als wenn ich in New York nach Hause gehen würde.« Während sie das sagte, verlagerte April das Gewicht von einem Fuß auf den anderen. Geh. Bleib. Sie wusste selbst nicht, was sie sich von ihm wünschte. »Komisch, oder? New York ist mein Zuhause, aber Paris ist der Ort, an dem ich mich sicher fühle.«

»Ich verstehe Sie vollkommen.« Luc nahm ihre Hand. »Trotzdem werde ich Sie zu Ihrer Wohnung begleiten.«

April lächelte noch einmal. »Danke.«

Sie beschloss, sich nicht mehr dagegen zu wehren.

Der Spaziergang nach Hause war einerseits zu schnell, andererseits wollte ihr die Strecke endlos vorkommen. April kam es so vor, als hätte sich jeder Knochen von Lucs Hand um ihre Hand gewickelt. Als würde sein Puls unter ihrer Haut schlagen. Einerseits genoss sie dieses fremde Gefühl, dass jemand ihre Hand hielt, andererseits machte sie sich Sorgen, was das alles zu bedeuten hatte – oder ob es überhaupt etwas zu bedeuten hatte, und Letzteres war vielleicht sogar der schlimmere Gedanke.

Das seltsame Gefühl, die Finger eines Fremden zu spüren, hatte April so verwirrt, dass sie einen Blick auf das Gebäude werfen musste, als Luc anhielt und sagte: »Da wären wir!«

»Ja«, sagte April überrascht, dann fügte sie leise hinzu: »Da wären wir also.«

Luc ließ ihren Arm los und stützte beide Hände in die Hüften. Er grinste schief, zwinkerte ihr zu und hakte einen Daumen in den modisch abgetragenen Bund seiner eng anliegenden Jeans.

»Also, Madame Vogt – dieser Abend war wirklich ein Vergnügen.«

»Allerdings«, sagte April und merkte, wie ihre Augen heiß wurden. »Danke, Luc. Ich bin wirklich kein Fan von Geburtstagen, aber dieser war gar nicht mal so blöd.«

Er grinste. »Das ist ja mal ein uneingeschränktes Lob. Ihre vorherige Formulierung ›der beste Geburtstag meines Lebens‹ hat mir besser gefallen, obwohl ›gar nicht mal so blöd‹ wahrscheinlich auch okay ist. Darf ich das so in meinen Lebenslauf schreiben?«

April zögerte dreißig Sekunden. Eine Minute.

»War es das?«, fragte sie.

»Was – ›das‹?« Luc schien aufrichtig verwirrt.

»Ach kommen Sie, Thébault! Das können Sie doch besser. Wir haben beide eine Variante von ›nicht so blöd‹ benutzt. Wo bleibt Ihr unangebrachter Kommentar?«

»Ich hatte den Eindruck, dass Sie meine unangebrachten Kommentare nervig finden.«

Sie hätte nicht sagen können, ob er Witze machte. Und die Wahrheit war ja auch, dass April seine Kommentare überhaupt nicht nervig fand.

»Manchmal vielleicht«, log sie. »Aber sie passen so zu Ihnen, und jetzt kommt mir eine Unterhaltung ohne diese Bemerkungen richtig nackt vor.«

»Nackt?« Er grinste.

»Ja«, sagte April. »Völlig entblößt. Nude. À poil.«

Sie trat auch auf den Bordstein und stellte sich haargenau vor ihn, Gesicht zu Gesicht, Nase zu Nase. Ohne nachzudenken, beugte April sich vor und legte ihre Lippen so sanft auf seine, dass sie sich kaum berührten. Nach einer halben Sekunde beendete sie den Kuss.

Und in diesem Augenblick begriff April. Sie begriff, wie Marthe so einfach von einem Gönner zum nächsten flattern konnte, sich problemlos in langfristige Flirts oder Betten oder finanzielle Arrangements fallen zu lassen, dabei aber trotzdem noch die wahre Liebe zu erkennen, wenn sie ihr passierte. Boldini war kein Scherz und keine Tändelei.

Es dauerte nur diese halbe Sekunde, bis April das Gefühl von Liebe und Schutz verspürte, das ihr so lange gefehlt hatte, und dabei zu wissen, dass es echt war. Marthe hatte ausdauernd danach gesucht, und sowie sie Boldini gefunden hatte, hatte sie versucht, ihr Glück festzuhalten. Und April hatte es hier in Paris ebenfalls gefunden.

Also küsste April ihn noch einmal. Diesmal war Luc derjenige, der sich als Erster zurückzog.

»Du hast zu viel Champagner getrunken, hm?« Er versuchte zu lächeln, sah aber doch ein wenig gequält und verwirrt aus. Er schwankte leicht, als er einen Schritt zurücktrat.

»Nein«, sagte April. »Ich fühle mich tatsächlich ziemlich nüchtern. Ich war seit Monaten nicht mehr so klar im Kopf.«

Er machte ein Geräusch, das sich anhörte wie ein *hmmm*. Luc versuchte sich zum Gehen zu wenden, aber im Grunde tat er es nur, weil er sich dazu verpflichtet fühlte.

»Wahrscheinlich solltest du mich einfach nach oben begleiten«, fuhr sie fort. »Man kann nie wissen, was für Landstreicher und Tunichtgute hier auf dem Hausflur rumlungern.«

»April …«, sagte er mit rauer Stimme. »Ich möchte dich nicht in prekäre Situationen bringen.«

»Oh, glaub mir, ich mag prekäre Situationen genauso wenig wie du. Es gibt auf Erden keinen vorsichtigeren Menschen als April

Vogt. Aber ich hab's jetzt endlich verstanden. Ich kann Marthe verstehen.«

»Geht es hier um Marthe?« Lucs Augen verengten sich.

»Ja. Nein. Auf eine Art schon, aber auch wieder nicht. Es ist nur, weil … ich hab zu guter Letzt verstanden, dass sie keinen lieben konnte, von dem sie abhängig war. In all den Jahren, in denen sie sich von diesen ganzen Gönnern aushalten ließ, wollte sie *Liebe* von Boldini. Sein Geld brauchte sie nicht, sie wollte nur seine Zuneigung. Luc …«

Das sah April überhaupt nicht ähnlich. Sie war nie so direkt gewesen, so offen, so sehr wie eine Frau, die eine gepuderte Brust aufs Briefpapier drückt. Aber es fühlte sich gut an. Manchmal fühlte es sich richtig an, jemand anderes zu sein.

»April«, sagte Luc. Er unterbrach sie wieder, und diesmal benutzte er die amerikanische Form ihres Namens, die er sonst meistens mied. Er machte ein paar Schritte auf sie zu, bis er so nah war, dass April ihn buchstäblich riechen konnte, dann fasste er sie bei den Händen. April stellte überrascht fest, dass seine Hände klamm waren und leicht zitterten. »Ich glaube, du stehst ein bisschen neben dir. Oder hast du die Amerikaner jetzt doch überzeugen können, die Besuchszeit zwischen vier und fünf einzuführen? Rein technisch gesehen wäre es jetzt schon nach vier, aber noch vor fünf. Allerdings am Morgen, und ich kann mir nicht vorstellen, dass du in so kurzer Zeit die Meisterleistung einer solchen sozialen Umwälzung hinbekommen hast.«

Die Witze, die Luc normalerweise so locker und flockig über die Zunge kamen, schienen jetzt überall zu holpern und anzuecken.

»Wir brauchen keine Besuchsstunde von vier bis fünf«, erwiderte April. »Das ist was für Leute, die beobachtet werden, nicht für solche, die tun können, was sie wollen.«

Sie befreite ihre Hände aus Lucs Griff und legte ihm dann die Arme um die Taille. Sie waren sich die ganze Nacht über nah gewesen, aber April konnte nicht glauben, wie nah sie ihm jetzt war. Zum Teil erwartete sie, dass er zurückzuckte, und sei es auch bloß vor Überraschung. Doch das tat er nicht. Stattdessen drückte Luc sich noch fester an sie.

»Ich dachte, du bist verheiratet«, sagte er. Diesmal hatte er kein schiefes Grinsen auf den Lippen. »Le grand m'sieu und was-weiß-ich-noch-alles.«

»Nein«, sagte sie. »Es gibt keinen grand m'sieu. Nicht mehr.«

Chapitre 50

Paris, 3. Mai 1896

Heute war ich zum ersten Mal auf dem *Bazar de la Charité*.

Es ist das modische Großereignis des Monats, vielleicht sogar der ganzen Frühjahrssaison! Ich kann nur hoffen, dass man morgen über mich schreibt. Denn ich habe hart genug an meinem Kleid und meinen Christbaumkugeln gearbeitet … Ich habe hart genug gearbeitet, indem ich immer in der Nähe der *Figaro*-Klatschspalten blieb.

Seit meiner Zeit in der Klosterschule ist mir der *Bazar de la Charité* ein Begriff. Diese alljährliche Wohltätigkeitsveranstaltung wird von der katholischen Aristokratie in Paris organisiert, und da die Schülerinnen und die Frauen im Kloster sowohl katholisch als auch bedürftig waren, erklärt sich von selbst, warum das Ereignis für uns so attraktiv war!

Sœur Marie hat mich in die Stadt mitgenommen, um die riesigen Aufbauten aus Holz und Leinwand zu bestaunen, die auf den Champs-Élysées aufgestellt wurden. Manchmal gehörte sie zu den Nonnen, die man hinzubat, damit sie der Veranstaltung ihren Segen gab. So oder so blieben wir nach der Eröffnungszeremonie mit dem Segen noch stehen und bestaunten ehrfürchtig die Größe und den Prunk, die roten und weißen Fahnen, die im Wind flatterten. Wir standen stundenlang draußen auf einer Bank und beobachteten die Leute, die kamen und gingen, und dachten uns zu jedem Geschichten aus.

Damals schwor ich mir, eines Tages diese Zelte zu betreten, nicht als eine der mit Almosen bedachten Armen, sondern als anmutige Dame, die den Notleidenden Zeit und Geld schenkte. Sœur Marie warnte mich, ich solle mir keine zu hohen Ziele setzen. Sei zufrieden mit deiner Stellung. Sei froh, dass du ein warmes Bett hast (an dieser Stelle musste ich mir das Husten verkneifen) und regelmäßige Mahlzeiten bekommst, und schmiede keine hochfliegenden Pläne, wie du dem Leben anderer nacheifern könntest. Ich nahm an, Sœur Marie hoffte, dass meine hochfliegenden Pläne darin bestanden, ihrem Lebenswandel nachzueifern, aber ein Eintritt ins Kloster kam für mich nie infrage. Ich wollte die Zelte, ich wollte die Salons, ich wollte Paris.

Für die meisten ist der *Bazar de la Charité* ein alljährliches Ereignis, etwas, das im Kalender neben Weihnachten und Neujahr steht und neben all den anderen Anlässen, nach denen ein Mensch seine Uhren stellt und seinen sozialen Kalender ausrichtet. Und vielleicht werde ich es eines Tages genauso sehen. Doch heute. Heute. Heute, nach elf Jahren auf der anderen Seite der Absperrungen (im Grunde nach zweiundzwanzig Jahren, wenn man es genau bedenkt), betrat ich das Zelt. Ich schritt durch die Drehsperre. Ich starrte die Hunderte von Besuchern an, die Frauen, die in Grüppchen hinter den Tischen standen und die neueste Mode verkauften, um den Erlös für kleine Mädchen zu spenden, wie ich einmal eines gewesen war.

»Ich langweile mich jetzt schon«, stellte Montesquiou fest, als wir das Zelt betraten, bevor ich auch nur einmal Luft holen und meine Umgebung mustern konnte. »Komm, wir suchen den Spiegelsaal. Ich muss an meiner Technik arbeiten.«

Seine »Technik«. *Mon Dieu*, seine Technik! Auf dem *Bazar* gibt es nicht nur Waren, die man käuflich erwerben kann, sondern auch Vorstellungen von Damen, die noch nicht ganz reif sind für das Folies oder sogar das über die Maßen zweitklassige Moulin Rouge. Es ist zudem eine Chance für Mitglieder der höchsten Gesellschaftsschichten, ihre Theaterambitionen auszuleben, ohne Missbilligung fürchten zu müssen. Ein Baron oder ein Graf oder eine Dame der besseren Gesellschaft könnten niemals eine Bühne betreten und eine Vorstellung geben, doch im Namen der Wohltätigkeit … *c'est autre chose*!

Robert hatte nicht vor, den Schlangenmenschen zu machen oder auch nur ein nacktes Bein zu zeigen – obwohl es ihm durchaus zuzutrauen wäre –, sondern wollte die Besucher mit einer seiner sogenannten berühmten Pantomimen beglücken. Das letzte Mal, als er das tat, bezeichneten ihn die Zeitungen monatelang als »*Le Comte*, Literat und Gelegenheitspantomime«. Es war ziemlich grässlich, aber wenn man von Montesquiou redet, gibt es ein ganzes Spektrum von Entsetzlichkeiten, und da befindet sich die Pantomime noch am harmloseren Ende. Schlimmer war es, als er vor zwei Jahren sein sogenanntes »Orchester der Gerüche« vorführte. Seinen Flatulenzen fehlt einfach der Charme von *Le Pétomane*.

Abgesehen von seinen Pantomimendrohungen benahm sich Robert fast durchgehend gut, aber nur, weil er versuchte, auf Proust, seinen neuen Protegé, einen guten Eindruck zu machen. Proust bezeichnet sich selbst als Schriftsteller, ist aber kaum mehr als die kleinste Gerüchteküche der Stadt, und er läuft Robert hinterher, wie die Huren Georges Hugo hinterhergelaufen sind. Er kopiert jede Redensart, jeden Manierismus und jede ausholende Geste von ihm, auch das mädchenhafte Kichern, mit dem *Le Comte* seine Erzählungen gern beendet. Andererseits kann Proust sich ohnehin weiblicher aufführen als die meisten Mädchen, die ich kenne. Er wurde eindeutig mit den falschen Geschlechtsorganen geboren!

Ich kann das Wort »Geschlechtsorgane« nicht schreiben, ohne auch Boldini zu erwähnen. Zugegeben, der Bezug ist nicht sehr geschmackvoll, aber wenn eine Frau in ihrem eigenen Tagebuch keine skandalösen Reden führen darf, wo dann? Wie auch immer – als wir durch den *Bazar* bummelten, ließ ich den Blick umherschweifen, um vielleicht irgendwo Boldini zu entdecken, obwohl das genau die Sorte von Ort war, in die einen Fuß zu setzen er sich niemals herablassen würde. Dabei wollte ich ihn gar nicht mal unbedingt treffen, obwohl es nicht schaden konnte, wenn er mich in meinem exquisiten Aufzug zu Gesicht bekäme. Aber ganz abgesehen davon hatte ich noch eine Rechnung mit ihm offen. Nach jahrelangem Ringen, nach Hunderten von Anfängen und Abbrüchen hatte Monsieur Boldini schließlich doch noch sein Portrait des Grafen vollendet. Wie passend! Nachdem ich mich mit dem Mann eingelassen habe, findet Boldini es plötzlich ganz einfach, ihn zu malen. Ich vermute, dass doch nicht alle Werke auf den Statuen vor der Opéra aufgespießt wurden.

Die Spazierstock-Affaire nannten die Zeitungen dieses Portrait (und nennen es immer noch so). Nach Auskunft von Montesquiou bestand Boldini darauf, dass auch *Le Comtes* geliebter Spazierstock mit dem aus Türkis gearbeiteten Griff auf dem Bild verewigt wurde. Er bat Robert, den Stock in Mundhöhe vor sich hochzuhalten und ihn zärtlich anzuschauen, wie eine ehemalige Liebhaberin, die wiederzusehen man sich aufrichtig freut. Oder wie es die grundsätzlich ferkelige Marguérite ausdrückte: auf die Art, die Robert normalerweise dem Anblick seiner Männlichkeit vorbehalten hat.

»Gib's doch zu«, kicherte Marguérite. »So wie er diesen Spazierstock mit der weiß behandschuhten Hand anfasst, so fasst er im Boudoir auch sein eigenes Glied an!«

»Woher sollte ich das wissen?«, antwortete ich schnippisch. »Wenn ich dabei bin, braucht er seine Hand ja nicht!«

Marguérite war nicht die Einzige, die Witze machte. Im Gegenteil! Dieses verdammte Portrait entfesselte so eine Flut von Spott, dass ich mich schon fragte, ob die Heiterkeit je ein Ende nehmen würde. *Wo genau wollten Sie den Spazierstock denn reinstecken, Monsieur de Montesquiou?* Et cetera.

Während mich die ganze Sache fuchsteufelswild machte, lachte Robert bloß und meinte: »Lieber verhasst sein als unbekannt.« Da bin ich aber ganz anderer Meinung. Man muss zumindest den Schein der Ehrbarkeit wahren, denn wenn man keinen guten Ruf hat, was hat man dann schon?

Obwohl Robert glaubt, dass Boldini keine bösen Hintergedanken hatte, bin ich sicher, dass dieser vermaledeite Boldini *Le Comte* von seiner schlechtesten Seite zeigen wollte: sein Dandytum in zehnfacher Vergrößerung. Die Situation verschärfte sich noch, weil Boldini in letzter Zeit rasch an Beliebtheit gewonnen hatte. Nun geht die Öffentlichkeit davon aus, dass alles, was er malt, sowohl genial als auch wahrheitsgetreu ist. Ergo, wenn es so aussieht, als wollte der Portraitierte sich einen Spazierstock in den Hintern schieben, dann muss das wohl so sein!

So beschämend die ganze Angelegenheit war, Robert will sich mitnichten verstecken. Er schleppt mich weiter ins Maxim's und in die Opéra und sogar an meinen alten Arbeitsplatz. Dort ruft jeder unserer Schritte großes Gekicher hervor! Zumindest sieht *Le Comte* ein, dass ich für so viel Kränkung entschädigt werden muss. Noch nie hat er mir so viele schöne Dinge geschenkt! Meine Wohnung sieht schon nicht mehr so geräumig aus wie zu Anfang!

Aber wir wollen nicht weiter von den Geschenken reden. Nach einer Stunde im Zelt und Montesquious Pantomime mit dem verdammten Spazierstock war es mir ein echtes Bedürfnis, Boldini irgendwo zu entdecken und meinen angestauten Zorn auf ihn niedergehen zu lassen. Ich habe schon versucht, Robert die Schuld an dem Debakel zu geben, weil er so dumm war, Boldini die Requisiten bestimmen zu lassen. Aber es scheint ihn nicht zu kümmern.

Während wir durch den *Bazar* schlenderten, blieb ich bei jedem von Boldinis Freunden stehen, um mich zu erkundigen, wo sich der Mann aufhielt. Ich fragte Gauguin und Bourget und sogar diesen Zwerg. Sie behaupteten alle, er sei hier. Vielleicht. Aber nicht ganz sicher. Ich war so auf mein Ziel konzentriert, dass ich das Gesicht der gehetzten, abgehärmten Frau, die mich anrempelte, gar nicht erkannte. Zumindest nicht sofort.

»So passen Sie doch auf«, sagte ich, als sie mir über die Schuhe trampelte. »Es ist voll hier, Sie können hier doch nicht durchrennen, als würde es brennen.«

Ich hielt sie für eine der bemitleidenswerten, mittellosen alten Jungfern, die beim Servieren und Geldzählen aushalfen. Aber als meine Augen das Gesicht der Frau erfassten, sah ich, dass es sich um Jeanne Hugo Daudet höchstpersönlich handelte. Ihre hässlichen kleinen Kinder hingen an ihrem Rock wie dressierte Äffchen.

»Passen Sie doch selbst auf«, schnauzte sie zurück.

»Oh, Madame Daudet. Bonjour.« Diese Begegnung verschaffte mir nun doch einen gewissen Kitzel. »Ich hatte sie gar nicht bemerkt. Seltsam, wo immer ich mich aufhalte, tauchen Sie auch auf! Wirklich sehr seltsam, finden Sie nicht, Madame Daudet?«

Ich benutzte ihren alten Nachnamen, um zu betonen, dass Madame Daudet zum zweiten Mal verheiratet war. Marguérite hatte mir berichtet, dass Jeanne nach ihrer neuesten Hochzeit im Folies auftauchte und sich an den ehemaligen Tisch ihres Bruders setzte, der jetzt freilich leer stand, weil Georges mit der Cousine seiner Frau nach Italien durchgebrannt war. Nachdem Jeanne zwei Pernod gekippt hatte, begann Jeanne in ihr Taschentuch zu weinen und hörte den ganzen Abend nicht mehr auf. Es war ihr zuwider, ein zweites Mal zu heiraten. Es war ihr zuwider, dass sie in einem braunen statt einem weißen Kleid heiraten musste.

Eines muss ich der Frau leider lassen: Ihr neuer Ehemann, Jean-Baptiste Charcot, scheint ein ganz anständiger Kerl zu sein. Allerdings interessiert er sich viel mehr für Abenteuer auf Berggipfeln als für Schlafzimmer und Bordelle. Ich hatte ihn bei anderer Gelegenheit einmal im Folies belauscht, als ich noch dort arbeitete, und er sprach kaum von anderen Dingen als von den Gipfeln, die er schon bezwungen hatte oder noch bezwingen wollte, und was für schwerkraftresistente Flugobjekte er zu fliegen versucht hatte. Es war möglich, dass er von einer Klippe stürzte, aber zumindest würde er sich keinen Tripper einfangen.

»Ich weiß nicht, warum Sie immer wieder meinen alten Namen verwenden«, sagte Jeanne und richtete sich kerzengerade auf, während die Besucher des *Bazar* weiter um uns herum hasteten. »Ich weiß nicht, warum Sie mich überhaupt ansprechen. Ich glaube, wir sind uns nie vorgestellt worden. Wäre das der Fall, würden Sie selbstverständlich meinen Namen kennen. Leider kann ich mir nicht jeden Armen merken, dem ich auf meinem Lebensweg gnädig geholfen habe.«

»Sie sind wirklich amüsant«, erwiderte ich und versuchte, meinen aufwallenden Zorn zu verbergen. »Sie sollten lieber ein bisschen vorsichtig sein. Es gibt da Gerüchte, dass Sie wieder geheiratet haben sollen. Ich habe den Leuten jedes Mal erklärt, dass das nicht möglich ist, wo Sie doch gerade erst die Ehe mit Léon beendet haben. Ich weiß ja nicht, wer solche boshaften Lügen verbreitet, aber Sie sollten die Quelle ausfindig machen und dem Gerede sofort einen Riegel vorschieben.«

Jeanne Hugo Daudet Charcot schmunzelte und zog die Augenbrauen hoch.

»Tatsächlich habe ich vor Kurzem den schneidigsten Mann von ganz Paris geheiratet … von ganz Europa, möchte ich fast sagen! Aber das wissen Sie ohnehin, nicht wahr? Ihr kleiner Dandy hat sich geradezu verrenkt, um sich eine Einladung zu unserer Feier zu beschaffen.« Sie schnalzte mit der Zunge. »Zu unserem Bedauern konnten wir aber nur die wichtigen Pariser einladen.«

Ich wies sie unverzüglich darauf hin, dass sie mich vor wenigen Sekunden noch als Fremde bezeichnet hatte, jetzt aber zugab, sowohl *Le Comte* als auch mich zu kennen. Allerdings sollte es mir anscheinend nicht vergönnt sein, in dieser Auseinandersetzung den Sieg davonzutragen.

Denn in diesem Moment tauchte Robert auf. Ich ergriff die Gelegenheit, um »zusammenzufahren« und »versehentlich« mein gerade erworbenes Parfumöl auf Jeannes Kleid zu verschütten. Sie schrie entsetzt auf und hielt sich eine Hand über die Augen, als sie zu Boden fiel, obwohl die Flüssigkeit nicht einmal andeutungsweise in die Nähe ihres Gesichts gekommen war. Es war nicht mal heiß.

»Oh, *Comte*! Du hast mich erschreckt. Ich bin immer so ungeschickt, wenn man mich erschreckt! Die arme Madame Hugo-Daudet …«

»*Madame Charcot!*«, stieß sie zwischen den Zähnen hervor. Montesquiou versuchte ihr beim Aufstehen behilflich zu sein, aber sie stieß ihn von sich.

»Es tut mir so leid, dass ich Ihr Kleid ruiniert habe.«

»Sie sind eine garstige Frau«, stieß sie zwischen den Zähnen hervor und klopfte den Staub von der Rückseite ihres Kleides.

»Nun ja, mit dieser Spezies dürften Sie ja bestens vertraut sein.«

»Ich habe überhaupt nicht die Zeit, mit Ihresgleichen zu verkehren!«, schrie sie. »Ich kann nicht glauben, dass Montesquiou sich so blenden lässt! Er ist der dümmste Mann der Welt, aber sogar für jemanden wie ihn ist eine Verbindung mit Ihnen absurd!«

Mit diesen Worten raffte Jeanne ihre Röcke zusammen und ging davon, mit ihren Hühner-Kindern im Schlepptau. Ich wandte mich zu Robert und hatte schon meine Ausrede parat. Aber *Le Comte* war so damit beschäftigt, seine frisch manikürten Nägel zu bewundern, dass er keine Zeit hatte, sich um mein Fehlverhalten zu kümmern.

Wir verbrachten den Großteil des Nachmittags damit, über den heubestreuten Boden zu spazieren und die Stände der Damen zu besuchen, an denen sie ihren Tand anboten. Irgendwann nach Einbruch der Dunkelheit kehrten Robert und ich in meine Wohnung zurück. Während er sich etwas zu trinken eingoss, schlüpfte ich aus Schuhen und Kleidern. Auf einmal fühlte ich mich erschöpft, müde und überreizt.

Robert tröpfelte summend eine goldene Flüssigkeit in ein Kristallglas, und ich dachte darüber nach, wie seltsam es war, dass wir seit zwei Jahren zusammen waren, bis zum Ende eines Daudet und dem Anfang eines Charcot. Zwei Jahre mit jemandem zusammen zu sein ist ein langer Zeitraum, zumindest in meiner Welt, und obwohl ich *Le Comte* gut kenne, kenne ich ihn andererseits sehr wenig. Diese Gedanken schwirrten mir durch den Kopf, während ich ihm zusah, wie er mir mein Getränk eingoss. Ich war seltsam verwirrt. Und bin es immer noch.

Zum ersten Mal seit meiner Ankunft in Paris finde ich meine Stellung, meine Zukunft … irgendwie kommt mir alles so verschwommen und unklar vor. Ich habe jetzt die Wohnung. Die Kleider. Die Möbel und die Kunstwerke. Ich bin nicht mit Montesquiou verheiratet, aber soll ich etwa für immer mit ihm zusammenbleiben?

»Zuerst die Getränke oder die sexuelle Zusammenkunft?«, erkundigte sich *Le Comte* und rührte mit einem Finger in den Eiswürfeln. Übelkeit befiel mich.

Ich hatte ihn niemals nicht gewollt. Allerdings bin ich nicht immer vorbereitet, wenn er mir solche Avancen macht, und manchmal muss ich mich bemühen, um mich in amouröse Stimmung zu versetzen. Doch in diesem Moment wurde mir von dem Gedanken, seine Haut könnte sich gleich auf meine drücken, körperlich übel. Unfug, sagte ich mir, das ist jetzt nur ein Nebeneffekt des *Bazar*. Unsere Umgebung kann unsere Stimmungen und unsere Wünsche beeinflussen, und zwar viel mehr, als wir uns eingestehen wollen. Um die Wahrheit zu sagen – die ganze Sache enttäuschte mich einfach. Wie seltsam, wie etwas, wovon man sein halbes Leben lang geträumt hat, plötzlich ganz anders aussieht, wenn man erst mal darinsteckt.

Part Quatre

Chapitre 51

Paris, 9. Mai 1897

Wie heißt es so schön? In einem einzigen Augenblick kann sich die ganze Welt verändern? Das ist auch mir passiert. Als wäre ein Funke auf eine Leinwand geflogen, stand auf einmal alles in Flammen und brannte nieder, bis nur noch das Gerüst blieb, eine Vorstellung davon, wie die Dinge einmal ausgesehen hatten. Das ist sowohl eine Metapher als auch eine akkurate Interpretation der Geschehnisse.

Vor fünf Tagen wurde in Paris der alljährliche *Bazar de la Charité* veranstaltet. Als Robert und ich meine Wohnung verließen, befiel mich ein intensives Gefühl von déjá-vu. Hatten wir das nicht gerade erst gemacht? Waren wir nicht gerade erst auf den *Bazar* gegangen? Ein Jahr war vergangen, doch es hatte sich so wenig geändert. Der Gedanke flößte mir ein fast schon lähmendes Gefühl ein und es dauerte eine Dreiviertelstunde, bis es Montesquiou gelungen war, mich aus meiner Wohnung zu locken. In mehr als einer Hinsicht wäre es besser gewesen, wären wir zu Hause geblieben. Andererseits wäre ich dann nicht Zeuge der Geschehnisse geworden. Es war nötig, dass das alles passierte, um mich dahin zu bringen, wo ich jetzt bin.

Der *Bazar* fand dieses Jahr nicht auf den Champs-Élysées statt, sondern in der Nähe des Place des Vosges in der Rue Jean-Goujon. Als Robert und ich gerade auf die riesigen Leinwand-Sperrholz-Aufbauten zuspazierten, spitzte sich in mir irgendetwas zu. Man könnte meinen, dass ich das nur im Nachhinein behaupte, aber ich fühlte mich auf einmal so unwohl, dass Montesquiou sich nach meinem Befinden erkundigte. *Le Comte* sollte sich Sorgen um andere machen? Das war noch nie da gewesen. Er hatte einmal einen niedergestochenen, blutenden Mann vor seinen Füßen liegen sehen und sich im nächsten Moment an mich gewandt mit der Frage, ob mir sein Anzug gefiel.

Ich war weder niedergestochen worden noch blutete ich, aber mit Robert spricht man nicht offen, also log ich und behauptete, es sei alles in Ordnung.

Mit nervösem Magen folgte ich Robert durch das Drehkreuz und trat auf die Dielen aus norwegischem Kiefernholz – eine gewaltige Verbesserung nach dem heubestreuten Boden des Vorjahres. Die Dekoration war diesmal auch anders. Um den Hauptbereich zu betreten, musste jeder Besucher durch einen Irrgarten aus schlecht gemalten Landschaften laufen: zu grüne Hügel, Kühe, die eher aussahen wie gefleckte Nilpferde, Blumen in Farben, wie sie nur bei den Spezialzüchtungen in den Gärten des *Comte* vorkamen. Der Irrgarten war unumgänglich, man musste ihn sowohl beim Betreten als auch bei Verlassen des *Bazar* durchqueren. Das sollte einerseits dem Vergnügen dienen, andererseits sollte dadurch aber auch die Bewegung der Menschenmenge kontrolliert werden. Ich fand es lästig. Dann wurde es noch schlimmer.

Im Anschluss an den Irrgarten wurden die Besucher wie Schweine in verschiedene Spuren geleitet, die sie durch einen niedrigen, schmalen Durchgang schließlich in die Ausstellungshalle führten. Endlich entkommen! Dreißig Verkaufsstände säumten den riesigen Raum. Obwohl die Menschenmengen genauso groß waren wie im Vorjahr, schien das Zelt nicht ganz so übervölkert, weil die

Mehrheit der Gäste sich in einer Ecke staute: Dort gab es bewegte Bilder zu bestaunen.

Der berühmte Georges Méliès war anwesend, um seinen neuesten Film, *Escamotage d'une dame au théâtre Robert Houdin*, vorzuführen. Wie erwartet schloss sich *Le Comte* den anderen Besuchern an, um einen Blick zu erhaschen. Alles, was neu und anders ist, zieht diesen Mann an wie ein Magnet. Ich hielt mich im Hintergrund und begutachtete den Modeschmuck einer Zigeunerin irgendwo beim Ausgang des Labyrinths. Ich interessierte mich durchaus für den Film, doch vom Äther, der nötig war, um die Filmmaschine zu betreiben, wurde mir schwindlig. Ich nehme an, das ist der Grund, warum sich manche Leute überhaupt dort hinstellten.

Kurz nach zwei kam Robert zu mir und klagte mir pünktlich seine Langeweile. Er wollte ins Maxim's. Ich war gerade dabei, mit einer schnurrbärtigen alten Frau um eine Kette mit schwarzen Perlen zu feilschen, deswegen sagte ich zu ihm, er solle ruhig schon vorausgehen. Ich sah ihm nach, als er ging. Ich sah ihm nach, als er in den Irrgarten ging. Ich habe ihn gesehen! Niemand glaubt mir. Ist es nicht immer so? Die Leute wollen in erster Linie die Geschichten glauben, die sie selbst erfunden haben.

Nach ungefähr zehnminütigem Verhandeln weigerte sich die übermäßig behaarte Frau immer noch, meinem Feilschen nachzugeben. Da gab die Filmmaschine auf einmal ein lautes, knatterndes Geräusch von sich. Ich hatte mir die Kette um die Hand gewickelt und spähte zum Projektor hinüber, der sich immer noch weiterdrehte.

»Das ist auch der Grund, warum diese bewegten Bilder sich niemals wirklich etablieren werden«, sagte ich zu der Frau. »Wer kann sich auf den Film konzentrieren, wenn man ständig diesem Lärm ausgesetzt ist?«

Auf einmal flog ein Funken aus der Maschine und landete auf der Ätherlampe. Die Lampe explodierte und schoss durch den ganzen Raum. Bevor jemand begreifen konnte, was geschah, schlug der Feuerball in die Zeltwand ein und entzündete die Leinwand. Ich konnte in diesem Moment nichts denken. Ich schaute nur hinunter auf meine Füße und sah, dass ich bereits vor dem Feuer davonrannte.

Ich hatte ungefähr die Hälfte des Labyrinths hinter mir, als mich der Qualm einholte. Hinter mir schrien die Leute. Junge Männer trampelten über alte Damen hinweg. Die Menschen schubsten andere, um sich einen Weg durch den schmalen Gang zu bahnen, sie schnappten nach Luft und drängelten um ihr Leben. Ich klammerte mich an den Mantel des Mannes vor mir, und wenig später waren wir auf der Straße. Die Menschen schrien noch immer, alle rannten wild durcheinander wie eine Horde von Apachen. Doch längst nicht alle rannten. Die meisten waren immer noch im Inneren des Zeltes.

Insgesamt kamen 140 Menschen ums Leben, viele von den berühmtesten Pariser Familien, so zum Beispiel die Duchesse d'Alençon. Mehrere Bekannte von mir starben, allerdings niemand, der mir am Herzen lag. Trotzdem fühlt es sich so an, als hätte ich etwas verloren.

Als ich Montesquiou später im Maxim's traf, war mein Gesicht schmutzig von Tränen und Ruß. Er machte sich über meine Erscheinung lustig und fragte, ob ich mich als Araber verkleidet hätte. Sogar nachdem ich ihm erzählt hatte, was passiert war, machte er weiter seine Späße. Zornig ließ ich *Le Comte* stehen und ging zurück in meine Wohnung, wo ich den Rest der Nacht in ein Kissen weinte.

Der alte Mann mit den Krücken – hatte er es wohl nach draußen geschafft? Was war wohl mit den zwei süßen Mädchen mit ihren blauen Hauben und den Seidenschärpen geschehen? Die Zigeunerin konnte es nicht überlebt haben, sie war auf die Flammen zugerannt statt von ihnen weg. Als ich am nächsten Morgen erwachte, hatte ich einen ganz schweren Kopf vom Weinen. Ihre schwarze Perlenkette hatte ich immer noch um meine Hand gewickelt.

Zu Roberts Pech geht die »Spazierstock-Affäre« immer noch weiter, jetzt allerdings auf eine wirklich schädigende Art. Die Zeitungen überschlugen sich damit, von Leuten zu berichten, die sich bei Ausbruch des Feuers auf dem *Bazar* schlecht benommen hatten. Jeden Tag hatten sie eine neue Tragödie zu vermelden. Sie erzählten, wie jeder Mann für sich kämpfte, während Frauen und Kinder auf dem Boden lagen. Und über niemanden wurden mehr verunglimpfende Berichte veröffentlich als über Montesquiou.

Die Artikel behaupten, dass Robert im Zelt war, als das Feuer ausbrach, und dass er Leute mit dem Spazierstock aus dem Weg schlug, damit er sich selbst in Sicherheit bringen konnte. Sie behaupten, dass er den berühmt-berüchtigten Spazierstock als »Keule für die lebenden Frauen und als Zange für die toten« einsetzte, und daneben noch ein Dutzend andere Grausamkeiten. Dieses Gerücht setzte der Schmierfink Jean Lorrain in die Welt, der verbittert darüber war, in der Presse ständig »Montesquiou für Arme« genannt zu werden. Der Mann nennt Montesquiou öffentlich und in seinen Artikeln »Grotesquiou«, damit ja keine Zweifel an seinem Neid bestehen bleiben.

Ich habe versucht, *Le Comte* zu verteidigen, aber egal wie oft ich beteuerte, dass er bei Ausbruch des Feuers nicht mehr auf dem *Bazar* war, dass er kurz zuvor gegangen war und an diesem Tag ja nicht einmal seinen Spazierstock dabeigehabt hatte, man beurteilte meinen Protest als Verschleierung der Tatsachen.

Und der Dummkopf half seiner eigenen Sache nicht, als er im Palais de l'Industrie vorbeischaute, um die Leichen in Augenschein zu nehmen, von denen die meisten bis zur Unkenntlichkeit verbrannt waren. Er stolzierte und hüpfte über die Toten und hob die Laken an (mit seinem Spazierstock), um die Gesichter der Toten zu sehen.

Was, wenn ich im Feuer umgekommen wäre? Was, wenn ich die letzten drei Jahre meines Lebens mit einem Dandy verbracht hatte, dem es egal ist, ob ganz Paris glaubt, dass er bereit ist, Krüppel und Kinder niederzuprügeln, um sich selbst zu retten? Das

Schlimmste daran ist, dass ich durchaus verstehe, warum die Leute das Gerücht glauben. Die Hypothese an sich ist denkbar! Er hätte so etwas getan. Er hat es nicht, aber es wäre möglich gewesen.

Drei Jahre mit *Le Comte*! Drei Jahre mit einem Mann, den die Zeitungen als den »geschäftigsten Nichts-Sager der Welt« bezeichnen. Er ist außerordentlich großzügig. In der Tat hat er mir eine Wohnung geschenkt und genug Schmuck, dass man jedes Mitglied der französischen Aristokratie damit behängen könnte. Dank ihm konnte ich meine Stelle im Folies aufgeben. Dennoch kommt es mir so vor, als hätte Giovanni mir mehr geschenkt, obwohl er mir überhaupt nichts geschenkt hat.

Manche sagen, dass der Brand verdient war, der göttliche Zorn, der über die Reichen hereinbrach. Ein bekannter Pfarrer predigte, dass die Ursache für das Unglück in Gottes Zorn gegen die wissenschaftlichen und gesellschaftlichen Vorstellungen der neuen Generation zu suchen sei. Er nannte das Feuer einen »Racheengel« – das sagte er beinahe hoffnungsvoll – und versicherte allen, dass die Opfer der Feuersbrunst gestorben waren, um die Sünden der ganzen Nation zu büßen. Ich kann mich dieser Argumentation nicht anschließen, hatten die verstorbenen Kinder doch keine Verbrechen begangen, die sie sühnen mussten, aber der Grundgedanke, dass ein Feuer die Sünden eines Menschen sühnt, will mir nicht mehr aus dem Kopf gehen.

Als Montesquiou an diesem Morgen zu mir kam, teilte ich ihm meine Absicht mit, unseren formlosen Vertrag aufzukündigen. Es würde keine Dinner im Maxim's und keine Nächte in meinem Bett mehr geben. Das auszusprechen war gefährlich, denn alles, was ich besaß, war zuerst einmal sein.

»Verstehe«, sagte Robert. »Ich bin ohnehin überrascht, dass wir so lange zusammen waren.«

»Ich werde nicht umziehen«, erklärte ich mit zittriger Stimme. Ich wollte nicht fragen, was mit der Wohnung geschehen würde. Ich wollte nicht fragen, was mit mir geschehen würde.

»Dann lass es.«

»Ich werde versuchen, die Miete zu zahlen. Ich …«

»Pschscht.« Er legte mir einen Finger auf die Lippen. Es schmeckte komisch, wie nach verbranntem Salz. Ich konnte nur hoffen, dass die Gerüchte der Wahrheit entsprachen und er *ausschließlich* seinen Spazierstock benutzt hatte, um an den verbrannten Leichen herumzustochern. »Du kannst bleiben. Ich habe keine Verwendung für diese Wohnung. Wir können ein Arrangement finden, das uns beiden passt.«

»Aber ich sagte doch schon, dass ich nicht mehr …«

»Diese Art von Arrangement hatte ich auch gar nicht gemeint.«

»Ich werde versuchen, meine Stelle im Folies wiederzubekommen. Vielleicht lassen sie mich diesmal sogar auf die Bühne! Ich habe inzwischen eine gewisse Berühmtheit erlangt. Vielleicht würden die Leute bezahlen, wenn ich den Rock hebe.«

»Nur, wenn du das möchtest«, sagte er. »Wegen der Wohnung brauchst du dir keine Sorgen zu machen.«

»Ich muss …«

»Ma chérie«, sagte er und küsste mich auf die Nase. »Keine Aufregung. Es ist bloß Geld, und davon ist immer genug da.«

Mit diesen Worten ergriff er seinen Spazierstock, klopfte damit zweimal auf den Boden und verschwand aus meiner Wohnung. Wo ich Meinungsverschiedenheiten und Streit erwartet hatte, kam von ihm überhaupt nichts. Vielleicht war das Roberts Art. Oder vielleicht war auch etwas an den Gerüchten, dass eine amerikanische Erbin ihn über den großen Teich locken wollte. Sie will heiraten, heißt es. Und ich wünsche ihnen beiden viel Glück.

Nachdem Montesquiou gegangen war und bevor ich es mir anders überlegen konnte, schloss ich die Wohnung ab und ging zu Boldini. Ich wusste nicht warum. Ich wusste nicht, was ich sagen könnte. Ich wusste nur, dass ich zu ihm musste. Wenn er nicht gerade mit einer anderen Frau zusammen war, würde mir schon das Richtige einfallen.

Vor der Tür seines Ateliers blieb ich stehen, atmete tief durch, hob die Faust und klopfte dreimal kräftig. Schritte waren zu hören. Es waren hastige, gereizte Schritte, und mir ging das Herz auf, als ich die Geräusche von Boldini hörte.

Er machte die Tür auf.

»Giovanni!«, rief ich. »Bitte mach mir die Tür nicht wieder vor der Nase zu. Ich kann es nicht mehr ertragen, getrennt von dir zu sein. Ich weiß nicht, wie das alles schiefgehen konnte, ob es wegen Montesquiou war oder wegen Pujol. Ich kann nicht wiedergutmachen, was mit der Pups-Vorstellung gewesen ist, aber was Montesquiou angeht, ist es aus. Ich bin wahrscheinlich drei Jahre zu spät dran, das sind mehr als tausend Tage. Aber du solltest wissen, dass ich immer, wenn ich Diamanten und Pelze anschaute, versucht habe, nicht an dich zu denken!«

Boldini antwortete nicht. Ich sank auf die Knie, schlang die Arme fest um seine Knöchel und schluchzte in seine Hosenbeine. Er versuchte die Beine wegzuziehen und sich von mir zu befreien. Ich klammerte mich noch fester an ihn. Schließlich drückte er von oben gegen meinen Kopf und riss sich los. Er drehte sich um und ging nach drinnen.

Doch die Tür hatte er offen gelassen.

Verblüfft blickte ich von meiner jämmerlichen Froschperspektive auf. Boldini ging zu seiner Leinwand. Er schwieg noch immer. Er sprach nicht, als er zum Pinsel griff. Er bot mir weder Trost noch Versprechungen. Aber er ließ mich herein.

Langsam stand ich auf. Ich schlich mich ins Atelier und befürchtete immer noch so halb, dass die offene Tür ein Versehen und keine Einladung gewesen war. Boldini war bekannt dafür, dass er vergaß, den Ofen auszumachen, Farbe tropfen ließ und seine Kleider zwölf Monate nicht vom Schneider abholte.

Doch als ich durch das Atelier schritt, blickte Giovanni ganz kurz auf. Ich konnte ein klitzekleines Nicken bei ihm ausmachen. Nachdem ich mich auf ein Sofa gesetzt hatte, schlug ich meine Beine übereinander und strich meinen zerknitterten Rock glatt.

Boldini malte einfach weiter. Er sagte kein Wort. Und ich sah zu und war dankbar für diesen Moment, der sich wie ein Neuanfang anfühlte.

Chapitre 52

Als April aufwachte, war Luc bereits weg, aber es gab keinen Zweifel. Er war hier gewesen. Sie fand einen Zettel (»ma chérie, es war wunderschön«) und ein zerwühltes Laken neben sich, doch sie hätte gar keinen Beweis für die Geschehnisse gebraucht.

Sie wusste nicht recht, wie sie sich fühlen sollte. April hatte mit jemandem geschlafen, der nicht Troy war. Nun ist es grundsätzlich ungut, sein Ehegelübde zu brechen, aber war ihre Ehe zu diesem Zeitpunkt denn noch viel mehr als ein Blatt Papier? Ein Stapel Papier, wenn sie den Ehevertrag dazurechnete, und nur Gott mochte wissen, wie viel Papier sie noch füllen würden, wenn sie sich scheiden ließen.

»Wenn sie sich scheiden ließen.« Es überraschte sie, dass das Wörtchen »wenn« überhaupt noch in ihren Überlegungen auftauchte.

Aber trotz aller legalen Dokumente konnte Troy wenig gegen Aprils kleine Fête-Nationale-Liebelei sagen. Er hatte sie zuvor betrogen, April, seine Exfrau und zweifellos auch die Frau, mit der er vor Susannah zusammen gewesen war, sowie die Frauen, die es vor dieser gegeben hatte.

Doch darum ging es gar nicht, um Rache oder den Wunsch, ihm sexuell bloß nicht nachzustehen. Bei Luc war noch mehr im Spiel gewesen. April würde es nicht als Gefühle bezeichnen oder auch nur als harmlose kleine Verknalltheit. Aber ihr Begehren nach Luc existierte zumindest teilweise unabhängig von ihren Problemen mit Troy. Die letzte Nacht war nicht passiert, weil Luc gerade greifbar war und die richtigen Geschlechtsorgane zu bieten hatte. So betrunken sie gewesen sein mochte, sie hatte ganz bewusst gehandelt. Wie Marthe, als sie nach dem Brand zu Boldinis Atelier gegangen war.

April lächelte. »Marthe ist wieder mit Boldini zusammen«, hätte sie am liebsten dem gut aussehenden Anwalt gesimst, der sie nackt gesehen hatte, dem Mann, der – oh Gott! – wirklich jede Erwartung erfüllt hatte, die April (ohne es zu wissen) an ihn gehabt hatte. Das einzige Problem war, wenn April ihm von Boldini erzählte, musste sie danach noch weiter mit ihm sprechen, und für diese Gesprächshürde fühlte sie sich noch nicht ganz gerüstet. Also rührte April ihr Telefon und ihren Computer ganz bewusst nicht an, bis ihr eine reibungslose *entrée* in ihre normale Beziehung einfiel. Wenn es die denn überhaupt noch gab.

Stattdessen verbrachte April den Großteil des nächsten Tages im Bett, las und arbeitete, aber vor allem schlief sie. Wenn sie die Kraft aufbringen konnte aufzustehen, tapste sie barfuß in Unterwäsche durch die Wohnung, während die feuchte Juliluft durch die Gardinen wehte und ihre immer noch warme Haut kühlte.

Die Feiern der Fête Nationale gingen weiter, die Paraden und das Feuerwerk und die Scharen von Einwohnern, die lautstark durch Paris zogen. Der Lärm erschwerte ihr die Konzentration, aber die Geräusche, die Aprils Gehirn blockierten, waren nicht auf die Festlichkeiten zurückzuführen.

Die Preisschätzungen für die Auktion, die in letzter Minute hingekritzelten Beschreibungen der Stücke kamen einfach nicht an gegen die Bilder von Luc, die immer wieder in Aprils Kopf aufblitzten und ihre guten Absichten zunichtemachten. Seine anfänglichen eifrigen Küsse, erst sanft, dann immer fordernder, während er murmelte: »Putain, c'est pas trop tôt!« Wörtliche Übersetzung: »Verdammt, das ist keine Sekunde zu früh!« Beziehungsweise: »Scheiße, wurde aber auch langsam Zeit!«

April spürte, wie er sich gegen sie drängte, während sie durch den Flur steuerten, ihre beiderseitige atemlose Ungeduld, als sie zusammen die Treppen hochstolperten. Wie Luc sie gegen die Wohnungstür drückte, während sie mal wieder mit dem vermaledeiten Schloss kämpfte. April konnte es kaum mehr erwarten. Sie dachte buchstäblich, dass sie dazu nicht mehr fähig sein würde.

Rasch zogen sie sich die Kleider aus, die vom stundenlangen Tanzen feucht und klebrig waren. April wusste nicht mehr, wann oder wie sie es dann noch bis ins Bett geschafft hatten, sie wusste nur, dass sie es geschafft hatten. Vor ihrem inneren Auge sah sie immer wieder Momentaufnahmen von seinem grinsenden Gesicht, wie es sich ihr langsam näherte, und sie spürte immer wieder die Erschütterung und die Ekstase, die sie in dieser Nacht erlebt hatte.

Und als sie aufwachte – jetzt konnte April sich auf einmal auch wieder erinnern. In ihrer Benommenheit hatte sie die Augen aufgeschlagen und gesehen, wie Luc sich übers Bett beugte. Er küsste sie sanft auf die Stirn, und sie roch in seinem Atem noch den Hauch von gestern.

Dann landete April jäh wieder in der Gegenwart. Sie blickte zum Fenster, wo Regentropfen gegen die offenen Scheiben fielen. Gott sei Dank würde sie bald abreisen, versuchte April sich einzureden. Es wurde immer schwieriger, in dieser Stadt mal etwas geregelt zu bekommen. Aber das war eben Paris. Zu viele Ablenkungen.

Chapitre 53

April verließ ihre Wohnung erst spät am nächsten Morgen. Nach den Müllhaufen auf den Gehsteigen und den ramponierten, zerrissenen, in Büschen verhedderten französischen Flaggen zu urteilen, hatte der Regen nur wenige Pariser vom Feiern abhalten können.

April ging ins Café du Mogador, ein kleines Lokal im neunten Arrondissement, gegenüber von der wunderschönen Église de la Sainte-Trinité. Die rote Markise des Cafés versprach eine »Sandwicherie«, was sich perfekt anhörte, bis April merkte, dass ihr von der Fête noch eine unangenehme Art von Aufgeregtheit (und Angst) geblieben war, die den Gedanken an Essen nicht unbedingt begünstigte.

Trotzdem musste April irgendwann etwas essen. Ihre letzte Mahlzeit waren drei Gebäckteilchen gewesen, die sie sich vor anderthalb Tagen aus einer Auslage neben dem Feuerwehrquartier geschnappt hatte. Sie suchte sich den letzten freien Tisch aus (klein, rund, Marmor) und versuchte gerade auszutüfteln, wie sie gleichzeitig ihren Laptop und einen Stift auf der Platte unterbringen konnte, als der Kellner kam. Nachdem sie halbherzig bestellt hatte, legte April ihre Notizen auf den Tisch und einen Stapel Papier auf ihren Schoß. Der Computer musste erst noch einmal warten. Er hatte ein paar Tage geruht, was waren da noch ein, zwei Stunden mehr?

Nachdem die Herkunft des Boldini und anderer »wichtiger« Stücke geklärt war, ging April die Fahnen noch einmal durch und nahm die allerletzten Änderungen in dem Katalog vor, in dem Marthes Besitztümer aufgeführt werden sollten. Es gab noch ein paar offene Posten, eine klaffende Lücke, oder auch zwölf, bei denen April sich einfach auf Birdie verließ.

Ihr fiel ein, dass Birdie irgendetwas zu einer Gruppe schrecklich schwer zu beschreibender Stühle ausgegraben hatte. Als sie ihren BlackBerry herausholte, um ihre Mails zu checken, stellte sie bestürzt fest, dass ihr Telefon aus war. Wie lange war es aus gewesen? Vierundzwanzig Stunden? Achtundvierzig? April konnte sich noch daran erinnern, dass sie es im Feuerwehrhaus ausgeschaltet hatte. War es möglich, dass sie es danach überhaupt nicht wieder eingeschaltet hatte?

Das Telefon schien Ewigkeiten zu brauchen, um alles hochzuladen und sämtliche Updates herunterzuladen. Zu guter Letzt kamen die Voicemails. Acht, um genau zu sein. Troy war bestimmt wütend. Noch schlimmer: Ihr Vater war garantiert schon in Panik. April krümmte sich innerlich, als sie an die verpassten Anrufe dachte, die vorgestern Abend eingingen, als sie mit Luc unterwegs war.

»Tut mir leid, Dad«, sagte sie laut und fummelte mit nervösen Fingern am Voicemail-Knopf herum. »Bitte ruf noch nicht die *gendarmes* an.«

Bevor sie Gelegenheit hatte, die Nachrichten abzuhören, begann Aprils BlackBerry zu summen. Sie warf einen kurzen Blick auf die Nummer: Es war ihr Bruder: Nicht unbedingt überraschend, nachdem sie unabsichtlich unerreichbar gewesen war.

»Uff! Hallo Brian«, sagte sie schnell. »Versucht Dad, mich zu erreichen? Es tut mir so leid, dass ich nicht erreichbar war. Mir war nicht mal bewusst, dass mein Telefon zwei Tage lang ausgeschaltet war. Sag ihm bitte, dass ich nicht entführt worden bin und auch keine Bombe in der Métro hochgegangen ist. Ich fühl mich schrecklich, ich bin echt die schlimmste Tochter der Welt.«

»April.«

Brians Stimme klang scharf. So sprach er sonst nie. April war sofort klar, dass etwas passiert sein musste. Sie hätte es in dem Moment wissen müssen, in dem sie seinen Namen las. Es war kurz vor Mittag in Paris, was sechs Uhr morgens in New York entsprach und drei Uhr in Kalifornien. Drei Uhr morgens, der stillste Teil der Nacht, zu spät für Nachteulen, zu früh für Frühaufsteher. So was bedeutete, dass wirklich etwas Schlimmes passiert war.

»Wie spät ist es bei dir?« Aprils Haut wurde ganz kalt. »Warum rufst du mich so früh an? Was ist los? Geht's dir gut? Geht es Allie gut?«

»Hast du mit Dad gesprochen? Sag mir bitte, dass du mit Dad gesprochen hast.«

»Er hat mich angerufen, als ich meinen Geburtstag feiern war, und ich wollte ihn eigentlich auch zurückrufen. Ich wollte wirklich niemandem Angst machen.«

»Sag mir, dass du ihn schon zurückgerufen hast.«

»Ich hatte nicht mal gemerkt, dass mein Telefon ausgeschaltet war. Es tut mir so leid. Ich ruf ihn sofort an, wenn wir aufgelegt haben.«

»Fuck«, sagte Brian. Und dann noch einmal und noch einmal. Das sah ihrem Bruder überhaupt nicht ähnlich, dem gutmütigen Computerfreak und Surfer. Er ritt auf großen Wellen, aber er hätte niemals große Wellen geschlagen. Er machte sich keine Sorgen. Er machte anderen keinen Stress.

»Brian. Bitte. Sag mir, dass alles in Ordnung ist.«

»Ha.« Er lachte bitter. »Nein, überhaupt nichts ist in Ordnung. Scheiße. Tja, ich glaube, ich sag's dir gleich, am Telefon, auch wenn das total ätzend ist. Bleibt mir wohl nichts anderes übrig.«

»Brian, was redest du da, mir wird jetzt langsam echt unheimlich.«

Er holte tief Luft und atmete mit einem traurigen, wütenden, verrückten Lachen aus. Dann begann er zu sprechen.

Chapitre 54

Es gibt Momente, da weiß man schon in dem Moment, in dem sie passieren, dass man sich für immer an sie erinnern wird: die Verlobung, vor dem Traualtar »Ja, ich will« sagen, von jemandem die Worte »Sie sind gefeuert!« hören. Diese ganze Skala von schönen und schrecklichen Augenblicken, die im persönlichen Film des Lebens jederzeit und bis zum Schluss auftauchen können.

Trotzdem überraschte es April, dass sie sich an diesen einen Moment später nicht erinnern konnte. Sekunden, nachdem Brian die Worte ausgesprochen hatte, hatte sie schon wieder vergessen, wie er sie gesagt hatte. Natürlich konnte sie sich im Wesentlichen an den Inhalt seiner Worte und ihre Gefühle erinnern. Doch für immer im Gedächtnis bleiben würde ihr das, was sie direkt danach tat.

In dem Moment, in dem Brian aufgelegt hatte (hatten sie sich überhaupt verabschiedet?), wählte April aus unerfindlichen Gründen Lucs Nummer. Sie wusste, dass sie jetzt jemanden brauchte, und sie wollte nicht Troy anrufen. Rückblickend war die Reaktion völlig unangebracht, aber in diesem Moment kam es ihr völlig natürlich vor.

»Bonjour, Avril!«, hörte sie Lucs Stimme. Es gab eine kurze Pause, ein Rumpeln und Schlurfen. Eine Tür wurde zugezogen. »Haben wir uns schon von der Geburtstagsfeier erholt? Hast du die Nachrichten gesehen? Eines von den Feuerwehrgebäuden ist in der Nacht noch abgebrannt. Das hat eine gewisse Ironie, non? Ein abbrennendes Feuerwehrgebäude. Wenn sie doch bloß ein paar Löschzüge in der Nähe gehabt hätten.«

»Eines von den Feuerwehrgebäuden ist abgebrannt?« April musste daran denken, wie Marthe und die anderen aus dem *Bazar de la Charité* geflüchtet waren. Sie konnte förmlich den Rauch schmecken und die Schreie hören. Einen Moment lang vergaß sie Brians Neuigkeiten und einen noch längeren Moment lang sogar ihre Nacht mit Luc. »Haben es alle nach draußen geschafft? Hat es Verletzte gegeben?«

»Gott sei Dank konnten sich alle in Sicherheit bringen. Es hat wohl ziemliche Sachschäden gegeben, aber keine Personenschäden.«

»Oh, gut.« April atmete aus. »Da bin ich aber froh. Hör mal, ich muss mit dir reden.«

»Du musst mit mir reden?«

»Ja«, sagte April. Sie konnte sich die angemessene Verlegenheit wegen ihrer gemeinsamen Nacht kaum abringen. Er hatte jeden Zentimeter ihres Körpers berührt und sie hatte ihn ebenfalls gewollt. Er kannte sie auf eine sehr intime Art, und das nicht nur körperlich. Vielleicht hätte dieser Umstand sie verunsichern sollen, aber es kam ihr in diesem Augenblick albern vor, so als würde man sich Sorgen um sein Gepäck machen, wenn man gerade mit dem Flugzeug abstürzte. »Ich dachte, ich könnte dich vielleicht kurz sehen. Können wir uns irgendwo treffen?«

»Avril, du machst dir einen Kopf wegen vorgestern Nacht, oder?«

»Ehrlich gesagt, nein …«

»Bitte sieh die Dinge nicht so ernst und mach dir nicht so schrecklich viel Gedanken deswegen. Freu dich drüber. Erklärungen und Wiederkäuen sind absolut nicht …«

»Nein«, sagte April mit Nachdruck. »Nicht *das*. Das ist eben einfach passiert.«

»Ach so.«

»Und es war toll.«

»Ja.«

»Aber … darum geht es gerade gar nicht. Es hat wirklich nichts mit dir zu tun. Ich weiß auch nicht, warum ich deine Nummer gewählt habe. Es ist nur … ich meine …«

»Avril? Was ist los? Jetzt mach *ich* mir Sorgen, das kann doch nicht Sinn der Sache sein.«

»Ich kann nicht … ich kann nicht …«, stotterte sie, während sie merkte, wie sich die Schluchzer in ihrem Brustkorb nach oben arbeiteten, aber in ihrer Kehle stecken blieben und ihr fast den Atem nahmen.

»Geht es um Marthe?«, fragte er. »Die Wohnung?«

»Es geht um mich. Gegenwart. Es ist etwas passiert.«

»Wo bist du?«, fragte er. »In deiner Wohnung? Ich komme sofort vorbei.«

Ihre Wohnung? April wurde blass. Ihre gemeinsame Nacht war anscheinend doch nicht so weit weg, wie sie gemeint hatte. Die Vorstellung, wie er an ihrer Schwelle auftauchte, stürzte sie sofort in Panik. Sie dachte an ihr unordentliches Wohnzimmer, das immer noch zerwühlte Bett, ihre überall verstreuten Kleidungsstücke und noch ein paar Hundert andere Hinweise darauf, was zwischen ihnen passiert war. Nein. Heute würde Luc ihre Wohnung bestimmt nicht betreten.

»Ich … ich bin in einem Café«, sagte sie. »Nicht zu Hause. Ist egal, Luc. Ich hätte nicht anrufen sollen, es war blöd.«

»Ich komme vorbei.«

»Nein. Meine Wohnung ist ein einziges Chaos und ich …«

»Dann kommst du eben zu mir. Hast du meine Adresse noch?«

»Deine Adresse?« Sie überlegte kurz. Sie hatte sie natürlich noch im BlackBerry gespeichert. Nicht absichtlich gespeichert, aber sie hätte nicht bewusst eine SMS von Luc gelöscht. »Ich glaube.«

»Wunderbar«, sagte er. »Wo bist du denn jetzt? Wie weit weg? Im neunten Arrondissement?«

»Ja.« April fühlte sich etwas belämmert. Wollte sie das wirklich tun? Bei ihm zu Hause auftauchen und ihre Probleme bei ihm abladen? »Bist du sicher, dass ich zu dir kommen soll? Mir ist klar, dass das alles nicht besonders professionell ist, und ich möchte dir keine Umstände machen …«

»Komm einfach. Keine Ausreden, keine Entschuldigungen. Komm einfach.«

»Okay«, sagte sie, nickte und biss sich auf die Lippe. »À bientôt. Bis gleich.«

Chapitre 55

Aprils Brustkorb bebte, als sie das Telefon in die Hosentasche schob. Sie fragte sich, wie sie das alles aushalten sollte, wie sie es bis ins sechzehnte Arrondissement schaffen sollte, ohne in tausend Stücke zu zerspringen.

Nachdem sie ein paar Euros auf den Tisch geworfen hatte – genau in dem Moment, als der Kellner ihr Croque Madame brachte –, schoss April aus dem Restaurant und hielt ein Taxi an. Noch im Hineinspringen las sie dem Fahrer Lucs Adresse vor. Dann schmiss sie die Tür zu, und sie machten sich auf den Weg ins sechzehnte Arrondissement.

Sie musste etwas tun. April musste den Raum füllen, statt aus dem Fenster zu starren und dunklen Gedanken zu erlauben, sich in ihrem Kopf festzusetzen. Voicemails. Sie musste ihre Voicemails abhören. Keine konnte schlimmer sein als das, was sie eben gerade gehört hatte.

Es waren insgesamt acht. April hatte recht, keine davon war schlimmer als Brians Mitteilung, denn es waren alles nur Variationen dessen, was er gesagt hatte. Der zögerliche Einstieg, die steigende Dringlichkeit, das Herumtänzeln um die schlechte Nachricht. Troy hatte keine Nachricht mit Geburtstagsglückwünschen hinterlassen, stattdessen rief er nur ins Telefon: »Ruf mich sofort an! Es ist dringend!«

April war froh, es als Erstes von ihrem Bruder erfahren zu haben. Niemand konnte einem schlechte Nachrichten besser beibringen als Brian. Wenn Troy ihn vor ein paar Monaten bloß als Überbringer der Nachricht benutzt hätte! Andererseits kam ihr diese Nachricht jetzt fast nichtig vor, obwohl Troys Geständnis damals unerwartet kam – während die Mitteilung ihres Bruders unvermeidlich gewesen war und April sich schon im Voraus auf den heftigen Schock hatte einstellen können.

»Madame?« Der Taxifahrer blickte über die Schulter nach hinten.

»Bitte?« April löschte gerade die letzte Voicemail, während ihr die Tränen über die Wangen liefen.

»On est arrivé.«

»Oh.« April blickte auf. »Tatsächlich. Merci beaucoup.«

Sie gab ihm das Geld und sprang aus dem Auto, wobei sie ziemlich sicher war, dass er ihr nachblickte.

Als sie Lucs Haus sah und wenig später seine Treppe unter ihren Füßen spürte, war sie definitiv erleichtert, und sie rannte schwitzend und mit einem Schluckauf zu seiner Wohnung hinauf. An seine Tür klopfte sie mit der einen Hand, während sie die andere gegen den Türrahmen stemmte, um sich aufrecht zu halten.

»Entre donc!«, rief Luc. »Es ist nicht abgesperrt!«

Mit zitternden Händen rüttelte April an dem losen alten Türknopf, fummelte und zerrte, bis sie endlich die Tür aufbekam und sein Wohnzimmer betrat. Sie stand in der Mitte des Zimmers, die Tränen liefen ihr über Gesicht und Hals und sie hatte den Mund zu einem Schluchzen verzogen. Sie hielt kurz inne, um wieder zu Atem zu kommen.

»Luc?« Ihre Stimme klang angestrengt. April wischte sich mit dem Ärmel über die Augen. »Bist du hier?«

In diesem Moment kam er aus der Küche und stützte die Hände auf die Hüfte. April überlegte, ob ihm wohl bewusst war, wie oft er sich so hinstellte.

»Du warst viel schneller, als ich gedacht hätte«, sagte er und blinzelte. Er wirkte nervös, was April gut verstehen konnte. Hätte sie nicht gerade die Nachricht von Brian bekommen, wäre sie ihm gegenüber in diesem Moment auch nervös gewesen.

»Luc, ich bin so froh, dich zu sehen«, sagte April und ließ sich gegen seine Brust fallen. »Es tut mir leid, dass ich dich einfach so überfalle, aber ich musste kommen.«

»Au 'voir, Luc!«, sang eine Stimme aus dem Schlafzimmer. »À ce soir!«

Das war eine Frau – eine Frauenstimme. Aprils Mageninhalt drückte von unten gegen ihre Kehle, als sie sich rasch von Luc löste.

»Wer … ist …« April hatte Mühe, die Worte auszusprechen, während sie sich umdrehte, um zu sehen, wer da mit Luc gesprochen hatte.

Da schwebte eine Frau ins Zimmer, eine Frau, die vor lauter Chanel, Hermès und Pariser Eleganz überströmte. Sie hatte langes Haar. Glatt. Dick. Und karamellfarben. War sie ein Model? Eine Ballerina? Beides wäre durchaus denkbar gewesen.

»Ma belle«, sagte Luc und legte der Frau einen Arm um die Taille, wobei er ganz leicht das Gesicht verzog. »C'est mon amie, April Vogt.«

Luc sprach ihren Namen aus, wie er es sonst nie tat. Und sie fühlte sich unelegant und unpariserisch.

»Ah! Avril!« Das Gesicht der Frau hellte sich auf. »Isch freue misch so, Sie kennenzulernön.«

Er hatte eine Freundin. Natürlich hatte Luc eine Freundin. Es war dumm, sich das zu Herzen zu nehmen. Oberflächlich. Kurzsichtig. Aber sie nahm es sich zu Herzen. April dachte eigentlich, dass ihr Herz bereits gebrochen war, aber wie sich herausstellte, hatte es noch ein paar heile Stellen gehabt, die jetzt auch noch brechen konnten.

»Bonjour«, sagte April. Sie war völlig von der Rolle und ertappte sich dabei, wie sie Luc fragend anstarrte, obwohl sie kein Recht dazu hatte.

»Oh!«, quietschte die Frau begeistert. »Très bien! Allo! Allo!«

April warf Luc noch einen Blick zu.

»Jeder hinterfragt …«, hörte sie ihn murmeln, als sie ihre Aufmerksamkeit wieder ganz der Frau zuwandte.

»Jeder hinterfragt? Hinterfragt was?«

»Ravie de faire votre connaissance«, würgte April hervor und hoffte, dass sie trotzdem freundlich klang.

»Das ist Delphine Vidal«, erklärte Luc und deutete auf die Frau. »Eine Bankerin, sehr extraordinaire.«

Delphine lächelte. Ihre Zähne waren blendend weiß, und ihre Schneidezähne hatten fast einen Hauch von Pferdegebiss, aber nicht auf eine unattraktive Art, sondern ganz im Gegenteil, es wirkte sehr attraktiv. »Das ist also die liebe Avril! Isch öre so viel von Sie!«

»Es wundert mich, dass Luc mich überhaupt erwähnt hat«, stotterte April.

»Luc sprischt pausenlos von Sie.« Delphine strahlte immer noch. »Isch habe wirklisch so froh, Sie zu treffön.«

»Oh, na, das ist aber sehr nett von Ihnen«, sagte April, obwohl sie wirklisch nischt froh war, sie zu treffen. Sie hatte nicht gewusst, dass ein derart haarsträubendes Englisch so angenehm klingen konnte. »Vielen Dank.«

Was hatte sie eigentlich geglaubt? Natürlich hatte Luc eine Freundin. Wie auch nicht? Und was änderte das überhaupt? Hatte sie wirklich geglaubt, sie würde sich mit einem Franzosen einlassen wegen einer (wenn auch perfekten) Nacht? Hatte sie sich eingebildet, sie sei Marthe und er Boldini? Dass sie einfach in seine Wohnung spazieren konnte und er sie beim Malen zusehen ließ, bis sie sich wieder normal fühlte? Vielleicht konnten sie morgen ja zusammen das Leichenschauhaus besuchen.

Die Frau wusste wahrscheinlich sogar von der vorletzten Nacht. Ein Mitleidsfick, zweifellos. Delphine opferte ihren Liebhaber für einen guten Zweck. Sie sah genau so aus, als könnte sie so ein großzügiger und fortschrittlicher Mensch sein.

»Luc sagt, Sie sind von der Stadt New York?« Delphines grüne Augen funkelten.

»Elle parle français«, erklärte Luc seiner Freundin, die sichtlich um jeden englischen Satz ringen musste. »Ça va?«

»Ja! Isch offe nur, Englisch zu üben!« Delphine weigerte sich, Lucs versteckte Anweisung zu befolgen, und grinste noch breiter, bis ihre Mundwinkel fast ihre Ohrläppchen zu erreichen schienen.

»Très bien, mon amour!« Luc lächelte zurück.

Während er vor knapp zwei Minuten noch nervös gewesen war, kam jetzt der gewohnte Luc wieder zum Vorschein, der Mann, den April kannte oder zu kennen glaubte. Er zog Delphine ein bisschen mit ihren Englischkenntnissen auf, dann kniff er sie zärtlich in den Hintern. April wandte so hastig den Kopf ab, dass sie sich den Hals verriss.

Diese Hände. Die vor so kurzer Zeit noch auf ihrem Körper geruht hatten. Aprils Gesicht wurde heiß vor Scham und Ärger.

»Isch. Muss. Jetzt. Gehn.« Delphine sprach jede Silbe einzeln aus. »Wirklisch sehr froh, Sie kennenzulernön!«

Sie beugte sich vor und bedachte April mit den zwei üblichen Wangenküsschen.

»Ich habe mich auch sehr gefreut«, quäkte April.

»Au ’voir!« Delphine tanzte von dannen und winkte noch einmal über ihre Schulter. Platin-Diamant-Armreifen funkelten an ihrem Arm. »À bientôt!«

Und dann war Delphine Vidal verschwunden, als wäre ein Wüstenwind durch die Wohnung gezogen, der Luc und April leer und mit trockenem Mund auf dem schicken Woll-Kaschmir-Teppich zurückließ.

»Sie spricht wirklich nicht gut Englisch«, stellte Luc fest.

»Sie hat sich Mühe gegeben. Das zählt. Ist Delphine deine Freundin?«

Luc zögerte mit der Antwort.

»Oui«, sagte er schließlich. »Aber du musst verstehen, du bist nicht die Einzige …«

»Wohnt sie hier?«

»Bist du gekommen, um mich zu meiner Wohnsituation zu befragen?«

Er klang verärgert, als hätte April keinen Grund, ihn zu fragen. Andererseits hatte sie vielleicht wirklich keinen. April schüttelte den Kopf.

»Ich möchte es gerne wissen«, antwortete sie verlegen und wandte sich zum Fenster. »Ich muss es wissen.«

»Nein«, seufzte er. »Sie wohnt nicht hier.«

»Wo war sie am Abend vor der Fête Nationale?«

»Sie war wegen einem Geschäftsabschluss in Luxemburg«, sagte er. »Avril, warum bist du hier? Du hast gesagt, es ist etwas passiert. Reden wir lieber darüber. Wenn du allerdings lieber das jetzige Gespräch fortführen willst, dann könnte es sein, dass ich an dich vielleicht auch noch die eine oder andere Frage habe.«

»Da hast du natürlich recht«, maulte April.

»Avril?« Diesmal fasste er sie sanft am Arm.

»Ich weiß nicht, Luc. Vielleicht sollte ich einfach gehen. Es ist so komplex. So eine elende Geschichte.«

April atmete tief ein und musterte Luc, als wollte sie für sich herausfinden, ob sie ihm immer noch so weit traute, dass sie diese

Neuigkeit mit ihm teilen wollte. Irgendwie war die Antwort am Ende doch Ja.

»Erzähl«, bat er.

»Also.« Sie atmete tief aus. »Nun bin ich schon den ganzen Weg gekommen. Hab dich mitten am Nachmittag gestört …« Habe Dinge gesehen, die ich nicht hätte sehen sollen. »Ich glaube … Na ja. Kannst du dich erinnern, dass mein Telefon geklingelt hat, als wir vorgestern unterwegs waren? Und du meintest, ich solle den Anruf doch ruhig annehmen, und ich meinte nein?«

»Oui. Dein Vater. Der dir telefonisch zum Geburtstag gratulieren wollte.«

»Ja. Na ja, so ähnlich. Es war mein Vater, aber das war nicht der Grund, warum er mich angerufen hat.«

April schloss die Augen. Sie atmete noch ein paarmal durch. In ihrem Körper war ein einziger großer Aufruhr.

»Avril.« Sie merkte, wie Luc sein Gewicht vom einen Fuß auf den anderen verlagerte. Er fuhr mit den Fingern über ihren Arm. »Was ist los? Was ist passiert?«

»Es ging um meine Mutter«, sagte sie und machte die Augen wieder auf. »Sie … also … sie ist gestorben. Meine Mutter ist gestorben.«

Chapitre 56

Als sie die Worte erst einmal ausgesprochen hatte, ließ April sich auf Lucs Sofa sinken und vergrub das Gesicht in den Händen.

»Wie meinst du das – ›sie ist gestorben‹?«, fragte Luc. »Als du noch ein Teenager warst, oder?«

»Nein«, sagte sie und blickte auf, ohne sich um ihr rotfleckiges Gesicht zu scheren. »Sie ist in der Nacht meines Geburtstags gestorben, als wir auf dem Feuerwehrball waren. Obwohl das rein technisch gesehen in Kalifornien natürlich nicht in der Nacht war. Wie auch immer, während wir unsere Würstchen gegessen haben, hatte meine Mutter einen tödlichen Schlaganfall.«

Luc reagierte nicht. Er blieb auf der anderen Seite des Zimmers stehen, eine Ewigkeit von ihr entfernt. Es verletzte sie, dass er so weit weg war. Es war körperlich schmerzhaft.

»Das verstehe ich nicht«, sagte er. »Du hast mir doch erzählt, dass sie schon gestorben ist.«

»Nein. Das habe ich nie behauptet.«

»Doch.«

»Sag mir eine Gelegenheit, bei der ich behauptet hätte, dass sie gestorben ist. Nur eine einzige.«

»Na ja, das kann ich jetzt nicht so detailliert festmachen, aber ich bin ganz sicher.«

»Dann hast du das missverstanden«, erwiderte April. »Ich weiß, dass ich manchmal ein bisschen zugeknöpft bin, was die Sache mit meiner Mutter angeht, aber ich hätte selbstverständlich niemals gesagt, dass sie gestorben ist, wenn sie noch am Leben ist. Wozu auch.«

»Das versteh ich nicht«, sagte Luc und machte einen Schritt zurück. Gleich würde er in der Küche stehen, und April würde schreien müssen, um sich mit ihm unterhalten zu können. Sie wünschte sich so sehr, dass er sie berührte, ihr versicherte, dass alles wieder gut werden würde.

»Vergiss es«, sagte April. »Es tut mir leid, Luc. Ich hätte nie kommen sollen. Ich bin ein Wrack, und Delphine …« Sie deutete halbherzig zur Wohnungstür, wo der Abdruck der »Bankerin extraordinaire« irgendwie immer noch sichtbar war. »Vergiss es einfach.«

Innerlich schalt sich April. Sie wollte zu viel von Luc, zu viel von ihnen beiden – dabei gab es »sie beide« ja gar nicht wirklich, denn ihre einzige richtige Verbindung war ein Vertrag zwischen Agnès Vannier und Sotheby's. Die Namen Vogt und Thébault tauchten in diesem Vertrag nicht mal auf.

»Avril«, sagte Luc. »Das musst du mir jetzt wirklich erklären. Deine Mutter. Weg. Schmerzlich vermisst. Wo sie doch die ganze Zeit noch da war. Du hast mich angelogen.«

»Ich hab dich nicht angelogen!«, schnauzte April. »Und sie war nicht ›da‹. Sie war definitiv weg, bevor ich aufs College ging. Körperlich nicht. Da war ein Körper, und der gehörte ihr. Aber ansonsten war die Frau, die ich kannte, verschwunden.«

Luc runzelte die Stirn. Er bemühte sich, eine ernste Miene aufzusetzen, weil es ihn ärgerte, wie sie ihm die Wahrheit vorenthalten hatte. Aber sogar vom Sofa und auf diese Entfernung konnte April erkennen, dass in seiner Miene in Wirklichkeit echte Besorgnis lag.

»Meine Mutter hat – *hatte* – früher Alzheimer«, erklärte April ihm schließlich. »Weißt du, was das ist? Heißt das auf Französisch anders?«

»Ich weiß, was das ist«, sagte Luc. Sein Gesicht war immer noch finster, aber es begann schon weicher zu werden.

»Die Symptome setzten schon ein, als sie noch jung war«, fuhr April fort. »Extrem jung. Ich war ungefähr vierzehn, als die Dinge anfingen, aus dem Ruder zu laufen. Oder zumindest hab ich es erst ab vierzehn bemerkt. Meine Mutter war zweiundvierzig.«

»Was ist passiert?«, fragte Luc. »Wie sah das aus, als die Dinge anfingen, ›aus dem Ruder zu laufen‹?«

»Ach, ganz alltägliche Sachen. Sie verlor Schlüssel, vergaß, uns von der Schule abzuholen, hatte verwirrte Momente beim Einkaufen, erkannte ihr eigenes Auto nicht. Lauter solche Kleinigkeiten, die man zu Anfang noch irgendwie abtun kann.«

»Bis man es irgendwann nicht mehr kann«, sagte Luc mit rauer Stimme.

»Richtig. Bis dann einfach ein richtiger Knaller passiert.« April schlug sich mit der Faust auf die Handfläche. »Und man der Sache auf den Grund gehen muss.«

»Und was war das für ein Vorfall?« Luc machte ein paar Schritte auf sie zu. Seine Füße standen jetzt fast schon auf dem Teppich. »Was war der Knaller?«

»Willst du das wirklich hören?«, fragte April. »Das ist nämlich eine ganz schön deprimierende Geschichte.«

»Ja. Ich will das hören. Du musst es mir erzählen.«

April nickte, und dann erzählte sie ihm – als dem dritten Menschen auf der Welt – die Geschichte vom Zoo.

Chapitre 57

Es war der zehnte Geburtstag ihres Bruders. Da ihre Mutter in letzter Zeit schrecklich vergesslich gewesen war, was man allgemein auf Stress und Schlafmangel schob, hatte Dad entschieden, dass es keine richtige Party für Brian geben würde. Das wäre zu anstrengend für sie gewesen. Stattdessen würde sie mit ihren beiden Kindern einen schönen Tag im Zoo verbringen.

April war damals vierzehn und ärgerte sich von Anfang an über diesen Plan. Es war Sommer, sie hatten Schulferien. Ihre Freundinnen waren alle am Strand, schmierten sich von oben bis unten mit Babyöl ein und legten sich auf riesige Bahnen Alufolie. April wollte auch am Strand liegen, stattdessen musste sie durch diesen heißen, hügeligen Zoo stapfen, umgeben vom Gestank nach verschwitztem Affenfell und Elefantenscheiße, und dazu kam noch ihr kleiner Bruder, mit dem sie überhaupt keinen Spaß haben konnte.

Der Morgen lief wie erwartet: Sie mussten eine halbe Ewigkeit vor dem Schlangenterrarium stehen und konnten dann zusehen, wie die Reptilien weiße Häschen im Ganzen verschluckten. Einerseits war das eklig. Andererseits war April im Schlangenhaus wenigstens nicht so heiß.

Als irgendwann auch Brian kein Interesse mehr für das Ableben wehrloser Pelztierchen aufbringen konnte, gingen die drei zu einem Stand, an dem man Hotdogs kaufen konnte. Die Schlangen waren lang, und was mit trügerischer Langeweile begann, endete komplett anders als erwartet. Als sie ungefähr in die Mitte der Schlange vorgerückt waren, geriet ihre Mutter in Panik.

»Wo sind eure Eltern?«, fragte sie erst April, dann Brian. »Seid ihr zwei hier ganz allein?«

»Mom, was redest du denn da?« Brian war ganz verdattert.

»Es gibt so böse Menschen auf der Welt!«, sagte ihre Mutter mit rauer Stimme, aber ganz leise, als würden diese bösen Menschen zuhören und nur darauf warten zuzuschlagen. »Kommt! Kommt mit!«

»Was soll denn das?!«, rief April, als ihre Mutter einen Angestellten des Zoos heranwinkte und ihn nach dem Sicherheitsdienst fragte.

»Ich hab aber Hunger!«, jammerte Brian.

»Ich bring euch zur Polizei!«, schrie ihre Mutter, packte sie bei den Handgelenken und schleifte sie durch den Zoo.

Brian schaute zu seiner großen Schwester hinüber und lachte, in der Hoffnung, sie würde auch lachen. Das war alles ein Witz, dachte er. Mom alberte bloß mit ihnen rum. April lächelte zurück, obwohl sie wusste, dass ihr Leben sich gerade dramatisch verändert hatte, dass nichts je wieder so sein würde wie früher. Verlorene Schlüssel und Spülmaschinentabs in der Gefriertruhe konnte man noch als harmlos abtun. Aber die Gesichter seiner eigenen Kinder vergessen? Das war nicht gerade die Art von Anekdote, die man den Damen beim Bridge erzählte.

»Guten Tag, Madam, wie kann ich Ihnen helfen?«, fragte ein Wachmann, als sie den engen Wohnwagen der Security-Mannschaft betraten.

»Irgendjemand hat diese beiden Minderjährigen allein im Zoo gelassen!«, rief Aprils Mutter und schubste die Kinder nach vorn. Die Handgelenke der Geschwister waren rot und geschwollen von ihrem harten Griff. »Sie müssen die Eltern ausfindig machen! Mir wollen sie nichts sagen!«

»Gut.« Der Mann trank seine Granita aus und zog einen Notizblock hervor. Er schaute April an. »Du bist ja kein kleines Kind mehr. Wo sind eure Eltern?«

»Das ist jetzt ein bisschen schwer zu erklären«, begann April nervös. Brian stand neben ihr und gab abwechselnd ein Kichern und schwache kleine Schluchzer von sich. »Das *ist* unsere Mutter.«

»Äh … wie bitte?« Der Mann fuhr sich mit der Hand über den Schnurrbart, dann leckte er sich mit seiner blau verfärbten Zunge über die Lippen. April würde diese spezielle Nuance von künstlichem Blau niemals vergessen.

»Das ist unsere Mutter«, sagte sie. »Und das passiert manchmal. Manchmal ist sie auf einmal ganz verwirrt. Sie heißt Sandra Grace Potter. Sie ist am 2. Dezember 1951 geboren. Wir heißen Brian und April Potter. Unser Vater heißt Richard. Er arbeitet beim Flottenstützpunkt in Coronado. Wir wohnen auch in Coronado.«

»Oh Gott!«, rief ihre Mutter plötzlich, dass alle zusammenzuckten. Sogar der Ventilator schien einen Hüpfer zu machen.

»Meine Handtasche! Jemand hat meine Handtasche gestohlen!« Sie wandte sich zu April. »Habt ihr Rabauken die etwa geklaut?«

»Mom …«

»Ich kann meine Handtasche nicht finden.« Sie begann sich auf die Hüften zu klopfen, auf den Bauch, die Brüste.

»Keine Sorge, Madam«, sagte der Wachmann. Er griff nach seinem Walkie-Talkie. »Ich geb gleich mal einen Funkspruch raus, vielleicht hat jemand die Tasche gefunden. Wie sieht sie denn aus?«

»Hmm.« Ihre Mutter legte einen Finger aufs Kinn. »Wissen Sie, das ist jetzt wirklich komisch … Ich kann mich nicht erinnern!«

»Sie ist kastanienbraun«, sagte April. »Aus Leder. Mit einem Band oben zum Zuziehen. Da müssten die Schlüssel zu einem Oldsmobile-Kombi drin sein. Und wahrscheinlich tausend kleine Bündel von rosa Taschentüchern mit Duft. Und ein Lippenfettstift mit Kirschgeschmack.«

Als die vierzehnjährige April diese Dinge aufzählte, stiegen ihr die Tränen in die Augen. Sie hätte nicht sagen können, warum.

»Ihr habt meine Handtasche also gestohlen!«, schrie ihre Mutter.

»Nein, Mom. Oh Mann … das ist mir einfach zu schräg.«

»April?«, wimmerte Brian. Er hatte einen Hemdenzipfel zusammengedreht und in den Mund gesteckt. Er war zehn, aber in diesem Moment sah er eher aus wie drei.

Der Wachmann ließ die Augen nicht von den mutmaßlichen Familienmitgliedern, während er etwas in sein Walkie-Talkie murmelte. Er konnte kaum richtig formulieren, was für eine Art von Hilfe er gerade brauchte.

Dass ein guter Samariter Sandys Handtasche im Vogelhaus fand, war das Glück, dass April (und der Wachmann) gebraucht hatten. Sie konnten sowohl die Frau als auch ihre Kinder anhand der Fotos in ihrem Portemonnaie identifizieren. Als ihr Vater eintraf, hatte ihre Mutter sich fast wieder ganz gefangen. Ihr war nicht bewusst, dass sie den ganzen Tag im Zoo gewesen war, erinnerte sich aber vage, dass sie versucht hatte, den Kindern fremder Leute zu helfen.

»Und das«, sagte April, blickte auf und sah, dass Luc ihr zum ersten Mal in die Augen schaute, seit sie angefangen hatte zu erzählen, »war der Anfang vom Ende.«

»Wow.« Er rieb sich das Kinn. »Das ist ja eine heftige Geschichte.«

»Ja. Es war schrecklich. Und noch schlimmer war, dass es im ›Weltberühmten Zoo von San Diego‹ passierte, dieser monströsen Touristenattraktion, die an jedem Highway siebenundvierzig Riesenwerbetafeln aufstellen muss und in Radio und Fernsehen Werbung in Endlosschleife bringt.«

»Das ist *brutal*, wie ihr Amerikaner gerne sagt.«

»*Brutal* ist genau das richtige Wort. Als ich fürs College nach New York zog, dachten die Leute, ich bin verrückt, weil ich von San Diego weggehe. In Wirklichkeit hätte es mich verrückt gemacht, wenn ich geblieben wäre.«

»Und dann nach Paris«, sagte er mit einem angedeuteten Lächeln. »Das war noch weiter weg.«

»So hab ich es wirklich nie gesehen.« Sie schüttelte den Kopf. »Jedenfalls ging es ab diesem Moment damals bergab. Beziehungsweise, es war schon vorher bergab gegangen, aber dann wurde es eben ständig schlimmer. Dad dachte, er könnte sich um sie kümmern, aber als ich fünfzehn wurde, war sie in einem Pflegeheim. Es gab keine Riesenparty zu meinem Sechzehnten und natürlich kein Auto. Ich musste unseren Nachbar dazu überreden, mich zur Fahrschule zu fahren. Mein Dad war ab damals mehr oder weniger abwesend. Nicht weniger als Mom. Aber immerhin hatte er die Wahl gehabt. An meinem fünfzehnten Geburtstag hatte ich das Gefühl, beide Eltern verloren zu haben, obwohl zwei Tage zuvor beide noch am Leben gewesen waren.«

April griff nach ihrer Handtasche und zog ihr Portemonnaie heraus.

»Hier. Ich zeig's dir. Ein Bild sagt mehr als tausend Worte, stimmt's?«

Sie schob die Finger in das Fach hinter ihren Kreditkarten. Zwischen einem Scheckbuch, drei Visitenkarten und Briefmarken mit geringem Postwert steckte ein Foto. April zog es heraus und reichte es Luc. Überraschenderweise saß er auf einmal neben ihr auf dem Sofa. Sie senkte den Blick und stellte fest, dass ihre Oberschenkel sich beinahe berührten.

»Das sind also deine Eltern«, sagte Luc und musterte das Foto. Seine Augen folgten dem Bogen des spärlich behaarten Schädels von Aprils Vater, der sich über ein Krankenhausbett beugte. Unter ihm lag eine Frau mit ausdruckslosem Gesicht auf zwei Kissen. Seine Augen waren geschlossen, ihre waren leer und starr. Sie hielten einander an den Händen. Besser gesagt, der Mann umklammerte die Hände der Frau, aber ihre Finger waren schlaff in seinem Griff.

»Das sind sie«, sagte April und nickte. »Frag mich nicht, von wann das Foto ist, ich hab keine Ahnung. Das ist seit neunzehn Jahren seine Haltung. Beziehungsweise war, zumindest bis vorgestern Nacht. Armer Kerl. Was wird er jetzt mit sich anfangen?«

»C'est incroyable«, sagte Luc. »Das ist wahre Liebe.«

»So kann man es wahrscheinlich auch sehen«, murmelte April.

»Aber es ist doch schön, non? So wollen wir uns doch alle fühlen.« Luc machte Anstalten, April die Hand um die Taille zu legen oder ihren Rücken zu berühren – oder etwas in der Art –, aber dann zog er ganz untypischerweise den Arm wieder zurück. »Die meisten Leute bekommen diese Chance nie. Zu vieles – Leute, das Leben – kommt einem immer dazwischen.«

»Ich hätte dich nie für einen Romantiker gehalten«, sagte April, auch wenn das zur Hälfte gelogen war. »Und ich gebe dir zwar recht, dass er sie wahnsinnig geliebt hat, aber auf die Gefahr hin, sich anzuhören wie die vierzehnjährige April: Was war mit uns? Er hatte immer noch eine Familie, er hatte Kinder großzuziehen, doch uns hat er vollkommen vergessen.«

»Irgendwie kann ich das nicht glauben.«

»Troy, mein Mann, mein Ex, mein ...«

»Le grand m'sieu«, sagte Luc und versuchte ein schiefes Grinsen. »Ja, ich bin im Bilde.«

»Le grand m'sieu findet, dass ich *ihn* an diesem Maß messe, dass meine sogenannten ›Vertrauensprobleme‹ darauf zurückzuführen sind, dass ich glaube, Troy wäre niemals zu solcher Hingabe fähig. Dabei will ich das gar nicht. Er soll Chelsea und Chloe mehr lieben als mich. Es würde mich ärgern, wenn es anders wäre! Und das ist genau das, was mein Vater nicht so ganz kapiert hat. Troys Töchter sollten die Nummer eins sein, seine Frau kommt erst nach einer ganzen Weile auf Platz zwei.«

»Avril.« Luc runzelte die Stirn. »Das macht mich traurig. Du solltest die Nummer eins sein. Außerdem solltest du von dir selber nicht als ›seine Frau‹ sprechen.«

»Ha! Na, zumindest mit Letzterem hast du recht.«

»So hatte ich das nicht gemeint.«

»Das sind seine Kinder, Luc! Für immer sein. Ich könnte auch krank werden oder einfach abhauen.«

»Du könntest abhauen«, sagte er. War das eine Frage? Oder eine Feststellung. Oder war es einfach nur ein Echo auf Aprils Worte?

»Mein Vater wusste, dass meine Mutter nicht wieder genesen würde. Es war nicht so, dass sie wieder zu Verstand hätte kommen können oder dass sie wieder zueinanderfinden hätten können oder dass sie jemals auch nur wieder so weit kommen würde, für einen einzigen verfluchten Tag zu wissen, wer er war. Trotzdem wollte er jeden wachen Moment nur noch mit ihr verbringen, auch, als sich ihr Zustand verschlechterte. Er kündigte seinen Job. Er verkaufte alles, jedes Erbstück, jedes Möbelstück und das Auto, um für ihre Pflege aufkommen zu können und Essen auf den Tisch zu bringen, nachdem er ja keine Stelle mehr annahm. Er erledigte hie und da kleine Handwerksarbeiten, wahrscheinlich Gefälligkeiten der Nachbarn, denke ich, aber unser Leben war aufs Allerlebensnotwendigste reduziert. Geplündert.«

»Die Erbstücke«, sagte Luc. »Die ganzen Sachen in Marthes Wohnung. Dein Job. Irgendwie passt das jetzt alles viel besser zusammen.«

»So einfach ist es nun auch wieder nicht«, widersprach April. »Ich wollte diese Sachen nicht, diesen *Krempel.* Ich hab ja auch keine geräumige Wohnung im neunten Arrondissement, um das alles unterzustellen.« April versuchte ein Lächeln, und Luc lächelte wehmütig zurück. »Ich wollte nur ein Andenken, etwas von ihr, etwas Substanzielles, was sogar mich noch überdauern würde.«

Luc lächelte wieder, diesmal fröhlicher. »Du hast dabei etwas ganz Bestimmtes im Kopf, oder?«

»Oui.« April nickte. Wie war es bloß möglich, dass Luc immer die richtige Antwort wusste? »Mom hatte so eine große Kirschbaumkommode, ein Erbstück von ihrer Großmutter. Die war wunderschön, mit so glänzenden, blanken Intarsien. Queen-Anne-Stil, aber nicht wirklich Queen Anne. Kennst du die, mit den Bronzegriffen zum Ziehen?«

»Nicht so wirklich …«

»Egal. Das Stück war so sehr *sie.* Ich kann die Augen zumachen und mir vorstellen, was in jeder einzelnen Schublade lag, inklusive ihrer Sammlung aus schrecklichen hautfarbenen BHs und Unterhosen.« April machte die Augen zu. »Ich kann die Zierdeckchen oben drauf sehen, die rosa und orangen Parfumfläschchen, die daraufstehen. Ich sehe, wie Mom sich die Haare vor dem blinden Spiegel bürstet, in dessen Rahmen sie mein Pfadfinderfoto gesteckt hat.«

April schlug die Augen wieder auf und stellte überrascht fest, dass Luc Tränen in den Augen hatte.

»Ich habe jahrelang nach einem ähnlichen Stück gesucht«, gestand sie. »Wir hatten ein paar auf unseren Auktionen, aber die waren nicht ähnlich genug. Ich bin sogar zu dem Pfandleiher gegangen, zu dem mein Vater die Kommode gebracht hatte. Die haben sie für 125 Dollar an eine Frau namens Carol verkauft! Kannst du dir das vorstellen? 125 Dollar!? Ich hab eine Anzeige geschaltet, mit der ich nach Carols suchte, die diese Kommode gekauft haben könnten, und versprach ihr, das Fünffache des Verkaufspreises zu zahlen. Ich hätte auch das Fünfzigfache gezahlt. Das Hundertfache! Die Anzeige lief ein ganzes Jahr lang. Nichts.«

»Das tut mir so leid, April, ich weiß gar nicht, was ich sagen soll.«

»Das hat mich an Marthes Wohnung auch so gestört. Wie konnten ihre Kinder und ihre Enkelin sie einfach so verlassen? Wollten die überhaupt kein Erinnerungsstück an Marthe? Und damit meine ich gar nicht die Möbel.« April lachte trocken. »Ich hätte nie geglaubt, dass ich diese Worte einmal aussprechen könnte. Obwohl mich die Möbel als Erstes begeistert haben, denke ich abends auf dem Heimweg über die Tagebücher nach. Wenn ich Lisette wäre, hätte ich die aufbewahrt, vor allem anderen. Vielleicht möchte ich diese blöde Kommode eigentlich gar nicht. Vielleicht möchte ich nur das Leben meiner Mutter, ihre Erinnerungen. Natürlich waren aufgrund dieser Krankheit ihre Erinnerungen das Erste, was sie verloren hat.« April schüttelte den Kopf.

»Du bist eine außergewöhnlich starke Frau«, sagte Luc und rutschte näher zu ihr heran. »Das wusste ich von Anfang an, bis jetzt wusste ich nur nicht wie stark.«

Luc rückte noch näher. Er zögerte immer noch, es widerstrebte ihm, Körperkontakt aufzunehmen. April wusste nicht, ob das nun an ihrer Geschichte lag oder an der Nacht in ihrer Wohnung oder an Delphine oder einer Kombination aus allen dreien. Sie roch sein Rasierwasser, die Zigaretten in seinem Atem, und obwohl er sie körperlich noch nicht berührte, spürte April ihn bereits, als würde er sie berühren.

»Stark bin ich ja wohl kaum«, meinte sie und ließ die Schultern sinken. »Was hab ich denn getan? Ich bin davongelaufen. Mom wusste nicht, wer ich war. Meinem Vater war es egal. Also hab ich beschlossen, irgendwo anders neu anzufangen, weil ich in Kalifornien alles verloren hatte. Als pflichtbewusste Tochter bin ich zwar immer noch zu Besuch gekommen, aber ich habe einen kompletten Neustart versucht. Und immer mehr Abschlüsse, bis es nicht mehr ging. Ich dachte, mein Leben hier in Paris wäre der Neuanfang. War es ja auch. Irgendwie. Eine Weile war hier alles perfekt.«

»Die Amerikaner und ihr Perfektionismus«, sagte Luc. »Eines Tages müsst ihr einsehen, dass perfekt nicht machbar ist. Das will man doch nicht mal. Hör zu, ma chérie, ich möchte dir eine Frage stellen: Was wirst du jetzt machen? Du kannst dir den Kopf nicht über Dinge zerbrechen, die du nicht gemacht hast. Was wirst du für die Zukunft machen? Das ist der einzige Weg, auf dem man Antworten findet.«

»Langfristig? Keine Ahnung. Aber kurzfristig werde ich sicher nach San Diego fliegen«, sagte sie. »Ich werde nach Hause fahren, um mich zu verabschieden.«

Chapitre 58

Paris, 17. April 1898

Ach, immer die guten Absichten! Einzig für den Teufel sind sie!

Von mir aus könnt ihr sie alle geschenkt haben. Sie können rein und gut sein. Und genau so führt man sie im Geiste auch aus, mit dem reinsten Herzen. Doch dann geht irgendwas schief, und schon ist alles beim Teufel. Ist der Mensch deswegen dann weniger gut? Ich glaube nicht.

Seit diesem Feuer im Zelt habe ich kaum eine Nacht ohne Boldini verbracht, abgesehen von seinen mehrwöchigen Abenteuern in Monte Carlo, wo er unbedingt Harakiri begehen wollte. Sosehr er mir auch auf die Nerven gehen mag, ich liebe diesen kratzbürstigen, verschlossenen Mann nach wie vor.

Unsere temperamentvolle Beziehung kann manchmal freilich eine Herausforderung sein. Tatsächlich versucht er aber nie, die Wogen mit Schmuck oder Möbeln zu glätten. Einstweilen kann ich noch von der Großzügigkeit des *Comte* leben, aber ich mache mir doch Gedanken über das Morgen. Und Übermorgen. Auf Boldini kann ich mich weiß Gott nicht verlassen. Es sind so viele Jahre vergangen, aber ich weiß immer noch nicht, ob er reich ist, arm ist oder irgendwas in der Mitte.

Das niederschmetternde Gefühl eines Beinahe-Ruins könnte ich kein drittes Mal überleben. Es ist gut möglich, dass nächstes Mal eben kein Fledermausguano-König oder berühmter Kunstfurzer oder verliebter Graf in der Nähe ist, um mich erneut zu retten. Also tat ich, was ich zu tun hatte. Ich ging zurück ins Folies und bat um meine ehemalige Stelle. Dieser Schatz von Gérard meinte, solange ich schön bleibe, wird es immer ein Plätzchen für mich geben. In Sachen Schönheit kann ich zwar keine Garantien geben, aber ich will verflucht sein, wenn ich es nicht versuche.

Henna und die neuesten Bleichcremes werden weiterhin meine besten Verbündeten sein!

Der Tag, an dem ich wieder um meine alte Stelle bat, war der Tag, nach dem Boldini von seiner sechswöchigen Reise nach Monte Carlo zurückgekehrt war. Sofort nach Ende meiner Schicht lief ich zu seinem Atelier, weil ich so darauf brannte, ihn nach der langen Trennung wiederzusehen, weil ich so darauf brannte, ihm die gute Neuigkeit mitzuteilen: Gérard hat mich zurückgenommen. Boldini musste sich keine Gedanken mehr darum machen, wie er für meinen Unterhalt sorgen sollte. Gut, darüber hat er sich natürlich auch nie Gedanken gemacht!

Als ich die Straße entlangging, erspähte ich aus der Ferne eine wunderschöne achtspännige Kutsche mit goldenen Rädern. Ihr entstieg ein grünes Kleid in der Farbe von Erbrochenem, und darin steckte niemand anders als Jeanne Hugo! Ihr erbärmlicher Sohn aus erster Ehe stand neben ihr, schmollend und mit Leidensmiene.

»Jeanne au pain sec«, keuchte ich. Sie war es, in Fleisch und Blut.

Dann marschierte diese Frau geradewegs in Boldinis Haus, als würde sie dort hingehören! Mir schnürte sich die Kehle zu. Nein, das konnte nicht wahr sein. Sie konnte nicht zu ihm gekommen sein. Ich näherte mich vorsichtig dem Atelier. In diesem Moment ging das Licht in seinem Salon an, und ich erblickte im Fenster Jeanne Hugos grässliche Hochfrisur im Gegenlicht.

Diese Dirne! Diese Hure! Nur eine Frau mit ihren windigen Moralvorstellungen brachte es fertig, ein Kind zu so einem Stelldichein mitzubringen. Mein erster Impuls war, ins Atelier zu stürmen, eine Erklärung zu verlangen und das Frauenzimmer vielleicht noch mit meinem Sonnenschirm aufzuspießen. Doch dann überlegte ich es mir anders und lief in die andere Richtung davon.

Jeannes Ehemann war zu Hause, als ich eintraf, was an sich schon ein Wunder war und mir nur bestätigte, dass mein Einfall gut gewesen war. Zwar ist Jean-Baptiste Charcot ein ausgebildeter

Arzt und sein Vater war einmal der berühmteste Nervenarzt Europas, doch er zieht die offene Weite der Gletscher den Grenzen eines Operationssaals vor. Nach dem Tod seines Vaters war Jean-Baptiste in finanziell gesicherter Lage, hängte seinen Beruf gänzlich an den Nagel und kaufte mehrere Boote, um überall in der Welt zu segeln. Sehr oft ist er bei den Shetlandinseln, Island oder Grönland unterwegs, weswegen ich es so bedeutsam fand, dass ich ihn genau in dem Moment in Paris vorfand, in dem ich ihn suchte.

Als sein Butler mich in Empfang nahm, stellte ich mich als (die berühmte Folies-Tänzerin – jaja …) La Belle Otero vor und erklärte, ich müsste Monsieur Charcot sofort sehen. Bevor er Jeanne ehelichte, hatte er die Dame sehr gern gehabt, also wusste ich, dass er mich empfangen würde, wenn ich mich als sie ausgab.

Jean-Baptistes Diener schluckte meine Lüge, obwohl er La Belle ein Dutzend Mal oder öfter gesehen haben muss. Auch dieses Omen schien mir sagen zu wollen, dass das Universum auf meiner Seite war. Als Jean-Baptiste eingetreten war, zwinkerte der Butler mir zu und zog diskret die Tür hinter sich zu.

»Sie sind nicht La Belle«, stellte Jean-Baptiste mit einem schiefen Lächeln fest, aber er schien auch nicht verärgert.

»Nun, was das angeht, haben Sie recht. Aber zu Ihrem Glück bin ich noch besser.«

Das sagte ich zerstreut, während ich mich umsah, bestürzt über die rosaroten Damasttapeten und die vergoldeten Oberflächen, die uns umgaben. Jeanne, diese grässliche Frau, hatte tatsächlich Geschmack. In so einer Wohnung sollte ich eigentlich leben. Meine war zwar hübsch, aber im Vergleich zu dieser geradezu trostlos.

»Dann verraten Sie mir doch, warum Sie hier sind, Nicht-La Belle«, verlangte Jean-Baptiste.

»Ihre Frau hat eine Affaire mit Giovanni Boldini, dem Maler«, erklärte ich.

»Sind Sie ganz sicher?«

»Ja.«

»Hmm.« Er sah verwirrt drein, aber nicht unbedingt wütend. »Tja, er malt ihr Portrait. Vielleicht haben Sie die Portraitsitzungen mit etwas Unanständigerem verwechselt.«

Ich erbleichte vor Überraschung. Er malte sie? Giovanni verewigte dieses Gesicht auf Leinwand? Das war schlimmer als eine Affäre! Dass er ihr intime Kontakte zuteilwerden ließ, konnte ich ertragen, aber nicht sein Talent!

»Nein«, sagte ich. Ich fasste mir an den Bauch, weil ich sicher war, im nächsten Moment mein Mittagessen von mir zu geben. »Das kann nicht sein.«

»Doch. Sie wollte ein Gemälde mit ihrem Sohn. Sagen Sie, war Charles dabei, als diese angebliche Liebelei stattfand?«

»Natürlich nicht!«, log ich.

Boldini. Ich konnte nicht glauben, dass er mich derart hinterging. Er malte Jeanne Hugo Daudet Charcot – oder wie auch immer sie sich als Nächstes nannte! Das war schlimmer, als wenn ich die beiden *in flagrante delicto* auf dem Atelierboden erwischt hätte. Das war schlimmer, als wenn sie mit hundert Kindern von ihm schwanger gewesen wäre! Wollte er mich verletzen? Das war in diesem Moment die einzige Erklärung, die mir denkbar schien.

»Ich glaube, sie sind ziemlich verliebt«, fügte ich sicherheitshalber noch hinzu.

Meine Kopfhaut fühlte sich an, als stünde sie in Flammen. Bleichcremes sind etwas Wunderbares, aber leider erlauben sie der Haut nicht, Feuchtigkeit abzugeben oder Hitze abzuleiten, sodass alles mehr oder weniger zum Haaransatz hochgeschoben wird. Manchmal befürchte ich fast, dass meine Haut ganz abgehen will. Doch die Erhaltung meiner Schönheit ist mir jeden Moment des Unbehagens wert.

»Eine Affäre.« Jean-Baptiste nickte ernst. »Erzählen Sie, Nicht-La Belle …«

»Ich bin Marthe. Marthe de Florian.«

Jean-Baptiste verzog keine Miene, als ich meinen Namen nannte. Er zeigte nicht ein Fünkchen des Wiedererkennens. Ich war so wütend, dass ich dachte, mein Gesicht könnte mir jeden Moment zerspringen.

»Erzählen Sie doch, Marthe, halten Sie es grundsätzlich für Ihre Pflicht, mir die Liebeleien der Pariser Gesellschaft zu berichten?«

»Nein«, sagte ich und zog einen Schmollmund. »Aber da Sie noch jung verheiratet sind und Ihre Gattin eine der hübschesten Frauen Frankreichs ist …« Oh, wie es mir wehtat, diese Worte hervorzuwürgen. »… dachte ich mir, es könnte Sie interessieren!«

Der Mann grinste und machte ein paar Schritte auf mich zu.

»Tja«, sagte er und griff nach meiner Hand. »Sie ist ziemlich hübsch, aber meiner Meinung nach kann ihre Schönheit der Ihren nicht das Wasser reichen.«

Dieser Ausspruch warf mich um! Nach der Demütigung, dass Boldini eine andere Frau malte, und der Erkenntnis, dass ich für Jean-Baptiste, für Jeanne, für ihren Haushalt überhaupt keine Relevanz hatte, akzeptierte ich nur zu gern, was er mir bot. Nämlich den ganzen Umfang seiner Männlichkeit!

Wir machten es auf dem Boden, schnell und schmutzig, wobei ich mehr in die Spiegel an der Decke starrte als in sein Gesicht. Es war nicht ganz schlecht, und es gab sogar anderthalb recht erfreuliche Minuten zwischen all dem Gegrunze. Das war die perfekte Rache, beschloss ich: an Boldini, an Jeanne, an jedem, der meine Fähigkeit, meine Stellung zu verbessern, in Zweifel ziehen wollte. Hier lag ich also und kopulierte im Salon der berühmtesten Frau Frankreichs! Noch dazu mit ihrem Ehemann!

Rache. So viele Menschen suchen sie. So viele Menschen verüben sie. Aber niemand erzählt einem, wie leer sie ist. Die ganze Zeit dachte ich, dass ich mich besser fühlen würde, wenn ich Jeanne eins auswischte. Ist es möglich, dass ich mich sogar noch schlimmer fühle als vorher?

Chapitre 59

Paris, 7. Mai 1898

Es gibt eine elegante Art, Tatsachen festzustellen, und es gibt eine nicht so elegante. Da dies mein Tagebuch ist, entscheide ich mich für die nicht so elegante.

Ich bin schwanger.

Während ich diese Worte schreibe, während ich sie letzte Nacht hundertmal schrieb, um mein Gehirn zu überzeugen, kommen sie mir immer noch fremd vor. Ich hatte das nie vor. Ich habe nie Kinder gewollt. Andererseits habe ich auch keine Sekunde lang wirklich darüber nachgedacht.

Tja, und hier sitze ich nun, ich Arme. Seit meinem fünfzehnten Geburtstag läuft meine Monatsblutung so regelmäßig wie ein Uhrwerk. Als ich am Dienstagmorgen aufwachte und nichts kam, dachte ich, ich hätte mich vielleicht mit den Tagen vertan. Als sie am nächsten und übernächsten Tag auch ausblieb, merkte ich, dass etwas nicht stimmte. Ich ging zum Arzt. Die Position meiner Cervix und meines Uterus verriet es dann. Ich erwarte ein Kind.

Natürlich begann ich sofort mit einer Reihe von *emménagogues*, um meinen verspäteten Zyklus anzuregen. Die Mädchen im Folies haben Millionen von Ratschlägen, wie man einen unregelmäßigen Zyklus kurieren kann, aber meiner war fest entschlossen auszubleiben. Ich suchte sogar einen sogenannten Doktor auf, der seine Tätigkeit in Montmartre in einem Laden mit Heiltränken ausübte. Er erklärte mir die Maßnahmen, die den menstruellen Fluss anregen sollen, und zeigte mir dann die erforderlichen Instrumente.

»Wollen Sie mir etwa einen Einlauf verpassen?«, schrie ich. »So sieht es nämlich aus!«

»Es erfordert dieselben Instrumente«, erklärte er. Als er meinen verblüfften Gesichtsausdruck bemerkte, fragte er: »Ist alles in Ordnung?«

»Ich weiß nicht«, sagte ich.

»Was denken Sie jetzt?«

»Dass ich dieses Kind bekommen werde.«

Das war es. Mein Schicksal war besiegelt.

Du lieber Gott, bald wird es einen kleinen Menschen geben, der mit mir lebt! Ein hilfloses Wesen, das meine Aufmerksamkeit so gut wie ständig brauchen wird! Mit einem schreienden Kind die Wohnung zu teilen kann auch nicht viel anders sein, als sie mit Marguérite zu teilen, aber es besteht keine Chance, dass dieser Miniaturmensch sich in einen Schlangenmenschen verwandelt und seine eigene Wohnung bezieht!

Marguérite war so begeistert von der Nachricht, dass sie mir versprach, mir in jeder erdenklichen Hinsicht zu helfen. Ehrlich gesagt glaube ich, sie möchte bloß einen Spielkameraden. Sie meint, wir können unsere Schichten so legen, dass immer jemand da ist, der sich um das Baby kümmern kann. Außerdem haben wir ja den Vater des Kindes. Männer sind schrecklich schlechte Kinderpfleger, aber im Notfall könnte Boldini schon einspringen. Glaubt zumindest Marguérite.

Marguérite weiß freilich nicht, dass ich mit Boldini nicht mehr geschlafen habe, seit ich entdeckt habe, dass er Jeanne malt – was er mir übrigens bis heute nicht gestanden hat! Es war ein sexuelles Kräftemessen, wie ein Duell. Hätte ich bloß nachgegeben. Wäre er vorher bloß nicht so lange in Monte Carlo gewesen! Heute Abend muss ich die Situation richtigstellen. Ich muss Boldini in mein Bett locken. Auch wenn er nicht der Vater dieses Kindes ist. Ich hätte gern, dass die Chance dafür gegeben ist.

Ist das nicht mal wieder typisch für mein Glück? Die ganzen Jahre habe ich so sorgfältig darauf geachtet, immer *redingotes anglaises* zu benutzen, und habe darauf bestanden, auch wenn mein Partner es ablehnte. Und jetzt steh ich da. Das eine Mal, dass ich auf Vorsichtsmaßnahmen verzichtet habe, werde ich prompt schwanger!

Es hat keinen Sinn, mir zu wünschen, ich wäre vorsichtiger gewesen. Ich war es nun mal nicht. Es ist passiert! Ich habe den schwellenden Bauch (und Brüste!), die davon zeugen. Jetzt muss ich praktisch denken, und das bedeutet, dass zuallererst ein Schäferstündchen mit Boldini ansteht. Ob ich ihm letztlich erzähle, wer der wahre Vater dieses Kindes ist, wird sich noch zeigen. Vielleicht werde ich gestehen, ihm erklären, was passiert ist und warum. Er weiß um meine Verachtung für Jeanne. Er weiß, dass er mindestens ein Geheimnis vor mir hatte! Außerdem war Boldini so lange fort. In der ganzen Zeit habe ich nur mit einem einzigen Mann geschlafen, und auch mit dem nur ein Mal! Ehrlich gesagt finde ich das ziemlich heroisch von mir.

Andererseits will ich nicht riskieren, dass Giovanni mich zurückweist. Nachdem er über *Le Comte* schon so verärgert war, könnte er es jetzt doppelt sein, wenn auch noch ein Kind ins Spiel kommt. Deswegen muss ich heute Abend mit ihm schlafen. Vielleicht werde ich ihm die Wahrheit erzählen. Vielleicht auch nicht. Ich brauche bloß die Chance, mir beide Möglichkeiten offenzuhalten. Das Wichtigste für eine Frau ist Geld, aber das Zweitwichtigste sind ihre Wahlmöglichkeiten. Eine Dame muss sich ihre Wahlmöglichkeiten wahren.

Chapitre 60

April schlief auf keinem ihrer Flüge, obwohl Troy darauf bestanden hatte, dass sie ein Ticket in der Businessclass buchte und den Atlantik in einem Flugzeug mit Liegesitzen überquerte. Jeder andere Passagier kuschelte sich in das gemütliche Bett, nur April nicht.

Stattdessen blieb sie aufrecht sitzen und nippte an ihrem Wein, las Marthes Tagebücher und starrte stumpf aus dem Fenster in das Nichts unter sich. Als sie in San Diego aus dem Flugzeug stieg, berührte sie ein Steward am Arm und meinte, es werde bestimmt alles gut werden.

April stakste die Gangway hinunter und zum Security-Bereich. Sie überlegte, wer sie wohl auf der anderen Seite erwartete. Troy würde es nicht sein. »Ich werd versuchen, zur Beerdigung runterzufliegen, aber ich habe gerade noch einen Deal abzuschließen.« Ihr Vater würde es auch nicht sein. »Ach Kind, du weißt doch, wie ich Autofahren hasse.« April dachte an all die Male, die sie vom College heimgekommen war, aus Paris und aus New York, um sich dann am Flughafen durch Trauben von Familien zu drängeln, die sich alle in den Armen lagen, während sie selbst zum Taxistand ging, wo sie sich in die Schlange einreihte wie ein Tourist oder ein Geschäftsreisender, nicht wie jemand, der nach Hause kommt.

In der Nähe der Rolltreppen nahm der Lärm der Reisenden immer mehr zu. April blieb stehen und spähte über die Brücke zum »Bodentransport«-Schild hinunter. Leute wuselten am Gepäckförderband herum, während sie auf ihre Taschen warteten. Sie küssten sich und lachten und ein paar weinten, alle freuten sich, wieder auf der Erde zu stehen, und begrüßten ihre Lieben.

Seufzend trat April auf die Rolltreppe. Dann blickte sie hinüber und entdeckte neben Gepäckausgabe Nummer zwei eine Einzelperson. Der Mann trug ein T-Shirt, Boardshorts und hatte ein angespanntes Lächeln auf den Lippen.

»Brian!«, rief sie.

Er grüßte zurück. Aprils Augen füllten sich mit Tränen, und sie stolperte die Rolltreppe hinunter, wobei sie mindestens zwei Kinder, eine Mutter und eine Sauerstoffflasche beiseiteschubste. (Wo war Montesquious Spazierstock?) Als sie unten angekommen war, warf sich April in die Arme ihres Bruders. Er war überhaupt nicht groß, aber er fühlte sich stärker, robuster an, als sie ihn in Erinnerung hatte. Er roch nach Meer.

»Wow, das ist ja eine Begrüßung!«, sagte er, als er sie fest an sich drückte. Ihr kleiner Bruder. »Entweder bist du wirklich total aus dem Häuschen, weil du mich wiedersiehst, oder dein Leben ist grade absolut scheiße.«

April löste sich aus seiner Umarmung und lächelte schwach. Absolut scheiße? Ja. Ja, allerdings. Sie deutete auf die schwarzen Spuren, die ihre Wimperntusche auf seinem weißen T-Shirt hinterlassen hatte.

»Du bist gezeichnet«, sagte sie. »Tut mir leid wegen deinem T-Shirt.«

»Schon gut.« Er zuckte mit den Schultern. »Tränen von April Potter. Hätte ich dir nicht zugetraut.«

»Tja. Ich kann schon Tränen vergießen, so ist es nicht. Ich hätte es schon immer gekonnt.«

Sie wischte sich die Nase mit einem Zipfel ihres Cashmereschals ab. Wie sie so vor ihrem Bruder stand, der ausgefranste Shorts, Flipflops und Sonnenbrille trug, fühlte April sich auf einmal lächerlich overdressed. Sie war im Land der Bikinitops und Surferhemden, und sie tauchte hier mit hochhackigen Stiefeletten und sorgfältig abgestimmten Accessoires auf.

»Du siehst gut aus«, sagte sie. »Très kalifornisch.«

Brian sah tatsächlich gut aus, weil er immer noch so aussah wie früher: gebräunt, fit, Spuren von Meersalz an den Schläfen und im Haar.

»Danke, Schwesterherz«, sagte er. »Und du siehst dünn aus.«

»Danke.«

»Das war nicht als Kompliment gedacht.«

»Oh. Ach so. Danke trotzdem. Du brauchst dir aber keine Sorgen zu machen. Ich hab genug gegessen. Ich habe sogar mehr gegessen, als ich gebraucht hätte.«

April dachte an die Unmengen, die sie im Feuerwehrhaus verschlungen hatte. Und sie dachte daran, was sie im Anschluss daran noch verschlungen hatte. In der Tat, mehr, als sie gebraucht hätte.

»Du bist definitiv *zu* dünn«, sagte Brian. »Ausgemergelt. Du hast sowieso schon so kantige Züge, und jetzt siehst du noch größer und eckiger und strenger aus.«

»Strenger. Danke. Jetzt fühl ich mich endgültig wie die knorrige Alte.« Sie musste an Delphine Vidal denken. Die hatte es natürlich raus, wie man das richtig macht mit dem Dünnsein. »Weißt du, unter Parisern gelte ich als ›vollere Frau‹.«

»Gut, dass ich noch nie in Paris war. Die wüssten mit diesem gedrungenen Körper nichts anzufangen.« Er ließ seinen Wadenmuskel spielen.

»Du würdest es da drüben großartig finden«, versicherte April. »Allerdings kann man da leider nicht surfen. Aber wollen wir nicht langsam mal gehen?«

»Und dein Gepäck?« Brian deutete auf das Gepäckkarussell, wo ein Wachmann gerade versuchte, den dreieinhalbjährigen speckgesichtigen Nachwuchs von irgendjemandem von der silbernen Rutsche wegzuzerren, bevor schwarze Koffer mit Rädern auf ihn herunterdonnern konnten.

»Mein Gepäck? Na, hier.« Sie klopfte auf die Louis-Vuitton-Tasche, die sie über die Schulter gehängt hatte. »Das hier und meine Handtasche. Mehr ist es nicht. Ich hab gelernt, mit leichtem Gepäck zu reisen.«

Er zog eine Augenbraue hoch. »Ich gehe davon aus, dass du nicht vorhast, länger zu bleiben, oder?«

»Ich kann nicht. Ich muss den Auftrag in Paris abschließen. Aber danach komme ich wieder. Versprochen.«

»Wie du meinst, April.« Brian streckte die Hand nach ihrer Reisetasche aus. »Na komm, Louis Vuitton. Jetzt geht's heimwärts.«

Chapitre 61

April folgte Brian durch die automatischen Türen in den kalifornischen Sonnenschein. Das gleißende Licht traf auf ihre Netzhäute und schien Aprils Augen bis in den hintersten Winkel ihres Gehirns zu verbrennen. Die Sonne war hier anders, heller, intensiver.

»Du liebe Güte«, murmelte sie und wühlte in ihrer Handtasche nach einer Sonnenbrille.

»Du solltest fürs Fremdenverkehrsamt arbeiten«, sagte Brian und lachte. »Kommen Sie nach San Diego! ›Hier ist es so grässlich sonnig‹!«

»Ich meine es ernst. Das hat wirklich was Verkommenes, Teufelspakt-artiges.«

»Sprach die Frau, die gerade aus Paris gekommen ist.«

Paris. April musste sofort an Luc denken. Andererseits – vielleicht dachte sie auch bloß an Luc, weil sie gerade an einer Gruppe von Rauchern vorbeigingen, die sich verschämt um einen Betonaschenbecher geschart hatten. Obwohl sie schon oft von den Gefahren durch Passivrauchen gehört hatte, atmete April ein, als sie vorübergingen. Sie vermisste den vertrauten Geruch.

»Du lieber Himmel, es ist wirklich extrem heiß!«, sagte April, als sie auf den Parkplatz kamen und die Sonne ihnen auf die Köpfe brannte. »Wie weit stehst du weg?«

»Nicht weit. Memme.«

»Hey, ich hab Stiefel an. Und meine Haare sind quasi eine lange, schwere braune Decke auf dem Kopf. Ich glaube, ich bekomme einen Sonnenbrand. Wie ›nicht weit‹ stehst du weg? Ich kann Bettys Auto nirgends sehen. Du bist doch mit eurem Rostmobil da, oder?«

Wenn ihr Vater in den letzten zwanzig Jahren überhaupt etwas gehabt hatte, was ihn hochhielt, dann waren es ihre Nachbarn. Sie bezahlten ihn dafür, dass er Dinge reparierte, die wahrscheinlich gar nicht repariert werden mussten. Sie liehen ihm Rasenmäher und Heckenscheren und manchmal wahrscheinlich auch Bargeld, wie April befürchtete. Am ersten Tag in der Junior Highschool fand April einen Sack Kleidung auf ihrem Bett, gestiftet von Betty Wedbush, der großzügigsten aller großzügigen Schenkerinnen.

Mrs Wedbush (es fiel ihr immer noch schwer, sie Betty zu nennen) wohnte schräg gegenüber. Sie sorgte nicht nur dafür, dass April kleidungstechnisch als einigermaßen cool durchging, sie lieh ihr auch großzügig den alten gold-rost-farbenen Cadillac, der sonst in ihrer Auffahrt stand. In diesem Auto hatte April ihren Führerschein gemacht. In diesem Auto wurde sie zum Flughafen gebracht, wenn sie zum College zurückmusste, und als sie fast für immer auf Wiedersehen sagte. April hatte immer gedacht, dass Betty irgendwie eine Ersatzmutter für sie sein wollte. Und es machte sie ein bisschen traurig, dass Mrs Wedbush nie wirklich eine Chance gehabt hatte.

»Non?« Brian grinste sie über die Schulter an. »Nein, keine Sorge, Prinzessin. Du musst nicht im Betty-Mobil fahren. Wir sind selbst gefahren. Ich hoffe, unser Subaru ist als Transportmittel für dich akzeptabel.«

April hätte wissen müssen, dass er sein eigenes Auto nehmen würde. Die Fahrt von Nordkalifornien war lang, bot aber viele Gelegenheiten für Surfpausen. April lächelte, als sie merkte, dass sein Auto das einzige war, auf dessen Dach ein Surfboard befestigt war.

»Wo ist Allie denn?«, erkundigte sich April, als er einstieg. Die Hitze der schwarzen Kunststoffsitze versengte ihr fast die Hand. Brian warf ihre Tasche auf einen Wetsuit, und April hoffte stumm, dass das Ding nicht wirklich nass war.

»Zu Hause bei Dad.«

»Wollte er nicht mitkommen?«

Brian wendete.

»Flughäfen«, sagte er nur und brachte den Motor auf Touren. »Nicht ganz Dads Stil.«

Wenig später hatten sie das Flughafengelände verlassen und glitten am Hafen entlang. Das Wasser glitzerte im Sonnenlicht. In der Ferne entdeckte April ein Kreuzfahrtschiff und mehrere kleine Fischerboote. Ihr Elternhaus war nur ein paar Straßen vom Strand entfernt, entsprechend war es kaum zu glauben, dass sie manchmal Monate verbracht hatte, ohne einmal in Meeresnähe gewesen zu sein. Brian hätte das niemals ausgehalten.

Als sie über die Brücke nach Coronado fuhren, blickte April auf die Boote unter ihnen, dann hinüber zum Ufer und den verkeilten kleinen Straßen und Häusern der Insel. Das Haus ihrer Kindheit würde immer noch dastehen wie damals: rosa, viereckig, davor der gefleckte, gilbige Rasen. Die reinste Zeitkapsel im Vergleich zu den mehrere Millionen Dollar teuren, schindelverkleideten, grundstückverschlingenden Monstern, die rundum aus dem Boden schossen wie Pilze nach warmem Regen. Das Potter-Haus blieb dreißig Jahre unverändert. Nicht so lange wie Marthes Wohnung, aber die Dame hatte Konkurrenz.

Das Auto fuhr langsam von der Brücke und in die Stadt Coronado hinein. Der Ort sah so utopisch aus wie eh und je. Die süßen Häuschen, die amerikanischen Straßen, alles fernab vom stählernverächtlichen Blick der City auf der anderen Seite der Bucht.

»Wie geht's Allie denn so?«, fragte April, als sie an der Orange Avenue vor einer Ampel mit ärgerlich langer Rotphase standen.

»Super, wirklich super. Viel Arbeit, aber sie mag ihren Job. Sie liebt ihn geradezu.«

»Ich hab mich schon immer gefragt, ob du nicht auch eine gewisse Ironie darin siehst«, sagte April. »Dass du nach dem, was Mom durchgemacht hat, eine Krankenschwester geheiratet hast.«

»Nein«, sagte er kurz angebunden. »Warum? Findest du, dass Ironie darin liegt, dass du einen drecksreichen Typen geheiratet hast?«

»Was hat Geld denn damit zu tun?«

»Du hast jemanden geheiratet, der für dich sorgen könnte. Jemanden, der so viel hat, dass du niemals alles verlieren könntest. Nicht noch einmal.«

April schnaubte. »Verwechsle Wohlstand bitte nicht mit Fürsorge.«

»Aus meiner Perspektive kommt das so ziemlich aufs Gleiche raus. Also. Ich sollte es dir wahrscheinlich auch mal sagen.« Brian sah sie an. »Wo wir gerade von Fürsorge und von Allie reden: Sie ist im vierten Monat schwanger.«

»Wirklich?« Aprils Miene hellte sich auf. Einen Moment lang wurde ihr etwas leichter ums bedrückte Herz. »Endlich mal gute Neuigkeiten! Mein kleiner Bruder wird Vater!«

Sie beugte sich zu ihm hinüber, um ihn zu umarmen, auch wenn sich ihr dabei der Schaltknüppel in die Rippen bohrte.

»Ja, echt abgefahren«, sagte Brian strahlend.

»Absolut abgefahren.« April machte sich von ihm los und sah ihren Bruder an. Ein Vater. Er wurde Vater. »Aber großartig. Du wirst auf jeden Fall super sein. Und Allie sowieso, wie immer. Sie hat Glück. Du hast Glück. Und das Baby auch. Ich freu mich wirklich unglaublich für euch.«

»Ja, wir sind ganz aus dem Häuschen.« Brian bog auf die J Avenue, in der sie aufgewachsen waren.

April hielt den Atem an. Jedes Mal, wenn sie zu Besuch kam, hatte sich die Umgebung wieder ein bisschen verändert. Ein Haus war abgerissen worden. Ein neues entstand. Aber dazwischen blieben die alten Palmen und Magnolien stehen, boten unerschütterlich auch den ehrgeizigsten Immobilienplanern die Stirn und erinnerten April daran, wie es hier früher einmal ausgesehen hatte.

»Du hast echt Glück, weißt du«, sagte sie mit zitternder Stimme zu Brian. »Du stehst am richtigen Ende dieser speziellen Statistik.«

»April …«

»Nein, ganz im Ernst, es war gut, dass du derjenige warst, der diese Last nicht tragen musste. Fünfzig-fünfzig, so stehen doch die Chancen, oder? Tja, du hast die Null erwischt. Du wirst nicht am Ende in irgendeinem Bett liegen und nicht mehr wissen, wie die Dinge und Menschen um dich herum heißen. Und du kannst es deinen Kindern auch nicht weitergeben.«

Ihre Mutter hatte zwar die genetisch bedingte Alzheimer-Variante gehabt, aber Brian würde die Krankheit nicht bekommen. Gott sei Dank hatte es ihn nicht getroffen, den Mann, der dazu bestimmt war, Vater und Großvater zu sein. Und daher würden seine Kinder, Aprils zukünftige Neffen und Nichten, diese Krankheit auch nicht in ihren Genen tragen. Vielleicht wusste das Universum ja doch, was es tat.

»Ich weiß, dass du den Test vor Ewigkeiten gemacht hast«, fuhr April fort. »Aber jedes Mal, wenn ich wieder dran denke, ist es die absolute Erleichterung. Als würde ich die Neuigkeiten jedes Mal wieder zum ersten Mal hören. Du bist ganz offiziell aus dem Schneider.«

Das Auto kam zum Stehen. Sie standen vor ihrem Elternhaus.

»Stell dir bloß mal vor, wie erleichtert du wärst, wenn die Person, die aus dem Schneider ist, du selbst wärst«, sagte Brian.

Er sah sie eindringlich an.

»Ja, stimmt schon«, murmelte April und vermied es, irgendetwas anderes anzusehen als den Boden. »Oder ich könnte auch reinrasseln. Es könnte buchstäblich auch in die andere Richtung ausschlagen.«

»Du musst wirklich mal deinen Mut zusammennehmen und diesen verdammten Test machen lassen. Das hängt doch über deinem Kopf wie so ein Damoklesschwert.«

»Über meinem Kopf?« April sah ihn an. Das Haus ragte hinter ihr auf, lauernd, als würde es sie beobachten. »Fünfzig-fünfzig für dieses Scheißgen, Brian. Wenn deine Chancen null sind, dann liegen meine bei hundert.«

»Ich weiß, dass Mathematik noch nie deine Stärke war, aber es ist möglich, eine Münze zu werfen und zweimal hintereinander Kopf zu kriegen.«

»Warum sollte ich es riskieren?«, fragte sie. »Ich hab nie Kinder haben wollen, warum sollte ich also den Test machen? Damit ich rausfinde, ob ich eine schreckliche Krankheit habe, für die es keine Heilung gibt?«

»Vielleicht wirst du deine Meinung noch mal ändern«, gab er zu bedenken. »Wegen Kindern, meine ich. Du bist immer noch jung. Mehr oder weniger.«

»Sehr witzig. Und ich werd keine Kinder mehr haben.« Selbst, wenn sie das Risiko eingehen wollte – wer sollte den anderen Part in dieser Unternehmung spielen? Sicher nicht Troy. Sie hätte auch sagen können »sicher nicht irgendwelche Leute mit französischem Akzent«, aber nicht mal April war lächerlich genug, diese Möglichkeit auch nur in Betracht zu ziehen. »Diese Chance liegt bei null.«

»Ach komm, mein Kind will auch einen Cousin oder eine Cousine haben. Ich dachte, ihr hättet euch die Möglichkeit immer noch offen gelassen?«

»Diese Möglichkeit ist bereits abgehakt .Ich brauche nicht mal eine medizinische Diagnose, um das zu wissen.«

»April«, sagte Brian. »Was ist eigentlich los bei Troy und dir? Tut mir leid, ich bin ungern neugierig, aber ich muss dich fragen. Was ist los?«

»Seltsame Frage.« Sie hatte ihrem Bruder oder ihrem Vater nichts erzählt. Nicht eine Silbe. »Was soll denn los sein mit Troy?«

»Zum einen hat er oft angerufen und nach dir gefragt. Total komisch. Sah Troy überhaupt nicht ähnlich.«

April schwieg, während sie mit dem Reißverschluss ihrer Tasche spielte. Brian rutschte auf seinem Sitz herum. Seine Schlüssel klimperten, als er sie in die Hosentasche schob.

»Er hat mich betrogen«, brachte April schließlich hervor. Und fügte hinzu: »Ich kann's nicht glauben, dass ich das einem Menschen erzähle.«

»Scheiße. Im Ernst?«

»Ja. So lustig es wäre, wenn es ein Witz wäre, es ist tatsächlich die Wahrheit.«

»Scheiße«, sagte er noch einmal. »Bist du sicher?«

»Ja. Ich hab nicht geraten oder so. Troy hat es mir gestanden. One-Night-Stand, wird nie wieder vorkommen, etcetera.«

»Mist. Das tut mir so leid, April. Das ist so was von vernichtend.«

»Allerdings ist das vernichtend. Er ist zwar angemessen zerknirscht, aber ich wünschte, er hätte es mir nicht erzählt. Es hat alles verändert. Wenn es nicht wieder vorkommen würde, warum hat er es mir dann erzählt? Irgendwie kommt mir das so egoistisch vor. Jetzt bin ich paranoid und warte auf die nächsten schlechten Neuigkeiten. Ich fühle mich, als hätte ich den Großteil meines Erwachsenenlebens damit verbracht, auf schlechte Neuigkeiten zu warten.«

»Wie Mom. Wie eine unheilbare genetische Krankheit.«

»Ganz genau. Noch ein Stückchen Scheiße auf den Riesenhaufen.«

»Tut mir leid«, sagte Brian. »Mann, ist das beschissen. Soll ich ihn zusammenschlagen?«

»Witzig. Und süß von dir. Aber nein danke, geht schon. Trotzdem danke. Die gute Absicht zählt.«

»Okay. Sag Bescheid, wenn du es dir anders überlegst.« Brian schwieg einen Moment und drehte an den ausgefransten Enden seiner Shorts. »Darf ich dich mal was fragen? Stimmt es, dass du nie Kinder haben wolltest? Oder hattest du Angst, welche haben zu wollen?«

April zuckte mit den Achseln. »Ist das denn wichtig? Ich will lieber keine Kinder haben *wollen* als einen Test zu machen, der mir dann sagt, dass ich keine haben *kann*. Oder haben sollte, weil ich sonst ein paar schwer gestörte Gene an sie weitergebe. Und ganz abgesehen von der Sache mit dem Kinderkriegen – ich könnte nicht mit dem Wissen leben, dass ich irgendwann desorientiert ans Bett gefesselt sein werde.«

»Aber …«

»Ich versteh's schon: Du warst in der gleichen Lage. Aber du bist so ein Surfer-Zen-alles-ist-gut-Typ. Du machst immer aus allem das Beste, und ich brauche definitiv keinen Test, um festzustellen, dass mir dieses besondere Gen fehlt.« April seufzte. »Ich kann's einfach nicht. Ich könnte einfach nicht mit so einer Angst leben. Ständig drauf warten, dass es passiert.«

Brian stöhnte und schüttelte den Kopf.

»Ich will ja nicht derjenige sein, der immer noch eine schlechte Nachricht obendrauf setzt«, meinte er und stieß die Autotür mit dem Fuß auf. »Aber genau so lebst du schon.«

Brian griff sich ihre Tasche und begann aufs Haus zuzugehen. April blieb, wo sie war, starrte auf die Sandkörnchen, die sich am Schaltknüppel festgesetzt hatten, und überlegte, woher sie die Kraft nehmen sollte, ins Haus zu gehen.

Schließlich blickte sie auf das rosa Haus, dessen Fassade durch die Einwirkung von Sonne und Salz zu einem Lachston ausgeblichen war. Zwanzig Jahre ungebremster Emotion füllten sie. Sie fragte sich kurz, ob sie gerade starb, denn Ausschnitte ihres Lebens zogen plötzlich in Momentaufnahmen vor ihrem inneren Auge vorbei.

Ihre Mutter, die die Kamelien (mittlerweile verschwunden) im Blumenbeet goss.

Ihr Bruder, der im Garten (mittlerweile nur noch Schmutz) herumkrabbelte.

Ihr Vater, der durch das Gartentor (mittlerweile Maschendrahtzaun) trat, mit einer Pfeife im Mundwinkel und einer *San Diego Tribune* unter dem Arm.

April, die ihre Fisher-Price-Figuren auf dem Gehweg vorm Haus (mittlerweile zersprungen und aufgebrochen) aufstellte und eine ausgedehnte Aufführung des Musicals *Grease* mit ihnen durchspielte.

Das alles war immer noch da, nicht nur das Haus, sondern auch das Leben, das sie hier einmal gelebt hatte. Vielleicht hatte sie nicht die Möbel oder die Sachen, aber April hatte die Erinnerungen, die geistigen Tagebücher, in denen sie jederzeit lesen konnte. Zugegeben, es kamen keine professionellen Kunstfurzer oder Brustwarzenkerzenleuchter darin vor, aber deswegen waren sie nicht weniger spektakulär. Und es gab auch keinen Grund, warum sie das nicht alles noch aufschreiben sollte.

Mit einem ganz leisen Lächeln machte April die Tür auf und trat ein.

Chapitre 62

Am nächsten Morgen traf April ihren Vater in der Küche an, wie er gerade eine Zeitung durchblätterte. Da er schon immer ein Frühaufsteher gewesen war, musste er zu diesem Zeitpunkt bereits drei Stunden wach sein, vielleicht sogar vier. Zweifellos hatte er die Zeitung von vorn bis hinten auswendig gelernt, während er auf sie wartete, und jetzt hatte sich jedes Detail des San-Diego-Padres-Spiels in sein Gehirn gebrannt und konnte später wieder vorgeholt werden, wenn ihm kein Gesprächsthema einfiel. Es war traurig. Jetzt, wo ihre Mutter weg war, hatte er nichts mehr zu tun.

»Hallo, Dad.« April küsste ihn auf seinen sommersprossigen, fast schon kahlen Kopf. »Wie haben die Padres gestern Abend gespielt?«

»Ist grade Spielpause«, knurrte er. »Was bedeutet, dass sie gar nicht gespielt haben. Was bedeutet, dass das für Padres-Fans ein guter Tag war.«

April musste sich um ein Lächeln bemühen. Schon als sie durch die Tür kam, war sie schockiert, ihn so geschwächt zu sehen. Er war nicht mehr jung, und er hatte gerade seine Frau verloren, aber April hätte nicht erwartet, dass er so dünn, gebeugt und düster aussehen würde. In ihrer Vorstellung war er immer noch der robuste, starke Marineoffizier ihrer Kindheit. Jetzt war Richard Potter in jeder Hinsicht ein alter Mann. Einer, um den man sich Sorgen machte, wenn er nur eine halbe Treppe allein hochgehen sollte. Er war erst dreiundsechzig, sah aber eher aus wie knappe neunzig.

»Na, meine Liebe«, sagte er und stand schwankend auf. »Soll ich dir einen Kaffee machen?«

Sie hätte einen Kaffee zwar gut gebrauchen können, aber in diesem Haus bedeutete das koffeinfreien Pulverkaffee und laktosefreies Milchpulver, das Betty Wedbush vor ungefähr zehn Jahren in den Küchenschrank gestellt hatte. Ein krasser Abstieg nach Paris. Doch April hatte das Zeug nicht mal trinken können, bevor sie in Paris gelebt hatte.

»Nein, danke«, sagte April. »Ich möchte grade gar nichts. Und bleib bitte sitzen, Dad, ich kann's mir doch selbst holen, wenn ich was brauche.«

»Okay.« Er runzelte die Stirn und ließ sich wieder auf den Stuhl sinken, ein mit Plastikbändern bespanntes Metallgestell, das eher ins Jahr 1978 passte.

»Wo ist Brian hin?«, erkundigte sich April, während sie sich an die orange Arbeitsplatte lehnte. »Lass mich raten: Surfen.«

»Natürlich. Wo sonst.«

»Und Allie?«

»Die ist mitgegangen und schaut ihm zu.«

April kicherte. Sie versuchte sich vorzustellen, wie sie Troy freiwillig beim Golf- oder Racketballspielen zusah. Der Gedanke wäre ihr niemals gekommen, nicht mal, als er hunderttausend hingelegt hatte, um bei einer Wohltätigkeitsveranstaltung eine Runde mit Tiger Woods zu spielen.

»Die süße Allie.« April schüttelte den Kopf. »Die beiden sind wirklich goldig.«

Sie drehte sich um und suchte im Küchenschrank nach einer Tasse, fand aber bloß ein Glas mit Werbung von Dairy Queen aus den Achtzigern. Sie konnte sich noch erinnern, wie sie als Kind literweise Milch mit Schokosirup daraus getrunken hatte. Sie hatten mehrere Gläser dieser Art gehabt, bestimmt ein halbes Dutzend, aber dieses hatte als einziges überlebt.

»Kann man das Leitungswasser hier trinken?«, fragte sie.

»Ja. Wieso sollte man das nicht trinken können? Tut mir leid, in diesem Haushalt gibt es kein Wasser in Flaschen.«

»Ich frag ja bloß …« April drehte den Hahn auf und erwartete fast einen Strahl rostroten Wassers.

»Und, wie lange willst du bleiben?«, fragte ihr Vater.

»Oh. Äh …« April nahm drei große Schlucke. Es schmeckte nach Münzen, aber sie hatte so einen trockenen Mund, dass sie noch drei weitere Schlucke nahm. »Bis zum Gottesdienst, dachte ich, oder?«

Ihr Vater sagte nichts. Er runzelte nur die Stirn. Oder vielleicht sah sein Gesicht auch immer so aus. April konnte sich nicht entsinnen.

»Ich komm später noch mal her«, fügte sie rasch hinzu. »Sobald ich mein Projekt in Paris abgeschlossen habe und wieder in den Staaten bin.«

»Mach das, wie du es für das Beste hältst«, sagte ihr Vater. »Fühl dich nicht verpflichtet, noch mal zu kommen.«

April nickte. Sie war nicht sicher, wie sie reagieren sollte, aber wenn man es mit Richard Potter zu tun hatte, war das auch nicht anders zu erwarten. Es war immer schwer zu entscheiden, was unangenehmer war – das Schweigen oder das gekünstelte Gespräch, das sie stattdessen anfingen. Sie sprachen oft miteinander, aber sie kannten einander überhaupt nicht.

»Tja«, sagte sie. »Das ist echt hart.«

Offensichtliches festzustellen lag April mehr.

»Ich hab deine Mutter sehr geliebt«, sagte ihr Vater. Seine blauen Augen waren rot geädert und wässrig. »Ich hoffe, das ist dir klar.«

»Du liebe Zeit, Dad – ja. Natürlich ist mir das klar. Jeder, der dich jemals kennengelernt hat, weiß das. Du hast sie mehr geliebt als alles andere auf dieser Welt.«

»Ja«, sagte er. »Sie und meine Kinder.«

April musste den Impuls unterdrücken, eine spöttische Bemerkung zu machen.

»Mom hatte wirklich Glück, dass sie dich hatte«, sagte sie stattdessen. »Vielleicht hat sie es nicht gewusst, aber sie hat es *gefühlt*. Ich habe keinen Zweifel daran, dass sie es gefühlt hat.«

»Hab ich dir erzählt, dass sie mich manchmal tatsächlich noch erkannt hat?«

April blinzelte. Ihre Mutter hatte jemanden *erkannt*? Sie hatte zum Schluss noch kognitive Funktionen gehabt? April hatte nicht gewusst, dass es in diesen zwanzig Jahren überhaupt noch ein Aufblitzen der alten Sandy Potter gegeben hatte. Wenn sie es gewusst hätte, hätte April sie dann anders behandelt? Anders mit ihr geredet?

»Wirklich?«, sagte April. »Das wusste ich gar nicht.«

»Ja. In sehr großen Abständen versteht sich. Aber es kam vor. Da kam ich zu ihr rein und sie sagte meinen Namen mit ihrem breiten Grinsen und den Grübchen. Natürlich hab ich jedes Mal darauf gehofft.«

»Es muss so schwer für dich gewesen sein«, sagte April und nahm gegenüber von ihm Platz. Sie legte beide Hände auf seine. Seine Finger fühlten sich kalt, trocken und rau an.

»Es hätte nicht so geschehen dürfen.« Ihm standen die Tränen in den Augen. »Ich dachte immer, das ist nur vorübergehend. Diese ganze Situation. Bis zum Schluss. Ich glaube es auch jetzt noch. Moment, sie kann doch nicht tot sein! Ihr solltet ihr doch wieder auf die Beine helfen!«

»Aber Dad.« Es war fast schon lächerlich. Ihr wieder auf die Beine helfen? Bei Alzheimer? April biss sich auf die Innenseite der Wange, als sie eine Gruppe Kinder am Zaun mit Bodyboards auf der Schulter vorübergehen sah. »Du weißt doch, dass man ihr nicht helfen konnte, dass das unheilbar war.«

»Rein intellektuell, ja«, sagte er. »Ich weiß ja auch, dass es verrückt klingt. Aber bis zum Schluss dachte ich noch, dass es wieder in Ordnung kommen könnte. Dass sie irgendwas *tun* könnten. Die Ärzte. Die Wissenschaft. Irgendjemand. Als deine Mutter zum Pflegefall wurde, war AIDS noch ein Todesurteil, das ist es heute auch nicht mehr.«

»Okay, aber sie hatte nun mal kein AIDS. Leider? Das ist wahrscheinlich nicht das richtige Wort. Ihr *Gehirn* war erkrankt, Dad …«

»Ich hab's schon kapiert«, sagte er brüsk, um sich dann aber sofort wieder in seine Reserviertheit zurückzuziehen. Er tätschelte ihr die

Hände, aber ohne Hautkontakt, er tappte einfach nur so in die Luft. »Ich hab's kapiert, okay? Im letzten Moment, und zu spät, als dass irgendjemand noch was davon hätte. Aber ich hab's kapiert. Ich hab so viel verleugnet. Jetzt, wo sie weg ist und du auch, und Brian auch, wenn auch nicht so komplett, jetzt wird mir klar, dass mir diese ganzen Jahre so schnell wie Sand zwischen den Fingern hindurchgeronnen sind. Ich dachte immer, morgen wird alles gut. Aber die Zeit marschiert weiter. Dem Morgen bin ich ganz egal.«

»Ja, das ist das Blöde an der Zeit.« April fuhr mit einem Finger am Rand ihres Glases entlang. »Sie rast.«

»Es tut mir leid, April. Es tut mir leid, dass ich nicht für dich da war. Es ist toll, was aus dir geworden ist, aus euch beiden, und das im Grunde ganz allein.«

»Ich war nicht allein. Und du musst dich nicht entschuldigen. Was du für Mom getan hast, war großartig. Die meisten Menschen könnten – oder würden – so etwas nicht tun. Das war eine wahre Liebesgeschichte«, sagte April und musste an Lucs Worte denken. »Jeder sollte so ein Glück haben.«

»Was ich für deine Mom getan habe?«, meinte ihr Vater mit leicht gerunzelter Nase. »Nein, April. Da täuschst du dich. Alles, was ich getan habe, war für dich. Und für deinen Bruder. Ich hab das für euch zwei getan.«

April wusste nicht, wie sie reagieren sollte. Sie konnte darauf hinweisen, dass die Vernachlässigung der eigenen Kinder nicht gerade unter selbstloser Elternschaft lief. Sie hätte sagen können, dass April sich nach der endgültigen Einweisung ihrer Mutter ins Krankenhaus nicht eine Sekunde lang erwünscht oder geliebt oder wichtig gefühlt hatte. Aber sie sagte das alles nicht, denn dieser Mann war immer noch ihr Vater, und das würde er auch bleiben.

»Danke, Dad«, brachte April mühsam hervor. »Ich weiß, dass du unser Bestes im Auge hattest.«

»Nein. So denkst du nicht.« Er schüttelte den Kopf. »Bitte lüg mich nicht an. So denkst du nicht, und ich verstehe, warum du auf Distanz gegangen bist.«

»Ich bin nicht auf Distanz gegangen. Ich hab versucht, so oft wie möglich zu kommen. Ich ruf dich jede Woche mehrmals an! Ich hab sogar mit Mom telefoniert, was wahrscheinlich das beschissenste …«

»April …«

»… das verdammt Schwerste ist, was man überhaupt tun kann.«

»Ja, das hast du alles gemacht«, sagte er und zog eine Augenbraue hoch. »Aber was ändert das an deiner Distanz? Was macht dich glücklich, April? Was macht dich traurig? Solche Gedanken halten mich nachts wach.«

»Du liebe Zeit, Dad, warum machst du dir Sorgen um mich? Mir geht's doch gut.«

»Prima. Natürlich. Du steckst in einer glücklichen Hochglanzwelt, in der alles prima ist. Du stellst eine Million Fragen, aber du selbst beantwortest nie welche. Das machst du auch tagtäglich in deinem Job, oder? Fragen stellen? Aber nie denkst du an deine eigene Herkunft.«

»Es tut mir leid, Dad«, sagte sie. »Ich wollte es nicht so aussehen lassen, als …«

»Bitte entschuldige dich nicht. Ich entschuldige mich. Ich verstehe, warum du das alles getan hast. Rückblickend muss ich sagen, ich habe auch vieles falsch gemacht.«

»Niemand macht alles richtig. Du nicht, Brian nicht und ich bestimmt auch nicht. Wir sind Menschen. Wir bauen Mist. Fertig.«

»Ich dachte, was ich tue, ist das Beste«, sagte er. Seine Nase begann zu laufen, der Schleim sammelte sich auf seiner Oberlippe.

»Oh Gott, Dad, fang doch nicht an zu weinen, das ertrag ich nicht.«

»Das Schlimmste, was Kindern passieren kann, ist, dass sie ihre Mutter verlieren, stimmt's? Sie war jeden Tag für euch da. Ihr habt sie alle beide vergöttert. Ich dachte, wenn ich eure Mutter nur lang genug liebe, wenn ich einfach warte, kommt sie schon zurück. Während sie im Krankenhaus lag, hat man ein gottverdammtes Schaf geklont.« Er schüttelte den Kopf. »Aber für Alzheimer haben sie kein Heilmittel gefunden.«

»Komm, die Technik und der Fortschritt waren doch Wahnsinn! Unsere Telefone sind jetzt so süß und winzig!«

Ihr Dad lächelte, eine echte Seltenheit. Bestimmt das erste Lächeln, seit April durch diese klobige Aluminiumtür gekommen war.

»Ich dachte, ich warte einfach ab«, sagte er. »Außerdem wollte ich, dass ihr beide versteht, dass wir für immer zu viert sein werden, egal, was kommt. Sie war meine Frau, das war unsere Familie. Diese Message wollte ich senden, während ich darauf wartete, dass die Ärzte endlich ihre magischen Kräfte spielen lassen.«

April versuchte, ein schiefes Grinsen zu unterdrücken. Warten, dass die Ärzte endlich ihre magischen Kräfte spielen lassen. Das war der Schlachtplan von Robert Potter. Einem Gehirn des 21. Jahrhunderts mochte es naiv vorkommen, aber ihr Vater gehörte noch zu der Generation, für die Ärzte unfehlbar waren. Nicht wie bei Aprils Altersgenossen, diesen ganzen Müttern, die sich weigerten, ihre Kinder impfen zu lassen, den Brustkrebspatientinnen, die ganzheitliche Heilmethoden in Mexiko einer Strahlentherapie in der Mayo-Klinik vorzogen.

»Ach, Dad«, seufzte April. Sie merkte, wie die Last von neunzehn Jahren langsam von ihren Schultern rutschen wollte. »Und ich hab mich die ganze Zeit so gefühlt …«

Sie hielt inne. Die ganze Zeit hatte sie sich wie gefühlt? Verlassen. Ja, einsam und verlassen. Aber das war jetzt nicht mehr wichtig.

»Wie hast du dich gefühlt, April?«

»Ich hatte das Gefühl, dass du dein Bestes tust.« Das hatte April bis zu dieser Sekunde nicht geglaubt, aber es war schon mal ein Fortschritt. Sie hätte sich niemals vorstellen können, dass sie überhaupt so fühlen könnte wie jetzt. »Dass du tust, was deiner Meinung nach das Beste für deine Familie ist.«

Sie sagte es ein zweites Mal, mehr für sich selbst als für ihren Vater. Vergiss das nicht, April. Vergiss dieses Gefühl nicht. April war nicht sicher, ob sie diese jahrzehntealte Feindseligkeit ganz abstreifen konnte, aber zum ersten Mal sah sie überhaupt einen Ausweg. Sie verstand, warum ihr Vater so gehandelt hatte, wie er gehandelt hatte. April wünschte nur, sie wären schon früher an diesen Punkt gekommen.

»Ich verstehe dich, Dad«, sagte April. Sie ergriff erneut seine Hände. »Hundert Prozent. Du warst für Mom da, und das bedeutete, dass du für uns da warst. Du hast sie auf eine Art weitergeliebt, wie es sonst niemand konnte. Ich bin froh, dass sie mit dir verheiratet war.«

Wieder lächelte ihr Vater. Er war geradezu zappelig, jedenfalls für einen Richard Potter. April konnte es nicht erwarten, Brian alles zu erzählen. Und ein kleiner Teil von ihr konnte es nicht erwarten, Troy davon zu erzählen. Er würde staunen – über das Gespräch, über das Lächeln ihres Vaters, über alles.

April rutschte mit dem Stuhl näher zu ihrem Vater und legte ihm beide Arme um die Schultern. Seine Knochen fühlten sich spitz und spröde an. Aber er roch immer noch wie er. Auf einmal überkamen sie Tausende von Erinnerungen, glückliche und traurige, aber alle zusammengenommen erinnerten April daran, dass sie zu Hause war. Sie konnte nach New York oder Paris gehen, aber sie würde immer von diesem Ort hier stammen.

»Ich liebe dich«, sagte April, als sie endlich die Kraft fand, sich von ihm zu lösen. »Und danke. Dafür.« Sie deutete auf die Küche, obwohl sie im Grunde nicht das Haus meinte. »Für alles.«

»Ja. Na ja.« Richard wurde rot und hatte in diesem Moment sein Maximum an Gefühlsäußerung erreicht. Er zog ein altes, vergilbtes Taschentuch aus der Brusttasche und gab es April. »Jetzt, wo wir offen und direkt miteinander reden, kannst du mir vielleicht eine Frage beantworten, mein Schatz. Warum magst du meinen Kaffee nicht?«

»Was?« April musste auflachen. »Nein, das ist schon okay, ich hab einfach …«

»April.«

»Okay. Weißt du was? Wie könnte ich deinen Kaffee mögen, wenn du nicht mal richtigen Kaffee zu Hause hast? Mal ganz im Ernst, Dad – koffeinfreier Pulverkaffee? Da krieg ich ja am Flughafen besseren Kaffee.«

»Ach ja, meine Tochter mit dem Hang zum Besseren.« Er zwinkerte ihr zu. »Na, aber hier ist ein Starbucks in der Nähe, da kann man zu Fuß hingehen. Wollen wir? Reicht das für die anspruchsvolle Pariserin?«

»Du liebe Güte«, sagte sie und stand auf. »Du klingst schon wie Brian.«

»Hast du ein Glück. Komm.« Er deutete mit einem Nicken zur Tür.

»Ich steck bloß kurz ein bisschen Geld ein.«

April ging zu ihrer Tasche, die auf dem Ofen stand, der seit zwanzig Jahren nicht mehr benutzt worden war. Sie schob eine Mappe mit Notizen zu Marthe beiseite, um ihr Portemonnaie zu suchen.

Dann hielt sie inne.

»Ach, Dad, übrigens.« Statt ihrer Geldbörse zog April die Tagebücher aus ihrer Handtasche. »Bevor wir gehen, muss ich dir noch was zeigen, woran ich gearbeitet habe. Ich meine, falls es dich interessiert.«

»Natürlich interessiert es mich! Du erzählst so selten was von deinem Job, obwohl deine Arbeit zu den interessantesten gehört, die man so haben kann. Ich bin so stolz auf dich, April. Furchtbar stolz.«

»Danke. Im Grunde ist es allerdings die meiste Zeit einfach bloß ein ganz normaler Job. Aber dieses Projekt in Paris ist anders. Die Geschichte fesselt mich total.« April holte ihre ersten Notizen heraus. »Diese Frau sieht tatsächlich ein bisschen wie Mom aus. Ich muss dich vorher warnen – sie kann manchmal wirklich ein bisschen derb sein, aber …« April grinste breit, als würde sie mit dem ganzen Körper lächeln. »Ich weiß, dass du sie auch lieben wirst.«

Chapitre 63

Paris, 31. Dezember 1898

Ich stehe am Ende eines Jahres, in dem viel schiefgegangen ist, aber letztlich ist dann doch alles gut geworden.

Als ich Boldini davon in Kenntnis setzte, dass er Vater werden wird, verlor er die Fassung. Er warf mit Gegenständen und fluchte. Er behauptete, ich hätte ihn hereingelegt. Ich stand da, lächelte schüchtern und versuchte, nicht in Tränen auszubrechen, während er drohte, das Portrait zu zerstören, das er von mir gemacht hatte. Als ich ihm erklärte, dass ich diese Zerstörung tatsächlich begrüßen würde (dieses Kleid! Dieses grässliche Kleid!), schmiedete er natürlich sofort Pläne, es öffentlich auszustellen.

Aber leider konnte ich diese bösartigen Tiraden nicht einfach so schlucken, ohne auch ein paar zurückzugeben. Also konfrontierte ich ihn mit meinem Wissen über Jeanne. Ich erzählte ihm, dass ich wusste, wie er mich verraten hatte, indem er meine schlimmste Feindin malte. Er hatte mich nie um Erlaubnis gebeten! Er hatte mir nie die Wahrheit gesagt!

Boldini zeigte sich ungerührt von meinem Zorn, um es mal vorsichtig auszudrücken. Statt sofort zu mir zu stürzen und mich um Verzeihung zu bitten, schniefte er, fuhr sich mit der Hand übers drahtige, zerzauste Haar und fragte: »Wen habe ich gestern gemalt?«

»Woher soll ich das denn wissen?«, antwortete ich. Ich legte mir die Hand auf den Bauch, und um einen theatralischen Effekt zu erzielen, tat ich so, als würde mir schwindlig,

»Wen habe ich heute gemalt? Wen werde ich morgen malen?«

»Ich bin doch nicht die Verwalterin deiner Termine! Ganz ehrlich, Boldini, es würde dir nicht schaden, wenn du ein bisschen organisierter wärst. Du könntest dir das Leben ein bisschen einfacher machen, wenn du …«

»Informiere ich dich denn über jeden Auftrag, den ich annehme? Weißt du, welche Leute in dieser Stadt oder in London meine Rechnungen bezahlt haben?«

»Nun, ich …«

»Warum um Himmels willen sollte ich dir also mitteilen, dass ich Jeanne Hugo male? Sie ist nur ein Auftrag. Nicht mehr und nicht weniger.«

»Das ist nicht der Punkt!«, rief ich. »Das ist überhaupt nicht der Punkt! Jeanne Hugo Daudet Charcot ist nicht einfach bloß ein neuer Auftrag, und das weißt du auch. Das ist eine völlig andere Geschichte.«

»Marthe, du hast so viele verschiedene Geschichten, dass du nicht mal mehr selbst den Überblick behalten kannst.« Er wandte sich seiner Staffelei zu.

Ohne zu überlegen, hob ich einen Bleistift auf und warf ihn Boldini an den Hinterkopf.

»Bitte geh jetzt«, sagte er, ohne sich umzudrehen. »Nach dieser Neuigkeit habe ich viel nachzudenken. Und dazu muss ich allein sein.«

Gedemütigt und den Tränen nahe lief ich zur Tür. Ich hätte ihm von Jean-Baptiste erzählen sollen, dachte ich dann. Seine Reaktion auf diese Neuigkeit konnte kaum schlimmer ausfallen. Also blieb ich an der Schwelle noch einmal kurz stehen und machte den Mund auf. Ich war bereit, alles zurückzunehmen.

»Boldini.« Meine Zunge und meine Kehle waren ganz trocken. »Wegen dem Kind …«

»Geh einfach«, sagte er. »Ich will kein Wort mehr von dir hören.«

Also ging ich. Letztlich war es dann doch gut, dass ich ging. Ich bin wieder in Gnaden bei ihm aufgenommen (vorläufig! – es ist immer alles nur vorläufig!). Und was noch wichtiger ist: Er hat die Absicht, meinem kleinen Mädchen, unserer süßen Béatrice, ein respektabler Vater zu sein!

Oh, meine Béa … wo soll ich anfangen?

Sie auf die Welt zu bringen war ein traumatisches Erlebnis. Ich hätte nie gedacht, dass ich darüber schreiben könnte, dass ich mich überhaupt irgendwie dazu äußern könnte. Aber hier sitze ich nun und bin in der Lage, Worte zu Papier zu bringen. Und das nur, weil das Mädchen so ein Goldstückchen ist. Sie ist so süß und perfekt, dass es die Grässlichkeiten, die ich durchmachen musste, fast gänzlich ausradiert.

Béa kam auf höchst gewaltsame Art in diese Welt, als sie vor einer Woche, an Heiligabend, geboren wurde. Es ist wahrhaftig ein Wunder, dass sie jetzt bei uns ist. Nach den tagelangen *emménagogues*, nach meinen Versuchen, sie wegzubluten, dachte ich nun, ich müsste sterben, als man mir sagte, dass ich sie bei der Entbindung verlieren würde.

Zwei Tage vor Heiligabend begannen die Wehen. Sie sollten sich eigentlich langsam aufbauen, sie sollten schwach beginnen und sich zu einem qualvollen Crescendo aufbauen – nicht so jedoch bei mir. Die Qual war sofort da. Die Wehen kamen mit der Wucht eines Zuges, zerrissen mir Eingeweide und Rückgrat, und jede neue Wehe katapultierte mich in den nächsten glühenden Schmerz.

Marguérite behauptete, ich sei ein Schwächling. Sie hatte viele Geburten miterlebt und war in den letzten paar Jahren de facto zur Hebamme des Folies geworden. Sie meinte, sie habe noch nie solche Schreie und solche schmutzigen Wörter aus dem Mund einer Dame gehört. Jetzt, wo es vorbei ist, glaube ich, dass sie noch nie solche Schreie gehört hat, weil sie noch nie neben einem Menschen saß, der so große Schmerzen hatte.

Ich lag zwei Tage lang in Boldinis Atelier in den Wehen, während er selbst hektisch um mich herumrannte. Schon nach kurzer Zeit konnten wir ihn beide nicht mehr ertragen, und Marguérite verbannte ihn in ein anderes Zimmer.

Dr. Pozzi kam irgendwann im Laufe des zweiten Tages. Zu diesem Zeitpunkt war es schon verloren. Als er die Lage des Kindes feststellte, verfinsterte sich sein Gesicht. Es handelte sich um eine Beckenendlage mit beiden Füßen nach unten, erklärte er uns. Deswegen waren meine Wehen auch so schlimm, deswegen konnte das Kind nicht herauskommen.

Der Schmerz wurde noch stärker. Sie gaben mir Morphium, um meine zerrütteten Nerven zu beruhigen. Marguérite sagte später, dass ich mich sofort entspannte, aber ich bemerkte gar keinen Unterschied. Die Wehen wollten nicht weniger werden. Und es wurde nicht einfacher für Dr. Pozzi, das Kind zu holen.

Als die Zeit gekommen war, hatte ich kaum noch die Kraft zu pressen. Obwohl Marguérite und Boldini an meiner Schulter standen und mich beschworen, weiterzumachen, wurde ich immer schwächer und desorientierter. Dr. Pozzi bat mich, zu pressen, aber als ich es versuchte, wurden meine Muskeln ganz schlaff. Ich fühlte gar nichts mehr.

»Ich muss das Kind herausziehen«, verkündete Pozzi. »Die Mutter ist am Ende ihrer Kräfte. Sie hat schon zu viel Blut verloren.«

»Tun Sie, was Sie tun müssen«, sagte Boldini.

Ich versprach, mir mehr Mühe zu geben. Marguérite verabreichte mir noch mehr Morphium. Ich fühlte nur den Druck, das Drücken und Ziehen unter mir, als wären meine Lenden aus Karamell. Mein Kopf war so leicht, dass ich dachte, er würde mir gleich vom Hals schweben. Irgendwann trug Marguérite schmutzige Laken ins Nebenzimmer. Überrascht sah ich, dass sie blutdurchtränkt waren.

Irgendwo durch all den Nebel drang Dr. Pozzis Stimme zu mir durch.

»Entweder überlebt das Baby oder die Mutter«, sagte er. »Wir können nur einen von beiden retten.«

»Die Mutter!«, rief Boldini.

»Ja!«, stimmte Marguérite ihm zu. »Natürlich rettet man immer die Mutter! Was ist denn mit Ihnen los? Das weiß doch jeder Arzt. Kinder bekommt man immer wieder.«

Ich schrie.

»Retten Sie das Kind!«, kreischte ich. »Retten Sie bloß das Kind!«

Pozzi legte mir ein flüssigkeitsgetränktes Tuch übers Gesicht, während ich strampelte und mich unter seiner Hand wand.

»Wir müssen sie ruhigstellen«, sagte er zu jemandem. »So lässt sie mich einfach nicht in Ruhe arbeiten.«

Ich sank sofort in Dämmerschlaf und erwachte erst, als Pozzi ein schlaffes, blaues Mädchen aus meinem Körper zog. Ich glaubte, dass sie tot war. Ich wusste, dass sie tot war. Entsetzt heulte ich auf.

»Nein!«, schrie ich. »Nicht mein kleines Mädchen! Bitte, nicht mein kleines Mädchen!«

Dann bewegte sich plötzlich etwas.

Das Kind wackelte mit dem Zeh oder beugte das Knie. Sie machte etwas, um zu zeigen, dass sie nicht ganz verloren war. Auf einmal kam Leben in den Raum. Pozzi, Boldini und Marguérite sprachen alle durcheinander. Leute schrien, dann hörte ich das Geräusch von Haut auf Haut. Jemand legte mir ein Kind auf die Brust. Ein lebendiges Kind. Sie blickte zu mir auf. Sie blinzelte.

Oh, ich muss schluchzen, wenn ich jetzt bloß daran denke!

Das war meine Béatrice, die dem Tod von der Schippe gesprungen war. Es war ein Wunder, obwohl der gute Arzt keine ganz kleine Rolle dabei gespielt hatte. Wäre Pozzi nicht gewesen, der ihr so lange kleine Klapse versetzte, bis sie sich wieder bewegte, dann wäre Béa jetzt nicht hier. Ich bin ihm so dankbar, dass er sowohl das Kind gerettet hat als auch die Mutter, damit sie sich an dem Kleinen erfreuen kann.

Es hat mehrere Tage gedauert, bis wir uns alle erholt hatten. Auch Boldini! Er verbrachte Stunden im Leichenschauhaus, inspizierte die Leichen und versuchte, seine Stimmung wieder zu heben. Ich frage mich, was passiert wäre, wenn Béa nicht überlebt hätte. Hätte Boldini diesen Zeitvertreib dann noch ertragen können? Ich glaube fast, die Antwort lautet Nein.

Béa ist so ein süßes Kind. Das perfekte Kind, wirklich! Sie weint fast nie, und ihr Appetit ist nicht so heftig, dass sie meine Brustwarzen gänzlich ruinieren würde. Das kleine Mädchen kennt mich. Sie weiß, dass ich ihre *maman* bin und schaut zu gerne zu mir empor, sieht mich ganz aufmerksam an mit ihren dunkelbraunen Augen. Komisch. Es heißt ja immer, alle Kinder werden mit blauen Augen geboren. Nicht so mein Mädchen, nicht meine Béa.

Ich kann gar nicht mehr glauben, dass ich solche Angst davor gehabt hatte, Mutter zu werden, diesen großen Sprung in ein neues Leben zu tun. Jetzt, wo sie hier ist, ist alles anders. Ich liebe sie, Boldini liebt sie, und wir lieben einander. Was als unvorstellbares Fiasko begann, hat sich in etwas Großartiges verwandelt. Während ich dem neuen Jahr entgegenblicke, dem Jahr, das ein Jahrhundert beenden wird, fühle ich mich zum ersten Mal seit langer, langer Zeit wieder optimistisch. Ich muss viel über Kinder lernen. Boldini natürlich auch, das versteht sich von selbst! Ach, ich glaube, wir schaffen das alles ganz wunderbar zusammen.

Chapitre 64

Paris, 1. Juli 1900

Es heißt, dass Jean-Baptiste Charcot im letzten Jahr vollauf damit beschäftigt war, über den Indischen Ozean zu segeln. Jetzt wird jeden Tag mit seiner Ankunft in Frankreich gerechnet. Wenn das stimmt, wage ich zu behaupten, dass er seine Stadt nicht wiedererkennen wird. Paris ist fest im Griff der Exposition Universelle. Ich erkenne es ja selbst kaum wieder!

Pflichtbewusste Pariser, die wir sind, haben wir natürlich versucht, die vorherige Weltausstellung in unserer Stadt noch zu überbieten, die von 1889, die uns diesen zweifelhaften Eiffelturm bescherte, die furchtbare Eisendame. Jetzt schreiben wir das Jahr

1900 – das ist ein neues Jahrhundert! Könnte es einen besseren Ort geben, um alle modernen Errungenschaften der Menschheit zu präsentieren, als L'Exposition? Und wenn ich alle sage, meine ich auch alle. Jeder Fortschritt oder jedes Experiment, das man gerne sehen würde, wird auf der Ausstellung geboten! Es gibt Röntgenapparate und drahtlose Telegrafie und sogar Filme mit Ton (diesmal ohne feuergefährliche Ätherbomben) sowie jede Menge Automobile.

Natürlich kommen auf jedes wichtige, hervorragende Exponat, das die Welt verändert, fünf völlig sinnlose. Von den hunderttausend Erfindungen wäre mindestens die Hälfte besser im Gehirn des Erfinders geblieben! Auch die »Ausstellung über amerikanische Neger« hätte nicht unbedingt verwirklicht werden müssen. Und diese albernen »Flugmaschinen«? Also wirklich!

Paris sieht nicht einmal mehr nach Paris aus, sondern wie eine Dame, die zu viel Make-up aufgelegt hat. Die Behörden fanden, dass unsere schönen Gebäude nicht einfach für sich selbst stehen durften. Ach, der arme Haussmann! So viel architektonisches Genie, und dann wird sein Werk von Fassaden zugedeckt! Wir sehen aus wie ein fettes, zu stark geschminktes, übertriebenes Venedig. *Le Comte* hat mich zweimal nach Venedig mitgenommen, und es ist überhaupt nichts Besonderes.

Das Komitee hat jahrelang über den Clou der Ausstellung nachgedacht, das markante Bauwerk, das mit *La Tour Eiffel* konkurrieren sollte. Manche wollten sogar den Turm selbst abwandeln. Eine Gruppe schlug vor, ihn in eine 325 Meter große Frau zu verwandeln, die Scheinwerfer als Augen hat. Während der Ausstellung sollten die Lichtstrahlen aus ihren Augen kommen und über die Menschenmenge schwenken. Zu guter Letzt besann sich das Komitee, malte einmal mit frischer Goldfarbe drüber und machte sich ansonsten an den Bau neuer Gebäude und Brücken und Paläste.

Heute waren Béa und ich mit meinem lieben Freund Léon Blum bei den Festlichkeiten. Boldini weigerte sich mitzukommen. Er interessiert sich bloß für die olympischen Spiele. Die sind wahrscheinlich noch interessanter als seine Leichenbeschau, wenn auch nicht so viel mehr. Er sagt, dass dieses Jahr auch Frauen teilnehmen dürfen. Wer hätte denn so was schon mal gehört? Das sollen doch athletische Wettkämpfe sein! Boldinis Lieblingssport bei den Damen ist Tauziehen. Bei den Männern bevorzugt er Tennis.

Da er von Boldinis Abneigung gegen die Ausstellung wusste, bot Léon Blum mir an, mich und Béa zu begleiten. Ich fand es zwar schön, von so einem gelehrten, belesenen Mann begleitet zu werden, doch wenn man mit Monsieur Blum irgendwohin geht, hat das auch den Charakter eines Statements. Er ist Jude und Sozialist und so pro Dreyfus, wie ein Mensch nur sein kann. Nicht, dass ich mich einer gewissen Pro-Dreyfus-Haltung völlig entziehen könnte. Tatsächlich fand ich Zolas Brief an den Präsidenten sehr bewegend. Armer Monsieur Dreyfus! Ungerechterweise ins Gefängnis geworfen, nur weil er Jude ist! Die Juden sind bekannt für ihre Neigung zum Lügen, aber in diesem Fall schien das nicht zuzutreffen.

Es ist nicht so, dass ich nicht mit den Dreyfus-Anhängern in einen Topf geworfen werden möchte. Ich möchte einfach weder mit der einen noch mit der anderen Seite identifiziert werden! Bei der Arbeit, die ich tue, muss ich vorsichtig sein, wenn es um politische Stellungnahme geht. Ich darf meine Gönner nicht verprellen. Nichtsdestoweniger ist Blum ein lieber Mann und war bereit, mich zu einer Veranstaltung mitzunehmen, auf die Boldini mich nicht begleiten wollte, und das sind die einzigen Punkte, die mich an einem anderen Mann interessieren können.

Obwohl Béa inzwischen achtzehn Monate alt ist, kann sie immer noch nicht laufen. Das spiegelt ihre sonnige Gemütsart aufs Beste! Sie ist damit zufrieden, an einem Ort zu sitzen und die Leute um sie herum zu beobachten. Sie ist so heiter! Wir sind mit einem Kind gesegnet, das nie schreit. Boldini macht sich Sorgen, weil sie noch nicht spricht. Da kann ich nur sagen, man schaue sich doch bitte den Vater an! Bei dem können zwei Wochen vergehen, ohne dass er ein Wort zu uns sagt. Manchmal vergesse ich, dass er nicht ihr leiblicher Vater ist, so ähnlich sind sie sich.

An diesem Tag schritt ich an Blums Arm und mit Mademoiselle Béa im Kinderwagen durch die Drehkreuze auf das Ausstellungsgelände, damit wir uns ansehen konnten, was Paris zu bieten hatte. Die Zeitungen hatten nicht übertrieben, als sie von den Menschenmengen, dem Chaos und den unzähligen Vorstellungen berichteten. Ein ganzer Bereich der Stadt war für die Aufführung von Victor Hugos Werken reserviert.

Die größte Menge fand sich beim »Menschen-Zoo«. Warum die Weltausstellung zwei Neger-Ausstellungen brauchte, war mir unbegreiflich. Das Schauspiel brachte Léon natürlich sofort in Rage. Er ist ein gutherziger Mann, daher machte er eine nicht gerade kleine Szene und schrie die Leute an, dass sie die »Tiere« misshandelten. Ich blickte verlegen umher, weil ich nicht sicher war, ob ich wacker an seiner Seite bleiben oder mich lieber woanders hinschleichen sollte.

Da erblickte ich auf der anderen Seite des Ganges auf einmal sie: Jeanne Hugo Daudet Charcot. Ihr letzter Nachname jagte mir eine Gänsehaut über den Rücken. Ich blickte zu Béa herunter und wieder zu Jeanne.

»Ich bin gleich wieder da«, sagte ich zu Léon, der mir überhaupt nicht zuhörte. Dann marschierte ich zu Jeanne hinüber.

»Ah, Madame Charcot!«, sagte ich, als ich ganz versehentlich mit einem Rad von Béas Kinderwagen gegen ihren Schuh stieß. »Ich dachte, Sie würden sich die Victor-Hugo-Ausstellung ansehen.«

»Ich habe mit Victor Hugo unter einem Dach gelebt«, gab sie zurück und starrte stur geradeaus, ohne mir in die Augen zu sehen. »Und seine Werke habe ich hundert Mal gelesen.«

»Na, das war ja etwas ganz Besonderes für Sie. Es war bestimmt gut, dass Sie Waise wurden und so einen wunderbaren Großvater hatten, der sie großzog.«

»Ja, das war etwas Besonderes. Etwas ganz Besonderes.«

Durch meine Venen schoss das Blut so glühend heiß, wie ich es noch nie erlebt hatte. Normalerweise war Jeanne brüsk zu mir oder tat, als würde sie mein Gesicht nicht erkennen. Aber jetzt reizte sie mich. Die Frau reizte mich mit voller Absicht!

»Und, wie geht es Ihrem Ehemann?«, fragte ich. »Wie ich gehört habe, ist er seit über zwei Jahren nicht mehr in Paris gewesen.«

Ich rammte ihr den Kinderwagen noch einmal gegen den Stiefel und zwang sie so, nach unten zu blicken.

»Ich hoffe, es geht ihm gut«, fuhr ich fort. »Als ich ihn das letzte Mal gesehen habe … lassen Sie mich kurz überlegen … meine Tochter ist im Dezember geboren. Also, ungefähr im März des vorletzten Jahres? Oder April? Um die Zeit, als Monsieur Boldini Ihr Portrait malte. Sie waren sehr oft nicht zu Hause. Eine sehr schöne Wohnung haben Sie! Vor allem der Salon. Die Teppiche sind so weich.«

Jeanne wandte sich zu mir. Ihre Augen sprühten Funken, ihre Nasenflügel blähten sich.

»Ist das Ihr Kind?«, fragte sie.

»Ja, das ist mein Kind«, sagte ich, und mein Herz weitete sich vor Stolz.

Einen Moment ging es nicht darum, mit dieser Verbindung anzugeben, mit den Tentakeln, die ich in Jeannes Heim und damit in ihr Leben geschlängelt hatte. Béa ist ein schönes, wundervolles Kind, und wer ihr Vater ist, kümmert mich tatsächlich nicht im Geringsten. Daher überlegte ich, ob es klug von mir gewesen war, zu Jeanne zu gehen. Marguérite findet, dass ich in letzter Zeit vielfach skrupellos, vergesslich und gedankenlos bin. Ich hatte ihre Bemerkungen wie immer abgetan, aber nun kam ich doch ins Sinnieren.

»Ich hätte es gleich erraten müssen«, sagte Jeanne. »Das ist wirklich ein süßes Kind, sans doute.«

»Da haben Sie recht. Sie ist ein süßes Kind. Das schönste Kind von ganz Paris.«

»Ich habe Sie mit Léon Blum gesehen.« Ein breites, boshaftes Lächeln trat auf Jeannes Gesicht. »Schade, dass Ihr Kind seine

Züge geerbt hat. Die dunklen Augen, die Nase und diese generelle Schmutzigkeit, die die jüdische Abstammung verrät.«

Mir blieb der Mund offen stehen. Ich wusste nicht, welche Beleidung am meisten schmerzte.

»Dieses Kind ist wunderschön«, wiederholte ich. »Und es ist nicht von Monsieur Blum. Obwohl einer Frau weiß Gott Schlimmeres passieren könnte, als ein Kind von Monsieur Blum zu bekommen.«

»Natürlich ist sie von Blum. Schauen Sie sie doch an! Ihr steht das Jüdische doch ins Gesicht geschrieben. Man kann die Juden grundsätzlich an ihrem Gesicht erkennen!«

Ich zögerte nicht. Ich überlegte nicht. Ich holte aus und schubste Jeanne Hugo Daudet Charcot in die Madagaskar-Box, einen matschigen, von Menschenhand geschaffenen Sumpf, in dem nackte Neger saßen, die an Bäume angekettet waren und an ihrer Beute nagten.

Die Hölle brach los. Jeanne kreischte nach der Polizei. Zehn weitere Personen fielen in den Morast, bei dem Versuch, sie herauszuziehen. Ich rannte in die entgegengesetzte Richtung davon.

Nachdem ich Léons Hand gepackt hatte, schob ich ihn und meine Tochter weiter und wir verließen die Ausstellung. Blum ließ sich unterwegs in gelehrten Worten über den Mangel an Humanität aus. Erst als wir das Gelände verlassen hatten, merkte er, dass er kein Publikum mehr hatte.

Während ich auf dem Gehweg nach Luft schnappte, blickte Béa zu mir empor und blinzelte. Das Vergnügen dieser schnellen Spazierfahrt hatte ihr ein leises Lächeln entlockt. Léon blinzelte auch, aber eher verwirrt.

»Madame de Florian«, sagte er. »Was soll diese ganze Aufregung? Unser überstürztes Verlassen des Geländes?«

»Ich habe Jeanne Hugo in den ›Menschen-Zoo‹ geschubst.«

Léon lachte.

»Tja«, meinte er. »Das scheint mir ein angemessener Ort für sie zu sein. Aber darf ich fragen warum?«

»Ich hasse diese Frau. Ich hasse sie aus ganzem Herzen. Sie hat mein Leben ruiniert, bevor es begonnen hat.«

Ich hielt inne und musterte ihn. Wenn irgendjemand meine Notlage verstehen konnte, war es Léon Blum. Boldini hatte die Geschichte schon gehört, aber er glaubte mir nicht. Ich hatte sie dem *Comte* erzählt und er hielt sie für einen Witz. Marguérite wusste davon und hatte sich nie geäußert, ob sie mir glaubte oder nicht. Und die Nonnen wussten es auch. Selbstverständlich wussten sie es. Sie hatten es mir schließlich erzählt.

»Victor Hugo war mein Vater«, sagte ich.

Er lachte leise. Léon lachte.

»Finden Sie das lustig?«, fragte ich und stach mit meinem Sonnenschirm nach seinem Fuß. »Es ist nämlich die Wahrheit.«

»Verzeihen Sie, Madame de Florian, ich dachte, Sie sind verwaist und in einer Klosterschule groß geworden?«

»Ja, verwaist. Wie Jeanne Hugo. Der einzige Unterschied war der, dass Victor Hugo nur eine von uns aufnehmen konnte. Er hat sich für sie entschieden.«

Ich erzählte ihm die Geschichte. Ich erzählte ihn von dem Dienstmädchen, meiner Mutter; die auf Hugos Anwesen auf Guernsey arbeitete. Sie war schön, mit ihrem dunkelbraunen Haar und den noch dunkleren Augen. In dem Moment, in dem Victor Hugo sie ins Sonnenlicht treten sah, verliebte er sich augenblicklich. Er brauchte fast ein Jahr, bis er den Mut aufbrachte, mit ihr zu reden. So geschickt er auf dem Papier mit Worten war – von Angesicht zu Angesicht mit einem Menschen zu sprechen, war eine ganz andere Sache.

Da seine Liebe zu ihr ihn so überwältigte, fand Victor schließlich den Mut, sie in ein Gespräch zu verwickeln. Es ging um eine ganz triviale Angelegenheit, eine Frage zum Wetter oder zum Preis der Butter. Meine Mutter fand ihn bezaubernd, und die Beziehung begann. Obwohl das Gerücht umging, dass er seit Langem eine Geliebte hatte, hatte Hugo in Wirklichkeit nicht mehr gelächelt, seit seine Frau Adèle gestorben war. Doch nun lächelte er nur für meine Mutter. Sie waren lange befreundet, mehrere Jahre sogar, bevor sie ihre Liebe in der üblichen Art ausdrückten. Der Moment war spektakulär, und meine Mutter wusste sofort, dass sie schwanger geworden war.

Trotz der unschicklichen Natur der Situation waren beide glücklich über die Neuigkeit. Sie hatten vor zu heiraten, sowie Victor bestimmte Dinge in Ordnung gebracht hatte. Er war nach dem verfrühten Tod seiner Frau in einer ziemlich traurigen Lage. Seine geliebte Tochter – sie hieß ebenfalls Adèle – war in eine Irrenanstalt eingewiesen worden. Seine beiden Söhne waren vor Kurzem gestorben, daher lebten seine Enkel jetzt bei ihm. Es würde nicht gut aussehen für den Liebling der französischen Nation, wenn er in all diesem Durcheinander eine Hochzeit feierte. Außerdem war eben auch Rücksicht auf die Enkel zu nehmen. Sie brauchten Zeit, um sich an die Situation zu gewöhnen.

Als Victor nach Paris fuhr, um diese familiären Angelegenheiten zu regeln, blieben meine Mutter und das Neugeborene allein zurück. Doch je länger Victor in Paris blieb, umso komplizierter wurde seine Lage und umso länger verzögerte sich seine Rückkehr auf die Insel, auf die er einmal verbannt worden war. Nicht die geringste seiner Schwierigkeiten war seine Enkelin Jeanne, damals ein sehr schwieriges und launisches Kleinkind.

Da erkrankte meine Mutter, Victors Geliebte, an Tuberkulose. Auf Hugos Geheiß wurde jeder verfügbare Arzt der Insel hinzugezogen. Aber leider war man nun mal nicht in Paris, daher war die medizinische Versorgung unterdurchschnittlich. Meine Mutter starb und ließ mich in den Händen der anderen Dienstboten zurück.

Hugo hatte vor, mich von Guernsey zu holen und mich als sein eigenes Kind in Paris aufzuziehen. Doch seine Enkelin Jeanne durchkreuzte ständig seine Pläne, sie war mehr als anstrengend. Wenig später erlitt Victor einen Schlaganfall. Das Schicksal spielte ihm so gnadenlos mit, dass er sich einfach gezwungen sah, die eine oder andere Last abzuwerfen, und ich als sein uneheliches Kind war natürlich am leichtesten loszuwerden. Ganz zu schweigen davon, dass ich ihn ständig an meine Mutter erinnert hätte, die er aufs Schmerzlichste vermisste.

Irgendwann kam ich also nach Paris. Aber statt mich ins Haus der Hugos zu bringen, lud Victor mich in der Klosterschule ab, in der seine Mutter einst Trost gesucht hatte. Er tat es, obwohl er sich öffentlich gegen die katholische Kirche ausgesprochen hatte. Wenn man verzweifelt ist, kehrt man wahrscheinlich doch leicht zu dem zurück, was einem die Mutter beigebracht hat. Ich wünschte, ich hätte diesen Luxus.

Victor Hugo ließ mich bei den Nonnen, und bei den Nonnen ließ er genug Geld für meine Pflege. Er versprach mir, zurückzukehren, wenn ich älter war, wenn er die Situation mit seiner Enkelin in den Griff bekommen hatte. Jeanne war ein hinterhältiges junges Ding, ein ausgemachtes Gör, das von zu Hause ausriss, als es zum ersten Mal von meiner Existenz hörte, und sich zurückzukommen weigerte, bis er ihr versprach, dass sie mein Gesicht niemals sehen musste. Victor hielt sein Versprechen für zeitlich begrenzt. Irgendwann würde er sie schon herumkriegen.

Leider bekam er nie die Gelegenheit. Hugo starb wenige Jahre später.

»Und das«, schloss ich mit geröteten Wangen und stockender Stimme, »ist die Geschichte meiner Herkunft.«

»Oh, das ist ja eine beeindruckende Geschichte.« Blum zog ein Seidentuch aus der Tasche und wischte sich die Stirn ab. »Ich hab schon immer gewusst, dass Sie etwas Besonderes sind, Marthe, und jetzt kenne ich den Grund.«

»Oh, Léon!«, rief ich aus. Ich war so dankbar, dass ich jemanden gefunden hatte, der mich nicht auslachte. »Danke für Ihre Worte!«

Ich fiel ihm um den Hals, er streichelte und küsste mir die Haare.

»Na, na«, sagte er immer wieder. »Nicht doch, nicht doch.«

Als ich schließlich aufblickte, nahm Léon meine Hand und berührte meine Knöchel ganz zart mit den Lippen.

»Hugo wäre so stolz auf Sie!«, sagte er. »Sie haben es so weit gebracht. Sie sind ein schöner Mensch – Ihr Gesicht und Ihre Seele sind es gleichermaßen.«

»Oh, Léon, danke! Das bedeutet mir so viel.«

Auf einmal fühlte ich, wie mich *irgendetwas* ansah, ich spürte das Brennen eines Blickes auf meinem Gesicht. Als ich aufsah, entdeckte ich Jeanne, die immer noch schlammverschmiert war, aber schon wieder ihre arrogante Miene aufgesetzt hatte. Sie stand ein paar Meter hinter Léon und hatte die ganze Szene beobachtet. Was sie gehört oder nicht gehört hatte, konnte ich nicht sagen. Ich weiß nur, dass sie verschlagen lächelte und ihre Mundwinkel sich nach oben zogen wie die Hörner des Teufels.

Chapitre 65

Sandra Potters Begräbnisgottesdienst war schön, insoweit eben, wie solche Veranstaltungen schön sein sollen: lauwarm, unaufdringlich, mit den üblichen Beigaben wie Blumen, Tränen und viel Gerede von Jesus, der seine Lämmer zu sich ruft.

Es herrschte Nieselwetter. Ein feiner Dunst legte sich auf die Stadt, die normalerweise so »verdammt sonnig« war. April machte automatisch mit, tat, was sie tun, und sagte, was sie sagen sollte. Sie verlas sogar einen Nachruf, ohne einmal von ihren Notizen aufzublicken.

Als es überstanden war, stand April mit ihrem Vater und ihrem Bruder vor der Kirche und setzte ein freundliches Gesicht auf für die Schwestern und Ärzte, die gekommen waren, um ihnen ihr Beileid auszusprechen. Roboterhaft murmelte sie die angemessenen Plattitüden, während die Leute in der Schlange vorrückten. Sie lächelte angespannt und umarmte Fremde oder Leute, die sie erst einmal im Leben gesehen hatte. April musste an Marthe denken. Immerhin kannte April ihre Mutter. Sie kannte ihren Vater. Sie hatte Tausende von Minuten mit ihnen verbracht, so viele Minuten, an die sie sich erinnern konnte, wenn die beiden längst weg waren.

Jeanne Hugo. Was für ein mieses Stück.

April fühlte sich ein wenig schuldig. An diesem Tag sollte sie vielleicht an eine andere Verstorbene denken und nicht an Marthe oder Jeanne. Doch indem sie über die Exposition Universelle sinnierte, konnte April sich vom Nachgrübeln über andere Dinge abhalten. Zum Beispiel über den silbrig weißen Sarg vor der Kirche. Solange April an den »Menschen-Zoo« dachte, musste sie nicht über Mütter nachdenken. Sie musste nicht über Töchter nachdenken. Sie musste nicht überlegen, warum es sie im Innersten berührt hatte, von Béas Geburt zu lesen, warum sie dabei eine ganz neue Dimension von Schmerz verspürte.

Und was das Wichtigste war: April musste sich nicht die Frage stellen, warum ihr Mann der einzige geladene Trauergast war, der nicht aufgetaucht war. Wie es aussah, waren sie wohl miteinander fertig, die letzten Wenns waren abgehakt. April war so lange so wütend auf ihn gewesen, dass sie überrascht war, wie sehr sein Nichterscheinen sie verletzte.

Die Schlange schien endlos, ein schier nicht endendes Nachsickern von wohlwollenden Gästen, die fadenscheinige Beileidsbekundungen aussprachen. April wurde mit jeder Person ärgerlicher, die ihr erzählte, was für eine nette Patientin ihre Mutter gewesen war, wie lieb und brav. Tja, natürlich war sie brav! Sandy Potters Krankheit hatte sie von einer Erwachsenen wieder in ein Kind verwandelt. Sie hatte ihre letzten Tage in einem Bett verbracht, in dem sie von anderen gefüttert wurde, keine Probleme machte. Ein süßes, sanftmütiges Wesen, so ähnlich wie Marthes Béa.

Als die letzten Trauergäste sich langsam verliefen, begann der dunstige Himmel aufzureißen. Brian warf einen Blick auf seine Uhr. Sogar er war erschöpft. Die Zeit war knapp, aber der Nachmittag war noch lang. Wenn die Flut stieg, wurden die Wellen immer unangenehmer zum Surfen. Ihm blieb nicht mehr viel Zeit, noch etwas aus dem Nachmittag zu machen.

»Und, was kommt jetzt?«, fragte April, als sie endlich die letzten Hände geschüttelt hatten. »Dad will nicht auf den Friedhof gehen. Sag mir, was wir jetzt tun sollen.«

»Was weiß ich«, meinte Brian. »Ich würde sagen, wir gehen was essen. Wir müssen alle was essen.«

»Ich kann mir im Moment nicht vorstellen, dass ich jemals wieder Hunger haben werde.«

April zog ihre Strickjacke fester um den Oberkörper, sie hatte Gänsehaut am ganzen Körper. Der Sarg stand jetzt am Rand ihres Blickfeldes. Dünne, schwitzende Männer luden ihn gerade in einen Leichenwagen.

»Der Gottesdienst war ja schön und alles«, sagte April. »Aber es fühlt sich alles so leer und nutzlos an. Versteht ihr, was ich meine?«

»April …«

»Okay, das klingt jetzt vielleicht ein bisschen herzlos. Wahrscheinlich bin ich die Einzige, die sich leer und nutzlos fühlt.«

»April, bitte …«

»Ich denke mir … was sollen wir denn jetzt anfangen? Ich meine nicht das Essen. Moms Krankheit war zwanzig Jahre lang der Hintergrund, das weiße Rauschen in unserem Leben. Was machen wir jetzt, wo das weg ist?«

Brian runzelte die Stirn und klopfte ihr freundlich auf die Schulter.

»Ich glaube nicht, dass wir fertig sind«, sagte er und deutete hinter sie. »Wir haben noch ein paar Gäste bekommen.«

April drehte sich um, ihr mittlerweile perfektioniertes trauriges Lächeln auf den Lippen. Ach, hallo, Herr Doktor, vielen Dank, dass Sie sich im Frühjahr 2003 so gut um meine Mutter gekümmert haben.

Aber hinter sich erblickte April nicht den nächsten Mediziner, der von seinem Chef hierhergeschickt worden war. Sie erblickte

Troy Edward Vogt III., in Fleisch und Blut, flankiert von seinen Töchtern. Sie konnte es kaum glauben und warf Brian einen Blick zu, als müsste sie es sich von ihm bestätigen lassen. Ihr Bruder nickte, dann lächelte er, als wollte er sagen: Ich hab immer an Troy geglaubt. Ich hab immer an euch zwei geglaubt. Brian war so. Er sah immer in allem das Beste.

Trotzdem rührte April sich nicht vom Fleck. Brian versetzte ihr einen Stoß in den Rücken, und sie stolperte vorwärts. Er schubste sie weiter, bis sie auf einmal an Troys Brust lag und mit ihrem verschmierten Gesicht seinen Zweitausend-Dollar-Anzug ruinierte.

»Chloe, Chelsea«, schniefte April, als sie sich wieder von ihm losgemacht hatte. Die Mädchen. Sie würde mit ihnen anfangen. Das kam ihr irgendwie leichter vor, als mit Troy zu sprechen. »Danke, dass ihr gekommen seid. Ihr hattet so eine weite Anreise.«

Troy ließ immer noch eine Hand auf ihrer Schulter ruhen und hielt sie leicht fest.

»Selbstverständlich mussten wir kommen«, sagte Chelsea, die wie immer für beide Schwestern sprach. Chloe war nur halb bei der Sache und beobachtete stattdessen Brian, wie es die meisten anderen jungen Frauen auch getan hätten. »Wir lieben dich doch, April.«

Als Chelsea sie umarmte, fühlte April einen kleinen Gegenstand an ihrer Seite. Sie musste lächeln, als sie den Grund sah.

»Die Handtasche kenn ich doch«, sagte sie. »Steht dir wirklich toll.«

»Sind auch alle superneidisch! Seit sie gekommen ist, trag ich nur noch die!« Chelsea strahlte, dann runzelte sie auf einmal die Stirn. »Aber bei einer Beerdigung sollte man wohl eher nicht über Handtaschen reden.«

»Ach *nee*«, sagte Chloe, womit sie ihren Beitrag zu dieser Unterhaltung geleistet hatte. April umarmte sie trotzdem.

»Danke, dass ihr gekommen seid«, sagte sie. »Es bedeutet mir viel, euch hierzuhaben.«

»Hallo, wie geht's, Mann?«, sagte Brian. April sah nur, wie Troys starke Hand die von Brian schüttelte. »Schön, dass ihr kommen konntet.«

»Es tut mir sehr leid, Brian. Das ist wirklich heftig.«

April lauschte den Geräuschen männlicher Umarmungen hinter sich, dem Echo des gegenseitigen Rückentätschelns.

»Danke, Troy.« Brian trat wieder in ihr Blickfeld und warf April einen unmissverständlichen Blick zu. »Na, dann geh ich jetzt mal und schau, wo Allie und Dad hingelaufen sind. Chelsea, Chloe, wollt ihr mit mir mitkommen?«

Die Mädchen nickten synchron, die eine widerstrebend, die andere mit etwas mehr Begeisterung.

»Okay«, sagte Brian. »Troy? April? Wir sehen euch dann später, im Restaurant.«

April blieb stehen und lauschte dem sich entfernenden Geschnatter von Chloe und Chelsea. Sie beschuldigten sich gegenseitig, irgendwelche »Lieblingsschuhe« verkratzt zu haben. Sie machte die Augen zu und konzentrierte sich ganz aufs Atmen. Ein und aus. Ein und aus. Ganz einfach.

»Möchtest du mich heute irgendwann noch mal angucken?«, fragte Troy, als sie bei Atemzug Nummer zehn war. »Oder willst du mir weiter den Rücken zudrehen? Ich kann warten. Ich werde warten bis in alle Ewigkeit.«

Es klang wie eine Herausforderung, doch dann musste April an ihre Mutter denken. Sie musste an ihren Vater denken und den Sand, der einem so schnell zwischen den Fingern hindurchrann. Natürlich konnte April sich weigern, sich zu ihm umzudrehen. Aber was würde ihr das helfen?

Sie drückte die Augen fest zu, nahm noch einen tiefen Atemzug und drehte sich dann auf dem Absatz um, um ihrem Mann ins Gesicht zu schauen.

Chapitre 66

»Na, komm«, sagte Troy. »Gehen wir.«

»Äh … wie bitte?«

April hätte ein bisschen mehr Zärtlichkeit erwartet. Zumindest ein, zwei Beileidsbekundungen.

»Komm. Beweg dich.«

Ohne sich zu vergewissern, ob sie ihm folgte, begann Troy den Gehweg entlangzugehen. Er steuerte das Hotel del Coronado an, das mit seinen roten Dächern über die anderen Gebäude ragte. Wenn der Ort Coronado überhaupt etwas war, dann war es dieses Hotel. Dieses Hotel war das Wahrzeichen des Ortes, das Lieblingskind, dessen Persönlichkeit so groß war, dass es für den Rest der Insel schwer war, daneben noch irgendwie zu glänzen.

»Kommst du?«, rief Troy ihr über die Schulter zu.

April blickte zur Kirche. Sie blickte auf den Rücken ihres Mannes. Sie blickte wieder zur Kirche, und dann lief sie ihrem Mann hinterher, als hätten ihre Füße einfach das Kommando übernommen.

»Und, wie war der Flug?«, fragte sie, als sie ihn eingeholt hatte.

»Toll«, knurrte er und beschleunigte seine Schritte. Als sie an der Straße standen, drückte Troy den Knopf für die Fußgängerampel. April wartete darauf, dass er ihre Hand ergriff. Er tat es nicht.

»Warum bist du so gereizt? Du bist schließlich derjenige, der …«

»Ja, ich bin derjenige, der dich betrogen hat. Ich weiß. Ich könnte es nicht mal vergessen, wenn ich wollte.«

Das grüne Männchen erschien und forderte sie blinkend auf, die Straße zu überqueren. Eine Gruppe von Touristen überholte sie, versuchte, nicht hinzuschauen, aber man merkte, wie sie angesichts eines unmittelbar bevorstehenden Streits die Ohren spitzten. Hier stand er, der Ehebrecher. Ein Ehebrecher, der einen Anzug trug, wo alle anderen in Flipflops herumliefen. Typisch.

»Troy!«, japste sie. »Stopp! Lauf nicht einfach weg!«

Er hatte die Straße schon zur Hälfte überquert.

April rannte ihm jetzt hinterher, sie musste beinahe einen Sprint hinlegen mit ihren klappernden Absätzen. Als sie wieder neben Troy war, stand er auf dem Gehweg an der Grenze zum Strand und beobachtete, wie die Wellen trist und grau auf den Sand brandeten. April musste an ihren Bruder denken. Die Wellen waren klein, unregelmäßig und zum Surfen überhaupt nicht geeignet. Brian würde hier heute keinen Trost finden.

»Warum bist du so kurz angebunden?«, fragte April. »Du bist doch hergekommen. Ich hatte dich nicht gebeten zu kommen. Ich hatte nicht mal geglaubt, dass du kommen würdest.«

»Dein Vertrauen in mich ist mal wieder umwerfend. Du hast also tatsächlich nicht geglaubt, dass ich zur Beerdigung komme? Ich würde doch hoffen, dass du im umgekehrten Fall auch – und zwar ungeachtet aller anderen Umstände – auf die Beerdigung meiner Mutter gekommen wärst.«

»Klar. Ja, natürlich.« April war etwas verwirrt. Es wäre ihr nie in den Sinn gekommen, dass Troys Mutter, die Eidechsenkönigin von Westchester County, sterben könnte. Die Frau war die reinste Kakerlake. Die überlebte sieben Ehemänner und die nukleare Überwinterung ihrer Seele. »Du hast zu mir gesagt, du würdest es *versuchen*, deswegen hab ich natürlich …«

»Ich muss es jetzt endlich aus deinem Munde hören, April«, sagte Troy, während er aus seinen Gucci-Loafers schlüpfte und sie ein paar Meter neben einem Obdachlosen fallen ließ. »Du musst mir sagen, ob wir uns scheiden lassen.«

»Ich wusste nicht, dass wir da schon irgendwas beschlossen hatten. Aber wenn es das ist, was du willst, frag ich mich, warum du möchtest, dass ich es ausspreche.«

»Das ist *nicht* das, was ich will!«, schrie er in den Himmel. »Das ist absolut *nicht* das, was ich will.«

»Ich hab das Gefühl, du willst mich jetzt als die Böse hinstellen.«

Troy lachte, aber es klang hart und freudlos.

»Nein, ich glaube, diese Rolle ist ganz eindeutig meine«, sagte er. »Was soll ich denn denken? Ich hab dir gesagt, dass du dich entscheiden sollst. Lass das Ganze hinter dir – oder eben nicht. Aber nachdem ich … wie lange nichts mehr von dir gehört habe? Ein paar Wochen?«

»So lange war das nun auch wieder nicht.«

»Nach Ehepaar-Maßstäben gerechnet könnten es genauso gut Jahre sein. Ich hätte irgendwie gedacht, wenn unsere Ehe zu Ende geht, bist du zumindest so nett, es mir kurz mitzuteilen, statt es mich erraten zu lassen, indem du dich weigerst, mit mir zu kommunizieren, und dich obendrein ausdauernd im Ausland versteckst.«

Troy trat auf den Sand und begann, über den Strand zu wandern. April blickte auf ihre schicken Schuhe und dann zu dem Obdachlosen. Sie fluchte leise, dann schleuderte sie ihre hohen Schuhe von den Füßen und ging über den Sand auf ihren Mann zu. Ihren Fast-schon-Ex.

»Na, prima«, begann April, als sie ihn wieder eingeholt hatte. Troy saß auf dem Sand und blickte aufs Meer. »Eine Stunde nach der Beerdigung meiner Mutter fängst du von Scheidung an. Scheiße, Mann. Danke auch, dass du den heutigen Tag zu einem ganz besonderen machst.«

»Ich rede bloß von Scheidung, weil du das Gespräch angefangen hast. Auf deine ganz spezielle April-Art. Und deine Mutter? Tu doch nicht so, als wär das so ein Riesenschock. Seit dem Tag, an dem wir uns kennenlernten, hast du dich so verhalten und so gesprochen, als wäre sie schon tot. Dass sie tatsächlich noch am Leben war und nicht schon längst an einer namenlosen Krankheit gestorben, war die größte Enthüllung, die ich jemals bei einer fünften Verabredung zu hören bekommen habe.«

»Du bist unfair«, sagte April. Dann musste sie plötzlich an Lucs Worte denken: »Du hast doch gesagt, sie ist schon tot.« Vielleicht hatte Troy recht. Vielleicht hatten sie beide recht.

»Das kann ich nicht mal bestreiten«, erwiderte er. »In gewisser Hinsicht bin ich wirklich unfair. Aber du auch.«

Troy schüttelte den Kopf. April stand immer noch vor ihm. Sie hatte die Arme fest um die Taille geschlungen, ihr Haar flatterte im böigen Wind.

»Was soll ich denn denken?«, fragte sie. »Erst hast du mich betrogen. Dann führst du dich auf, als wärst du der geilste Typ aller Zeiten, weil du es gestanden hast. Und dann bist du in London, eine Zugfahrt von mir entfernt, mit der fraglichen Geliebten an deiner Seite ...«

»Sie war ja wohl kaum meine Geliebte.«

»Bettgeschichte. Ist doch egal. Du warst mit ihr in London und hast es abgelehnt, mich besuchen zu kommen. Wie würde ein halbwegs klar denkender Mensch diese Situation interpretieren?«

»Ich hab mich nicht bemüht, das kann ich nicht leugnen. Aber was war denn mit dir, als du nur einen Frühstückstisch von mir entfernt warst? Ein Sofa weit? Im gleichen Bett? Du hast dich doch in New York auch geweigert, mich zu sehen. Du warst da, aber im Grunde hättest du da genauso gut auch schon in Paris sein können.«

»Was erwartest du denn? Du machst mir dieses Riesengeständnis, und ich steh da und muss mich fragen, ob ich dich überhaupt jemals gekannt habe. Denn *mein* Mann ist ja so lieb und loyal und würde so was niemals tun. Du hast es mir nicht mal persönlich gesagt, du hast zum Hörer gegriffen und einfach alles abgeladen. Du hast dein ganzes Magazin leer geschossen, bevor ich auch nur Luft holen konnte.«

»Da hast du natürlich recht. Es wäre besser gewesen, es dir persönlich ...«

»Ja.« Oder am besten einfach gar nicht. »Und dann gibst du außerdem etwas später zu, ich habe – hoppla! – auch meine erste Frau betrogen! Was selbstverständlich überhaupt nichts mit mir zu tun hat. Oder jede Menge. Denn jetzt ist es langsam ein Verhaltensmuster. Und die Verhaltensmuster machen einen Menschen aus.«

»Ich hätte dir nie von Susannah erzählen dürfen.«

»Da könntest du verdammt recht haben«, murmelte April, aber Brandung und Himmel schluckten ihre Worte.

»Aber du hast gefragt. Und man kann diese beiden Beziehungen überhaupt nicht vergleichen. Meine erste Ehe war vorbei, bevor sie begann. Ich weiß noch, wie ich am Altar stand, und ich schwitzte und dachte, okay, wenn ich jetzt kneife, wie lange wird es dann wohl dauern, bis Susannahs Familien zum Mob wird und mich ermordet? Du weißt, dass meine ganze Ehe mit Susannah kürzer war als die Zeit, die wir vor unserer Heirat miteinander ausgegangen sind, oder?«

»Wirklich?« April grub die Fersen in den nassen, kalten Sand. »Ich glaube nicht, dass ich das wusste.«

»Susannah und ich waren genau lang genug verheiratet, um in fünfzehn Monaten Abstand zwei Töchter zu bekommen. Als Susannah mir zum ersten Mal die Scheidungspapiere vorlegte – das erste von insgesamt vier Malen –, war sie gerade im siebten Monat mit Chelsea schwanger. Jedes Mal kam sie wieder mit den Papieren an, und es hätte zweifellos noch einen fünften Gerichtszusteller gegeben, wenn ich nicht die Courage gefunden hätte, der Sache selbst ein Ende zu machen.«

»Sie hat die Scheidung eingereicht, als sie schwanger mit Chelsea war?«

»Ja. Und bei Chloe auch noch mal. Deswegen kannst du überhaupt nicht von Verhaltensmustern sprechen. Es ist einfach nicht dasselbe. Bei dir war ich einfach so verdammt einsam. Und täusch dich nicht, ich mach dir da nicht mal Vorwürfe. Du bist von dieser großen Auktion in Texas zurückgekommen. Irgendwas ist mit deiner Mutter oder deinem Vater passiert. Oder was anderes. Du wolltest es mir nicht erzählen. Du bist ganz düster und traurig zurückgekommen, hast aber steif und fest behauptet, es sei alles in bester Ordnung! Du warst so weit von mir entfernt!«

»Aus Texas?« April überlegte einen Moment. Ja, sie war in Texas gewesen, aber in Texas war überhaupt nichts passiert. War sie bei ihrer Rückkehr wirklich so verstört gewesen?

»Das hat sich immer weiter aufgebaut«, fuhr er fort. »Deine Distanziertheit. Wahrscheinlich passiert das einfach in einer Ehe, sobald die ersten zwei Jahre um sind, aber was wusste ich schon davon? Man muss sich schließlich nicht erklären, stimmt's? Beziehungen durchlaufen Hochs und Tiefs. Ich hab das jetzt kapiert. Ehen verändern sich. Sie sind glücklich oder traurig oder keins von beidem. Es gibt Ebbe und Flut.«

»Was wäre dann was?«, fragte April. »Ist Flut gut oder Ebbe? Ich könnte Begründungen für beides finden.«

Sie wurde drei Straßenzüge entfernt vom Pazifik groß und hatte ihre Tage immer anhand des Tidenkalenders geplant. Wann man spazieren ging, wann man surfen ging, wann man sich sonnte, wann man den Sonnenuntergang anschaute, während man sein im Supermarkt geklautes Bier trank. Bei Flut war das Wasser näher, die Wellen höher, majestätischer. Aber bei Ebbe hatte man Platz zum Laufen, zum Gehen, zum Erforschen des ganzen riesigen Strandes.

»Ich muss zugeben, ich weiß es nicht«, lachte Troy. »Ich verstehe meine eigenen Analogien nicht.«

»In Texas ist überhaupt nichts vorgefallen«, sagte April. »Nicht wirklich. Okay, es gab da ein Stück in der Auktion, das ich für eine Replik dieser alten Kommode von meiner Mutter hielt, aber dann war sie es doch nicht. Die Daten passten überhaupt nicht. Dann rief mein Vater an und meinte, es sei dringend. Ich bin zu ihm geflogen, wenn du dich erinnerst. Wie sich herausstellte, war es aber falscher Alarm. Als ich dir sagte, dass alles in Ordnung ist, hab ich es also wirklich so gemeint. Alles war wie immer, nichts hatte sich geändert. Komisch wie ›nichts‹ zu so einem Schlag werden kann.«

Troy nickte.

»Also, wenn ich damals weit weg schien, tut es mir leid«, sagte April. »Aber deine Reaktion stand in keinem Verhältnis zu meinem Fehlverhalten.«

Nicht, dass Sex aus Einsamkeit etwas Neues wäre. Nicht, dass April nicht dasselbe getan hätte.

»Absolut«, sagte Troy. »Ich versuch dir bloß zu erklären, woher mein Verhalten kam, und das ist nicht dasselbe wie Ausreden finden. Kurz und gut, ich fühlte mich eben zurückgewiesen. Und dann flog ich nach Singapur, und da war sie, eine offene Frau, die mir zuhörte.«

»Die sind immer da.«

»Und es war furchtbar. Als ich Susannah betrog, hab ich nichts gefühlt. Überhaupt nichts. Als ich dich betrogen habe, fühlte ich mich sofort wie das mieseste Stück Scheiße, das auf dieser Erde raumläuft.«

»Sehr gut.«

»Fein. Solange wir uns nur einig sind.«

»Ich wünschte, du hättest es mir nie gesagt«, platzte April heraus.

»Wie bitte?«

»Diese ganze Singapur-Geschichte. Warum hast du es mir erzählt, wenn es doch nur eine einmalige Sache war? So anders als das, was bei Susannah passiert ist, dass man die beiden Vorfälle überhaupt nicht vergleichen konnte.«

»Weil ich an Ehrlichkeit in der Ehe glaube«, antwortete Troy. »Es macht mich ein bisschen nervös, dass du das anders siehst.«

»Das Geständnis hat deine Schuldgefühle gelindert, während es mir überhaupt nichts gebracht hat. Nichts. Vielmehr saß ich auf einmal da und fragte mich, wann du mir wohl die nächste schlimme Nachricht servierst.«

»Das soll doch wohl ein Scherz sein …«

»Ich weiß, dass das nicht die populärste Meinung ist, okay? Aber ich vertrete sie trotzdem. Ich bin wütender darüber, dass du mich da reingezogen hast, als darüber, dass du mich überhaupt betrogen hast. Ehepartner müssen nicht alles voneinander wissen. Was passiert ist, hatte keine Auswirkung auf unsere Ehe, bis du beschlossen hast, dass es eine haben sollte.«

»Verdammt«, sagte Troy und legte den Kopf auf die Unterarme. »So hab ich das nie gesehen. Ich glaube an komplette, totale Ehrlichkeit in der Ehe, vor allem in unserer Ehe. Weil meine Eltern das nie hatten, und ich in meiner ersten sicher auch nicht. Ich wollte, dass wir anders sind, weil wir anders waren. Wir waren – sind – anders. Aber verdammt …. Ich stimme dir zwar immer noch nicht so ganz zu, aber ich verstehe schon, was du meinst. Ich verstehe es tatsächlich.«

April hatte sich monatelang gefragt, ob sie diesen Mann nach sieben Jahren Ehe überhaupt kannte. Aber auf einmal wurde ihr klar, dass Troys sofortiges Geständnis seines Fehltritts genau zu allem passte, was sie über ihren Mann wusste. Troy war schwarzweiß, ein Mensch, der Regeln einhält, und wenn eine Regel gebrochen worden war – denn niemand kann immer perfekt sein – dann korrigierte er die Sache sofort, ungeachtet der Kollateralschäden.

»Und ich verstehe, warum du es mir erzählt hast«, sagte sie. »Warum überhaupt, und auch die Art, wie du es mir erzählt hast. Ich war sauer deswegen, aber das ist nicht fair. Ich hab dir nie gesagt, wie ich mich fühle, wahrscheinlich, weil ich es selbst nicht wusste. Aber wenn was Blödes passiert, ist es oft so, als wäre da auf einmal ein ganz klar vorgezeichneter Weg, und dann kommt immer noch mehr und mehr Scheiße dazu. Man weiß, wie so ein Worst-Case-Szenario aussieht, und kann es sich in allen Details und in Farbe vorstellen.«

Wenn der Ehemann einen einmal betrog, war das noch nicht ein Worst-Case-Szenario. Das konnte man wahrscheinlich noch überleben. Aber konnte man ein zweites, drittes, zehntes Mal überleben? Würde er erst einen One-Night-Stand haben und dann eine Affäre und dann eine Zweitfamilie in Connecticut? Für April war Untreue wie eine chronische, langfristige Diagnose, die letztlich doch zum Tod führen musste.

»Ich habe zwanzig Jahre lang darauf gewartet, dass meine Mutter stirbt«, fuhr April fort. »Alles – mein Leben – lief bestens, und dann fanden wir auf einmal heraus, dass sie krank war und die Krankheit sich nur verschlimmern konnte. Sie würde ihr Hirn zerfressen, sagte man uns, es irgendwann in einen Schweizer Käse und zu guter Letzt in ein Nichts verwandeln. Ich habe darauf gewartet, dass ihre Krankheit ihr Leben beendet. Es tut mir leid, wenn ich das mit dir genauso gemacht habe. Es tut mir leid, wenn ich das Schlimmste erwartet habe.«

»Du liebe Güte, April.« Troy blickte auf. Seine Armbanduhr hatte einen roten Ring auf seiner Stirn hinterlassen. »So kannst du doch nicht denken. Du kannst doch nicht leben, indem du darauf wartest, dass etwas Schlimmes passiert. Das ist doch erbärmlich.«

April zuckte mit den Schultern. Troy hatte recht. Es war erbärmlich.

»Und ich muss dir noch was erzählen«, seufzte April. »Weißt du noch, vor ein paar Jahren, so um unser Fünfjähriges herum? Da saß ich im Schrank und telefonierte mit meinem Bruder ...«

»Du hast geweint.« Troy blickte blinzelnd aufs Meer, während er sich zurückerinnerte. »Du hattest ein Cocktailkleid und Diamantschmuck an und hast geweint. Und beinahe geschrien. Dabei bist du sonst immer so ruhig. Ich hatte dich noch nie schreien hören, vor allem nicht, wenn du mit dem großartigen Brian Potter sprichst, dem Mann, der nichts falsch machen kann.«

Er sah April an und zwinkerte ihr zu. Das Band zwischen den Geschwistern war schon immer Stoff für Sticheleien gewesen. Welches Bruder-Schwester-Duo war so respektvoll miteinander, so frei von Klagen über den anderen? Es war geradezu unnatürlich.

»Ja«, sagte April. »Ich hab ihn angeschrien. Mehr oder weniger. Ich kann das nicht, Brian. Ich bin froh, dass du stärker bist als ich. Aber ich kann und werde es nicht tun. Brian hatte einen Test gemacht«, fuhr sie fort. »Um herauszufinden, ob er die Gene von meiner Mutter geerbt hatte. Die Krankheit ist genetisch bedingt. Ich weiß nicht, ob ich das jemals ausdrücklich erwähnt habe.«

»Hast du nicht«, sagte Troy. »Ich hab immer überlegt – aber du hast nie gesagt – ich dachte ...«

»Dad hatte uns das gerade erst mitgeteilt. Brian ist sofort losgezogen und hat den Test machen lassen. Und ich? Tja, ich wollte einfach nicht erfahren, wie übel es um meinen Herkunftsnachweis bestellt ist, wie es in meiner Branche so schön heißt. Oder laienhaft formuliert: Wie schadhaft ich bin.«

»Und Brian?«, fragte er. »Wie schadhaft ist er?«

»Absolut unbeschädigt.«

»Und du? Willst du das jemals herausfinden? Moment. Ich glaube, ich kenne die Antwort schon.« Er lächelte matt.

»Ich dachte immer ›kommt nicht infrage‹, aber inzwischen bin ich gar nicht mehr so sicher. Manchmal ist es schlimmer, auf schlechte Neuigkeiten zu warten, als es kurz und schmerzlos in Erfahrung zu bringen. Die seelischen Qualen, denen ich mich in den letzten Monaten ausgesetzt habe, waren um einiges schlimmer als der Schock, den ich erleiden würde, wenn ich es herausfinde. Genauso wie das Warten auf den Tod meiner Mutter seltsamerweise schmerzlicher war als ihr Tod an sich. Deswegen … mal sehen. Vielleicht mache ich den Test.«

Und dann lag noch etwas unausgesprochen in der Luft. Damals, in den glanzvollen Tagen ihrer Ehe, als ihre Dauerhaftigkeit noch nicht infrage stand, hatte April immer behauptet, sie hätte nach oben geheiratet. Troy behauptete jedoch dasselbe von sich. Ihr Bruder meinte, dass solche Ehen die besten sind – wenn beide Parteien der Meinung sind, das bessere Geschäft gemacht zu haben.

Aber Troy konnte nicht behaupten, das bessere Geschäft gemacht zu haben, wenn sicher war, dass April bettlägerig und verwirrt enden würde. Er würde nicht mehr glauben, dass er nach oben geheiratet hatte, wenn diese Facette ihrer Herkunft ans Licht kam. Jetzt war es nicht mehr so wichtig. Nichts war unterschrieben, zu den Akten gelegt oder sonst wie juristisch besiegelt, aber es war sehr unwahrscheinlich, dass in Zukunft Troy neben ihr im Bett liegen würde.

»Ich werde dir nicht sagen, was du meiner Meinung nach tun solltest«, sagte Troy. »Aber um das ganz klar zu machen: Es ist mir scheißegal, okay? Ob du das Gen nun in dir trägst oder nicht.

Wahrscheinlich denkst du an die gefürchteten Herkunftsnachweise und den ganzen Scheiß …«

April musste lächeln. Sie war überrascht, dass er ihre Gedanken immer noch so gut lesen konnte.

»Kurz und gut, es ist mir egal, was für eine Krankheit du am Ende kriegen könntest«, sagte er.

»Oh, danke.« Ihr Lächeln wurde breiter. »Das ist eine interessante Art, es zu formulieren.«

»Was auch immer passiert, das oder etwas anderes – wir werden damit klarkommen. Und mit ›wir‹ meine ich ›wir‹. Du hast mich gebeten, es zu sagen, wenn ich die Scheidung will, aber ich werde es nicht sagen, weil es nicht stimmt.«

Troys Stimme, die sonst immer so stark, emotionslos und fest klang, begann zu zittern. April war völlig verdattert. Sie hatte ihn noch nie so aufgewühlt erlebt, so verletzlich, nicht mal, als er ihr von Willow erzählt hatte. Das hatte zwar wahrscheinlich damit zu tun, dass er ihr sein Geständnis am Telefon gemacht hatte, aber in keinem ihrer späteren Gespräche hatte er jemals wieder so einen Riss in seiner Fassade gezeigt. Troy war so dezent, wie ein Mensch nur sein kann, und niemand, der diese Szene am Strand beobachtet hätte, hätte angenommen, dass es sich um eine Szene authentischer großer Emotionen handelte. Aber für Troy war dies hier bereits ein Gefühlsausbruch, und ein großer noch dazu.

»Danke«, sagte April. »Danke, dass du das gesagt hast.«

Ich möchte auch keine Scheidung.

Die Worte waren da, aber sie konnte sie nicht aussprechen. Meinte sie sie denn? Oder war das einfach nur eine reflexartige Reaktion? Wenn dir dein Mann was sagt, reagierst du im gleichen Sinne.

Als sie nicht reagierte, nickte Troy und biss sich auf die Unterlippe. Seine Augen füllten sich mit Tränen.

»Wollen wir gehen?« Er deutete mit einem Nicken zur Straße. »Das Gespräch ist noch nicht beendet, aber irgendwie fällt mir gerade nichts mehr ein, was ich noch sagen könnte.«

April nickte. Sie war auch fast fertig, aber eine letzte Frage musste sie ihm noch stellen. Troy respektierte ihre Ansicht zu seinem Willow-Geständnis. April musste seine ebenfalls respektieren.

»Ich muss dich was fragen«, sagte sie, während sie wieder zur Straße zurückgingen. »Ich will keine alten Wunden aufreißen, wirklich nicht. Aber ich muss dich fragen.«

»Äh … okay.« Er lachte nervös. »Ich kann mir nur ansatzweise vorstellen, in was für einen Schlamassel ich mich diesmal reinmanövriere.«

»Kein Schlamassel. Versprochen.« April holte tief Luft. »Was wäre, wenn ich auch mit jemand anders geschlafen hätte? Ein One-Night-Stand. Würdest du das wissen wollen?«

»Was ist denn das für eine Frage? Selbstverständlich …« Troy hielt inne. Er sah sie an und legte den Kopf leicht schräg.

»Überleg dir gut, was du jetzt sagst.« April hielt seinem Blick stand.

»Selbstverständlich …«

»Überleg's dir gut.«

»Selbstverständlich würde es auf die Situation ankommen«, sagte er schließlich.

»Und wenn du heute Abend nach Hause fliegen würdest …«

»Ich fliege nicht heute Abend nach Hause.«

»Wenn du heute Abend nach Hause fliegen würdest und ich würde mit meinem Bruder einen trinken gehen und einen Typen abschleppen, mit dem ich auf der Highschool war?«

»Einen Typen, mit dem du auf der Highschool warst?« Troy sah nervös aus, ein bisschen aus dem Gleichgewicht gebracht.

»Ja, so wie Miguel Gutierrez. Das war echt ein toller Fußballspieler.«

»Äh, sollte ich von diesem Miguel wissen?«

»Nein. Überhaupt nicht. Ich hab seit fünfzehn Jahren nicht mehr von dem Kerl gesprochen. Ich hab ihn nie geküsst. Ich hab ihn einfach so zufällig gewählt.«

»Und ein Fremder obendrein«, fügte Troy hinzu.

»Genau.«

»Und dein Techtelmechtel heute Abend … das passiert, weil du traurig und einsam bist und vielleicht immer noch ziemlich wütend auf mich? Und Miguel ist charmant und interessant und vielleicht sogar ziemlich scharf?«

»So was in der Richtung.«

Er seufzte.

»Nein«, sagte er. »Du hast recht mit dem, was du vorhin gesagt hast. Es überrascht mich selbst, wenn ich mich das so sagen höre, aber ich stimme dir zu. Ich würde es nicht wissen wollen. Das kannst du für dich behalten.«

April war nicht sicher, aber sie hatte das Gefühl, dass Troy verstand, was sie ihm mit ihrer Frage sagte. Sie würde das Thema nie wieder ansprechen.

»Übrigens bin ich in Paris so gut wie fertig«, sagte sie, als sie ihre Schuhe wiederfanden. Glücklicherweise hatte niemand sie aufgehoben und gegen Alkohol eingetauscht. »Ich dürfte in einer Woche wieder zu Hause sein.«

»Zu Hause.« Seine Stimme war rau. »Hast du denn vor, in unsere Wohnung zurückzukommen?«

»Ja.« April versuchte, das Beben in ihrer Stimme zu unterdrücken. »Vorläufig. Das heißt – wenn ich willkommen bin.«

Troy machte eine Kopfbewegung, die weder ein Nicken noch ein Kopfschütteln war. Sie wischten sich den Sand von den Fußsohlen. Als April wieder in ihre hohen Schuhe geschlüpft war, merkte sie, wie Troy sie mit einem Gesichtsausdruck anstarrte, den sie nicht recht identifizieren konnte.

»Ist diese Entscheidung schon eine *Entscheidung*?«, fragte er. »Oder ist das nur der erste von vielen Schritten?«

»Der erste Schritt. Ich weiß nicht, was passieren wird, aber es ist schon mal etwas.«

»Quote, Vogt. Gib mir eine Quote.«

»Fünfzig-fünfzig, würde ich sagen«, sagte sie und zwinkerte. April machte nur einen Scherz, aber im Grunde war fünfzig-fünfzig vielleicht gar nicht so weit von der Wahrheit entfernt. Die Quote war mies, aber es gefiel April, dass eine Chance da war.

»Mann, du machst mich fertig«, sagte Troy und lächelte ebenfalls. »Ich könnte also genauso gut eine Münze werfen.«

»Ja, oder? Fünfzig-fünfzig ist der unverbindlichste Arsch im Reiche der Stochastik.«

Jetzt grinste Troy übers ganze Gesicht.

»Tja«, sagte er. »Zumindest weiß ich jetzt, wo wir stehen. Vorläufig.«

Er streckte die Hand aus. April ergriff sie.

Mit ineinander verschränkten Fingern überquerten sie die Straße. April war leichter ums Herz, sie fühlte sich fast hoffnungsvoll. Eine seltsame Reaktion in Anbetracht der Tatsache, dass sie vor dem Scheitern ihrer Ehe stand, nachdem sie gerade erlebt hatte, wie das Leben ihrer Mutter endgültig zu Ende gegangen war. Andererseits hatten Tiefpunkte auch einen Vorteil: Von ihnen aus gab es nur eine Perspektive, man konnte nur nach oben blicken.

Chapitre 67

Als April nach Paris zurückkam, war sie überempfindlich und nervös. Sie konnte kaum die Wohnung verlassen, ohne dass die Gerüche und Geräusche der Stadt sie schier überwältigten. Waren die Mopeds schon immer so hässlich gewesen? Hatte es vor ihrem Mietshaus schon immer so stark nach warmem Huhn gerochen?

Ihr Flieger ging in drei Tagen, und die Uhr in Aprils Kopf tickte laut. Jede Sekunde war ein Schritt näher auf das Ende zu, das Ende ihrer Parisreise, und ihre Bemühungen um Marthes Erbe hatten immer noch nicht gefruchtet. April konnte sich nicht vorstellen, wie der Katalog aussehen würde, ob er die Worte »private Sammlung« enthielt oder Marthes kompletten Namen. Aber der Katalog war gar nicht mehr das Wichtigste. April konnte sich nicht vorstellen, wie ihr *Leben* aussehen würde, nachdem sie gelandet war. New York war ihr so weit weg vorgekommen, aber jetzt kam es mit halsbrecherischer Geschwindigkeit wieder auf sie zugerast.

April war überrascht, als Luc sie am Samstag anrief. Seit ihrer Rückkehr aus San Diego hatten sie sich bei Besprechungen und in Marthes Wohnung beiläufig gegrüßt. Alles war streng professionell, und April erwartete nicht, in anderer Sache noch etwas von ihm zu hören. Als ihr das bewusst wurde, wurde ihr mehr als nur ein bisschen melancholisch und nostalgisch zumute.

Trotz Lucs geradezu aggressiv anständigem Verhalten (wo waren seine ständigen sexuellen Anspielungen geblieben?) hatte sie das Gefühl, sie würde Troy hintergehen, wenn sie dieses Gespräch jetzt annahm. Luc und sie hatten Sex gehabt, und sie hatte es ihrem Mann nicht erzählt (zumindest nicht direkt), und das war nach so ziemlich jeder Definition falsch. Jetzt ans Telefon zu gehen kam ihr hinterhältig und heimtückisch vor, auch wenn sie sich weiter nichts zuschulden kommen ließ. Doch April machte sich keine Illusionen, dass Luc in ihr etwas anderes sah als eine Kollegin. Der Gedanke kratzte sie, und ihre Reaktion darauf war noch unangenehmer als der Anruf an sich.

»Monsieur Thébault«, sagte April. Sie war überraschend aufgeregt, seine Stimme zu hören, als würde sie mit einem lieben, lang verloren geglaubten Freund telefonieren. Obwohl sie noch nicht lange Freunde gewesen waren, hatte sie Luc verloren, und lieb war er ebenfalls, auf seine ganz eigene Thébault-Art. In Paris war er ihr engster Freund, der Mann, der ihr geholfen hatte, Marthe zu finden, der Mann, der ihr geholfen hatte, so vieles zu finden.

»Ich habe *une plainte*«, verkündete Luc. Seine alte Verspieltheit war auf einmal wieder da und tanzte um seine Worte.

»Eine Beschwerde? Oh bitte nicht. Na schön, stell dich hinten an.«

»Seit du aus Kalifornien zurück bist, hatten wir noch kein bisschen Spaß. Immer nur Arbeit. Es kommt mir so vor, als wolltest du mir deinen aggressiven Amerikanismus aufzwingen.«

Aprils Herz schlug heftig gegen ihre Rippen. Was sollte sie jetzt sagen? Sollte sie ihm etwas erklären? Mit Troy hatte sich ja noch nicht viel verändert, abgesehen davon, dass man zu einem gewissen beiderseitigen Verständnis gefunden hatte und einer Übereinkunft, dass es vielleicht noch einmal klappen könnte, was aber nicht unbedingt garantiert war. Andererseits war da ja Delphine Vidal. Warum hatte Luc mit ihr herumgespielt, wenn er doch Delphine hatte? April hatte so viel zu sagen, dass es wahrscheinlich das Beste war, überhaupt nichts zu sagen.

»›Amerikanismus‹? Nichts könnte mir ferner liegen«, behauptete April. »Ich weiß, dass du aus deinem Parisertum überhaupt nicht rauskönntest.«

»Hmm, ich glaube, ich habe dir schon das Gegenteil bewiesen, non? Sag mal, Avril, kennst du La Guillotine?«

April lachte nervös. »Nicht im buchstäblichen Sinne. Aber ich hatte in letzter Zeit öfter mal das Gefühl, bildlich gesprochen unter der Guillotine zu liegen.«

»Das ist ein Jazzclub«, sagte er. »Im fünften Arrondissement. Heute Abend spielt da eine Band. Ich hab beschlossen, dass wir da hingehen.«

»Du hast das beschlossen.«

»Die Idee ist perfekt. Deine letzte Chance, diese Stadt noch einmal zu genießen. Am Montag reist du doch ab, non?«

»Gutes Gedächtnis hast du.«

»Nur für bestimmte Dinge«, sagte er. »Wir gehen also. Heute Abend. Eine Absage wird nicht akzeptiert.«

April schwieg kurz und nahm einen Schluck Kaffee. Ja, sie hatte Lust, in den Jazzclub zu gehen, aber die unausgesprochenen Worte zwischen ihnen waren mittlerweile ganz schön laut zu hören. Und als Luc sie das letzte Mal zu einem Abend »gezwungen« hatte, waren sie am Ende miteinander im Bett gelandet.

»Ich weiß nicht«, meinte April schließlich. Sie hatte das Abenteuer am Bastille-Tag zwar eingeleitet, aber sie musste ganz klarmachen, dass das kein zweites Mal passieren würde, und zwar ohne es explizit auszusprechen und ohne ihr letztes bisschen Würde aufs Spiel zu setzen. »Wahrscheinlich könnten wir schon hingehen. Solange dir klar ist, dass wir nur in den Club …«

»Bien sûr! Etwas anderes hätte ich nie angenommen.«

»Na gut, wahrscheinlich wird es echt lustig«, sagte April. Sie fragte sich, ob es für Luc wirklich so einfach war. Er hatte bestimmt jeden Abend seine Arrangements und unverbindlichen Tändeleien. Das wäre zumindest eine Erklärung für sein schiefes Grinsen. Ganz zu schweigen von seinen Fähigkeiten im Boudoir.

»Ich bin dann um zehn vor deiner Wohnung«, sagte er. »Zieh dir Schuhe an, in denen du vernünftig laufen kannst.«

Mit diesen Worten legte er auf.

April verbrachte den Rest des Morgens damit, halbherzig in den Katalogfahnen herumzuredigieren. Zum Mittagessen besuchte sie die *fromagerie* nebenan, kaufte sich den größten, stinkigsten Käse, den sie vorrätig hatten, und spülte ihn mit einem Glas Pouilly-Fumé herunter. Die perfekte Mahlzeit, auch wenn April noch stundenlang nach dem Geschmack aufstoßen musste.

Luc tauchte laut Uhr fünfzehn Minuten zu spät an ihrer Tür auf, gemessen an seinem gewohnten Zeitplan aber eher eine halbe Stunde zu früh. Als er in seiner schwarzen Jeans, saloppem Pullover und mit seinen lockigen, arg friseurbedürftigen Haaren vor ihr stand, befiel April wieder das nostalgische Gefühl. Er erinnerte sie an die albernen Jungs, mit denen sie im College ausgegangen war. Die privilegiert waren, es aber nicht wussten. Die April das Gefühl gaben, dass sie noch ein großes, endlos langes Leben vor sich hatte, egal, ob die Münze auf Kopf oder Zahl fiel.

»Bonjour«, sagte April mit einem Lächeln. Sie fühlte einen unerklärlichen Drang, ihm den Kopf zu tätscheln.

»Tu es belle.«

»Merci.« April machte einen albernen Knicks. Sprache war schon etwas Komisches. In Amerika sagte man jemandem, dass er hübsch *aussah*. In Frankreich sagte man ihm, dass er hübsch *war*, fertig, aus. Kein Aussehen, kein Scheinen, kein vorübergehender Zustand.

»Tu es prête?« Luc hielt ihr einen Arm hin.

»Oui.« April grinste und hakte sich bei ihm unter.

Sie gingen hinaus und schlugen den Weg zum ersten Arrondissement ein. Während sie dahingingen, fragte Luc nach der Beerdigung, nach ihrem Vater und nach Brian. April stellte fest, dass sie seine Fragen beantworten konnte, ohne so zu tun, als wäre es nicht schlimm gewesen. Sie überraschte sich selbst.

»Ah, siehst du«, sagte Luc, als April fertig erzählt hatte. »Ich hatte recht. Es war doch eine Liebesgeschichte. Zwischen deinen Eltern und deinen Eltern und ihren Kindern. Was für eine glückliche Familie du hattest.«

»›Glücklich‹ ist vielleicht nicht ganz das Wort, das ich im Zusammenhang mit der Alzheimer-Krankheit verwenden würde. Aber wir hatten … wir haben … etwas Besonderes. Und ich bin stolz auf das, was mein Vater für meine Mutter getan hat.«

April blieb einen Moment stehen. »Kannst du dir so was vorstellen?« Sie zeigte auf das Gebäude vor ihnen, die kultige Pyramide, deren abendliche Beleuchtung bereits angeschaltet war. »Kannst du dir vorstellen, dass ich während meiner ganzen Zeit in Paris kein einziges Mal da drin war?«

»Mon Dieu! Was bist du denn für eine Touristin, wenn du den Louvre nicht besuchst? Sie sollten dir deinen Pass entziehen. Ich schäme mich stellvertretend für deine ganze Nation.«

»Du solltest dich eher schämen, weil ich so was bringe, obwohl ich stapelweise kunstgeschichtliche Abschlüsse habe. Als ich noch hier wohnte, war ich ständig hier. Mindestens ein paarmal pro Woche. Das gehörte sozusagen zu meinem Alltag. Und diesmal? Kein einziges Mal.«

»Tja, du warst eben ein bisschen zu beschäftigt«, meinte Luc. »In Paris sollte man sowieso in erster Linie Dinge tun, die man noch nie zuvor getan hat.«

»Tja, dann kannst du diese Reise ja als Erfolg verbuchen. Ich habe viele Dinge getan, die ich noch nie zuvor getan habe«, sagte April, um gleich darauf dunkelrot zu werden. Ja, sie hatte in Paris viele Dinge getan, nicht zuletzt die Sache mit Luc. »Aber egal! Kein Louvre heute Abend. Stattdessen gehen wir zu Guillotine, Monsieur! Runter mit ihrem Kopf!«

April schlug sich gegen den Kopf und marschierte weiter. Luc verdrehte die Augen, lachte und folgte ihr Richtung Seine.

Als April auf den Pont du Carrousel trat, blieb sie noch einmal stehen, um etwas zu Luc zu sagen, musste jedoch feststellen, dass er gar nicht mehr hinter ihr war.

»Luc!«, rief sie, als sie entdeckte, wie er am Port du Louvre an der Seine entlangspazierte. »Wo gehst du hin? Wir müssen doch hier rüber.«

»Ah, nein. Da gibt es bessere Wege.«

»Das hier ist der bessere Weg«, knurrte April, die schon Blasen an den Füßen hatte. Sie trabte ihm nach, um ihn einzuholen. »Der Port du Louvre ist hübsch und absolut pariserisch, keine Frage, aber ist es wirklich der effizienteste Weg?«

»›*Effizient*‹?« Der Port du Louvre ist reines Mittel zum Zweck, ma chérie. Es gibt noch eine andere Brücke, eine bessere, auf der wir den Fluss überqueren können. Le Pont des Arts. Kennst du die Brücke?«

»*Bien sûr*! Wer würde die nicht kennen?«

Le Pont des Arts war eine Fußgängerbrücke, die den Louvre mit dem Französischen Institut auf der anderen Seite der Seine verband. Die Planken waren aus Holz, die Seitenteile jedoch aus Eisen, wie ein größerer, optisch gelungener Maschendrahtzaun. Die Brücke war berühmt für ihren tollen Ausblick auf den Fluss und für ihr künstlerisches, romantisches Flair. Sie wurde schon von Renoir gemalt und heute wurde beinahe täglich *auf* ihr gemalt. Tagsüber konnte man keine zwei Meter gehen, ohne über eine Staffelei zu stolpern.

Aber in erster Linie war der Pont des Arts für die Vorhängeschlösser bekannt, die die Seitenwände zierten. Es war eine alte Tradition, dass Pärchen solche »Liebesschlösser« am Geländer anbrachten, als Symbol ihrer dauerhaften Verbindung. Das waren zum Teil riesige

Vorhängeschlösser oder Kombinationsschlösser, wie man sie für Spinde benutzt. Andere waren bemalt und mit Gedichten beschrieben. Manchmal fand sich sogar eine Haarlocke dabei.

»Freut mich, dass du sie kennst«, sagte Luc, als sie auf die Brücke traten. »Sonst könnte das ziemlich peinlich werden. Madame Vogt, ich habe etwas für dich.«

Er blieb stehen und zog ein goldenes Schloss aus der Tasche.

»Ein Liebesschloss?« Aprils Herz begann wild zu klopfen. Das war noch schlimmerer Verrat als Sex.

»Theoretisch ja«, sagte Luc. »Aber nicht so, wie man glauben könnte. Es muss keine romantische Geste dahinterstecken, weißt du? Kann sein, muss aber nicht.«

Er ließ das Schloss in ihre leicht zitternde Handfläche fallen.

»Ich habe deine Initialen draufgeschrieben«, sagte er. »Nur deine. Wie du weißt, bin ich kein sexueller Belagerer.«

April versuchte zu lachen, aber das Geräusch blieb ihr irgendwo in der Kehle stecken.

»Du wirst nach New York zurückgehen«, sagte er. »Und deine Beziehung zu le grand m'sieu wird weitergehen. Du wirst glücklich sein. Glücklicher als vorher.«

»Da wäre ich nicht so sicher«, murmelte April.

»Als du von deiner Reise nach Kalifornien zurückkamst, hast du mir erzählt, dass du glücklich sein wirst. Du hast kein Wort gesagt, aber du hast es mir trotzdem zu verstehen gegeben.« Er lächelte wehmütig. »Schau nicht so traurig, ma belle! Das ist doch gut. Nicht jeder ist am Ende da, wo er wirklich sein wollte.«

»Ich bin nicht traurig«, widersprach April. »Ich bin nur … Ich kann es nicht erklären.«

»Brauchst du auch gar nicht. Ich verstehe schon. Ich verstehe es absolut.« Er legte seine Hand auf das Schloss. »Das hab ich für dich zur Erinnerung gekauft. Du gehst zwar zurück nach Hause, nach New York, aber Paris wird für immer ein Teil von dir sein.« Er befestigte das Schloss am Zaun. »Und du wirst für immer ein Teil von Paris sein.«

»Das ist wahnsinnig nett«, sagte April. Sie war so überwältigt von ihren Gefühlen, dass sie sich in einen Witz retten musste. »Aber du weißt, dass Mitarbeiter der Stadt die Dinger regelmäßig entfernen, oder? Ich werde nur ungefähr zehn Tage ein Teil von Paris sein.«

Luc legte den Kopf in den Nacken und lachte.

»Immer so praktisch, die Madame Vogt. Aber ist das denn wichtig? So ist das Leben eben, flüchtig und vergänglich. Und nur weil es vergangen ist, heißt es doch noch nicht, dass es nicht gewesen ist.«

»Danke, Luc.« April lächelte und beugte sich vor, um ihn zu umarmen und ihm zwei Wangenküsschen zu geben. »Das bedeutet mir eine Menge.«

»Und du hast mir eine Menge bedeutet.«

April wusste nicht, was sie sagen sollte. Sie stand da und betrachtete, wie das Schloss im Licht der Straßenlaternen aufglänzte. Luc gab ihr einen leichten Stoß in die Rippen, damit sie weiterging.

Immer noch ganz benommen lief April ihm hinterher, über die Brücke, hinunter ins fünfte Arrondissement, in die Kneipe La Guillotine und zum Schluss Le Caveau des Oubliettes, Die Höhle der Vergessenen, obwohl nichts, was in dieser Stadt oder mit Luc geschehen war, jemals vergessen sein würde.

Chapitre 68

»Wir sind da«, sagte Luc, als sie den Club betraten. »La Guillotine.«

»Nett ist das hier. So ein richtiger Pub.«

»Ah, aber wir bleiben nicht über der Erde.« Er nickte zum hinteren Bereich. »Le Caveau des Oubliettes. Runter da. In die Höhle der Vergessenen.«

Gemeinsam gingen sie eine nasskalte, enge, schummrig beleuchtete Treppe hinunter, die mit verrosteten Handschellen und

Ketten dekoriert war. Dann traten sie in einen Raum, der wirklich eine Höhle hätte sein können, nur der Boden war bearbeitet. Luc erzählte, dass hier früher die Gefangenen auf ihre Hinrichtung warteten, daher war der Name fast wörtlich zu nehmen. April konnte den drohenden Tod fast riechen. Ein bisschen nach Urin und Erbrochenem, non?

In der Höhle hatten nur zwölf Tische Platz, von denen die meisten bereits belegt waren. April suchte sich einen Platz, während Luc zwei Gläser Wein holte. Er setzte sich und rutschte mit seinem Stuhl näher heran. April musste kurz an ihr Stinkerkäse-Abendessen denken.

»So«, sagte er, während die Musiker auf der Bühne mit dem Aufbauen begannen. »Bevor die Band anfängt und wir uns nicht mehr hören können, muss ich dir noch schnell eine erfreuliche Mitteilung machen. Agnès Vannier ist bereit.«

»Was meinst du mit ›bereit‹?«, fragte April ruhig. Diesmal würde sie sich nicht zu früh freuen. »Bereit für ein Nickerchen? Für den Tod? Bereit zum Tanzen?«

»Tanzen? De quoi parles-tu? Ich meine ›bereit‹. Wir können uns jetzt jederzeit mit ihr treffen.«

April lachte, aber das Lachen grenzte eher an Hysterie und Tränen. Jetzt, wo sie schon mit einem Bein im Flieger stand, war die Frau natürlich bereit zu einer Unterhaltung. Luc bezeichnete das als »erfreuliche Mitteilung«, und das wäre es auch gewesen, wäre die Sache nicht so schmerzlich irrelevant geworden. Zum einen konnte April jetzt unmöglich noch eine Sekunde länger in Paris bleiben. Außerdem bedeutete der völlig unausweichliche Auktionstitel »Private Sammlung«, dass Madame Vanniers Erzählungen von Marthe und ihren Sachen nicht mehr als das Geschwätz einer alten Dame waren.

»Ça va? Du siehst aus, als hätte dich gerade l'hystérie befallen.«

»Das ist mal wieder typisch für mein Glück. Ich muss abreisen, und jetzt ist sie bereit. Und mach jetzt bitte keine Witze über meine mangelnde Sorge um Madame Vanniers Wohlbefinden.

Ich hab schon kapiert, dass ich eine sture, kaltherzige Auktionsexpertin bin.«

»Je ne comprends pas. Ich hab das Gefühl, du hörst mir nicht zu. Wir können zu ihr gehen. Wir. Du und ich.«

»Aber ich reise in drei Tagen ab.« April warf einen Blick auf ihre Armbanduhr. »In zwei.«

»Ich weiß. Dann gehen wir eben vorher noch zu ihr.«

»Ist das denn möglich?« Sie blinzelte ihn an. »Es ist Wochenende. Und ich reise Montag ab. In aller Frühe.«

»Dass wir sie treffen können, habe ich bereits öfter gesagt, als es bei deinen kognitiven Fähigkeiten nötig sein sollte.«

»Wir können sie treffen«, wiederholte April.

»Oui.«

»Wirklich?«

»Oui.«

»Wirklich wirklich?«

»Oui, oui. Bist du schwerhörig? Langsam mach ich mir wirklich Sorgen.«

April ließ die Nachricht wirken. Madame Vannier. Sie würden Madame Vannier treffen, Lisettes Erbin, die Hüterin sämtlicher materieller Zeugnisse von Marthes Leben. April würde endlich Antworten bekommen. Sotheby's oder einem einzelnen Bieter mochten die Antworten nicht wichtig sein, aber ihr waren sie wichtig.

»Ich kann nicht ...«, begann sie. Sie fühlte sich schwindlig und betrunken. »Ich weiß nicht, was ich sagen soll. Ich hatte schon aufgegeben. Ich dachte, es würde nicht mehr passieren.«

»Angesichts deines Terminplans musste ich Madame Vannier ein bisschen Druck machen«, sagte Luc. »Dein Interesse an der Sache hat sie amüsiert.«

»Oh ja, das kann ich mir gut vorstellen.« April verdrehte die Augen. »Wahrscheinlich hält sie mich für total bescheuert. Aber das ist mir egal. Ich hab die ganze Zeit darauf gewartet.«

»Du warst ziemlich stur in deinen Bemühungen«, sagte Luc grinsend.

»Ich hatte auch noch ein paar andere Dinge im Kopf«, lächelte April. »Aber Madame Vannier steht ganz oben auf der Liste. Allerdings will ich ganz ehrlich sein: Für die Auktion wird das wahrscheinlich nichts mehr helfen. Sosehr ich mich bemüht habe, das Auktionshaus will seine Meinung nicht revidieren, und mittlerweile ist es sinnlos, noch weiter auf sie einzureden. Wenn ich jetzt also noch den Mund aufreißen würde von wegen Herkunftsnachweise und Hintergrundgeschichten, wäre das bloß merde. Ich mach das nicht für Sotheby's, sondern für mich.«

»Du wirst also nicht weiter darauf hinarbeiten, dass Marthe ihre eigene Auktion bekommt?«

»Nein.« April nahm einen Schluck Wein. »Ich hab's aufgegeben.«

»›Aufgegeben‹? Das klingt aber gar nicht nach meiner Lieblingsamerikanerin.«

»Ach.« April zuckte mit den Schultern. Auf der Bühne spielte ein Mann ein paar Töne auf seinem Saxofon. »Ich hab's versucht, bin aber nicht weitergekommen. Irgendwann hört man dann eben mal auf, mit dem Kopf gegen die Wand anzurennen.«

»Und wenn es gar keine Wand mehr gäbe? Wenn jemand anders schon durchgegangen wäre?«

»Ich glaube, du vertust dich schon wieder mit den Redensarten.«

»Ich versuche gar nicht, irgendwelche Redensarten zu verwenden. Ich versuche, dir Neuigkeiten mitzuteilen, Neuigkeiten über die Auktion.«

»Kannst du mir bitte mal verraten, von welcher Auktion hier die Rede ist? Von Marthes?«

»Sozusagen, ja.«

»Was für eine? Möbel oder Gemälde oder die aufregenden Silber- und Goldbehälter und Kunstgegenstände?«

»Nichts dergleichen. Die eine große Auktion. Im Oktober. Für das gesamte Erbe von Madame de Florian.«

»Wovon redest du ...?«

»Sie wird ihre eigene Auktion haben, Avril. Wie du es dir gewünscht hast.«

April starrte in Lucs Gesicht und wartete auf ein schiefes Grinsen oder ein Zwinkern oder ein anderes Zeichen dafür, dass er nur Blödsinn machte. Es musste Blödsinn sein. Blödsinn war seine Spezialität.

»Das ist nicht lustig«, sagte sie.

»Ich will auch gar nicht lustig sein.«

Ein Instrument quietschte. April schüttelte den Kopf, als müsste sie ihr Gehirn ausschütteln.

»Vor ein paar Wochen hat mir ein kleines Vögelchen erzählt …«, begann Luc.

»Lass doch endlich deine lahmen Versuche, englische Redensarten unterzubringen, bitte. Was für ein ›kleines Vögelchen‹? Wer hat dir das erzählt und was wurde da gesagt?«

»›Birdie‹«, sagte er. »Das ist doch keine englische Redensart, oder?« Er schürzte angestrengt die Lippen. »Sie sagte, ihr Name sei Birdie. Zumindest hab ich das so in Erinnerung.«

»Birdie!« April schnappte nach Luft. Konnte das wirklich stimmen? Wusste Luc, wovon er redete? »Meine Assistentin? Hast du mit meiner Assistentin gesprochen?«

»Ja, ja. Sie sagte, sie sei deine Assistentin.«

»Wann? Warum? Was ist passiert? Wieso hat sie überhaupt …«

»Du hast ihr doch Marthes Tagebücher geschickt, non?« In Lucs Stimme lag ein missbilligender Unterton. »Mir war gar nicht bewusst, dass du noch jemand anders Einblick gewährt hast.«

»Doch, ja.« April räusperte sich. »Das hab ich. Aber nur für unsere Unterlagen. Und zu Recherchezwecken. Birdie macht Recherchen für mich. Zu Herkunftsnachweisen.«

»Wieder diese Herkunftsnachweise?«

»Und – nur falls du dir Sorgen machen solltest – ich habe selbstverständlich die erforderliche Technik für das Scannen alter Dokumente verwendet.«

»Avril.«

»Okay, gut. Ich hab sie ihr geschickt. *Kopien* der Tagebücher. Für unsere Unterlagen, ja, aber auch aus eigenem geifernden Interesse. Ich hab sie auch meinem Vater und meinem Bruder und einer meiner Stieftöchter gezeigt, und es tut mir nicht leid. Sorry, aber es tut mir nicht leid.«

»Tja«, sagte Luc und nahm einen Schluck Wein. »Gut, dass du so gern den Mund aufreißt.«

»Wie ich sehe, lässt Luc Thébault mal wieder seinen geballten Charme spielen ...«

»Ich meine es ernst. Du hast die Tagebücher deiner Assistentin gezeigt, und wie es aussieht, teilte sie deine Ansichten über eine eigene Auktion.«

»Bien sûr! Natürlich! Die Frau hat schließlich ein Gehirn. Aber ich verstehe immer noch nicht, warum sie mit dir telefoniert hat.«

Er zuckte mit den Schultern. »Sie hat angerufen. Und mir gesagt, was ich tun muss.«

»Was meinst du damit?«

»Man hat schon einigen Einfluss, wenn man droht, seine Geschäfte mit jemand anders zu machen. Da kann man genau die Auktion bekommen, die man möchte.«

»Du hast gedroht, die Versteigerung einem anderen Auktionshaus zu übertragen?« April musste schon wieder lachen.

»Auf Birdies Anweisung, ja. Sie hat mir einen Schätzwert für das Erbe genannt, und ich hab das in Kommissionen und Prämien umgerechnet, die man verlieren würde, wenn man keine separate Auktion daraus macht. Der Boldini war dabei natürlich der Dreh- und Angelpunkt. Vielleicht hätte ich Olivier ein paar Kunstgegenstände gelassen, aber nicht den Boldini.«

»Das war ein gefährliches Spiel. Aber auch genial. Wahnsinn.«

April ließ die Luft aus ihren Lungen strömen. Sie hatte das seltsame Gefühl, das einen erfüllt, wenn man um Haaresbreite einem Autounfall entgangen ist oder beinahe von einem Taxi überfahren worden wäre.

»Madame Vannier war sehr dankbar, als Birdie uns erklärte, wie viel mehr man mit einer Versteigerung des Erbes erzielen würde, wenn die Gegenstände zusammenblieben«, sagte Luc. »Und die Tagebücher sorgten für den notwendigen Herkunftsnachweis, non? Wie du schon gesagt hattest. Denn wir erfuhren daraus, dass diese Gegenstände einmal Victor Hugos bis dato unbekannter unehelicher Tochter gehört hatten.«

»Das stimmt.« April nickte ernst. »Ich weiß, dass du das mit dem Herkunftsnachweis immer für einen Vorwand gehalten hast, und in gewisser Hinsicht war es das auch, aber es gibt nichts Wichtigeres bei einer Auktion. Und Marthe de Florian liefert die interessanteste Hintergrundgeschichte, die ich in meiner ganzen Karriere gesehen habe.«

»Hättest du dich nicht so bemüht, würde es keine eigene Auktion geben«, lächelte Luc. »Und als kleines Zeichen ihres Dankes soll ich dir von Madame Vannier dies hier überreichen.«

Luc griff in seine Ledertasche, während April noch damit beschäftigt war, die Information ganz zu verdauen. Eine Auktion für Marthe: die Aufmerksamkeit, die Presse, die privaten Besichtigungstermine. Der ganze Wirbel, den sie verdient hatte.

»Das ist für dich«, sagte Luc und legte die Mickey-Mouse-Puppe auf den Tisch. April fiel die Kinnlade herunter.

»Das war ein Geschenk von Boldini für Lisette Quatremer. Madame Vannier wollte, dass du es bekommst.«

Bevor sie überlegen konnte, griff April nach der Maus und drückte sie an die Brust. Mickey roch zwar noch nach Staub und alten Leuten, aber er war wundervoll.

»Bist du sicher?«, vergewisserte sich April. »Das ist eine Reliquie. Ein Erbstück. Und potenziell mehrere Tausend Dollar wert, wenn der richtige Sammler ihn sieht.«

»Was ist schon ein Erbstück, wenn es seinem Besitzer nichts bedeutet?«

Aprils Augen füllten sich mit Tränen. Es dauerte eine ganze Weile, bis sie das Stofftier wieder loslassen konnte. Auch als ein

Mann auf die Bühne trat und das Publikum begrüßte, konnte April es noch nicht aus der Hand geben.

Als die Instrumente einsetzten, rutschte Luc mit seinem Stuhl näher heran und legte April eine Hand auf den Oberschenkel. Sie griff danach und schloss ihre Finger um seine. Die Geste war in erster Linie eine Geste der Sympathie, aber trotzdem lag darin das ganze Gewicht dessen, was zwischen ihnen passiert war. Auf einmal erinnerte sich April an ihre erste Begegnung mit Luc, der in der verstaubten Wohnung seine Zigarette rauchte, während sie sich noch fragte, wie zum Teufel sie dieses ganze Gerümpel durchackern und sortieren sollte – das Chaos in der Wohnung, aber auch das in ihrem Leben.

April dachte an ihre erste gemeinsame Mahlzeit, im Café Zéphyr, als sie beinahe über den niedrigen Zaun gestolpert wäre. Sie dachte an die Dachterrasse der Galeries Lafayette, den Moment, in dem April endlich begriff, dass Luc nicht nur ein schmieriger Anwalt mit einem aufgeblähten Ego war. Und dann weitere Restaurants, weitere Unterhaltungen, all die Stunden, die sie in Marthes Zuhause verbracht und Luc erklärt hatte, wie besonders jedes Stück war. Und dann natürlich der Nationalfeiertag, das Feuerwehrhaus, ihr Schlafzimmer – ganz sicher ein Fehler, aber einer, den April nicht sonderlich bereute.

Sie lehnte sich zu Luc. Es war fast zu laut zum Sprechen.

»Danke«, sagte sie. »Für alles. Für alle kleinen und großen Dinge.«

»Ah, ich hab doch gar nichts getan«, sagte er. »Wir hatten doch Spaß, oder?«

April nickte. Sie biss sich auf die Lippen und Tränen liefen ihr übers Gesicht.

»Ah, süße *Avril.* Keine Tränen. Es ist doch nicht vorbei. Es wird niemals vorbei sein. Und morgen kommt das Beste von allem.« Er machte eine kurze Pause und fasste ihre Hand fester. »Morgen … morgen treffen wir Agnès.«

Chapitre 69

New York Times
MME. CHARCOT REICHT SCHEIDUNG EIN
Enkelin von Victor Hugo
beschuldigt ihren Ehemann des böswilligen Verlassens

PARIS, 15. Feb. – Jeanne Charcot, geborene Hugo, Enkelin von Victor Hugo, hat am Pariser Gericht eine Scheidungsklage wegen böswilligen Verlassens eingereicht gegen ihren Mann, Dr. Jean Charcot, Sohn des berühmten Nervenarztes und Leiter der Französischen Antarktisexpedition.

Dieser Schritt ruft lebhaftes Interesse in den Pariser Kreisen hervor, in denen beide Parteien prominent sind.

Madame Charcot ist bereits einmal geschieden: Vor ihrer Ehe mit Dr. Charcot war sie die Frau von Léon Daudet, dem ältesten Sohn des verstorbenen Alphonse Daudet. Kurz nach ihrer Heirat mit Charcot geriet Letzterer in einem Theater in Streit mit Léon Daudet, was zu einem Duell führte, bei dem Charcot leicht verletzt wurde.

Charcot hat Frankreich vor über einem Jahr verlassen, mit dem Ziel, den Südpol zu erreichen. In letzter Zeit wurden Befürchtungen laut, dass seine Expedition einem Unglück zum Opfer gefallen ist. Derzeit wird die Entsendung einer Rettungsexpedition diskutiert.

Chapitre 70

Paris, 4. Juni 1905

Oh Gott, wie konnte es nur so weit kommen? Ich habe heute etwas Schreckliches getan, etwas wirklich Schreckliches. Ich weiß nicht, ob ich mir jemals selbst verzeihen kann.

Es begann mit Boldini und einer seiner mürrischen Launen. Erlebe ich so etwas nicht oft genug? Es macht mir Bauchschmerzen, die Szene auch nur zu beschreiben, aber ich muss sie beschreiben. Mein Gehirn überschlägt sich, die Worte wollen nur so aus mir heraussprudeln. Irgendwohin muss ich mit ihnen.

Wie soll ich diese spezielle Verdrießlichkeit erklären? Wissen Sie, die Pariser scheinen sich vom großen Giovanni Boldini, dem Meister des kühnen Pinselstrichs, abgewandt zu haben. Wie die Schafe einer Herde folgen sie den Grillen der amerikanischen Sammler, was an und für sich schon lächerlich ist. Ich weiß nicht, aus den Gedärmen welcher Handlanger des Satans die Idee kommen konnte, dass Amerikaner überhaupt Geschmack haben. Und »Gedärme« ist genau das richtige Wort. Ihr Geschmacksurteil ist Scheiße. Leider ist eines Morgens irgendein Amerikaner aufgewacht und hat beschlossen, dass Boldini komplett aus der Mode ist. Vorher war man ein Niemand, wenn Boldini einen nicht gemalt hatte. Jetzt gibt es keinen mehr, der von ihm gemalt werden möchte.

Diese Kretins sind alle ganz Feuer und Flamme für Pablo Picasso, diesen verrückten, dummen Spanier, der die Amerikanerin Gertrude Stein irgendwie davon überzeugt hat, seine Werke zu kaufen. Der Mann hat mehr Namen als Jeanne Hugo Daudet Charcot, auch wenn man den Namen dazurechnet, den sie nach ihrer Scheidung von Jean-Baptiste und ihrer unvermeidlichen Heirat mit dem nächsten armen Narren annehmen wird, der auf ihrer Schwelle oder in ihrem Schlafzimmer auftaucht.

Monsieur Picasso heißt offiziell: Pablo Diego José Francisco de Paula Juan Nepomuceno María de los Remedios Cipriano de la Santísima Trinidad Ruiz y Picasso.

Das sagt schon alles, was man über diesen Mann wissen muss! Wahnsinnig und überspannt. Er hat nicht nur eine Gönnerin in Mademoiselle Stein – ein Glück, wie es Boldini nie zuteilwurde, aber er brauchte auch keine hässliche Amerikanerin, um sich einen Namen zu machen – nein, Monsieur Picasso beschäftigt auch noch einen Publizisten! Das ist zwar nur dieser Stutzer von Apollinaire, der mit den Locken und dem Rubin am kleinen Finger, doch er hat einen Publizisten. Jeder hält Apollinaire für kultiviert und wohlhabend. Dabei sieht er nur so elegant aus, weil seine Mutter ihn einkleidet. Das weiß ich aus sicherer Quelle!

Gestern Abend kam Boldini zu mir, um bei mir zu Abend zu essen. Er war zu aufgelöst, um in seinem Atelier zu speisen, umgeben von Gemälden, von all den Dingen, die einmal schön waren, ihm jetzt aber wie Fehlschläge scheinen wollen. Da ich wusste, wie schlimm seine Laune werden konnte, schickte ich die Köchin fort, nachdem sie mit der Zubereitung des Essens fertig war. Das Aufräumen hinterher wollte ich selbst übernehmen. Ich hasse Aufräumen, und da ich in letzter Zeit so eine seltsame Taubheit in meinen Handgelenken und Unterarmen verspüre, fällt es mir schwerer denn je, aber das war die kleinste meiner Sorgen. Ich ließ sie gehen, weil mir klar war, dass ich heute Abend sicher noch mehr sauber machen musste als unser Geschirr.

Boldini saß an meinem Tisch und verschmähte das Abendessen, gereizt wie ein erkälteter Ziegenbock. Ich bat ihn, sich zusammenzureißen, mit dem Jammern aufzuhören und eine Lösung zu suchen. Vielleicht konnte er seinen Malstil ändern. Vielleicht sollte er nach London gehen, um ein paar Auftragsarbeiten zu übernehmen. Gott weiß, dass die Engländer mindestens zehn Jahre brauchen werden, bis sie diesen Nonsense aufschnappen, und bis dahin wird sich die Stimmung in Paris auch wieder zu Boldinis Gunsten gewandelt haben!

Nun, er brummte weiter und trank noch mehr Wein. Béatrice saß im Nebenraum und versuchte mit mäßigem Erfolg, ein Puzzle zu legen. Zwischen seinem Geächze und Gejammere warf Boldini immer wieder einen Seitenblick auf sie. Noch bevor es geschah, wusste ich, was jetzt kommen würde.

»Sie hat sich nie berappelt«, sagte er, während er die letzte Weinflasche leerte, die ich im Hause gehabt hatte. Das sagt viel über den Grad seiner Betrunkenheit, denn ich bin eigentlich immer gut ausgestattet.

»Was meinst du?«, fragte ich, während ich mir den Mund mit der Serviette abtupfte.

»Du hast gesagt, sie würde eben später gehen und später sprechen und später lesen. Jetzt ist sie sechseinhalb, und auf das Später warten wir immer noch. Sie sieht aus wie ein Schulmädchen, aber im Kopf ist sie noch ein Kleinkind!«

»Boldini!«, herrschte ich ihn an. »Sprich leiser! Béa mag ein schlichtes Gemüt sein, aber sie ist das süßeste Kind, das sich ein Mensch nur vorstellen kann. Sie ist ein Segen für mich. Sie ist ein Segen für *uns*.«

»Das sagst du bloß, weil sie so gefügig ist und alles macht, was du sagst. Sie hält dich für perfekt. Ich schätze, *du* hast in dieser Sache tatsächlich Glück. Sie wird dein wahres Ich nie kennenlernen.«

»Jetzt ist es aber genug!«, rief ich und warf die Gabel auf den Teller, wenn auch nicht so schwungvoll wie beabsichtigt, denn der bereits erwähnte Zustand meiner Hände und Gelenke machte mir einen Strich durch die Rechnung. »So ein gemeines Gespräch will ich überhaupt nicht führen.«

»Sag mir, Marthe, warum ist sie so zurückgeblieben?«

»Es war eine schwere Geburt«, erwiderte ich mit bebender Stimme. »Du warst dabei.«

»Ja, die Geburt war schwer, nicht wahr? Das war sehr seltsam.«

»Sie lag in Steißlage. Ich weiß nicht, warum du mir deswegen Vorhaltungen machen willst.«

In Wirklichkeit wusste ich es. Ich wusste genau, warum.

»Ja, aber man möchte doch meinen, dass ein zu früh geborenes Kind ganz unabhängig von seiner Lage nicht solche Schwierigkeiten bei der Geburt haben sollte.«

»Tja, ich bin kein Arzt«, sagte ich und stand auf, um unsere Teller abzuräumen. »Und du auch nicht.«

»Oh, das ist wahr, aber Dr. Pozzi ist Arzt, und er hat mir gesagt, dass Béatrice furchtbar groß sei für ein Kind, das nur acht Monate im Mutterleib gewesen sein soll.«

Ich schaute weg. Meine Unterlippe zitterte.

»Sie ist nicht mein Kind, stimmt's, Marthe?«

Ohne zu antworten, stapfte ich in die Küche und beschäftigte mich mit dem Abwasch. Ich schrubbte und schrubbte, während Boldini weiter schrie: »Sie ist nicht mein Kind!« Er wurde so wild, dass sogar Béa in Tränen ausbrach. Sie rannte in ihr Schlafzimmer und schlug die Tür hinter sich zu.

»Bist du jetzt zufrieden?«, schrie ich und stürmte zurück ins Esszimmer. »Du hast den einzigen Menschen auf der Welt aus der Fassung gebracht, der sonst nie aus der Fassung zu bringen ist!«

»Sag mir die Wahrheit, Marthe! Ich will nur die Wahrheit wissen.«

»Na gut!« Ich war selbst überrascht, als ich das sagte. Ich hatte nicht vorgehabt, es ihm zu gestehen. »Du bist nicht der Mann, der mich geschwängert hat. Aber täusch dich nicht – du bist sehr wohl ihr Vater.«

»Nicht mehr!«

Boldini schob ungestüm seinen Stuhl zurück, der nach hinten umkippte und geräuschvoll gegen die Wand prallte. Dann griff er nach seinem Mantel und steuerte geradewegs auf die Tür zu.

Ich versuchte, ihm nachzulaufen, doch er schüttelte mich ab. Er erklärte, wir seien miteinander fertig, und er würde mich nicht länger unterstützen. Es hatte Jahre gedauert, bis Boldini uns mal ein paar Francs zukommen ließ, und im Grunde war es vor allem wegen Béa. Der Mann ist nicht unsere einzige Einnahmequelle.

Es gibt noch ein paar mehr Gönner, nicht zuletzt Clem, der Staatsmann, den alle »das Walross« nennen. Trotzdem ist das finanzielle Loch, in das Boldini uns geworfen hat, wirklich tief, ganz zu schweigen von dem emotionalen Loch. Letzte Nacht, während ich versuchte, mir einen Plan zu überlegen, habe ich kein Auge zugemacht.

Ich könnte Jean-Baptiste ausfindig machen, überlegte ich, und ihm drohen, seine Vaterschaft öffentlich zu machen. Aber das war natürlich überhaupt keine Lösung. Zuerst müsste ich ihn einmal finden. Der weltberühmte »Polar-Gentleman« hat die letzten zwei Jahre in der Antarktis verbracht und wird angeblich zur See vermisst. Selbst wenn er nicht vermisst wäre, müsste ihm die Sache überhaupt wichtig genug sein. Seine Scheidung von Jeanne könnte jetzt jeden Tag ausgesprochen werden. Er ist ein beliebter Abenteurer, und die Leute würden ihm jeden Fehltritt verzeihen. Deswegen hätte er wenig zu verlieren, wenn ich ihn anklagen würde. So geht das wohl, wenn man auf einem Schiff lebt.

Als die Morgendämmerung anbrach, war ich so verzweifelt, dass ich das Einzige tat, was mir zu tun blieb. Oh Gott, ich mag im Nachhinein kaum daran denken! Ich packte Béatrices rosa Koffer mit ihren Lieblingskleidern und -puppen, rief eine Kutsche, und dann verließen wir auf einem langen, holprigen Weg die Stadt.

Kurz vor ein Uhr waren wir am Heim für Schwachsinnige und Idioten. Mein Gesicht war tränennass, kleine Rinnsale zogen Spuren durch meine Bleichcreme, und ich konnte vor Schluchzen kaum sprechen. Béa, meine geliebte Béa, blickte mit ihren dunklen, klaren Augen zu mir auf, voller Vertrauen. Sie lächelte und drückte mir die Hand.

»Mein Schatz«, sagte ich, bevor wir ausstiegen. »Das hier ist eine wunderbare Schule. Maman wird dich schrecklich vermissen, aber du wirst hier so viel lernen! Sie werden dich hier unterrichten und dir das Sprechen beibringen und dich irgendwann auch einen Beruf erlernen lassen. Vielleicht Schusterei oder Teppichknüpfen oder Gärtnern. Wenn du erwachsen bist, kannst du dann nach

Paris zu deiner Maman zurückkehren und einen Posten als Sekretärin oder Arbeiterin annehmen. Dann werden wir den Rest unseres Lebens gemeinsam verbringen. Was meinst du dazu, mein Liebling?«

Sie blinzelte mich glücklich an, wie immer. Ach, mein Herz!

Wir stiegen aus der Kutsche und gingen ins Büro, wo ich Unmengen von Formularen ausfüllte. Der Direktor zeigte mir die Wohnräume. Meine Augen schmerzten von der Düsternis, dem Metall, den urinfleckigen Matratzen. In diesem Moment begann meine Entschlossenheit schon zu schwinden.

Zum Schluss standen wir auf dem Spielplatz. Hier sollte ich Béas Hand loslassen und sie ohne mich in die Welt entlassen. Es hätte mir Trost geben sollen, all diese Kinder lächelnd, glücklich und kichernd im Sonnenschein spielen zu sehen. Stattdessen musste ich mich fast übergeben.

Die Kinder kletterten auf den Geräten herum und stolperten über ihre eigenen Füße, während ihnen der Speichel aus den Mundwinkeln lief. Sie versuchten immer wieder dasselbe, einmal, zweimal, dreimal oder öfter, und scheiterten jedes Mal. Kein Mensch kam dazu, um ihnen zu helfen.

Es war einfach zu viel für mich.

»Gut, Madame de Florian«, sagte der Direktor. »Es ist Zeit, dass Sie Ihre Tochter gehen lassen. Gestatten Sie ihr, frei zu sein und unter ihresgleichen zu lernen.«

Ich lockerte meinen Griff genau eine Sekunde.

Dann schloss ich meine Hand wieder um Béas Hand.

Schwungvoll nahm ich sie auf den Arm, drehte mich um und rannte zur Kutsche. Ich ließ alles und jeden stehen, sogar Béas rosa Koffer. Um die Wahrheit zu sagen: Ich hätte ihn nicht behalten können, denn jedes Mal, wenn ich ihn wieder gesehen hätte, hätte ich mich selbst gehasst.

Bei Anbruch der Nacht waren wir wieder in Paris. Ich hielt mein Mädchen die ganze Fahrt im Arm, jedes Schlagloch, jede Wegbiegung. Ich wusste in jenem Moment nicht, was wir tun sollten, und jetzt weiß ich es auch nicht. Ich weiß nur, dass ich Béatrice an meiner Seite haben will. Alles andere werde ich schon beizeiten lösen.

Chapitre 71

Paris, 14. August 1914

Es fühlt sich an, als hätte sich der Druck, der sich in den letzten Monaten, wenn nicht sogar im letzten Jahr aufgebaut hat, auf einmal gelöst, mit einem Knall, den man auf der ganzen Welt hörte. Ja, dieser Knall ist unangenehm laut und ein bisschen beängstigend, aber in Paris ist die Erleichterung enorm.

Deutschland hat uns endlich den Krieg erklärt. Das sind gute Nachrichten, denn wir wussten, dass der Krieg kommen würde. Die deutschen Truppen sind schon zwei Mal in Frankreich eingefallen. Wie es in den Zeitungen heißt, waren sie durch die Kriegserklärung gezwungen, offiziell eine aggressive Haltung einzunehmen. Das werden unsere Nachbarländer und auch die Länder in Übersee nicht besonders gnädig aufnehmen.

Außerdem naht Hoffnung in Form von Rache. Wir könnten uns endlich für den Preußisch-Französischen Krieg rächen! In dem Moment, in dem die Nachricht über die Telegrafendrähte kam, tanzten die Menschen auf der Straße. Spontane Feiern in jedem Café, jedem Tanzpalast und auf fast jedem öffentlichen Platz. Die Menschenmassen waren kolossal. Die Leute kamen in Kutschen gefahren und ritten auf weißen Pferden. Sie weinten vor Freude. Die Leute küssten Fremde oder Familienmitglieder, mit denen sie eigentlich nicht mehr sprachen. An jeder Straßenecke wurden Blumen verkauft. Es war wie eine Hochzeitsfeier, auf der wir alle Bräute waren.

Von diesem Hochgefühl wurde auch Giovanni Boldini mitgerissen. Wenn er sich nicht mit dem Malen von Portraits abrackert – darunter auch viel zu viele Portraits der reichen Italienerin Donna Franca Florio –, kommt er uns besuchen. Egal wie oft er Béatrice abgeschworen hat, er kann nie länger als ein paar Wochen fortbleiben. In unseren Jahren als (beinahe) Mann und Frau hat er das Mädchen einfach zu liebgewonnen.

Zumindest gibt Boldini es unumwunden zu, dass er Béatrice vermisst. Doch er bringt es nicht fertig, dieselbe Plattitüde zu mir zu sagen. Ich schätze, es steht einfach zu viel zwischen uns. Was kann ich jetzt noch tun? Obwohl ich mich für alles entschuldige, bereue ich doch nichts.

Meine Béatrice ist so eine liebenswerte junge Dame. Sie hat vor Kurzem sogar Lesen und Schreiben gelernt! Eine absolute Meisterleistung! Ihre Aufsätze lesen sich eher wie die eines sechsjährigen Mädchens als die einer fast sechzehnjährigen Frau, aber ich hätte ehrlich gesagt nie gedacht, dass wir jemals an diesen Punkt kommen würden. Sie wird zwar nie eine Gelehrte werden, aber sie wird für immer meine Béatrice bleiben.

Ich würde gern noch mehr schreiben, aber ich kann mich nicht mehr erinnern, was für Worte ich benutzen wollte. Und meine Hände! Meine Hände sind in einem schlimmeren Zustand denn je, und das taube Gefühl bewegt sich nun auf mein Gesicht zu. Ein sogenannter Arzt stellte Phosphornekrose fest, eine Krankheit der Mädchen, die in den Fabriken arbeiteten. Da ich niemals solche Tätigkeiten ausgeübt habe, kann die Schlussfolgerung nur lauten, dass dieser Arzt ein Quacksalber war.

Boldini behauptet, dass diese Taubheit sich manchmal bis auf meinen Geist erstreckt. Vor zwei Wochen hat er seine neuesten Portraits von Donna Franca Florio in einem Anfall von Selbsthass aufgeschlitzt, mir dann aber die Schuld gegeben. Er sagte, ich sei in sein Atelier gestürmt und habe wütend behauptet, es handle sich um Portraits von Jeanne Hugo. Was für eine unverschämte Anschuldigung! Als ob ich so etwas tun würde! Als ob ich diese zwei Frauen verwechseln könnte! Sie sehen sich kein bisschen ähnlich. Vielleicht hat Boldini eine Phosphornekrose im *Gehirn* von seinen ganzen Farben.

Nichtsdestoweniger spüre ich, wie mich das Alter immer mehr beeinträchtigt. Ich bin noch nicht alt, aber jung bin ich auch nicht mehr (ha!). Aber da ich dieses Jahr vierzig geworden bin, wird es Zeit, dass ich den Einsatz von Henna und Bleichcremes fürs Gesicht verstärke. Es gibt noch genug Männer zu bezirzen und Rechnungen zu bezahlen. Manchmal macht mich das alles so müde, so schrecklich, schrecklich müde.

Chapitre 72

Paris, 10. Februar 1919

Das Wetter ist feuchtkalt. Ich konnte es mir heute nicht leisten, Kohle ins Feuer zu legen, um diese Wohnung mit meinen ganzen Besitztümern zu beheizen. Meine Hände verkrampfen sich, während ich diese Worte hier hinkritzle. Ich muss fast befürchten, dass meine Finger am Stift festfrieren.

Diese Stadt ist tot. Die Bäume, die Tiere, sogar der Krieg, der anfangs so vielversprechend aussah, ist vorbei, und immer noch werden Tausende von Toten heimtransportiert, Familien hoffen auf diesen einen letzten Blick auf ihre Lieben, auch wenn sie nur noch eine Leiche zu sehen bekommen. Was ist mit dem Paris passiert, das ich einmal so geliebt habe? Das Paris voller Gold und Satin? Und da Paris tot ist, ist auch seine Seele verschwunden.

Genauso mein Herz, meine Tochter, meine Béatrice. Sie ist auch tot. Es ist entweder Ironie des Schicksals oder schreckliche Ungerechtigkeit, dass ein Mädchen, das sich in einer schweren Geburt auf die Welt kämpfen musste, nun auf genau dieselbe Art ihr Leben lassen musste. Es gab Blut, so viel Blut, und am Ende konnten sie sie nicht retten. Wenn Dr. Pozzi noch am Leben gewesen wäre, wäre Béatrice, meine Seele, noch hier. Doch sie ist fort, und ich bleibe mit einem anderen kleinen Mädchen zurück, Elisabetta. Lisette ist der Name, den Béa ihr geben wollte, als sie sicher war – ganz sicher! – dass dieses Kind in ihrem Bauch ein Mädchen war!

Ich habe mein Kind groß gezogen. Ich bin nicht darauf vorbereitet, noch einmal Mutter zu sein. Ich habe nicht die erforderlichen Mittel und auch keine Möglichkeit, sie mir zu beschaffen. Nicht nur die Welt bröckelt, auch meine Schönheit. Ich muss entweder meine Ansprüche herunterschrauben oder die schönen Stücke verkaufen, die mir Clemenceau, *Le Comte* und Giovanni Boldini geschenkt haben.

Boldini. Ich kann kaum seinen Namen schreiben. Dieser Mann, den ich die meiste Zeit meines Lebens geliebt habe, der Mann, der in die Märchenwelt zurückkehrte, die Béatrice und ich uns geschaffen hatten. Er rettete mir das Leben, nur um es später zu ruinieren. Als Giovanni zurückkam, dachte ich, er sei wegen uns beiden zurückgekommen. Leider vermisste Giovanni aber nicht mich, sondern Béa, und er vermisste sie auf äußerst unangebrachte Art. Boldini schwängerte sie. Er tötete sie.

Er behauptete, es sei ein Missverständnis. Marguérite behauptet, dass ich mir da etwas Abenteuerliches zusammengereimt hätte. Aber was gibt es da denn schon misszuverstehen? Zusammenzureimen? Es gibt keine Worte, mit denen er das wiedergutmachen kann. Er versuchte, Wiedergutmachung zu leisten, indem er mir das Portrait gab, das er vor so vielen Jahren (Jahrzehnten!) von mir gemalt hatte. Das war sein Abschiedsgeschenk, und ich versuchte umgehend, es an die französische Regierung zu verkaufen. Doch sie wollten mir nichts dafür geben. So unwichtig ist dieser Mann geworden.

Unterm Strich hat mir der Schurke dreierlei hinterlassen: ein nutzloses Gemälde, eine tote Tochter und einen Säugling, den ich nicht will und um den ich mich nicht kümmern kann. Deswegen muss ich tun, was ich damals nicht tun konnte. Morgen fahre ich zum Heim für die Schwachsinnigen. Das mag zwar ein grimmiges Urteil für so ein kleines Kind sein, aber ich kann es nicht behalten. Meine Gefühle haben nichts mit Gleichgültigkeit zu tun, es ist etwas Niedrigeres und Dunkleres. Es ist nicht ihre Schuld, aber wie Boldini, so hat auch sie meine Béa getötet.

Der Direktor des Heims, wenn er denn nach all den Jahren noch da sein sollte, ist ein netter Mann. Sie geben ihren Schülern eine Ausbildung, damit sie produktive Mitglieder der Gesellschaft werden können. Das ist mehr, als ich ihr geben könnte. Und wenn ich Béa damals dort gelassen hätte, dann wäre sie immer noch am Leben.

Während ich Lisettes Sachen zusammenpacke, kommen mir die Tränen. Nein, protestiere ich, keine Tränen! Das ist nicht der rechte Augenblick für Reue. Marguérite ist unterwegs. Sie wird mich auf der Reise begleiten. Mit ihrer Hilfe werde ich tapfer genug sein, das Kind dortzulassen. Diesmal werde ich nicht zurückblicken.

Chapitre 73

Sie fuhren den weiten Weg nach Sarlat-la-Canéda. Die Fenster von Lucs BMW M6 waren heruntergelassen, und der Wind ließ Aprils Haare senkrecht in die Höhe flattern, dass es aussah, als hätte sie eine Hecke auf dem Kopf. Mehr als einmal kam ihr der Gedanke, dass sie in den Staaten darauf bestanden hätte, für eine solche Distanz den Flieger zu nehmen. Trotzdem war April irgendwie froh, dass die Reise so lang war.

Endlich hatte sie begriffen, warum Lisette die Wohnung einfach so verlassen hatte. Wenn Aprils eigene Großmutter sie im örtlichen Irrenhaus abgegeben hätte, hätte sie um die Sachen und Gemälde dieser Frau ebenfalls einen Bogen gemacht. Doch so brutal diese Tat auch gewesen war, April konnte immer noch mit Marthe mitfühlen. Sie war so voller Liebe für ihre Tochter gewesen, dass sie zutiefst depressiv gewesen sein musste, als sie Lisette fortgab. Der einzige Mann, dem Marthe vertraute, verriet sie auf ungeheuerliche Art und Weise und tötete den Menschen, den sie am meisten liebte.

»Du arbeitest sogar im Auto wie verrückt«, bemerkte Luc, als sie die Autobahn verließen und auf eine gewundene Landstraße fuhren, die sich durch violette, gelbe und grüne Landschaften zog, und all das unter einem türkisblauen Himmel. Selbst im Vergleich zu Kalifornien war es fast zu viel für Aprils Augen.

»Ich versuche, mir ein paar Interviewfragen zusammenzuschreiben«, sagte April. »Aber ich scheitere kläglich.«

»Warum ... wie nennt man das noch? Warum machst du das nicht einfach aus dem Magen heraus?«

»Aus dem Bauch heraus. Und in Anbetracht der Tatsache, dass ich dieser kränkelnden Frau so hartnäckig ein Treffen abgebettelt habe, muss ich einfach vorbereitet sein. Ich weiß nicht so richtig, wo ich anfangen soll. Zuerst waren mir nur die Möbel, die Gemälde, diese ganzen überwältigenden Stücke in der Wohnung wichtig. Ich wollte herausfinden, warum Madame Quatremer das alles so zurückgelassen hat. Jetzt scheint mir das gar nicht mehr wichtig.«

Sie klopfte auf den Stapel Tagebücher, die auf ihrem Schoß lagen.

»Das hier ist mir wichtig«, sagte sie. »Der Rest von Marthes Geschichte. Die Tagebücher haben mir schon so viel verraten, aber am Ende werden die Einträge immer sporadischer, da sind überall so große Lücken. Ich brauche das, was dazwischenlag. Und ich hoffe, dass Madame Vannier es hat.«

»Tja«, lächelte Luc. »Wie immer hoffe ich, dass du bekommst, was du willst.«

Während sie immer tiefer in ländliche Gegenden fuhren, schloss April die Augen und lehnte sich zurück. Ihre Gedanken begannen sich zu schlängeln und weiterzubewegen wie die gewundene Landstraße. Sie ertappte sich dabei, wie sie an ihre Mutter dachte. April stellte sich ihr Gesicht vor: die grünen Augen, die breite, flache Nase und ein Hauch von Sommersprossen auf ihren Wangen. Als sie starb, waren diese Sommersprossen längst verschwunden, denn die Neonröhren des Krankenhauses waren ein gar zu schwacher Ersatz für die kalifornische Sonne.

April wäre beinahe eingenickt.

»Du lächelst ja«, sagte Luc plötzlich. Er tätschelte April den Arm und riss sie aus ihren Tagträumen. »Was amüsiert dich so?«

»Das war nichts Amüsantes.« April ließ den Kopf seitlich herabsinken. Sie schenkte ihm ein müdes Lächeln. »Ich hab nachgedacht – oder geträumt? Über meine Mutter.«

»Was genau?«

»Ich hab an Tiere gedacht.«

»Tiere? Warum? Hattet ihr als Kinder viele Haustiere?«

»Nein, im Hause Potter waren Feder- und Pelztiere verboten. Sogar Fische! Brian brachte einmal einen Goldfisch vom Jahrmarkt mit nach Hause, und meine Mutter zwang ihn, ihn zurückzugeben. Auf dem Jahrmarkt! Wenn Schausteller einen für seltsam halten, weiß man, dass man ein Problem hat.« April lachte. »Dabei liebte meine Mutter Tiere. Wenn irgendwo auf der Straße ein verletzter Hund oder eine Katze herumlief, verarztete sie sie. Ich hab beobachtet, wie sie einer Katze den Schwanz verband und einem Hund aus zerbrochenen Linealen und Klebeband eine provisorische Schiene am Bein verpasste. Einmal hat sie sogar versucht, einen Vogel zu beatmen, der in unser Wohnzimmerfenster geflogen war.«

»Hat es funktioniert?«

»Ich glaube, sie hat seine Lungen aufgeblasen. Ich weiß noch, dass ich an der Tür stand und weinte.«

»Arme kleine Avril«, sagte Luc.

»Arme April, allerdings! Sie war auch sehr direkt, in fast schon taktlosem Ausmaß. Eine von unseren Nachbarinnen hatte eine Fehlgeburt und meine Mutter erzählte uns am Sonntagabend beim Essen, dass die Nachbarin kein Baby geboren hatte, sondern einen riesigen Fellball mit Zähnen. Ich dachte, mein Vater fällt um.«

»Klingt nach einer unterhaltsamen Frau. Vielleicht hätte ich ihre Gesellschaft genauso genossen wie deine.« Er zwinkerte ihr zu.

»Ich hab das alles aufgeschrieben, diese ganzen Geschichten und Erinnerungen. Ich hatte ganz vergessen, wie toll sie war. Irgendwie hatte ich die ganze Zeit nur dieses Bild von ihr als strenge, abstinenzlerische, alle Regeln befolgende Hausfrau, aber jetzt komme ich ins Grübeln. Wenn sie ein bisschen später geboren wäre, wäre sie vielleicht unter diese freigeistigen Hippie-Typen gegangen. Oder vielleicht hätte sie keinen Marineoffizier geheiratet.

»Und was wäre passiert, wenn du keinen Finanzmann geheiratet hättest?«, fragte Luc.

»Ich war schon längst ich selbst, als er in mein Leben trat. Themawechsel! Hat dieses Auto eigentlich ein Radio? Oder einen iPod?«

April griff zum Autoradio und drehte den ersten Knopf, auf dem ihre Hand landete.

»Das ist die Klimaanlage«, erklärte Luc, als die Luft ihr direkt ins Gesicht blies.

»Mach dich doch bitte mal nützlich und leg Musik ein.« April lehnte den Kopf wieder an die Kopfstütze und schloss die Augen. »Ich muss nachdenken.«

Innerhalb weniger Sekunden fiel April in diesen schmalen Spalt zwischen Traum und Realität, wo sich außen mit innen vermischt. Sie roch Lucs Zigarette, doch gleichzeitig sah sie ihre Mutter, aber auch Marthe, wie sie einem Mann an der Bar, der aussah wie Troy, einen Absinth über den Tresen schob.

Als sie die Augen wieder aufschlug, meinte sie, sie hätte zehn Minuten geschlummert, aber ihre Uhr verriet ihr, dass es eher eine ganze Stunde gewesen war. Luc rüttelte sanft an ihrem Bein.

»Wir wären jetzt in Sarlat«, sagte er. »Nur für den Fall, dass du dich noch ein bisschen frisch machen möchtest, bevor wir da sind.«

»Warum?« April setzte sich auf. Ihr Mund fühlte sich ausgetrocknet und klebrig an. »Muss ich mich frisch machen?«

April klappte die Sichtblende herunter und wühlte in ihrer Handtasche nach irgendetwas, was als Make-up durchgehen konnte. Wenn Marthe nicht durch die Zeit reiste und Handtaschen vertauschte, belief sich die Chance, zwischen den ganzen losen Zetteln und unzähligen Stiften etwas zum Frischmachen zu finden, auf null.

»Ah! Ein acht Jahre alter Lipgloss unbekannter Herkunft!«, rief April, als sie einen abgeschabten glitzerrosa Behälter hervorzog. »Drück mir die Daumen, dass der Mensch, der das Zeug hier reingeworfen hat, keinen Herpes hatte!«

»Hast du gerade ›Herpes‹ gesagt?«

Bevor April eine passende Antwort einfallen wollte, wurde sie von der Aussicht überwältigt.

»Wow! Das ist Sarlat?«, fragte sie. »Ist der Ort echt?«

Dieses Dorf war einfach wunderbar, die reinste Zeitkapsel, perfekt mittelalterlich mit seinen gelben Sandsteingebäuden, steilen Dächern und kopfsteingepflasterten Straßen. Es war so malerisch, dass es fast schon unverschämt war. Als würde der Ort in einem Vergnügungspark stehen.

»Haben sie das nachgebaut oder so?«, erkundigte sich April, die immer noch ganz baff war. »Oder war das schon immer so?«

»Das war schon immer so, schätze ich.«

Luc bog um eine Ecke und fuhr eine Gasse entlang, die besser für ein gebrauchtes *moto* geeignet gewesen wäre. April hielt sich fest, während Luc das Auto geschickt zwischen Abfalleimern, Fußgängern und Ziegen hindurchlenkte. Wenig später fuhren sie durch eine letzte Gasse und dann auf eine unbefestigte Straße. Sie war lang und gerade, umgeben von grünen Feldern. Am Ende der Straße stand ein quadratisches Häuschen. April schnappte nach Luft. Das musste das Haus von Agnès Vannier sein. Woanders führte diese Straße nicht mehr hin.

Chapitre 74

Obwohl es draußen warm war, saß Agnès Vannier mit einer samtigen Decke auf dem Schoß vor einem prasselnden Kamin. Zu ihren Füßen stand eine große, gepolsterte Kiste.

Das hohe Alter und ihre kürzlich überstandene Erkrankung waren ihr anzusehen. Ihre Schultern waren schmal, die Knochen stachen durch ihren Pullover wie Finger, ihre zerbrechlichen Arme sahen aus wie die angezogenen Beine von Grashüpfern. Sie trug die weißblonden Haare in einer Föhnfrisur, durch die April ihre rosa marmorierte Kopfhaut durchschimmern sah. Ihre Augen waren eisblau, gletscherartig, fast durchsichtig.

»Willkommen in meinem Zuhause«, sagte sie auf Französisch, nachdem eine Haushaltshilfe die beiden Besucher hereingelassen hatte.

»Danke, dass wir kommen durften«, erwiderte April. Sie war unsicher, ob sie auf die Frau im Rosenholzstuhl zugehen oder vorerst lieber in respektvollem Abstand stehen bleiben sollte. »Ich freue mich sehr, hier zu sein.«

Madame Vannier sah ihr ins Gesicht.

»Ich werde kein Englisch sprechen«, erklärte sie.

»Ce n'est pas un problème.« April rückte etwas näher zu Luc. Auf einmal verspürte sie den Drang, sich an ihn zu klammern, an seinen Ärmel, seinen Gürtel, den Rand seiner rechten Hosentasche. Sie fühlte sich unsicher und wackelig.

»Dürfen wir uns setzen?«, fragte Luc auf Französisch und deutete auf einen kleinen, weiß gepolsterten Zweisitzer, der noch aus den Zeiten stammte, in denen die Leute noch nicht so breit waren.

»Bitte sehr.« Agnès Vannier neigte den Kopf und in ihren Mundwinkeln erschien ein kleines Lächeln.

»Lassen Sie mich noch einmal sagen, wie sehr wir es zu schätzen wissen, dass Sie sich die Zeit nehmen, mit uns zu sprechen«, sagte April. Sie ermahnte sich, langsam zu sprechen, die Atemzüge zwischen ihren Worten zu zählen. Wenn sie in nervösem Zustand Französisch sprechen musste, vergaß April schnell das Atmen. »Mein Name ist April Vogt, Monsieur Thébault kennen Sie ja.«

»Ja, Luc.« Agnès Vannier berührte den kleinen Saphiranhänger, der in der kleinen Vertiefung zwischen ihren Schlüsselbeinen lag. »Der gut aussehende Anwalt. Nun, Madame Vogt, warum haben Sie die lange Reise gemacht?«

»Zunächst einmal …« April räusperte sich. Sie zog die Tagebücher aus ihrer Tasche. »… wollte ich die hier persönlich zurückgeben. Vielen Dank, dass Sie sie dem Auktionshaus zur Verfügung gestellt haben. Sie haben uns bei der Bestimmung der Herkunft der Stücke sehr wertvolle Dienste geleistet.«

April reichte die Papiere an Madame Vannier weiter, die sie auf den Wohnzimmertisch warf und leise lachte. Das Geräusch kam nicht aus ihrer Kehle, sondern aus der Tiefe, es klang feuchter, als wäre da eine Lunge von Pleuritis befallen.

»Luc hat mir schon erzählt, dass Sie das sagen würden«, antwortete Madame Vannier. »Das mit der Herkunft.«

»Ja, na ja …« April strich sich eine lose Strähne aus dem Gesicht. »Das ist auch wahr. Dafür also nochmals danke schön.«

»Sie haben schon ziemlich oft ›danke‹ gesagt.« Die alte Dame berührte ihre Schläfen. »Lassen Sie das doch bitte.«

»Madame, ich wollte nur zum Ausdruck bringen …«

»Wie fanden Sie die Tagebücher?«

»Ich … ähm, also … ich war begeistert«, sagte April. »Ich war absolut begeistert. Ich wünschte nur, es gäbe noch mehr Einträge. Marthe de Florian war eine faszinierende Frau.«

»›Faszinierend‹. So könnte man es freilich auch formulieren.« Madame Vannier kicherte wieder. Das Geräusch verursachte April eine Gänsehaut und sie rückte näher ans Kaminfeuer. »Ich habe nicht viel Zeit, heute nicht und auf dieser Welt auch nicht mehr. Also kommen wir einfach zur Sache, ja? Was würden Sie gerne wissen? Damit Sie Ihre … Herkunftsnachweise bekommen.«

April wühlte erneut in ihrer Tasche, um einen Stift zu finden. Nachdem sie drei auf ihrem gelben Notizblock ausprobiert hatte, fand sie schließlich einen, der funktionierte.

»Ich habe viele Fragen.« April blickte Hilfe suchend zu Luc. Der zuckte nur mit den Achseln. Das hier war ihre Show, schien er sagen zu wollen. Er hatte ihr nur die Eintrittskarte verschafft. »Die erste lautet: Was für einen Platz nehmen Sie in dieser Geschichte ein?«

»Madame Vogt, sind Sie gekommen, um Fragen über meine Person zu stellen? Oder möchten Sie etwas über Marthe und Lisette erfahren?«

»Ich bin tatsächlich gekommen, um all diese Geschichten zu hören.«

»Zu mir kommen wir später. Ich habe keine Lust, diese Frage zu beantworten. Noch nicht.«

»Hm, okay.« April fiel einen Moment ins Englische zurück, während ihr Gehirn auf Hochtouren lief. Was wollte April *wirklich* fragen? Wusste sie das überhaupt?

»Madame Vogt?«

»Pardon«, sagte sie. »Ich versuche gerade, meine Gedanken in Worte zu fassen. Wissen Sie, dank der Tagebücher habe ich schon so einiges begriffen.« Sie deutete mit einem Nicken zum Tisch. »Ich glaube, ich möchte jetzt einfach noch die fehlenden Puzzleteile einfügen.«

Luc hustete und April blickte rasch zu ihm. Versuchte er, ihr eine Warnung zukommen zu lassen? Oder waren das nur die Nachwirkungen seines Tabakkonsums?

»Sie machen mich neugierig«, sagte Madame Vannier. »Was glauben Sie, begriffen zu haben?«

»Natürlich nicht alles, aber ich verstehe die persönlichen Beziehungen besser, Marthes Liebe zu Giovanni Boldini und warum sie so wütend auf Jeanne Hugo war. Ich verstehe jetzt auch, warum Lisette – pardon, Madame Quatremer – die Wohnung unberührt gelassen hat.«

»Und warum?«, fragte Madame Vannier.

»Na ja, obwohl Marthe Béatrice so sehr geliebt hat, bin ich sicher, dass Madame Quatremer keine Verbundenheit empfand, nachdem sie in so zartem Alter zur Adoption freigegeben worden war.«

Zur Adoption freigegeben. Das klang viel besser als in einem Heim für Schwachsinnige und Idioten abgegeben. Aber immerhin hatte Marthe am Ende ihres Lebens Lisette als Teil ihrer Familie anerkannt. Sie fühlte ihr gegenüber eine Verpflichtung. Sonst hätte sie Lisette Quatremer niemals die Wohnung mit all ihren Schätzen hinterlassen.

»›Zur Adoption freigegeben‹?«, sagte Madame Vannier. »Das ist nicht wahr.«

»Aber die Tagebücher …« April deutete auf den Tisch. Sie blickte zu Luc, doch der zuckte bloß wieder mit den Schultern. Sie sah erneut zu Madame Vannier, die sie mit ihrem befremdlichen, floureszierenden Blick durchbohrte. »Marthe sagte, dass sie ihre Enkelin in ein Heim gebracht hat. Sie konnte nicht allein für sie sorgen.«

»Tja, der zweite Teil ist sicherlich wahr«, sagte Madame Vannier mit einem leisen Lachen. »Aber sie hat sie am Ende dann doch nicht ins Heim gebracht. Sie hatte es vor, aber ihre beste Freundin konnte sie davon abbringen.«

»Ihre beste Freundin? Meinen Sie Marguérite?«

Madame Vannier nickte, und auf Aprils Gesicht erschien ein breites Grinsen.

»Natürlich, das war ja zu erwarten, dass Marguérite da einschreiten würde«, sagte April, und der Gedanke gefiel ihr ausnehmend gut. Marguérite war schon zur Stelle und sorgte dafür, dass Marthe das Richtige tat.

»Sie sind also gekommen, um Ihre Wertschätzung für Marguérite auszudrücken?«

»Ja! Absolut. Sie war eine großartige Freundin, nicht wahr?«

»Allerdings. Ehrlich gesagt, weiß ich nicht, wie sie die illustre Madame de Florian ertragen hat.« Madame Vannier rollte das R theatralisch mit der Zunge. »Glück für Béa, Glück für Lisette, dass Marguérite es sich zu ihrer persönlichen Aufgabe machte, sich um sie zu kümmern.«

»Um wen kümmern? Um Lisette? Oder um Béa?«

»Beide gewissermaßen. Aber ich meinte Marthe.«

»Wie meinen Sie das? Wieso Marthe? Niemand hat sich um sie gekümmert. Gut, sie hatte natürlich ›Gäste‹, die sie mit materiellen Gütern versorgten, aber Marthe war bemerkenswert selbstständig, finden Sie nicht? Sie kam ohne einen Franc nach Paris, kannte keine Menschenseele und baute sich ein eigenes Leben auf. Schauen Sie sich doch bloß die ganzen Sachen in ihrer Wohnung an! Das war die Wohnung einer reichen Frau! Sie hat es doch wirklich weit gebracht, finden Sie nicht?«

April warf einen Blick zu Luc, zum zehnten Mal, wie es ihr vorkommen wollte. Wie oft sollte sie noch »finden Sie nicht?« sagen, bis ihr endlich mal jemand zustimmte?

»Wenn man ein Leben anhand des persönlichen Besitzes beurteilen kann, dann haben Sie wahrscheinlich recht«, sagte Madame Vannier schließlich. »Ich beurteile es lieber anders. Marthe war eine schreckliche Mutter, ausgesprochen selbstsüchtig.«

»Wie bitte?« Aprils Wangen wurden auf einen Schlag ganz heiß. »Glauben Sie nicht, dass das ein bisschen hart ausgedrückt ist?«

»Vielleicht ist es noch viel zu sanft ausgedrückt. Nach heutigen Maßstäben würde man eher von Missbrauch und Vernachlässigung sprechen. Insbesondere nach Ihren amerikanischen Maßstäben.«

»Sie irren sich!«, rief April und sprang vom Sofa auf.

Luc versuchte sie am Arm festzuhalten, bekam sie aber nicht zu fassen. April schnappte sich die Tagebücher.

»Ich habe diese Aufzeichnungen gelesen«, sagte sie und schüttelte den Papierstapel dazu. »Darin war nicht jeder Tag verzeichnet, nicht mal jedes Jahr, aber ich kenne diese Frau. So verrückt es klingen mag, aber ich habe das Gefühl, ich kenne sie.«

»Wirklich?« Madame Vanniers Stimme war rau wie Sandpapier. April fühlte sich wie ein gescholtenes Kind. »Sagen Sie, was glauben Sie, warum nur ein paar von den Tagebüchern in der Wohnung gefunden wurden? Was ist mit dem Rest passiert?«

April zuckte mit den Schultern. »Wahrscheinlich dasselbe, was mit den meisten hundert Jahre alten Dokumenten passiert ist. Sie gingen verloren oder wurden zerstört oder weggeworfen.«

Ein teuflisches Lächeln glitt über Madame Vanniers Gesicht.

»Zerstört, genau. Sie wurden zerstört. Von Lisette. Nach Marthes Tod.«

»Wie meinen Sie das?«, stieß April hervor. »Ich dachte, sie wäre seit siebzig Jahren nicht mehr in der Wohnung gewesen?«

»War sie auch nicht. Marthe de Florian starb 1935. Lisette verließ Paris 1940. Dazwischen lagen genug Jahre, in denen sie die Hinterlassenschaft durchgehen konnte. Und beseitigen konnte, was sie nicht sehen wollte. Sie meinen, diese Briefe und Worte bedeuten Ihnen viel? Nun, für Lisette bedeuteten sie alles. Genauso wie Sie versuchte sie, eine Geschichte zusammenzusetzen, die Dinge zu verstehen, die sie nicht verstehen konnte.«

»War sie denn nicht da? Sie hatte doch so viele Leute um sich herum – ihre Großmutter, Marguérite. Kannte sie die Geschichte denn nicht schon?«

»Ach, Madame Vogt.« Agnès begann zu lachen.

Das Lachen ging in einen Husten über, der sich in ein Gekeuche verwandelte, welches wiederum sofort vier vorher unsichtbare Hausangestellte auf den Plan rief. Jemand machte Tee mit Honig. April saß da wie angewurzelt, während Luc ihr den Rücken rieb. Die Leute wuselten um die alte Dame herum.

»Entschuldigen Sie«, sagte Madame Vannier, nachdem sich die Aufregung wieder gelegt hatte und ihre Helfer wieder im Unterholz verschwunden waren, aus dem sie vorher gekrochen waren. »Ich pfeife wirklich aus dem letzten Loch. Wo waren wir?«

»Ich habe etwas gesagt, was bei Ihnen einen hysterischen Lachanfall hervorgerufen hat. Aber wenn Sie nicht mehr weitersprechen können, verstehe ich das natürlich.«

»Ach, ja. ›Hysterischer Lachanfall‹. Madame Vogt, Sie wissen doch sicher, dass hinter einem Menschen mehr steckt als das, was Sie sehen, oder das, was er Ihnen zu zeigen bereit ist?«

»Aber …«

»Pscht. Genug. Sie sind gekommen, um die fehlenden Puzzleteilchen zu finden? Nun, das fehlende Teilchen war Lisette. Sind Sie nicht auf die Idee gekommen? Sie hat auch eine Geschichte.«

Chapitre 75

Agnès Vannier, Paris in der Vorkriegszeit

Elisabetta de Florian sah genauso aus wie ihre Großmutter. Beide hatten sie ähnlich dunkle, gelockte Haare, schwarze Augen und dieselbe längliche, stolze Nase. Lisette war alles andere als begeistert darüber.

Sie wollte nicht wie die Frau sein, die sie aufgezogen hatte, die verzweifelte Frau mit den wilden Augen. *Grand-mère* war Angst einflößend, unberechenbar, im einen Moment ein Kätzchen, im nächsten Moment eine rasende Wildkatze. Noch mehr als ihre Launen fürchtete Lisette den endlosen Strom von Männern, die in ihrer Wohnung ein und aus gingen. Diese sogenannten Gentlemen waren meistens unhöflich und fast immer betrunken. Wenn einer von ihnen kam, während *Grand-mère* gerade außer Haus war, versteckte Lisette die Visitenkarte hinter einem Gemälde oder schob sie in eine Kommode.

»Ist jemand da gewesen, während ich fort war?«, erkundigte sich *Grand-mère* manchmal hinterher.

»Nein«, sagte Lisette dann jedes Mal. »Hier war es so still wie in der Leichenhalle.«

Es gab nie viel zu essen. *Grand-mère* aß mit den Männern in Restaurants, mit diesen Eindringlingen, und wenn sie nach Hause kam, roch sie nach Hühnerfett und etwas Säuerlichem. Während die Jahre ins Land gingen, wurde *Grand-mères* ehemals flacher Bauch erst rund, dann ging sie völlig aus der Form. Sie brauchte morgens länger, sich anzuziehen, wenn sie versuchte, ihre Wurstarme in Kleider zu zwängen, die schon seit Jahren aus der Mode waren.

»Ich hab ganz schön Hunger«, sagte Lisette oft.

»Ich werde sehen, was ich tun kann«, antwortete *Grand-mère* dann immer. »Aber heutzutage ist es schwer, sein Geld zu verdienen. Wir müssen uns Mühe geben, mit dem wenigen zurechtzukommen, das wir haben, und müssen weiterhin aufs Schlimmste gefasst sein.«

Wenn *Grand-mère* nicht in der Wohnung war, schaute sich Lisette unter den Sachen ihrer Großmutter um. Sie musterte sie genau und beneidete ihre Zusammengehörigkeit, ihren dauerhaften Platz in der Welt. Vasen und Kronleuchter und Gemälde, Millionen von Relikten, die gesammelt und zusammengetragen und angehäuft worden waren. Sie ließen eher an Exzess denken, daher wunderte sich die junge Lisette oftmals, warum sie sich kein Essen leisten konnten.

Einmal verschwand *Grand-mère* für mehrere Tage. Lisette brachte einen Kerzenständer zum Pfandleiher an der Ecke und verkaufte ihn für einen lächerlichen Betrag. Sie wusste, dass er mindestens fünfmal so viel wert war wie das, was ihr der ölige kleine Mann dafür zahlte, aber in diesem Moment war ihr ein gefüllter Magen mehr wert.

Als *Grand-mère* nach Hause kam und am Schaufenster des Pfandleihers vorbeikam, erkannte sie das Stück aus ihrer Wohnung. Wie sie es von den vierzig anderen unterscheiden konnte, die genauso aussahen, würde Lisette niemals herausfinden. Nachdem sie den Besitzer mit ihrem Spazierstock angegriffen hatte (der früher einmal dem Premierminister gehört hatte, jetzt allerdings ihr) und ihn als Dieb und »schmutzigen, dreckigen Juden« bezeichnet hatte, erfuhr *Grand-mère*, dass ihre eigene Enkelin das Stück verkauft hatte.

Grand-mère stürmte in die Wohnung und rief zornig nach Lisette. Lisette, die wusste, dass ihre Großmutter Probleme mit dem Gehen hatte, verbarrikadierte sich hinter mehreren Möbelstücken. Das war ein Vorteil dieser zugestellten, überfüllten Wohnung: Es gab viele Verstecke.

»Die Dinge werden noch viel schlimmer werden!«, rief *Grand-mère*. »Wir müssen jeden Franc sparen! Wir müssen uns auf das Schlimmste gefasst machen! Das Schlimmste wird geschehen!«

Lisette verstand es nie. Ihre Großmutter sparte diese Stücke für schlechte Zeiten auf, aber wie die Zeiten noch schlechter werden konnten als diese, war schwer vorstellbar.

Im Laufe der Jahre nahmen *Grand-mères* Mitgefühl und geistige Klarheit weiter ab. Oft schrie sie Lisette ohne jeden Grund an, behauptete, das Mädchen habe irgendetwas gesagt, was sie nie gesagt hatte, oder mit jemand geschlafen, den sie noch nie gesehen hatte. Trotz der Tätigkeit ihrer Großmutter hatte Lisette sich beim besten Willen nichts darunter vorstellen können, als sie beschuldigt wurde, sie habe Geschlechtsverkehr gehabt. Sie wusste nur, dass es etwas war, was sie noch nie gemacht hatte.

Das Geschrei begann jedes Mal in schriller Tonlage, und Lisette lernte beizeiten, sich hinter einer Kommode oder einem Schrank zu verstecken und dort zu warten, bis sich der Sturm verzogen hatte. Nachdem *Grand-mère* mehrere Minuten herumgeschrien hatte, brach sie plötzlich mitten im Satz ab, als hätte man ihr die Stimmbänder genommen. Ihr Gesicht schien auf einer Seite einzufrieren, auf der anderen Hälfte sackte und tropfte alles herab, als wäre sie aus weichem Wachs.

Als sie zehn war, wusste Lisette, dass es nur zwei Menschen in ihrem Leben gab, auf die sie zählen konnte: *Grand-mères* alten Freund Giovanni Boldini und ihre noch ältere Freundin Marguérite. *Grand-mère* weigerte sich, mit Boldini zu sprechen, ein Kriegszustand, der seit Jahren zwischen ihnen herrschte, aber Marguérite nahm sie zu ihm mit. Sie sagte Lisette, wenn sie jemals jemanden brauchte, dann gebe es immer sie, Marguérite, und diesen Mann, den Maler Boldini. In den folgenden Jahren ging Lisette immer, wenn sie hungrig oder einsam oder traurig war, zu einem von diesen beiden. Sie verbrachte viele Nächte in ihren Gästezimmern, und viele glückliche, volle Stunden an ihren Esstischen.

Boldini starb, als Lisette zwölf war, aber Marguérite blieb in ihrem Leben. Marguérite gab Lisette zu essen, wenn sie Hunger hatte, sie besserte ihre Kleider aus, sie brachte ihr das Lesen bei. Und Marguérite brachte Lisette auch bei, sie selbst zu sein und nicht die Person, die andere Leute ihrer Meinung nach in ihr sehen wollten. Diese Lektion hatte *Grand-mère* niemals gelernt.

Als ihre Großmutter 1935 starb, war es fast eine Erleichterung. Lisette war nicht mehr ihren wütenden Tiraden ausgesetzt und hatte jetzt freie Hand bei den Sachen in der Wohnung. Lisette wusste die Möbel nicht wirklich einzuschätzen, aber auch ihr war klar, was der wahre Wert dieser Gegenstände war – Freiheit.

Wenige Monate, nachdem *Grand-mère* verstorben war, begann Lisette damit, das Chaos durchzukämmen und die Gegenstände nach potenziellem Wert und Transportfähigkeit zu sortieren. Marguérite erzählte ihr von einem örtlichen Auktionshaus, Sotheby's. Sie würden Marthes Sachen holen und sie für einen ansehnlichen Preis verkaufen. Lisette musste die Sachen nur für den

Verkauf vorbereiten. Das klang eigentlich gar nicht so schwer, aber Lisette kam nie so weit.

Sie begann mit dem schwersten Schrank in der Wohnung. Sie hatte sich so oft dahinter verstecken müssen, dass sie sich dachte, dieses Möbel könnte sie sicher am einfachsten loslassen. Bis sie die Türen aufmachte und die Tagebücher ihrer Großmutter darin entdeckte. Dutzende von Tagbüchern, vielleicht hundert oder mehr, alle von vorn bis hinten beschrieben, mit farbigen Bändern zusammengehalten und völlig intakt. Zumindest eine Weile.

Die Frau, die die Tagebücher geschrieben hatte, war nicht die *Grand-mère*, die Lisette kannte. Sie besaß eine Lebhaftigkeit, vor allem in den frühen Jahren, eine Aufgewecktheit, die Lisette nicht erwartet hätte. Marthe bestand nicht nur aus Wutausbrüchen oder weinerlichen, lückenhaften Briefen. *Grand-mère* wusste, wie man liebt. Sie liebte Boldini. Sie liebte Marguérite. Sie liebte Béatrice. Sie liebte sogar Lisette.

Während sie die Tagebücher durchlas, selbst ein wenig weinerlich und lückenhaft, riss Lisette eine Seite nach der anderen heraus. Sie behielt die Einträge, die sie zum Lächeln brachten oder sie ihre Großmutter verstehen ließen, und warf den Rest ins Feuer, wo die Seiten Funken sprühten und knisterten und sich schließlich in Asche verwandelten.

Und so verschob Lisette das Durchsehen der restlichen Habe ihrer Großmutter immer wieder auf morgen. Sie würde sie morgen zur Auktion geben. Seltsam, wie schnell das Morgen zum Gestern wird und dann letzte Woche, und zum Schluss merkt man, dass man überhaupt keine Zeit mehr hat. Ehe man sichs versah, war morgen 1940, und die einundzwanzigjährige Lisette war mit dem Abverkauf von Marthes Luxusgegenständen genauso weit wie fünf Jahre zuvor. Wie der Rest der Nation hatte sie größere Sorgen als Louis-XVI-Lehnsessel.

In diesem Jahr fielen die Nazis in Frankreich ein. Der Blitzkrieg begann im Mai, und Paris fiel wenig später. Die Zeitungen zeigten Fotos von Hitler, wie er keck vorm Eiffelturm posierte, als wäre er auf Urlaubsreise. Am 14. Juni stand Lisette mit ihren Mitbürgern auf dem Gehweg und sah zu, wie die deutschen Truppen in ihre Heimatstadt einmarschierten. Die Leute waren sprachlos vor Grauen. Manche weinten sogar. Und alle fragten sich, was jetzt aus ihrem Land werden würde, was aus ihren Familien.

Rein zufällig stand Lisette neben einer älteren Frau im schwarzen Nerzmantel. Und rein zufällig drehte sie den Kopf und erkannte in ihr Jeanne Hugo. Der Anblick dieses Gesichts ließ Lisette zusammenzucken. *Grand-mère* hatte nicht weniger als einhundert Bilder von Jeanne in ihrer Wohnung. Was bisher nur ein zweidimensionales Bild gewesen war, füllte sich jetzt auf einmal mit Leben.

»Entschuldigen Sie«, sagte Lisette zu Jeanne Hugo. Sie war eigentlich nicht besonders direkt, aber der Krieg, wenn er auch gerade erst begonnen hatte, fing bereits an, sie zu verändern. »Ich störe Sie ungern in so einem bedeutsamen Moment, aber ich glaube, dies ist der geeignete Augenblick, Ihnen das zu sagen: Wir sind verwandt.«

Jeanne wandte sich zu ihr, mit geweiteten Augen und der Stirn in tausend Falten.

»Wie bitte?«

»Tja, wissen Sie, ich habe kürzlich herausgefunden, dass mein Urgroßvater Victor Hugo war, Ihr Großvater! Und jetzt stehen wir hier, Seite an Seite.«

Lisette erwähnte nicht, dass ihr eigener Großvater Jeannes Exmann gewesen war. Sie befürchtete, dass diese Enthüllung nicht unbedingt gnädig aufgenommen werden würde.

Doch wenn Lisette ein Lächeln oder eine freundliche Anerkennung erwartet hatte, befand sie sich im Irrtum.

»Ich dachte, du bist tot!«, schrie die Nerzdame. Mehrere Leute starrten zu ihnen, unter anderem zwei deutsche Soldaten, die rauchend neben einem Laternenpfahl standen.

»Wie bitte?« Lisette versuchte, einen Schritt zurückzutreten, aber die Menschenmenge war so dicht, dass man nirgendwohin ausweichen konnte. »Tot? Wie meinen Sie das?«

»Du bist doch diese Hure aus dem Folies! Marthe de Florian! Die dem Teufel ihre Seele für ewige Jugend verkauft hat!«

Mochte *Grand-mère* auch manches Mal wilde Blicke gehabt haben, neben Jeannes Augen waren ihre so ruhig gewesen wie ein Teich an einem Sommertag. Das Weiße in ihren Augen war gerötet, die Pupillen so geweitet, dass man in ein Loch zu fallen meinte, wenn man hineinsah.

»Oh, tut mir leid.« Lisette lachte nervös. »Nein, ich bin nicht Marthe de Florian, ich bin ihre Enkelin. Giovanni Boldini war mein Vater.« Das hatte sie schon drei Jahre zuvor erfahren, aber sie genoss es immer noch, wie ihr diese Worte von der Zunge gingen, und die ganze Angelegenheit kam ihr jedes Mal wieder ganz frisch und neu vor. »Ich glaube, er hat Sie und Ihren Sohn einmal gemalt, oder? Meinen Großvater haben Sie ebenfalls gut gekannt …«

»Natürlich kenne ich Ihren Großvater!«, kreischte Jeanne. »Das war Léon Blum! Ein Jude! Ein übellauniger, arroganter, boshafter, schmutziger, ungesunder, taktloser Jude!«

Während Lisette entgeistert dastand, tat Jeanne das Undenkbare. Sie rannte zu den zwei Deutschen, die rauchend in der Nähe standen und den Anblick der marschierenden Truppen genossen.

»Dieses Mädchen da drüben ist eine Jüdin! Und sie hat mich bestohlen! Ich bin die Enkelin von Victor Hugo. Ich verlange, dass Sie sie unverzüglich einsperren!«

Obwohl es unwahrscheinlich ist, dass die beiden sich um ihre Verwandtschaft mit Victor Hugo scherten – wahrscheinlich hatten sie nur mal ganz vage von ihm gehört –, verließen sie doch ihren Platz und gingen langsam und neugierig auf Lisette zu. Ob sie nur mir ihr sprechen wollten oder sie einsperren oder etwas ganz anderes mit ihr vorhatten (sie hatte da Gerüchte gehört – oh Gott, was hatte sie da für Gerüchte gehört!) – Lisette wartete nicht, um es herauszufinden.

In einem Ausbruch ungeahnter Kraft drängelte und schlängelte Lisette sich durch die Menge und flüchtete dann in eine Nebenstraße, in der sich keine Zuschauer drängten. Nachdem sie ihre

Schuhe von den Füßen geschleudert hatte, rannte sie durch die Gassen und schlich sich zwischen Gebäuden durch, bis sie irgendwann zu Hause war. Unterwegs drehte sie sich nicht ein einziges Mal nach den Männern um.

Ihr Brustkorb hob und senkte sich heftig, als sie vor ihrer verschlossenen Wohnungstür stand und sich vor Augen hielt, dass sie in Sicherheit war. Wenn es nicht in fünf Minuten klopfte, oder in zehn, oder zwanzig. Sie versuchte, wieder ruhiger zu atmen, zumindest vorübergehend, aber auf lange Sicht würde sie hier nie wieder ruhig atmen können. Lisette wusste, dass ein Verbleib in Paris bedeuten würde, Tausende von quälend langen Sekunden auf ein Klopfen an der Tür zu warten. Sie würde nicht wie *Grandmère* leben, die ständig Angst hatte und das Schlimmste befürchtete.

Lisette kam erst zu mir, wo sie sich einen kleinen Koffer zusammenpackte, und zusammen mit meiner Mutter gingen wir alle zu Marguérite. Seit dem Tod meines Vaters lebten wir ebenfalls in Schwierigkeiten. Die Aussichten in Paris waren nicht wirklich rosig. Wir hatten gehört, dass Leute aufs Land flohen, und dachten uns, dass wir vielleicht dasselbe tun sollten.

Marguérite rettete uns, wie sie schon Marthe so oft gerettet hatte. Sie zauberte uns zum Haus ihrer Familie in Südfrankreich. Denn sie war nicht das Gassenkind, für das Marthe sie hielt, als sie sich bei Jeannes Hochzeitsprozession begegneten. Nein, sie war einfach ein kleines Mädchen aus wohlhabender Familie, das unbedingt es selbst sein wollte.

Weniger als eine Woche später unterzeichnete Frankreich einen Waffenstillstand mit Deutschland, im selben Eisenbahnwaggon, in dem Deutschland sich 1918 ergeben hatte. Es dauerte nur sechs Wochen, bis das ganze Land zusammengebrochen war. Wir hatten vor, ein paar Monate in Marguérites Haus zu bleiben, höchstens ein Jahr. Doch dann blieben wir für immer. Lisette brachte es nie fertig zurückzugehen. Sie brauchte Marthes Dinge dann doch nie.

Haben Sie das Namensschild an der Tür gesehen? Auf dem »Quatremer« steht? Das war Marguérites Familienname, und Lisette nahm ihn ebenfalls an. Sie sagte, das mache sie aus Angst, dass jemand sie als Jüdin denunzieren könnte. Nach den Pamphleten zu urteilen, die überall in Paris verteilt wurden, entsprachen Lisette Gesichtszüge den fehlerhaften jüdischen Zügen.

Doch kannten wir natürlich alle die Wahrheit. Lisette nahm Marguérites Nachnamen an, weil diese am ehesten von allen Menschen eine Mutter für sie gewesen war. Darüber hinaus nahm Lisette Marguérites Nachnamen an, weil sie die einzige Person war, die wusste, wie es sich anfühlte, die Bardame aus dem Folies zu lieben, die schwierige, die wundervolle *Grand-mère.*

Chapitre 76

Luc und April hatten weder Kleidung zum Übernachten noch Zahnbürsten mitgebracht. Sie hatten definitiv vorgehabt, vor Einbruch der Nacht zu fahren, hatten dabei jedoch nicht mit dem emotionalen Gewicht der Geschichte von Madame Vannier gerechnet. Sie hatten sich nicht ausgemalt, dass allein die Erzählung die alte Dame schon so erschöpfen würde, dass sie sich ins Bett zurückziehen musste, bevor sie ihr eine einzige Frage dazu stellen konnten.

Also verbrachten April und der Anwalt die Nacht voll bekleidet nebeneinander auf einer Matratze, die sich eher anfühlte wie eine Pritsche aus Ziegeln. April hatte die Hände auf der Brust gefaltet, während Luc leise neben ihr schnarchte. Sie zählte die Minuten, die Stunden, und warf immer wieder einen Blick auf ihr Telefon, weil sie verzweifelt den Moment herbeisehnte, in dem sie sich weiter mit Madame Vannier unterhalten konnten.

Sowie das erste Licht der Morgendämmerung aufs Bett fiel, stand April auf. Sie rüttelte ihren Gefährten wach. Der wünschte ihr schlaftrunken einen guten Morgen und erkundigte sich nach der Uhrzeit. April erinnerte ihn, dass es zu den besten Angewohnheiten älterer Herrschaften gehörte, morgens beim ersten Hahnenschrei munter zu sein.

Obwohl es gerade mal sechs Uhr war, als April und Luc in die Küche stolperten, erwartete Madame Vannier ihre Gäste bereits an einem runden, roten Tisch.

»Bonjour«, sagte April und stellte überrascht fest, dass ihre Stimme so scharf klang wie Glasscherben.

»Wie geht es uns heute Morgen?«, erkundigte sich Madame Vannier und senkte einen Teebeutel in ihre Tasse. »Möchten Sie Tee oder Kaffee?«

»Kaffee wäre wunderbar«, sagte April. »Ich kann welchen machen.«

»Ich kümmere mich schon darum«, sagte eine Stimme hinter ihr.

April fuhr hoch. Es war eine weitere Haushaltshilfe von Madame Vannier, die schon neben der Kaffeekanne bereitstand. April warf einen Blick zu Luc, der immer noch auf der Schwelle stand und sich die Augen rieb. Seine Haare standen ihm in alle Richtungen vom Kopf ab.

»Merci«, sagte April und zwang ihren nervösen Körper auf einen Stuhl. Da bemerkte sie, dass sich die Schachtel, die am Vorabend zu Madame Vanniers Füßen gestanden hatte, jetzt auf dem Tisch befand.

»Sind Ihre Fragen jetzt alle beantwortet?«, fragte Madame Vannier mit einem unterdrückten Glucksen. »Nachdem ich Ihnen Lisettes Seite der Geschichte erzählt habe?«

»Nein, jetzt hab ich nur noch mehr.«

»Ich hatte es mir fast schon gedacht.«

Luc schob einen Stuhl zwischen sie. Er machte Anstalten, sich eine Zigarette anzuzünden, doch April streckte den Arm aus und schloss die Finger um die Zigarette.

»Du kannst hier drin doch nicht rauchen!«, sagte sie.

»Ich habe Flashbacks.«

»Das ist schon in Ordnung.« Madame Vannier kicherte. »Amerikaner, non?«

»Oui. Amerikaner.« Luc schüttelte den Kopf, und April versetzte ihm unter dem Tisch einen Stoß mit dem Fuß.

»Sagen Sie mir, Madame Vogt, was haben Sie noch für Fragen?« Die Dame nahm einen Schluck von ihrem Tee. Als er durch ihre Kehle nach unten rann, klang es, als würde Wasser durch eine Rohrleitung rauschen.

»Ich möchte noch mehr über Marthes Geisteszustand vor ihrem Tod erfahren.«

April musste an ihre Mutter denken, und wie man Sandy Potter hätte missverstehen können, wenn sie damals in der Wohnung gewesen wäre und nicht ein Jahrhundert später in San Diego mit einem verständnisvollen Ehemann an ihrer Seite.

»Ich weiß, dass Lisette ihr gegenüber gemischte Gefühle hatte«, fuhr April fort. »Was angesichts dieser turbulenten Kindheit vollauf verständlich ist. Trotzdem komme ich ins Grübeln. Denn als ich die Tagebücher las, kam mir Marthe so anders vor, als Sie sie mir beschrieben haben, vor allem in den früheren Jahren. Aber ein paar von den späteren Einträgen – sagen wir mal, ich sehe da jetzt Dinge, die ich vorher nicht gesehen habe. Wahrscheinlich hatte Boldini recht, sie verlor langsam den Verstand. Ich dachte – ich wollte fragen –, halten Sie es für möglich, dass Marthe unter Alzheimer litt?«

»Alzheimer?« Madame Vanniers ganzes Gesicht zog sich zusammen.

»Meine Mutter hatte Alzheimer«, erklärte April. »Und als ich Marthes Portrait zum ersten Mal sah, hat sie mich tatsächlich an meine Mutter erinnert, und jetzt fühle ich mich wieder an sie erinnert. Sie hatte nie so krasse Stimmungsschwankungen, zumindest habe ich keine miterlebt, aber die Krankheit kann das geistige Wohlbefinden, die Orientierung eines Menschen wirklich stark trüben. Ich glaube, es ist wahrscheinlich, dass sie …«

»Sie litt nicht an Alzheimer«, sagte Madame Vannier, als wäre sie ein Arzt oder hätte höchstpersönlich eine Autopsie durchgeführt. »Es ist vielleicht schwierig, diese Seite in Betracht zu ziehen, aber es wäre wirklich gut möglich …«

Agnès griff in die Kiste zu ihren Füßen und holte einen kleinen weißen Behälter heraus, von der Sorte, die achtzig Milliliter einer Zweihundert-Dollar-Gesichtscreme enthalten könnte. Nur war dieser hier alt, blechern und wies an der Kante eine dicke, weiße Schicht auf, die an Gips erinnerte. Madame Vannier reichte ihr den Tiegel.

»Was ist das?«, fragte April, während sie das Döschen betrachtete.

»Marthes berühmte Gesichtscreme.«

»Ah, die Bleichcreme.« April lächelte. »Das hätte ich zu gerne einmal live gesehen. Das muss ja lächerlich ausgesehen haben, vor allem, als sie älter wurde. Die hat sie sich ja äußerst gründlich in die Haut gerieben.«

»Lesen Sie die Rückseite.«

»Bitte?«

»Die Inhaltsstoffe. Auf der Rückseite.«

April drehte das Döschen um. Gleich beim ersten Wort blieb sie hängen. *De plomb*.

»Blei? Sie hat sich Bleicreme aufs Gesicht geschmiert?«

»Ja, jeden Tag. Mehrmals täglich. Das hat sie irgendwann umgebracht. Erst befiel sie eine Gesichtslähmung, wenig später folgte ihr Geist. Eine Bleivergiftung im Namen der Schönheit. Die Mädchen, die in den Fabriken arbeiteten, zogen sich Bleivergiftungen an ihrem Arbeitsplatz zu. Man könnte sagen, dass es sich bei Marthe ganz ähnlich verhielt.«

»Wow.« April ließ den Tiegel auf den Tisch fallen und wischte sich beide Hände an ihrer Jeans ab. »Arme Marthe.«

»Alle waren sie arm«, sagte Madame Vannier seufzend. Luc saß zwischen ihnen und paffte immer noch seine Zigarette. Er sah verkatert aus. April ging davon aus, dass er nicht unbedingt der Frühaufstehertyp war.

»Hat Lisette jemals wieder Kontakt mit der Familie Hugo aufgenommen?«, fragte April. »Nach Kriegsende?«

»Tja, Jeanne Hugo starb 1941.«

»Und die anderen? Technisch gesehen waren sie ja Verwandte von ihr. Ich würde doch sagen, dass das ein wichtiges Erbe ist. Zumindest Marthe war es wichtig.«

»Als Lisette Paris verließ, *verließ* sie Paris. Es war ihr egal, was vor sechzig Jahren in einem Waisenhaus geschehen war. Und nach ihrer Begegnung mit Jeanne machte sie sich wohl keine großen Hoffnungen auf eine Zukunft mit dem erweiterten Familienkreis der Hugos.«

»Ich kann's ihr nicht verübeln«, meinte April. »Die Nonnen haben Marthe wohl eher einen Bärendienst erwiesen, als sie ihr ihre Abstammung verrieten. Und ihr erzählten, was sie niemals haben konnte. Das trieb sie fast bis zur Besessenheit.«

»Abstammung ist immer ein zweischneidiges Schwert, non? Manchmal verrät sie einem so viel, manchmal fast nichts. Was Sie als Herkunft bezeichnen, ist nicht immer ein Segen. Das habe ich im Laufe der Jahre oft aus erster Hand erfahren müssen.«

»Von den Hugos?«

»Von meinem eigenen Hintergrund.«

»Entschuldigen Sie«, sagte April und blinzelte verwirrt. »Der Name Vannier sagt mir nichts.«

»Es gibt auch keinen Grund, warum er Ihnen etwas sagen sollte. Es war der Mädchenname meiner Mutter und dürfte mutigen, kleinen Kunsthistorikerinnen nichts sagen.« Madame Vannier lächelte süffisant. »Der Name, den sie als verheiratete Frau trug, dürfte Ihnen eher bekannt sein. Erinnern Sie sich an das Gemälde, das Sie gefunden haben? In der Wohnung? Das, das Sie für so wertvoll halten?«

»Oh Gott, sagen Sie jetzt bloß nicht, es ist doch kein Boldini!«, rief April und ließ den Kopf auf den Tisch fallen. »Das ertrag ich nicht.«

»Doch, es ist ein Boldini«, sagte Madame Vannier und stieß erneut ein hyänenartiges Gegacker aus. »Kommen Sie, Madame Vogt, wollen Sie mir nicht ins Gesicht schauen, wenn Sie diese Fragen stellen?«

April hob den Kopf vom Tisch.

»Gott sei Dank.« April war etwas atemlos. »Sie hätten mir jetzt einen Haufen Probleme bereitet, wenn Sie gesagt hätten, dass es keiner ist.«

»Du liebe Güte!« Madame Vannier schlug sich auf die Brust. »*Ihnen* würde ich doch niemals einen Haufen Probleme bereiten wollen. Keine Sorge, ma chérie. Es ist ein Boldini. Das kann ich mit aller Autorität sagen, weil ich nämlich sozusagen auch ein Boldini bin.«

Chapitre 77

Die Boldini-Enthüllung bescherte Madame Vanniers Atem neuerliche Schwierigkeiten, was wiederum eine ganz neue Armada von häuslichen Pflegekräften in die Küche rief. Diesmal kamen sie mit medizinischen Hardcore-Geräten, einschließlich eines tragbaren Sauerstofftanks. Als April zusah, wie Madame Vannier unter ihrer Maske tief einatmete, hätte April am liebsten auch ein bisschen abbekommen. Nach allem, was sie gerade gehört hatte, hatte es ihr auch beinahe den Atem verschlagen.

Madame Vannier war Boldinis Tochter, seine legitime Tochter. Im Alter von siebenundachtzig beschloss der schrullige Maler sich ein für alle Mal niederzulassen. Er wollte eine Frau und eine Familie, obwohl es schon ziemlich spät für ihn war. Nach seinem Hochzeitsmahl entschuldigte sich Boldini für seinen greisenhaften Zustand und sprach die berühmten Worte: »Es ist nicht meine Schuld, dass ich so alt bin, das ist einfach ganz plötzlich über mich gekommen.« Der Meister des kühnen Pinselstrichs konnte noch ein Kind zeugen, bevor er weniger als achtzehn Monate nach seiner Heirat an einer Lungenentzündung starb.

»Können wir Ihnen irgendetwas bringen?«, fragte April, nachdem ein südländisch aussehender Mann den Sauerstoff hinausgerollt hatte. »Ein Glas Wasser? Oder wollen wir kurz nach draußen gehen, ein bisschen frische Luft schnappen?«

»Nein, es geht mir gut.« Madame Vannier lehnte sich zurück. Sie hatte eine frische Tasse Tee in der Hand und trug ihr eiskaltes Lächeln zur Schau, als wäre nichts gewesen. »Jetzt kennen Sie also meinen Platz in dieser Geschichte.«

»Das ist ein Wahnsinnserbe«, sagte April. »Sie müssen sehr stolz auf Ihren Vater sein.«

»Ich habe ihn nie kennengelernt.« Sie zuckte mit den Schultern. »Er starb, als ich noch ganz jung war, und als Mädchen interessierte ich mich nicht sonderlich für seine künstlerischen Leistungen. Wie die meisten Kinder verstand ich sie einfach nicht. Deswegen ist ›Stolz‹ vielleicht nicht ganz der richtige Ausdruck. Laut meiner Mutter, Gott segne ihre Seele, wünschte er sich seinen Lebtag nichts anderes, als für sein Talent bewundert zu werden.«

April fiel wieder ein, was Marc und Olivier ihr erzählt hatten. »Ihre Mutter hat auch von dem Gemälde in der Wohnung geschrieben, stimmt's?«

»Ja.« Madame Vannier nickte. »Das hat Ihnen bei der Bestimmung der Herkunft sehr geholfen, nicht wahr?«

»Bei dem Boldini *war* es der entscheidende Hinweis zur Klärung der Herkunft.«

»Sie hätte sich gefreut, Ihnen behilflich sein zu können. Meine Mutter hat den Mann geliebt, trotz seiner mürrischen Art.«

»Er hatte ein Herz«, meinte April. »Wahrscheinlich hätte er es toll gefunden, wenn er gewusst hätte, dass so viele von seinen Töchtern unter demselben Dach wohnten und sich jahrelang so gut umeinander kümmerten. Sein Blut, seine Nachkommenschaft, die ohne ihn weitermachte.«

Madame Vannier lächelte. Doch es war kein herablassendes Lächeln wie so oft zuvor, sondern ein kleines Lächeln mit zusammengepressten Lippen.

»Vielleicht hat er uns beide geliebt«, sagte sie. »Aber nur eine von uns war blutsverwandt mit ihm.«

»Sie sagten, er war Ihr Vater.«

»Allerdings habe ich das gesagt.«

»Oh.« Die Worte trafen April wie ein Hieb in die Magengrube. »Sie meinen … Sie glauben, Lisette war gar nicht seine Tochter? Ich dachte, Sie waren Schwestern? Halbschwestern? Deswegen sind Sie sich doch so nahe gewesen.«

»Wir waren Schwestern«, sagte Madame Vannier mit einem Nicken. »Aber nicht blutsverwandt.«

Sie stieß einen tiefen Seufzer aus. Eine Träne löste sich aus einem Augenwinkel. Sie blieb über ihrer Wange hängen wie ein Regentropfen auf einem rosa Rosenblatt.

»Warum hat Marthe dann gesagt, dass er ihr Vater war?«, fragte April.

»Ich weiß nicht, woher diese Idee kam«, sagte Madame Vannier. »Aber sie hat fest daran geglaubt. Sogar Lisette war überzeugt, nachdem sie *Grand-mères* Tagebücher gelesen hatte. Deswegen kam sie auch zu uns, als sie aus Paris fliehen wollte. Ich war damals ja noch viel jünger, wissen Sie? Lisette hielt es für ihre Pflicht, sich um mich zu kümmern, so wie Marthe es für ihre Pflicht gehalten hatte, sich um Marguérite zu kümmern. Letztendlich bin ich froh, dass sie es geglaubt hat. Ich bin froh, dass Irrtümer über Familienverhältnisse sie zu mir geführt haben.«

Madame Vannier wandte den Kopf und schaute aus dem Fenster. Ihr langes, glattes Gesicht spiegelte sich in der langen, glatten Fensterscheibe. April zupfte an einer abgeriebenen Stelle an ihrer Jeans herum. Wie schon mehrmals vorher wartete April darauf, dass Madame Vannier die Kraft zum Weitersprechen fand.

»Lisette wollte es glauben, denke ich«, sagte Agnès, die immer noch aus dem Fenster starrte. »Genauso wie Marthe wünschte sie sich eine Familie, eine Geschichte. Tun wir das nicht alle? Leider wurde nach dem Tod ein DNA-Test gemacht. Ich hätte die Dinge lieber ruhen lassen sollen.« Madame Vannier schniefte. Wieder liefen ihr ein paar Tränen über die Wange. »Meine Mutter hat immer daran festgehalten, dass es nicht stimmte, und mein Vater schwor, dass er Béatrice niemals angerührt hatte.«

»Wer war Lisettes Vater?«, fragte April. »Wenn es nicht Boldini war, wer denn dann?«

»Béatrice wurde im Folies groß. Sie spielte unter dem Tresen mit ihren Spielsachen. Als sie älter wurde, probierte sie in den Garderoben der Tänzerinnen Make-up und Frisuren aus. Jeder hätte Lisettes Vater sein können. Und das meine ich ganz wörtlich. Ein schönes Mädchen in einem Tanzpalast, das seinen Verstand nicht ganz beisammenhat? Da frage ich Sie, wie viele Szenarien man sich vorstellen könnte.«

»Viele.« April senkte den Kopf. »Viele.«

»Aber jetzt müssen Sie mich entschuldigen«, sagte Madame Vannier plötzlich. Mühsam stand sie auf. »Ich muss eine Pause machen. Das war alles ziemlich anstrengend.«

Ohne ein Abschiedswort oder ein Signal, dass sie noch einmal zurückkehren wollte, stellte Madame Vannier ihre Teetasse in die Spüle und humpelte den Flur hinunter.

»Das war eine ganz schöne Menge Informationen«, sagte Luc, während das langsame Tappen der Füße der alten Dame allmählich leiser wurde. »Eine ganz schöne Menge.«

April machte ein zustimmendes Geräusch. Kopf und Bauch waren wie blockiert. Madame Vannier hatte ihr gegeben, worum sie gebeten hatte, aber das war definitiv nicht das, was April gewollt hatte.

»Ich kann nicht glauben, dass Marthe so endete«, sagte April. »Sie war umgeben von so vielen Menschen, und dann starb sie wahnsinnig, in absoluter Dunkelheit.«

»Wir alle sterben in Dunkelheit«, sagte Luc. »Wir gehen alle alleine. Was hast du hier eigentlich zu finden gehofft, Avril?«

»Ich weiß auch nicht. Einen Schlusspunkt?«

»Einen Schlusspunkt für dich oder für Marthe? Ça fait rien. So oder so, es gibt keine Abschlüsse. Das Leben geht ständig weiter, die Welt geht ständig weiter, die Samen, die wir pflanzen, wachsen weiter. Aber Marthe de Florian hat doch noch ziemliches Glück, non? Obwohl sie verrückt geworden ist. Nicht vielen von uns wird es vergönnt sein, dass sich ein Jahrhundert später hübsche Gelehrte um unsere persönlichen Heldentaten kümmern. Marthe wird ihre große Auktion bekommen. Irgendein reicher, alternder Stutzer wird ihr Portrait für eine Million Euro oder mehr kaufen. In meinen Augen sieht ihr Ende besser aus als das der meisten anderen Menschen.«

Luc drückte seine Zigarette aus.

»Sei so gut und wirf nicht gleich mit siebenstelligen Summen um dich, ja?«, knurrte April. »Ich weiß nicht, was ich tue, wenn dieses Gemälde nicht so teuer verkauft wird, wie es sollte.«

»Provenance, ma belle, provenance.«

Jemand schlurfte in die Küche, eine asiatische Frau in einem Kimono. Sie teilte ihnen mit, dass sich Madame Vannier für heute zurückgezogen hatte. Sie ging davon aus, dass sie selbst hinausfanden und zurück nach Paris. Betonung auf »zurück nach Paris«.

»Die macht ja nicht viel Federlesens«, murmelte April, sobald die Frau die Küche verlassen hatte. »Wahrscheinlich dürfen wir noch froh sein, wenn sie uns beim Hinausgehen nicht die Tür auf die Fersen knallen.«

»Das hast du wunderbar amerikanisch gesagt, April. Das werde ich mir merken.«

Sie standen auf. April warf noch einen letzten Blick auf Madame Vanniers Küche (Lisettes Küche, Marguérites Küche), bevor sie auf Zehenspitzen in den Flur ging.

»Wahrscheinlich ist es sowieso besser, wenn wir gehen«, meinte Luc, als sie im Flur standen. Schwungvoll machte er die dicke Eichenholztür auf und blieb kurz auf der obersten Stufe stehen. Das Licht der Morgensonne fiel durch seine Haare und ließ seine braunen Augen beinahe grün aussehen. »Wir haben fast keine Zeit mehr. Bist du bereit, Sarlat zu verlassen?«

»Vergiss Sarlat.« April nahm ihre Tasche und warf sie sich über die Schulter. »Ich muss bereit sein, Paris zu verlassen. Mein Flug geht in zwölf Stunden.«

»Keine Sorge. Das schaffen wir schon.«

April lächelte und ging die Treppe hinunter. Ihre Tasche war leichter ohne das Gewicht von Marthes Tagebüchern, die sie in letzter Zeit ständig darin herumgeschleppt hatte. Es war ein seltsames Gefühl, so eine leere Tasche zu haben. Es war ein seltsames Gefühl, dass ihre Arbeit getan war und sie in vierundzwanzig Stunden wieder in den Staaten sein würde.

April versuchte sich vorzustellen, wie sie von Madame Vanniers Haus davonfuhr. Sie stellte sich vor, wie sie in Paris ankam und Luc an der Ecke ein Taxi für sie anhielt. Dann würde April auf dem Rücksitz Platz nehmen, während der Fahrer das Auto aus der Stadt lenkte und Paris hinter ihr in immer weitere Ferne rückte.

Sie konnte das Geräusch der Flugzeugmotoren hören und den kartonartigen Boden des Flugzeugs unter den Füßen spüren. April würde sich wie immer einen Fensterplatz suchen, in Nase und Mund den Geschmack von abgestandener Luft. Dann würden die Motoren aufdrehen und sie würden über Paris fliegen, und am Boden würden Millionen Lichter funkeln.

Irgendwann würde das Flugzeug in New York landen. Das kam ihr unheimlich weit weg vor, obwohl diese Landung ja das eigentliche Ziel war. April versuchte zu fühlen, wie sie aus dem Flieger stieg und sich in der Menge der Reisenden mittreiben ließ. Sie stellte sich die lange, gewundene Schlange vor dem Zoll vor. Und was dann?

Wenn er sein Versprechen hielt, würde Troy vor dem Sicherheitsbereich warten. Wenn er da war, würde er sich Aprils Tasche greifen (und diesmal würde sie ihn lassen) und ihr einen Arm um die Schultern legen. Zusammen würden sie einen Weg finden, ihre neue alte Beziehung anzusteuern.

»Fünfzig-fünfzig«, hatte sie ihre Chance am Strand von Coronado genannt. Keine sichere Sache, und trotzdem noch viel besser, als April sie wirklich einschätzte. Das Beste war jedoch, dass zwei Menschen, die ihren Lebensunterhalt mit dem Einschätzen von Werten verbrachten – Finanzen oder Möbel –, diese Quote, die in den Augen anderer niedrig aussehen mochte, höher einstuften. Fünfzig-fünfzig war nicht reine Glückssache, das waren fünfzig hart erkämpfte Punkte, die ihre ganze Mühe und einen soliden Start wert waren.

April dachte daran zurück, wie zögerlich sie damals Marthes Wohnung betreten hatte und wie sie die staubbedeckten Möbel sah, in Gruppen und teils mit Tüchern abgedeckt. Damals schien es eine beängstigende, wenn nicht gar hoffnungslose Aufgabe, so viele Stücke zu erfassen, ganz abgesehen von dem Unterfangen, die Bedeutung und den Wert der Stücke richtig einzuordnen. Trotzdem hatte April sich in die Arbeit gestürzt und zu guter Letzt gefunden, was sie brauchte. Die Herkunft war wichtig. Die Geschichte war wichtig. Aber das war trotzdem keine Garantie dafür, wie es anschließend weiterging.

Ihre Ehe war nicht weniger überfordert, nicht weniger verschüttet. Doch diesmal wusste April, wie viel Mut und wie viel Aufrichtigkeit erforderlich war, um darin zu stöbern und zu graben, bis ihr die Hände aufsprangen und die Fingernägel bluteten. Nachdem sie Marthes Chaos in den Griff bekommen hatte, sah ihr eigenes nicht mehr ganz so hoffnungslos aus. Der Wert war vorhanden. Und im Gegensatz zu den Sachen von Marthe de Florian mussten in diesem Fall nur zwei Menschen diesen Wert erkennen.

Chapitre 78

AUS DER
SAMMLUNG MADAME DE FLORIAN
Bedeutende europäische Möbel, Kunstwerke und Kunstgegenstände

MARTHE DE FLORIAN: Eine Würdigung

Ihre Wohnung war siebzig Jahre hermetisch abgeschlossen – zum letzten Mal vor dem Zweiten Weltkrieg, also bevor die Auktionsexperten und viele unserer Bieter überhaupt geboren waren.

Letztes Frühjahr, als ich die ehemalige Wohnung von Marthe de Florian im neunten Arrondissement betrat, war ich überwältigt von der Masse und der Schönheit der darin befindlichen Stücke. Jede bedeutende Epoche ab George II und Louis XVI war vertreten, keine Kategorie europäischer Möbel oder Kunstwerke fehlte hier. Es war und bleibt die größte und wertvollste Sammlung, die ich jemals in der Hand einer einzigen Familie gesehen habe.

Monate später merke ich, wie ich mich immer noch frage, ob ich diese Wohnung und die exquisiten Stücke wirklich gesehen habe, die jetzt völlig frisch auf den Markt kommen. Mein erster Blick in der Wohnung zeigte mir eine rosarote und vergoldete Feenwelt, und die Objekte und ihre Geschichten wurden immer bezaubernder, je länger ich nachforschte. Unser Team fand eine unendliche Menge an Schätzen, denen durch die zurückgelassenen Tagebücher der Besitzerin Leben eingehaucht wurde. Fotografische Auszüge dieser Tagebücher finden Sie ebenfalls in diesem Katalog.

Ihr Name dürfte den Bietern nicht vertraut sein, aber die ehemalige Bewohnerin der Wohnung und Verfasserin der Tagebücher, Madame de Florian, war eine Pariser Kurtisane, die 1935 verstarb. In ihrer Laufbahn als eine der berühmtesten Demimondaines der Belle

Époque hatte sie Freunde wie den Staatsmann Georges Clemenceau, Graf Robert de Montesquiou und den Portraitmaler Giovanni Boldini, von dessen Hand ein äußerst bedeutendes Stück dieser Auktion stammt.

Madame de Florian hinterließ den Inhalt dieser Wohnung ihrer Enkelin, Elisabetta Quatremer. Als die Nazis 1940 in Paris einfielen, verschloss Madame Quatremer die Wohnung, floh aus der Stadt und kehrte nie zurück, obwohl sie die Miete für die Wohnung siebzig weitere Jahre bezahlte.

Madame Quatremer starb Anfang des Jahres in Sarlat, und die Frau, die als ihre Schwester aufwuchs, nahm mit Sotheby's Kontakt auf, um die Sammlung von Madame de Florian verkaufen zu lassen. Es war uns eine unglaubliche Ehre, mit dieser Auktion betraut zu werden. Ich habe mir die allergrößte Mühe gegeben, die Magie dieser Stücke einzufangen, und ich hoffe, Madame de Florian wäre stolz.

Zu meinen Lieblingsstücken gehörten ein Paar bemalter Straußeneier, eine Napoleon-III-Lupe aus vergoldetem Holz und eine Konsole, die aus einem Palast in Kairo stammt, sowie zwei George-III-Kommoden mit geschwungener Front aus Mahagoni, die sich in so exzellentem Zustand befinden, dass man sie jederzeit als neuwertig bezeichnen könnte. Wenn sie eben nicht über zweihundert Jahre alt wären.

Ich sollte keinen Liebling nennen, aber ich tue es trotzdem, und es ist das Portrait von Madame de Florian, gemalt von Giovanni Boldini. Jedem einigermaßen versierten Sammler ist die Bedeutung eines Boldini an sich bewusst, aber dieses Werk ist so wichtig aus Gründen, die über die Künstlerperson hinausgehen. Es ist nicht nur das erste Mal, dass dieses Gemälde auf dem Markt ist, es ist auch das erste Mal, dass die Kunstwelt von seiner Existenz erfährt.

Lassen Sie das einmal einen Moment auf sich wirken. Ein Giovanni Boldini: Er, der größte Portraitmaler der Belle Époque, und ein Werk, das der Welt noch nicht bekannt ist. Selbst denen nicht bekannt, die dafür bezahlt werden, alles über dieses Thema zu wissen.

Doch auch abgesehen von diesem Boldini ist die Qualität der Sammlung kaum in Worte zu fassen. Jedes einzelne Stück ist verführerisch, und jedes Stück ist seit dem Zweiten Weltkrieg nicht mehr angerührt worden. Machen Sie sich darauf gefasst, dass Eichenholz und vergoldetes Holz und Silber Sie entzücken und überwältigen werden, aber am meisten wird es Marthe de Florian selbst sein. Aber lassen Sie sich nicht gänzlich in ihren Bann schlagen, denn Sie haben reichlich Konkurrenz. Nicht, dass Sie gerade Ihren Tagträumen nachhängen, wenn der Hammer zum dritten Mal fällt.

April Vogt
Senior Vice President
Französische / Europäische Möbel

Epilog

April hielt das Buch in der Hand: dreitausend Objekte, drei Kilo Hochglanzpapier, das Erbe einer Frau. Die Sammlung Madame de Florian war endlich bereit für die Versteigerung.

Aufgrund des Umfangs war die Auktion in sechzehn Einzelauktionen aufgeteilt worden, die im Laufe einer Woche abgearbeitet wurden. In den Tagen vor dem Eröffnungsabend kamen Händler und Sammler aus aller Herren Länder nach Paris, um an den privaten Besichtigungsterminen, den VIP-Dinnerpartys und dem nebensächlichen Geplauder teilzunehmen, die mit einer Veranstaltung dieser Größe einhergehen. Breitschultrige Wachmänner mischten sich unter Verkaufsberaterinnen mit großen Brüsten, die auf ihren rotbesohlten High Heels herumstöckelten.

Der Eröffnungsabend war der wichtigste Teil der gesamten Auktion, bei dem die größten, teuersten Objekte unter den Hammer kamen. Die ersten paar Stücke bestimmten den Grundton für die restlichen Versteigerungen. Man musste ein ganz deutliches Signal setzen, um noch mehr Spieler an den Tisch zu holen. Während es also insgesamt dreitausend Auktionslose gab, hing der Erfolg der gesamten Auktion am ersten, allerwichtigsten Objekt: dem Boldini. Die Schätzung im Katalog lag bei einer Million Euro.

Um als Erfolg zu gelten, musste Marthe de Florian mindestens bei 1,2 Millionen landen.

April saß nervös in ihrer VIP-Loge, während sie zusah, wie Olivier den Soundcheck durchführte. Arbeitsbienen krochen auf dem Boden herum und maßen mit Linealen den idealen Abstand zwischen den Stühlen aus. Die Leute an den Apparaten für die Telefonbieter checkten Sound und Kabel und krochen auch schon mal in ihren Smokings und Cocktailkleidern unter den Tischen herum, um nicht funktionierende Verbindungen zu überprüfen. Bald würden sich die Türen öffnen, um eintausend Leute hereinzulassen.

April konnte nicht mehr ruhig sitzen und trat an die Fenster, wo sie mit den Vorhängen herumspielte. Hinter ihr saß Peter. Neben Peter saß Troy, der den Katalog durchblätterte und die Stirn runzelte, als er die hohen Preise las. Fünfzigtausend Euro für einen alten Stuhl? Im Ernst? Der erwirtschaftet doch keinen Ertrag, kein EBITDA! Als ob Gewinn vor Zinsen, Steuern und Abschreibungen etwas zu bedeuten hätte. Seine Denkmodelle hätten Marthes komplette Wohnung völlig entwertet. Aber April würde ihm seine kommerzielle Denkweise schon noch abgewöhnen.

Zwei Reihen hinter ihr saß Birdie, neben ihr die Frau, die in Aprils Augen Die Wichtigste Person von allen VIPs war, zumindest im Zusammenhang mit dieser Auktion: Agnès Vannier, mit ihrer Samtdecke, ihren häuslichen Pflegeangestellten und einem boshaften Halblächeln.

Ungeduldig wartete April darauf, dass die Versteigerung begann. Durch die Fenster beobachtete sie den Schwarm der Presseleute. Irgendwann scheuchten Angestellte die Reporter in den Bereich der Stehplätze und stellten sie hinter eine Absperrung aus roten Samtseilen.

Sobald die Bieter Platz genommen hatten, blätterten sie den Katalog durch. Von ihrem erhöhten Ausguck konnte April die Menge genau mustern, insbesondere die Personen in den ersten Reihen, die sich höchstwahrscheinlich auf die teuersten Stücke stürzen würden. Sie suchte nach der nervösen, zappeligen Ausstrahlung, die diese Bieter an den Tag legten, kurz bevor sie ihre Bieterkarte hoben. In diesem Saal rutschten viele Leute unruhig auf ihren Stühlen herum, nicht nur die Besucher auf den besten Plätzen.

Um sieben Uhr betrat Olivier das Podium. Obwohl er sie durch die doppelte Verglasung nicht sehen konnte, zeigte April ihm den nach oben gereckten Daumen, auch wenn diese Auktion eher ihr Ding war als seines.

»Guten Abend, meine sehr verehrten Damen und Herren«, begann er. »Willkommen bei Sotheby's zur ersten von insgesamt sechzehn Auktionen der Sammlung Madame de Florian. Ich bin sicher, Sie werden diese Sammlung genauso bemerkenswert finden wie wir. Bevor wir beginnen, möchte ich Ihnen noch ein paar Dinge in Erinnerung rufen.«

Die Nervosität der Menge nahm noch zu, als Olivier die Regeln zum Bieteverfahren sowie die Verkaufsbedingungen verlas. Schließlich (endlich!), als er mit dem ganzen Brimborium rund um Kommissionen und Prämien fertig war, deutete er auf Marthe, die auf einem rotierenden Podest stand, im Licht badete und in der ganzen Pracht ihres rosa Kleides strahlte. Wenn sie nur die ganzen Kameras hätte sehen können, den Eifer fühlen, den aufbrandenden Beifall hören. Nicht einmal die großartigste Vorstellung im Folies hätte da mithalten können.

»Los Nummer eins«, rief Olivier und klopfte mit dem Hammer auf sein Pult.

Dann begann er. Marthe de Florian war unterwegs.

»Fünfhunderttausend Euro?«, fragte er in die Menge. »Höre ich fünfhunderttausend Euro? Wer bietet eine halbe Million?«

Der Saal blieb still. Aprils Herz hüpfte ihr in die Kehle. Sie hielt den Atem an, während sie die vorhin noch so nervösen Bieter anstarrte, als könnte sie sie so zum Bieten zwingen.

»Fünfhunderttausend Euro«, wiederholte Olivier. »Höre ich fünfhunderttausend Euro?«

Hinter ihr quietschte es. April drehte sich um und sah, wie Luc Thébault durch die Tür schlüpfte. Er setzte sich neben Madame Vannier. April lächelte. Sie war nicht sicher gewesen, ob er es schaffen würde.

»Eine halbe Million ist geboten«, sagte Olivier, als die erste Bieterkarte hochgehalten wurde. April atmete erleichtert aus und fühlte, wie Luc neben ihr nickte. »Sechshunderttausend Euro? Höre ich sechshunderttausend?«

In diesem Moment setzte die Unruhe im Saal ein. Alle Partys und Empfänge und auch die Damen mit der Oberweite taten, was man von ihnen erwartete. Sie schufen Hysterie. Die Bieterkarten schossen nur so in die Höhe.

»Siebenhunderttausend Euro. Hier.«

»Achthunderttausend Euro. Hier.«

»Neunhundert. Hier.«

»Eine Million. Hier.«

Sie hatten den Schätzwert erreicht. April atmete erneut aus und schloss die Augen. Und das für ein Gemälde, das nicht mal die französische Regierung gewollt hatte.

Heute Abend bist du die berühmteste Frau von ganz Paris, Marthe. Genieß es.

Die Zahlen begannen weiter zu klettern. 1,1 Millionen Euro. Eine Bieterkarte wurde gehoben, um 1,2 Millionen zu bieten, die magische Zahl, ab der April den Verkauf als Erfolg wertete. Vielleicht würde Marthes frischer Ruhm länger anhalten als einen Abend.

Oliviers Lippen bewegten sich schneller. Immer schneller wurden die Bieterkarten gehoben. Die Leute boten wie verrückt per Telefon, das Personal, das die Telefone bediente, musste sich anstrengen, um Schritt zu halten. Die Menge brummte vor Aufregung.

Als die Zahl über 1,5 Millionen stieg, klatschte April in die Hände. Sie sah zu Troy und stellte fest, dass er stand und anfeuernd klatschte, als wäre er bei einer Sportveranstaltung und nicht bei einer Auktion von Kunstwerken.

Als zwei Millionen erreicht waren, japste April nur noch. Ihr Puls raste, ihr Hirn schien zu schweben. Sie drehte sich zu Madame Vannier um, die mit einem zufriedenen Lächeln in ihrem Rollstuhl saß.

»2,2 Millionen Euro sind geboten. Sind wir damit am Ende? Letzter Aufruf. Letzte Chance bei 2,2 Millionen Euro«, sagte Olivier. Und dann, während der ganze Saal den Atem anhielt: »Verkauft! Zu 2,2 Millionen Euro. An Bieter Nummer 334.«

April glaubte, ohnmächtig zu werden. Sie hatte wirklich das Gefühl, dass ihr das passieren könnte.

Die Leute brachen in Applaus aus. Sie sprangen auf und Marthe bekam zwei Minuten, drei, vier, mehrere Minuten Standing Ovations. April war einmal beim Super Bowl dabei gewesen. Die Aufregung und der Jubel damals konnten nicht ansatzweise mit dem mithalten, was hier geschah. 2,2 Millionen Euro, beinahe drei Millionen Dollar.

»Du hast es geschafft!« Troy nahm April fest in die Arme. »Wahnsinn, war das aufregend! Du hast es geschafft!«

»Nein, nicht ich.« April machte einen Schritt zurück. »Das war Marthe, nur Marthe. Und das war erst der Anfang. Es kommen noch Tausende von Losen. Ich kann es nicht fassen. Ich kann es echt nicht fassen.«

Auf dem Podium rief Olivier jetzt Los Nummer zwei auf. Mit weichen Knien ließ April sich wieder auf ihren Sitz plumpsen. Troy stieß noch einen Jubelschrei aus und setzte sich dann neben sie. Er küsste sie auf die Wange.

»Tolle Arbeit, Schatz«, sagte er. »Einfach nur toll.«

Die restlichen Stücke wurden in ähnlichem Tempo verkauft, wobei die Aufregung immer weiter anstieg und ihre Vibrationen durch die Wände und bis in die verglaste Loge schickte. Die Bieterkarten schossen in die Höhe wie Feuerwerksraketen. Die Anzeigetafel flackerte. Zahlen und Währungen schwirrten nur so über Oliviers Podium, während April sich Notizen machte und vor lauter Schreck den Mund kaum mehr zubekam. Am Ende des Abends waren 150 Objekte verkauft.

Auch wenn die Preise – wie erwartet – an den Boldini nicht heranreichten, waren sie durch dieses Portrait von Marthe und vielleicht auch ein wenig von den eingestreuten Tagebuchauszügen im Auktionskatalog in die Höhe getrieben worden.

Am Ende musste April bei keinem einzigen Objekt »nicht verkauft« notieren. Die Sammlung war zu 100 Prozent verkauft. Das Beste, was April jemals an einem Abend geschafft hatte, war 91 Prozent gewesen. Aber heute Abend waren es 100.

Als der Hammer schließlich zum letzten Mal fiel, sprang April auf. Alle umarmten sich reihum. Sie hatte die Daten nicht vorliegen, aber April wusste, dass dies die erfolgreichste Auktion werden würde, die ihre kleine Abteilung jemals hervorgebracht hatte. Obwohl Sotheby's sie jetzt vielleicht gar nicht mehr als klein betrachten würde.

»Madame Vannier«, sagte April, als sie schließlich den Atem wiedergefunden hatte, als alle Umarmungen und Küsse ausgetauscht waren und die Loge sich zum Großteil geleert hatte. »Solche Zahlen hat es noch nie gegeben!«

»Es war sehr aufregend«, gab die alte Dame zu. »Ich hätte nicht erwartet, dass es so unterhaltsam werden würde.«

»Ich bin auf jeden Fall froh, dass Sie gekommen sind«, sagte April, während zwei Männer Madame Vannier aus ihrem Rollstuhl hochhalfen.

Als sie stand, strich Madame Vannier den Rock ihres schimmernden dunkelblauen Kleides glatt und fingerte dann an den Saphir-Diamant-Ohrringen herum, die ihre Ohrläppchen mit ihrem Gewicht nach unten zogen. Sie lächelte, und ihr Gesicht wirkte auf einmal ein Jahrzehnt, wenn nicht zwei Jahrzehnte jünger.

»Ich muss schon zugeben«, sagte sie. »Das war wirklich sehr erhebend. Ich verstehe jetzt den Enthusiasmus, mit dem Sie Ihre Arbeit machen. Und es freut mich zu sehen, dass die Gemälde meines Vaters doch nicht so wertlos und aus der Mode sind. Ich glaube, das hätte ihm gefallen.«

»›Wertlos‹? Ganz im Gegenteil! Wenn man nach den Kaufpreisen geht, sind nur wenige Künstler mehr wert. Ihr Vater hat heute Abend einen Rekord aufgestellt. Er hat einen Rekord innerhalb seines eigenen Werks aufgestellt. Das kann ich mit Sicherheit sagen.«

Madame Vannier blinzelte. Sehr fest. Ihre Augen wurden feucht, und April krampfte sich der Magen zusammen. Sie hätte eigentlich wissen sollen, dass man ein Objekt gegenüber einem Verkäufer niemals mit so persönlichem Wert belegen sollte, weil er es sonst meist bereute, das Stück überhaupt zum Verkauf freigegeben zu haben.

»Ihr Vater …«, begann April, und die Worte wollten ihr nur schwer über die Zunge. »Es ist zwar ein bisschen spät, aber wir hätten es auch arrangieren können, dass Sie das Gemälde behalten. Sie hätten es nicht verkaufen müssen. Wie Sie sehen, sind trotzdem noch genügend andere Objekte übrig. Ich mache mir gerade ein bisschen Sorgen, dass Ihnen das vielleicht nicht klar genug gesagt wurde.«

Sie durfte so etwas eigentlich nicht sagen. Wäre Peter noch da gewesen, hätte er versucht, sie durch die Glasscheibe zu stoßen.

»Nein, Madame Vogt«, sagte Agnès mit einem leisen Kichern. »Ich wollte nicht dieses eine Gemälde behalten. Ich hatte das Geld im Sinn. Ich brauchte das Geld.«

April warf einen Blick zu Luc, dem Mann, der zuverlässig als ihr Pariser Barometer fungierte, und bemerkte, dass er sich bemühte, ein Lächeln zu unterdrücken. Die Frau wollte Geld, aber April konnte schlecht darauf hinweisen, was im Grunde mitten im Raum stand: Diese Auktion würde mehr Geld einbringen, als Madame Vannier in ihrer verbliebenen Lebenszeit ausgeben konnte.

»Ich weiß, was Sie denken«, sagte Madame Vannier und lachte wieder. »Dass ich zu alt bin, um so viel Geld zu brauchen, non? Ich werde bald sterben. Was für eine Verschwendung!«

»Natürlich nicht! Sie sind überhaupt nicht alt!«

»Das stimmt nun wirklich nicht. Ich bin extrem alt. Leider brauche ich das Geld aber auch nicht für Schmuck oder schicke Schuhe.« Sie kicherte und deutete auf die seidenen Pantöffelchen an ihren Füßen. »Niemand hatte von der Existenz dieses Boldini-Gemäldes gewusst, *non*?«

»So war es«, bestätigte April. »Das war ein richtiger Schock.«

»Von Giovanni Boldini gibt es noch ein zweites unentdecktes Gemälde, ma chérie. Es gehört einem privaten Investor und ist noch nie durch ein Auktionshaus gegangen.«

»Das ist eigentlich gar nichts Ungewöhnliches. Die meisten Werke von Boldini gehören Privatpersonen.«

»Ja, aber nur wenige Leute wissen von der Existenz dieses einen Gemäldes. Andreas!«, rief Madame Vannier. »Wo ist mein Mantel? Ich möchte gehen. Ich möchte, dass man mir auf der Stelle meinen Mantel anzieht!«

»Was für ein Gemälde?«, wollte April wissen. »Ich bin eigentlich mit dem ganzen Spektrum seines Werks vertraut.«

»Dieses kennen Sie nicht.« Madame Vannier schlängelte sich in ihre Jacke, einen dunkelbraunen Nerz. »Es ist ein Gemälde meiner Mutter. Sie stillt mich.«

»Noch ein unbekannter Boldini?«

»Oui. Und jetzt habe ich endlich die Mittel, um es diesem Privatsammler abzukaufen.«

April lachte, aus Schock oder Nervosität und einem anderen Gefühl, das sie nicht recht benennen konnte. Es gab noch einen weiteren Giovanni Boldini und Agnès Vannier wollte ihn in ihren Besitz bringen.

»Ich schätze, ich muss Ihnen nicht sagen, dass dieses Preisniveau Ihnen bei den Verhandlungen nicht gerade helfen wird«, lachte April.

»Da mögen Sie recht haben«, sagte Agnès mit einem Funkeln in den Augen. »Aber dieses Gemälde hat ebenfalls – wie nennen Sie das noch? Ach ja, auch dieses Gemälde hat eine faszinierende Hintergrundgeschichte.«

Nachdem sie sich einen Schal um den Hals geworfen hatte, klammerte Madame Vannier sich an einen ihrer beiden Helfer und taperte davon. April war völlig entgeistert, Luc hingegen hatte sein übliches süffisantes Grinsen auf den Lippen.

»Ich seh schon, was du da ausheckst«, sagte Luc. Es waren die ersten Worte, die er an diesem Abend an sie richtete. »Du hoffst, dass du die Prämie für diesen Verkauf kassierst.«

»Stimmt überhaupt nicht. Die Kommission will ich auch.«

Troy tauchte hinter ihnen auf, lachend und kopfschüttelnd.

»Monsieur, Sie kennen meine Frau ziemlich gut. Können Sie sich so eine Gaunerei vorstellen? Sowohl beim Verkäufer als auch beim Käufer abkassieren?« Er streckte ihm die Hand hin. »Troy Vogt. Ich glaube, wir haben uns noch nicht kennengelernt.«

»Das ist also le grand m'sieu. Angenehm. Luc Thébault.«

»›Le grand m'sieu‹. Irgendwann muss mir einer von Ihnen beiden noch mal erklären, was das bedeutet. Auf jeden Fall vielen Dank, dass Sie dafür gesorgt haben, dass meine Frau diesen Sommer nicht in Schwierigkeiten geraten ist. Ich weiß das sehr zu schätzen.«

»Ce n'est pas un problème. Ich hab getan, was ich konnte. Schade, dass Sie nie zu Besuch kommen konnten.«

»Na ja, das kann ich ja bald wiedergutmachen«, sagte Troy. »Hat sie es Ihnen schon erzählt? Wir ziehen nächstes Jahr nach Paris.«

»Nach Paris?« Ein seltsamer Ausdruck huschte über Lucs Gesicht. Er warf April einen kurzen Blick unter seinen langen Wimpern zu. »Das sind ja tolle Neuigkeiten! Aber ich höre das tatsächlich zum ersten Mal. Egal – gratuliere! Ich weiß, dass Ihre Frau in Paris am glücklichsten ist.«

»Das ist auch der Sinn der Sache«, erklärte Troy. »Sie am glücklichsten zu machen.«

»Avril!« Luc sang es fast. »Und solche Neuigkeiten hast du mir vorenthalten!«

»Na ja, das ist alles noch nicht so ganz fest. Wir warten immer noch auf das finale Okay der Pariser Niederlassung …« April verstummte. »Und, wo ist …? Ich bin überrascht, dass du keine weibliche Begleitung mitgebracht hast … Ich meine, wie kommt es, dass Delphine nicht hier ist?« April wandte sich zu Troy. »Du solltest seine Freundin mal kennenlernen. Sie arbeitet auch im Finanzbereich und ist die umwerfendste Frau, die man sich nur vorstellen kann.«

»Oh! Toll! Ja, ich würde sie gerne kennenlernen!«, sagte Troy mit einem Quäntchen zu viel Enthusiasmus. Ganz offensichtlich war er froh, dass dieser Franzose andere romantische Interessen hatte als seine Frau.

»Ach«, sagte Luc mit einem traurigen Lächeln. »Delphine gibt es nicht mehr. Zumindest nicht in meiner Welt.« Er zuckte mit den Schultern, bevor einer von ihnen sein Bedauern ausdrücken konnte. »C'est la vie. Manchmal klappen die Dinge nicht so, wie man es gerne hätte.«

Auf einmal klingelte das Telefon. Es war Olivier, der von einem der Bietertelefone unter ihnen anrief. Der erste Abend war vorbei. April sollte nach unten kommen. Das war ihre Show, und er wollte, dass sie ihren Teil des Ruhmes abbekam. Außerdem musste April die europäischen Partner kennenlernen, wenn aus ihrer Versetzung in die Pariser Niederlassung etwas werden sollte.

»Olivier braucht mich unten«, sagte April. Ihr Herz klopfte immer noch heftig, das Adrenalin pulsierte durch ihre Adern.

»Gut«, sagte Luc. »Dann seh ich dich morgen.«

»Ja, bis morgen.«

»War nett, Sie kennenzulernen«, sagte ihr großer, gut aussehender amerikanischer Mann.

»Ja, okay. Klar.«

Lächelnd griff April nach ihrer Tasche. Sie schaute hinein, um sich zu vergewissern, dass alles da war: ein neuer Stapel von Briefen und Dokumenten. Sie waren nicht so alt wie die von Marthe, kein Jahrhundert alt, sondern nur ein paar Jahrzehnte, aber sie waren wertvoller, zumindest für April.

Die Papiere stammten nicht aus dem Erbe einer Fremden, sondern von ihrem Vater. Ihre Eltern hatten doch ein bisschen gehortet, zumindest die Briefe von und nach Vietnam. Es gab sogar ein Tagebuch. So viele Jahre hatte April ihn gelöchert, ob es nicht noch ein Möbelstück oder irgendwelche kleinen Erinnerungsstücke gab. Es war ihr nie in den Sinn gekommen, nach Briefen zu fragen.

Sie gingen die Treppe hinunter. April grinste, als könnte sie nie wieder aufhören zu grinsen. Troy blieb stehen. Er beugte sich zu Aprils Ohr, und ein Schauder lief ihr über den Rücken.

»Wenn wir umziehen, soll ich mir dann Haare transplantieren lassen? Wenn ich mich so umschaue, befürchte ich, ich passe hier nicht so ganz rein.«

»Wenn alles so läuft, wie es sollte, wird mangelndes Brusthaar dein kleinstes Problem sein.«

»Ja, weiß Gott.« Er verdrehte die Augen und stöhnte gespielt. »Bis über beide Ohren in Möbeln und Franzosen, von morgens bis abends.«

April lachte.

»Man könnte es schlimmer treffen.«

Sie ging an ihm vorbei und hinaus in das Stimmengewirr. Die Leute drängten sich von allen Seiten an sie heran. Während die Gratulanten April Küsschen gaben und ihr die Hand schüttelten, ruhte Troys Handfläche an ihrem Rücken. Sie wollte sich zu ihm umdrehen und ihn bitten, dass er den Rest des Abends zusammen mit ihr überstand. Ihn bitten, dass er bei ihr blieb. Doch da fiel es April wieder ein. Sie brauchte ihn gar nicht zu bitten. Es gab keinen Grund zu der Annahme, dass er es nicht tun würde.

Die Hugo-Sippe

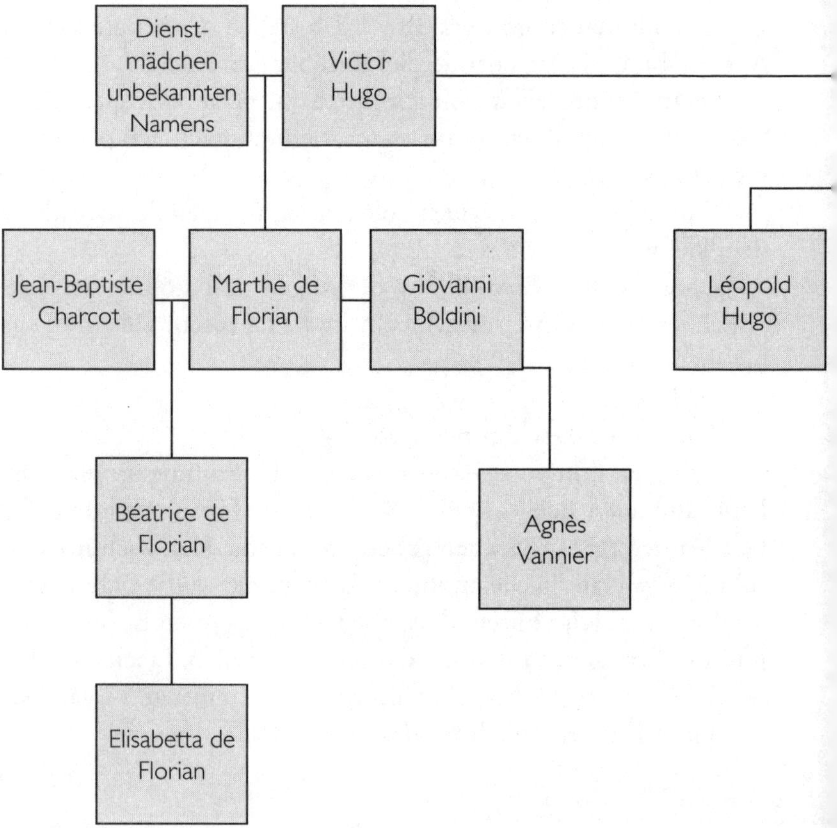

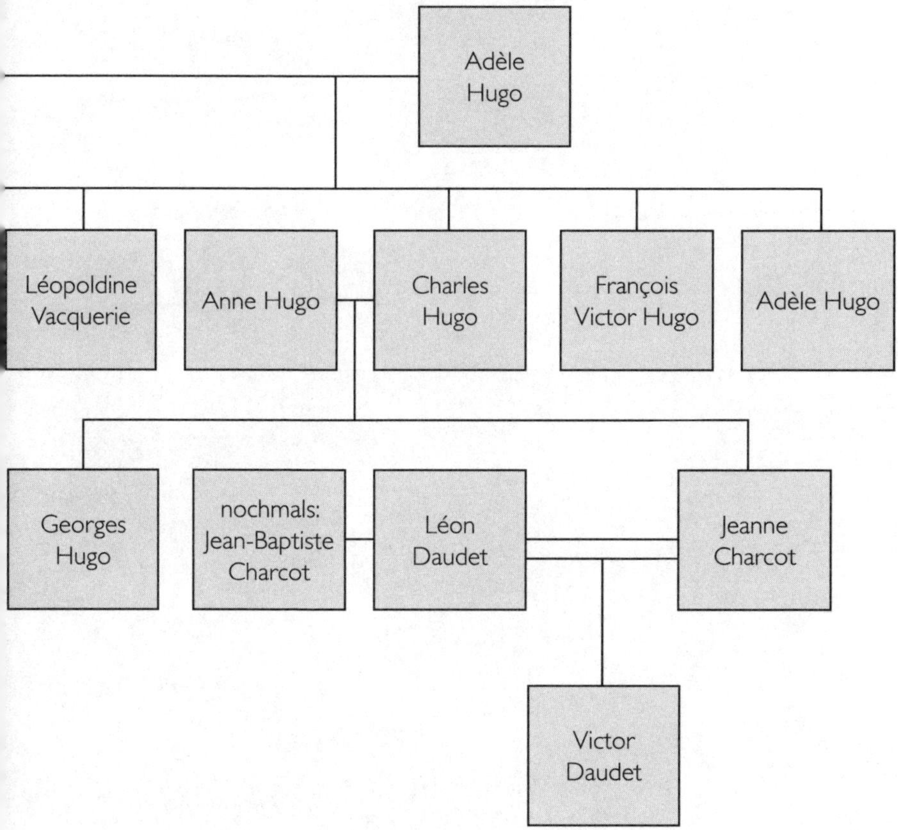

Adèle Hugo
Léopoldine Vacquerie
Anne Hugo
Charles Hugo
François Victor Hugo
Adèle Hugo
Georges Hugo
nochmals: Jean-Baptiste Charcot
Léon Daudet
Jeanne Charcot
Victor Daudet

Danksagung

Ich hätte gar keine Danksagungen zu schreiben – weil ich nämlich gar kein Buch geschrieben hätte – ohne die unermüdlichen, unmöglichen und gewitzten Machenschaften von Barbara Poelle. Danke, Barbara, nicht nur dafür, dass du mir den Artikel geschickt hast, der mich zu diesem Buch inspirierte, sondern auch dafür, dass du an meine Stimme glaubst, durch alle Turbulenzen bei mir bleibst und mir immer das Gefühl gibst, dass ich deine einzige Autorin bin.

Danke an meine großartige, clevere Lektorin, Katie Gilligan, die schon vor mir wusste, wohin meine Reise mit April Vogt gehen würde. Ich schätze deinen Enthusiasmus, deinen Scharfsinn und deine Fähigkeit, mich auf ganz ungekannte Art zu pushen. Mit dir (und Barbara) würde ich mir jederzeit eine (oder zwei) Flaschen Wein teilen … und von mir aus noch ein ganzes Schwein.

Die Mitarbeiter bei Thomas Dunne Books / St. Martin's Press haben unermüdlich hinter den Kulissen gearbeitet, um die enge Zeitvorgabe einzuhalten. Danke an alle, mit denen ich gesprochen habe, an alle, mit denen ich nicht gesprochen habe, und insbesondere an Sally Richardson für ihre frühe Unterstützung und an Melanie Fried, die mich und dieses Projekt immer auf

Kurs gehalten hat (sowie alle möglichen konfusen Anfängerfragen beantwortet hat). Meine Pressefrau Katie Bassel ist mit diesem Buch losgezogen sowie es auf ihrem Tisch landete. Danke für dein Talent, deine Klugheit und dafür, dass du mit späten Änderungen so geschickt umgegangen bist. Viel habe ich auch meiner Redakteurin Sue Llewellyn zu verdanken. Es kam mir vor, als wärst du dazu geboren, dieses Manuskript zu redigieren.

Danke an Jeb Spencer, Sig Anderman, Jonathan Corr und vor allem Ed Luce für den besten Job (nicht nur tagsüber, sondern auch nachts und am Wochenende), den ein Mensch nur machen kann. Ich glaube, die meisten wären überrascht, wenn sie wüssten, wie angenehm und anregend es in einer Firma so zugehen kann.

Inspiration ist für einen Autor das Wertvollste, und keine Autoren haben mich mehr inspiriert als Tammy Greenwood, Allison Winn Scotch und Amy Hatvany. Danke, dass ihr mich immer beraten, ermutigt und unterstützt habt.

Wenn ich von Unterstützung spreche, muss ich auch Karen Freeman Landers danken, mit der ich seit fast dreißig Jahren befreundet bin. Danke, dass du mir immer Feedback gibst und meine Begeisterung teilst (und mich zu sämtlichen Spielen der San-Diego-Chargers begleitest). Ich bin so froh, dass du meine Freundin bist und mich unterstützt.

Ich muss auch Jen McGlothlin (aka Jenny Walker) erwähnen, meine allererste »Schreibpartnerin« und Coautorin meiner unzähligen Sweet-Valley-High-Abklatsche. Es ist mir bis heute ein Rätsel, warum die sich einfach nicht verkaufen wollten! Danke auch an Aileen Dowd Brill. Für deine guten Ratschläge und dafür, dass du auf meinem Weg so manches Manuskript gelesen hast.

So viele Freunde haben sich für dieses Buch eingesetzt, schon im Entstehungsprozess. Offline und online … vom Buchclub (Michelle Campbell, Denisia Chatfield, Leesa Davis, Lisa Gal, Kerri Merson, Suzanne Miller, Heather Olson, Sabrina Parr, Kat Peppers, Kerry Rooney, Jenna Scarafone, Dede Watson) über mein William&Mary-Team (ein Extra-Gruß an Jes Singer), an diverse Facebook-Gruppen, an das wunderbare Örtchen Cardiff-by-the-Sea – danke, danke, danke. Ich war immer sehr zurückhaltend damit, meine Schreibversuche mit anderen zu teilen, aber die Aufnahme war so, dass ich wünschte, ich hätte mich schon früher überwinden können. Ich bin überwältigt vor Dankbarkeit.

Wo ich in der Freundes-Lotterie schon viele Treffer gelandet habe, habe ich in der Familien-Lotterie noch mehr große Lose gezogen. Ich danke meinem Vater, Tom Gable, dem ersten Schriftsteller, den ich je bewundert habe. Dafür, dass du mir deine Talente vererbt, mich von Jugend an zum Schreiben ermutigt hast und ansonsten einfach ein ganz humorvoller, komplexer Charakter bist.

Danke auch an meine Mutter, Laura Gable, auch wenn mir in diesem Fall ein schlichtes Dankeschön viel zu schwach vorkommt. Die Unterstützung, die ich von dir bekommen habe, ist beispiellos. Ich verlasse mich heute noch genauso auf dich wie als Kind, wenn auch auf andere Art. Mit einem Wort: Du bist die Beste.

Außerdem habe ich das Glück, zwei kluge, aufgeweckte Geschwister zu haben, die jedes Familienessen amüsant machen und mir ständig neues Material liefern. An meinen Bruder, Brian Gable: Danke, dass du dem Brian in diesem Roman deine Person geliehen hast. Ich hoffe, du findest ihn sympathisch genug. An meine Schwester, Lisa Gable Wheatley: Danke für deine Unterstützung und deinen ansteckenden Ehrgeiz und dafür, dass du mehrere von meinen frühen Geschichten gelesen hast.

Besonderer Dank geht an die ganze Gable-Sippe, von Kalifornien über Oklahoma bis New York und überall zwischendrin. Die Welt ist einfach lebendiger durch euch. Und tausend Dankeschöns an meine Schwiegereltern, Pat und Tony Bilski. Ihr seid die unvoreingenommensten Menschen, die ich kenne, und habt mich ebenfalls unterstützt, obwohl mein Werk sich unter anderem mit einer Prostituierten befasst. (Tut mir leid!) Und schließlich danke ich noch meiner geliebten Tante Janet Yergler Rickerson. Ich bewundere deine Stärke und deinen Glauben und wie viele Leute du damit schon positiv beeinflusst hast.

Und danke auch an meine Töchter … wo wäre ich ohne euch zwei? Paige, meine alberne, süße, kluge Erstgeborene. Danke, dass du immer zusammen mit mir liest und mir das Muttersein so leicht machst. Tut mir leid, dass du dieses Buch noch nicht so richtig lesen kannst. Ich schreibe demnächst auch mal was für dich.

Und danke auch an mein beherztes Prachtmädchen Georgia – du bist erst sieben Jahre alt, bist aber nicht zum ersten Mal in der Reihe meiner Danksagungen zu finden. Danke, dass du die Welt jeden Tag aufs Neue heller (und lustiger) machst und pausenlos Kommentare und Bemerkungen von dir gibst, die man so jederzeit in den sozialen Netzwerken posten könnte. Du bist die reinste Naturgewalt. Ich würde dich gar nicht anders haben wollen.

Der Name meines Mannes steht bereits auf der ersten Seite dieses Buches, und das ist angemessen, denn alle wunderbaren Dinge in meinem Leben gehen von ihm aus. DB, danke, dass du mich zum Lachen bringst, immer wieder für mich einspringst und nur ganz selten die Augen verdrehst. Es tut mir wirklich leid, dass die Ehemänner in meinen Geschichten immer solche Pfeifen sind. Ich verspreche dir, eines Tages einfach mal einen gut aussehenden, sarkastischen, supernetten Buchhalter zu bringen.

Und zu guter Letzt danke ich natürlich meinen Lesern, denen, die dieses Buch gelesen haben, und denen, die es nicht lesen werden. Danke, dass Sie mit mir neue Welten finden und teilen. Danke für die Diskussionen, die wir geführt, und für die Verbindungen, die wir aufgebaut haben. Ich wünsche Ihnen noch viele weitere Reisen und einen kurzen Weg zu Ihrem nächsten Lieblingsbuch.